你也有今天

叶斐然 著

[上册]

青岛出版社
QINGDAO PUBLISHING HOUSE

图书在版编目（CIP）数据

你也有今天 / 叶斐然著. —青岛：青岛出版社，2020.6

ISBN 978-7-5552-8766-7

Ⅰ. ①你… Ⅱ. ①叶… Ⅲ. ①长篇小说－中国－当代 Ⅳ. ①I247.5

中国版本图书馆CIP数据核字(2020)第030982号

书　　名　你也有今天
著　　者　叶斐然
出版发行　青岛出版社
社　　址　青岛市海尔路182号（266061）
本社网址　http://www.qdpub.com
邮购电话　010-85787680-8015　13335059110
　　　　　　0532-85814750（传真）　0532-68068026
责任编辑　李文峰
特约编辑　吴梦婷
校　　对　耿道川　张静静
装帧设计　蒋　晴
照　　排　梁　霞
印　　刷　三河市良远印务有限公司
出版日期　2020年6月第1版　2022年6月第2次印刷
开　　本　32开（880mm×1230mm）
印　　张　23.5
字　　数　550千
书　　号　ISBN 978-7-5552-8766-7
定　　价　69.80元（全三册）

编校印装质量、盗版监督服务电话　4006532017　0532-68068638

建议陈列类别：畅销·青春言情

叶嘉莹

目录

[上册]

目录［中册］

目录【下册】

第一章　得罪老板怎么办

成瑶窝在电脑前，正看着法律圈八卦网站上的一个热帖《“八一八”A市法律圈十大脸面担当》，这个热帖以倒序排列的方式按照颜值高低为A市法律圈里的男合伙人进行了打分，公平起见，评分采用的照片都是由网友匿名投稿的合伙人的生活偷拍照。

成瑶从第十名开始看，不得不承认，现在法律圈里的合伙人越来越年轻化、精英化，有些男合伙人不仅业务能力强大，连长相都十分在线。位列第二的专诚律所的秦昊，颜值就已然达到十八线小明星的水平了，那这第一名颜值得有多高?

怀着好奇的心情，成瑶下拉着滚动条。

“第一名——君恒律所：钱恒。”

不同于其他上榜的男合伙人，这位第一名的名字后面被特地贴心地标注了一行字：“虽然此人性格真的有剧毒，但长相也真的是太能打，就算给他扣掉一百分，还是实至名归的第一名。”

这不是成瑶第一次听到钱恒的名字，她听过很多关于钱恒的关键词：嚣张跋扈、毫无正义感、业界毒瘤，然而这一切从来没有影响到君恒律所年收入破亿、合伙人分红数千万的事实。

在法律圈，创收破亿的律所并不稀少，然而君恒是一家走专精业务方向的精品小所。不像大成、盈科这类大所在全国各地都有分所，君恒只依托于A市，执业律师也不多，只有三十来名，并且不做上市、并购之类油水多的非诉业务，只专精家事法律事务。就这么一间规模如此小、业务范围如此狭窄的律所，创收破亿、律师人均创收强势挺进全国前十，这就有些厉害了。

君恒的发展，可以说离不开合伙人钱恒的独裁专断。

收入摆在眼前，即便钱恒在圈里有各色真真假假的传闻，也不影响年轻律师们削尖脑袋想要进入君恒的热情。

只是成瑶没想到，一直被诟病为“业界毒瘤”的钱恒竟然长得很好看。虽说法律圈的从业者多少听过钱恒的名字，然而见过他真人的确实不多。他不喜欢参加律师协会举办的任何活动，虽然行事嚣张、性格难处，但私生活相当低调，要不是这个法律八卦论坛有人匿名投稿，网上根本找不到他的照片。

然而就在成瑶十分好奇、准备一探钱恒长相的时候，客厅传来了李梦婷的一声怒吼：“垃圾网络！”

李梦婷是成瑶的大学同学，两人关系很好，毕业后便一起合租。这家伙最近迷上了打游戏，成天把“吃鸡”“王者农药”挂在嘴边，此刻这声怒吼，看来是她游戏打到关键处网络却卡了。

果不其然，成瑶看了一眼自己的电脑屏幕，原本应是钱恒的照片地方赫然显示着一个图片裂开的叉叉，怎么也刷新不出照片来了。

不知是不是冥冥之中早有注定，几乎在同时，成瑶接到了君恒律所人事部的电话。

挂下电话，成瑶还感觉有些不真实，她兴奋得手足无措，从上一家律所裸辞的压力终于转变成找到新工作的兴奋和期待。

她被君恒录取了！那个年创收破亿的君恒！

成瑶迫不及待地冲到客厅，忍不住把这个消息和李梦婷分享。

“啊！好事啊！瑶瑶，君恒所可牛了。”李梦婷的语气有些羡慕，然而也并不强烈，她整个人显然还沉浸在游戏中，“既然你的工作都落定了，要不和我一起打游戏吧？我教你啊！我的技术还是不错的，要不是网络卡，刚才那一局我就吃到鸡了！”

成瑶在大学里就通过了司法考试，可如今法学毕业生百分之八九十都是研究生学历，不少还是海外留学回国的。这些人除了通过了国内司法考试，有人甚至还通过了纽约、加州执业考试。竞争如此激烈，像成瑶这样的非名校211法学本科毕业生，根本进不了那些中高端事务所。

所以成瑶退而求其次，在一家很普通的本地小所里实习了一年，把律师证给挂了出来。有了律师执照，她不再满足于普通律师事务所的平台和业务量，开始向那些中高端事务所海投简历。

李梦婷和成瑶不同，她还没通过司法考试，此前找了一家杂志社的工作，一边上班一边复习司考。可在杂志社的工作不仅压力大还常常加班，如今临近司考，李梦婷索性辞了职，在家里全力复习起来。不知道怎么回事，最近她的复习状态有点差，她突然就迷上了游戏。

不管怎样，对于能进君恒律所这件事，成瑶的内心十分激动。她按捺不住激动，立刻拿起电话，想告诉姐姐成惜这个好消息。然而刚想拨号，她却想起姐姐那双泫然欲泣的眼睛。成瑶迟疑了，她害怕律所和律师两个词会让姐姐想起那些不愉快的事。她犹豫再三，最终给姐姐发了一条短信。

"姐姐，我成功被君恒录取啦！"

等了没多久，成瑶就收到了回信。

"瑶瑶，我知道你一定可以的，替你高兴。你下次回家要请我吃大餐。"

看到姐姐的这条短信，成瑶终于松了一口气。她笑起来，这才给发小秦沁打了个电话，为了庆祝，两人利索地约了顿饭。

成瑶和秦沁约在一家环境优雅的小众咖啡馆里见面。

成瑶赶到约会地点的时候，秦沁已经迫不及待地想跟她说些什么。

成瑶坐下刚想开口，秦沁就朝她使了个眼色，然后朝边上不远处努了努嘴，神秘兮兮地说道："看到靠窗坐的那男的了没？"

成瑶循着她的目光看去——是个男人的背影，虽然看不到他的脸，但光这个身材就很有男模范儿了，身高最起码有一米八八，肩宽腿长、比例完美，撑得起美版西装。男人高大挺拔，浑身上下的装束一丝不苟，即便成瑶不懂品牌，也能看出对方这一身行头的昂贵。

男人背对着成瑶，他的对面则坐着一位珠光宝气的中年女人。

成瑶回头对秦沁笑，揶揄道："怎么？你动凡心啦？"

秦沁白了她一眼："什么凡心不凡心的，我的心里只有钱！"

“那你让我看他干吗？”

秦沁压低了声音：“那是个特殊行业从业者。”

成瑶有些意外：“啊？”

惊奇之下，成瑶下意识地多看了那男人一眼，不料对方正好转过头来，和成瑶的目光碰上。

这是一个极短的对视，对方的眼神很冷，然而成瑶在这一瞬间却有了一种心悸的感觉。她并不是以貌取人的人，但是对方真的长得太好看了，成瑶从未见过这么有视觉冲击力的脸。尤其是男人的那一双眼睛，透着冷，但十分迷人。

虽然是特殊行业从业者，但他竟然一点儿也没有风尘味，五官异常英俊出挑，鼻梁更是高挺到完美，让人怀疑是不是在哪儿垫的。这男人气质斐然，甚至带了点儿贵气和倨傲。

他的脸、身材、气质都堪称完美，就是看起来脾气不太好。

同样看到对方容貌的秦沁则毫无原则地倒戈了：“这确实值一万啊！”

那男人大约谈妥了价格，没再逗留，中年富婆更是一脸心照不宣的满意，两人一前一后走出了咖啡店。这间咖啡店外有露天停车位，可令人意外的是，这两人并没有同乘一车，竟然各找各的车去了。

秦沁好心地为成瑶答疑：“为了不被别人抓到把柄，两人一般都会一前一后分开走，等其中一个去酒店开好房，另一个拿着房卡直接去就行了。”

成瑶恍然大悟的同时，就看见那英俊得过分的男人走向了一辆宾利。

“这得日夜不休地干多少活才能买得起宾利啊？”成瑶看着那男人稳健的步伐，竟然生出了点恻隐之心，“一晚上一万，就算是最便宜的宾利，也得五百万吧，那就是五百个晚上。也就是说在不休息的情况下，他要勤奋地‘耕耘’将近两年，也不知道平时他这腿会不会软，这腰恐怕也不太好……”

小插曲过后，成瑶和秦沁分享了好消息，两个人又说了些有的没的，本想继续聊聊天，秦沁却接到了加班的通知，成瑶便也只能挥挥手和她告别。

今天大约是成瑶的幸运日，刚离开咖啡馆，她就接到了中介的电话。

“成小姐，你上次想租的那个房子，房东同意出租了，你马上来签合同吧。”

成瑶现在住的房子是李梦婷租的，就一个卧室，成瑶和李梦婷合住，性价比挺高。

可如今李梦婷交往了一个男友，她和男友感情很好，两人想搬到一起住。

虽然李梦婷也说了可以把房子让给成瑶，她和男友出去另租房子，但成瑶怎么好意思。当初找房、看房、租房都是李梦婷办的，怎么说如今也该是成瑶另外找房。

可惜A市寸土寸金，找了许久，成瑶也才看中了一个合适的房子，死缠硬磨地讨价还价后房东终于同意了。成瑶赶去中介签完租房合同，终于松了一口气。

这房子她相当满意，是还没住过人的精装房，离君恒竟然意外地近。房子的格局是两室一厅，成瑶准备之后再找个室友分摊点房租，那就完美了。

上午签完合同，成瑶下午就雷厉风行地去拿房了。

她哼着歌等电梯，电梯慢悠悠地从地下车库那层升到了地面一层。

然而电梯门打开，成瑶却愣住了。

里面自然有人，只是这人成瑶不久前才看到过。

对面那人仍旧身材高挑、双腿修长、气质斐然，鼻梁完美到犹如垫的，脸上带了点冷漠的不耐烦：“上不上？”

成瑶赶紧钻进了电梯，然而心里却嘀咕起来。

她扫了一眼电梯按钮，十二楼，他竟然和自己去同一层。

自己竟然要和对方做邻居了？！

她一边想，一边偷偷地瞟了对方几眼——他长得是真的好，睫毛长得过分，嘴唇很薄，皮肤白得都有些像白种人。

真的挺可惜，这人长着这么一张脸，竟然……

开几百万的宾利的人竟然就住这种小区？成瑶心想，看来三百六十行，行行都很艰难啊。

十二层到了，成瑶率先迈步出了电梯。

1203，这是她租的房子的房号。

她那位英俊的男邻居拖着行李箱，走在她的身后。

然而经过了1201、1202，他还跟着她，成瑶觉得有点不妙了。

当她在1203门口站定，对方也跟着停在这门口的时候，不妙的感觉浓重了起来。

“你——”

成瑶的话还没说完就被对方打断了，英俊的男人声音漠然：“麻烦让让，你挡到我开门了。”

他说完，掏出了钥匙。

“你是不是走错了啊？”成瑶指了指1203，“这是我今天刚租的房子。”

对方果然愣了愣，然而并没有转身离开，反而是皱起了眉：“搞错的人是你，我已经租了这间，今天搬来。”

成瑶没说话，只是掏出钥匙，当着对方的面把钥匙插进了锁孔并打开了门。随后她对男人说：“看到了吧？”

那个英俊的男人抿了抿唇，把门合上，然后拿起了自己的钥匙，也插进了锁孔。

锁再一次被转开了。

成瑶也不是第一次租房了，她很快在脑内过了一下此刻的场景，对面的男人显然也不傻，两人对视了一眼，都在对方的眼中找到了答案。

这黑心房东，恐怕是一房二租了！

成瑶二话不说赶紧推开门，准备把自己的包甩进去。

然而那男人冷哼一声，一手拉住成瑶的包，一脚挡住成瑶的路：“想先占上？做梦。”

这让成瑶对他有些刮目相看了，他这么个行业的从业者竟然都还挺懂法？居然知道碰上一房二租这种事，谁先合法占有房屋，谁就算赢了。

两个人彼此牵制着，谁也不让谁先进屋。

成瑶心中一动：“你办租赁合同备案登记了吗？”

对方冷冷地挑了挑眉：“难道你办了？”

行了，看来彼此都没办。

碰上一房二租事件，如果两方都还没合法占有房屋，那谁先办理了租赁合同备案，谁就赢了。

然而这一局两人又打了个平手。

那么制胜的关键就剩下最后一个了！

发生一房二租情况，如果两方都没能占有房屋，又都没有办理备案登记，那谁签约在先，谁就赢了。

两个人僵持不下，自然叫来了中介和房东，然而几方一对信息，都有些目瞪口呆。

成瑶和男人的签约时间都是今天。

英俊的男人非常冷漠，他抿了抿唇，对成瑶道："我给你补两个月的房租，你租别的地方。"

可租到合适的房子哪有这么容易？！何况李梦婷的男友过几天就要搬到成瑶现在住的地方了，君恒那边，成瑶明天也要去入职，哪里有空再去看房？！

成瑶自然是没法让步的。

成瑶咬了咬牙，决定甩出撒手锏，她盯着对面男人好看的眼睛："我是律师，我劝你让出这个房子，你是争不过我的。你知道吗？我的咨询费一小时一千起！"

大约因为成瑶的律师身份，对面那个男人被震慑到了，他第一次抬头正眼看成瑶。

成瑶越战越勇："君恒律所你听过吗？我就是君恒的律师！你就算不知道我，也应该知道我们的合伙人钱恒吧！"反正一般人根本不了解法律圈，她决定狐假虎威一次，"钱律师非常欣赏我，如果我被欺负了，不仅出于私人感情，更因为要考虑到我们律所的面子，钱律师一定会帮我。君恒的律师，遇到一房二租，怎么能输？！我作为一个律师，要为自己的权益战斗到最后一刻！决不让步！"

不知是不是错觉，她提到君恒的时候，对面的男人愣了愣，提到钱恒的时候，对方直接惊呆了。

看来钱恒的名气真的挺大的，竟然连这男人都知道啊。

一时间气氛剑拔弩张。

房东脸皮倒是很厚，这种时候还能冷静地和稀泥："反正房子是两室一厅，你们相遇也是缘分，要不就合租吧，我给你们分别减免点房租。"他一边说，一边解释，"一房二租这事也不能完全怪我，我最近和我老婆在闹离婚呢。我老婆把房子租给了这位小姐，我呢，也不知情，联系了这位先生……”

成瑶立刻激烈地反对：“和他住？不行！绝对不行！我又不认识他，让我和一个陌生男人住，太不安全了。”

对面的男人的态度却来了个三百六十度大转变，他突然笑了，盯着成瑶道：“我没意见，能和这位——”对方顿了顿，轻笑道，“和这位精英女律师合租，是我的荣幸。”

成瑶愣住了。

虽然对方夸赞自己是精英女律师，但不知道为什么，成瑶总觉得对方这表情和语气，怎么这么贱兮兮的呢？

房东见事情有转机，准备趁机开溜，走之前像是想起了什么又停下问道：“成小姐啊，你是律师啊，那你做不做离婚官司？我这和我老婆闹离婚也想找个律师咨询咨询呢……”

成瑶二话没说地答道：“你这可问对人了，我们君恒律所就是专门做家事业务的，涉及离婚、财产分割、遗产继承，还有信托、保险这些内容，我们可以说是市面上最专业的。你要是有需要，就拨打我的手机号码。”

房东连连点头道谢，对面的男人却呵的一声笑了。

成瑶也没管他，而对方在成瑶还没反应过来时，拎着自己的行李箱进了房间，走之前挑衅地朝成瑶笑笑：“你要是觉得不安全，可以另外去租房。”他的脸蛋十分英俊，也十分欠揍，“你不是时薪高达四位数的律师吗？或者你去维权、去法院起诉吧，让房东赔偿你。”

成瑶恨得牙痒痒，正因为自己是律师，才不会和普通人一样天真地觉得权益遭受到损害的事情去法院起诉就完事了。起诉是最无可奈何的法律救济，不到万不得已，成瑶才不愿去法院。更何况一审、二审时间漫长，案件判下来，再拖个几个月，没准还要强制执行，就为了那点鸡毛蒜皮的事，投入自己多少时间和精力，太不经济了。

对方大概就是吃准了这一点，又知道成瑶顾忌男女合租，准备就这么强行霸占房子了。

成瑶能让他得逞吗？

必须不能啊！

谁怕谁啊？！自己还怕了他不成？！

成瑶二话没说，拎着包也冲进了房里：“合租就合租。”成瑶把包甩在沙发上，鼓足气势道，“但我事先有几点和你声明，别把工作带到屋里。”

对方挑了挑眉：“嗯？”

成瑶清了清嗓子：“你别以为我不知道你是干什么的。”

对方却一点儿都没显出局促，反而饶有兴趣地笑笑。

他这脸皮，也真是出奇地厚了。

成瑶本不想点破，但事到如今，看来还是得直白点：“你要是把你的工作带回家里做，我会举报你的。”

“举报我什么？”

“举报你违法乱纪啊！”成瑶虎着脸，“我是守法公民，你做这样的工作，我体谅你也不容易，只要不在我眼皮底下发生我就不管了，但绝对不能在这间屋里‘工作’。”

“你说我违法？”那男人的语气听起来仿佛气炸了，“我？违什么法了？”

“行、行，特殊服务，行了吧？”

结果面对成瑶给的台阶，对方继续用一种被气疯了的语气说道：“什么特殊服务？！”说完，对方就转身去行李箱里找东西，“我的录音笔呢？”

“你找录音笔干吗？”

对方冷冷地笑道：“把你说的录下来，好告你诽谤。”

成瑶咳了咳：“行了，我不戳破你的伤心事了，做这行你也不想的，我想说的就是这个。还有我希望能看一下你的体检报告，基于互相尊重的原则，我也可以把我的体检报告给你看。”

对方没说话，只是阴恻恻地看着成瑶。

成瑶觉得，对方虽然从事的行业不光彩，但是这个气场倒是蛮吓人的。

“我也不是看不起你，但是你这个行业吃的是青春饭，我劝你能改行还是趁早改行吧。何况你要知道，你这种行为是触犯刑法的。”

成瑶说完看了看时间，不早了，她得先回去整理行李，准备搬家了。

成瑶的新晋室友却叫住了她：“你确定不把房子让给我？确定要和我一起住？”

“当然。”成瑶翻了个白眼，“这房子你知道我找了多久吗？”

对方笑了笑："你会后悔的。"

成瑶才没时间后悔，她回到李梦婷那儿，发现李梦婷的男友张浩已经把他的行李搬来了，正堆在客厅里。

李梦婷很不好意思："瑶瑶不好意思，'耗子'的房子后天就到期了，几天的短租不好找，住宾馆又太贵了，我就想让他先把行李放过来，他暂时睡在客厅的沙发上，不知道行不行……"

成瑶摆了摆手，把自己找到新房子的事和李梦婷说了，李梦婷自然松了口气，也替成瑶感到高兴，两个人晚上各显身手做了一桌菜。

成瑶明天就会搬进新房子，因此今晚这顿饭也算是个散伙饭，两人准备得十分丰盛。

"瑶瑶，以后咱们虽然不一起住了，但你要是有什么事需要我帮忙，随时找我。"说到这里，李梦婷有些失笑，"不过估计你也没什么需要我帮忙的事，你简直是'锦鲤'体质，在大学里就考过了司考，毕业一年就挂好了律师证，现在又跳槽进了君恒，前途无量啊。"

成瑶也笑："你赶紧把司考复习好，暂时别打游戏了，去年你也就差了十来分，今年一鼓作气也就过了。过了司考就好说了。"

李梦婷摇摇头道："我不准备考了。"

"哎？为什么啊？"

李梦婷有些不好意思："耗子换工作了，他的新工作年薪有三十几万，他说不希望我太辛苦。你也知道，法律相关的工作，就算是公务员系统里的法官、检察官，压力也很大，加班又多，律师就更别说了。我也不是那种特别有事业心的人，找一个轻松点的工作就行了。"

成瑶有些意外，但李梦婷本身家境不差，男友能力也强，她完全可以过轻松的生活。

在这个世界上，每个人都有不同的命运。

这么想着，晚上躺在床上，成瑶还有些忐忑和不安，明天她不仅要搬家，还要正式去君恒报到了。未知的未来，会带给她什么样的人生？

她对着天花板深吸了一口气。

未来呀，你一定要对我好一点呀。

好在第二天是个阳光灿烂的好日子，似乎预示着一切都会顺心。

君恒的人事主管朱姐带着成瑶参观了律所，说了些简单的注意事项，便领着成瑶到了给新人准备的工位前。

“你先坐在这，前面就是我们钱par（partner，合伙人）的办公室。”朱姐笑笑，“一般来说，新人都会有一个月的考察期，考察期过后，新人如果表现优秀，会有带教律师来领人到他自己的团队。但你比较幸运，钱par看了你的简历，直接点名要你进他的团队了。”

成瑶十分意外：“真、真的吗？！钱恒律师吗？”

朱姐点了点头，压低声音道：“也不知道你是幸运还是不幸，总之你很快就会知道我们钱par的风格了。”朱姐看了看钱恒紧闭的办公室门，“他现在不在，等他回来会见你的。”

成瑶这下彻底激动了，虽然钱恒在外的名声一言难尽，但他的业务能力是整个法律圈公认的厉害。跟着他学个两三年，忍一忍，等她出师后，就海阔凭鱼跃，天高任鸟飞了！

成瑶顿时觉得自己简直运气太好了，竟然能被钱恒看上！她应该去买彩票啊！

成瑶在座位上坐立不安了大约一个小时，传说中有着剧毒但长相万分能打的钱恒终于回来了。

“新人和实习生统一到2号会议室开会，钱par马上回来了。”

虽然今天报到的只有成瑶一个人，但君恒之前招了几个新律师还有几个实习生，加上人事部的朱姐，总共六个人。成瑶带上了笔记本和笔，跟着大家进了2号会议室。

其余几个来得早的新人和实习生显然已经互相认识，正在聊着天，只有成瑶一个人忐忑地等着。

自己的这位老板，到底长得有多好看呢？

结果六个人就这么干巴巴地等了半小时，成瑶憋不住去了趟厕所。

成瑶从厕所回来推开会议室的门的时候，坐在其余五个人对面的男人漫不经心地抬头看了她一眼。

那男人身材高挑、双腿修长、气质斐然，脾气看起来不太好，鼻梁高挺到像是垫的。

这是她不久前才看到的一张脸。

这、这分明是她的室友啊！

她这位在特殊行业从业的室友，就这么赫然坐在会议室里。虽然他一句话都没说，但脸上已经写满了“我不好相处”这五个大字。

她这是在做梦吗？是她眼花了吗？

成瑶震惊过度，反而表现得十分冷静，她有些木然地退出了会议室，看了眼会议室标识，是2号没错了……

于是成瑶又木着脸，同手同脚地重新走进会议室。

朱姐笑着介绍道：“钱律师，这位就是成瑶。成瑶，要不你向钱律师做个自我介绍。”

成瑶头脑一片空白，整个人如坐针毡。

“不用，我已经认识成瑶了，我们还就一房二租的法律问题进行了一些深入的交流探讨。”坐在会议室主位的男人抬头朝成瑶笑了一下，露出一口森然的白牙，“是不是呀，成律师？”

成瑶思绪万千，心中有一种陨石撞地球般天崩地裂的感觉。这是什么情况？！

钱恒还在说着一些对新律师的告诫和鼓励，然而成瑶什么也听不进去了，她看着眼前的英俊男人轻轻开合的嘴唇，只觉得眼前一黑……

她此刻终于能理解李梦婷为什么憎恨网络卡壳了。

她也想咆哮一句：“垃圾网络，毁我青春！”

要是照片能刷出来，成瑶提前知道钱恒长什么样子，还能发生这种世纪惨剧吗？！

成瑶一定当场就学孔融让梨，把房子让给老板，顺带猛拍一记马屁，祝老板日进斗金、万事如意、一帆风顺、马到成功、飞黄腾达、平步青云、春风得意、蒸蒸日上、寿与天齐、早生贵子……

这一刻，成瑶只觉得头昏脑涨，大脑一片混乱。

成瑶内心百转千回之际，钱恒似乎讲完了他作为合伙人对新人的欢迎词。

“另外，我很认可每个律师认真拓展自己案源和业务的决心，但是我希望你们知道，我们君恒并不是什么样的客户都接的。”钱恒的声音冷飕飕的，他轻飘飘地扫了一眼成瑶，“五千万以下的案件，都是在浪费时间。”

他这是在讽刺成瑶向房东推销法律业务了。

“好了，散会吧。”

会议终于结束了。可惜成瑶刚想走，就听钱恒道：“成瑶，你留一下。”

偌大的会议室里，只剩下了成瑶和钱恒两个人。

成瑶硬着头皮，决定率先打破沉默：“对不起！老板！是我有眼不识泰山！”她以死谢罪般地道，“房子您住就行了，我自己出去另找！”

钱恒喝了口茶，一言不发。他显然很懂得拿捏人的心理，光这持续的沉默，就犹如凌迟一般让人难以忍受。

漫长的沉默后，钱恒终于开了口，他挑了挑眉：“作为一个律师，不是要为自己的权益战斗到最后一刻？绝不认输？”

成瑶说不出话。

钱恒笑笑：“我们法律从业者，最关键的原则就是不能屈服于强权，以法律为准绳，以事实为依据，为客户而战。既然是你这么不容易争取来的权益，我怎么能靠着上级的身份就剥夺了？”

“所以你即将得到和老板合住的机会。”钱恒一双漂亮的眼睛看向成瑶，语气非常欠扁，“怎么样？激不激动？兴不兴奋？”

成瑶干巴巴地道：“激动。兴奋。”

她可真的是“激动”坏了！“兴奋”坏了！

“当然，为了避免不必要的麻烦，合住这件事，我们对所里其余同事要做好保密工作。”钱恒笑笑，“还有什么别的问题吗？”

成瑶自然有一肚子问题。钱恒你一个这么有钱的合伙人，难道自己没房子吗？就算你没房子，为什么要来租这个中档小区？你开宾利，就租这种小区？还有，你为什么拉我进你的团队？你是不是想报复我？！明明我都让步了，同意不租了，为什么你还要拉着我一起住？你是不是有什么阴谋？你是天蝎座的吗？！报复心这么强！

成瑶敢问吗？她不敢。

她态度恭敬地道：“没问题。”

“那我倒是有个问题。”钱恒眯了眯眼，“一起工作，一起合租，我们接触的机会会比较多，所以我希望你能守住自己的底线，把持住自己。”

成瑶很茫然，不懂对方是什么意思。

钱恒眨了眨浓密的睫毛："你即将成为我今年的第十四个助理律师，你知道前面十三个为什么会被开除吗？"

现在是十月，钱恒就已经开了十三个人了……成瑶抬头看了眼他英俊却表情倨傲的脸，答案呼之欲出——还不是因为你难处？

与此同时，钱恒的声音也响了起来："是因为他们都没有把持住自己，对我有了不应该有的想法。"

你、你是不是想多了？难道别人不是受不了你的奴役和荼毒才走的吗？

钱恒没有注意成瑶的表情，他似乎很困扰："我真的很难理解，这十三个人里有两个人甚至是男人。我有时候真的很伤脑筋，我的个人魅力真的有这么大吗？"

成瑶不知道该说什么。

他又抬头看了成瑶一眼："我知道有些人人格魅力比较大，但工作是工作，尤其上下级之间，如果产生不应该有的感情，是非常不专业的。"

成瑶感觉自己一句话也说不出来了，她现在终于理解论坛上对钱恒的标注了，这男人确实有剧毒，才接触了短短一会儿，成瑶已经有了一种中毒快要吐血身亡的感觉。

就在成瑶麻木地准备离开之际，钱恒像是突然又想起什么事一样叫住了她。

"还有，我要指出你的一个知识盲点。"他伸出一根修长白皙的手指，敲了敲桌面，"你之前说我在房间里'不正当营业'，即便是真的，那也是不构成刑事犯罪的，只涉及《治安管理处罚条例》，要处十日以上十五日以下拘留，并处五千元以下罚款。"

成瑶这一刻终于能确定了，以钱恒这个记仇的性格，并不是她走了狗屎运才幸运地分到了钱恒的团队，分明是钱恒为了报复她、为了更好地奴役她，才选择了她啊！

成瑶从会议室出来后做的第一件事就是给秦沁打电话。

"什么特殊职业从业者？！那是我老板！你到底是怎么误会的？！"成瑶就差没痛哭流涕了，"你知不知道，我现在被你坑惨了！"

"不科学啊！明明我听到他和别人谈价的全过程了啊，怎么变成你老板了？你没认错人吧？"

“你把当时听到的内容和我复述一遍。”

“他就说，一个小时收费一万元，不足一个小时按一个小时计费，如果约在别的地方提供服务，那路上他往返的时间都要按照一小时六千元来收费。还说需要他服务的话，必须提前预约，因为他的客户很多，接不过来。”秦沁嚷嚷道，“这不就是特殊职业吗？你们律师能这么收费？律师有这么有钱？律师不都像你那样是‘搬砖’的吗？作为服务业从业者能这么强势？”

成瑶差点没晕过去：“在中国法律市场，百分之二十的顶尖律师垄断了百分之八十的业务，钱恒是君恒的合伙人，这么收费没毛病！”

这下秦沁也有些慌了：“那、那怎么办？”

“你行行好，支援我下半辈子的速效救心丸吧。”

成瑶有气无力地挂了电话。

钱恒没来找她，他团队里的律师倒是主动来和成瑶打了招呼。

“成瑶，欢迎你加入我们‘富贵荣华’组合。”

“哎？”

“加入钱par的团队，就等于和富贵荣华开启了一段浪漫的终身旅程，只要好好干，绝对不会缺钱。”和成瑶说话的是一个微胖的男生，皮肤挺白，戴着一副眼镜，看起来相当憨厚，“我叫包锐，在君恒工作四年了，你有什么不知道的事尽管问我就行了。来，我带你参观一下咱们所。”

包锐相当热情，人也很有亲和力，看起来十分好说话。他跟成瑶介绍道：“我们君恒事务所目前一共有五位合伙人，负责主要决策的是两位，一位是钱par，还有一位吴君吴par。君恒的名字就是从他们的名字中各取一字组合而来的，他们是大学同学，本科都就读于A大法学院。”

成瑶有些意外，没想到吴君和钱恒竟然和自己的姐姐成惜是校友。她好奇地问包锐：“吴par和钱par是什么时候毕业的呢？”成瑶得到了答案，他们和成瑶的姐姐不是一届，吴君和钱恒是成惜的学长。

“不过在所里，你不会经常见到吴par，因为吴par负责君恒对外接洽的业务和新闻媒体公关宣传，常年在外面跑。”

“媒体？公关？”

包锐点了点头：“是的，你可能不理解。通俗点说，就等于吴par是在外面联络客户的，他负责拉客户，并对我们所进行包装宣传，以达到拉高价位的效果；我们钱par就负责具体接待客户并提供服务。因为钱par比较专注专业工作，觉得和客户打交道这些事太烦、太分心了，而吴par却很喜欢社交，不喜欢枯燥的法律条文。

“这里是我们的休息区，每天上午十点和下午三点都有茶歇。钱par对生活质量的要求很高，所以茶歇的甜点全是由知名品牌提供的，在我们所，大家不喝星巴克，只喝现磨咖啡，咖啡豆是钱par让人从苏门答腊空运回来的。”

钱恒这么装吗……

“这边是档案室，所有案卷材料都分门别类地归档在这里。这边是健身房。”

成瑶惊呆了：“还有健身房？”

“对，坚持一个月在健身房打卡的人会得到奖金。”包锐耸了耸肩，“但至今没人拿到过。”

“是因为太忙了？”

“不是的，因为平时在这里运动的是钱par。”包锐抓了抓头，偷偷地道，“他的气场，十里之内寸草不生。”

成瑶觉得即将和钱恒合租的自己要把速效救心丸赶紧买起来了。

“这个小隔间是钱par的战利品存放处。”包锐一边说着，一边推开了档案室边小隔间的门。

成瑶一抬头，入眼的便是各式锦旗，上面写着“业界良心”“常胜将军”“法律代言人”“人民币守护者”等等诸如此类的夸张赞语。

包锐咳了咳：“这都是客户送的，实在太多了，就堆在这里。”

成瑶相当意外：“原来钱律师在客户心中的形象这么高大，得到过这么多好评。”成瑶默默地在心里想：外界不是都盛传他是业界“毒瘤”吗……

包锐显然读懂了成瑶话里的潜台词，他咳了咳，指了指房里的一排柜子：“其实除了这些锦旗，我们钱par还收到了不少对方当事人的恐吓信、骂人横幅，甚至还有血书、骨灰盒之类的，这些东西都放在这排柜子里……”

成瑶看了眼房间的格局，这些柜子占据了房内大约五分之四的空间。

成瑶瞥了一眼那排柜子，果不其然，就看到了“毒瘤”“毫无底线”“见钱眼开”等关键词。

成瑶是大致知道钱恒为何被人责骂的，他接案子只看标的额和律师费，只要钱足够，他就接。

他执业第二年的时候，接了一个富商的离婚案。

这位富商在A市咨询了一圈律师，得到的回复非常一致。因为富商出轨在先，他作为过错方，离婚时恐怕妻子会分割掉不少财产。然而最终在钱恒的辩护下，富商几乎全身而退，妻子几乎净身出户。

钱恒一战成名。

这个案件在当时影响很大，媒体也有跟进，判决结果几乎和人们熟知的公序良俗完全相悖，背叛了婚姻的人得到了于己有利的判决，而遵守婚姻承诺的人最后却一无所有。

钱恒因此被骂成了狗。

之后他又接了各式各样的家事案件，他的当事人无一例外都不无辜，然而在他的辩护下，都得到了法律的“偏爱”。

有一段时间，“钱恒”这两个字几乎就是黑心律师的代名词。

“包锐，这个恐吓信，你存档一下。”

就在成瑶胡思乱想之际，钱恒推开小隔间的门，走了进来。他一边说着，一边随手丢了一袋东西给包锐。

“上次那个家族信托纠纷案的对方当事人寄给我的。”

成瑶有些忍不住，问道：“都是骂人的、‘诅咒’的东西，为什么还存着？”

难道说，剧毒如钱恒，其实还有良心这种东西吗？虽然他为了生存接了很多有悖于大众道德的案件，但其实钱恒的内心深处还存在着良知，因此他留下这些对方当事人的血泪控诉，以告慰自己的灵魂？

钱恒轻飘飘地扫了一眼成瑶：“未来万一这些人报复我，我还能把这些恐吓信作为物证提交，证据这种东西自然是越多越好，这样才能形成完整的证据链，锁定加害人。”

我真的想太多了，成瑶心想，剧毒就是剧毒……

钱恒走后包锐又为成瑶介绍了其余同事，成瑶才发现，君恒事务所真是卧虎藏龙。大家几乎都是从名校毕业，还有不少律师是有留学经历的，方便专攻涉外家事；就是少数几个和成瑶一样只有211本科学历的同事，人家的执业经验也比成瑶丰富。

成瑶顿时觉得自己是整个所里最大的“弱鸡”，只配蹲在墙角瑟瑟发抖。

“我们团队里还有一个妹子和你一样，也是新来的，刚才开会你们一定见过了。她叫谭颖，头发有些鬈，鹅蛋脸。谭颖比你早进所里两个月，是硕士研究生，刚从A大法学院毕业，是钱par的直系学妹。她刚才出去送材料了，回头给你介绍。”

成瑶对谭颖有印象，谭颖长得挺漂亮，穿衣打扮都能看出家境优渥，没想到学历也这么高。

这一对比，成瑶更加不安了。她专业出身没人家硬气，看来更要以勤补拙了！

一个下午就这么过去了，直到下班，钱恒都没再从办公室里出来。成瑶忐忑地下了班，在李梦婷和她男友张浩的帮助下，总算把行李搬进了新家。

送走李梦婷和张浩没多久，成瑶就听见大门处传来钥匙转动的声音——钱恒回来了。

他绷着英俊得过分的脸，姿态依然非常高贵冷艳。

成瑶纠结了片刻，还是决定主动示好，她堆着笑道：“老板，朝南的房间让给你，那里面积比较大，而且采光好。”

钱恒这才眯着眼睛淡淡地扫了成瑶一眼：“哦，懂事了。”

淡定，成瑶，你是做大事的人，你是要为社会主义法制建设做贡献的社会主义事业的接班人，你不能因为殴打他人而被抓进去！

大概因为钱恒是男人，相比成瑶，他的行李不多。他拖着行李箱走进了朝南的房间，然而没多久就退了出来。

钱恒的脸色很差，他的声音高到成瑶简直不能忍受：“你知道里面有什么吗？！”

“蟑螂！”钱恒的脸上写满了无法接受，“这是什么地方？竟然有蟑螂！”

成瑶很平静，心想：钱恒可真是大少爷啊，不就是蟑螂嘛。

“一个家庭如果发现一只蟑螂，那代表着这家一定有两万只蟑螂。”钱恒表情嫌恶，“这地方太脏了。”

所以你为什么要来这种地方住……

就在成瑶腹诽之际，她尊贵的老板又开了金口：“你帮我把房间打扫一下。”

他以为自己是老板就可以为所欲为吗？！成瑶心想：我是不会让你得逞的！

成瑶鼓足勇气，不卑不亢地道：“虽然在所里你是我的老板，但下班了，你就只是我的合租室友了。虽然咨询的收费不如老板高，可我毕竟也是一名律师，这不是老板你教我的吗？我们做律师的，怎么能轻易屈服于上级的强权？提供专业服务的律师，不应该浪费时间去做那些低端的廉价劳动。”

“打扫我的房间，大概要花多久？”

成瑶想了想，漫天胡扯道：“要四十分钟。但是我以前看过一篇文章，人和人之间的区别就在于怎么度过下班后的时间。这四十分钟，我是准备用来学习法律专业知识的，很可能因为这四十分钟，我和别人就拉开了距离。”

很多时候，人与人之间相处，就必须从一开始立规矩，她不能做“丧权辱国”的事！

“我给你一千块，干不干？你一个小时的咨询费是一千元，打扫我的房间用四十分钟，这价格很合理。”钱恒一边说一边就从钱包里抽出了一沓纸币，“现结。”

“给你一分钟考虑，过时不候。”

“谢谢老板！其实我觉得职业没有贵贱之分，做所有工作应该都像我们对待当事人一样认真！体力劳动和脑力劳动一样值得歌颂！”

成瑶彻底地放弃了原则，毫无原则地“丧权辱国”起来……

结果成瑶刚打扫完钱恒的卧室，这久未有人居住的房子就又有了新的问题。

钱恒站在厨房门口，好看的眉皱着，兴师问罪：“怎么没水？”

成瑶查了查：“水费交过了，肯定不是因为欠费而停水。”

“那就是房子长期空置没人用，导致水龙头过滤网堵了或者水管生锈了，疏通下就行了。”

成瑶附和地点了点头，然后看向钱恒。

然而钱恒并没有任何动手干活的意思。

自己这位英俊的老板难道不应该敏锐地发现问题后，就着手解决问题吗？

钱恒瞟了一眼成瑶，伸出了自己的手："你看到我的手了吗？"

成瑶不明所以地点了点头。

"你形容一下，这是一双什么样的手？"

"很白？"

"还有呢？"

"手指很长？"

"继续。"

"手很漂亮？"

钱恒眯着眼睛："皮肤状态呢？"

成瑶虽然心里觉得自己老板的这些问题有点奇怪，但是还是下意识地道："很细腻？"

"像是干粗活的手吗？"

"不像。"

钱恒从鼻孔里哼了一声："所以，像我这样的手，你觉得用来通水管，合适吗？"

"加你两百。"钱恒微微一笑，用那只养尊处优的手对成瑶挥了挥，"去通吧。"

"嗯？有异议吗？"

成瑶目瞪口呆："通水管这种事，难道不应该都是男人做的吗？"

钱恒瞥了她一眼："新时代，哪里有什么男人应该做的、女人应该做的？男女平等，你不能有先入为主的性别歧视。妇女能顶半边天。"

"上吧。相信自己，你可以的。"钱恒拍了拍成瑶的肩膀，潇洒地走了。

成瑶灰头土脸地通好了水管，又回房间整理了片刻，门铃便响了。

钱恒开了门，然后成瑶便目瞪口呆地看着一箱子一箱子的行李被搬家工人运了进来。

成瑶盯着堆满客厅的行李，不由得感叹：谁说男人的行李少？！

光是鞋，钱恒就有十几双，西装大约有二十多套，领带还有一整盒……

想想自己那可怜的衣柜，成瑶有一种枉为女生的感觉。

钱恒的众多行李中竟然还有三大箱依云天然矿泉水。

“以后不要接自来水烧水。”钱恒感受到成瑶的目光，回头扫了她一眼，“以后烧水都用依云。”

“其实自来水烧开了是没问题的，不会损害健康的。每次都喝依云，那简直和烧钱没两样啊。”

“是不会损害我的健康。”钱恒笑笑，“但是会损害我的格调。”

“我每天辛苦工作，就是为了能过随心所欲的生活，烧钱——我烧得起。”钱恒看了成瑶一眼，“我发现你们很多人都陷入了一种思维误区，觉得自己平时节省一点，生活就能更好一点。但其实不是这样，想要生活好一点，那就更拼一点，节流不能让你的生活品质发生变化，开源才可以。”

“嗯……”

“作为给你的额外的员工福利，你可以和我一起喝依云。”

我可真是谢主隆恩了……

钱恒回房间之前，给成瑶灌了最后一碗“毒鸡汤”：“希望你好好工作，没有我也能过上喝依云的生活。”

一切收拾妥当后，已经晚上八点了，成瑶赶紧打开电视，调到星芒卫视。她最近在追《灵瑶攻略》，这部剧讲了女主角灵瑶从一个浣衣女工一步步成长为女太医的励志故事，情节紧凑，关键是饰演女主角的白星萌长得尤为漂亮，演技又在线，男女主角感情戏也很甜蜜，看得人少女心爆棚。

成瑶看得入神，连钱恒什么时候从房里出来都不知道，直到电视台插播广告。

“你不是说，人与人拉开差距，主要看的是下班后如何利用空余时间？”钱恒趁着这个当口开口，冷笑道，“你不是准备认真学习法律专业知识吗？”

“这个……有时候电视剧里其实也涉及一些法律知识的。”成瑶硬着头皮道，“这种寓学于乐的方式，有时候也是一种另辟蹊径的学习方法。”

可惜十分不巧，就在这时插播的广告结束了，女主角灵瑶又穿着一身古装出现了。

钱恒扫了眼屏幕：“在古装片里学法律知识？是挺另辟蹊径的。”

“我……我在复习中国法制史，这里面也涉及中国古代的刑罚体系……”

被钱恒盯着，成瑶觉得自己编不下去了……

“少看点这种没营养的电视剧，有空多看看法院判例。”钱恒下了最后通牒。

成瑶嘀咕道：“难道你不追星吗？你不觉得白星萌特别漂亮吗？我很喜欢她啊。而且她的演技是真的好，她前几年都过气了，硬是凭着过硬的演技和坚持不懈的努力得到了灵瑶这个角色……”

“不，我从不追星，星追我。”

成瑶有些不解。

“我不习惯为别人浪费时间和金钱，我更习惯别人付费来和我说话。”钱恒非常倨傲地说，“就算对明星，也是如此。”

成瑶在心中翻了个大大的白眼，你就装吧，人家大明星还付费找你说话？老板，你这怕是在做白日梦吧？吹牛也打个草稿好吗？

“总之，我劝你把电视机关了。”

成瑶很不满：“老板，上班时间我从来不开小差。下班了我看个电视，难道还犯法吗？”

“不犯法，但是我要睡觉了。”

成瑶一看时间，心想：钱恒也不过二十七八岁，怎么作息完全参照老年人标准？何况……

“我声音开得真的很轻呀，不影响你睡觉的。”

“我睡觉，不允许周围有任何一点声音。”钱恒理所当然地道，“虽然电视机音量不大，但你在客厅里活动，势必会有些动静。”

成瑶有些生气了：“要是你觉得我发出噪声扰民，你就去法院告我吧。钱律师要是能拿着判决书回来，我绝对配合执行。”

钱恒抿了抿嘴唇，显然非常不悦，然而对于成瑶的耍赖一点儿办法也没有。他怒气冲冲地灌了一瓶依云，恶狠狠地扫了成瑶一眼，才重新回了房间。

不管怎样，成瑶就这么凌乱地和自己有毒的老板开始了合租生活。

好在钱恒上班的时间非常早，成瑶起床的时候他已经走了，她因此避免了和他进一步的接触。

入职的第二天，成瑶终于把所里其余同事的名字和人都对上了号。

她今天也见到了和她在同一团队的谭颖，对方举手投足都很优雅。

“你好呀，我是谭颖，虽然你比我早工作一年，但我读了研，所以年纪上还比你大两岁。虽然在工作上我可能没法给你传授什么经验，但是如果你生活上遇到问题都可以来问我哦。”她朝成瑶眨了眨眼睛，“尤其是感情方面。”

成瑶的心渐渐地安定下来，虽然说钱恒有着剧毒，但是团队里的同事都很好。包锐看起来是个大大咧咧的老好人，谭颖也这么温柔好相处，对她来说总算是个安慰。

正当成瑶想要感谢谭颖的好意之时，谭颖的手机响了。她看了一眼号码，接了起来。

“我叫你不要再打给我了！你是听不懂人话吗？呵，我会去用小号到微博上抹黑你现女友？我嫉妒她长得好看？”谭颖的态度跟刚才相比简直是一百八十度转弯，气场全开，“恕我说句实话，你新女友真的丑，她就是化了妆也没有我化成灰好看！”

包锐好心地解释道：“她前男友。”

嗯……成瑶心想，我还是不要找她咨询感情问题了……

除了自己团队的人外，成瑶也认识了除谭颖外的三个新人。

这三个新人分别被分到了另外三个合伙人手下，其中两个男生——李明磊和陈诚都是从A大法学院毕业的，李明磊在伯克利读了一年的LL.M.（法学硕士），陈诚通过保研在A大读完了硕士；另外一个女生叫王璐，是从别的律所跳槽来的，之前已经有三年的工作经验。

成瑶刚和几个新人交流了几句，包锐就走了过来。

“成瑶，去5号会议室开会讨论案例，带上笔记本啊。”

成瑶去的时候钱恒已经坐在会议室里了。包锐调试好手提电脑和投影仪，今天他们要研究的案情便呈现在了屏幕上。

“一对夫妻，男方有企业，在结婚前两人签订了婚前协议，约定如果离婚，对彼此的婚前财产不进行分割，只对婚后共同财产进行分割。结婚半年后，两人因感情不和而离婚。因为婚前协议的存在，外加婚姻存续时间短，女方只得到了七十万现金。但现在女方发现男方的企业即将融资上市，认为自己当初离婚时分割到的财产并不合理。女方找到我们，希望调查男方在婚姻存续期间的财产情况，调查男方是否在离婚分割财产时存在隐藏、欺诈的行为，女方希望我们为她争取到更多的财产。”

钱恒扫了眼投影屏幕：“这是目前我在接洽的一位客户，案情自然更复杂，我对案件的细节做了简化处理。老规矩，这个案子我会带一个助理律师，谭颖目前已经在忙另一个案子了，所以包锐和成瑶你们俩竞争。针对目前的案情，大家可以进行讨论，提供思路最多并且最深入的人，我会选来一起参与这个案件。”

包锐第一个发言：“现在距离离婚已经有多久了？”

时间点非常关键，离婚后主张重新分割财产是有时效的。

“一年十个月。”

“那还在有效期内。夫妻一方存在隐藏、转移、变卖、毁损夫妻共同财产或伪造债务企图侵占财产的，另一方发现后，在离婚后两年内，提供财产线索可以在离婚后以财产纠纷为案由向法院起诉。”

“嗯。”

“那就好办了，既然男方有企业，那就先从他的企业调查。在婚姻存续期间，他有没有以现存企业为股东，成立其余子公司？或者以现存企业参投别的公司？或者现存企业在婚姻存续期间有增资过吗？一旦有这些现象，我们调查清楚他的股权比例，就可以找他要钱了。”包锐挺兴奋地说，“而且他这企业要上市，这估值与之前不可同日而语，这案子要是能成，估计我房子的首付有着落了。只是调查取证的时间有点紧，我们必须在两个月内完成起诉……”

一场案情分析讨论会，几乎成了包锐的个人表演。毫无疑问，钱恒最终选了包锐来参与这个案件。成瑶完全像是个会议记录员，只来得及拼命消化钱恒和包锐的思路。

钱恒做事讲究高效率，没多久会议就结束了。

“我稍后发你这个案件的具体资料，你可以就男方企业和财产信息进行调查了。”

包锐领了活儿就出去了。

成瑶想跟着他出去，却被钱恒叫住了。

“包锐针对案情提出了九点思路，你呢？”钱恒冷哼了一声，“连话也插不上吧？你以后是要改行当速记员还是会议纪要员？”

成瑶咬了咬嘴唇，没有反驳。确实，她看到了她与包锐的差距，当自己还在脑海里搜索相关法律条文的时候，包锐已经脱口而出了；当自己大脑一片空白在想着从什么方向调查男方财产情况的时候，包锐已经条理清晰地分析了起来。

“你想知道怎么做吗？”

虽然钱恒有着剧毒，但是在专业知识方面，他确实在行。成瑶认识到了自己的不足，诚恳求教道：“老板，请您赐教，我知道我的基础不够好，我一定奋起直追！”

“那么从今晚起，我不想看到你在客厅看电视剧。”

钱恒一本正经地道：“你基础都差成这样了，还有什么资格看电视剧？跟我来办公室，我这边有一点以往案子的案卷，你这个星期看完并在每个案例后面标注好心得体会，下周一交给我。”

钱恒，你就是公报私仇！成瑶恨得牙痒痒。

套路，一切都是套路！原来这一切都是为了引出“晚上不许看电视”！

钱恒这家伙真的很毒，生怕成瑶过几天卷土重来，竟然想出了案卷学习和验收这一出！

成瑶垂头丧气地跟着钱恒去了办公室，等抱着所谓的“一点”案卷出来的时候，成瑶脸都白了。

这哪里是一点点案卷？！这明明是一大摞案卷！

幸好包锐正好路过，接过材料帮成瑶搬到了办公桌上。

“成瑶，这里还有一点。”

成瑶刚瘫倒在座位上，内线电话就响了，钱恒用恶魔般的声音呼唤着她。

搬了一趟又一趟，成瑶最终得到了摆满桌面的案卷。

包锐有些同情她：“钱par很少对新人这样关注的，他平时其实都不会为了案情讨论专门开个会，按照他的说法，他的一分钟折合人民币一百六十六点六，六循环元，和我们每多说一分钟就亏掉一百多块钱，所以平时这种案情讨论都是通过群邮件完成的。”

“而且我也从没见过他这么紧盯新人、督促新人学习。”包锐看着堆满成瑶桌面的案卷，“按照我们钱par对新人一贯视而不见的作风，这不应该啊。”他狐疑地看了成瑶一眼，“难道因为你比较漂亮，所以钱par想出这些招数让你们之间有更多相处的机会，一起花前月下探讨个案例什么的？两个人互相模拟对方辩护律师，为了争夺家产和抚养权大打出手，撕扯到天明。天哪，想想就觉得好浪漫！”

包锐，你恐怕和钱恒待久了，也已经中毒了吧！

成瑶心里充满痛苦，这是什么富贵荣华组合，这是一个五毒教啊！

成瑶在律所楼下的全家解决了晚饭，才带着卷宗、拖着疲惫的身躯回了租住的房子。

虽然成瑶被勒令不许看电视，但其实今晚钱恒不在家，他有个涉外婚姻纠纷的当事人需要沟通，因为时差只能晚上留在所里和客户开越洋视频会议。

成瑶窝成一团瘫在沙发里，决定享受这难得放飞自我的时刻。

五分钟后，她认命地起身，准备回房学习。

虽然钱恒打击自己只是为了一己私利，但确实激起了成瑶不服输的斗志。

可惜成瑶才看了一个案例，就被一阵急促的拍门声给打扰了。

“钱恒，我看到房里有灯，我知道你在家！你要是不开门，我就站在你门口敲一夜！”

成瑶透过猫眼看清了敲门的人，那是个长得挺好看、穿着很时尚的女生，她一脸委屈和愤怒，站在门口正锲而不舍地敲着门。

成瑶一下子就精神了。这是什么情况？！难道门外就是钱恒传说中的女友？还是前女友？一上来就堵门，这人肯定是和钱恒有过节！难道钱恒之前因为劈腿被抓了？

她的八卦之魂完全燃烧了，赶紧掏出电话给钱恒打过去。

钱恒大约在忙，过了很久才接起电话，语气很冷：“你最好有充分的理由说服我接你的电话，我的时间很贵。”

“钱par，门外有个美女来堵你！”成瑶幸灾乐祸地道，“是不是你的女友？还是前女友？我该请人家进来，招待下吗？”

钱恒沉默了一秒钟，冷冷地道：“不是，别理她。”

“她不停地敲门啊，看这架势，我要是再不开门左邻右舍都该报警了！”

“那就让别人报警把她带走。我很忙，挂了。”

话音刚落，钱恒果然就挂了电话。

他这么冷酷？这行为果然很钱恒！

然而门外的敲门声还在继续。

成瑶的心中充满了好奇，钱恒让她别开门，她就偏偏很想开门看看，这个女生和钱恒到底是什么关系。

成瑶在心中给自己找了几个理由，想好了解释两人合租的措辞，这才走到门口，打开了门。

她面带微笑道：“你好。”

“我不好。”门外的女孩妆容精致，然而脸色却很臭。

成瑶想了想，决定打破沉默，自我介绍道：“那个，我是——”

“行了，你不用说，也不用在我面前耀武扬威。我知道，你是成瑶——钱恒目前的同居女友。”

成瑶困惑了，等等，事情的发展有点不对啊。

那女孩抬起了下巴：“虽然不想承认，但钱恒毕竟是我董敏喜欢的男人，他看女人的眼光倒是不差。”

“虽然你说我长得好看我很高兴，但你听我解释，我和钱恒——”

“你不用解释，我知道你们现在感情正浓。钱恒为了你连高档别墅区都不住了，迁就你搬来这种小区，但有些感情只是一时的。”

“不是……”

“别这么自信，来日方长，我是不会轻易放弃钱恒的。”

“我和钱恒之间是单纯的——”

“你不用宣扬你们的恋爱有多纯情，我今天就是过来告诉你，只要钱恒没结婚，我就会和你竞争到底。”

董敏显然是个急性子的人，每次成瑶刚想张口解释就被董敏飞快地打断了，这一次成瑶终于抢占了先机：“我真的不是钱恒的女朋友！”

董敏冷哼一声，掏出手机：“你自己看，钱恒他都大方地承认了，你有什么好遮掩的？”

成瑶凑上去看手机屏幕，界面上是一条短信。

“我不在家，请你别打扰我的同居女友成瑶。”

成瑶无语了。

钱恒这不就是在告诉对方：我不在家，请你尽情地去找屋里的人发泄你的情绪吗？！

她真是人在家中坐，锅从天上来！

董敏显然认定了这一“事实”，她抿着嘴唇向成瑶下了战书，然后高傲地离开了。

钱恒和客户开完越洋视频会议后回到家，打开门的时候，成瑶正一脸“心塞”地坐在沙发上。

看到钱恒，成瑶蹦了起来：“你为什么发那种短信？！”

钱恒瞥了她一眼：“因为我算准了你唯恐天下不乱，肯定会开门。”他解开了衬衣扣子，拉松了领带。

成瑶悲愤地道：“我就是怕人家是你暧昧对象，误会我和你就不好了。所以我特意开门，就是想着帮你解释啊！”

“你这么想表现，我给你个表现的机会。”

成瑶心想：我要的不是这种被当成挡箭牌的表现机会啊！

钱恒喝了口水：“还有，我只和人民币暧昧。”

“那她是谁？”

“是我目前一个大客户的女儿。”钱恒皱了皱眉，颇有些头痛的意味，“我已经拒绝过她，但她根本不听。她从她爸那里知道了我的住址，成天跟踪堵人。我为了躲她只好搬到这里，没想到她又找来了。”

从来不在乎别人感受、从来不看别人眼色的钱恒，竟然还会因为董敏是客户的女儿就给面子不正面对抗，玩搬家这种逃避的手段？

“这个客户，对你来说很特别吗？”

“这是我执业后第一个客户。”

成瑶有些意外，剧毒如钱恒，原来还有如此念旧和感性的一面。因为这是相识于微时、愿意相信他的第一个客户，所以对于钱恒来说意义也是不同的，他愿意为了这个客户多一些忍耐，为了躲避对方女儿的疯狂追求，不惜自己屈尊搬家。成瑶毫不怀疑，要是换成别人，钱恒早就不留情面地喷射毒液让人家中毒身亡了。

“但是你以为他是我第一个客户，我就会给他优待吗？”钱恒却仿佛知道成瑶心中所想，他微微一笑，“不存在的。”

那你为什么不正面“刚”？

“是因为他现在有一个标的额七个亿的家事案件由我在代理。”钱恒瞥了成瑶一眼，回答了她心中的疑问，“他很宠爱自己的独生女，我想要摆脱他女儿自然是有办法，通过毫不留情的冷酷和打击就可以。但如果我这么做，董敏受不了一定会去找她爸哭，她爸一定会作为中间人来找我游说，尤其目前还有案子合作，我们不得不见面。我不希望他用这些私事来占用我的时间，我不喜欢周旋这些事，我希望我有限的生命都能投入到无限的赚钱中去。”

“不过这个案子的前期准备工作都已经做好了，等时机到了就起诉，大约还要一个月吧。起诉以后，他要仰仗我的法律服务，就得听我的了。”钱恒愉快地说着，“到时候我就可以为所欲为了。”

果然相信性格如钱恒竟然会有人情味这回事，是自己太天真了！

成瑶想了想董敏，突然没来由地有些同情她，也不知道案子结束后，董敏会在钱恒这里体会到多少狂风暴雨。

“但不能住自己家的话，你可以住酒店啊……”成瑶想了想，有些不明白，“五星级酒店到处有啊，毕竟我们这小区怎么能配得上您的格调啊……”

钱恒抿了抿唇：“我不喜欢酒店冷冰冰的风格，没有家的归属感。”

是吗？！可我看酒店冷冰冰的风格和你才是百分之百地匹配啊！！

成瑶在内心咆哮：何况你不自己照照镜子吗？你自己瞧瞧你这脸上零下几十摄氏度的温度，冷得我都觉得和你在一起随时都能看到极光了！你住在这儿是有了家的归属感了，可我就没了啊！！

虽然内心充满了对钱恒的吐槽，但成瑶面上还是一点儿也不敢暴露。

“但是现在，你在这里的住址也暴露了，那继续租在这里对躲董敏也没有意义了啊？何况这小区哪里能配得上您的光彩啊？真的，您住在这种小区，是对您自己的侮辱！是对您自己的不负责任！”她狗腿地看着钱恒，“老板，如果您搬家时需要整理行李，我可以帮忙的！”

成瑶恨不得把内心的小九九都喊出来：既然如此，您这尊大佛不如索性搬回家呗，何苦和我一起窝在这小庙里？

钱恒瞥了成瑶一眼：“我确实没想到她这么快就能找到我现在住在哪

里，我低估了自己的魅力和她对我的狂热程度。毕竟我当初为了让她猜不到，特意找了这个完全不符合我档次的小区。”他顿了顿，扫了成瑶一眼，“不过现在你住在这里，反而能做个挡箭牌，倒是意料之外的用处。”钱恒语气愉快地说，“等这个案子胜诉，董敏大概就不会找我了，那时候我再搬回去，正好我的别墅翻修也差不多完工了，十分完美。”

你把别人当挡箭牌这种话说得这么直白真的好吗？

饶是这样，成瑶还是没有轻易放弃，她继续循循善诱：“那除了这种不符合老板身份的小区，难道老板就没有别的房子可以搬进去吗？毕竟自己的房子更有家的归属感，你说是不？”

钱恒很直接：“没有了。”

成瑶的心理因为这个答案稍微平衡了点，臭屁如钱恒，工作几年当了合伙人，看来挣的钱也就只够买一栋别墅……

然而精神胜利法还没施展完毕，她就听钱恒继续道：“我还有其他三栋别墅、四个大平层都没有装修，真的没法搬。”他有些苦恼，“我太忙了，案源实在是太多了，每个客户都上赶着给我送钱似的求着我接案子，我实在没时间去装修。”

钱恒，论欠扁程度，如果你排第二真的没人敢排第一啊！

“我本来是想把你赶走的，我不喜欢合租，但是发现你就是新入职的助理律师时，决定把你留下试试。虽然这一切很巧合，但有些时候巧合也是一种运气，我不应该剥夺你难得的幸运。”

成瑶：“什么幸运？”

钱恒用一种“那还用说”的表情看了成瑶一眼：“别装傻了，能和我合租，你一定觉得这运气都快赶上中六合彩了吧。”

Excuse me（对不起，打扰一下）？

这是什么运气？！还中六合彩呢？！成瑶只想痛哭：我到底上辈子做错了什么？！

“我不习惯和人合租，但和助理律师合租勉强也有好处。需要加班的时候可以不用赶去所里，我们在这里就可以一起加班了。”

这是什么“天大”的好处啊？！我并不想和你一起在家里加班啊！

“而且有的时候，我也想体会一下平凡人的生活。”钱恒皱了皱眉，有些头疼的模样，“我听说最近几个法官都在背后表示我不接地气、有点难以交流，可能大家的生活层次实在差得太远了吧。但作为家事律师，和婚姻庭法官交流还是有必要的。”说到这里，钱恒又嫌弃地扫了一眼房子的陈设，一脸深明大义的表情，“为了工作，我可以忍。”

大哥，人家那是在委婉地骂你呢，只不过说得比较含蓄而已！真的求求您不要忍了，放过我吧！

“总之，你要好好把握这一个月的宝贵机会。”

“嗯？”

钱恒抿了抿唇，说：“一个月后，等我解决了董敏，我就不用再住在这种房子里了，所以你还能和我合租的时间，也只有一个月而已。”

“好好珍惜吧，不是每个人都有机会和我这么近距离地接触一个月的。”钱恒微微一笑，“能每晚不用付费就和我说这么多话，按照我的收费标准，你每晚和我说话一个小时就是净赚了一万块，真的是日进斗金，连我都有点羡慕你了。”

钱恒，我给你一万块，不要再和我说话了行吗？！我快要窒息了！

“你瞪着我干吗？还不快去看判例？”

人在屋檐下，不得不低头，成瑶只好垂头丧气地回了房间。

被选进了钱恒的团队，成瑶一度被其余新人羡慕，毕竟钱恒团队的案子标的额大、分成多，都是重量级别的，也很有代表性，就算以后谁要跳槽，把经办案件一写，履历也非常漂亮。钱恒虽然老板病严重，但专业能力过硬，跟着他一起工作，员工得到的锻炼和成长也更多。

然而这只是表面的光鲜。成瑶从文印室出来，看着其余正在埋头工作的新人，叹了一口气。她虽然跟了钱恒，但钱恒至今一个案子也没分配给她，倒是包锐分了点活儿给她，但让她做的也尽是些打印文件、装订卷宗这类没任何技术含量的事。成瑶反而还不如被分给其他合伙人的新人，他们有的在修改婚前协议，有的已经参与离婚案件了。

像是配合着成瑶的心情，今天外面狂风暴雨，台风竟然就这么改道来了A市。幸好成瑶今天出门早，九点上班，她八点半就到了所里，成功躲过了一场暴雨。

其余同事就没这么幸运了，已经九点半了，还有人没到。

“成瑶，来我办公室。”

成瑶昨晚看了一晚案卷，本想找包锐探讨探讨，可惜没等来包锐，却等来了钱恒。

成瑶一进办公室，就决定先发制人。

“老板，我想参与之前讨论的那个案子，我不要分成，我就想有个机会能跟着你们学习。”

“好。”

钱恒坐在办公桌后面，一边看卷宗，一边头也没抬地回答。

就这样？！她预想中的阻挠呢？她的要求这么容易就实现了？

“我、我也能参与吗？”终于不用坐冷板凳，可以参与实战了，成瑶相当惊喜，“谢谢老板！我知道我的努力一定会被你看见的！我会更积极——”

“我真没看见。”

“哎？”

钱恒终于抬起头，扫了成瑶一眼，慢条斯理地道：“我虽然让你参与，但你不要自我感觉良好。你的基础在所里算是比较差的，工作经验又少，之前只在别的律所实习了一年，根本没独立承办过案件。就昨晚看了一会儿案卷，别给自己脸上贴金说自己努力了，行吗？”

只要能参与案件，钱恒让她叫他爸爸都行，被损几句完全不介意！

“好了，出去吧。”

“等等，那您刚才叫我来是什么事啊？”

“哦，就是让你一起参与这个案子。”

成瑶震惊了。原来自己不提，钱恒也准备主动让自己参与案子，那是不是说明犀利如他一眼就看出了自己的潜力，觉得自己是个可塑之才？！

“收收你脸上自我陶醉的表情，让你参与是因为包锐今早在上班的路上滑了一跤，扭伤腿了。”

虽然如此，成瑶内心还是很激动：“没关系，能成为包锐的备胎，我也心甘情愿！”

“不，包锐没有退出这个案子，他只是不能来上班，但还会通过邮件和电话继续跟进。”

“所以我——”

“所以你不要强行给自己加戏，你撑死只能算个千斤顶。”

“他因为腿伤没办法去工商局查阅的企业档案、股权情况，都由你来代劳。”钱恒把手交握在胸前，“另外，我替包锐感谢你。”

成瑶抓了抓脑袋，正想说同事之间互相帮助是应该的，就见钱恒顶着一脸老狐狸般的表情笑着道：“感谢你主动放弃了分成，包锐不用把自己的钱再分一部分给你了。”看见她瞪大的双眼，钱恒挑了挑眉，“难道不是你刚才信誓旦旦地说，只要能参与这个案子，分成一分不要？”

“按照你自己的强烈要求，这事就这么定了，你出去吧。”

成瑶虽然在钱恒这儿吃了瘪，但能参与案件的激动还在。收到钱恒发来的案子信息和材料后，她就埋头研究起来。

这次的材料就很详细了，不单单是之前案情讨论时的寥寥几句。钱恒的客户叫李艳，这样普通的名字成瑶自然不知道对应的是谁，但李艳前夫的大名就如雷贯耳了，竟然是知名文学和视频网站团团在线的创始人徐俊。

成瑶平日里没少在团团在线上看搞笑视频和小说，然而她对徐俊更多的了解并非来自新闻的财经版，而是来自娱乐版。

他曾和成瑶最近喜爱的女星——饰演灵瑶的白星萌传过很长时间的绯闻，那段时间正是白星萌爆红、炙手可热的时候，结果就被狗仔爆出了她和徐俊的恋情。

团团在线当年还是个小网站，被这段绯闻带到了大众眼前，刷足了存在感。而白星萌和徐俊这两个人不断被拍到一起牵手逛街、一起做泥塑、一起旅行……最终两人也半推半就地默认了恋情。

不过这段恋爱闹腾了半年以后，两人的互动减少，几乎不再同框，白星萌也和当红男团“小鲜肉”传出了新绯闻，她和徐俊的那些花边新闻才终于逐渐被人们淡忘。

成瑶把钱恒用邮件发给自己的材料全部打印了出来，然后静下心来细细翻阅。这一翻她才发现，原来徐俊早在三年前就和这位李艳结婚了，在两年多前，都已经离婚了！按照这个时间推算，他和白星萌暧昧的时候，根本就是已婚身份，他对大众隐瞒了结婚的事实啊！

徐俊这个渣男！成瑶作为白星萌的粉丝义愤填膺，她翻着材料，暗暗下了决心：一定要帮这个被劈腿的李艳拿回她自己应得的财产！

然而理想很丰满，现实很骨感。一个婚姻案件中，就算婚姻只维系了不到一年时间，但涉及的各种细碎资料犹如能把人吞没的浩瀚大海一般，钱恒发来的材料外加包锐针对徐俊名下几家企业的调查，打印出来竟然有三百多页，这还只是初步资料。成瑶翻着这些材料，越看越觉得头脑一片混乱。

她从没有接触过涉及事实如此多的案件，李艳并非法律专业人士，因此提供的材料没有什么重点可言，往往二十页材料只能提炼出一页有用的信息。成瑶有一种掉进海里却四处找不到浮木的感觉，她想要好好办这个案子，但要从这么一堆材料里厘清思路，实在是把她难倒了。她是心有余而力不足。

这个认知把成瑶打击得不轻，她终于理解钱恒之前为什么不让她参与案件了，因为她的能力真的不够。

成瑶只在之前的律所实习了一年，刚刚拿到律师证就跳槽来了君恒，因此可以说是从没有执业过。而包锐单单在君恒就已经工作四年了，他们之间的差距真的比成瑶想象的还大。

刚刚拿到材料时，成瑶充满了想要一展身手的热血激情，拒绝了所里其余同事的午饭邀约，坚持要先把材料看完再吃饭。此刻她只能抱着沮丧的心情，一个人外出觅食。

成瑶也不是没有怀疑过自己的。

律师这条路，从来都不是轻松的。有志于此的人花了那么大的力气通过了号称“天下第一考”的司法考试，付出了无数的心血，可执业初期的收入或许只是在别的行业从业的同学的零头。

大部分初入职场的年轻律师在执业前几年可能都拿着一个月千把块的微薄的基本工资，分成不稳定，为案源发愁，工作强度大，过着没有严格上下班界限的生活，心理压力巨大。偏偏律师这个行业又是高风险、高强度、竞争大的行业。

就像养蛊一样，每一个新律师都像是蛊虫一般被丢入缸里，毒多的吃毒少的，强大的吃弱小的，你要和那些与你同期的年轻律师竞争，也要和那些执业多年的成熟律师竞争。最后能在这个行业里坚持下来的，都是经过千锤百炼之后心性足够坚韧的人。

这个行业最残酷的地方在于，不是你足够努力，就一定能熬出头。

成瑶没忍住，给秦沁发了一条微信。

"丧！感觉打不破执业一年内转行的魔咒了。"

情绪实在低落，成瑶发完这句后，还发了一连串痛哭流涕的表情包。

秦沁平日里也忙到飞起，自然不会那么快回复。

成瑶耷拉着脑袋，垂头丧气地走进了写字楼下的一家日式拉面店。

因为这一带写字楼多，白领也多，所以就算这个点了，拉面店里的生意还是十分地好。成瑶运气还不错，等了一分钟，就有一张四人座的桌子空了出来。

她点了份豚骨拉面，面上了之后埋头就吃。

没过多久，她对面的空位也坐上了人。

情绪低落的成瑶压根儿没兴趣抬头，只继续呼啦啦地吃着拉面。

"有这么好吃？"

直到钱恒冷飕飕的声音响起，成瑶才意识到自己对面坐着的是自己那位难伺候的老板。

钱恒大约刚结束和客户的会议，所以也这个点才来吃饭。

面对钱恒的问题，成瑶下意识地点了点头。

同在一张桌子上吃饭，成瑶觉得自己应该说点什么来避免尴尬，然而还没等她开口，就有人叫住了她。

"成瑶？"

"哎？吴晨？"成瑶抬头，才发现喊住她的人是曾经的高中同学吴晨。

吴晨显然也刚来吃饭："正愁没位置坐，你旁边位置是空的吗？空的话我正好拼个桌。"

成瑶表示可以坐以后吴晨就坐了下来，他很有聊天的兴致："我在附近的民生银行工作，你呢？"

"我在君恒律师事务所上班。"

吴晨来了兴趣："你在做律师？"

成瑶老老实实地点了点头："嗯。"

"太好了，能不能请你帮个忙？"

"哎？"

"就是我们行有个领导，他妈妈之前去做了个P2P理财，投了两百多万元进去。结果现在那家P2P公司爆雷了，公司的高层都跑了，钱也都被卷走了，我领导的妈妈这时候去翻当初签的合同，才发现签的不是什么理财投资合同，而是保健品购买合同，这明显就是骗老人家不懂合同啊！我想问问你怎么能把钱要回来，你是做律师的，能不能给我讲讲他们应该怎么维权？我领导的妈妈都被气住院了，我领导也是急得要死……”

面对这铺天盖地的问题，成瑶十分尴尬，这是她最怕遇到的情景。

外行并不知道律师的工作模式，他们总觉得三言两语随便复述下转了几手的“案情”，律师就能在十秒钟内给出专业的回答。他们更不知道，律师都是术业有专攻的，比如成瑶，她的婚姻法、继承法学得不错，但对这种金融诈骗却一头雾水。

成瑶决定实话实说：“我其实不太懂这个领域，我建议你让你领导去咨询从事金融诈骗领域的专业律师。”

“你这回答怎么这么‘官方’啊？”吴晨笑笑，开玩笑似的道，“我就想着你是老同学，相信你才问问你，你们律师是不是不收费的问题都不肯回答啊？其实也就两三句话的事，你大致给我点儿意见就行了，你这也太不够意思了吧？”

“你如果胃不舒服去医院的话挂什么科？”

就在成瑶斟酌着如何回复吴晨之际，刚才坐在对面一言不发的钱恒抬起了头，伴随着他动作的是他冷冰冰的声音。

“当然挂消化内科啊。”吴晨下意识地回答完，才感到有些意外，“你是谁啊？”

钱恒的表情嘲讽：“原来你知道胃不舒服要挂消化内科。”

吴晨瞪着眼睛见鬼似的看着钱恒。

“她都说了她不从事金融诈骗领域的业务，你还硬逼着她给你提法律意见，那你有胃病的时候，怎么不去找肛肠科的医生给你看病呢？”

这话太毒了，吴晨的脸一下子涨得通红。

钱恒轻易不出手，出手必伤人，他不顾吴晨红得发紫的脸色继续道：“肛肠科医生不会给胃病病人诊断，这是医生出于对职业和病人负责任的态度，从事不同法律领域的律师不乱下结论也是一样的。何况就算去看肛肠科医生也要挂号吧？你呢，一分钱不付，还逼着人家给你建议？”钱恒指了指成瑶，“她上辈子造了什么孽，欠了你什么？”

对于钱恒的话，吴晨根本没有任何招架之力，他只能梗着脖子道：“你是谁啊你？我和我的老同学聊天，你凭什么多管闲事？”

“凭我是她的老板。”钱恒十分冷酷地道，“凭我花了钱买了她的时间。我不允许她在你这样的人身上浪费时间。”

不知道为什么，成瑶这一刻几乎要屏住呼吸，她的心扑通扑通地剧烈跳着，因为紧张，因为惊讶，也因为……畅快。

成为律师以来，类似吴晨这种人成瑶不是第一次遇到，但她从没有钱恒这样拒绝的勇气。

许多人并不愿意为无形的东西付费，譬如知识产权，譬如律师、会计师的专业咨询服务。很多人不认可这种服务的价值，总觉得既然大家都认识，这种动动嘴皮子的活儿，你看在面子上帮帮忙就行了，收什么钱啊。

“免费咨询？你也好意思开口，怎么不直接大方点叫成瑶去喝西北风？每个人都像你这样想着免费咨询，律师这个职业就灭绝了。”

“另外，她的专业领域是家事法律，你什么时候要离婚可以找她。我作为老板，允许她给你打个折。”

吴晨这下被噎得哑口无言，点的面还没上就硬着头皮尴尬地寻了个临时开会的借口，灰溜溜地走了。

钱恒仍旧冷着一张脸，他的眉眼英俊、气质冷淡，与这间热热闹闹的日式拉面店仿佛格格不入。他的脸上还是写满了生人勿近的差脾气，难以取悦的漂亮薄唇抿着，根本看不出几分钟之前从这里蹦出过刻薄的嘲讽，然而成瑶却从没有哪一刻觉得钱恒这么帅过。

他是真的帅。他还是有毒，但是那毒让人无法拒绝。

“看什么看？吃面。”坏脾气的老板仍旧脾气很差，他扫了成瑶一眼，“还是你有什么想说的？”

成瑶犹豫了片刻，还是开口道：“那个……其实医院没有肛肠科，那叫泌尿科。”

钱恒毫不留情地朝成瑶翻了个白眼：“我又不需要看这种科，怎么会知道名字？而且你不觉得肛肠科说出来更有讽刺意味？”

行吧，虽然她不想承认，但钱恒竟然连翻白眼都翻得挺帅的……

“下次长点儿心，别傻乎乎地给人家做免费咨询。”

虽然钱恒的态度冷冰冰的，但不知道是不是刚喝下的那碗面汤的缘故，成瑶觉得整个人暖洋洋的，但她心中仍有好奇：“老板，你就没想过，万一我和他以前关系真的很铁，你刚才那么说会让我很难做人，也很尴尬啊。”

钱恒冷哼一声：“你真正的朋友根本不会想着这样占你便宜。更何况连你平时的业务范围都不知道，更不知道你在附近工作，能是多好的‘朋友’？”

“就算不是朋友，那万一是我高中时代单恋的人什么的呢？”

钱恒毫不意外地露出了嫌恶的表情：“连自己的事都不是，为了讨好领导就想要从老同学那里得到免费的法律咨询，好借花献佛、溜须拍马，喜欢这种油腻市侩的人，你瞎了吗？

“算了，你以前可能没见过什么世面，不过我相信你以后会变好的。”

“为什么这么说啊？”

钱恒微微笑了下，整了整自己的领带：“以后你上班、下班都能和我这样优秀的人相处，我一定能把你的品位提升一点。你整天见到的都是我，像刚才那种凡夫俗子，自然会看不上的，失明也就会好了。”

成瑶想：我的速效救心丸呢……

“我知道你心里也很烦刚才的那种对话，以后遇到你就强势点拒绝。”钱恒顿了顿才道，“记住，你是一个律师，是一个斗士，对一切不合理的事和制度，都应该大声说不。”

这一次，成瑶用力地点了点头。

“大学法学本科四年，大约是三万五千零四十个小时；律师实习一年，大约是八千七百六十个小时，每一个律师，至少要经过这样四万三千八百个小时才能拿到律师执照。时间是我们每个律师最大的成本，不论是你还是我，一天都只有二十四个小时，为这些人做一分钟免费咨询就是浪费一分钟生命。每一分、每一秒的时间，都是不可再生的。”

成瑶肃然起敬，她受教道：“下次我会好好拒绝的。”

钱恒挑起了眉：“为什么要好好地拒绝？不尊重律师专业劳动价值的人，为什么要尊重他们？给我态度恶劣地拒绝！”

“这是北海道鱼骨拉面，请慢用！”

就在此时，服务员端上了一碗面，成瑶愣了愣，才意识到这碗面是刚才吴晨点的。

为了向自己这位难以取悦的老板示好，成瑶非常识时务地把面往钱恒面前推了推：“老板，北海道鱼骨拉面是这家店的招牌面，放着浪费，不如您吃了？毕竟平时您工作忙，日理万机的，需要多补充营养！”

“你吃吧。”

成瑶一时之间有些感动。今天的钱恒气场两米八！他不仅帮自己拦了极品同学，竟然还懂得谦让了，简直可歌可泣。然而成瑶刚感动了十秒，就听到钱恒继续说道：“这家店的面太难吃了。”

所以他是因为难吃才把面让给自己？

钱恒还面露嫌弃地道：“从这家店开业那天我吃了一次后，我就决定放过自己，好好活着。”

哎？等等？这家日式拉面店听说去年就开了，既然当初开业后吃过感觉无法忍受这个口味，为什么钱恒今天又来吃啊？

钱恒冷冷地看了成瑶一眼：“你心里没点儿数？”

成瑶疑惑地道：“我怎么了？”

“你自己看看，你都给我发的什么信息！”钱恒一边说一边掏出手机，调到微信的界面，把聊天记录放在了成瑶面前。那上面是十几个哭丧脸的表情包……

钱恒的手指轻轻上滑。

那句“感觉打不破执业一年内转行的魔咒”就大剌剌地显现在了成瑶面前。

成瑶这时才发现，秦沁的微信用户名是“Rebecca Qin”，钱恒的微信用户名是他姓氏的拼音“Qian”，因为在钱恒之前，秦沁是她所有好友里唯一一个用户名含“Q”的人，所以成瑶习惯性地查询Q后直接发了信息。成瑶一翻手机才发现，秦沁不知道什么时候把用户名改成了“小沁”，于是搜索“Q”得到的唯一那个人变成了钱恒。

刚才头昏眼花之下成瑶根本没注意看，按照平日里的习惯直接发了那么一串信息。

然而因为自己发了这些话，钱恒竟然特意为自己来了这家他不会再来第二次的店。

虽然是个尴尬的乌龙，但这一刻，成瑶心中有一些温暖——钱恒对下属还挺关心的。

所以这时候，他是准备找自己谈话吗？他准备鼓励自己吗？

成瑶望着眼前那张英俊得过分的脸，没来由地有些紧张，也有些忐忑。

“我知道很多新人根本撑不过一年，律师是一份很有挑战性也很辛苦的工作，很多人会转行。”钱恒顿了顿，“我希望，如果你坚持不下来，那就马上辞职。”

成瑶疑惑了，等等，说好的鼓励呢？他至少也该来一碗“鸡汤”吧？

“下午我约了那个离婚后申请财产再次分割的当事人，如果你不能坚持，那么请你直接退出这个案子。离婚案件本身涉及的都是客户的隐私，你要是不想干了，那下午的会直接别参加。”钱恒看了看手表，“现在离下午的会还有一个小时，所以我必须现在找到你，并确定你的回答，好方便我替换团队成员。”

虽然这些话很不近人情，但成瑶不得不承认，钱恒非常专业。

既然他接受了客户的委托，那就要把客户的利益放在第一位，事事都考虑得如此全面仔细，也难怪他只用了短短几年时间就成为顶尖的律师。

成瑶第一次意识到，就算钱恒嘴巴毒、脾气差，但她离钱恒还有很远、很远、很远的距离。

“不，成为一名家事律师是我人生目标的一部分。”成瑶咬紧嘴唇，“您放心，虽然会抱怨、会吐槽、会低落、会遇到挫折，但我不会放弃的。”成瑶的眼前闪过邓明的脸，她在自己心里加了一句：在法庭上打败他之前，永不放弃。

“既然不离职，那就好好学会给每个人设置备注。”钱恒冷哼了一声，“我不想看到你下次把什么奇怪的东西错发给客户。”

“好了，我和你没什么可以再说的了。”钱恒整了整衣领，“我终于可以从这家格调和我不搭的店里走了。”

钱恒说完，优雅地擦了擦嘴，起身离开。

路过收银台的时候，他指了指还坐在桌前的成瑶，道：“我的单，算在她头上。”

成瑶目瞪口呆——这家伙竟然是她的老板！

她气冲冲地按照钱恒的指示给他更改了微信备注和手机备注。成瑶用力地戳着手机屏幕，直到钱恒的名字变成了朗朗上口的另外三个字——臭傻×。

这样做还不解气，她翻到手机通讯录，把钱恒的名字统一备注成了这个。

下午的会议约在了两点，成瑶准备好了会议材料，提前两分钟坐在会议室里等待。钱恒这个资深老板病患者竟然并没有在办公室里回邮件，而是也坐到了会议室里。

成瑶很善解人意地道："老板，你要有什么事可以先回办公室处理，等客户到了我打电话叫你。"

在成瑶实习的上一家律所，虽然律师与客户提前约好了时间，但大部分个人客户还是会习惯性地迟到一会儿，成瑶以前遇到过的最夸张的客户迟到了整整两个小时。

中国的法律市场还不够成熟，客户的时间观念也还需要培养。很多律师面对这种无奈的状况，只能让实习生或者助理律师先在会议室候着，等客户到了再通知自己，否则要是花时间专注地等这个客户，恐怕其他案子就不用办了。

结果钱恒一点儿没感激成瑶的好心，轻轻瞥了她一眼："不需要。"他倨傲地笑了笑，一字一顿地道，"我钱恒从来不等人。如果有谁迟到一次，以后就不要再想找我合作了。"他有些同情地看了成瑶一眼，"你以前没进过好的律所，习惯了按照客户的习惯办事，以后把这些在别的律所养成的坏习惯改一改。"

他的话音刚落，行政的同事敲了敲会议室的门，然后引着两个人走了进来。

成瑶下意识地去看手表，真的是两点整，一分不多一分不少。

进来的是一男一女，男的穿着正常的休闲外套，女的就奇怪多了，明明是在室内，却还戴着帽子、墨镜，围着口罩。

虽然成瑶不知道这个男人是谁，但女人无疑就是钱恒的当事人李艳了。

那男人一进会议室，便警惕又略带审视地看了眼成瑶。

"成瑶，我的助理律师，会一起跟进这个案子。"钱恒扫了一眼成瑶，"签过保密协议了。"

听了这话，那男人似乎才放下心来，李艳也这才摘下了墨镜和口罩。

成瑶正准备把此次的会议材料分发给李艳，一抬头，就差点儿把自己吓到灵魂出窍。

李艳？说好的李艳呢？！

出现在成瑶面前的人赫然就是白星萌啊！演灵瑶的白星萌！

“白星萌是艺名。”

钱恒大概看不下去了，言简意赅地给了成瑶一句解释。

所以，白星萌的真名是李艳？

这太让人震惊了，就仿佛高级发型设计总监Tony过年回家就变成了村东的刘大壮一样。

更让人震惊的是，原来徐俊和白星萌那段绯闻和暧昧并不是谣传！两人不仅谈了恋爱，甚至结了婚，最后还离了！

成瑶完全没想到，有朝一日她竟然托了钱恒的福，能这么近距离地接触娱乐圈明星，能这么近距离地看到活生生的白星萌。

成瑶同手同脚地走过去把材料递给了白星萌，她在极度震惊之下，都忘记怎么表现震惊了。

直到钱恒的声音把她拉回了现实。

“根据你提供的材料还有录音，目前有几个细节我要再和你确认一下。

“你的前夫徐俊回国后于2017年3月18日创办了骏驰影业，但你们两人直到2017年4月5日才在国内民政部门正式登记结婚。”

“对，是这样的。”

“嗯，那么骏驰影业属于徐俊的婚前财产。”

“可我们2017年3月2号就在拉斯维加斯注册结婚了啊？徐俊说骏驰是为了庆祝我们结婚而送给我的结婚礼物。”白星萌很不解，“我们这种在国外结婚的涉外注册，只要符合国内的《中华人民共和国婚姻法》，双方单身、年龄合格，没有禁止结婚的情形，国家不就是承认的吗？何况我们还在拉斯维加斯秘密举行了婚礼的，虽然国内都不知道，但我有录视频，资料也提供给你了。”

钱恒笑笑，道：“在国外办理的结婚登记，不能想当然地认为只要符合《中华人民共和国婚姻法》就是有效的。想让国外注册的婚姻在国内生效，就必须由当地政府出具证明，通过州务卿认证后再去中国驻当地的使领馆认证。只有认证后，双方的婚姻关系才是合法有效的。你们只是在拉斯维加斯注册结婚，就算举办了婚礼，只要没有办理认证，国内就不认可。”

白星萌垂下了头，表情隐在阴影里有些看不真切：“徐俊这样在美国生活了十几年的人，是不是不可能不知道这一点？”

“嗯。”

“所以他果然是在算计我。”白星萌抬起头，笑得有些凄凉，“他在认识我之前，没有任何影视圈里的人脉，结婚后因为骏驰影业就像是我们爱情的结晶，我一直很想让这个公司在影视圈里站稳脚跟，明里暗里利用我自己的人脉给骏驰拉了多少投资、牵线搭桥促成了多少个项目？！就连骏驰影视剧的宣发，我都厚着脸皮靠自己的人情找了人……原来到头来这一切和我根本没关系。”

对于白星萌的这番剖白，成瑶作为女生很是同情她。一段爱情和婚姻逝去后，当事人却发现当初的一切甜言蜜语的背后都是另有所图的算计，试问谁能淡然处之？

然而钱恒对此却毫不动容，他板着脸冷酷地打断了白星萌的回忆。

“需要我提醒你我每小时的收费吗？”

白星萌愣了愣，与她一起来的经纪人下意识地道：“没关系，这些时间我们都会付费的。”

“金钱是有价的，我的时间是无价的。”

钱恒冷冷地道：“感情是最没用的东西，徐俊欺骗了你，从道德层面谴责他一点儿意义也没有，就算你得到了所有的同情，也改变不了任何事实。”

成瑶瑟瑟发抖。她的这位老板，已经病入膏肓了吧？……白星萌这样一位美人梨花带雨地在眼前哭诉，他竟然无动于衷，还把人家训了一顿。

“现在我需要你专注案件，提炼出有用的信息，让我们能有方向去查出他隐匿的财产。”钱恒的态度倨傲，然而他说的话却句句在理，让成瑶完全没法辩驳。

“我知道你不甘心，你想让他付出代价。既然他最爱的是事业，是他的钱、他的公司，那我们就从这个层面让他大出血。”

白星萌像是被钱恒点醒了一般，她点了点头，终于收起刚才那副顾影自怜的姿态，开始专注地配合钱恒的问题。

一场长达一小时的会议，后半程他们竟然完全没有一句闲聊。钱恒拿出了包锐早就为他准备好的问题清单一个个地问过去，慢慢地把这段婚姻中涉及的财产细节理顺，成瑶只来得及不停地在笔记本上做记录。

不得不说，虽然钱恒平日里的行为方式相当“辣眼睛”，但是一旦切换到工作模式，他还真的是专业到近乎完美。

作为一个有一定“咖位”的当红明星，白星萌被钱恒训了几句后竟然没有动气，甚至在会议结束后授意经纪人与钱恒洽谈关于聘用他为长期法律顾问的合作。

成瑶目瞪口呆地说：“白星萌有受虐倾向吗？我还以为你刚才那么说她，她会和我们解除合同、更换律师呢，毕竟她是平日里被万人捧着的明星啊！”

钱恒看了眼成瑶，趾高气扬地说道：“当你在某个领域变得无可替代的时候，就算你态度再差，只要你的专业技能无人能敌，那就只有别人适应你的份。”

原来你也知道自己态度差啊……成瑶心里有些安慰，看来钱恒还是有自知之明的。

“不过，其实你刚才那样很自然地把白星萌从自暴自弃的状态里拯救出来，还是挺机智的。”

钱恒挑了挑眉：“我什么时候拯救她了？”

“就是刚才，你教训她不要沉浸在失败的感情里，要站起来去战斗，让她多提供点信息好让我们为她争取更多的财产分割的时候呀！”

钱恒奇怪地看了成瑶一眼：“你想太多了，我那么训她纯粹是因为我自己。”

成瑶疑惑了，不明白钱恒的意思。

“我和她签的是风险代理合同，所以案件的结果直接关系到我的收入。”钱恒抿了抿唇，“我只关心自己的钱，不关心她到底有没有振作起来、有没有自暴自弃，懂？”

“离你的当事人远一点，离案子近一点，你最后会发现，这样做不论是对当事人还是对你自己都有好处。”

“所以风险代理的比率是？”

“当事人分得五千万元以内的部分，按百分之十二支付律师费；分得五千万元以上的部分，按百分之二十支付。”

风险代理，指的是律师不收取固定的代理费，而是按照协商好的比例，根据最终为当事人争取到的财产标的额度来收取代理费。当然，为了旱涝保收，律师是可以走部分风险代理的，也就是要求当事人提前支付一部分固定的律师费，之后再根据案件结果按比例收费。

在这种模式下，不论是部分风险代理还是全部风险代理，律师的积极性都能被最大限度地激发——律师为当事人争取到的财产越多，自己的律师费也收得越多。但一旦遭遇败诉或者执行不能的情况，那律师将收不到回报。正因为有这一风险的存在，才有了“风险代理”这个名字。

“等等！”成瑶想起了什么，“婚姻案件不是由于涉及人身关系，所以不允许采用风险代理的方式吗？我还看到过律师采用风险代理的方式最后被当事人起诉约定无效的。”

“在离婚后财产再次分割的情况下，可以。”钱恒不以为然地扫了成瑶一眼，“婚姻案件禁止风险代理的初衷，是害怕在处理案件的过程中律师过分逐利，害怕律师为了分割更多的财产、获得更多的代理费而成为当事人双方调解和好的阻碍。”钱恒抿了抿唇，“但李艳这个案子，当事人双方感情已经破裂并且离婚了，在离婚后当事人意识到对方有可能隐匿财产，夫妻感情已经不存在调解和好之类的可能，争议焦点也完全在财产分割上，和人身关系完全无关。考虑到共同财产的取证、执行难度很大，需要律师做大量工作，在和当事人协商一致的情况下，可以适用风险代理，在执行回来的财产中提取一定的比例作为报酬，这很合理。”

成瑶恍然大悟，原来如此！

“而且现在的趋势就是逐渐放开婚姻案件的风险代理，广东省就已经直接放开了。”

“不管在哪个行业，不怕遇到完全不懂行的，就怕遇到你这样半吊子的。”钱恒看了眼手表，“光是和你解释这些常识就浪费了我十分钟的宝贵生命。”

“我——”

“停。”钱恒制止了成瑶的话，“从现在起，帮我个忙，不要再问我这些愚蠢的问题了，再问扣你工资。”

“今天下午包锐腿上的伤口有点恶化，徐俊企业情况的调查他还没做完，你接着做。明天上班的时候，我要看到清晰可行的调查方案。”

“哎？好！”

成瑶回答完，下意识地等着钱恒的下一个命令。

钱恒低头翻了会儿文件，才意识到办公室里还有个成瑶。他头也没有抬，只是朝成瑶挥了挥手：“没事了，跪安吧。”

成瑶觉得速效救心丸恐怕也救不了自己了，老板的毒性太大，她感觉快要窒息了……

一整个下午，成瑶都在包锐已经整理好的材料的基础上继续研究。徐俊企业的架构很大，也很复杂。成瑶花了很多时间才终于画出了一张控股关系表。然而对于该去哪里调查徐俊隐匿的财产，成瑶仍旧一头雾水。

在团团在线的企业网络架构中，确实有关联公司和子公司是在婚姻存续期间成立的，然而这些公司太多、太杂乱了，要不就是盈利有限，要不直接就是亏损状态。因此在之前的离婚诉讼中，白星萌只拿到了非常少的财产分割。

成瑶拿着律所开具的介绍信跑了好几家工商局，调取了徐俊名下包括团团在线在内的几家企业的内档。其实调取档案这件事一点儿技术含量也没有，不过是个跑腿的活儿。但是上海的十一月到了，这几天又赶上天天下雨，成瑶每天风里来雨里去，上班时齐整的套装不多时就报废了，裤腿上都是泥啊、水啊的，一张脸也被吹出了两坨冻伤的“高原红”。

只是很可惜，就算成瑶不怕苦不怕累，徐俊这样连结婚时间都算计好的男人怎么可能留下什么显眼的把柄，工商档案里自然查不出任何蛛丝马迹，倒是成瑶染上了感冒，还发了一次烧。

然而钱恒的话语多少激起了成瑶的斗志。这天晚上回了家，她一边昏昏沉沉地擤鼻涕，一边埋头在房间里研究起来。

可惜她研究了老半天还是毫无头绪，就在这时，加班的钱恒从所里回来了。

成瑶想了想，识时务者为俊杰，决定求助钱恒这个开了挂一样的外援。

“老板……”

“不行。”

钱恒扫了成瑶一眼：“别拿你那些愚蠢的问题来问我。”

成瑶噎住了，挣扎道：“我就是想请教一下——”

“是你自己说的，在这里我们只是合租室友的关系。现在不是上班时间，你不要咨询我工作上的问题。”

“但是你跟我说过，要好好珍惜和你合租的这一个月，所以我想……”

钱恒挑了挑眉：“我们谁是老板？”

“你啊。”

“那就是我说了算。现在，转身，回房间。”

“等等。”钱恒面无表情地道，“另外，昨晚我为了一个案子熬夜到两点，所以现在我马上就要回房间睡觉了，请你保持绝对的安静。”

好吧，老板。谁叫你是老板呢，只是你可要好好祈祷，有朝一日别落在我手上！！！

激愤之下，成瑶丢下了让她毫无头绪的资料。直到放下了手中的工作，她才感觉到胃里空荡荡的，不禁难受起来。今天一回家，她就开始埋头研究材料，到现在还没顾上吃饭呢。

成瑶索性决定好好犒劳自己，来到厨房，麻利地开始洗菜切菜。

不是成瑶吹牛，她的法律技能可能不是最强的，但是论做菜技术，她敢称第二，没人敢称第一。

一会儿的工夫，成瑶就做出了三菜一汤——红烧肉、上汤虾仁豆腐、白灼芥蓝，还有一个西红柿蛋花汤，个个颜值能打。成瑶尝了尝，口味比颜值更能打。

就在成瑶盛好了饭准备开动的时候，钱恒房间的门开了。

号称自己已经睡了的老板病资深患者钱恒，穿着睡衣、顶着自己英俊的面容和微微有一些凌乱的发梢出现在了成瑶面前。

成瑶一抬头，正对上对方幽幽的眼神。

成瑶立刻自证清白：“我刚才做饭没有发出声音啊！我真的没有吵到你！”

钱恒竟然一反常态地没有找碴儿，他嗯了一声，走到饭桌边上，状若不经意地扫了一眼各色菜肴，哼了声：“你别以为做一桌菜请我吃就能讨好我，就能让我回答那些幼稚的问题。”

成瑶有些蒙：“我这是做给我自己吃的。”

钱恒自信地笑了：“那你怎么做了两人份？三菜一汤，这明显是两个人的量。”

成瑶一边往嘴里塞菜一边真诚地解释：“我食量挺大的，这些我一个人刚好吃完。”

钱恒也不说话，就那么站着，双手抱胸，气定神闲地看着成瑶，摆出一脸“我倒要看看你嘴硬到什么时候”的模样。

成瑶觉得，被人误会的时候，任何语言都是多余的，千言万语不如实际行动来得有说服力。

于是她耿直地当着钱恒的面，把这一桌菜全部吃完了。

“看，我真的一个人就能吃完！”

成瑶抹了抹嘴角，抬头，这才意识到自己的这位老板在全程观摩了自己风卷残云地吃完了一桌菜后，脸色似乎、似乎非常地难看？

钱恒的脸很黑：“成瑶，我还没有吃晚饭。”

成瑶这才后知后觉地意识到：哦，原来自己这位矫情的老板，刚才是想吃自己做的饭啊！

钱恒啊钱恒，你平日里作威作福，没想过自己也有今天吧？

成瑶心里颇有一种农奴翻身的快感，她明知故问：“咦？你不是已经要睡觉了吗？”

“你是故意的吧。”

“嗯？”

“你记恨我拒绝回答你幼稚的问题，所以为了报复，死撑着也要把两人份的饭菜吃完。”

成瑶这下真的笑了：“老板，我就问你一个问题，这饭是我做的还是你做的？

“谁做的饭，谁想怎么吃谁说了算。”

钱恒面无表情地道：“成瑶，你的胆子真是挺大的。梁静茹给你的勇气？”

“那是老板培养得好，让我知道作为一个律师就要为自己辩护、为自己维权，就是要战斗到最后一刻！”

“行了，给你两千块，赶紧给我再照原样做一遍。”

“现在的我长大了、懂事了、成熟了，知道有些原则不应该为金钱让道。”

钱恒看着成瑶那嘚瑟的模样——少女乌发红唇，圆圆的眼睛明亮而狡黠，像一只毛色滑亮的小狐狸。

钱恒转开视线，抿了抿唇：“最后的offer（提议），你做饭，我答疑。”

“答疑时间不能限制！”

“成瑶，别得寸进尺。”

成瑶假意打了个哈欠：“其实说起来我今天挺累的，做菜其实对身体健康不好，油烟大——”

“行了，我答应你。”

钱恒虽然有些咬牙切齿，但成瑶做的菜味道和颜值实在都很诱人。他想了想，答应了这个“不平等条约”。

“半个小时后，我要看到饭菜的成品。”钱恒就这样坐到了饭桌前，“但是成瑶，要是饭菜只是好看，完全不能入口，那么你完了。”

钱恒伸出一根手指警示性地敲了敲桌面，用标准的老板腔说道：“一方当事人故意告知对方虚假情况，或者故意隐瞒真实情况，诱使对方当事人做出错误意思表示的，可以认定为欺诈行为。一方以欺诈的手段订立合同并且没有损害国家利益的，该合同为可变更为可撤销的合同。

“所以你做的饭菜要是难吃就是欺诈，我们之间的口头约定也可以撤销，别想让我还给你答疑。”

钱恒穿着松松垮垮的睡衣坐在饭桌前，但他说话的气势十足，仿佛自己正穿着Zegna（杰尼亚，男装品牌）的定制西装坐在昂贵的老板椅里发号施令。

成瑶对自己的手艺有自信，她一点儿时间也没有浪费，手脚麻利地回厨房处理起食材来。荤菜还剩下成瑶买来准备明天煲鱼片粥的鱼片，还有一些鸡翅。她不确定钱恒想吃什么，便走出厨房，准备询问他的意见。

刚推开厨房的移门，成瑶就看到她那位尊贵的老板揉了揉眼睛，然后毫无威严地打了个哈欠，一双平时冷漠的眼睛也因为这个哈欠而变得有些湿漉漉的。暖色的灯光让他的轮廓都带了一圈毛茸茸的光晕，从成瑶的角度看过去，钱恒英俊的眉眼竟然有些温柔。

然而……

嘟嘟嘟嘟，电饭煲发出了煮饭完成的声音提示，钱恒循着声音抬头，看到了站在移门边的成瑶。

瞬间这位老板病患者如变脸一般换上了另一副完全不同的嘴脸，他挺直了脊背，脸上恢复了一贯的高贵冷艳。只是很可惜，刚才那个哈欠的余韵还留在他的脸上，他冷酷的眼角边还带着一些疑似眼泪的痕迹。

成瑶没来由地想到了一句话：再万人捧犹如女神、男神的明星，走下神坛，人家私下也是要拉屎放屁的。再剧毒的老板，下了班，也有不带毒的时候的。

这么想着，成瑶的思维突然就发散开了。她想：什么时候得去吃一次河豚，河豚可真美味啊，虽然有毒，但处理好带毒的部分，味道可真是鲜美呢……

“菜呢？”

可惜她的剧毒老板一秒钟就打破了她的美好幻想。

“有空在这发愣，还不回去做饭？”

成瑶想：行了，不用问了，没有鱼片了，就给他弄两个鸡翅了事吧，鱼片比较贵，不值得给有剧毒的老板吃。

总之没过多久，又一桌色香味俱全的饭菜出炉了。

钱恒板着张脸，颇为矜持地夹了几筷子菜，生怕成瑶真的欺诈，做得和某些网红菜品一样，虽然好看但很难吃。

但显然，成瑶的菜为成瑶洗刷了老板的偏见。钱恒慢条斯理地夹了几筷子后，动筷子的频率就高了起来，没过太久，成瑶做的一桌子菜就被解决得七七八八了。

钱恒吃完饭显然心情不错，他动作优雅地拿纸巾擦了擦嘴，神情舒缓下来。

成瑶看着一桌子碗筷正要措辞，就听到自己老板那欠扁的声音响了起来。

“你洗。”

成瑶决定抗争到底：“可是在合租室友之间正常的流程应该是一个人做饭，另一个人洗碗的！”

钱恒挑了挑眉：“那正常的合租室友之间，每月一个人付工资给另一个人吗？

“我不是要用老板的身份压你，我只是单纯地认为应该谁污染谁治理。”

成瑶在心里咆哮：你这不就是利用老板的淫威吗？你还提什么谁污染谁治理？！我做饭是为了谁？是为了谁？！

虽然不甘心，但成瑶想到之后要请教钱恒的事，还是迫于淫威，治理了“污染”。

第二章　剧毒老板的奴役

酒足饭饱，卫生也打扫好了，成瑶终于搬出了房里的案件材料，态度恭敬地坐到了钱恒面前。

她讨好地笑笑：“那个，是关于白星萌离婚案的……”

钱恒摆出专业的“老板式”背靠座椅坐姿，可惜出租屋的餐桌椅怎么比得上所里那几万块的人体工学老板椅，他很快皱了皱眉，不得不心不甘情不愿地调整了坐姿：“我给你安排的工作是先调查出徐俊隐匿的财产，说吧，关于这个问题，你哪里有疑问。”

“我哪里都有疑问……”

钱恒的表情非常一言难尽：“我当时可能是瞎了。”

成瑶无语。

“我当时就不应该一时迟疑把你招进来。”

这位朋友，你这话要是敢说早一点，刚才那饭里我就给你投毒了啊！

不过成瑶虽然在内心吐槽，但是其实对于这个事情她一直有些好奇。

当初成瑶向君恒投简历的时候只是抱着试一试的心态，撞大运被录取后一开始也没多想。直到她发现，所里其余同事不是学历比她高就是执业经验比她丰富，履历里总有可圈可点的闪光之处，相比之下成瑶确实挺平庸的。

此刻，成瑶看着钱恒的脸，心中有了一个大胆的猜想：“是不是——”

她顿了顿，最终决定豁出去，“是不是因为你看我长得漂亮才招我进来的呀？就我那张两寸证件照嘛，大家都说挺好看的，哈哈哈……”

钱恒沉默地看了她很久：“我现在确定我当时是瞎了。”

那你是为什么招我进君恒的啊？

钱恒仿佛知道成瑶内心的问题般地看了她一眼：“其中一个原因是我看到了你个人简介里的一句话‘希望终生以法律为信仰’。”

哎？成瑶挠了挠头。说实话，她自己都快忘记自己的个人简介里写了什么了，结果误打误撞地因为这句话打动了钱恒？这不都是套话吗？

“难道以前别人的个人简介里没有这么写过吗？”成瑶十分不解，“我以为大家都是这么写的。”

“他们写的是‘以公平正义为信仰’，你写的是‘以法律为信仰’，我以为你是不同的。”

成瑶有些被搞糊涂了。以法律为信仰不就是以公平正义为信仰吗？这里面有什么差别？不过是自己和他们的措辞不同而已啊！

钱恒面无表情地看了一眼摸不着头脑的成瑶：“当然，现在我知道了，我引以为傲的判断这一次失误了。你这个表情告诉我，你和别人没什么不同。”

哎哎哎？

“所以，最终同意招你进来，是我一时的不清醒，不是因为你长得漂亮。”

钱恒扫了成瑶的脸一眼，又加了一句：“我知道在一般人眼里，比如在我们人事部主管蒋程刚眼里，你这样的算是很漂亮了，所以他一看到你的证件照就决定要录取你。但是！”一边说着，钱恒一边抬起了一只手在自己的头顶比画了下，“这里，是我对漂亮的标准。”然后他把手放到与肩膀齐平的位置又比画了下，“你呢，在这里。”

钱恒还嫌自己不够欠打似的，想了想又补充道：“你的颜值勉强及格了，就算还行吧，但是希望你不要骄傲，好好摆正自己的心态。”

算了，我要冷静……成瑶在内心为自己开解：忍一忍，今天他是老板，你是下属，所以你更应该努力工作，有朝一日只要你也成了合伙人，就能像他一样为所欲为了！

“那老板能不能先给我指点一下追查徐俊隐匿财产的方向？”

钱恒喝了口水：“现在你对徐俊拟上市的企业团团在线有什么了解？”

成瑶翻出了自己找到的工商资料：“我看过了，团团在线自徐俊在国内正式领取结婚证后就没有发生过异常变动，没有出现过增资和股权变动。”

钱恒挑了挑眉：“如果我是你，我根本不会浪费时间去查团团在线本身的运营情况。徐俊难道看起来很傻吗？他能不知道白星萌会盯着团团在线？”

“那……”

“团团在线在三年内连续获得了淡马锡、IDG、红杉资本、软银四家投资集团的注资，募集的资金额度约为二点一亿美金，目前准备在美国纳斯达克上市。”

成瑶点了点头：“嗯，这些我也看过了。”

钱恒盯着成瑶道：“所以你看过就完了？你不想想这里面有什么信息？”

成瑶想：这里面能有什么信息？徐俊和白星萌有婚前协议在先，这几次融资不是发生在结婚前，就是发生在离婚后……

“你是不是根本没去查过，中国的互联网企业如果要在美国境外上市，一般都采用VIE模式？”

“VIE？”

成瑶一头雾水，看了看钱恒。钱恒的嘴角抽了抽，显然要不是注意形象，此刻的他恐怕是想翻一个白眼的：“VIE是Variable Interest Entities的首字母缩写，直译过来就是‘可变利益实体’，在国内被称为‘协议控制’，意思是境外注册的上市实体与境内的业务运营实体相分离，境外的上市实体通过协议的方式控制境内的业务实体，业务实体就是上市实体的VIE。”

成瑶第一次接触这个新名词，忙不迭地记着笔记，忙着在头脑里消化新知识。

“不过我们为什么要研究VIE结构？那不是做公司上市、并购业务的律师才需要学的吗……”

钱恒停了下来，看了一眼成瑶：“在你心中家事律师是什么样的存在？”

“嗯？”

“你以为家事律师整天就真的只是帮人家调解婚姻纠纷、调查出轨，所以只需要了解《婚姻法》，撑死再加个《继承法》就行了？别的门类的法律就不用精通了？”钱恒哼笑了声，“一般的家事律师确实如此，但我不是一般的。一个真正顶尖而精专的家事律师，必须同时是一个优秀的商事律师，精通家事法律，也精通《公司法》《证券法》还有《财税法》。只有这样，你才能为客户提供别人取代不了的差别化服务，才能拓宽你的服务市场，才能像我这样就算脾气臭别人也只能买单。”

成瑶在心里嘀咕：第一次听到有人竟然用如此理直气壮的语气说自己脾气差。

“你不懂商业架构，你对互联网企业的上市情况丝毫不了解，怎么可能帮当事人调查出对方可能存在的财产隐匿？”

“我把徐俊企业的各种控股关系图还有关联企业、子公司的关系图全部整理清楚了，在婚姻存续期间成立公司的有十五家，虽然不了解团团在线的上市情况，但我知道把这可以作为婚内财产分割的十五家公司盯紧了就行。”

钱恒冷哼一声：“你当然可以不动脑筋地把这十五家公司全部列入再分割的财产列表里。但距离诉讼时效到期还有两个月，你在两个月内，有精力把这十五家公司的财务、股权情况一一理顺，找出哪一家存在什么情况的财产隐匿行为吗？徐俊也不是傻子，他也找了专门的会计税务团队，你觉得负盈利的财报我们能找出多少漏洞？何况中国的很多互联网企业在上市前确实是亏损的。”

成瑶咬了咬嘴唇，没说话。

“所以我们必须找出这十五家公司中对团团在线上市起至关重要作用的那一两家，重点调查取证，并且利用好上市这个关键的时间节点。”

“行了，看来你是真的什么都不懂。”钱恒皱了皱眉，“那我从头给你理，首先，为什么徐俊会选择在美国上市而不是在中国上市，这你知道吗？”

“这个我知道！因为如果团团在线要在国内的证券市场上市，就必须要在收益规模、盈利这些方面达到要求，但大部分互联网企业早期都是亏损的，而且国内上市的审核又很漫长复杂，所以很多企业会转去境外上市。”

成瑶回答完，钱恒的脸色才终于好看了点：“看来你还能抢救一下。

“中国企业选择在境外上市，通常有两种模式。一种是国内的企业直接在境外上市，但直接上市需要同时满足净资产在四亿人民币以上、过去一年税后盈利在六千万人民币以上以及筹资金额在五千万美元以上的标准。你应该也知道，互联网企业的收益规模是达不到这些标准的，所以只能寻求另一种间接上市的模式，也就是把资产转移到设立在开曼群岛、维京群岛这类避税港的控股公司，利用VIE结构上市。”

成瑶听得入神，下意识地追问道：“那然后呢？VIE的结构具体是怎么通过这些避税港的控股公司间接上市的？对徐俊和团团在线又会有什么影响？为什么说研究VIE结构会成为找到隐匿财产的突破点？”

“我饭都给你烧好了，你还要我喂你吃？”

钱恒冷哼一声：“方向我已经给你指明了，剩下的你自己去查吧，想成为一个优秀的律师，独立思考和钻研的能力是必不可少的，别老想着做‘伸手党’。”

成瑶颇为羞愧地点了点头。

虽然被钱恒训了，但是这一次成瑶心服口服。

钱恒是脾气差，还一身“老板病”，但是业务能力是真的强。成瑶看到了自己和钱恒身上的巨大差距，在谈工作和专业问题的钱恒面前，成瑶确实只配做一只瑟瑟发抖的“弱鸡”。被有本事的人训，成瑶很服气。

“等等。”

就在这时，钱恒叫住了准备回房间的成瑶：“我习惯饭后吃一点水果。”

“厨房里有我买的苹果、猕猴桃还有香蕉，你随意吃。”

钱恒却纹丝不动：“哦，我刚刚给你讲了这么久，口渴了。”

成瑶瞪大眼睛看着钱恒，顿了顿然后试探道：“你暗示的，不是我想的那个意思吧？”

“就是你想的那个意思。”钱恒毫不羞愧地回望着她，“我累了，走不动了。”

这位朋友，厨房到饭桌的距离才十几步路！以你的身高和腿长更是只要几步就行了啊！水果我都给你买好了，还真的要我切好了喂到你嘴里啊？！你不是刚才说不要做“伸手党”吗？！这么明显的“双标”真的可以吗？！

就在成瑶腹诽的时候，钱恒恶魔般的声音又响了起来。

“你还想不想下次再问我了？”

好好好，行行行，您说了算！

成瑶瞬间不纠结了，她利索地去厨房给钱恒削起了水果。来日方长啊，钱恒说得对，如今都讲绿色经济，成瑶决定自己也走可持续发展道路。

她决定以后对自己的老板好一点，这就像是储蓄一样，零存整取，早晚有一天，应该能从钱恒身上要个大点的回报！

有了钱恒的指点，成瑶顿时就觉得思路开阔多了。第二天一上班，她就埋头开始查阅起了VIE的相关法律知识。

成瑶看材料看得太聚精会神了，连另一位合伙人吴君回了所里她都不知道。

"刚才吴par从你边上走过去了，走到你桌前好像还停了下呢，你完全没注意到？"谭颖凑到了成瑶身边，"今天的吴par用的是爱马仕的'大地'，这个味道他驾驭起来果然毫无压力啊。"

吴君今天并没有像往常那样在大办公区逗留。因为并不带团队，他从不会给人分配工作，也不训人，外加他长着一双颇为风流的桃花眼，虽没有钱恒那种天人之姿，但说话风趣俏皮，人长得也高大端正，在所里人缘极好。

他径直走进了钱恒的办公室。

"敲门。"

迎接吴君的是钱恒毫无情感的两个字。

"我们之间还需要敲门吗？都是一起睡过的情谊。倒是你无情得连我的短信都不回一个。不过虽然你不爱我了，但是我还是深爱着你的，看，这是我在比利时特意给你买回来的巧克力。"

钱恒看着他放下巧克力，脸上仍旧一片冷淡。

吴君早就习惯了钱恒的这个风格，并不介意，笑着拖了个椅子坐到了钱恒对面："成瑶，我看到她了。"

钱恒终于抬起了头，冷哼了一声："这就是你发给我'我想你了'的原因吧，想我？呵。"

"成惜的妹妹，我很好奇，刚才特意看了一眼，和成惜那种知性美的风格不同，但长得真漂亮。"吴君笑了笑，"有点红颜祸水的那种味道，幸好本人不自知也没开窍，要是再好好打扮打扮，恐怕都要在所里弄出点争风吃醋的事来了。"

“没觉得，她也就长得还行吧。”

“这是你第一次给人评价‘还行’啊。”吴君笑得意味深长，“所以这是你把她要进你的团队的原因吗？”

钱恒放下了手中的文件：“从你这条线进来的关系户，我当然要放在自己的团队里好好‘关照’。”

吴君摊了摊手：“成惜拜托我了，她妹妹虽然履历不算特别好，但也没有硬伤，我就顺手帮忙了，毕竟是自家学妹的妹妹。”

钱恒哼笑道：“还顺手帮忙？你的私心我就当不知道吧。不过为什么成瑶不知道自己是关系户？”

“成惜不希望打击到她的自信心，希望她觉得是她自己凭本事进的君恒，所以要求我也保密了。”

钱恒抿了抿唇：“你知道我有多讨厌关系户的。”

吴君把玩了下钱恒桌子上的摆件，转移了话题：“我听说你在让成瑶找徐俊白星萌离婚案里隐匿财产的线索？虽然这种东西你仔细看下一眼就能看出来哪儿有问题，但让一个新人查就太难了，何况她刚入职。”

“正因为刚入职，才让她查的。”

“嗯？”

“这样试用期开掉她的话，支付的经济补偿金比较少。”

吴君很无奈：“这么漂亮的小姑娘放在所里多养眼啊，你这么针对她干什么？”

“我不养‘花瓶’。”钱恒冷冷地道，“今天下班前，如果她吃不透VIE的含义，找不到目前案子的方向，我就以不能胜任工作为由开掉她。”

“一点儿提示和指点都不给？”

钱恒愣了愣，想到了昨天晚上对成瑶“开小灶”的事情，然而面上却还是一脸冷漠地睁眼说了瞎话：“不给。”

“钱恒，你这么冷酷，小心等精子失活都找不到对象。”

钱恒抿了抿唇：“我是不婚主义，更不喜欢小孩。”

“你那是给自己找不到对象找的借口吧！”

“吴君，你——”

钱恒的话还没说完，就被突如其来的敲门声打断了。

还没等钱恒反应过来，成瑶就出现在了门口，她的脸上带着一种难以抑制的兴奋，让她那双黑亮的眼睛都发着光。钱恒只看了她的脸一眼，就下意识地侧开了头。

那个瞬间，他的头脑里也闪过了“红颜祸水”四个字。

一个晚上加上第二天一整个上午，成瑶觉得自己终于找到了突破口。

我国法律对外资进入中国互联网市场设置了非常严格的准入标准，网络出版服务、网络视听节目服务完全禁止外资的进入。

团团在线分为文学站和视频站，分别涉及了网络出版服务和网络视听节目服务，正好在国家禁止的门类里。

徐俊会选择VIE架构，不仅因为团团在线达不到直接境外上市的要求，更重要的是，对于团团在线涉及的主营业务，国家是禁止外资进入的。所以徐俊无法让企业直接在境外上市，只能选择不需要外资直接持股、通过全面技术支持协议来控制的VIE方式。

而国家严控这两个禁止门类的办法就是颁发许可证，只有拿到许可证的境内公司，才能开展相关业务。

团团在线的文学站创立得比较早，早在徐俊认识白星萌之前就已经运营得很成熟了，并且早就取得了互联网出版服务许可证。但是团团在线的视频业务是在徐俊和白星萌结婚后才拓展的，经过成瑶的调查，团团在线并未持有网络视听许可证。

她迫不及待地想向钱恒汇报战果，然而进了对方的办公室才发现除了钱恒，办公室里还有别人。

她看了看钱恒，又看了看吴君。

“说吧，没关系。”吴君善解人意地笑笑，一双桃花眼微微挑着，“我是吴君，你们钱par的好朋友兼事业合作伙伴和灵魂伴侣，不是外人。”

成瑶下意识地看向钱恒，等待他的指令。

钱恒没说话，看向吴君。

吴君一脸无奈：“行了行了，我出去。”

成瑶终于可以汇报她的研究成果：“因为互联网行业准入限制，所以一定有一个团团在线全资控股的全内资公司持有这张网络视听许可证，持牌公司和外资公司签订全面技术支持的协议控制，从而达到通过VIE方式在境外上市的目的。”成瑶拿着一堆材料，整个人非常激动，“视频业务是目前团团在线的主营业务之一，也是被境外投资者普遍看好的业务。我几乎可以确定，这个持牌公司对上市非常重要，而视频业务开展于婚姻存续期间，用来获取牌照的公司肯定也成立于婚姻存续期间，就是十五家里的其中一家——”

可惜成瑶还没来得及继续，就被钱恒简单粗暴地打断了：“我对你的分析思路没有任何兴趣，你只要告诉我结果就可以了。”他看了成瑶一眼，“你就算研究分析了三天三夜，但是如果不能得到一个结果，那么过程对于客户来说就毫无意义。”

成瑶愣了愣，随即道：“我查了国家新闻出版广电总局公布的互联网视频持牌机构名单，已经确定了，这家关键的公司是团团科技网络有限公司，团团在线的全资子公司。这家公司的亏损绝对有问题，至少股权价值在离婚时被评估低了。”

成瑶说完就下意识地盯着钱恒。

少女皮肤雪白，眼波流转，嘴角带了微微的笑意和忐忑，那模样，活脱儿在等着钱恒的表扬。

“嗯。”钱恒拿过材料，“包锐在昨天半夜就把这家企业找出来了。”

成瑶的脸上是显而易见的惊愕，然后便是失落，刚才那种神采渐渐地退了。

很残酷，然而职场就是这样。

钱恒十分讨厌关系户。关系户的存在就是对这个世界公平秩序的破坏，每录用一个关系户，一个具备正常竞争力的求职者就会被拒之门外。

他把成瑶要进了自己的团队，自然不是想好好培养她，而是准备“特殊关照”，希望她在高强度的工作中能知难而退。

因此在成瑶加入团队后，钱恒刻意对她有些放养，多少有点不闻不问。然而出乎钱恒的意料，成瑶虽然下班后成天想着看电视剧消遣，但钱恒找所里IT部门调取了成瑶电脑的浏览记录，他原本是准备找成瑶上班“摸鱼”的证据，好以试用期不认真工作为理由把她赶出君恒，结果成瑶上班看的还真的都是工作相关的内容。

她每天浏览网页都很有规律，早上九点开始在中国裁判文书网上研究家事案件相关裁判文书，十一点开始去法律快车频道看最新案例，下午一点去中级人民法院和几个区人民法院官网了解最新可旁听的相关案例和法院判例最新动态，下午四点在几大律师交流平台在线探讨案例。

但中午十一点半到一点的这段午休时间，成瑶浏览的内容就五花八门多了。比如大前天，她百度了“如何和老板修复关系”“得罪了老板怎么办”，加入了豆瓣“老板有毒”话题小组；前天，她查了“如何成为一个赚大钱的律师”“如何降低自己在老板面前的存在感”，以及用“业界‘毒瘤’钱恒”作为关键词搜索了十五次；昨天，她查询了“钱恒的毒素到底有多强”“如何和老板和平相处”，追了天涯神帖“八一八我的极品老板”并留言“抱抱楼主，我完全懂你”；今天，呵，今天的成瑶就更不省心了，她上知乎浏览了“如何控制自己不暴打老板”“等你飞黄腾达了最想报复的人是谁”……

家事案件往往涉及客户方方面面的隐私，因此君恒在员工入职起对材料保密就有严苛的规定，员工入职时签的劳动合同里就明明白白地写着“工作电脑上的一切操作信息都不属于隐私保护内容，君恒有权对其进行使用处理”。成瑶自然也看到了这个条款，只是并没有当真，她或许压根儿想不到，还真的有人会吃饱了撑的去一个个核对员工上班时浏览的信息。

钱恒越看这些浏览记录，心里越是冷笑，果然表面越是温顺的人内心就越是狂野。成瑶，你最好祈祷不要让我抓到把柄。

然而钱恒越关注成瑶，越发现成瑶还真的没有能让他抓得到的把柄。以午休的时间为分割线，在工作时间，她从来不“摸鱼”，每天呆呆地坐冷板凳，帮包锐做一些根本没有技术含量的复印、打印、归档工作，然后研读那些根本没有系统性和针对性的所谓“经典案例”，仿佛坚信只要自己足够努力就能成为知名律师，殊不知律师这个行业，只有真正地去做案子、去实践才能出师。

钱恒几次经过成瑶的办公桌，她都还在认真地对着屏幕做着那些“经典案例”的笔记，刘海微微垂在她明艳的侧脸，眼睛睁得圆圆的，显得她傻得都有些天真了。

这次包锐不能参与白星萌案件，不得已让成瑶顶上，然而钱恒有意让她知晓律师工作的辛苦，好让她知难而退，给她安排的尽是去各个工商局调取企业档案的活儿，同样没什么技术含量，还十分消耗体力和时间。这么冷还下暴雨的天气里很难打车，有些远郊的工商局恐怕只能公交、地铁来回各种转车才能到达，钱恒派给成瑶的实在是一般小姑娘都不愿意干的活儿。

钱恒原本等着成瑶上前来求情，这样就可以顺水推舟找到开除成瑶的新理由——太娇气，不服从工作安排了。

只是钱恒没想到，成瑶几乎是一声没吭地服从了他的安排，不仅服从了，还很好地完成了。有一次，大概是雨太大，她又实在没打上车，拿着工商档案回到所里的时候浑身都湿透了，然而就是这样，她都没有叫过一句苦和累。

钱恒路过茶水间的时候，看到成瑶一边哆哆嗦嗦地擦她湿漉漉的头发，一边捧着杯热茶躬着身体取暖。大概茶水太烫了，根本握不了太久，成瑶又贪恋那点温度，于是不得不左右不停地换着手，被烫得龇牙咧嘴的，很是有种冰火两重天的意味。

一般人要是这么狼狈，都挺丑的，但钱恒发现，成瑶就算这样，还是挺好看的。

虽然在工商档案里没能查到证据，然而她这种对案子全力以赴的态度却让钱恒十分动容。

成瑶在具备这种死磕的精神的前提下，如果有人能稍微点拨下，假以时日，或许会有出人意料的结果。她的成才之路就如同赌石一般，不知道最终切开，呈现出的是真正的玉还是石头。

一时之间，钱恒竟然生出些期待。

也不知是出于这个原因，还是作为对她晚餐的报答，最终钱恒破例给了她提示。但打击关系户的原则他还是要守的。

像成瑶这样长得好看的女孩子，平时恐怕被人捧惯了，只要多被打击两次，她们也就打退堂鼓了。

可惜成瑶好像从来不按常理出牌。

“老板，我知道我现在不如包锐，但是我一定会继续努力的！”刚才得知包锐早就想出线索时还很失落的人，也不知怎么的刹那间又豪情万丈、充满干劲了，成瑶的眼睛亮晶晶的，“我知道你这样说一定是出于你对我的一片良苦用心，希望我不要骄傲、继续努力，我一定会的！”

钱恒很想说：我真的单纯就是为了打击你。

“那我先回去继续研究相关的案例了！”

虽然眉眼间还是难掩一丝失落，但成瑶的语气很明快。

“巧克力。”

"嗯？"

钱恒抿了抿唇，也不知道自己为什么突然鬼使神差地提起了巧克力。

"桌上的巧克力给你。"

成瑶有些意外，眼睛又重新弯了起来。

钱恒不自然地加了一句："太甜了，我不喜欢。"

成瑶没介意，道了谢，高高兴兴地出去了。

成瑶前脚刚走，吴君后脚就进来了。

"钱恒，我的巧克力为什么会在成瑶手里？你拿我的东西借花献佛，不好吧？这巧克力凝聚的可都是我对你的爱啊，你就这么糟蹋我的感情？"

钱恒的表情仍旧很冷："我不喜欢吃这么腻的东西，和你说过几次了。"

"按照你的风格，哪次不是直接扔掉？"

"给你个面子。"

"呵，我失恋半夜给你打电话求安慰的时候，你怎么没给过我面子？你是怎么做的？你直接把我拉黑了！"

钱恒抿了抿唇，换了一种解释："资源优化配置。"

"那你怎么不配置给别人？"吴君一脸欠扁地痛心疾首道，"钱par，做老板要雨露均沾啊。"

钱恒放下了手里的文件："吴君，你是很闲、很寂寞？"

"是啊。"

"负责打扫我们这层楼的保洁阿姨刚离婚，不如你去开导一下，没准一来二往两个寂寞但有趣的灵魂一拍即合？"

"……"

虽然比起钱恒和包锐，成瑶还差得远，但是靠着自己的研究找到了寻找隐匿财产的目标线索，她还是很高兴。

不管怎样，对做好一名家事律师，成瑶好像又多了点自信。

她又开始埋头研究起其他线索和细节，直到谭颖神色神秘地拍了拍她的肩膀："晚上有空吗？"

成瑶点了点头。

"那今晚就安排起来。"谭颖笑眯眯地说，"晚上给你开个小型欢迎会。”

成瑶有些受宠若惊，还没来得及说话，就听谭颖继续道：“对了，忘了问你，你有男朋友吗？”

“我单身。”

“那更好了。”谭颖朝成瑶挤了挤眼睛，“这欢迎会是包锐组织的，还邀请了他认识的别的所的朋友，有几个都是高级合伙人了，长得也不错，好几个都是圈内知名的黄金单身汉，没准你未来的男朋友就在今晚的聚会里了。”

“包锐？他的腿好了？”

“你不知道包锐的外号是‘夜场包’吗？只要是聚会，他就是半身不遂也要挣扎着坐轮椅来的，何况现在就是扭伤个脚而已，拄个拐杖就行了。”

这是怎样身残志坚的精神啊……

但成瑶在感动之余，也提醒道：“可扭伤了脚，上班请了假但聚会却去了，钱par要是知道了，这对包锐的影响不太好吧……”

“我们不告诉钱par不就没事了嘛。”

“等等，所以晚上的欢迎会不叫钱par？这样也不太好吧……”

谭颖笑了笑：“我虽然只比你早来君恒两个月，但是君恒的潜规则我可是已经摸透了。这么说吧，我们这些私下聚会，自然是要走个流程意思意思的，都要去邀请一下老板。不过吧，钱par从来都不参加，每次都拒绝了我们的邀请。所以到时候你去走个过场假装邀请一下钱par，我们就算尽到告知义务了。”

成瑶松了口气，点了点头。

在谭颖的打气下，成瑶鼓足了劲儿，敲开了钱恒办公室的门。

“老板……”

“我很忙，不要绕弯子，有事直接说。”

成瑶咳了咳掩饰自己的紧张：“是这样的，今晚所里几个同事想给我和其他几个新人一起开个欢迎会，想邀请您一起参加。”

“没空，不去。”

果然如谭颖所料，钱恒的拒绝果断且毫不留情。

听到他的拒绝，成瑶也放下心来，见好就收地从钱恒的办公室走了。

下午的时间过得飞快，成瑶查阅了几个财产纠纷判例就到下班时间了，她和谭颖心照不宣地一起笑着走了。

包锐把聚会安排在了一家德国啤酒餐厅，这里的环境和气氛相当不错。包锐订了个私密性不错的小隔间，作为啤酒餐厅，这家餐厅没有一般西餐厅的拘束感，同事间聚餐既不会太正式又不会太随性，不会太安静也不会太嘈杂。

除了包锐、谭颖、成瑶和其他几个新人外，君恒所里还来了几位另一团队的律师，没一会儿，包锐那几个其他所的朋友也来了。

一行十个人，包锐很热情地点了菜。虽说聚餐的名目是迎新，但几个律师显然都是老相识，一见面就各自聊了起来。

包锐热情地为大家介绍："这是金砖律所的李成轩，也是专攻家事法律的，一个月前刚升par了；这位呢，是张扬张par，是继承法方面的专家，最近刚结了一个律师费高达千万的案子，是吧？"

"这是我们团队新来的成瑶，谭颖你们见过了，那边是王璐，还有——"

包锐的介绍还没完，成瑶的手机就响了。

"臭傻×"三个字让成瑶整个人都激灵了一下。

"我去接个电话。"

她掩着手机跑到了安静的室外。

电话里传来了钱恒毫无情绪起伏的声音："成瑶，水管又堵了。"

成瑶愣了愣，努力平静情绪："这种情况我建议你联系物业或者房东。"

"联系过了，他们要我等到明天。"钱恒十分不满，"你去哪儿了？快回来通一下水管吧，不然我不能洗手。"

Excuse me（对不起，打扰一下）？你不能洗手关我什么事啊？

可钱恒毕竟是老板，好生气啊，但是还是只能保持微笑，她克制地继续道："老板，你忘了吗？我今晚在外面参加所里的迎新会啊，现在大家都在呢，我作为新人，怎么可以随便走掉啊。"

"你们在哪里聚餐？"

呵，成瑶心想，他还生怕我撒谎呢。

"我在兰巴赫，就是那个德国啤酒餐厅，不信的话我给你发个定位？"

钱恒这下终于安静了，然而虽然他没有说话，但成瑶都能想象到他那张风雨欲来的黑脸。成瑶有些心虚，刚想开口再说句什么安慰的话，却听到手机那端传来了嘟嘟嘟的声音。

连个“再见”也没有，钱恒就这么挂断了电话。

这人真没礼貌！就因为我不能回家通水管，没有了利用价值，就这么对我吗？！钱恒，绅士一点会死吗？！

成瑶腹诽着，回了小隔间。

小隔间里大家正聊着八卦，虽然包锐这个组局的去厕所了，但其余人已经熟悉起来，气氛正好，成瑶也很快被各位律师口中各种奇葩的案件和当事人给逗笑了，一边吃着一边津津有味地听着。

李成轩和张扬都很活泼外向，对成瑶这个新人也非常关照，体贴又绅士，平易近人，没有什么距离感。

李成轩一边帮成瑶满上了茶，一边说着：“说实话，我赌你跟着钱恒干的时间超不过半年，他这家伙脾气太差了，嘴巴又毒，刀枪不入。你都气死了他还觉得自己没错，对女生更是丝毫不想着稍微照顾照顾。”他一边说着，一边掏出名片，“小成啊，你要是想跳槽记得联系我，我们也是专攻家事的精品小所，同事之间气氛很好，我也喜欢和下属交流，不会成天端着个脸冷冰冰的。你来了我们所就会知道，同样是合伙人，同样是律师，这人与人之间的差别还是很大的！”

“李成轩，好久不见了啊。”

就在李成轩正要捋起袖子继续吐槽钱恒的当口，这位被吐槽的当事人竟然阴恻恻地出现在了他的背后。

钱恒也不理会小隔间里人们复杂的表情，径直走向李成轩，往他身边一坐，微微笑了笑，说：“上次见你，好像还是两个月前的那个遗产纠纷案？你作为对方当事人的代理人，结果输掉了终审，你的当事人最后一分钱都没拿到吧？

“哦，不对，看我，现在年纪大了，记性也差。我们上次见面不是两个月前，是一个月前那起抚养权纠纷案。两个孩子，你最后一个的抚养权也没为你的当事人争取到，我好像记得你的当事人找了亲戚去你的所里围堵你，说要打你？”

钱恒慢条斯理地说完，看了一眼成瑶：“在这一点上，确实，同样是合伙人，同样是律师，这人与人之间的差别还是很大的。”

钱恒简直是slay（残杀）全场，这是没有硝烟的战场，是毫不留情的碾压。

“来来来，钱恒，难得见到你，喝点茶喝点茶。”张扬端起茶杯，想要缓和气氛，“好久不见了，你是在忙着什么案子啊？又要和我抢案源了吧？”

可惜张扬的做法十分不明智，可怜的他解救了李成轩，却引火烧了自己……

钱恒很冷静：“不，不会和你抢案源。”

张扬有些意外：“啊？”

“我现在标的五千万以下的案件是不接的。”钱恒笑笑，“所以不可能和你有业务上的冲突。”

什么叫把天聊死，钱恒这就是典范中的典范了。

“怎么这么安静哪？”

就在这时，包锐欢快的声音打破了死一般的寂静，伴随着声音而来的是他一瘸一拐的坚强身影。

钱恒皱了皱眉，看向门口：“包锐？你不是扭伤脚完全不能动，没法来上班，所以申请在家办公了？你怎么还来聚餐了？”

成瑶都有些不忍心看，这简直就是人间惨剧。

然而包锐毕竟是“五毒教”的资深教徒，只愣了愣，便很快换上了一脸正气的表情：“钱par，我刚才在家收到成瑶给我的短信，她说这次聚会你竟然破例来参加了！我马上就叫我老婆把我扶起来，然后开车送我过来了，真的是‘垂死病中惊坐起’啊！你都参加的聚会，我怎么能不来啊！我可是梦想能和你一起聚个餐很久了！这种机会，我绝对不能因为自己的脚受伤就错过！不过因为腿脚不方便，这不，到得比大家都晚，哈哈……”

要不是钱恒在场，成瑶都想跳起来给包锐鼓掌。绝了，真是绝了，包锐这个演技，拿个实力派影帝真的是没话讲。

钱恒又扫了一眼包锐，没有再追问。包锐在钱恒转过头后非常心虚地抹了把汗——幸好刚才出去上了个厕所啊！

所以男人啊，没事真的要多喝水，既保健又保命！

因为钱恒的到来，刚才热络的气氛一下降到了冰点。

包锐战战兢兢地试图活跃气氛："钱par，您不是从来都不参加我们这种活动的吗？今天这是什么风把您给吹来了啊？"

钱恒从鼻孔里发出一声冷哼："家里水管坏了，我出来找修水管的。"

虽然成瑶十分无语，但包锐并不知道钱恒话里的含义，他十分善解人意地替老板给出了狗腿的解释："原来是这样啊，水管坏了要找人修，正好出门，索性就想着关心我们下属一下，一起来参加聚会。钱par百忙之中能想到我们，实在感人至深，来，我们大家敬你一杯！"

可惜钱恒十分不给面子："我不喝酒，要开车。"

重新从打击中活过来的李成轩热情地道："找代驾啊。钱恒，来！难得能和你聚聚，来一杯！"

"我的车很贵。"

李成轩不明就里："所以？"

钱恒抿了抿唇："我怕代驾看到了对我图谋不轨，做出谋财害命的事。"

钱恒完全不知道自己又一秒破坏了气氛，喝了口茶，环顾四周道："怎么没人说话了？"

这位朋友，有你在，谁还敢说话啊？

"你们这些人，平时上班工作就算了，怎么聚会也这么安静？"钱恒想了想，说，"既然今天难得聚餐，饭你们已经吃完了，那总要有点小游戏调动下气氛吧？"

"我听说真心话大冒险很流行？"

钱恒这句话下去，果然有几个年轻同事就亮了亮眼睛，表现出马上要响应钱恒提议的模样。

可惜年轻人到底还是太单纯。

只听钱恒继续道："不过我觉得真心话大冒险有点过时了，这样吧，我们玩大冒险，真心话就不玩了。"

谭颖很激动："没问题，钱par！"

李明磊也跃跃欲试："大冒险才好玩！"

"既然你们都很期待，那就这么决定了。"钱恒微微一笑，"我们玩——大冒险背法条。"

钱恒没理会众人茫然的表情，拿起了桌上一个空的啤酒瓶，继续道：“由我开始，转动这个瓶子，瓶底和瓶口分别会指向一个人，就由瓶底对着的人提问题，比如《婚姻法》第三十二条第二款，瓶口对着的人来回答，三分钟内回答不上的人就罚款五十元，这五十元就充公作为下次所里聚餐的经费。”

钱恒，你是魔鬼吗？！这是什么样的死亡游戏啊！

钱恒却完全没在乎众人脸上痛苦的表情，伸出那双漂亮的手，转动了“死亡啤酒瓶”。

成瑶急中生智：“等等！”

钱恒挑了挑眉：“嗯？”

“老板，这不太好吧？咱们这样，不就是聚众赌博了吗？”

钱恒冷哼一声：“赌博罪是指以营利为目的，聚众赌博或者以赌博为业的行为。主观方面必须以营利为目的。我们是以营利为目的吗？成瑶，你的《刑法》是体育老师教的吗？

“好了，瓶子停下了，开始吧。”

第一轮，瓶底对着谭颖，瓶口对着包锐。

谭颖看了眼包锐，努力找了个简单的条款：“《婚姻法》第五条。”

包锐显然松了口气，对答如流：“结婚必须男女双方完全自愿，不许任何一方对他方加以强迫或任何第三者加以干涉。”

如此这么一轮又一轮，大家彼此之间很有些同是天涯沦落人的互相体谅，都互相放过一马，可《婚姻法》里那些简单好记的条款也就那么多，问完了，很快就只能问那些难记的了。

“《婚姻法》第二十九条？”

张扬十分痛苦地掏出了钱包。

很快，《婚姻法》问完了，又开始问《继承法》，大家脸上笑嘻嘻，心里恐怕都是呵呵哒，只能强颜欢笑纷纷“慷慨解囊”。

很快，桌上就已经堆了一堆钱。

君恒的众人不好意思向同事下手，便只能迫于钱恒的“淫威”向别的所那几个律师和合伙人开刀，李成轩悲惨地承受了大部分火力，已经贡献出将近一千元。

“临时有点急事，你们聊，我先走了。”

没一会儿，他就装模作样地接了个电话，找了个借口脚底抹油地溜了。

别的所几个律师纷纷仿效。

“我突然想起来有个客户发来的邮件还没处理，要先走一步！”

“我老婆在家里发火，说再不回家就离婚！对不住，我先撤了！”

“我也有点事，走了走了！”

很快，其他所的几个合伙人和律师都走光了，现场只剩下君恒的众人自相残杀。

成瑶本来正在暗自庆幸自己幸运，一直没有被瓶子指到，结果好的不灵坏的灵，刚这么想完，瓶口就对准了她。

成瑶顺着瓶子一看，瓶底赫然对着“终结者”钱恒。

应该没事的，成瑶在内心安慰着自己，《婚姻法》和《继承法》基本都背完了，剩下几条还没抽到的，自己刚才趁着去厕所的间隙偷偷用手机查过了，应该能hold（坚持）住！

钱恒看着成瑶，露出了危险的笑：“《婚姻法司法解释（一）》第七条。”

成瑶惊讶了。说好的婚姻法呢？怎么连司法解释也上了？这合理吗？！

可惜不管成瑶多么不愿意，想不出就是想不出，挣扎了一分钟，最终她还是心不甘情不愿地掏出了钱包。

但是一旦知道了钱恒的套路，成瑶又放心下来。她假装去厕所，又偷偷用手机把仅有的几条司法解释全部看了一遍。

没一会儿，竟然又轮到了钱恒对成瑶。

这一次的成瑶已然是自信满满，钱恒啊钱恒，这一次，任尔东西南北风，我自岿然不动！

然而很可惜，道高一尺魔高一丈。

“2018年8月27日，全国人大常委会初次审议民法典各分编草案，其中的继承编草案在现行继承法的基础上做出了一些修改，拟对遗嘱做出哪些法律修改？”

成瑶真实地震惊了：“这也行？”

钱恒一脸理所当然：“你作为一个家事律师，难道不应该随时对国家家事方面的法律动向保持敏感？”

“但这不是现行法律条款啊！”成瑶抗争道，“游戏的规则，不就说了是背现行法条吗？！”

钱恒转了转手上的茶杯，露齿一笑道：“成瑶，这个游戏规则是我制定的，你难道不知道，游戏规则制定方一般都拥有条款的最终解释权？

“我说了现行修订方案算，那就算。”

钱恒慢条斯理地说完，还气定神闲地喝了一口茶。

成瑶看着钱恒的表情，出离地悲愤了！

他这是报复！这绝对是报复！就因为自己没及时赶回家通水管，竟然遭遇了老板这样令人窒息的打击报复！

然而面对钱恒的淫威，成瑶什么也做不了，只能忍痛又掏出了五十块。

“现行继承法规定了遗嘱的形式，包括公证遗嘱、自书遗嘱、代书遗嘱、录音遗嘱、口头遗嘱等，并确立了公证遗嘱优先的原则，明确‘自书、代书、录音、口头遗嘱，不得撤销、变更公证遗嘱’。继承编草案就是在这个基础上，增加了打印、录像等新的遗嘱形式，并修改了遗嘱效力规则，删除了关于公证遗嘱效力优先的规定。”钱恒环顾四周，“都记住了吗？”

“记住了，记住了。”

“钱par到底是钱par，对业界的变化就是这么敏锐啊，哈哈哈！”

“我也要向钱par好好学习！”

“钱par威武雄壮！是我的榜样！”

成瑶看了一眼狗腿的同事们，面对钱恒，大家的求生欲显然都很强烈。

好好的游戏，现在不仅到处充满了送命题，还变成了钱恒吹捧大会和法律知识普及学习交流大会。

二百五。

最终，在钱恒的步步紧逼下，成瑶失去了“二百五”这个数额的人民币。成瑶总觉得，钱恒是故意让自己输掉“二百五”这个数额的钱的，这个数字就如一个笑话一般明晃晃地嘲笑着成瑶。

成瑶心里苦闷，拿起杯子就准备喝茶，可惜竟然连茶也没了。正好边上有包锐刚才点的果酒，成瑶抱着试一试的心态，给自己来了一杯。

没想到果酒的味道竟然还不错，甜甜的、果香浓郁，并不像酒，反而像是果汁饮料，成瑶觉得挺好喝，又给自己倒了一杯。

等包锐发现成瑶脸上出现两坨“高原红”的时候，成瑶已经一个人一声不吭地干掉了大半瓶果酒。

“我的天啊，成瑶，你怎么喝了这么多！这酒是我点来解馋的啊！酒精浓度24%，比普通的啤酒、红酒高多了！”包锐惊呆了，他看了看成瑶，“你没事吧？”

成瑶明明能听到包锐的声音，也能感受到周遭人的行为动作，然而总感觉外界的一切被自己大脑接收的速度都慢了那么一拍。她有些晕乎乎的，感觉脸在着火，整个人很热，明明被钱恒害得输掉了不少钱，她竟然觉得飘飘然。

谭颖小心翼翼地试探道：“老板，你看成瑶都醉了，要不今天我们就到此为止吧？”

李明磊赶紧见风使舵：“是啊是啊，钱par，你看成瑶这表情，她好像很不舒服啊，要不我们就散了，让她赶紧回家休息吧？”

钱恒环视了一下众人，终于点了点头，颇有种皇帝准许各位爱卿无事退朝的意味。

不管怎样，大家总算松了一口气，钱恒这个死亡终结者终于放过他们了。

包锐赶紧准备溜，走之前倒是还挺义气，还想着给成瑶安排一下：“我这腿脚不便，谭颖，那你就送成瑶回家吧。”

谭颖正扶着成瑶准备往外走，钱恒的声音打断了她。

“不用了。”他的声音一如既往地冷淡，“你们两个女生不安全，我开车了，顺路把成瑶送回去就行了。”

成瑶晕晕乎乎地跟着钱恒上了车。

结果两人刚一上车，钱恒就发问了：“你怎么能让谭颖送你回家？”

虽然说钱恒有着剧毒，但是他竟然能想到夜里两个女生一起走不安全，还能如此绅士地送自己回家，成瑶十分感动。

“她送你回去就会发现我和你住一起，你有想过怎么办吗？”钱恒的声音冷冷的，“虽然我们是很简单的合租关系，但一传十、十传百，很多事就变样了。”

他竟然还知道要维护自己作为单身女生的名声，成瑶想，自己的老板钱恒，竟然是个外冷内热的人！也不知是酒精的作用还是感动，这一刻成瑶觉得内心暖暖的。

然而那句“谢谢”还没说出口，“五毒教”教主钱恒就给成瑶当头泼了一桶透心凉的冷水。

“你怎么样我不管，但不能毁了我的清誉。”

钱恒，果然一如既往地让人窒息。

成瑶万般后悔地想，自己果然不该把他想得太好。

“回了家，喝点醒酒茶。”

“哎？好的。”或许她也不能把人想得太坏？能想着关照自己喝醒酒茶，钱恒或许也是可以抢救一下的。

然而成瑶的想法还在脑子里盘旋，就听到钱恒继续道：“醒醒酒，然后就可以把水管通一通了。”

成瑶现在确定了，钱恒真的毒入五脏六腑，药石不可医了。

他已经没有抢救的必要了，直接宣告死亡吧。

这次聚餐的地点离成瑶租住的房子有一段距离，祸不单行，这个点竟然又遇上堵车，钱恒空有宾利，如今也只能在车流里慢慢“爬行”。

如果说成瑶刚才还只是微醺，那如今，酒精正在逐步蚕食她的理智。她开始犯困，不停的启动和刹车又加剧了她的头晕和胃部不适。

“老板……我觉得有点不舒服……”

钱恒连目光也懒得分给成瑶：“你不要以为假装喝醉了、谎称自己不舒服，就可以得到我的特殊对待。赏罚分明，水管修好了，我可以把你今晚输掉的二百五还给你。”

成瑶整张脸都皱成一团了：“我是真的很难受……”

“五百，不能再多了。”

幸好离家已经很近了，再忍一忍，成瑶，你可以的！

可惜事与愿违，随着堵车状况的加剧，成瑶只觉得自己越发头晕目眩了。

“老板，我感觉不太妙……”岂止是不舒服，成瑶觉得自己的胃里已经在翻江倒海了。

钱恒这家伙却死活认定了成瑶在假装不舒服，冷冷地说道：“你作为一个法律从业者，应该知道做任何事、说任何话，都要有强有力的直接证据作为佐证，既然你说自己不舒服——”

“呕……”

“成、瑶！”第一次，钱恒失去了一贯的高贵冷艳和气定神闲，此刻他的声音里充满了毫不克制的愤怒与震惊。

就在一秒钟前，他的话音还没落，成瑶就在一个急刹车时吐在了他的车里。

成瑶此刻已经有点神志不清了。她难受得很，头疼得很又困得很，然而作为一个法律从业者的基本素养还在支撑着她。

“证据。”

钱恒怒极反笑：“什么？”

成瑶指了指被吐得一塌糊涂的宾利：“这就是我对自己说的话提供的证据。”她缓了缓眩晕的感觉，补充道，“我说了，我感觉不太妙。”

钱恒全程黑着脸把车开进了小区，然后打开了车门。

成瑶瘫在座位上，看了看钱恒。

她从钱恒的声音听得出他在努力克制着情绪，然而语气中已然带了一点忍无可忍：“成瑶，你不要试图挑战我的底线。”

成瑶其实很想起身，可惜动作慢了一拍，虽然觉得这样不太好，然而酒精上头放纵自我的感觉实在不赖：“我起不来。”

酒精让她整个人有点飘，脑海里那块“小心老板，剧毒预警”的标识牌也就这么被一阵又一阵的头疼、头晕的感觉给冲走了。成瑶如今的行为完全都是潜意识里想法的反映，大脑深处没有了理智的规划，没有了对社会影响的考量，成瑶现在的所作所为完全出自本能。

她眨了眨眼，一双眼睛盯着钱恒：“我走不动。”

她说的是实话，也并没有添加任何矫揉造作的词语，然而这样一句简单的陈述句由此刻的她说出来，效果与平时完全不同。

成瑶的眼睛微微带了点湿漉漉的水意，白皙的脸因为酒精而有些微红，她就那么直直地看向钱恒，眼睛一眨也不眨，很安静、很无辜，也很茫然无措。

成瑶明明是完全不刻意甚至是下意识的行为，钱恒却觉得她的行为太有攻击性了。

吴君说得没错，作为一个律师，成瑶长得有些过分好看了。他第一次意识到，有时候美貌也是一种凶器。

在成瑶直勾勾的目光中，钱恒退后了一步。

这完全是他下意识的行为，虽然心里并没有想明白是为什么，但身体的本能已经先一步给出了指令。

有点危险。

车可以找人清理，但他总不能就这么把成瑶丢在车里。

钱恒皱着眉头看了成瑶片刻，然后解开扣子脱下了外套。

没想到这个时候，刚才还呆呆愣愣的成瑶像是突然惊醒了过来，她像被逼急了的兔子似的从车里蹦了出来。

“救命啊，救命啊！猥亵啦！有流氓啊！”

钱恒哪里受过这种待遇。他黑着一张脸，此刻什么也顾不上了，一只手就把正要往外跑的成瑶给拽了回来，然后把自己的西装外套罩在她的头上，把她包了起来。

成瑶还在挣扎：“钱恒，没想到你这么人面兽心，竟然就这么脱衣服了？！看我去律协举报你！”

钱恒只能腾出手紧紧抱住成瑶，制住她的动作，捂住她的嘴。

“救——”

“你给我闭嘴！”

钱恒其实很无辜，脱衣服只是因为他的洁癖。他不确定成瑶刚才那一通吐有没有吐在她自己身上，想了想还是不愿意亲手去扶她，准备用自己的外套包住成瑶，再把她拽回家。

结果这在喝多了的成瑶眼里变成什么了？

好在被衣服罩住头的成瑶终于消停了一阵，钱恒趁着这个空当，赶紧把她弄回了家。

回到了熟悉的环境，成瑶终于觉得安全起来，然而对钱恒还是相当戒备。她还穿着钱恒的西装，就那么蜷缩在沙发上，像看犯罪嫌疑人似的看着他。

钱恒懒得理她，开了一瓶依云，情绪才稍稍平复。

可惜成瑶还嫌气钱恒气得不够似的，盯着钱恒看了会儿，语出惊人道：“你把我招进你的团队，是不是想潜规则我？”

钱恒终于没忍住，他高冷的表情终于崩掉了，他抬高了声音：“我瞎了吗？！”

酒精让成瑶完全丧失了理智，彻底放飞了自我。她根本不知道自己在说什么，只是咬着手指咯咯地笑：“我有这么差吗？也没有吧，大学里有很多人追我的。”

钱恒冷冷地道：“那是因为他们没见过世面。”

钱恒憋着火气，居高临下地站到了成瑶面前：“看你现在这个样子，只能我去通水管了，但成瑶，你要为你这样的行为付出代价——”

钱恒话还没说完，成瑶就微微眯着眼睛打起盹儿来。

“成瑶？”

试问有谁竟然敢在钱par训话的时候睡觉？

没有！

钱恒气不过，俯下身凑到成瑶面前：“成瑶！”

成瑶在半睡半醒间迷茫地睁开了眼，映入眼帘的就是钱恒英俊到失真的脸，还是放大版的。他的眉毛微微皱着，眼睛盯着她，挺拔到完美的鼻梁就在成瑶眼前。

成瑶此刻心中只有一个念头，她好想知道，钱恒的鼻子，到底是不是垫的啊？

就在钱恒准备继续喊醒成瑶让她回房间的时候，成瑶突然朝着他伸出了一只手，然后在钱恒没有任何防备的情况下捏上了他的鼻梁，捏了一下还嫌不够似的，又重重地捏了第二下，之后从各种不同的角度又不轻不重地捏了好几把。

成瑶在迷糊中喃喃道：“哦，怎么捏都不塌啊。”

钱恒几乎浑身都僵硬了——从没有一个人敢这么对他动手动脚，对着他的鼻子捏了又捏，这简直是在太岁头上动土！

“看来不是垫的啊。”

这下钱恒终于知道成瑶为什么要捏他的鼻子了。

“成瑶，你给我起来！”

回应钱恒的是成瑶清浅的呼噜声。在确认钱恒的鼻梁不是垫的之后，她就敌不过睡意和酒精，心无旁骛地睡了过去。

第二天，成瑶醒得很早，这一晚她睡得十分好，只是做了几个光怪陆离的梦，比如在钱恒的宾利上吐了、捏了钱恒的鼻梁……

成瑶有些失笑，或许是白天上班受尽了钱恒的奴役，日有所思才在梦里对他进行了报复吧？

一如既往，成瑶起来洗漱的时候，钱恒早就走了。作为合伙人，钱恒在工作上可谓绝对敬业，几乎永远是第一个到所里的，成瑶早上就没在屋子里和钱恒打过照面。

成瑶一上班，谭颖就凑了过来，一脸八卦："昨晚钱par送你回家后，有没有发生什么我们不知道的故事？"

"没有啊。"成瑶接连摆手，"真没有。"

谭颖也只是随口那么一问，轻声嘀咕道："你知道吗？钱par今早迟到了，我听其他老同事说，这是他在君恒有史以来第一次迟到。"谭颖一边说着，一边比画了下，"而且他看起来心情很差，今早进大办公区的时候脸拉了那么长，活像全世界的人都欠了他二万五千八百元钱似的。"

正在一边整理案卷的李明磊凑了过来："我听说钱par的宾利出了点问题，他今早是坐地铁来的，我在地铁车厢里还遇到他了。你们知道的，早上的地铁多挤啊，他被一个胖乎乎的老阿姨就这么贴着，唉，我看了都有点同情他，钱par更是整张脸都是黑的。"

谭颖很好奇："他的宾利怎么了？"

"我刚听他和吴par聊天，好像是弄脏了，送去洗了。"

不知道怎么的，成瑶有些不好的预感，她心里咯噔一下，总觉得事情要糟。

"而且他今天真的很奇怪，我来的时候听到他在问吴par'我的鼻子看起来像是垫的吗'，吴par没回答，钱par还很执着地问了第二遍。"

成瑶心中此刻只有两个大字——完了。

所以昨晚的一切压根不是梦，自己竟然真的做那些事了！她不仅吐脏了老板的宾利，竟然还出手捏了老板的鼻子！！

李明磊还在继续说："总之他今天心情不太好，刚才我看见他还打电话喷了一个客户，也不知道谁待会儿倒霉要撞枪口上。"

李明磊的话还没说完，成瑶的内线电话就响了。

"成瑶，来我办公室一趟。"

成瑶心如死灰，该来的它总会来。

她战战兢兢地进了钱恒的办公室，心中默念高尔基的《海燕》。暴风雨什么的来得更猛烈些吧！我是一只海燕，要像黑色的闪电一样高傲地飞翔！

“老板……”

钱恒坐在办公桌前，连头也没有抬：“前台有一个白星萌快递来的材料，是她自己梳理的在婚姻存续期间一些关于共同财产的线索，你先去研究一下，然后把有价值的材料分类整理出来。另外白星萌和徐俊的离婚判决书你好好看一下，尤其是涉及财产分割的部分，一个小时后白星萌会过来和我们简短地碰个头，大家沟通一下下一步诉讼的方案，你准备下会议室。”

哎？

成瑶本来抱着要被钱恒打击报复的想法进了他的办公室，没料到钱恒一个字也没提昨晚的事，只是正常地安排了工作。

“还有，记得把目前我们找到的徐俊隐匿财产的证据目录做出来。”

成瑶点了点头，内心十分羞愧，看来自己真的以小人之心度君子之腹了，钱恒这样当到合伙人的男人，怎么可能和一个醉酒的新人斤斤计较呢。

越是这么想，成瑶就越是想做些补救措施。她看了一眼钱恒英俊的侧脸，主动请缨道：“老板，需不需要咖啡？我帮你去准备。”

“不用。你做好自己分内的工作就行了，泡咖啡这种事不用你。”

“没关系，我以前在上一个所，也常常帮其余律师准备的。”

“我不认为泡咖啡这种事属于一个女律师应该做的工作内容。你是来做律师的，不是来做行政的，我希望你不要觉得帮同事或者老板泡个咖啡会显得自己很友好，这很不职业。”钱恒这次终于抬起了头，声音冷漠、眼神疏离，但语气却是严厉的，“你看在职场上，有谁会让男律师去给别人泡咖啡吗？在法律工作的职场上，女人和男人是平等的，没有哪个性别生来更适合做泡咖啡、打印文件、复印扫描这类辅助工作，你记住这一点。”

毕业工作以来，不论是在实习的单位还是在上一家律所，成瑶都很频繁地被差遣来做这些文秘性质的事。说实话，潜意识里成瑶是抗拒的，没人愿意读了四年法学本科最后进律所打杂，她想真正地接触案子，然而时间久了，最开始不甘的心也被现实磨平了棱角。直到此刻被钱恒这样提及，成瑶才意识到自己不知不觉间似乎默认了这种职场的潜规则——女生向来比男生更难接触到核心的工作。

她突然觉得很感激。钱恒虽然脾气差、态度也不怎么好，然而他作为一名男性，能说出这番话，成瑶内心是肃然起敬的。

“谢——”

“给我泡咖啡就想暗示我你是个女的，很柔弱，在我这里行不通的。我的原则一贯是：男人当畜生用，女人当男人用，男人不够的时候女人也当畜生用。”钱恒笑笑，“毕竟新时代了，不都讲‘女权’吗？对女性优待就是另一种歧视。

“如果你给我泡咖啡是因为昨晚的事想给我赔罪，那也不用了。”

成瑶惊喜地抬起头，想要感谢钱恒的宽宏大量。

“那不是一杯咖啡就能一笔勾销的事。”钱恒扫了成瑶一眼，“既然都是一个所的，我也不走法律途径了，私下和解吧。造成的直接经济损失我已经列好清单和名目发你邮箱了，你查收一下。”

成瑶震惊地道：“你的意思是，我得给你赔钱？”她急中生智地解释道，“老板，我昨晚喝醉了，其实也不太记得我都干了什么。我这都对自己的行为失去控制力了，不管做了什么，我真的是无意识的——”

“你几岁了？”

“哎？二十三周岁了。”

钱恒抿了抿唇：“你有精神病吗？间歇性的也行。”

这都是什么问题？成瑶一脸茫然地道：“没有啊。”

钱恒冷哼了一声：“年满十八周岁，也不是无法辨识自己行为的精神病人，不满足限制行为能力人的定义，那你就得对你的所作所为负责，喝酒可不是逃避责任的法定理由。”

钱恒挥了挥手：“出去吧。”

就在成瑶走到门口时，她又听到她尊贵的老板补充道：“没事多读书，别成天盯着别人的脸看。”

“嗯？”

“我百分百纯天然的脸，你就是看一万遍，也看不出整容痕迹的。”

成瑶无语。

“等一下。”

成瑶不解。

“下楼一趟。”

“怎么了？”

“董敏来了，你帮我把她引开，别让她来办公室。”

这可真是一个“好差事”，成瑶默默地吐槽。

成瑶出了钱恒办公室，作为烟幕弹去外面晃荡了一圈，成功引开钱恒瞎了眼的爱慕者董敏才回到办公室。她在悲愤中打开邮件，看到了那张差点让她昏厥的赔偿清单——除了宾利的洗车清洁费用外，竟然还有Ermenegildo Zegna（杰尼亚）定制西装上衣的赔偿费。

作为一名律师，钱恒十分严谨地在每列损失估价后面都附上了发票或者官网定价之类能够证明损失实际费用的材料。成瑶看着那套西装价格首位数字后面那串零，只觉得眼前一黑。

钱恒你只是出去参加个聚餐而已，又不是去相亲，为什么要穿那么贵的衣服啊！万恶的钱恒！简直是道德沦丧！

成瑶化悲愤为力量，工作效率爆棚，一下子就把下午会议需要做的前期工作都做好了。

这一次会议，白星萌到得仍旧很准时。今天她是一个人来的，经纪人没有陪同。

钱恒向她出具了君恒目前调查到的情况的材料，开门见山地道：“现在已经对徐俊所隐匿财产的去向有了方向，我们随时可以提起诉讼了，就看你想什么时候提了。”

白星萌顿了顿，语气果决：“现在，马上起诉。”

“距离诉讼时效到期还有两个月，理论上只要在这两个月里提起诉讼就都没问题。”钱恒喝了口咖啡，“但徐俊的团团在线已经在走上市流程了，很可能未来一个月内就能成功在纳斯达克挂牌。如果你现在起诉，一定会打乱他上市的步骤，因为起诉后我会申请股权冻结保全，这件事势必会被披露。悬而未决的财产再分割法律诉讼就像是埋在他企业里的一颗地雷，他的投资方极有可能重新评估企业的风险，这会造成很大负面影响，甚至可能影响团团在线的上市。”

白星萌的表情毫无波澜，她静静地看着钱恒。

“如果你愿意等，一个月后团团在线在纳斯达克成功上市后你再起诉，可以申请分割的财产将直接翻几番。也就是说，你一个月后起诉，我也将得到翻几番的律师费。”钱恒抿了抿唇，态度严肃而沉稳，“但作为一个律师，我尊重我的当事人的所有选择，也将我们目前能采取的法律措施都提前告知你，希望你在充分了解情况的前提下做出对自己最有利的决定。”

照理说这是一个充满吸引力的方案，毕竟白星萌所要做的只是按兵不动一个月而已，一个月后如果团团在线成功上市，那她能分割到的钱将是现在起诉成功所分割到的钱的几倍，万一团团在线一个月后也没上市，那到时候再提起诉讼也不迟。

然而白星萌的回答却令成瑶十分意外，她态度坚决地说："我现在就要起诉。"

"好。"钱恒惜字如金，也毫无正常人的好奇心，他一个字也没有多问，只是转头看了眼成瑶，"成瑶，我之后有个视频会，你先和白小姐核对一下证据清单。"然后他看了看白星萌，"白小姐有什么事直接和成律师沟通就可以，我先失陪了。"

钱恒的安排让成瑶措手不及。一直以来，在接待客户时她都处在从属地位，甚至不需要开口说话。这是她在君恒参与的第一个案件，并且是个标的非常大的案件，没承想此时此刻她必须独自面对当事人了。这当事人还不是别人，是白星萌，正当红的白星萌。

幸而在成瑶绞尽脑汁地想话题时，白星萌先开口了。

"成律师，你是不是觉得我傻？"

白星萌的这个问题让成瑶有些反应不过来。

好在白星萌问这个问题也并不是指望成瑶给她什么回答。

很多时候，一场婚姻纠纷，当事人除了寻求法律的帮助外，也在不停地寻找倾诉的窗口。

"成律师，你能陪我聊聊吗？你是女生，我相信你可能更能理解我的心情。"白星萌有些抱歉地笑了笑，"我知道这会耽误你的时间，我愿意按照你的咨询费率支付费用，但我不想谈什么冷冰冰的法律，只想和你聊聊天。我是明星，这些私事我没办法和圈子里的任何一个人敞开心扉地聊。"

成瑶点了点头，表示理解。做律师以来，她确实经历了很多这样的事。很可笑，很多当事人明明在现实生活中有亲密的亲人和挚友，然而很多内心的情绪却从来不敢和亲人、挚友讲，反而在只有聘用合同关系的律师面前，他们愿意放下心防倾诉。比起亲友，他们更相信商业合同里的保密条款，违反保密合同后需要支付的巨额违约金让他们更安心。

白星萌垂下头："其实这段婚姻真的给我带来了很多痛苦。为了他，我违背了经纪合同，擅自在合同期内和他隐婚，遭到了公司的报复，交了巨额的违约金，差一点被雪藏，事业几乎受到了毁灭性的打击。”

成瑶追《灵瑶攻略》的时候看过关于白星萌的履历和八卦帖，确实如此，早几年她一直被公司半雪藏，从二十三岁到二十六岁，硬生生地蹉跎了四年。四年的时间啊，对一个普通的女生来说都是最好的青春时光，更何况是对一个明星。

白星萌的语气有些自嘲：“可能女生一旦陷入感情，都会变蠢吧。其实现在回想起来，徐俊可能自始至终都不喜欢我，我和他开始交往的时候，他的企业规模还很小，完全不是现在这样的。我真心喜欢他，但是换来的是什么？是那几年无休无止的绯闻。”

“是受限于经纪公司的要求所以没法公开恋情吗？”

“呵，我既然有勇气和他结婚，直接板上钉钉地违反经纪合约，我会怕公开恋情吗？”白星萌笑笑，“是他不愿意公开的。”

成瑶有些不解：“为什么？”

“因为只有半遮半掩的绯闻才更有噱头啊。”白星萌凄惨地笑了笑，“我从业以来一直形象正面，从没有传出过什么绯闻，但和他在一起后却沾上了这辈子最多的脏水。因为影视剧宣传问题，和男主演配合炒作一下的同时还要兼顾着和他恋爱，狗仔知道了，便把我作为脚踩两条船的虚伪典范批判。我当时很委屈也很纳闷，我的保密工作做得够好了，狗仔是怎么知道的？现在才知道，原来这些爆料都是徐俊提供的。”

面对成瑶的惊愕，白星萌苦笑了下：“成律师，你回想下，在徐俊和我闹绯闻之前，你听过团团在线这家公司吗？”

成瑶想了想，摇了摇头，确实完全没印象，她知道团团在线和徐俊纯粹是因为那几年徐俊和白星萌接连不断的犹如连续剧一般跌宕起伏的绯闻。

“但是自从他和我在一起后，团团在线就被大家熟知了。我们第一次被狗仔爆料恋爱的时候，他的团团在线当天的用户数暴增了一百万，随着时不时冒出来的各种绯闻，网站的流量和用户的数量也越来越多。”

好像确实如此。成瑶想起自己注册团团在线的账号就是因为看了白星萌和徐俊的绯闻。

白星萌说到此处顿了顿：“冒昧地问下成律师，你是团团在线的注册用户吗？”

“嗯。”

“那你是在什么情况下注册的？”

成瑶有些不好意思地说：“当时有爆料人称，徐俊在自己网站的首页偷偷用首字母缩写向你示爱，我那时候还在学校，闲得无聊，也和其他网友一样去团团在线进行了围观。通过这次围观，我倒是意外地发现团团在线这个网站做得挺好的，功能齐全、页面干净、下单便捷，送货特别快而且售后也好，于是就这么一直用下去，成了团团在线的老用户。”

白星萌对成瑶的回答露出了然的表情：“对，就是这样，很多人就是在那次事件后注册了他的网站账号，成了忠实老用户。”她垂下视线，“虽然和他的婚姻破裂了，但我不得不说，徐俊确实是个有能力的男人。他的网站设计和规划确实很好，但……世界上像他这样有才华的男人很多，像他这样为达目的不择手段的却很少。”白星萌顿了顿，“那个爆料是他一手策划的。”

成瑶完全震惊了。

“根本没有什么含蓄的示爱，完全是他自导自演的一出戏。他先是刻意更改了网站页面，然后自己找团队去爆料，炒作了这一出戏。”白星萌看起来很平静，然而声音却有些颤抖，“他从认识我的第一天起，看上的就是我的流量，他需要我的人气给他的网站带来活力，需要的就是绯闻炒作。他和一个女明星谈恋爱，这比任何广告的效果都要好，网友很快就会把他的底子扒出来，而他只需要暗地里推波助澜就行了。这样多经济，既节省了他企业的宣传营销费，效果还能被放大，因为被引流过去的可是货真价实的消费者，最活跃的那批网络用户。”

“他是最聪明的营销人才，知道把一家企业领导人娱乐化、偶像化比直接宣传企业省时省心，效果还好多了。”白星萌咬住了自己的嘴唇，“这就是他和我恋爱、和我结婚真正的目的。”

成瑶知道，很多闹到要请律师的离婚案件内情都不怎么令人愉悦。很多离婚纠纷，剥开纷繁复杂的外皮，暴露的都是人心最原始的恶意和自私。婚姻的缔结，或许曾有爱情的痕迹，但很多时候，在结婚的考量里会掺杂很多并不单纯的因素。

如果这个人一无所有，你还会爱他（她）吗？你还会选择他（她）吗？

浓情蜜意的时候，没有人愿意这么问自己，也没有人愿意去想这一点。

然而当感情彻底破裂，彼此之间已无任何情分的时候，在利益面前撕破脸皮、恶意诋毁，两个曾经拥有最亲密关系的人，离婚时却比陌生人之间有更深重的恶意和仇恨。

婚姻的真相，有时候是很残忍的。

成瑶一直以来都知道这一点，然而听完白星萌的陈述，她的内心还是相当震撼。她没想到，一个男人可以算计到这个地步。他步步为营，从最初的恋情到最后的婚姻，他都保持着如此骇人的理智，冷静到可以用自己的感情做筹码，哪怕是最后离婚进行财产分割时也能如此不留情面。

所以这才是白星萌坚持要现在就起诉的原因吧？

因为恨，因为想要报复，因为不甘心，她想要的不是钱，因此根本不想等徐俊的企业成功上市。她想要的甚至可能是，因为这次财产分割冻结股权让徐俊的企业无法成功上市。

白星萌看着成瑶的表情，长叹了一口气："我那时候喜欢徐俊，纯粹是因为慕强的心理，觉得能被这样有才能的男人爱着是一件非常有成就感的事。但后来我才意识到，成功的有才能的男人最爱的永远是自己，越聪明的男人越是自私凉薄。"

说到此处，白星萌顿了顿，然后想了想，加了一句："就像你的老板钱恒。"

哎？怎么扯到钱恒了？

"我合作过很多律师，他是我见过的能力最强、最专业，但也最没有人情味的律师。"白星萌耸了耸肩，"他从不关心当事人在想什么、是什么心理状态，他只关心结案，像机器人一样一丝不苟、做事完美，在他眼里只有完成任务拿到酬劳这一项是重要的。"

因为白星萌的这番话，成瑶的脑海中也浮现出了钱恒冷冰冰的脸，他是这样的人吗？没有一丝人情味？

白星萌难得一吐胸中不快，倾诉完心情显然好了不少。她又恢复了在镜头前的那种完美和自信，和成瑶确认过证据目录等材料后，她就撩了撩头发，向成瑶告辞。

成瑶今天是抱着大堆案卷和材料回家的。因为白星萌的一番剖白，她非常同情白星萌，只想着能尽可能多地为这位当事人争取权益。

结果没想到钱恒今天下班也非常早，于是两个人不得不在下班后又重新近距离地共处一室起来。

正在成瑶迟疑着要不要和老板打个招呼的时候，钱恒率先开了尊口。

“你考虑得怎么样了？”

成瑶愣了愣，赶紧汇报道：“我已经和白星萌沟通过了，起诉书的草稿我已经在写了，她的意思是马上起诉，我明天就能把全套材料的初稿发您审阅，然后我会争取在下周二去法院把立案材料交了……”

钱恒抿了抿唇：“我是问你，什么时候把我损失清单上列的赔偿支付给我？这事你考虑得怎么样了？”

白星萌说得没错，钱恒果然是毫无人情味的男人。

可惜人在屋檐下不得不低头，成瑶顿时苦着一张脸，决定打悲情牌：“老板，我的工资是多少你也是知道的，你要是愿意把这笔钱一笔勾销，我一定给你做牛做马好好工作。”

“做牛做马就不用了。”钱恒仿佛就在等着这一刻，眯着眼睛看了眼成瑶，“给我做饭做菜吧。”

“啊？”

钱恒理所当然地道：“我还没吃饭，你做饭还马马虎虎，又欠着我这么多钱，正好现在我们住一块，以后你就用伙食费抵吧。”

什么叫马马虎虎，她做饭好吃是有目共睹的好吗？！她的手艺可是大厨级别的！

“一个月，做一个月饭，我们之间一笔勾销。”

这下成瑶哪里还敢犹豫和腹诽，生怕钱恒反悔，赶紧答应了他。

“清蒸鲈鱼、土豆烧牛肉、醋熘白菜、青笋炒肉。”钱恒扫了成瑶一眼，“这是我今晚想吃的。”

“可今晚我没有买鲈鱼、牛肉和青笋呀。”

“那你还愣着干什么？还不快去买？”

五分钟后，成瑶一边在超市选购着最新鲜的鲈鱼，一边咬牙切齿地想：看看，这就是我的老板，真的毫无人性！

幸而钱恒并没点什么澳洲龙虾之类的菜，这些普通食材成瑶很快就买齐了。她手脚很快，回了家没一会儿，一桌色香味俱全的饭菜便上桌了。

钱恒吃得很矜持，然而，最终他吃了两碗饭。

比起他那种慢条斯理的吃法，成瑶就吃得粗糙多了。她一边心不在焉地扒饭，一边还想着白星萌的事。

很快，她就草草解决了晚饭，准备回房间。

“不吃了？”

“我想再看看白星萌这个案子里的材料，过几天就要起诉了，我想理一理还有什么落下的信息。”成瑶回头感激一笑，“所以老板，我先不吃了，你慢慢吃吧。”

“我不是叫你留下继续吃，我不关心你吃多少。”钱恒言简意赅地道，“我就是叫你吃完了也先别回房间，留下把碗洗了。”

成瑶忍着心中的咆哮，尽量语气平静地道：“我先回房看看材料，待会儿你吃好了叫我就行，我再来洗碗。”

钱恒皱了皱眉：“你对这个案子怎么这么在意？”

“这是我在君恒参与的第一个案子，我要打个好的开头仗。”成瑶在激情之余，想起徐俊又有些气愤，“而且从私人感情上讲，我也想帮助白星萌争取到她应有的财产，让渣男徐俊受到惩罚。”说起这个，成瑶还有些忍不住嘀咕，“白星萌人真的挺好的，接地气，一点儿大牌的感觉都没有，长得又漂亮，演技好身材棒，还对徐俊一往情深，也不知道徐俊是眼瞎了还是脑子坏了，为什么要去伤害和利用她？”

她原本以为自己这满满的干劲会受到钱恒的赞许和表扬，然而实际情况是，钱恒在听完成瑶说的这番话后，整张脸沉了下来。

“成瑶，离当事人远一点。”

“什么？”

钱恒的脸色有些严肃：“想做一个好律师，你要记住，在工作的时候，你没有感情，只有立场。你站在你当事人的立场考虑如何在法律的范围内为她争取最大的利益，但是这是你作为她的代理人的专业素养，而不是私人感情作祟。你现在这样想着什么惩罚渣男，这非常不专业。”

成瑶冷不丁就想起了白星萌的那句“钱恒没有人情味”来。

对于钱恒的指责，她十分不服：“我不会因为私人感情就变得不理智，何况我觉得这样挺好的，至少能促使我更积极地为当事人争取权益。再说这个财产再次分割纠纷的案子，我们完全代表的是正义的一方——”

成瑶的话还没说完就被钱恒打断了，他嗤笑道：“你以为自己是谁？水兵月？还‘代表月亮惩罚你’？”

看看，这就是话不投机半句多，道不同不相为谋，虽然业务能力顶尖，但钱恒这人还真的没什么人情味。

“我一直觉得，虽然律师是一种职业，但作为从业人员，也是要有点情怀的。虽然我国的男女平权宣传了好几年了，但是在婚姻里女性总是弱势的一方，被家暴、被出轨、被骗婚。你看，就连白星萌这样已经有足够的社会地位和金钱的女性在婚姻里也仍旧是受害的一方。我虽然只接了这么一个案子，但是在自己力所能及的范围内为婚姻中处于弱势的女性谋求一点权利，我觉得这就是我作为一名律师的价值所在。”成瑶盯着钱恒，她的语气很认真，也很固执，“我一个人当然没能力改变整个现状，但如果每个律师都能和我一样，都能为女性在婚姻中的维权出一份力，那是不是——”

“是，只要人人都献出一点爱，世界将变得更加美好。”

成瑶的眼睛亮了亮，她以为自己的这番慷慨陈词终于唤醒了钱恒那深埋在心中的正义感和社会责任感。

然而现实是——

“你是老古董吗？”钱恒皱了皱眉，“人人都献出一点爱，这首《爱的奉献》是1989年的老歌了，现在已经是2018年了，你却还相信上世纪的歌词？你脑子没问题吧？

“我真是服了你。我以为这种很多年前的歌只有那个年代的人才会相信，现在看来我国年轻人也有跟不上时代的啊，我们律师队伍的精神文明建设还是任重而道远的。”

成瑶有些震惊了：“你难道就没有一点点社会责任感吗？没有想过用自己的专业知识为那些弱势的人呐喊吗？”

钱恒毫无诚意地拍了拍手：“感动，真的很令人感动，那胸怀天下的成律师，你怎么没干脆去做公益维权律师呢？维权律师挺环保低碳的，平时没事去天桥下面喝个西北风就饱了，夏天的时候还能有穿堂风换换口味。”

“我——”

“你什么你。”钱恒优雅地翻了个白眼，“而且谁和你说，婚姻里一定是女方弱势男方强势？白星萌就一定是受害者？你是人家婚姻当事人还是每天躲在人家夫妻的床底下见证了他们婚姻里的点点滴滴？”

成瑶梗着脖子解释：“我是女生，我相信自己的第六感。白星萌对徐俊动了真感情，但徐俊没有，白星萌是这段婚姻里最大的受害者。我这次一定要代表我们女性给徐俊点教训，教会他什么叫尊重婚姻！”

钱恒丝毫不掩饰地流露出了不认同的表情：“你看你这样，你也好意思说女性都是婚姻里弱势的一方？我现在不作为老板，而站在一个男性的立场上，负责任地告诉你，你这么凶悍以后是要嫁不出去的。”钱恒看了成瑶一眼，“真的，谁敢和你结婚？等着以后被净身出户吗？普通人谁打得过被法律武装过的女律师？”

成瑶怒道：“普通人消受不起，那我找男律师就行了！”

“成瑶，我告诉你，做人要实际点，虽然有理想是好的，但不要白日做梦。”

找个男律师怎么就变成她白日做梦了？法律圈里同行找同行的可海了去了，两只脚的男律师还不遍地走吗？

面对成瑶一脸的疑惑，钱恒自我感觉颇为良好地整了整衣领，道：“我也知道自己很优秀很耀眼，但是成瑶，你要找我是不可能的，你死了这条心吧。”

成瑶惊呆了，成瑶窒息了，成瑶感觉要吃速效救心丸了：“我什么时候说要找你？”

“找男律师你就找啊，我拦着你了吗？”钱恒挑了挑眉，语气欠扁，“你刚才说的时候一直死死地盯着我，这不就是在暗示我，想找我这样的吗？”

我那是怒目圆睁！我那是怒视！哪里是看上你了？我瞎了吗？！

钱恒说完，站起身，拍了拍成瑶的肩膀：“人生不如意事十之八九，想开点。”

成瑶内心在咆哮：钱恒！你知道吗？我找你我才是想不开啊！

因为对白星萌的同情，成瑶对她的案子十分上心，昨晚更是加班加点准备起诉材料，第二天一大早就把全套资料发给了钱恒审阅。

虽然嘴巴挺毒，但对于工作钱恒是百分之一万负责，很快成瑶就收到了他回复的邮件。在她草拟的起诉书上，钱恒已经用修订模式对需要更正的地方全部进行了修正，还通过批注简单解释了修改的理由。

于是成瑶效率非常高地在今天就把立案材料送到了法院。

她刚从法院回来，就在君恒的正门口遇到了不速之客——董敏。

上次见面时，董敏还一副趾高气扬的样子，穿着打扮十分讲究。今天她却脸色苍白、眼睛红肿，全然没了当初那副架势，就是成瑶迎面朝她走去，董敏都没有空闲看一眼，好像有什么其他更重要的事要做。成瑶只来得及看到董敏快速地走进君恒的大门，她神情凄惶，衣裙一闪而过。

“钱恒！钱恒呢？我找钱恒！”

前台试图拦截：“董小姐，您有预约吗？没有预约的话……”

董敏充耳不闻，她的眼眶含着眼泪，嘴唇有些颤抖：“不行，我要马上见到钱恒，我要问清楚到底是怎么回事！”

“成瑶！”

就在董敏无助的时候，她看到了站在她身后的成瑶，平日里疑神疑鬼的董敏这一刻竟然完全没有询问成瑶为什么会出现在君恒的门口，她快步冲上来握住了成瑶的手：“你在的话，是不是钱恒也在？求求你，让我和钱恒见一面，我真的有重要的事……”

董敏在大办公区造成的动静颇大，有律师已经探头探脑地开始张望了。

成瑶有些为难：“钱律师真的不在，他上午出去开庭了……”

别说他现在是真的出去了，就算没出去，肯定也要支使我拦截你啊。成瑶捏了一把汗，要没拦截住董敏，钱恒还指不定要怎么收拾自己呢。

也不知道是什么运气，成瑶这句话刚说完，钱恒就从正门口走了进来。看来庭审很顺利，竟然这个点就结束了。

钱恒皱了皱眉，刚想要对门口聚集的一堆人发难，目光就毫无防备地撞进了成瑶的眼里。

成瑶正在对他挤眉弄眼，仿佛一个拙劣的卧底正在暗示着前方的危险，在董敏也看到了钱恒的瞬间，成瑶的脸上闪过了“即将壮烈牺牲”的绝望。

钱恒的心情突然有点愉悦，他想，成瑶的表情倒是挺丰富的，很有娱乐性。

相比钱恒的平静，董敏就激动多了，她抬高了声音喊道：“钱恒！”

就当成瑶以为钱恒会回给自己一个“办事不力”的死亡视线时，钱恒却出乎意料地并没有躲避董敏。

只是他的态度虽然主动却无比冷漠：“你父亲的案子我不能和你谈，你不用来找我。”

董敏急了："那是我的爸爸！为什么我不能知道？"

"因为我的当事人是他，不是他的女儿。我只维护他的利益、他的隐私，而不是你的。"

"到底是怎么回事？钱恒，你说清楚，为什么我爸爸会突然上法院起诉？他为什么要和我妈离婚？他们不是一直很恩爱吗？这根本说不通！根本不可能！明明一个星期前我爸还说下个月我妈生日要带她去他们第一次相遇的地方的，是不是哪里搞错了？"

"这话你不应该来问我，我只是你父亲的代理律师，你应该去问你的父亲。"面对董敏泫然欲泣的表情，钱恒完全不为所动，只抬起手臂看了看手表，"成瑶，如果董小姐没有业务和我们洽谈的话就送客吧。我们是律所，不是上演八点档狗血家庭剧的片场。"

钱恒说完又扫视了一圈大办公区："谁的头还抬着？是不是嫌工作量不够大？"

他这话刚说完，李明磊、王璐、谭颖等人整齐划一地把微微抬起看八卦的脑袋埋了下去。

钱恒哼了一声，回了办公室。

钱恒可以任性，但成瑶不可以。

钱恒前脚刚走，董敏后脚就崩溃地痛哭起来。钱恒丢下的这个烂摊子，势必只能由成瑶来给他收拾了。

为了不打扰办公区同事的工作，成瑶只能一边安抚着董敏，一边把她带去了附近的奶茶店。

又是安慰，又是开导，成瑶才终于清楚了事情的前因后果。

董敏的爸爸和妈妈十三岁相识，十五岁相恋，青梅竹马两小无猜，他们二十二岁结婚，二十三岁共同创业。因为两个人脑子都活，外加劲儿往一处使，又赶上了好时候，看到了中式快餐的巨大行业前景，很快就把一家做家常菜的小餐馆做大做强。从初创时的摸索，到引进标准化运作、培育品牌口碑，再到最后引入风投进行资本化运作，他们共同创办的真味餐饮管理有限公司由个体户一跃成了企业集团，在全国有近七百家加盟门店，几乎占领了全国主要城市的市场。

"我知道钱恒是很出名的家事律师，我爸最早为了办理家族信托找过他，之后好多年没有和他合作的业务。最近我爸又开始接触钱恒的时候我也警惕过，毕竟钱恒最出名的是办理离婚案件。但我爸说，他是想为企业请个企业家事顾问，他说那是为了在企业股东面临家事纠纷时，避免公司股权和利益受损，是站在公司和股东个人双重利益上考虑的。”董敏的声音还有些哽咽，“我爸妈现在虽然是真味餐饮的大股东，但也有好几个别的股东，我爸说其中有一个最近可能要闹离婚，他怕对方的婚姻状况对公司股权有影响，才想着找一个企业家事顾问。所以这些天来他一直和钱恒接触，我根本就没多想……”

董敏说得没错，如果是企业家事律师，那这个律师针对的不是任何一个股东的个人利益，而是要顾及股东和公司的双重利益，提供离婚财产分割、继承、家族企业利益平衡等一系列法律服务。

然而显然，董山骗了董敏，他接洽钱恒根本不是为了请钱恒来当什么企业家事法律顾问。

“我根本想不到会是这样的结果。一开始我爸想请钱恒当私人律师，我还每天乐呵呵地问我爸什么时候能把钱恒请来，这样我就有更多机会见到他了。只是我没想到，钱恒是请来了，却是请来帮我爸跟我妈离婚！”

董敏讲到此处，揉了揉眼睛，有了点泪意：“我爸妈从来没有过什么争吵，这两年也都很恩爱，每年一起出国旅游两次。你知道他们在一起多不容易吗？我妈家境好，我爸当年是穷小子，我外公外婆不同意他们在一起，我妈就一分钱没要，硬气地和我爸结婚了。他们一路一起拼搏到现在，他们的感情是有目共睹的！”

董敏很激动，她的父亲突然起诉离婚，对她来说是措手不及的打击，对她的母亲蒋文秀来说，更是无法接受的灾难。在收到法院传票的那一刻，蒋文秀就感觉天旋地转，一口气没喘上来直接晕倒了，现在还在医院躺着。

成瑶好生安慰了董敏一阵，对方才稳定下来情绪，擦了擦眼泪，终于离开律所去医院看望她母亲了。

成瑶回了办公室，脑海里却还都是董敏哭泣的无助的脸。父母闹离婚这种事，对小孩而言永远是痛苦的，不论是多么跋扈的“小孩”，也不论是多大年纪的“小孩”。

成瑶其实和董山是有过一面之缘的，那次正逢董山来与钱恒讨论案子，她记得董山的样子。董山看起来是个和蔼、憨厚的男人，虽然身价惊人，穿得却很朴素，眼神温和，怎么看都像是个好相处的人。

尤其成瑶进会议室给钱恒送材料的时候，董山正在好言求着钱恒能不能和他女儿一起吃个饭。明明都是钱恒长辈的年纪了，身价又不菲，却为了自己的女儿低声下气地说着话，得多爱自己的女儿才会这样啊。

可如今，如今……

“我把董敏送走了。我能问问她爸爸到底为什么突然要离婚吗？”成瑶最终没忍住，她把一份需要钱恒签字的法律意见书送进钱恒办公室后，顿了顿，还是问出了自己心中的疑惑，“他一定是有什么苦衷吧？比如身患绝症之类的？”

钱恒看了成瑶一眼，声音平淡地说：“身患绝症，所以为了不让老婆看到自己的病容伤心难过，索性用最激烈的方式让她痛恨自己，好让她在接下来的人生中能够忘记自己，没准还能追寻到下一次幸福。”

成瑶的眼睛亮了亮：“是这样吗？！”

“成瑶，你小说看多了吧。”钱恒嗤笑了一声，“离婚能有什么别的苦衷，不过就是不爱了，不想过下去了。一个男人，不想和你结婚，或者要想和你离婚，都没有苦衷，苦衷只是他们包装自己的遮羞布。”

“可是董山那么爱董敏，为了董敏都顾不上面子，他怎么可能离婚？怎么可能让董敏那么难过？”

“很爱自己的女儿和不爱自己的配偶并不矛盾。”钱恒揉了揉眉心，“我们男人是很复杂的。”他看了一眼成瑶，“比如，你现在知道我在想什么吗？”

成瑶非常诚实地摇了摇头。

“我在想，你能不能帮我个忙，现在左转，出门去，然后关上门，不要再浪费我的时间了。”

“……”

钱恒从早上开始右眼皮就一直在跳。

右眼跳灾还是跳财？他有点不确定。

“钱恒！周六律协有活动……”

直到吴君一个风骚的走位闪身进了他的办公室，一双桃花眼里闪着阴谋般的精光，钱恒终于可以确定了——右眼，肯定跳灾。

他头也没有抬地说：“不去，没空。”

吴君对钱恒的反应相当淡定，笑了笑："我知道你对不赚钱的活动一概没兴趣，但这次是律协张会长点名要你去的，我们毕竟还归人家管理，你难道连这个面子都不给？你还想不想君恒年底评上A市十强律所了？"

钱恒果然抬起了头，他皱了皱眉，语气冷然："下不为例。"

"那自然，我这么爱你，平时舍得你出去抛头露面吗？能挡掉的我不都挡了吗？"

"周六什么时间？"

"周六早上九点到下午三点，律协包午饭。"吴君拍了拍钱恒的肩，"省得你周末在家里叫外卖了。"

钱恒想到成瑶做的可口饭菜，下意识地回道："我最近不吃外卖。"

"哎？什么？"

钱恒抿了抿唇："没什么。"他抬头扫了吴君一眼，"所以是律协的什么活动？"

吴君抓了抓头，有些不自然地磕磕巴巴道："就是律协举办的一个关于当代青年律师精神文明建设的活动，就是开开会、和其他青年律师互动互动，你就当放松呗。"

钱恒有些疑惑："这种活动为什么张会长要指派我参加？"

吴君咳了咳："可能是张会长觉得你比较有号召力吧。"他移开了目光，"另外，每个所需要出一男一女两个律师，我们君恒的男律师张会长点名要了你，但女律师还没定呢，你看谁去合适？"

"你定吧。"

"我们所的女律师里，钱慧、李萌已经结婚了，田思和、王璐也都有男朋友，单身的就剩下成瑶、谭颖。但是我听说谭颖刚分手没多久，恐怕心情还没调整好，所以我觉得就成瑶吧。"

钱恒有些不解："参加个精神文明建设活动而已，为什么还要单身？"

吴君讪讪地笑笑："你看，人家女同志吧，结婚了就有家庭了，这周末当然要带孩子、陪老公啊；有男朋友的呢，自然也要和男友去约会过两人世界吧；这刚分手的呢，心情很差，应该给她空间一个人好好平静下；单身的吧，时间自由，这种活动当然让她去参加啊。"

钱恒听了，虽然觉得有点怪怪的，但吴君这番逻辑也挑不出错来，点了点头，表示赞成了这种安排。

"那我去通知成瑶了啊。"

钱恒的语气波澜不惊："不用，我来。"

吴君有些奇怪："你平时不是不喜欢做这些通知人的事吗？怎么今天抢着来？"

"防止你带坏新人。"

"你不是一心想赶成瑶走吗？那还怕我带坏干什么？"

"她要是被带坏了，就算以后被辞退了，出去了也影响君恒的形象。"

"……"

成瑶把白星萌的案子提交法院后，作为律师，目前能做的就是等着法院立案以后确定开庭时间了。

于是成瑶突然就闲了下来，在钱恒的各种摧残打击下，她倒是有些不适应空闲了。知道自己基础差、经验少，她主动找来了一本最高人民法院婚姻庭的指导判例进行研究学习。

今天是周五，明天就是周末了，下班的时候，成瑶觉得既充实又愉快。这个周末她打算好好放松下，在家睡懒觉。

今晚钱恒约了个客户，不在家吃饭，成瑶兴高采烈地回家，一个人逍遥地吃了饭，正准备享受周五晚上的时光，钱恒就回来了。

"成瑶，明早九点，代表所里去参加律协举行的青年律师精神文明建设座谈会。"

明明是周六软性"加班"，但钱恒竟然说得十分理直气壮。成瑶愣了愣，才反应过来要抗争："为什么要我去？"

就因为我是新人吗？可是我的精神文明建设得已经很好了，我觉得已经没有必要再建设了！成瑶一边腹诽，一边看向钱恒，她想：倒是你，实在应该去建设一下精神文明。

"不是欺负你是新人。"钱恒扫了成瑶一眼，"我也去。"

成瑶刚要为钱恒这次难得的平等点一下赞，却听他轻声笑了下，继续道："明早九点到下午三点，我一般不带女律师参加律协的活动，这次是你运气好。"

"什么？"成瑶目瞪口呆：你倒是告诉我啊，这算是哪门子的运气好？周六还没法逃离老板的魔爪，这是运气好？

钱恒哼笑一声：“我带你参加活动，等于宣告你是我团队的律师，这就是在为你以后的跳槽背书。你知道从我的团队跳槽出去的律师在别的所有多抢手吗？”

这有什么好骄傲的？！钱恒，你应该好好反思为什么你培养出来的律师会不断地被别的所挖走或者跳槽啊！

成瑶忍了忍，还是没忍住，她委婉地道：“那这么多以前一手带出来的律师跳槽离开，你不伤感吗？何况这难道不是在给别的所培养人才，给自己培养竞争对手吗？”

“你进君恒，签的是什么合同？”

“劳动合同啊。”

钱恒用一副孺子不可教的表情看了一眼成瑶：“我们只是劳动雇佣关系，商业行为，谈什么感情？至于竞争对手，那也要他们够格才行。”说完他又扫了成瑶两眼，“比如你这样的，别的所要是挖过去，那不叫挖墙脚，那叫作接盘。”

算了算了，韬光养晦，成瑶自我安慰道，在你变强大之前，忍忍吧成瑶，等你飞黄腾达了，钱恒再看你一眼都是死罪！

律协的座谈会九点开始，因此成瑶周六的懒觉是泡汤了，但好在能蹭钱恒的车，两个人穿了职业套装，一路畅通地到了律协。

然而等到了开会的场地，成瑶就觉得有点不对劲儿了。

首先，这场地看起来并不像是一个座谈会的样子；其次，其余来参会的律师穿得都很休闲，明明只是个精神文明建设座谈会，但不论男女竟然都精心打扮过。作为男人，钱恒穿着正装还不显得太过突兀，但成瑶就显得非常不自然了……

如果说刚开始只是略微感觉不妥，当成瑶抬头看到那条“A市青年律师联谊会”的横幅时，就感觉相当不妙了。

更要命的是，那条横幅下面的墙壁上竟然还挂着一张画着大大爱心的海报，上面写了一行字——主动出击，告别单身，放飞自我，携手致富。

这行字下面，又有一行更振聋发聩的标语：“依法结婚是每个适龄青年的义务。”

这竟然是一个单身青年律师相亲会！

这一刻，成瑶只想回头质问钱恒，为什么选她来参加律协的这种相亲会！

不用成瑶质问，钱恒也意识到了问题。他黑着脸一言不发，当即掏出手机给吴君打了电话过去。

吴君显然是睡着懒觉被吵醒的，声音还有点低沉："怎么啦？"

"青年律师精神文明建设？"

"嘿嘿……"

"吴君，你给我解释一下，精神文明建设座谈会是怎么变成单身联谊会的。"

吴君笑嘻嘻地说："这个就是你的不对了，解决单身是当前青年律师最重要的精神文明建设课题之一啊！

"钱恒啊，国家人口老龄化严重，已经到了生死攸关的地步。你作为一个有志青年，自然要承担起社会责任，为国结婚、为国生娃，还要为国二胎。你这不婚主义的思想就很危险，当然要参加联谊来洗洗脑，让你的精神升华一下。"

钱恒面无表情地道："吴君，你今年的年终奖没有了。"

"别别别！"吴君讨饶，"行了，我也是没办法啊，张会长逼着我务必让你参加啊。你现在是A市单身男律师里收入最高、长相最好、头发最茂盛的，平时女律师们都不爱参加这类活动，这次张会长宣传联谊活动时提前就把你要去的消息放出去了，结果女律师们踊跃报名，那总不能最后来了发现没把你请来吧。"

"这是虚假宣传。"

"行了行了，你就为所捐躯吧，回头我请你吃饭！我睡回笼觉去了，再见！"

钱恒打电话时，成瑶在旁边也听了个大概，这次没法赖钱恒，他和自己一样，也是个受害者。

但受害归受害，作为律所和律师主管部门的律协都发话了，钱恒纵然脸臭得像茅坑里的石头，也只能配合。

组织这次活动的果然是律协里热情的老阿姨，她声音洪亮，作为主持人十分合适。

"各位律师朋友大家好，感谢你们在百忙之中抽空来参加咱们律协的联谊会。今天的活动分为两部分，第一部分是室内活动，午饭后才是第二部分的室外活动。下面马上开始我们的室内部分。今天每家律所都有一男一女两位律师参与，所以我们男女律师的比例正好是一比一。”

老阿姨笑眯眯地环顾了一下：“我们力争让每位律师都能互相了解下对方，所以在下面的环节里，每位男律师将和每位女律师，有三分钟的问答聊天时间。在这三分钟里，两位可以快速地互相了解下，比如问问爱情观、择偶标准，甚至讨论法律案例看看价值观一致不一致，这都是可以的。三分钟一到，我们的计时员就会提醒，请大家自动往前移一位，下一位继续这么轮上。等一圈轮完以后，双方都有进一步聊天意愿的律师，就私下再继续聊啦。”

成瑶偷偷地看了一眼身边的钱恒，随着联谊会活动模式的介绍，他的脸果然越来越黑了……

只是不得不承认，就算脸臭，但钱恒的长相真的太能打，在一众男律师里，完全可以用“天人之姿”来形容了。一眼看去，钱恒这样英俊的面容和挺拔的身材，简直就是自带“男主角光环”，仿佛在一部粗制滥造的连续剧中，贫穷的剧组只有钱给男主角钱恒打光，其余男配角往他边上一站，就都显得灰头土脸的了。

果然，有几个身高不高的男律师正偷偷地试图离钱恒远一点，但钱恒作为男性公敌，在女性中的呼声和人气就能量守恒般地高了。连站在他身边的成瑶都能感受到女律师们投射在钱恒身上的目光，看来很多人都对钱恒很有想法。

虽然钱恒在业内有“毒瘤”的称号，但毕竟大部分人没有接触过钱恒，总觉得“毒瘤”这两个字或许多少有些夸张的成分。

成瑶在内心感慨：朋友们啊，你们都太天真了！钱恒很快就会让你们知道，什么叫知人知面不知心！脸好看不代表心好！有剧毒就真的是有剧毒！

“那下面，麻烦男律师和女律师面对面站成一排，按照顺序落座，我们要开始咯！”

成瑶不想和钱恒面对面，一下子蹿到了钱恒的斜对角去，而钱恒的对面也不知什么时候站了一个妆容精致的女律师。对方显然有备而来，妆容精致，穿着一身显身材的红裙，脚踩黑色小细跟，大波浪卷发，顾盼间皆是风情，显然是外向大胆的性格。

“你好，请问你从事什么法律业务呀？”

成瑶的对面是一位害羞的男律师，他腼腆地笑了笑，找了个话题，成瑶也友好地笑笑，两人你问我答起来。

可惜男律师太内向，成瑶和他很快就没了话题，两个人尴尬地彼此看着，幸好临组的“种子选手”钱恒拯救了这种尴尬。

比起成瑶这一组的平淡，钱恒那一组就暗流汹涌了。

成瑶和男律师相当默契地吃起钱恒那组的“瓜”来。

“钱律师，你喜欢什么样类型的女生呀？”

“90，60，90。”

“什么？”

“三围。”

“……”

“那除了身材呢？你对女生还有什么要求？”

“脸蛋也要好。”

“……”

“哦，还要听话。”

“除了这些外在的，没别的了？”

“必须是处女。”

“还有呢？”

“要懂事识大体。男人在外面，尤其像我这样的成功人士，总免不了逢场作戏，有时候难免也要犯男人都会犯的错。这时候作为我的女朋友她必须理解我，而且要好好反思为什么我会犯错。她要从她自己身上好好找原因，是不是她的身材没有维持好、脸没有保养好、没有第一时间关心我的精神需求。”

成瑶偷偷看了一眼红裙美女，对方脸上果然一扫刚才的热情火辣，露出了便秘般的表情。

唉，成瑶同情地想，喜欢谁不好，喜欢我们“五毒教教主”，你这不是没事找事，自己给自己喂毒吗？

联谊会的会场座位布置成了“S”形，女律师坐着不动，每三分钟，男律师顺时针随着“S”形流动。成瑶坐在钱恒逆时针方向的斜对面，因此三分钟到后，钱恒挪了一个位置，离成瑶远了那么一点。

这个距离，成瑶听不到钱恒的聊天内容了，只能看到钱恒那张英俊无比但冷若冰霜的脸，配上他的西装，显得他和他这次的女伴仿佛不是在进行三分钟相亲，而是在进行死亡面试。

不知不觉，成瑶也又聊了好几个男律师。

虽说是联谊，但大家都是一个圈子的，抱着没事多交个朋友的心态，成瑶并没有找对象的意图，状态倒是挺放松，和几个不同业务领域的男律师交流了下也挺长见识，彼此还都加了个微信。

“钱恒律师，久仰大名了。”

成瑶听到“钱恒”两个字，一个激灵之下抬起头。她这才发现，原来因为座位安排是“S”形的，这会儿钱恒又坐到了她的不远处。

这次钱恒的对面是个与第一个风格完全不同的女律师，看起来小鸟依人，很是温柔，颇有些听话、懂事、乖巧的意味。成瑶扫了扫，对方虽然骨架娇小，但这身材倒是也不差，穿着颇为文艺，问的问题也很风花雪月：“你要是谈恋爱了，会和女朋友在哪儿约会呀？”

“办公室。”

对面的女律师也有些脸红：“那，在办公室里做点什么呀？”

“一起加班。”

“……”

“那要约会了，你觉得像律师之间，这么忙，什么见面频率比较好？”

“半年一次吧。”

“……”

钱恒想了想，补充道：“平时有空的话，可以发邮件。”

“……”

三分钟还没到，钱恒对面的女律师就站了起来……

不过钱恒那张招蜂引蝶的脸还是十分具有欺骗性和迷惑性的，下一轮，又有女律师期待地坐在他的对面。

“钱律师好，还挺想了解一下你是一个怎么样的人……”这次的女律师长得也挺漂亮，还拥有一双大长腿，对方做了点开场白，才自然而然地转到了择偶价值观上：“就想问问，你觉得自己在感情中是一个主动的人吗？”

“不是。”

“那你要是遇到了非常有感觉的异性呢，你会怎么办？”

"不怎么办。"

"啊？"

钱恒理所当然地道："等着她追我就好了啊。"

这位女律师显然还对钱恒抱有再抢救一下的期待："有些人虽然很优秀，但是也会有些性格上的缺点。如果你遇到了一个女生，她能包容你所有的缺点，你会不会格外珍惜？"

"不会。"

"为什么？"

"因为我没有缺点。"

"……"

成瑶看了看时间，一分钟零三十四秒，这轮的女律师又起身走了。

成瑶就这么看着钱恒对面的女生来来去去，最初来的时候她们都带着娇羞，最终她们都带着中毒的表情离开。

终于，就这么到了相亲第一轮活动的尾声，按照顺序，钱恒坐到了成瑶的对面。

成瑶望了望对面她英俊的老板，她的老板也看了眼她。

"老板——"

成瑶的话还没说完，就被钱恒毫不留情地打断了："不要以为参加这个联谊会代表了什么，成瑶，控制一下自己，我是不婚主义者，不要有侥幸心理。"

成瑶毫不怀疑，如果自我感觉良好是犯罪，那么钱恒的情节严重程度最起码得判死刑！

可惜这番话成瑶只敢腹诽，面对钱恒，她还是毕恭毕敬地问道："是不是因为你是不婚主义，所以刚才刻意那么回答那些女律师的问题？"

成瑶在心中想道，钱恒这样表现才好让她们知难而退，毕竟大部分女生参加这种联谊，还是希望能有个温暖的家庭的。钱恒不想浪费她们的时间，又不好意思直接开口，所以就牺牲自己的形象，用这么激烈的方式拒绝她们？

"没有啊。"钱恒理直气壮地道，"除了'处女'这条，别的我只是说了真话而已。"

行了，成瑶想，要是"直男癌"和自我感觉良好一起量刑，钱恒数罪并罚，罪行的恶劣程度，恐怕枪毙两百次也不够了。

成瑶确信，钱恒这辈子真的是找不到对象了。

“你还有什么想问的？”钱恒哼了一声，“有什么私人问题想问的，趁着这个机会问吧，我不追究。”

成瑶连连摆手：“没，我没什么想问的。”

“哦，那我倒是有几个问题要问问你。”钱恒扫了成瑶一眼，“刚才一共加了几个男律师微信好友？”

“哎？”

“得加了有六七个吧？”钱恒慢条斯理地说，“有成熟稳重型的、阳光运动型的、活泼天真型的、温文尔雅型的，还有笑面虎型的。成瑶，你喜欢集邮？”

刚才那一轮三分钟快速相亲，成瑶一直竖着耳朵听钱恒的壁脚，却不知道钱恒也一直不自觉地用余光观察着成瑶。

钱恒就那么看着成瑶笑眯眯地对每个男律师说着话，她长得漂亮又年轻活泼，几乎每个男律师都对她十分热情。

钱恒看着她不断地和那些男律师通过“扫一扫”加上微信好友，不知道为什么，心里就有些烦躁。

吴君说得没错，成瑶果然就是红颜祸水，所以长得漂亮的女人，怎么可能成为好律师，钱恒觉得，还是要赶紧把这个关系户清理出君恒。

只是明明可以不动声色，钱恒最终却对成瑶问出了这种带了点刻薄的问题。

问出问题的瞬间钱恒就后悔了——这不是一贯的自己，然而道歉？

这两个字在钱恒的字典里是不存在的。

他只是抿着唇，看向成瑶。

就在他等着成瑶面色通红、露出受伤表情的时候，对面的成瑶却激动地道：“老板，你数错了！我加了八个！因为八才是我的幸运数字！另外，你怎么知道我喜欢集邮？我确实喜欢！我从一年级就开始集邮了，我有好多珍贵的邮票，很贵的那种！一般人我不告诉他！”

“……”

第三章　年终奖还想要吗？

午饭过后，就是本次联谊会的重头戏——户外活动。

律协包了辆大巴，把一车律师拉到了郊外的5A级景区公园。

郊区的空气非常好，天也比市区更蓝，加上今天确实是个风和日丽的好天气，成瑶有一种不虚此行的感觉。然而自己的那位至尊老板还是摆着一张生人勿近的臭脸。

“下午的活动是两人一组的划船比赛。这片湖的面积很大，大家从码头出发，看哪一组最先划到对岸我们的接应点。”活动组织人老阿姨非常会控场，“我们官方不给你们分组了，上午大家也了解过彼此，就自己组队吧。当然，原则上还是一男一女搭配，但各位要是觉得哪位同性同行特别聊得来的，也可以组队。”

她看向大家，笑了笑：“这次活动虽然是娱乐性质的，但也为大家争取了奖金，第一名可以得到一千元的奖金，第二名是五百，第三名是两百，大家加油！”

一听说自由组队，大家虽然不言语，但都行动了起来，组队很快便有了结果。

有些律师在之前的三分钟相亲中对上了眼，彼此有好感，一男一女便默契地组了队，还有些在午饭时聊得投机的同性也组了队。但也有例外，比如成瑶。

成瑶的身边此刻竟然站了五个男律师，都目光灼灼地看着成瑶，想要和她组队。

当然，还有一位也同样例外。

钱恒，有着傲人的脸蛋、绝佳的身材、律师界中少有的浓密黑发、无往不利的专业技能和巨额资产，却凭借他自己令人窒息的操作，成功劝退了所有爱慕者，成为全场唯一一位身边一个活人也没有的男律师。

身边一个人也没有的钱恒扫了一眼身边围了五个人的成瑶。

“成瑶。”

她的老板开了金口。

成瑶有一种不妙的预感。

钱恒淡然而冷静地笑了笑：“你过来。”

“哎？”

“和我组队。”

我才不要！成瑶在内心咆哮，要和你在湖上泛舟那么久岂不是犹如服毒自杀般的至尊体验？

她看了一眼钱恒：“老板，不同律所之间的律师难得有机会交流，我们还是不应该太封闭，应该打乱下组合，多和同行沟通一下，尤其——”

“成瑶，我用你的年终奖命令你，过来和我组队。”

“……”

人为财死，鸟为食亡，年终奖的威力太大。

所以最终，成瑶带着一脸英勇就义的表情和钱恒出现在了同一艘船上。

这里的船不是电动的，需要坐船的人自己划桨。

钱恒坐在船头，沐浴着阳光，发丝在微风里都闪闪发光，那张过分出挑的脸蛋配上周遭的景致，让人有种如诗如画的错觉。

可惜成瑶根本无心欣赏。

马克思说得好，“资本来到世间，从头到脚，每一个毛孔都滴着血和肮脏的东西”。

万恶的资本主义，它们的风光都是建立在对无产阶级的剥削之上的！

成瑶一边拼命地划着桨，一边偷偷地怒视着在船的另一端无所事事欣赏风景的钱恒。

就算成瑶对第一名的那个千元大奖十分垂涎，可船上摆着钱恒这么一尊游手好闲的大佛，成瑶就算再卖力，也还是比不过其余船上两人一起合作的组合。

眼见着一艘又一艘船超过自己，成瑶有些按捺不住了："老板，你看，平时在律所整天久坐，现在难得进行户外活动，要不要活动一下筋骨，划船强身健体一下？"

钱恒瞥了成瑶一眼，完全没有动一根手指的意图："你今天不是挺享受这次联谊会的吗？"

成瑶一脸茫然——这和划船有什么关系啊？！

钱恒欠扁地笑了笑："你参加这种活动开心就好，但既然开心了，当然要更有干劲地划船啊，要用实际行动来展现自己的精神面貌。"

成瑶觉得，如果谁能发明一种一喷就能让对方变成哑巴的药，应该能得到诺贝尔和平奖。

不过为了奖金，成瑶并不放弃："老板，你是不是不喜欢输？你看，你再不和我齐心协力一起划船，我们不仅要输，还要变成最后一名了，别的船都超过我们了！"

"我没有不喜欢输。"钱恒一点儿都没有被刺激，只是迎着风笑了笑，露出了有些伤感的表情，"我也想知道输是种什么样的体验，但是输不了。"

"这次要是能体会输的感觉，其实也挺好的。"

成瑶看着云淡风轻地坐在船头的钱恒，只觉得胸中一口浊气慢慢上升。

她看了下，别的船都超过他们了，此刻四下无人，没有目击者，她已经忍不住开始计算这个时候把钱恒推下湖的可行性。

也不知道是不是成瑶天生运气好，本来在她和钱恒之前的几艘船，突然因为各种各样的问题停在了原地。

一艘船的船桨被打闹的两人击落到水里了，还有两艘船不小心撞在了一起，一时半会儿没法移开，还有一艘船偏离了方向……

数来数去，成瑶只需要再超过两艘船，就能进入前三名角逐奖金了！

虽然两百块有点少，但苍蝇再小也是肉啊！何况再加加油，他们没准还能逆袭成为第一名呢！

成瑶这下打起精神来了，一边奋力划着船，一边嘴里念念有词。

“赶英超美！成瑶你可以！”

这口号喊着喊着，成瑶竟然真的超过了几艘船，她已经变成第二名了！而且和第一名的距离并不远！

可惜乐极生悲，成瑶大概用力过度，划着划着手竟然抽筋了，就这么不小心一个手抖，手中的船桨便往湖里掉去。

成瑶几乎是下意识地伸出手、探下身想去捞船桨，然而这个动作破坏了她的平衡，成瑶就这么整个人往水里栽去。

落水的瞬间，成瑶什么也来不及想，条件反射地伸出手想要拉住什么东西，然后拽到了一个温热的物体。

她就这么把她的老板作为垫背一起拽进了水里。

在落水的刹那，成瑶终于如愿以偿地看到钱恒脸上平静的表情被打破了。他皱着眉头，仿佛还没有适应这个突如其来的变故，错愕地睁大了眼睛，然后和成瑶一起掉进了水里。

成瑶是会游泳的，因此她落水后就放开了钱恒，想要先爬上船，再把钱恒拽上来。

可惜她没想到，十一月的湖水太冷了，她还没扑腾几下，腿就抽筋了。

完了完了，果然是天妒英才……

这是成瑶往水下沉之时内心的想法。

湖水太冷了，她因为腿抽筋没法动弹，游不上去，只能眼睁睁地看着水面的光离她越来越远。虽然憋了口气，但随着身体的不断下沉，成瑶只觉得胸腔难受，那口所剩不多的气也快消耗殆尽，再接下去就是呛水，然后溺水了。

这个时候，饶是成瑶再乐观也惊慌起来了。湖水冰冷刺骨，溺水和死亡的恐惧像是一双冰冷的手紧紧地缠绕着她，缺氧、窒息还有巨大的水压让成瑶开始挣扎。

她没有办法呼吸，也没有办法逃脱。

犹如在死亡的悬崖边游走，成瑶感觉到了发自内心的恐惧和害怕。

她在心里呼喊着：谁能来救救我。

救救我……

就在成瑶快要失去意识、憋不住那口气的时候，有一双手带着微微波动的水纹托起了成瑶，然后是一双带了冷意的唇，贴上了成瑶的唇。

在成瑶快要窒息的时候，有人为她渡了一口气。

水里很黑，成瑶的眼睛被湖水刺得根本睁不开，她看不清来人，只是抱紧了对方。

对方的手臂强劲而有力，即便周遭是冰冷的湖水，但没来由的，成瑶觉得安心而安全。对方就这么带着成瑶一路向上游，直到终于破开了水面。

再次呼吸到新鲜的空气、感受到阳光，成瑶几乎要喜极而泣，当她转头想要感谢救她的人时，竟然看到了钱恒近在咫尺的英俊侧脸。

他的脸色一如既往地不太好看，头发还湿漉漉的滴着水，鼻梁线条仍旧挺翘，让人不禁怀疑是垫的，纤长的睫毛上挂着水珠，性感而薄的嘴唇轻抿着。

等等……嘴唇……

所以刚才在水下？

虽然他是渡气，但是我和我的老板嘴对嘴……

我和钱恒？亲了？？？

成瑶像是挨了一锤子，被这个可怕的事实震惊得脑袋都短路了。刚才因为落水而冰冷的身体像是突然被点燃了一样冒起了火苗，成瑶整张脸完全烧了起来。

以后她要怎么面对钱恒？

成瑶完全不知道此刻应该如何面对自己的剧毒老板。

怎么办？算了，装死吧！

明明已经清醒了，但成瑶还是选择闭上了眼睛。这画面太美，她实在是不敢看。

幸而钱恒并没有回头，只是一只手揽着成瑶，一只手扶住船舷。他们的动静已经把负责景区安全的工作人员吸引了过来，外加其余几组律师队伍的援助，很快成瑶和钱恒就被救上了船。

周围很嘈杂，各路人马七嘴八舌，发出各种各样的动静，然而成瑶还是直挺挺地躺着，敬业地装死。

她只敢把眼睛微微张开了一条缝，观察着周遭的情况。

有个男律师很焦急：“成律师没事吧？要打120吗？”

“还有呼吸吗？要不我过去试试，我学过急救。”

在混乱的现场，只有钱恒非常冷静：“有干浴巾吗？”

“哎？有，有，给。”

钱恒从景区的工作人员手里拿了两条浴巾，一只手用一条径直擦起头发来，一只手把另一条浴巾朝成瑶扔去。

这条浴巾好死不死地盖在了成瑶脸上。

“钱律师，你怎么能把浴巾就这么扔在成律师脸上啊？人家还昏迷着……”

面对一片指责和控诉，钱恒的声音还是一如既往地镇定自若。

“别装了，起来吧。”

成瑶的眼睛被浴巾覆盖住了，她只能听到钱恒朝自己走了过来，然后头顶响起他冷冷的声音。

成瑶继续装死。

“成瑶，你这么继续躺着，难道是得寸进尺地想让我给你做人工呼吸？”

令众人惊讶的事情发生了，钱恒的话音刚落，刚才看着都快没有生命体征的成律师立马掀开了盖在脸上的浴巾，动作麻利、身姿矫健地爬了起来。

“我是谁？我在哪儿？我要干什么？”成瑶睁大眼睛，露出一脸茫然的表情，“啊，对，我落水了，刚刚突然醒了，之前我一直昏着呢。”成瑶想了想，此地无银三百两地补充了一句，“我掉进水里以后就昏过去了。”

钱恒蹲下身，盯着成瑶的眼睛。

成瑶下意识地转开了目光，不料钱恒伸出一根手指抬起成瑶的下巴，把她的脑袋转了过来，使得成瑶不得不回视过去。

第一次见面的时候，成瑶就知道，钱恒有一双迷人的眼睛。

只是没想到，即便掉进湖里、身上还滴着水，眼前男人的脸上也看不到一丝狼狈，他仍旧拥有着上位者的气场，英俊冷冽，气质斐然。

成瑶的脸开始不可抑制地发烫、发红，她眼神躲闪、心跳加速，指尖也带了微微的颤抖。

钱恒冷笑了一声：“昏过去了？不记得了？”

他维持着微微抬起成瑶下巴的动作，俯身凑近成瑶的脸：“要我再提醒你一遍发生了什么事吗？”

钱恒这个动作使原本微微敞开的领口裂开了更大的角度，从成瑶的视角，能看到钱恒胸口若隐若现的肌肉线条。

虽然不想承认，但成瑶也知道，钱恒的身材真的是很好的。

即便刚才落水，成瑶都没有现在的窒息感，随着钱恒越发接近，成瑶下意识地闭上了眼睛。

结果，什么事也没发生。

成瑶再次睁开眼睛，才发现钱恒早就起身站了起来，此刻正似笑非笑地看着她："成瑶，你在想什么？

"现在清醒了？"

成瑶的脸唰地红了，她低下头慌乱地点了点，刚才自己一定是落水后脑子也进了水！

因为浑身湿透，两人被送到了景区内的酒店客房里。

这是一套家庭房，有两间客房，每间客房有各自的浴室，共用一个大的会客室。

两人各自洗了澡，换下了湿漉漉的衣服，穿上了客房里的浴袍。

成瑶吹好头发来到客厅的时候，钱恒已经高冷地坐在沙发上了。

他轻轻扫了成瑶一眼："今年的年终奖打八折。"

成瑶惊愕地道："为什么？！"

"以下犯上。"

成瑶惊住了。

"自己落水还把老板拉进水里，扣掉一成。"钱恒抿了抿唇，"趁机性骚扰上司，再扣一成。"

"我？性骚扰？？"

"呵，刚才水里发生了什么，你不是记起来了？"

成瑶这下完全顾不上矜持了："可在水里，是你主动亲我的啊！"

"要不是你落水，我能为了救你而亲你？"

"我和你又不是什么夫妻或者血亲关系，彼此之间没有法定义务，你就算看我淹死，见死不救，也不犯法，你可以别给我渡气啊！"成瑶急了，"不管怎么样，这事是你自己主动的，又不是我逼你的！没道理扣我年终奖吧？！"

钱恒冷笑了一声："我和你之间是没有救助的法定义务，但是你来参加联谊算是加班，你今天要是淹死了，算是工伤，我还要给你工伤赔偿，我能不救你吗？最后这不就是你变相占了我的便宜，对我进行了性骚扰吗？"

"我——"

"再多说一个字，七折。"

成瑶怒视着钱恒这个剥削者，闭嘴了。

钱恒赢得了胜利，很想冷着张脸就此转身离开，然而身上和成瑶几乎一模一样的浴袍阻止了他的行动。

他掏出手机，不得已拨给了损友吴君："喂？吴君，去我的别墅给我拿一套衣服来，地址我发你。不，不止外套，所有的衣服都要，内衣内裤，全部都要。"

电话另一端的吴君激动了："我的天！铁树开花了啊钱恒！没想到你参加个联谊会还真的被成功洗脑了？衣服？全套衣服都要？这也太劲爆了吧！"

钱恒懒得理他，径自补充道："另外，麻烦你去最近的女装店里随便买一套女装，也要全套的。"

吴君爹毛了："你不要得寸进尺啊！我一个男人，你让我买全套的女人衣服，女士内衣内裤？！人家店员怎么看我？我的形象怎么办？！"

"你找个女性店员帮你挑，或者找你的女性朋友去买，总之，马上买来。"

"那个女律师是什么身材？我要买什么型号的衣服？"

"身材？"钱恒瞥了一眼抓着浴袍衣襟缩在角落里瑟瑟发抖但还对自己怒目而视的成瑶，"大概90、60、85吧。"

吴君吹了声口哨："身材正点。"他十分热情，"十五分钟内，你就能见到我。"

"不，我只需要见到你的衣服，把东西留给前台，让前台送上来，然后你离开就行了。"

吴君忍不住控诉："真是过河拆桥，无情得如此理直气壮！从来只见新人笑，不闻旧人哭。以前和我看星星、看月亮，叫人家小甜甜……喂？哎？钱恒！我台词还没念完，你怎么就挂我电话了呢？！"

成瑶看着钱恒挂了电话，死死地抓紧浴袍衣襟，一脸戒备地盯着他。

什么90、60、85，钱恒都在看什么啊？！自己明明穿着这么不显身材的浴袍，为什么钱恒还能把这三个数字报得这么准？

成瑶突然有些紧张，此刻孤男寡女同处一室，两个人还都只穿着浴袍……

然而很快，钱恒打消了她的胡思乱想："你放心，你还不到我的要求标准。

"已经白白被你占了一次便宜，不会再发生第二次了。"

成瑶真是哭笑不得，钱恒还觉得他被占了便宜？！明明是自己被占便宜了好吗？！严格算起来，那是自己的初吻啊！

钱恒呢？谁知道钱恒是不是初吻？！谁知道钱恒是不是还亲过别人？！

过了一个周末，上班第一天，大家发现一贯冷冰冰、气场强大的钱par竟然气质变得十分微妙起来——

"上个月结案的人，把结案报告和判决书全部电子扫描存档抄送——阿嚏……"

"谭颖，明天你——阿嚏……"

"成瑶帮我约一下客户——阿嚏……"

因为周六的跳湖一日游，钱恒感冒了。

虽然他的表情仍旧不近人情，声音仍旧冷冷淡淡的，然而感冒和喷嚏让他的眼睛也变得微微湿润和泛红，嗓子还有些微微的喑哑，状态不佳，他匆匆结束了周一例会。

谭颖望着钱恒离去的背影，推了推成瑶："你有没有觉得，我们钱par病了以后，突然有点柔弱得惹人怜爱？像是那种病弱美人，明明身体不太好，却还要逞能。哎，我和你说，我好喜欢这种人设的！就觉得好想照顾！母爱好泛滥！"

"阿嚏！"

成瑶没忍住，也打了个喷嚏。

谭颖一蹦三尺远："成瑶，你怎么也感冒了啊？那离我远点啊，别传染了我啊！"

说好的喜欢病弱人设呢？你泛滥的母爱怎么不分配给我一点呢？有没有同事爱啊？！

那一天兵荒马乱之后，吴君很靠谱地及时送来了衣物。成瑶换上粉红色的羽绒服，一路看着钱恒的冷脸，战战兢兢地坐着他的宾利回了家。

可惜很不幸，第二天，两个人不约而同地患了重感冒……

成瑶在座位上坐了没多久，就接到了钱恒的内线电话。

“给我泡一杯姜茶进来。”

言简意赅，还不容成瑶反应，这位资深老板病患者就已经挂断了电话。

成瑶捧着姜茶进了办公室，忍不住抗议道：“不是你说女律师不应该做这些端茶倒水的工作的吗？”

“由于你的过失，我感冒了，你作为罪魁祸首难道不应该做出行为上的补偿？”

钱恒冷冷地看了成瑶一眼，可惜声音带着鼻音，眼角带着感冒困倦打哈欠遗留下的泪意，实在没什么威慑力。

好看的人，即便是病容也总比别人多出一分颜色。

谭颖说得没错，这样的钱恒确实比平日里多了一点人情味。

成瑶努力让自己冷静下来，看来感冒真的对她的判断力造成了一定的损害。

就在她准备走出办公室之际，钱恒叫住了她。

“白星萌的案子，刚刚收到法院的立案通知了，一个月后开庭。”钱恒说完，把一份文件丢给了成瑶，“通知一下当事人。”

成瑶没想到，通知白星萌的电话刚挂没多久，她就又一次接到了钱恒的电话。

“准备一下会议室，徐俊和他的律师一小时后到，想要庭前沟通。”

“需要再次通知白星萌吗？”

钱恒抿了抿唇：“我通知过了，她不来，会后我们把情况和她沟通就可以。带上录音笔。”

一个小时后。

不知是不是律师会让人产生一种畏惧感的缘故，徐俊的态度称得上谦卑有礼，虽然表情难掩急切，但他与白星萌口中咄咄逼人的男人简直判若两人。

徐俊穿着讲究，长得虽然不算英俊，但谈吐间展现出来的气质竟然让人觉得他十分儒雅。

要不是成瑶早就听白星萌讲过他，一时之间恐怕也会被徐俊的外表所骗。

有些成功人士吧，就是如此擅长画皮。

令成瑶意外的还不仅仅是徐俊，跟在徐俊身后走进来的人顶着一张成瑶熟悉的清俊、干净的面孔，整个人的气质温和内敛——

“钱律师您好，我是徐俊先生本案的代理律师顾北青。”来人话说到一半，抬头看到了成瑶，脸上也露出了意外的神色。

在这里再遇顾北青是成瑶无论如何都没想到的，这一瞬间，她的脸上闪过一丝难掩的惊喜。

幸而顾北青很快收敛住了个人情绪，并用眼神温和地提醒了她，成瑶才很快重新投入了自己的角色。她正了正身体，想对顾北青回一个微笑，然而嘴角刚微微咧开，就通过余光看到了钱恒冷冷的臭脸。

虽然一个字没说，但钱恒的眼神说明了一切。

“再笑你就死定了。”

钱恒没有言语，然而就差在额头上挂上这一行字作为弹幕了。

成瑶不敢笑了，赶紧抿紧了嘴唇。

“钱律师您好，今天我和我的律师过来，是想——”

“徐先生。”徐俊身边的顾北青出声制止了徐俊，然而徐俊摆了摆手，示意对方自己来。

“我想和解。”徐俊的态度甚至称得上温和，“今天我和我的律师过来，是想谈一谈庭外和解。”他的语气和姿态都放得很低，“我愿意赔偿，该分割给她的财产，我一分钱也不会少。所以我很想和白星萌再面对面地沟通一次。”

说到这里，徐俊的神色有些黯然：“只是不论怎么给她打电话，她都不接，这次会谈，她也只委托了你们律师列席。其实我们这段婚姻最终如此收场，我也很唏嘘……”

成瑶一直以为如徐俊这样的企业家，应当是惜字如金、寡言少语的。然而恰恰相反，徐俊很喜欢说话，甚至可以用健谈来形容，即便是面对前妻的律师，他也能侃侃而谈。只是不知道为什么，成瑶总觉得他有些过分活泼了，反而显得身上充满了一种微妙的违和感。

钱恒对自己当事人都掐着时间，更没兴趣听对方当事人伤春悲秋地瞎扯，他直截了当地打断了徐俊的话："徐先生可以把和解方案提供给我，我会向我的当事人转达。"

"顾律师。"

得到徐俊示意的顾北青拿出了文件："这是我们草拟的和解方案。"

顾北青做事一如既往地细致到位，和解方案准备了一式多份。成瑶翻着自己眼前的和解方案，越翻越惊讶。

这份和解方案太大方了，徐俊在这个方案中向白星萌提供的财产分割金额可以说不仅是很公平，甚至略微超过了白星萌应该分得的金额。

"徐先生希望我们能够在开庭前达成和解。想必你们也调查过，如果按照正常流程起诉，白小姐最终能判得多少的财产份额。现在我们愿意分割多于这个数字的财产提前进行和解，这份协议足以证明徐先生的诚意。"

顾北青笑了笑，看向钱恒。钱恒也报以微笑，示意对方继续。

得到了良好的反馈，顾北青的语气更沉稳了："何况如果走诉讼程序，一审二审判决下来，恐怕等白小姐拿到这笔财产款项，已经过去一年时间甚至更久了，远没有现在直接和解来得经济。"

钱恒继续微笑。

顾北青便也继续道："外加她也是演艺圈人士，现在媒体还没有得到离婚案件的信息，但一旦真的走诉讼流程，时间拖下去，离婚的事实早晚会被八卦曝光，这对于她的形象恐怕也并不好吧？徐先生也是念及他曾经对白小姐的一片感情，不想闹到最终对簿公堂的地步，因此提出了这个方案。"

一番言辞滴水不漏，从正面劝慰，从侧面暗示，从反面攻击，自信又强大。今天的钱恒在顾北青面前竟然都没有说话，难道钱恒被对方的气场镇住了？一下子没有招架之力了？

成瑶有些恍惚，这么犀利的顾北青，真的是那个在大学里常常微笑着给自己带零食的学长吗？

"完美，真的很完美。"钱恒饶有兴致地扫了扫和解协议，终于开了口，轻声哼笑了下，然后放下了手中的和解协议，"可惜我不接受。"

顾北青显然不满钱恒这泰然自若的态度，有些尖锐地问道："钱律师，您不同意？您的决定经过您当事人的同意了吗？您根本没有和当事人沟通，就为了自己的私利拒绝了我们提供的和解方案——"

“哦？我为了什么私利？这分割的财产最后也是到白小姐手里，和我有什么关系？”

顾北青冷笑一声：“钱律师和白小姐签的恐怕是风险代理吧？一旦和解撤诉，你就不能根据分割到的财产来按比例收费了。”

钱恒也不恼，他淡淡地笑了下：“第一，我钱恒签风险代理，从来都是不管和解撤诉还是诉讼，甚至是终止代理，都必须按照比例支付我相应的律师费；第二，高级人民法院早有判例，即使当事人和解，律师仍可对超过百分之二十四的部分另收风险代理费，你不知道吗？”

顾北青的脸上有些难看，显然，他低估了钱恒的战斗力，更不了解钱恒剧毒的属性。

明明让对方律师有些难堪，钱恒却显然很享受这种单方面的凌虐，他的心情看起来十分灿烂，嘴角甚至带了笑。

十分英俊，但也十分邪气。

“我拒绝接受这份和解协议是因为我知道，这还不是最好的和解方案，你们可以给出更多。”他的语气笃定，“徐先生，您的企业正处于上市的关键时期，在起诉的同时，我们申请对您涉及上市的关键企业的股权进行了冻结，这对上市意味着什么您很清楚。上市后您的财产会以几何倍数增值，比起这些，您提供给您前妻的和解金额可就是九牛一毛了。”

“但是，”钱恒笑了笑，故意顿了顿才继续说，“如果我们不接受这份和解协议，你上市失败，你的预期财富要蒸发多少亿？所以到底签署和解协议对谁更有利，你们想清楚再来和我谈吧。”

一场双方律师沟通，最终不欢而散。

临走的时候，顾北青才又对成瑶笑笑：“等有空了我们聚聚。”

这才稍微缓和了剑拔弩张的气氛。

虽然钱恒的策略完全没有错，但成瑶还是有些疑虑。对方走后，她就忍不住问道：“老板，这样直接拒绝方案，不和白星萌沟通，真的没问题吗？”

“当然有问题。”钱恒冷冷地扫了成瑶一眼，“律师，再厉害、收费再高的律师，也不能替当事人做任何决定，而当事人就算做了错误的决定，你作为律师，也只能尊重他的选择。”

“那——”

“在和徐俊会面之前，我已经和白星萌沟通过了。她不接受和解，不论徐俊给出什么样的和解条件。”

“那为什么你还让徐俊回去想想，能不能提供更好的方案？”

“为了给他和解的希望。”

“哎？”成瑶有些没明白，既然不准备接受和解，为什么还要给人家和解的希望，“所以这样做是因为可以迷惑他们，让他们分心，不好好准备诉讼吗？”

钱恒用一种看弱智的表情看了成瑶一眼：“你觉得我需要迷惑别人才能赢？”

“没有那么多为什么，这是白星萌的意思。作为律师，做好自己的事就可以，不用去探究当事人的内心世界。”钱恒扫了成瑶一眼，“倒是你，别因为和对方律师有私交、有好感，就在处理案件时表现得不专业。”

成瑶不解。

钱恒从鼻孔里高贵冷艳地哼了一声：“别装傻了，你以为我瞎吗？当着我的面就和人家律师眉来眼去。”

成瑶更加困惑了。

“要是对方是你的前男友或者现男友，你需要回避的话，尽早和我申请。”

成瑶只觉得自己满头问号，这都是什么跟什么啊？自己一句话没说，钱恒怎么仿佛都已经脑补出了一台大戏？

“顾北青是我大学的学长，他研一的时候我正好大一，他研三那年和我组了学习小组，一起复习司考，我的司法考试就是在他的指点下才过的。后来他毕业后就出国了，去伯克利念了JD（法学博士），我们也就没什么联系了，我都不知道他回国发展了，今天是大学之后第一次再见到呢。”

“哦。”

成瑶生怕被移出这个案件的团队，继续解释道：“真不是什么男女朋友关系或者前男女朋友关系，没什么需要回避的，我不会因为对方律师是熟人就影响工作的！”

不知道为什么，成瑶恍惚觉得自己像是在给查岗的原配解释自己没出轨似的……

钱恒瞥了成瑶一眼：“案子没结束之前，不许聚。”

为了参与案子，成瑶豁出去了，低声下气地道：“您还有什么问题吗，老板？”

钱恒看了成瑶一眼，问了一个完全不相干的问题：“你司法考试多少分？”

“哎？”成瑶抓了抓头，嘿嘿笑了，“正好三百六，六十分万岁，多一分浪费，少一分受罪，我运气还挺好的。”

“还给你辅导司法考试？就辅导出了这种分数？”

钱恒哼了一声，神情里充满了不屑：“水平也太差了。”

钱恒说完，才志得意满地走出了会议室，留下成瑶一个人望着他的背影目瞪口呆。

也不知道自己的老板今天是吃了什么炸药，对顾北青产生了这么大的敌意。成瑶很想说，钱恒根本用不着有危机感啊，顾北青哪里有他毒性大，钱恒这“五毒教教主”的宝座可根本不是常人能够撼动的！

会议结束，成瑶例行需要把会议内容和结果简单地通知白星萌。她在邮件里简单地写明了情况，同时把这次会议的全程录音音频作为附件发送给了对方。

发完邮件，成瑶正准备梳理梳理案子目前的证据，就接到了秦沁的来电。

“瑶瑶！”

听到这声“瑶瑶”，成瑶没来由地激灵了一下。这么个称呼开头，应该没有好事。

果不其然，秦沁的声音温柔甜美：“我有个事想拜托你——”

“不行，没门儿！”

“你别这样嘛，我要临时出差两个礼拜，我儿子威震天能不能拜托你帮我照顾一下？”

威震天是一只一岁大的哈士奇，活泼好动，破坏力爆棚，并且完全不听话，秦沁甚至找了驯狗师，但收效甚微。

“绝对不——”

成瑶的最后一个“行”字还没出口，秦沁就一锤定音敲定了寄养的事情：“我下午的飞机走，威震天我会送到你家去的，谢谢你了我的姐妹，我爱你！”

秦沁说完，果断地挂断了电话。

成瑶欲哭无泪，她给自己打了打气，决定找个机会试探下合租室友对养狗的意见。

只是没想到，成瑶苦思不得的机会竟然出现得这么及时。

在送完一份文件给钱恒后，成瑶随意一瞥，竟发现钱恒的办公桌上有一幅裱好的水彩画，画里正是一只可爱的狗。

“这只狗真可爱！”

钱恒愣了愣，才意识到成瑶在夸什么，他扫了一眼水彩画：“嗯，还行吧。”

咦？有戏！

成瑶决定再接再厉：“其实我一直很喜欢狗，狗活泼又亲人，很可爱，而且狗是人类最忠实的朋友，狗和人类之间的感情可以追溯到几千年前——”

“成瑶。”

“哎。”

“不许养狗。”

“……”

“你不要因为我桌面上有一幅我侄女送的水彩画，就推测我喜欢狗。”钱恒终于抬起了头，“我不喜欢。”他微微抿着嘴唇，“狗是一种很麻烦的动物，第一，总是叫，扰民；第二，脏，养了狗还得跟在屁股后面清理狗屎；第三，危险，如果咬人了，还要赔偿。所以综上所述，我绝对不接受在房里养狗，你最好死了这条心。”

成瑶只能敢怒不敢言地看着钱恒。

钱恒淡淡瞥了成瑶一眼，下了最后通牒：“有你没狗，有狗没你。”

“……”

成瑶再给秦沁打电话的时候，她已经关机了，怎么也联系不上，不过这狗倒是也没送来。

结果等下班成瑶走到家门口时，差点没昏厥过去。

现实总是残酷的，人生不能总如你所愿，原来秦沁的狗，已经直接送到成瑶家门口来了。

成瑶看着被狗绳拴在门外的威震天，实在有些无语。秦沁还挺贴心地在狗身边放了一袋狗粮，还有一堆狗玩具、狗窝，搞得跟临终托孤似的。

幸而钱恒今晚不在家吃饭，回家晚。成瑶见左右无人，赶紧把威震天领回家，藏进了自己房里。

她一边摸着哈士奇的头，一边语重心长地道："威震天啊，你可要乖一点啊，否则要被扫地出门的。"

哈士奇舔了舔成瑶的手，竟然表现得很乖巧，成瑶总算有了一种老母亲般的欣慰。

晚上十点，钱恒回了家。

成瑶搂着狗，只祈祷威震天能懂事，能不被钱恒发现。

可惜天不遂人愿，威震天虽然没有叫，但突然挣开成瑶，在房间里撒起欢来，一下子撞倒了床头柜。

伴随着轰隆一声巨响，床头柜倒了。

"成瑶？"

成瑶一把捂住了威震天的狗嘴，尽量声音平静地道："我没事！刚才不小心踢翻了椅子，谢谢老板关心！"

可惜话音刚落，威震天就真的挣脱成瑶，撞翻了椅子。

成瑶只好先下手为强地对门外喊道："老板，我没事！我很好！"

砰——

狗纵身一跃跳到了成瑶的书桌上。

"老板，I' m OK（我很好）！"

哗啦——

狗掀翻了成瑶桌上的文件。

"老板，我在做瑜伽！"

梆——

狗撞到了衣柜。

"老板，这个瑜伽动作难度有点高！我可以坚持的！没事！"

咚——

狗踹翻了小型空气净化器。

"老板——"

"成瑶，你到底在房里干什么？练《葵花宝典》吗？"钱恒忍无可忍，推开了成瑶的房门，“你最好——”

结果钱恒打开门的瞬间，一只健壮的哈士奇吐着舌头朝他冲了过来，一下子撒欢般地蹦到了钱恒身上，友好地舔起了钱恒的手。

成瑶就这么看着威震天吐着舌头，用两条前腿搭着钱恒的腿，两只脏爪子在钱恒高级定制的西裤上留下了点点爪印，只觉得大势已去……

钱恒一动也没有动，维持着这个姿势，声音咬牙切齿：“成瑶，这是什么？”

“狗！”

钱恒死死地盯着成瑶，一字一顿地道：“我、知、道、是、狗。”

“哦哦哦！”成瑶好心地补充道，“哈士奇！学名西伯利亚雪橇犬，是很原始的古老犬种，性格比较温顺，和金毛、拉布拉多并称为‘三大无攻击性犬类’——”

“闭嘴。”钱恒的表情十分可怕，“我是问你，这狗怎么会出现在这里？”

成瑶看了眼钱恒，没回答。

钱恒一扫平时惜字如金的模样，近乎有些气炸了：“成瑶，问你话呢！”

“那个……你又让我闭嘴，又让我回答，我不知道到底该闭嘴还是该回答……”

钱恒显然被气得快升天了。他抚了抚眉心，表情痛苦，呼吸急促：“你先把这个长毛的四脚动物从我身上移开，马上！”

成瑶从善如流地冲上前，一把抱起了威震天。

她这才发现，刚才浑身绷紧如临大敌的钱恒，在她抱走狗的瞬间，整个人放松了下来。成瑶抬头，才发现钱恒的脸色还有些苍白。

成瑶心念一动，一个猜测在她的脑海中成形了——他怕狗！

天不怕地不怕不可一世的剧毒老板病患者钱恒！他怕狗！

啊哈哈哈哈哈，有了这个认知的成瑶只想在心中叉腰狂笑。

她憋住了表情，假意询问道：“老板，你是不是怕狗呀？”

“没有。”钱恒几乎是下意识地就进行了否认。

“这样啊。”成瑶一边应着一边就“不小心”放开了对威震天的桎梏，哈士奇立刻吐着舌头，就要朝着钱恒跑去。

“成！瑶！”钱恒的脸色虽然还维持着镇定，但声音已经变了，“管好你的狗！让它自重！”

成瑶把哈士奇牵了回来，钱恒才露出“终于又可以呼吸了”的表情，恢复成了那个不可一世的老板。

“今天，马上，把这个狗给处理掉，我说了不能养狗！”

“老板，你行行好吧，这是我闺密的狗，她出差了，就寄养在我这一阵，也不长期养着。你放心，我平时不会放它出来，我就关在我房里……”成瑶一边说着，一边拿起了哈士奇的一只爪子朝钱恒挥了挥，“来，威震天，和钱老板打个招呼！”

钱恒嫌弃地退后了两步，态度坚定，寸步不让：“你要养，那今年的年终奖就彻底没有了！”

于是成瑶又一次“不小心”让活泼的哈士奇朝钱恒跑近了一点点。

钱恒的脸上果然又出现了那种强忍着的镇定自若的表情，然而他的肢体语言早已说明了一切。

要不是碍于形象，他可能早就跳起来逃跑了。

“老板……”

钱恒几乎是用吼的：“把狗弄走！”

成瑶摆出了一副语重心长、推心置腹的姿态：“那年终奖？我先和你聊聊年终奖吧，你看我一个人租房、吃饭开销都不少，这要是没了年终奖……我很想和你剖白下我的心路历程——”

“不扣你年终奖！把狗立刻弄走！！”

“谢谢老板！”

达成了目的，成瑶二话没说，从善如流地把狗子拽了回来抱在胸前。

钱恒看着乖巧待在成瑶身边的哈士奇，终于松了一口气，用带着警告意味的眼神扫了成瑶一眼：“你要养也可以，不要让狗出现在公共区域。叫你朋友赶紧回来，赶紧把狗送回去，不然我就要给她发律师函了！”

成瑶“挟狗子以令诸侯”，达成了目的，赶紧见好就收。她不住地点头：“是，是，都听老板的安排。”

在自己房里安顿好了狗子，成瑶为表歉意，给钱恒准备了一点睡前水果。

没有了狗，钱恒又高贵冷艳了起来。

成瑶把削好的苹果递给他，他只瞟了一眼，道："切成小块。"

成瑶把苹果切片后递过去，钱恒又哼了一声。

"再切小点。"

算了！成瑶心想，狗的事确实是她有错在先，找碴儿就找碴儿吧！成瑶，忍一时风平浪静，退一步海阔天空！

成瑶忍辱负重，终于安抚了钱恒的情绪。

"对了，晚上的时候我收到了徐俊那边新的和解协议。"通体舒坦的钱恒终于开始说起了正事。

"这么快？"

钱恒哼笑了一声："他们在纳斯达克的上市进行到最关键的时刻了，一旦爆出诉讼和股权冻结的新闻，甚至只是存在这种风险都很致命。SEC（美国证券交易委员会）一定会要求徐俊披露具体细节，这样极有可能引起投资方撤资，轻则延缓上市进程，重则直接导致上市终结。何况国内还有一家和团团在线同类型的互联网企业'看讯TV'近期也要向SEC提交上市申请了，谁先抢占了上市的先机，谁就能先一步受到资本市场的热捧。这些道理，徐俊心里都很清楚。"

"那新的和解协议条件怎么样？是不是特别优渥？"

钱恒不以为意："没有看的必要，白星萌不同意。等一等，明天再告诉对方这一份新的和解协议当事人仍旧不满意就可以了。"

"那——"

"睡觉。"钱恒吃完了最后一片苹果，站起身，单方面结束了这场谈话，"睡前严禁谈工作。"

成瑶忍不住嘀咕："明明是你先提起工作的，怎么这么'双标'呢……"

"谁叫我是老板呢？"钱恒居高临下地看了成瑶一眼，微微一笑，"成瑶，你可能不知道，做老板，就是可以为所欲为啊。"

成瑶再次在内心暗暗发誓，有朝一日自己翻身当了合伙人，第一件事就是打爆钱恒的"狗头"！

日有所思夜有所梦，成瑶在梦里揪着钱恒打了一顿又一顿。大概劳累过度外加感冒犯困，第二天成功睡过了头，直到威震天蹦到了她身上才把她蹦醒。

等洗漱完毕把狗子安顿好，成瑶冲到所里的时候已经是九点半了。

她生生迟到了半个小时。

幸好没撞见钱恒，成瑶自以为神不知鬼不觉地溜到了座位上。

谭颖很贴心地告诉她："今天其实你不用急着到，钱par不在，他临时有个客户有点急事，刚刚赶去机场了。"

成瑶一口气还没松下来，就听谭颖继续道："反正钱par已经知道你迟到了，所以你迟到半小时和迟到一个上午都是一样的。"

谭颖叹了口气："他一早找过你，好像是要安排些工作，发现你没到，然后给你留了个纸条。"

成瑶低头一看，这才在办公桌上找到了一张"性冷淡"风格的便签，钱恒的字很好看，遒劲有力，但现在不是欣赏这个的时候。

"新的和解方案我已与徐俊的律师沟通过，表达了拒绝的态度。包锐那儿有些关于徐俊财产的补充证据需要你整理好提交法院。今早迟到，扣全勤奖。"

成瑶泪流满面地想，要是没有最后一句就好了。

就在成瑶和包锐交接了部分补充证据后，她突然接到了白星萌的来访。

"白小姐？"

戴着墨镜的白星萌声音带了些哽咽："成律师，帮帮我！"

因为对白星萌的同情，成瑶不自觉地被她这种情绪所感染，把她带进了会议室。

"你别急，慢慢说，怎么了？"

"徐俊知道我拒绝了和解方案后，刚才已经派人找上门了。团团在线的上市正进行到至关重要的步骤，他希望我能拿和解金撤诉，不要妨碍他上市圈钱。"

白星萌的情绪还是很不稳定，她的声音带了焦虑和不安："他知道我的联系方式。因为我拒绝了他，他已经给我打了十几个电话，很强势，在电话里威胁恐吓我，一定要我接受和解，问我到底要多少钱。我实在是不知道该怎么办……

"我这时候起诉，不是为了敲诈勒索，我只想要公正的判决。"

成瑶想了想白星萌在这段婚姻中受到的不平待遇，很为她抱不平："威胁和恐吓，这种行为完全是违法的，你报警了吗？”

白星萌很无助：“报警有用的话，我就不会在这里向你求助了。

“我很害怕他，以前的时候，他就常常这样对我。如果我不答应，他就用各种手段逼到我答应为止，有时候甚至会限制我的自由，简直是个控制狂！现在的我根本不想和他说话，我花了好长时间、经历了很多痛苦，才终于走出了那段糟糕婚姻的阴影，成律师，我不想再回去了！”

白星萌的声音痛苦又充满哀求：“成律师，求求你，帮帮我，我真的没有勇气面对面和他沟通。能不能拜托你，以后帮我接一下他的私人电话，替我阻挡一下他。我能把你的联系方式给他吗？”

成瑶下意识地看了一眼钱恒的办公室：“对外直接沟通，我还不够层级，这件事你恐怕要和钱律师谈，但他现在正好不在……”

“如果我拜托钱律师有用的话，早就拜托了。”白星萌看起来都快哭了，“钱律师说，只有法律服务范围内的事他才负责，其余事情他不会浪费时间去处理。我不是需要你替我去做什么决定，也不是涉及案子的事，我只是不想也不敢再听到徐俊的声音。他不仅控制欲很强，还喜欢跟踪人，我现在每天都活在恐惧里，生怕他哪天就跟踪到片场来。所以只是想麻烦你做个中间人，把我的态度和意思转达给他就行了，告诉他让他放过我，不要再纠缠我了，我和他之间的事一切以法律判决为准。真的，成律师，求求你了！”

这么冷冰冰的回答，听起来确实是钱恒的风格。

他总是惜字如金，仿佛单音节万岁，多说一个字都嫌浪费，只一板一眼地按照代理协议提供法律服务，完全不考虑当事人的心理状态，也完全不在意别人正遭受的痛苦和折磨。

成瑶没来由地就想起了钱恒的脸，如此英俊，也如此冰冷、如此不近人情。

成瑶想成为和钱恒一样专业能力强悍的律师，但不想成为和钱恒一样冷若冰霜、毫无人情味的律师。

成瑶同情白星萌，也富有正义感，只是代白星萌个人转达她的意思而已，与案子具体进程和情况完全无关，如此举手之劳。成瑶想了想，最终点了头：“好，我会帮你和徐俊进行交涉，警告他不要再骚扰你。”

自己和钱恒终究是不同的，成瑶想做的，不是业务能力强却理性冰冷的律师，她想以后别人提起她的名字，都能说一句“业界良心”。

因此她最终点了头。

成瑶没料到徐俊的电话会这么快就打过来。

几乎是白星萌刚把她的号码发给徐俊、还坐在对面没离开，徐俊就打来了电话。

成瑶开了公放。

“成律师，我前妻说让我和你联系就行，她说只要说服了你，她就同意跟我和解、沟通撤诉的事宜。”

成瑶看向白星萌，有些蒙。

白星萌双手合十，一脸哀求，她在纸上写下了一行解释：“怕他不停骚扰我， 我就找了个借口。”并不断地对成瑶做着“求求你”的手势。

得了，成瑶算是理解了，白星萌在这段婚姻中，根本没有勇气对徐俊说“不”，潜意识里根本不敢反抗他，因此把这个唱白脸的角色丢给了自己。

虽然是被赶鸭子上架，感觉略微微妙，但成瑶一想起白星萌经历过的伤痛，那些和自己推心置腹的聊天，想了想，还是决定帮人帮到底。

“我有很大的诚意，在过去那段婚姻中，我确实存在问题，太过关注事业了，但现在……”

当初离婚做亏财产、少分钱给前妻的时候，他怎么没意识到自己这么做是在埋雷，是在犯错呢?

这种男人啊，是不可能真正悔改的，只有当他们的利益受损，才能让他们低下自私的头颅。

“不好意思徐先生，您和我说这些也没有用，我们还是交给法律吧。希望您也不要再私下打扰我的当事人了，请您尤其不要威胁和恐吓她。”

“威胁？恐吓？我没——”

成瑶不想和徐俊多做纠缠，也不想听他的辩解，再次重申了交给法律的原则，坚定地挂断了电话。

白星萌对成瑶千恩万谢了一通，才终于离开。

后来徐俊果然不死心，还连续打了十几通电话来，但成瑶没有再接。

只是成瑶没想到，徐俊打电话联系不上她，竟然会直接来律所堵她。

“成律师，请你一定要让我和我前妻当面见下，这真的十万火急！我相信当面沟通才能解决目前的问题！”

“徐先生，该说的我都说了，希望你能克制一下自己的情绪。”

可惜成瑶礼貌疏离的回复并没能劝退徐俊，一个快上市的企业CEO，竟然就拉着成瑶死缠烂打起来。成瑶无奈，只能找了个去厕所的借口，从写字楼后门溜了。

然而她低估了徐俊，等走出地铁站的时候，她才从玻璃门里看到了跟在自己身后的徐俊的身影。

白星萌说得没错，他果然为了达成目的不惜跟踪别人。

成瑶大学的时候遇到过偏执型的追求者，对方是个跟踪狂，成瑶被跟踪了整整大半年，后来靠着顾北青的护送才终于摆脱了对方，然而那种仿佛被鼻涕虫黏上的恶心感和不安感却是她这辈子也忘不了的。

她没想到这辈子竟然再次体会到了类似的感觉。

“成律师！”

徐俊也不再尾随了，见成瑶停下，他便追了上来。

“我真的希望能见一见白星萌，我以前确实不该在离婚时做亏财产，在婚姻里我也确实有做得不够的地方，但是白星萌也有错，我希望我们能开诚布公地谈谈，各退一步，达成共赢！”

这男人，怎么能这么无耻？！

“徐先生，事情发展到这一步，你还想把责任推给白小姐吗？还觉得她有错？是！她是有错，她最大的错误就是爱上了你！”这一刻，过去被尾随的恐惧感和替白星萌鸣不平的正义感交杂在一起，让成瑶完全没有办法理智下来，“恕我直言，徐先生，你的企业如果上市失败，那也完全是你咎由自取！你现在这样的态度，我是绝对不会让你见到白小姐的！”

成瑶挺直腰杆，怒视着徐俊：“别再跟着我了，有这个时间，不如去忏悔一下自己在这段婚姻里犯下的错。再跟着我，我就报警了！”

她说完，确认徐俊没有再跟上来，才继续走了。

也不知道是不是徐俊这家伙阴魂不散，成瑶当天晚上搂着威震天窝在床上刷微博时，又看到了他的新闻。

之前徐俊因为团团在线和与白星萌的绯闻，在网上的存在感一直很强，但这次不一样。不知道有谁曝光了他曾和白星萌真的结过婚的事，甚至还曝光了他在离婚时对可分割财产隐匿的细节。

这明明是刚刚才起诉的案件，成瑶确信自己和钱恒都没有对外界透露过一丝一毫的消息，也不知道是什么人这么神通，连这种细节都能扒到。

这条爆料一下子上了热搜，热度空前。

成瑶匆匆扫了眼爆料下面的评论，看到徐俊的行为引来骂声一片，也就放心了。

只是她安心入睡前怎么都没想到，仅仅是一夜过后，有一条新闻横空出世，热度完全覆盖住了爆料徐俊和白星萌婚姻的那一条。

徐俊自杀了。

徐俊的尸体是早上五点环卫工人在绿化丛里发现的，他从他昂贵的公寓高楼里一跃而下，结束了自己的生命。

然而舆论在他尸体被发现的几个小时前就开始发酵了。

因为徐俊临死前发了一篇长微博。

这是一篇绝笔，徐俊在长微博里阐述了自己的绝望和痛苦。

一手创立的企业，上市前夕遭遇前妻诉讼，和解无门，半生心血眼见毁于一旦；自己与前妻千疮百孔的婚姻也被有心人拿到公众视野里评点，自己的形象完全被歪曲。网上的新闻爆料用错误的事实对他进行了全网抹黑，他的名声降到了谷底，很多朋友甚至都对他的人品产生了怀疑；而压垮他的最后一根稻草，是半夜两点他接到纽约方面的消息，有人将这次潜在的无法和解的诉讼的情况告知了他的投资者，接下来，投资者陆续要求撤资，并且转投了他的竞争对手——正在申请上市的看讯TV。团团在线上市无门，看讯TV却一帆风顺。

“你看到了吗？我昨天刚吃了‘瓜’，有人说徐俊原来和白星萌真的结过婚，结果这个‘瓜’还没消化，就看到徐俊发了遗书。”

“是啊，昨天全网一起骂徐俊是渣男，结果现在徐俊死了，字里行间暗示白星萌也不是省油的灯，说自己遭遇了白星萌的骗婚……”

一大早，成瑶等着地铁，便听到周围有女孩子在八卦。

徐俊在死前的声明里宣称他自己才是受害者，当初结婚，是白星萌费尽心机地接近他和算计他，白星萌的柔弱都是她的伪装。

徐俊醉心事业，此前从没恋爱过，白星萌在婚前温柔贤惠、大方懂事，让徐俊一下子陷入热恋，却没想到，婚后的白星萌像变了个人，歇斯底里、偏执极端……

自此，一步错，步步错。

成瑶到所里时，还沉浸在徐俊自杀的冲击中没有恢复，她的内心充满了震惊和不安。

自然，徐俊在微博上对白星萌的指责是空口无凭，完全可以是捏造的不实指控，是他为了挽回自己名声给白星萌泼的脏水，抑或是出于上市无望而迁怒白星萌的结果，徐俊自己死了也不想让她好过。

然而不知道为什么，成瑶总觉得哪里不对。她想起看上去一直处于弱势的白星萌，又想起斗志昂扬、侃侃而谈、让人完全看不出他会想不开的徐俊，这两个人，到底是怎么回事？

不管怎样，徐俊死了，这样的代价对于一桩离婚后财产再分割案件来说，实在是太惨烈了。

成瑶想起自己昨天对徐俊说的那番话，觉得非常不安，当时的徐俊内心已经有多少压力了？自己是否加重了他的绝望？

网上现在乱成了一团，有人拍手称快，认为“天道好轮回，渣男活该”，也有人惋惜。更多的人，在徐俊死后，开始指责白星萌太过咄咄逼人，是她完全不肯和解才逼死了前夫。

成瑶扫了一眼，白星萌的微博几乎沦陷，各种各样粗鄙的骂人方式都有，简直不堪入目……

一整个早上，成瑶都有些惶惶不可终日。她给白星萌打了很多电话，然而对方都没有接。

“成瑶，快来看！”

就在成瑶胡思乱想之际，谭颖叫住了她：“白星萌发声明了！”

“希望她不要被网上这些言论影响到。”

“你傻啊你，这时候还担心她！”谭颖很焦急，“你知不知道她在声明里把锅都甩给律师，甩给我们君恒了！”

成瑶有些愣住了：“我看看。”

这篇声明并没有多复杂，然而成瑶看完，只觉得脑袋发蒙，手指发抖。

白星萌的这篇律师声明，是找德威律所发的。

“本次事件中，白星萌小姐起诉徐俊先生离婚后财产再次分割一案，系白星萌小姐对其合法婚内共同财产权益的维护。白星萌小姐本着分手亦是朋友的原则，并不排斥与徐俊先生进行和解，因信任专业人士，与徐俊先生沟通事宜全权交于君恒律师事务所律师，从未与徐俊先生直接沟通。因律师疏于告知，白星萌小姐对徐俊先生生前曾多次向其寻求当面沟通并不知情，对由此造成徐俊先生的悲剧也深表痛心。”

……

“对于徐俊先生在微博的不实指责，本着人道主义精神，白星萌小姐将不予起诉。但针对部分媒体、自媒体和营销号对事实的歪曲、捏造、诽谤和造谣，我们将依法追究法律责任。”

……

“对于君恒律师事务所律师的怠于履行职责，白星萌小姐将依法解除代理协议，并保留追究法律责任的权利。未来一切相关法律事宜，白星萌小姐将交由德威律所邓明律师代为办理……”

如果说看到这些时，成瑶还能勉强坚持住，那这封律师声明最后的“邓明”两个字，让她犹如被推入了深渊。

这篇声明竟然是邓明发的。

成瑶进入法律圈时有两个目标，第一个是成为一个有良心、有温度的业界精英；第二个就是在法庭上打败邓明，揭穿他伪善的面具。

可如今，她自认为替客户着想、为白星萌挡住徐俊的“骚扰”这种有人情味的行为，反而成了她被白星萌反咬一口、被指责不够专业的证据，最终被邓明发的声明打脸。

因为这一条声明，网络上的舆论又一次炸锅了。

战火从白星萌身上一路蔓延。白星萌的声明里将矛盾的焦点直指君恒，以她的影响力和徐俊自杀事件的热度，之后事情的发展便一发不可收拾。白星萌的粉丝伙同看热闹不嫌事大的部分网络暴民，开启了又一场“盛宴”。

君恒律所的官方微博几乎沦陷，“@”提醒犹如疯了一般增长，到处是辱骂、诅咒的留言和私信。

君恒官网留言区也充斥着攻击性言论，甚至几位在律所官网公开了简历和照片的合伙人和资深律师都被拖下了水，不停有人猜测着哪位才是白星萌案的主办律师，并对各个律师的长相评头论足，毫不尊重。

成瑶不知道自己这几个小时是怎么过的。她登录了官微，每隔几秒钟一条新的骂律所的言论便会点亮手机屏幕。

接到钱恒电话的时候，成瑶几乎是恍惚的。

因为在外出差，钱恒并没能第一时间发现白星萌的行为，但该来的总要来。

成瑶咬紧嘴唇，忍着内心的情绪，做好了被钱恒痛骂甚至开除的准备。

然而令她意外的是，钱恒并没有指责她，只是言简意赅地说着陈述句："我这边会提前结束出差，现在在机场，你什么也不要做，等我回来。"

三个小时后，钱恒风尘仆仆地进了君恒。

"成瑶，来我办公室。"

成瑶煎熬了整整三个小时，如今看到钱恒，竟然有种想哭的冲动。

"说吧，怎么回事。"

成瑶磕磕巴巴地总算把来龙去脉都说了个清楚。

"我没有阻碍徐俊和白星萌见面，我所做的一切都是白星萌自己的意思。我以为我只是帮了当事人的忙，我觉得她的这段婚姻太苦了，单纯只是想帮她做点什么。"

"我提醒过你，要离你的当事人远一点。"钱恒的声音中并没有太多的情绪起伏，"律师是一份职业，当事人也只是你的客户，谁也没让你对客户去掏心掏肺，又不是所有人都吃内脏。"

都这种时候了，钱恒竟然还在一本正经地讲冷笑话！

然而成瑶刚才沉重到就差以死谢罪的心情，确实因为钱恒的话稍微平复了那么一点。

但对自己犯下的错，成瑶还是决定承担："对不起老板，我给君恒抹黑了。"她死死地咬住嘴唇，"如果你不想再看到我，我会马上辞职。"

钱恒面无表情地道："辞职？你做梦。

"你搞出这么一个烂摊子，结果还想辞职了事，拍拍屁股走人？"

成瑶几乎抬不起头来："造成的损失我会赔偿。我也愿意站出来发声明，撇清君恒的责任，承担自己的过错。"

"呵，你赔得起？"

"那、那我该怎么办？"成瑶顶着钱恒的目光，硬着头皮问道，"老板您给个指示。"

钱恒意味深长地看向成瑶："你说呢？"

一阵沉默……

成瑶深吸几口气，在脑海里做了百转千回的心理建设，然后终于鼓起勇气，豁出去般地道："老板，我愿意！"

钱恒愣了愣："你愿意什么？"

"我愿意做牛做马，以……以身相许，不要名分！"

"成瑶，我到底和你有多大仇？或者说，你对我的品位到底有多大的误解？"

这次是自己做错了事，成瑶想，钱恒想怎么损自己都行，她只是继续认真地道歉："是因为我的不专业，白星萌才找到借口和君恒解约，导致这笔律师费收不到，还影响了律所口碑，最终让事情演变到这个不可收拾的地步。"

钱恒不置可否，他的面容冷冽而英俊，明明是非常有距离感的长相，此刻却让成瑶觉得安心。

钱恒有这样一种力量，仿佛这世界上没有什么事是他搞不定的，只要他在，事情就不会变糟。

他就如同法律中的兜底条款，无论其余条款有多少没有包括的、难以包括的或者预测不到的情形，只要有兜底条款在，就能让千变万化的情形都继续在法律的栅栏里稳定有秩序地运行。

这个男人英俊，并且有如同他英俊的轮廓一样锋利的强大。

面对如此令人不悦的场面，钱恒却丝毫没有窘迫的神态，也没有任何发怒或者迁怒的征兆，他有一种近乎恐怖的冷静。

"你说因为你的不专业，那你倒是给我总结总结，这个案子里，你到底哪里不专业？你到底错在哪里？"

"第一，没有听取老板的谆谆教诲，和客户保持距离；第二，不应该不经过老板的许可就单独接洽对方当事人，即便不涉及案件的处理方案；第三，不应该感情用事，工作中不够理智中立。"

"没了？"

成瑶想了想，千穿万穿马屁不穿，继续道："不应该有这么好的老板，还惹事……"

"还有呢？"

“不应该养狗。”

“哦，继续。”

虽然看出钱恒是找碴儿，但成瑶只能硬着头皮继续：“不应该迟到，这是对工作的不尊重！是大逆不道！是浪费老板的工资！是犯罪！”

钱恒抿着薄而好看的唇，安静地看了成瑶几分钟才开了口。

“成瑶，你说你做的一切都是白星萌的授意，我很怀疑，真的不是你自己的决定吗？”

成瑶十分意外：“你是不相信我吗？”

“嗯，我不相信。”钱恒的语气冷冷的，“你知道现在有很多律师在办案子时有私心，吃了原告吃被告。比如你说服了白星萌不见面，同时去接触徐俊，趁机问对方要好处费，保证拿到了钱以后就能促成见面和解。本来神不知鬼不觉、两全其美的方案，只可惜徐俊心理承受能力太差，你算错了一步，他直接自杀了。”

“我没有！我真的没有妄图从中收过一分钱。”成瑶脸色苍白，被网上众人攻击时她尚且能咬牙坚持，然而面对钱恒的质疑和否定，她却觉得自己坚强的外壳马上就要龟裂了。

她好像从没有设想过钱恒不相信她的情况。

“我以我的名誉发誓，我成瑶绝对没有，也永远不会做这种事！”

“每段婚姻缔结的时候新郎新娘都会发誓，不论贫穷疾病，只有死亡才会把他们分开。但离婚的时候，没人再想得起来当初的誓言。”钱恒的声音冰冷而无情，“我不要听什么誓言，拿出证据来。”

“你说你直接交涉徐俊是白星萌要求的，她要求你不要让徐俊见到她，这些你有书面证据吗？白星萌对你交代的时候，和你有邮件、短信往来吗？”

“没有，她是口头和我说的。”

“那你录音了吗？”

成瑶咬了咬嘴唇，摇了摇头。

事到如今，成瑶才发现，自己确实什么证据也没留下。面对白星萌的指控，她用什么去反驳？面对钱恒的质疑，她用什么去澄清？

她低下头，揉了揉眼睛，想要掩盖那酸涩的、即将涌出的眼泪。

直到此刻，那些被人诅咒辱骂的委屈、难堪，对自己幼稚行为的内疚、羞愧，还有对职业的茫然、无措，很多很多的情绪，如海啸一般淹没了她，让她无法呼吸。

这时候，成瑶才意识到，自己之前找到隐匿财产线索时的沾沾自喜是多么无知，她离成为一个合格律师的距离实在太远了。

就当她以为钱恒要讽刺模式全开之时，却看到了他那双白皙修长的手，还有手上的纸巾。

“成瑶，我要你和客户保持距离，不是出于怕你搞砸案子的原因，而是希望你懂得保护自己。律师也有自己的职业风险，光有热心和善良是不够的，有很多公益维权律师最后把自己维得吊销执照了，维进监狱了。

“作为律师，你要学会识别为哪些当事人代理会有风险，把这些风险掌握在可控的范围内，必须要保留好代理过程中的证据。你是个律师，更要知道法律的界限在哪里，怎么操作才是安全的。”

钱恒的声音还是一贯地冰冷，然而成瑶却觉得，他比任何一刻都温柔。

他说：“我相信你。”

“还有一点我要纠正你，白星萌的律师费，我会一分不少地收。”钱恒抿了抿唇，好看的唇部线条性感而邪气，他轻轻地笑了，“在我钱恒的世界里，案子发展到不可收拾的地步这种事是不存在的，永远不可能有我不能收拾的事。”

有了钱恒的态度，成瑶的一颗心总算是落了下来。她回到家，为了表示自己的歉意，十分狗腿地做了一大桌海鲜。

这次成瑶是真的下了血本，最新鲜粗壮的皮皮虾、大海蟹、花蛤……通通买买买！毫不犹豫！毫不手软！

“这个应该淋一些柠檬汁，去腥效果更好。”

“是是是，老板说得对！我下次一定改进！”

成瑶一本正经地掏出了笔记本，赶紧记上。对待老板，态度一定要热诚！

“墨鱼我更喜欢烤着吃。”

“行行行，我马上买烤箱！已经下好单了！”

语言是没有用的，关键要让老板看到你的行动！

“我不喜欢洋葱。”

成瑶立刻拿起筷子，把洋葱都夹走了："老板不喜欢的，我吃！"

要时刻准备着为老板排忧解难！哪怕是一片洋葱！

"啊。"钱恒看了眼手指，皱了皱眉，"蟹钳还挺扎人。"

成瑶当仁不让，一把拿起海蟹："老板，你休息！我来给你去壳。你这个手怎么能亲自剥蟹壳呢？这天理不容啊！"

要让老板体会到三百六十度无死角的贴心服务！

到现在为止，钱恒都没有和成瑶谈过对这次失误的处罚，成瑶对此十分感动，决定大拍马屁："患难时刻见真情，老板，谢谢你，在一个员工最无助的时候，做为她遮风挡雨的雨伞。为了鼓励我，你甚至没有对我训话，只是好好地教育我，让我学会成长，就像是我人生路上的一座丰碑，指引着我前进的方向……"

"入党申请书里抄来的吧？"

成瑶立刻摇头否认："没有，怎么可能？！这都是我发自肺腑的想法！"

"那行，你把你发自肺腑的想法写成电子文档发给我。"

"没问题！我可以写一万字！"

钱恒悠悠地看向成瑶："那你就写一万字吧。"

感谢网络！成瑶想，等我晚上就来炮制一篇！Ctrl+C，Ctrl+V！

就在成瑶准备继续点头的时候，钱恒想了想，又补充道："我会查重，重复率高于百分之十就重写。"

"可老板……你们A大法学院毕业论文答辩，查重率都放宽到百分之十五了啊……"

"你不全是发自肺腑的感言吗？都是原创的，怕什么查重？"

"……"

此时钱恒已经吃完了，他优雅地擦了擦嘴，看了眼成瑶："成瑶，别指望我吃了你的海鲜就放过你，工作上的失误，该有的处罚一样也不会少。"

他微微一笑："别急，等我处理完白星萌就收拾你。"

这个晚上，因为有钱恒在，成瑶比任何时候都安心。她相信钱恒，只要他说没问题，就真的没问题。

只是她的乐观没能持续太久，就在她拉着威震天遛弯儿回来后，微博跳出了一条新的提醒。

“徐俊亲属接受媒体采访，确证徐俊生前并未有机会与白星萌当面沟通，所有交涉请求均被成姓律师阻拦。”

成瑶一个激灵，赶紧点开了采访视频。

“我是徐俊的哥哥，对我弟弟不幸离世这件事，我们家人都觉得很突然，无法接受，如果能和白星萌好好地沟通，让我弟弟知道和解还是有望的，他不可能这么绝望，或许我弟弟的悲剧根本不会发生……我就想问问这位成律师，你的良心不会痛吗？你到底为了什么私利，阻拦我弟弟和他前妻进行沟通……”

后面的话成瑶已经听不清楚了，她只觉得手脚冰冷，头皮发麻。

事情往她完全不可控的方向发展了，而她却根本拿不出证据自证清白。

徐俊亲属的采访和质问将原来就处于热搜上的自杀事件推上了高潮。

战火烧得太快了，很快就有人靠着“君恒成姓律师”的信息，在网上人肉出了成瑶的名字，继而公布了她的电话号码。

仅仅十五分钟后，成瑶的手机就疯了一般振动起来。

各式各样的骚扰短信、电话席卷而来。

成瑶只扫过因为新信息而亮起的屏幕一眼，就完全没办法平静下来。

那些骂人的话太难听了，诅咒她的已经是小儿科了，更不堪入目的谩骂都有。

面对这些，成瑶本以为自己会哭的，然而事到临头，除了脑袋一片空白的羞耻和难堪之外，竟然哭不出来。

对于钱恒什么时候敲门进了她的房间，成瑶已经一点儿印象都没有了，这一段记忆就如同被她刻意抛弃一般，她只觉得精神恍惚。

“成瑶，别看手机。”

正是这时，成瑶的手机又响了起来，接二连三的骚扰电话仿佛没有尽头。

钱恒直接一把抽走了成瑶的手机，然后拒听，关机，一气呵成。

威震天看到来人十分兴奋，吐着舌头想向钱恒扑去。

钱恒非常明显地身体僵硬了。

成瑶这才想起来，他是怕狗的。

然而即便怕狗，钱恒还是进了她的房间，抽走了她的手机。

“威震天。”成瑶轻轻喊了一声，把狗往自己身前拉了拉。

钱恒的身体终于放松下来。

他站着，居高临下地看着失魂落魄的成瑶，并没有出声安慰。

屋里响起来的是他毫无波澜的声音："要去喝一杯吗？"

成瑶不知道自己最后怎么鬼使神差地对钱恒点了头，等她反应过来的时候，她已经和钱恒在"彗星"了。

彗星是一家严格执行会员制的高档清吧，并不吵闹，环境优雅。酒吧的装潢非常有格调，简洁低调，舒缓的钢琴曲飘荡在四周。

"一杯长岛冰茶！不醉不归！"

今晚的成瑶只想用酒精来麻痹自己，好让自己忘记目前的困境。

"给她一杯无酒精鸡尾酒。"

成瑶刚想要抗议，就被钱恒一个眼刀给止住了。

"成瑶，你的酒量太差了，酒品比酒量还差。"

成瑶低下头，她太难受了，只想一醉方休："可今天是特殊情况。"

"酒精不会让你从任何事中逃脱出来，甚至还会让你惹事。"钱恒冷冷地哼了一声，"你想想你上次喝多以后发生了什么。我列的那张赔偿清单，需要我重新提醒你一次吗？"

"那你带我来酒吧干吗？还不如直接在家里就行了。"

"家里有狗，这里没有。"

虽然此刻自己的境况很悲惨，但成瑶这一刹那不禁哑然失笑。钱恒果然还是那个钱恒，她原本以为，他一反常态地带她来酒吧是想让她换个环境、换个心情呢。

虽然勒令成瑶不许喝酒，但钱恒给自己点了一杯莫吉托。

就在成瑶望着他的酒发呆的时候，钱恒又一次开口了。

"成瑶，我今天带你来酒吧，不是让你借酒消愁的。下面的话，我需要你清醒地听着。"

成瑶抬头，猝不及防地撞进了钱恒的眼里，酒吧的灯光暧昧昏黄，这一刻钱恒的侧影仿佛被无限拉长。也是这时，成瑶才意识到，周围的几个女性都在或多或少地观察着钱恒。他的长相让他不论到了哪里都是人群中的焦点。

钱恒的长相有一种锐利的英俊的感觉。很多人长得好，但是一种温和的好看，然而钱恒的五官却英俊到带了攻击性，配上他那上位者的气势，简直遇佛杀佛、遇神杀神，让他在用脸做通行证的世界里无往不利。

酒吧外车流的灯光倒映在他的眼里，仿佛是这个城市流光溢彩的缩影。

钱恒真的有一双十分迷人的眼睛。

尤其当他认真地看向你时，这双迷人的眼睛里只有你的影子，让人甚至会产生钱恒是个深情的人的错觉。

“钱律师、成瑶。”

就在成瑶微微有些分神心悸之时，有一个男声打断了她的遐想。

成瑶抬头，才发现迎着灯光朝自己走来的竟然是顾北青。

成瑶下意识地回头看钱恒：“这么巧？”

钱恒哼了一声：“你没听过，世上所有的巧合都是蓄谋已久吗？”

“那……”

“我约了顾北青。”

钱恒不是看顾北青十分不顺眼吗？怎么竟然会主动约对方晚上一起喝酒？成瑶的思绪一时之间有些错乱了。

顾北青自然也并不喜欢钱恒。两个人一同在吧台前落座，自然也不热络，仅仅维持着客套和疏离。

“今晚我过来，主要是因为钱律师说想就成瑶的事和我谈一谈。”

对顾北青的开场白，钱恒并不生气，只笑了笑，淡淡地道：“你以为要不是成瑶，我会想见你？”

这种场景……一时之间，成瑶也有些蒙，这气氛怎么看怎么微妙……就像是两个争斗不休的死敌，其实相爱相杀。

成瑶刚要插上联想的“翅膀”，钱恒冷冷的声音就传了过来：“成瑶，我觉得以你目前的表情来看，你的想法有点危险了。”

“……”

“作为白星萌离婚后财产再次分割一案的白星萌代理律师，我今天约你出来，是希望你能把你作为徐俊代理律师所掌握到的关于这段婚姻的情况告诉成瑶。”钱恒把视线转回了顾北青，“不会为难你，涉及案件保密信息的部分我也不想听，只是希望你从徐俊代理律师的视角、从你个人角度分析下他们这段婚姻。”

顾北青显然没料到钱恒会说这个，然而在钱恒的气场下，他一时半会儿竟然忘了拒绝。提起徐俊，他似乎也很唏嘘："我没想到他最后没有撑住。"

顾北青喝了口马丁尼："其实徐俊患有很严重的抑郁症很长时间了，本来他靠着吃药还能稳定病情，只是随着商讨和解方案的深入，他的情绪越来越不稳定，只是没想到……"

成瑶十分惊讶："可徐俊看起来真的很外向、很健谈，一点儿不像得抑郁症的样子啊。"

"我也是遇到他以后，才知道原来抑郁症患者不都是寡言沉默的，原来还有一种阳光型抑郁症，患者在外面表现得非常外向，活泼健谈，但是一个人独处的时候，抑郁的倾向会很明显。徐俊因为抑郁症根本没法入睡，睡眠不足导致精神更差劲，造成了恶性循环。"

"对不起，我根本不知道。"成瑶非常难过，"我不知道原来徐俊有抑郁症。"

顾北青叹了口气："成瑶，我知道面对徐俊的死，不管是你自己的内心还是外界的舆论都让你很有压力，觉得这是你的错，是你把徐俊推向了死亡。但不是这样的，这个责任都是白星萌的。

"因为，白星萌对徐俊患有严重的抑郁症这件事，一直是知情的。"

"可她从没有和我们说过！"

成瑶非常惊讶，然而她发现，坐在她身边的钱恒却十分平静。

"确切地说，徐俊的抑郁症就是因为白星萌才得的。"顾北青低下头，"这段婚姻里，他遭到了欺骗，一直很痛苦，还要面对白星萌的冷嘲热讽和言语攻击，工作压力又大，情绪没法排遣，就发展成了抑郁症。"

"可、可白星萌说，她才是这段婚姻的受骗者！她才是被徐俊冷嘲热讽、言语攻击甚至被家暴的那一个啊！"

顾北青有些愤慨："真不愧是知名演员，演技真是精湛，她竟然还有脸这么美化自己？她给你看过什么证据吗？一定给不出，我这里却是有徐俊抑郁症的诊断时间和心理医生的证词，还有徐俊和白星萌的聊天记录。在他俩的聊天记录里，白星萌可一点儿都不无辜，她用词激烈，而且特别喜欢用侮辱性的词语，骂徐俊是孬种、废物，动辄让他去死。"

成瑶震惊了，顾北青口中的白星萌和她接触到的白星萌真的是一个人吗？

一直没发表意见的钱恒此刻也终于开了口，他转向成瑶："白星萌什么时候说她才是婚姻受害者？我怎么一点儿都没印象。"

成瑶有些讪讪地说："和我单独在一起的时候，有一次开完会，她不是和我单独留在会议室里确认起诉证据吗，就是那个时候。"

顾北青这下也找到了症结所在："所以你一直以为白星萌是这段婚姻的受害者？"

虽然很羞愧，但成瑶还是点了点头："所以我才答应了白星萌，阻止徐俊对她的骚扰。"

"根本不是的，徐俊死前发的那条微博是真的，根本不像白星萌所说的那样，不是徐俊死前意难平对他的前妻进行污蔑。"

顾北青叹了口气："最初，白星萌把自己伪装成了温柔大方又贤惠的模样接近徐俊，徐俊作为一个之前没谈过恋爱的理工男，一下子陷入热恋，对白星萌死心塌地，觉得她是自己的真命天女。结果后来他才知道，白星萌'看上'的不是他，是他的企业，因为当时业内有预测，团团在线最终会上市，发展前景很好。后来他才发现，白星萌对企业的上心程度完全胜过对他。"

"然而白星萌婚后发现事实根本不是她想的那样。第一，徐俊不是团团在线唯一的股东，他没有白星萌想象中有钱；第二，团团在线的上市至少在当时看上去遥遥无期，而徐俊作为一个创业企业的CEO，因为资金紧张，其实生活过得紧巴巴的，根本没有大量的钱供白星萌挥霍。所以白星萌原形毕露，对徐俊换了一副面孔，迫不及待地离了婚。"钱恒晃了晃手中的酒杯，"是吗？"

顾北青有些意外，点了点头，钱恒说的情况竟然和事实分毫未差。

"你也调查过实情？"

钱恒露出了"这需要调查吗"的表情："根本没有调查的必要，a same old story（一个相似的老故事），太老套了，同类的案子我最起码办了五起，没有一点点新意。"

"所以白星萌说，之前徐俊利用她不断炒作绯闻，带动团团在线的热度，爆料他们的恋情，也是谎话？"

顾北青朝成瑶点了点头："那都是白星萌自己提议、操作的，徐俊一个理工创业男，哪里有这么多娱乐圈里的营销资源啊。他俩毕竟结婚了，白星萌发现徐俊没那么有钱后，虽然一开始有心理落差，但也想着能不能带一带团团在线，拼一把上市。结果自己安排的绯闻炒作并没有给团团在线的上市带来什么显著的推动效果，她又没有耐心把她的青春花在徐俊身上，所以才很快和徐俊提了离婚。”

对于这样颠覆认知的内情，钱恒的表情仍旧淡淡的，仿佛一切本该如此。

顾北青叹了口气：“如果说徐俊在这段婚姻里犯了什么错误，那就是他在离婚的时候把他的财产做成了亏损，隐匿了财产。他作为婚姻受害者，不想白白分钱给对自己极尽折磨和羞辱之能事的前妻，在情理上可以理解，但法律是不讲人情的。”

成瑶此刻完全不知道用什么词来形容自己的感受。

成瑶本以为白星萌在声明里如此甩锅给自己，只是出于对徐俊死亡所带来的负面影响的逃避，害怕这件事情会影响她的事业和人气，才出此下策。虽然卑劣，但也属人之常情，在这段婚姻中，她仍旧是受伤害的一方。

成瑶没有想到，原来白星萌从头到尾说的都是假话。

白星萌根本就不无辜，甚至可以说是心机深沉。她先是靠着卖惨和成瑶拉近了关系，后来在明知道徐俊有抑郁症，知道企业上市对他的意义，也明明内心根本不接受和解的情况下，却还知会律师给徐俊和解的希望，让他不断地去修正和解协议，通过拖延时间，让徐俊不断重复着内心的煎熬。白星萌给了他希望，然后又慢慢地折磨他。

一年时间不到的婚姻，虽然很短，但也足够了解一个人。或许早在最初，白星萌就预料到了徐俊可能会情绪崩溃，因而在最后，她假借成瑶的手撇清了自己。

只是她料到了徐俊会轻生吗？

成瑶不知道，也不敢去猜测人心。

成瑶只能确定一点，白星萌从来不是婚姻的受害者，而是加害者。

成瑶错在先入为主地认为女性在婚姻中一定是处于弱势的一方。

顾北青叹了口气：“徐俊他对感情太过天真了。”

“不是天真，是自作聪明。”钱恒看了一眼顾北青，“徐俊也不能说是完完全全的受害者。他作为一个有钱、有资源的男人，就算从没谈过恋爱，商场上的那些经历是白混的？难道会不知道天上不会掉馅饼这个道理吗？一个风光的女明星为什么会突然对他‘一见钟情’，你以为他心里就没点数？”

“他当然知道白星萌在做什么打算，也当然知道白星萌抱着什么样的心态接近他的，但他呢？他难道对白星萌不是另有所图？”钱恒哼笑一声，“他高估了自己，过分自信，觉得以自己的能力最后能财色兼收，既能得到白星萌的美貌和肉体，还能把她的影响力收归己有，然后把团团在线带上市。”

“他最初和白星萌接触时可是一掷千金的，明明以他当时的实力根本撑不起那样的生活，但为了‘套路’白星萌，可真是下了血本，到处借了不少钱，就为了用钱砸下白星萌。只可惜他没料到自己能力有限，而白星萌也不是傻白甜，能果断止损，最终徐俊没能玩转这个局。”钱恒抬了抬眼皮，“这些装阔泡妞的事，不仅白星萌最初起诉离婚时拿到法庭上讲了，娱乐八卦小报也忠实地记录了徐俊当时的‘阔绰’，但大部分人把这理解成了徐俊对白星萌‘一往情深’到愿意花巨资追求，可往深里想想呢？从这点来说，白星萌难道不也是受害者吗？”

顾北青有些不满：“她这么拜金，怎么算是受害者呢？就算徐俊‘套路’她，也是她自己三观不正，想走捷径嫁给富商才会上当啊，这不是活该吗？在这点上我可不觉得她无辜。”

钱恒却并不认同，他瞥了一眼顾北青：“我不觉得这是活该，每个人都有不同的三观和择偶标准，白星萌没偷没抢，也没有做伤天害理的事，只不过想要嫁个有钱的男人，这没什么可指责的。拿你来说，难道你想娶个长得丑、身材差、智商低的女人当老婆吗？”

钱恒笑笑：“你换位思考一下，如果你想找个漂亮老婆，结果有个丑女整容成美女骗你，等你和她生出一窝丑孩子以后，你难道不会觉得自己被骗了吗？白星萌婚后发现徐俊并没有钱的时候，不就是这种被骗了的心情吗？”

顾北青愣了愣，有些无言以对。

“更何况徐俊也不见得有多善良。他利用国内国外婚姻登记认可有效性的差别，在婚前办了个企业，让白星萌误以为是共同财产，她又是出人又是出力，结果到头来竹篮打水一场空，更别说徐俊离婚时把财产做亏了。如果把徐俊逼上绝路这一通操作，给白星萌打八分的话，徐俊婚前婚后的算计，最起码也能拿到七点五分，他俩不相上下。”

钱恒的话太犀利了，顾北青不得不承认，这样的分析才更为妥帖。白星萌和徐俊都不是省油的灯，不过是鸡贼碰上鸡贼，两败俱伤。

钱恒一点儿面子也没给顾北青，他漫不经心地笑笑：“你看，你和我们成瑶在某些方面也是半斤八两啊。婚姻案件，还真的相信一定有一方是受害者而另一方是加害者？婚姻这种事，很难说谁对谁错，大面的概率是双方都有错，既是受害人，又是加害人。”

顾北青脸色铁青，并且隐隐有些转黑的趋势。虽然没有钱恒这么资深的经历，但顾北青也是有名校留学经验、履历非常优秀的成熟律师了……

钱恒一点儿也没在意他的怒火，淡然地扫了一眼成瑶，又看了一眼顾北青：“所以你看，你找他辅导司法考试，只能考三百六十分。你要是找我辅导，四百打底不能再低了。”

气氛一度有些尴尬，成瑶想了想，还是硬着头皮打破了沉默：“可白星萌为什么要这么做？”

钱恒抬了抬眼皮，仿佛浑身每个细胞都在鄙视成瑶问题的愚蠢，他惜字如金地道：“当然是为了利益。”

“那为什么要对徐俊如此赶尽杀绝？如果爱钱，徐俊早已经同意给足以让她满足的和解金啊，甚至趁着徐俊在企业急于摆脱上市威胁的当口，她可以要到比正常判决更多的财产比例，也可以在心理上折磨到徐俊，能一报之前的仇了，可她为什么要选择把对方逼死？”成瑶完全无法理解，“我看徐俊之前甚至还抱着和解的期待，那说明两个人当初离婚时也不至于到了你死我活的地步啊。白星萌现在这么搞，就算把屎盆子扣到了我头上，对她而言又有什么好处和利益？就单纯为了报复？”

钱恒瞥了成瑶一眼：“你以为自己是谁？名侦探柯南？成瑶，你只是个律师，别咸吃萝卜淡操心。人心是复杂的，当你没有能力猜到当事人想法的时候，就不应该去猜。白星萌能这么做，是因为她这么做能得到的利益远大于徐俊自杀带来的负面影响，至于是什么利益，你只是还不知道而已。但时间会说明一切。”

“这次成瑶被牵连，如果能公开这些信息，足以洗脱她的骂名。”顾北青咳了咳，把话题引回了正轨，他有些为难地说，“但我并非徐俊本人或者他的家属，也不属于这件事的当事人，基于我的立场和职业操守，我是不能公开这些信息的，尤其那些聊天记录、截图证据等，都是属于保密协定的范围。我只能告诉你们，这段婚姻的失败、徐俊的死，白星萌负有不可推卸的责任。”

“不需要你公开，这和你没什么关系。”

“那你今天找我来难道不是为了商讨解决方案吗？”

钱恒露出了难以言喻的表情：“我需要和你商讨解决方案？你是不是对我的专业能力有什么误解？”

“那所以，你今天找我来，除了这些，没别的想问的了？”

“就这些。”钱恒看了顾北青的酒杯一眼，“既然酒也喝完了，那你可以走了。”

顾北青一脸不可思议的表情：“你连客套一下都不？用完我就踹？好歹是同行，没准以后还会合作，都不留我继续聊聊天维系一下人情？”

“我和你原来竟然有感情可以维系？”

钱恒大言不惭地继续说道：“而且接下来我要和我的员工讨论我们所内部的事情，不方便外人在场。”他毫无诚意地道，“还是说你有意向加入君恒来投靠我？”

“……”

最终，顾北青对成瑶丢下一句“下次另约”，黑着脸走了。

成瑶不傻，她几乎是在顾北青走后第一时间向钱恒表示了感谢。

“谢谢老板。”

钱恒抿了口酒，看向成瑶：“谢我什么？”

“谢谢你让我知道了我在白星萌这个案子里虽然有做错但罪不至死，并不是我把徐俊推向了死亡的悲剧，我现在心里好受多了。”

在此之前，成瑶确实心里有一道过不去的坎儿。她愧疚而自责，总觉得都是自己的过错导致了徐俊如此惨烈的结局。

她本以为钱恒带她来喝酒会出言安慰并开解她，没想到，他用这样完全不同的方式，直截了当地化解了她的心理压力。

“你想多了吧。”钱恒有些不自然地转开了头，声音仍旧维持着冷淡和高傲，“我约顾北青出来，纯粹是想告诉你，你在这个案子里做得最错的一点是什么。”

成瑶有些茫然地抬起头。

“你现在觉得案件的真相是什么？”

“之前偏听了白星萌，完全被蒙骗了，现在算是兼听则明，我才知道了事情的原委。”

钱恒的脸上露出了“你果然会这么说”的表情，他嫌弃地看了成瑶一眼：“我提点了你这么多，以为你能答出来，结果忽略了一点——人和人之间是有差距的，我不应该用自己的悟性来揣测你的。

“成瑶，你是不是觉得现在的你已经掌握了白星萌案件里的基本事实？谁对谁错，谁是受害者，谁是加害者，你全都知道了？”

成瑶怕答错了又要被钱恒讥嘲，明智地选择了闭嘴。

“成瑶，我希望你记住一点。案件，尤其是家事案件中，真相有时不止一个。”

“为什么？”

“真相的定义太广了，事实上的真相、法律上的真相和你认为的真相，光是这三者，就并不一定相同。”

钱恒轻轻按了按眉心，睫毛随着说话时眼睛的眨动而微微颤动，他薄唇轻启，英俊的侧脸简直让人怦然心动。这场景看着十分浪漫，然而钱恒吐出的完全是正儿八经地讨论案件的语句。

“在这个案子里，你带着在婚姻里女性一定受剥削、受伤害的偏见，认为真相是白星萌处于弱势，事实上的真相则和你认为的完全相反。除了在进入婚姻时中了徐俊的套，白星萌在这段婚姻中大部分时候都处于主导地位并且是强势的一方，至少不是任人宰割的受害者。对法律而言呢，法律会因为谁做对了就支持谁吗？法律上的真相又是什么呢？在证据面前，法律只会认定白星萌在离婚时因对方隐匿财产而少分割到钱，在这一点上，她就是受害者。”

“家事法律案件，尤其是婚姻案件，你作为其中一方当事人的代理律师，天然地只能听到从你的当事人口中说出的‘事实’，有些还进行了加工和歪曲，你根本没法从一人口中了解一段婚姻的真相，所以不要轻易先入为主地觉得自己的当事人很惨，觉得自己为这位当事人代理简直是在维护正义。”

钱恒轻轻地撩了下额前的碎发，漫不经心地盯着不远处：“你要做的是永远保持中立和客观。”

成瑶愣了愣，继而涌上心头的是满满的感动和温暖。

钱恒不是她的第一个老板，却是唯一一个愿意和她说这些话的。

律所的工作强度太大了，大部分合伙人并没有闲心这样细致地辅导助理律师，能够简单地指出助理律师工作中的问题、就他们的工作给出反馈，已经相当难得。能像钱恒这样从法理和律师的职业伦理层面跟助理律师聊得这么细的合伙人，几乎已经灭绝了。

当然这也并不难理解，合伙人很忙，按照每小时的费率，根本不应该浪费时间在助理律师身上。何况律师这种工作，很多新人做到一半就坚持不了退出了，坚持下去的也会跳槽。在律师执业前期那几年，流动性实在很大，律所合伙人何苦手把手地去带、去教？产出和投入的比值实在太低了。

白星萌时时刻刻都表现出自己在婚姻中的弱势和柔弱，然而实际上，她才是婚姻里的掌控者和既得利益者。

钱恒嘴巴毒、脾气大，仿佛多和你说句话你都得付钱，他浑身冷冰冰的，没有人情味。然而到头来，他在成瑶搞砸案子的时候，没有抛弃成瑶。

一想到这里，成瑶看向钱恒的眼神都变得不一样了。

成瑶并没有意识到自己正用一种小狗般的湿漉漉的眼神看着钱恒——无辜的、楚楚可怜的，那是一种全然信赖着对方、仰仗着对方、只看着对方的眼神。

Puppy eyes（幼犬的眼神），钱恒并不是没听过这个词，吴君总说，一旦被人用这种眼神看着，想到自己全然被对方依赖着，就对对方的任何要求完全没有办法拒绝。从前的钱恒对此嗤之以鼻，有什么不好拒绝的？被盯两下就受不了了，还怎么做合伙人？

然而现在被成瑶这么看着，钱恒觉得浑身都不对劲，吴君并没有说过这种小狗的眼神，会有撒娇的感觉啊。

钱恒清了清嗓子，转开了眼睛："你还有什么想问的吗？"

成瑶想了想，认真地问道："老板，能问问你为什么会愿意这么帮我吗？"

钱恒瞪着成瑶："我什么时候说过要帮你了？"

成瑶愣了愣："你不是要帮我解决我被白星萌利用和诬陷这件事吗？"

"我什么时候说了？"钱恒转开了视线，"我只是利用这件事教训你而已。我要解决的也只是白星萌对君恒律所造成的负面影响，还有问她索要律师费，什么时候说要帮你个人了？"他咳了咳，"所以你不要再那么看着我了。"

这样的回答，钱恒本以为成瑶会露出失望、沮丧或者崩溃的表情，没想到成瑶只是展颜一笑："不，你一定会帮我的。"她的身后仿佛有一条无形的尾巴在讨好地摇啊摇，她盯着钱恒，目光灼灼，"我相信你，老板，你是好人。"

"别给我戴什么高帽子，没用。"

"那你是不是会帮我？"

"不帮。"

"真的不帮吗？"

"不。"

"帮我一下吧老板！求求你！"

"闭嘴，再多说一句就不帮你了！"

成瑶笑眯眯地喝起了眼前的无酒精鸡尾酒，并用一种"感恩伟大的造物主"的表情看向钱恒。

钱恒咳了咳，状若不经意地道："既然你都这么低声下气了，我这次勉为其难地帮你一下也不是不可以。主要也是想到，你这次经历的事，和我刚从业时的情况很像。"

成瑶愣了愣，才意识到钱恒指的是什么。

他第一次进入公众视野便是因为一个富商离婚案。在这个案子中钱恒一战成名，出轨的富商几乎全身而退，富商前妻在网上对富商进行了声讨，并对钱恒进行了曝光，大量媒体跟进。钱恒作为为虎作伥的反派角色，舆论一边倒地把他骂成了"狗"。

所以钱恒刚从业时，也如她这样遭受了网民的唾骂和各种人身攻击吧。

如今情势变换，钱恒看到她，就联想到当初的自己吗？

"你当初也受到了一位律师前辈这样的指点吗？"

钱恒抿了抿漂亮的唇："当然没有，你以为世界上有多少像我这样高风亮节的人？"

虽然钱恒的语气云淡风轻，但成瑶没来由地有些替他难过。

她不敢想象，如果没有钱恒的这番教导和指引，在作为执业律师经手第一个案件时就遇到这样的情况，犯下这样的错误，被舆论如此攻击，她还能在律师这条路上坚持下去吗？

成瑶有幸得到钱恒的指点，而当年的钱恒，面对这样的境况，身边却一个人也没有。

成瑶特别同情他，内心竟然还替钱恒泛起了点心酸："那时候，那么多人骂你，你是怎么熬过来的？"

钱恒有些意外地眨了眨眼："为什么要熬？"

"啊？"

钱恒的语气充满了理所当然："所有针对我报道这件事的媒体，还有网上骂我骂得最凶的人，我都直接起诉了，多亏了他们骂我，让我拿到了总共六十多万的和解赔偿。"

"六、六十万？！"

钱恒点了点头："虽然数额不多，不过正好够我当时别墅里五间厕所的装修费了。"

六十万装修五个厕所，敢情她拼死拼活地努力工作一年，还抵不上钱恒家一个厕所。

刹那间，成瑶那些对钱恒的同情和怜惜灰飞烟灭，她突然很心疼自己。

不过不管怎么样，成瑶心中有些恍然大悟的释然。

"原来你的外号也是被人污蔑的。"

钱恒危险地眯了眯眼："什么外号？"

成瑶自知说漏了嘴，磕磕巴巴地掩饰道："就……就说你在业内……嗯……毒，什么的……"

"业界'毒瘤'？"

成瑶赶忙连连摆手撇清关系："我不知道啊，这不是我说的啊，和我无关啊！"

钱恒不屑地哼了一声："一群乌合之众，在法律层面打不过我，只能背后对我攻击。"

所以，这个意思是？

成瑶抬起头："所以你代理的那个富商案，也和白星萌案一样另有隐情对不对？"

"嗯？"

"就是虽然在大众看起来，好像是富商在这段婚姻里不厚道，前妻受到了很不公平的待遇，但是事实上富商才是这段婚姻里权益需要保护的人，就和徐俊一样。虽然婚姻这种事在大多数情况下，夫妻双方可能都存在问题，但是问题更大的一方不是富商，甚至出轨这种事，可能都是前妻散布在网上去污蔑他的。”成瑶分析得头头是道，“毕竟现在社会仇富的情绪很严重……”

“成瑶，你做律师可惜了。”

“哎？”

钱恒的表情带了些揶揄：“你写小说挺合适的。”

“哪里可能每个婚姻案都和白星萌的一样一波三折。”钱恒抿了一口酒。

不知何时，他已经解开了白衬衫的扣子，有几根发丝一改平日的服帖，微微垂在他饱满的额头，带了点慵懒和性感。他转动着酒杯，有些漫不经心地瞟了成瑶一眼：“成瑶，没什么特别的内情。”

成瑶有些犯愣。有些人，越是不刻意，越是举手投足都是风情，比如此刻的钱恒。

他很英俊，但有着一种仿佛并不知晓自己有多英俊的散漫，然而这样更危险也更致命了。

“成瑶？”

直到钱恒皱着眉喊了成瑶的名字，她才反应过来。她一下子十分窘迫，幸而酒吧昏黄暧昧的灯光掩盖了她发烫的脸。

成瑶的头脑有些混乱，她下意识地胡乱狗腿道：“所以大众果然是很盲目的，你明明是帮助了一个婚姻受害者维权，却被外界传成了什么‘毒瘤’！我就知道我的老板不是这样的人！”

钱恒愣了愣，突然笑了：“成瑶，我说了，没什么特别的内情，富商确实出轨了，他的前妻确实很无辜，她曝光的内容也全是真的，没故意带节奏。”

成瑶有些蒙：“啊？所以……”

钱恒看着成瑶，有些不怀好意地说：“所以很可惜，你的老板就是这样的业、界、毒、瘤。”

“接这种案子，可以预料到胜诉后很可能会被曝光、会被骂啊，那你为什么还接呢？”

钱恒用看白痴的眼神看了成瑶一眼：“代理费多啊。”

他说完，把空酒杯往吧台一放：“你买单吧。”

成瑶大惊：“老板，可是你半夜叫我来喝酒的啊！怎么要我买单？”

钱恒挑了挑眉："我是叫你来喝酒，但我说请你了？

"我刚才至少和你说了半小时，算上交通往返，一共一个小时，我没按照小时费率问你收费，只要你付酒钱，你都该跪下谢恩了。"

"……"

钱恒轻哂道："而且你知道这世界上能有几个人有机会请我喝酒吗？"他看了看手表，"2018年11月29日，晚上九点三十九分。"

"啊？"

钱恒拍了拍成瑶的肩膀："我建议你记下这个珍贵的、值得纪念的时刻。"

大众舆论盲目？！人民群众的目光明明是最雪亮的！

毒瘤！这真的是毒瘤！

最终，成瑶含着热泪付掉了酒钱。

算上顾北青的，仅仅几杯酒而已，竟然就要一千多块钱，成瑶只觉得内心刚才升腾起的那点要对钱恒报恩的想法，也随着钱包里"毛爷爷"的离去随风而逝了。

"你有驾照吗？"

买完单后，面对钱恒这个突如其来的问题，成瑶下意识地点了点头："有——"

成瑶下一句"但是从没有上过路"还没说出口，就有一串东西被钱恒扔到了她的手里。

成瑶低头一看，才发现是车钥匙。

"给你个开宾利的机会，好好表现。"

"可是老板，我的车技……"

钱恒很淡然："看你这样我就知道你的车技不好，但是从这里到我们住的地方一直直走就可以，只需要十分钟，红绿灯只有一个，而且这个点这条路上也没有多少车了，你还能开成多差？"

"要不我们还是叫代驾吧？代驾的钱我愿意出！"

"成瑶，今天晚上我已经浪费很多时间了，我没有精力再在这里等代驾来了。"钱恒揉了揉眉心，"开车或者开除，你选一个吧。"

"……"

第四章　有我保护你

最后的结果，自然是成瑶屈服在钱恒的淫威之下，她战战兢兢地摸上了宾利的方向盘。

五分钟后——

坐在副驾驶座上的钱恒面无表情地看着窗外的风景：“成瑶，旁边骑助动车的男人超过我们了。”

成瑶手心全是汗，生怕把钱恒的宾利磕了碰了，她全神贯注地盯着前方，头也不敢回地给自己找台阶下：“老板，那个男人年轻力壮，而且你别看不起助动车，人家现在也实现了一秒提速，很快的啊。”

“哦，那边上蹬三轮车的人也超过我们了。”

“蹬三轮车是体力活，人家没准是业余运动员。”

“后面骑着自行车的大爷也超过我们了。”

成瑶只能咬牙继续“挽尊”：“大爷老当益壮啊……”

“那个慢跑的男人也快赶上了。”

“常年慢跑的人，肌肉和爆发力都是一级的。”

钱恒面无表情地转过头，指了指窗外：“那你给我解释一下为什么刚才在街边乞讨的残疾人现在也比我们走得快？”

“……”

“成瑶，你把宾利开成每小时十公里的速度，到底是什么意思？”钱恒低头看了看手表，“正常速度十分钟的路，你现在已经开了二十分钟了，是准备今晚和我在这车上过了？”

“老板，有一种危险，叫超速，有一种平安，叫等待……”

不管钱恒怎么冷嘲热讽，成瑶也坚定十迈不动摇。万一开快车，把宾利给碰到了，她恐怕砸锅卖铁也赔不起。

钱恒一脸生无可恋：“下次再让你开车，我就不姓钱。”

“反正路还长着呢，要不我们聊聊天吧？”成瑶开了一阵子，渐渐找到了点开车的手感，想要活跃一下气氛，同时内心也确实好奇，“老板，你以前刚执业的时候，肯定也有过稚嫩的时期吧，都是怎么处理无心的失误的？”

成瑶其实挺后悔从前得罪钱恒的，如今很想和钱恒修复下关系。她想了想，和老板聊家常、聊回忆，应该很容易找到共鸣，瞬间拉近彼此的距离！

只是很可惜，成瑶千算万算，算错了一件事——

钱恒连想也没有想，径直道：“没这方面的经验。”

成瑶不解。

钱恒倨傲地笑笑：“我从没有无心失误的时候。”

他还嫌不够似的，又对成瑶补了一刀：“说实话，在发生白星萌这件事之前，我根本想象不到有人会犯这种错误。”

行了行了，成瑶在心里呐喊道，老板，我竟然妄想和你培养感情，是我犯了罪！我闭嘴！

钱恒和成瑶，一个能把天聊死了，一个能把车开死了。

两人就这么各自安静地坐在宾利里，以稳稳的每小时十公里的速度平安无事地回了家。

有了钱恒这根定海神针，成瑶睡了一个好觉，第二天，神清气爽地到了所里。

不管怎样，成瑶已经决定好，不论网上怎么骂她，不论骚扰电话和短信怎么多，她也不能就此受到影响。

只是她到底还是过于天真，乐观地估计了某些躲在网线后面的人的恶意程度。

“深八！败类律师成瑶有个姐姐叫成惜！这个成惜就是一年前邓明律师的前妻！”

“邓明律师？这个名字怎么听着这么耳熟？”

“就是白星萌现在的律师啦！他之前参加过‘律师帮帮忙’节目，很帅很专业的，而且好有亲和力，最重要的是心地善良，常常帮底层群众维权的，还在电视台上给大家普法，完全和成瑶那种律师相反，这才是法律界的正义和良心！”

“哦哦哦！我记起来了！成惜！就那个邓律师在外帮人维权，她在家拿着邓律师的收入当贵妇太太，结果竟然还出轨，‘绿’了邓律师的，是吗？”

“对！就是她！”

“这对姐妹简直是宝藏girl（女孩）！身上有挖不完的黑料！这肯定是家教有问题了。”

……

跟帖里一片辱骂，因为白星萌的甩锅，她那些战斗力强悍的粉丝为了维护自己的偶像，打着“替天行道”的旗号，在自以为了解事情真相的情况下，肆意攻击和人肉他人，有的粉丝甚至扒出了成惜的照片，还有好事者把成惜和成瑶的照片修成了遗照。

成瑶此前总觉得徐俊自杀虽然可以理解，但他多少有点懦弱了。

可此刻，她体会到了和徐俊一样的被网络暴力席卷的心情后才知道，就算是再坚强的人，被舆论用最不堪的语言辱骂，某一刻都会想死，更别说是有抑郁症的徐俊了。

剩下的其他跟帖成瑶根本不敢再看，她颤抖着手放下了手机，自己被攻击还能保持坚强，虽然心情也很灰败，但她尚能无视那些攻击。然而自己的家人因为自己被如此辱骂攻击，尤其姐姐成惜最近好不容易心情好了点，从那段糟糕的婚姻里走了出来。

都是自己的错。

成瑶的内心只有这样一个声音，她握紧了拳头，茫然地看向写字楼的窗外，努力想着生活里发生的好事，以此分散精力。她必须非常拼命，才能忍住眼眶里的眼泪。

钱恒办公室内——

钱恒看了眼窝在沙发里的吴君："成瑶的事，你处理一下吧。"

还没等吴君反应，钱恒就清了清嗓子，状若自然地解释道："这次事件已经危害了君恒的声誉，你作为负责君恒公关宣传方面的合伙人，这事情正好在职责范围内。"

吴君抬头，声音有些戏谑："既然事关律所声誉，钱恒，你怎么用'成瑶的事'，不用'君恒的事'？"

钱恒抿了抿唇："有区别吗？不就是一个事情。"

"怎么是一个事，最简单的方法就是这时候把成瑶开除了，推出去祭天就完事了，另外发个公告，我们君恒绝对对律师进行了严苛的职业道德和技能培训，旗下拥有哪些哪些知名律师，竭诚为您服务。"吴君眨了眨眼，一脸狐狸般的笑意，"这么做，既能捞个好名声，顺带还能趁着这次这么大的热点一分钱不花地给君恒做个宣传，一箭双雕，岂不是很好？"

钱恒的表情看上去风雨欲来。

吴君却毫不怕死地继续道："何况你不是一直讨厌成瑶这个关系户，趁这个机会把她开除不是更好？名正言顺啊。"

钱恒咳了咳，没有对上吴君探究的眼神，他低头翻了翻文件："哦，因为这次出现这种事，也不全是成瑶的责任，我也有疏忽。"

"啊？"

吴君惊讶了，钱恒竟然主动承认他自己工作中有疏忽？吴君摸了摸自己的额头，又掐了自己一把。

"啊！好痛！"吴君龇牙咧嘴地道，"我竟然不是在做梦？你竟然会犯错？那你说说你哪里有错？"

钱恒转开眼神，一本正经地道："我以自己的标准来预估成瑶这些助理律师的能力，没有事先警告她小心白星萌。对这件事，我也应该承担一部分责任，没有辞退她，也是这个原因。一旦这次我教过她了，她下次还犯这类错误，就直接开除。"

吴君脸上露出些意味深长的表情："行吧，谁让你是我们君恒的招牌，你说什么就是什么吧。"他掏出手机，"让我先来看看，要找哪几个带头闹事的粉头开刀，我要把这些带节奏攻击君恒、人肉辱骂成瑶的证据全部公证，然后起诉——"

结果他的话还没说完，突然就像卡壳般顿住了，也一改平时的嬉笑模样，脸色凝重了起来，整个人都像蒙上了一层黑气。

“怎么？”吴君公关手腕了得，他露出这般表情，钱恒也十分意外，“是有什么不好处理的吗？”

“没有。”吴君放下了手机，眼睛里带了点狠意，“有人从成瑶一路人肉扒皮到了成惜，还挖出了她和邓明的那点事，现在把成惜也拖进来一起攻击辱骂了。”

提起邓明，钱恒脸上露出了毫不掩饰的鄙夷：“白星萌新的代理律师是邓明，这没准又是他私下搞的鬼。毕竟业务能力不行，成天沽名钓誉参加什么‘律师来了’‘律师帮帮忙’这种综艺节目，在公众舆论面前做足了工作，宣扬‘业界良心’这种人设，结果背地里什么违法边缘的事情都干得出来，技不如人，成天就知道歪门邪道，靠着卑劣手段玩弄舆论，再靠舆论施压影响判决。”

“就是这个垃圾。”吴君提起邓明，同样咬牙切齿，“当初明明是他上了几档综艺，有了点知名度，认识了个模特，一来二去勾搭成奸。对方怀孕了，他嫌弃成惜结婚几年一直没能生孩子，就这么提了离婚，又怕这事影响到他的形象，就靠着他有的一点媒体资源捏造了事实，给成惜泼脏水，断章取义地拍了几张成惜做义工的时候抱着智力缺陷的大男孩的照片，然后找了几个所谓的成惜的同学来爆料，说成惜大学时男女关系就混乱，还找了水军带节奏，引导舆论说是成惜出轨，结果这帮白痴一样的网友竟然信了！”

“也不一定是相信，只是想要借着热点事件发泄自己的情绪而已，不然‘网络暴民’的概念怎么来的？”

吴君把领带扯了扯，声音低沉而带了怒意：“成惜什么时候出轨过？大学里只是追她的男生多，她还不是死心塌地地跟着邓明！当时邓明算什么，农村出来的‘凤凰男’，一穷二白，就靠一张嘴，就会花言巧语地骗人。长得那个尖嘴猴腮的样子，你觉得他和我能比吗？！”

钱恒了然而同情地看了一眼吴君，如每一次一般非常配合地摇头道：“不能比。”

“我就是——”

钱恒直接打断了吴君，面无表情地抢白道：“你就是脸被卡车碾过了，也比他强。”

“他的专业知识——”

“他的专业知识和你差了十万八千里，去西天取个经都比不上。”

“我就算——”

“你就算以后老了，思维都比他活跃。”

“他那个身材——”

“他那个身材，把全身肌肉量加起来也比不上你……”

“……”

吴君瞪着钱恒，钱恒毫无诚意地摊了摊手：“不好意思，我也没办法，记忆力太好了，你说了一次我就背下来了，只是没想到你每次台词都一样，也不更新一下。”

“……”

“总之这件事我会解决的。”吴君放弃怒视钱恒，抿了抿唇，“我马上着手去处理。”

“必要的时候发个声明。”

“什么？”

“就说白星萌的案件，是我一个人代理负责的，关于案件的所有决定都是我做出的，其余律师只是负责执行我的指令。”

“你这是要帮成瑶摘干净？” 吴君有些意外，伸手就要去摸钱恒的额头，“钱恒你不是烧坏脑袋了吧？”

钱恒动作敏捷面带嫌恶地转开脸道：“你自重点，说话就说话，别动手动脚的。”

“那你为什么要替成瑶揽事啊？”

“我怕徐俊的事重演。”钱恒转开目光，冷哼了一声，“谁知道现在的小女孩都什么承受能力，万一来个一哭二闹三上吊，是不是还算工伤？”

“那你也不怕你自己因为这个事坏了名声？”

“我要什么名声？”钱恒哼了两声，“我不是业界‘毒瘤’吗？这种事很符合我的定位。”

“……”

“那白星萌的事接下来怎么处理？”

“起诉啊。”钱恒头也不抬地说，“我已经交代包锐整理证据了，我和白星萌的所有沟通全部有书面邮件、短信和语音录音。在这些证据里，她很清楚地交代了绝对不和解但是拖着徐俊的方案，配合其余证据链，完全可以证明我们律所只是忠实地执行了当事人的代理要求，并没有越俎代庖地私自替当事人做过任何决定。白星萌发布的声明不仅不符合事实，还影响了君恒和我们律师的声誉，而我们律所不存在任何不当行为，所以律师费她必须一分不少地支付，另外此事对我们声誉所造成的不良影响，也需要索赔并且要求她公开道歉。”

“不直接用君恒的官博甩出证据打脸？”吴君沉吟了下，“趁着现在正好关注度高，澄清的信息才有可能被更多人看到。你也知道，从起诉到最终判决，这期间要花多少时间，等我们最终胜诉，这都过去多久了，这个事情的热度早就过了，你再发布声明，能看到的人少之又少，对白星萌的负面影响也比现在澄清小很多了。”

“不能直接用官博甩出证据。”钱恒却毫不犹豫地拒绝了吴君的这一方案，他抿了抿唇，语气淡然，“目前所有和白星萌沟通的证据，是在她与我们签约了代理协议的情况下，基于律师与当事人之间的委托关系而得到的。就算现在和白星萌的代理协议解除了，这部分基于委托关系而取得的信息也仍旧是受到保密协议保护的。我们不能这样公然违反契约精神，为了给自己维权就无视律师的义务。”

吴君看向钱恒：“你知道，这种操作虽然不对，但你公开后在情理上是完全能被舆论理解的。就算白星萌去投诉，律协也不会做出多么严重的处罚。而且虽然委托代理合同里有保密条款，但违反保密条款有什么处罚却没有明确说明，所以这个保密义务就和空头支票差不了太多，就算她去起诉，一来审判时间又长，二来也不可能有多严重的处罚。而我们现在公开这部分证据，不仅能立刻洗刷我们所的骂名，还能趁机打广告并提升知名度。”吴君摊了摊手，“更何况现在与客户产生纠纷后，利用媒体影响来扭转舆论的律所也不是一家了。”

“不行。”可钱恒仍旧毫不松口，他放下了手头的工作，抬起头看向吴君，语气严肃而认真，“我知道这是我们公关最简单的办法，但是吴君，不可以。不是大家都在做的事就是对的，也不是被舆论理解的事就是正确的。我们君恒是律所，不是公关公司，律所首先要做到的就是专业并尊重法律、尊重自己的职业。你遇到一个白星萌这样的当事人，不是你自己也可以降低到和她一样层次的理由。我们每个法律人应该有自己的坚持和底线。”

吴君也笑了："就知道你会这么说。"他挑了挑眉，"我这么问只是想看看，现在成瑶遇到这种事，你的原则会不会改变，会不会为了她就做不一样的决定。"

"你真是太闲了。"钱恒冷冷地扫了吴君一眼，"我对法律的信仰和职业原则不会为任何人改变。何况成瑶对我有什么特殊的？不过是一个普通的助理律师。"

"行吧。"吴君耸了耸肩，"那么我会配合你的方案来处理网上的舆论和起诉白星萌，我也会和包锐那边联动沟通，这个官司稳赢。等拿到胜诉判决书，我们再大大方方地打脸白星萌。就是不论怎么样，想想没法现在直截了当地把白星萌的脸打肿，还是挺遗憾的。"吴君叹了口气，"真是杀人放火金腰带，白星萌这样不守规矩不讲底线的人反而在现实里混得风生水起，我们讲规则的人反而落不上好。"

"讲规则才走得长远。"钱恒心里却丝毫没有不平衡，他笑笑，"时间会证明的。"

吴君最终离开前，又想起什么似的回头："你是不是应该去看看你的小助理律师。"

钱恒皱了皱眉，一脸不明所以："什么？"

"如果是我，因为自己的过错，导致家人的信息被曝光，被这么辱骂，可能比自己被骂更不能接受，也更加痛苦。"

钱恒放下了手中的案卷，面无表情地看向吴君："所以呢？"

"所以你应该去安慰安慰她啊。"

"呵，多喝点热水？"

"……"

吴君并没有放弃，短暂的无语过后，他坚持不懈地道："至少也放她会儿假吧，让她别一个人窝在一个地方，出去转转，转换下心情转移下视线；或者让她去吃点甜食什么的放松一下，女生都喜欢甜食啊，吃点甜的心情都会变好。哦！对了！她这个案件肯定压力很大，最好是彻底发泄出来哭一场，估计就能心情舒畅了！"

"吴君，你觉得我很闲吗？而且她自己能力问题做错了事情，导致这个案子结果不理想，难道不应该是成瑶来安慰我这个被无辜牵连的老板？还要我安慰她？”

算了，吴君想，让钱恒去安慰人，真的是自寻死路，可别安慰着安慰着，把人就给安慰死了。

成瑶行尸走肉一般回了家，她整个人非常恍惚，连威震天蹦到她身上非常主动地讨好她也没能让她的心情好起来。

正好今晚钱恒和客户有饭局，不用给他做饭，成瑶决定自己也不做晚饭了，毕竟此刻的她一点儿食欲也没有。

她拨弄着手机，看着成惜那串熟悉的号码，却不敢打出去。她怕听到姐姐的声音，她知道成惜不论怎样都不会说什么，姐姐总是隐忍，总是不忍责怪别人，也总是把负能量自己扛着，但正因为如此，成瑶更是不知道该如何面对她。

正在这时，大门突然传来了钥匙转动的声音。

成瑶带着威震天，警觉地蹑手蹑脚地走到了门口，结果竟然发现了钱恒。

“老板，你今晚不是和一个奥地利客户约了吃饭吗？”

钱恒还穿着精致而昂贵的套装，他伸出手腕，一边解开手表表带，一边自然地说道：“哦，奥地利客户临时有事，来不了了。”

“那……”

“那你做饭吧。”钱恒面无表情地道，“我想吃香煎银鳕鱼、蚝汁鲍鱼、素炒西蓝花、凉拌木耳、东坡肉。”

成瑶有些目瞪口呆：“这些食材家里一样都没有啊！要不换别的做吧，按照冰箱里的存货，可以做西红柿炒蛋、西芹百合、土豆牛腩，你看这些行吗？”

“在我的字典里，没有退而求其次。”

“……”

“但今天给你个特殊待遇，我可以开着车带你去买菜。”

出乎成瑶的意料，今天的钱恒没有只是甩下几张“毛爷爷”让成瑶自己打车去买菜，竟然主动请缨去当车夫。

直到再次坐上宾利，成瑶还有些恍惚，她望着钱恒的侧脸，还在纳闷，这家伙到底有多想吃鳕鱼和鲍鱼啊？都不惜他自己开车去超市。

虽然去了精品超市，但是晚间客流量还是很大。成瑶在这种场所里如鱼得水，然而她身后的老板病“本病”，就不是那么回事了。

“不要再推我了，你刚才摸到我的腰了，这已经是性骚扰了。”

钱恒站在牛奶柜前，冷冷地看着他背后的大妈警告着。

这位高高在上、不食人间烟火的老板，显然几乎不亲自来超市，更不知道超市里抢货大妈的战斗力。

就在那大妈一双吊梢眼一瞪，双手叉腰，如个圆规似的站着准备发功之时，成瑶一把把钱恒往自己身后一拉：“阿姨，他以前老被人摸腰啊屁股啊的，总被性骚扰，比较敏感，您原谅下原谅下！”

大妈嘟囔了几句，瞪了一眼钱恒，才大摇大摆地走了。

“我老被性骚扰？你这是在暗示什么？”

面对钱恒的愤怒，成瑶好心地解释着：“你不知道这些大妈的战斗力有多强，你不会想要惹上的，息事宁人、息事宁人。”

“我是律师，这些大妈战斗力再强，还能强得过我？”

结果钱恒的话音刚落，在他们不远处就传来了争吵的声音——

“这最后一盒半价鸡蛋是我的！”

“哈，还是你的？你脸上长的那两个是灯泡啊？大晚上的不插电啊！眼瞎的玩意儿！没看到鸡蛋是我先拿的？以为自己往鸡蛋面前一站鸡蛋就是你的啊，你怎么不往银行门口一站说钱全是你的啊？”

抢到了鸡蛋，处于上风的，赫然是刚才那位被钱恒指控性骚扰的大妈。

另一位显然也不甘示弱：“我看你才瞎，你这眼睛小得和出过车祸似的，以前被碾过吧？”

这两个大妈，显然新仇旧恨早有前缘，指着鼻子骂对方的话更是层出不穷，彻底更新了钱恒的词汇库。

成瑶看了钱恒一眼：“看到了吧，如果不是我拉着你，你现在就是这个下场。”

“……”

钱恒虽然面露不甘，然而看了眼已经开始拽头发、撕衣服，破口大骂扭打在一起的大妈们，他抿了抿唇，选择了安静。

这一次，他输得心服口服。

成瑶本来因为成惜的事非常沉闷，然而看到在法律界叱咤风云的钱恒竟然也有吃瘪的一天，在她自己都没意识到的时候，心情就变得明媚了一些。

今天的钱恒也一改平日雷厉风行的作风，除了直奔主题地买好他钦点的食材外，他竟然主动表示要再逛逛。

“这个货架，从这里到最末尾，所有的东西都拿一份。”

成瑶不确定地看了看钱恒，有些目瞪口呆：“你确定？一种来一份？”

在两人面前的，赫然是甜食的货架。

这么高冷的老板病“本病”钱恒，竟然喜欢吃甜食？

“让你买就买，问题怎么这么多。”

“好好好。”

反正不是我出钱，成瑶哪里敢忤逆老板，赶紧一种零食拿了一份装进了购物车。

成瑶看了一眼装满的购物车，又看了一眼钱恒。

钱恒优雅地伸出了自己白皙修长的手：“这双手……”

“我知道、我知道，这双手不是用来推车的。”成瑶认命地推起推车，“我推，我推。”

结果装了满满一车，钱恒竟然还没满足，他双手插着口袋：“还有什么别的特别好吃的零食吗？”

“有啊，北海道薯条三兄弟、冰激凌、蟹黄味蚕豆、麦丽素巧克力球、糖炒栗子、冰糖葫芦、饼干蛋卷、长鼻王……”

对零食很在行的成瑶拉拉杂杂地说了一大串，说完了，她才觉得不好意思：“我觉得都挺好吃的哈哈哈……”

“那就都买了。”

“哎？”

成瑶完全没有想到，最后钱恒竟然真的把自己提及的所有零食买齐全了。她右手捧着一袋还有些烫的糖炒栗子，左手提着一根冰糖葫芦，而因为自己左右开弓，那一大车的零食，就让钱恒屈尊去推了……

钱恒就那么穿着昂贵的西装，推着一车和他本人冷冽气质完全不符合的甜食，臭着一张脸站在结账队伍里。

这个画面原本应该有些违和，但发生在钱恒身上却又十分协调。

周遭的市井气息仿佛冲淡了钱恒身上那种生人勿近的冷漠，让他整个人变得动人起来，像是在他英俊到拒人于千里之外的外表上，镀上了一层暖光。

虽然因为惹眼的外貌和出尘的气质，钱恒站在结账队伍里犹如鹤立鸡群，并不断有人向他抛去打量的目光，然而脾气和颜值成正比的钱恒，每每遇到这种探究的目光就毫不犹豫地用他的“极冻光线”给瞪了回去。

队伍里的人不敢再看钱恒，便把目光投向了成瑶。

大部分来超市买东西的都是女性，别说像钱恒这样穿着讲究、气质斐然的男人，连个挺着啤酒肚的男人都少有。来超市买菜采购生活用品这种事，仿佛天然就是女性的工作。

而钱恒除了长得好看、身材挺拔，周身另外一个最突出的气息就是——贵。

他从头发、穿着，到每一个毛孔，仿佛都散发着人民币的清香，一看就十分有钱、十分养尊处优，时间也十分宝贵。

而这么帅、这么有钱、这么忙的男人，竟然还愿意陪着女生一起来超市买东西，还耐心地陪着一起排队结账，而且一整车的东西，都是为女生买的甜食。

众人看成瑶的目光简直就像看少女小说的女主角，充满了好奇、艳羡和嫉妒。

成瑶在这种目光的洗礼中有些手足无措，恨不得跳起来解释，这位是自己的老板，老板买的甜食都是他自己的！

队伍前面的人终于付完了账，轮到了钱恒。

钱恒付钱的时候，成瑶看到了收银柜边上的货柜里她最爱的彩虹糖，忍不住便多看了几眼。她虽然很想吃，但买单的是钱恒，就算彩虹糖不贵，她也不好意思把自己要吃的东西让钱恒付钱。

然而也不知道是不是冥冥之中的巧合，本来目视前方、眼睛长在头顶的钱恒，也不知道怎么的突然回了头，看了成瑶一眼：“帮我拿三条彩虹糖。”

他的声音冷冷清清的，自带着一种贵气，明明只是买个彩虹糖，但那架势和姿态，仿佛是要并购一个企业似的。

不过真意外，成瑶想，钱恒竟然也喜欢吃彩虹糖。

成瑶赶紧把彩虹糖拿了，钱恒便一起把账付了。

成瑶把一袋袋的零食装好，下意识地便主动要去提，结果在她伸出手之前，有一双手早于她提走了购物袋。

“老板？”成瑶有些疑惑，“你的手不是……”

“我的手当然不是为了提购物袋的。”钱恒的声音一如既往地高冷，“但这么多袋、这么重，你要是没提好，把我的零食摔散了怎么办？”

“哦……”

钱恒说完，也懒得再看成瑶，提着一堆和他身上西装完全不相配的超市购物袋，头也不回地走了。

刚刚和钱恒一起出门的时候，成瑶的心里都是成惜和令人窒息的舆论，然而不知不觉，再回家的时候，连她自己都没意识到，她的注意力彻底被转移了。

成瑶十分疑惑和不解，在超市里对甜食热情高涨到恨不得买下一整个货架的钱恒，回到了家，吃完了饭，面对着成堆的零食，却突然没了兴致，而且是一点儿兴趣也没了。

“老板，糖炒栗子要冷了，冷了不好吃，皮会粘在栗子上，难剥。”

钱恒非常无所谓地看了一眼成瑶手里的袋子：“那你吃吧。”

“哎？要不我给你放着，明天早上用微波炉热一热吃？”

钱恒面无表情地道：“我不吃隔夜的东西，你不吃就扔了吧。”

你不吃，我吃！

成瑶想，真是没见过比钱恒更矫情和善变的男人了！他刚才吭哧吭哧买了一整推车的甜食，结果说不爱就不爱了，这以后谁和他谈恋爱还得了？今天你跟他你侬我侬、恨不得去领证了，明天就被扫地出门、净身出户！

成瑶刚吃完栗子，钱恒又发话了：“这些零食别摆桌上，太乱了。”

“那我帮你拿到你房里？”

“你觉得这些零食和我充满了专业文件的房间格调相配吗？和一个精英男律师的定位相符吗？”

那你还买这么多？

成瑶看了眼桌上的零食，有些为难地说：“可客厅就这么大，厨房里也没什么柜子，我房里也没什么空间了，外加还有威震天……”

“那你吃了。”

“哎？”

“我喜欢整洁干净的环境，看到这么多零食堆在桌上我就头疼。”钱恒理所当然地道，“今晚睡觉之前，不要再让我看到这些，所以你把它们都消灭掉吧。”

这要买的也是你，嫌弃堆在这里碍事的也是你，成瑶目瞪口呆地道：“老板你为什么不吃啊？”

“突然不想吃了。”

“这些都是进口零食，不便宜啊……”

钱恒瞥了成瑶一眼，冷静而镇定：“有钱，任性，不在乎。”

“……”

行行行，成瑶想，反正都是我自己喜欢吃的，这种好事，再给她来几次她也欢迎。

于是她欢天喜地地吃了薯条三兄弟、抹茶饼干还有垂涎已久的彩虹糖。

甜食果然有治愈人心的力量，成瑶吃着巧克力，连心情也变得好了一些。

可惜虽然高糖饮食能让人愉快一阵，却不能持续很久，随着零食的耗尽，成瑶又开始想到了成惜，想到了自己的过错，想到了邓明。

当成惜离婚被邓明泼脏水的时候，成瑶不是没有想过帮姐姐澄清的，然而邓明的公关手腕太强大了，成瑶的声音很快就被淹没在了大众的辱骂里。

当时，成惜制止了成瑶的行为，成惜不想对此再做任何回应了，只想让事情尽快平息。舆论很健忘的，一个月后，如她所言，没有人再讨论她了。

成惜选择不再回应，成瑶却无论如何都不能心平气和地面对邓明，成瑶知道，成惜为邓明放弃了多少，牺牲了多少，然而换来的却是他飞黄腾达以后的抛弃和践踏。

在成为一个律师之前，成瑶就发过誓，一定要在法庭上狠狠地挫败邓明，狠狠地把他粉饰出的正义嘴脸撕破，让大家看看邓明到底有多少专业技能，到底是个多糟糕虚伪的人。

可如今……

自己无能被骂也就算了，为什么连带着自己的姐姐那些被污蔑的旧事，也要被拿出来如鞭尸一般展示？

“想哭就哭吧。”

就在成瑶努力憋着眼泪的时候，她听到了钱恒的声音，还是那么冷冷的，仿佛置身事外。成瑶看向他的时候，他正看着窗外，也不知道他是怎么看到自己正在憋着眼泪的，靠意念吗？

而被成瑶这么盯着，钱恒似乎有些不自然，他清了清嗓子，道："你憋着眼泪的样子太丑了。"

成瑶听完这句话，果然哇的一声哭了出来。

她一边哭，一边委屈地抹泪，钱恒还是人吗？是人吗？自己已经这么难过了，他还要说自己丑。

结果成瑶哭后，钱恒终于露出了如释重负的表情。

他轻轻地道："终于哭了。"

憋了几天的委屈、不甘、愧疚、自责和懊悔，终于和眼泪一起倾泻了出来。

成瑶没听清他在说什么，她一边哭，一边质问道："你说什么？"

钱恒轻飘飘地瞥了她一眼："我说我错了。"

"什么？说我丑吗？"

钱恒叹了口气："是的，你憋着眼泪的时候不丑。"他顿了顿，颇有些一言难尽地看了一眼成瑶，"因为你哭起来的样子更丑。"

成瑶愣了愣，顿时悲从中来，哭得更大声了。

"好了。"就在这时，有一只白皙修长的手进入了成瑶蓄满泪水的视野，那几根纤长的手指正拿着一块手帕。

"开心点吧。"钱恒的声音有些不自然，他移开了视线，并没有看成瑶："Burberry（巴宝莉）的手帕，都给你擦鼻涕了。"

成瑶也不客气，她刚被钱恒说长得丑，发泄般拿起手帕，就开始真的擤起鼻涕来。

人一哭起来就容易不讲理，成瑶一边抽泣一边道："我已经这么惨了，你为什么还要骂我？"说到这里，她越想越伤心，"就算觉得我难看，长得不对你胃口，一般人对女生，就算是出于礼貌也会夸一句漂亮，你不能说句漂亮让我高兴一下吗？"

她这么控诉，自然不是指望钱恒能良心发现，只是一种情绪的发泄。

平日里不论钱恒怎么打击她，成瑶也能一笑而过，然而人难过的时候，就比较脆弱，她到底只是个年轻的女孩子，再怎么坚强，痛哭流泪的时候也渴望有个人能够温柔地安慰她。

虽然成瑶也知道钱恒一贯如此，他这么说也并非针对自己。但是此刻的成瑶就像是遭受污蔑后被武林正道抛弃的正派，武功尽失被众人唾弃之时，竟然还遇上了钱恒这个路过的反派冷嘲热讽地埋汰她，这时候不怒火攻心吐个血都对不起自己。

然而就在成瑶伤心地胡思乱想时，钱恒又开了口："漂亮。"

成瑶愣了愣。

"挺漂亮的。"

成瑶都忘记哭了，她瞪大了眼睛，看着声音发出的方向。那里除了钱恒，真的没别人了，她下意识地问道："什么？"

钱恒这下终于把朝着窗户的脸转了回来，他皱着眉道："成瑶，适可而止一点，我都说了'漂亮'了。"

"可我都知道你这是客气话了……"

"不是。"

"哎？"

钱恒果然又开始恶声恶气了："你耳背吗？我不是说了不是客套话了吗？"

嗯……成瑶安心地想，这样的态度，才是我的老板没错。

不过等等！不是客套话？那么钱恒的意思是……

他说漂亮。

这一瞬间，成瑶突然有些心悸。她的心跳得很快，脸也开始发烫，浑身的血液好像都因为这句话加速流动了。

钱恒这种人，凭借着他得天独厚的皮囊，就算平日里漫天"撒毒药"，可是关键时刻，举手投足间的任何一个微小的反差，都非常致命。

平日里习惯了被钱恒"喂毒"的成瑶，就这么毫无心理准备地被钱恒喂了一颗糖。

有一点甜。

"成瑶，我建议你不要得意。"然而在成瑶高兴之前，钱恒就给她泼了一盆冷水，"你勉勉强强算是一般漂亮，不要自我感觉良好到觉得自己是天仙级别。"

"……"

虽然“糖”里不可避免地还是有点“毒”，但……

还是有一点甜。

虽然在钱恒面前那么哭很丢人，但是成瑶发现，自己在狂吃了一晚上甜食，又号啕大哭了一场之后，情绪竟然神奇地好了起来。

她终于鼓起勇气给姐姐打了电话，这次牵连到姐姐，自己负荆请罪都不为过，然而电话那端，成惜却没有流露出任何责备、怨恨的情绪，仍旧温柔。

“瑶瑶，没关系的，我不在乎这些，你不要灰心，好好干。”

明明是安慰暖心的话，然而成瑶听到的一刹那，还是不争气地哭了。

也不知道是不是和股票一样，只要不下市，触底必反弹，和成惜通过电话以后，成瑶发现自己背到底的运气竟然开始好了起来。

第二天早上她刷手机时，竟然发现辱骂自己的帖子全部消失了，被牵连到的成惜的信息也消失一空。最为夸张的是，那几个辱骂成瑶最厉害、样子最嚣张的白星萌的粉头竟然在微博公开发声明向成瑶和君恒道歉。

社会我老板，人狠话不多！

这果然是钱恒的做派。

“起诉白星萌的材料会在下午递交法院。”包锐一大早就给成瑶打了电话，向她又确认了一下关于她被侵权诉讼中的几个细节，之后便在电话里安慰成瑶，“这个案子真是我见过的钱par动作最快的案件了，比那些几个亿标的额的案件处理速度都快。发给那几个蹦跶得最欢的粉头的律师函，你知道吗？钱par发的是顺丰当日。”包锐一副普及科学的语气，“你知道顺丰当日是什么价格吗？我举个例子啊，就一份文件，从南京到北京，当日上午寄送下午就能到，费用是二百五十元钱！”他说到这里，又忍不住岔开话题，感慨起顺丰的服务有多么好。

成瑶已经顾不上听包锐对顺丰的夸赞了，此刻她的心里杂糅着感动和终于松了一口气的解脱。

她决定，以后一定要更加紧密地团结在以钱恒为核心的“五毒教”教众周围！无条件地支持教主钱恒带领“五毒教”教众走入荣华富贵的新时代！以饱满和激昂的热情投入到为“五毒教”老巢君恒创收的伟大事业中来！永远听钱恒的话！永远跟着钱恒走！

钱恒早就去上班了。成瑶挂了和包锐的电话，在心里对钱恒表完忠心，再看了一眼时间，这才意识到大事不好——她怕是又要迟到了！

匆匆赶到君恒，成瑶准备如上次一般偷偷地溜进去。结果几乎是她刷了门禁卡跨过君恒大门的同时，一个机械的声音就以响彻整个君恒的气势念了起来——

“2018年12月1日，北京时间上午九点十二分，成瑶，迟到，扣当月全勤奖。”

成瑶吓得几乎跳了起来。

这是什么玩意儿？！为什么还播报上了？！

因为这声音，大办公区里其余的同事都纷纷朝呆立在门口的成瑶投去了注目礼。

这、这也太丢人了吧！成瑶脸上火红一片，就差没当场掘个洞把自己埋了。

迟到就算了，竟然还全所语音通报，这简直就是公开处刑。

成瑶缩着脑袋，几乎是夹着尾巴逃到了自己的座位上。

谭颖对她投来了同情的目光：“你是今天第五个迟到的。”

成瑶惊魂未定地问：“这是什么东西？”

“新的签到方式。”

成瑶惊住了。

王璐转过头来，语气有点丧：“今天早上我过来时，就看到行政部的同事正看着安装工人把这个系统给装好了，一旦有人超过九点钟刷卡，电子智能语音就会报出今天的时间、迟到人姓名、迟到时间，并根据迟到时间的不同，还有相应不同的惩罚措施警示。”

谭颖点了点头：“迟到五分钟内的，警告是下不为例；迟到五分钟以上十分钟以内的，警告是扣除当月电话费报销；迟到十分钟以上十五分钟以内的，是扣当月全勤奖；迟到十五分钟以上二十分钟以内的，是扣当月餐补……”

这迟到惩罚竟然还有阶梯！

王璐很不满：“虽然我们多多少少都会迟到会儿，但也无伤大雅啊。我原本以为大家都迟到，肯定没什么事，法不责众啊！唉，没想到……也不知道是哪个par想出来的新政策……”

等等！阶梯？法不责众？

这几个关键词在成瑶脑海里逐渐串联起来，她还原出了一切——

几天前，钱恒突然把成瑶叫到了办公室，没头没尾地问了她一个问题。

"成瑶，如果是你，你会怎么解决法不责众的问题？"

当时的成瑶虽然对这个问题有些摸不着头脑，但还是本着探讨法理的态度，认真地进行了回答。

"我觉得不应该因为犯错的人多就不处罚。错的就是错的，不应该因为这么做的人多了就免除责罚，相反，我觉得应该从立法和执法的角度都增强力度和强度。首先，就应该建立可行的、有效的惩罚机制。"

"比如呢？"

"比如建立阶梯式的惩治制度。虽然犯错的人多，但每个人犯错的严重程度肯定不同，那么犯了小错的，就采用相对宽松的、带有警诫教育性质的惩罚；犯了大错的，就采用严厉的处罚措施。这么做，犯了小错的人，也愿意服从，不会和犯了大错的一起暴力抗法。"

"还有呢？"

"还有就是一定要对民众进行教育，要让大家知耻，比如可以对犯错的人进行通报批评，可以用电子滚动屏来播放惩罚措施，要让人从内心深处知道，他们做的是错的，做错了很羞耻。"

当时的钱恒是怎么回答的？

成瑶记得清清楚楚，当时自己回答完，钱恒用手撑着下巴，说了一句"我知道了"，并用一种令人毛骨悚然的温柔姿态对成瑶笑了笑。

他甚至还对成瑶道了谢！

当时的成瑶没搞清楚是怎么回事，只觉得那天钱恒怪怪的，让人心里发毛。

这一刻，成瑶全明白了。

前几天，因为重感冒，成瑶睡过了头迟到了，结果被钱恒抓了个现行，还留了张扣全勤奖的纸条。

这之后的第二天，钱恒就找成瑶问了她对法不责众问题的看法。

直到今天，成瑶才意识到——

钱恒这么问她是为了让成瑶出主意收拾她自己！

这一刻，想通了的成瑶简直目瞪口呆。

还有哪个par会想出这种招数？！

当然是“五毒教”教主钱恒啊！

怎么有人能这么损？！怎么有人能这么毒？！怎么有人能这么贱？！

为“五毒教”添砖加瓦？牢记为钱恒卖命的伟大使命？永远向老板看齐？成瑶想，还是算了吧！还没跟上老板的步伐，我恐怕就要毒发身亡了！

“2018年11月1日，北京时间上午九点十八分，包锐，迟到，扣当月餐补。”

成瑶没腹诽多久，就听到了另一个难兄难弟被公开处刑的声音。

包锐的腿好得七七八八了，虽然还有些不利索，但重新回到了工作岗位。

他苦着张脸，一瘸一拐地走进了君恒。

“有天理吗？！这还要扣餐补？我今天迟到可是因为工伤啊！”

谭颖声音揶揄：“得了吧，你就靠你那腿都休了多久的假了，继续用腿当借口迟到，不合适吧？”

包锐出奇地悲愤了：“我这哪里是因为腿才迟到的，我大早上就被钱par叫醒，他让我早点儿起来处理成瑶的事，我一起来就给成瑶打电话确认起诉细节。另外我是因为昨晚帮钱par去饭局，被个奥地利客户灌醉了早上才睡过头的！不是说欧洲人喝酒都慢慢品，不流行灌酒文化的吗？！”

成瑶愣了愣，钱恒昨晚不是说奥地利客户临时有事，饭局取消了吗？怎么根本没取消还让包锐去了？

成瑶还来不及细想，就接到了老板的召唤电话。

成瑶小跑进了钱恒的办公室：“老板，什么事？”

钱恒只瞥了成瑶一眼，眉头就拧成一个“我要找碴儿”的弧度：“你来我办公室，都不知道带笔和笔记本？你什么记性，我说的案情你都能一字不落地记住？”

成瑶愣了愣，虽然意识到了自己的失误，但下意识地解释道：“我以为是说白星萌案子的事情，就急匆匆赶过来了……”

“成瑶，你是个律师，律师做任何事之前都要做好准备。”

钱恒的眉眼非常冷，虽然平日里他也端着张脸不苟言笑，说话冷冷淡淡的，但是成瑶敏感地觉得，平日里的冷和今天这种冷是不一样的。今天钱恒的这种冷，是骨子里的，让成瑶生出了不可亵渎感。

她有些沮丧地马上回去取了笔和笔记本，又回了钱恒的办公室。

结果钱恒压根儿没说什么案情，他丢来了一堆材料："拿回去整理一下，下个礼拜一开庭。"

离下个礼拜一还有四天，成瑶不由得开始紧张，自己来得及准备吗？这可是一个全新的案子啊！

"不需要你做什么。"钱恒抿了抿嘴唇，仿佛看穿了成瑶的内心所想，"这是董山的离婚案，前因后果你大致清楚。这个案件不难，董山自己出轨在先，心里也有愧疚，愿意按照正常的法律规定赔偿前妻，甚至多赔一点儿也愿意，他只求着能离婚就行，不在乎钱。"

钱恒冷着张脸，语气严肃漠然："成瑶，上个案子的错误不可再犯，这个案子要是还有任何差池，你就不用在君恒继续待了。"

"还看着我干吗？还不出去研究？"钱恒瞪了成瑶一眼，"打个电话跟当事人做一下诉前沟通，了解一下他为了离婚对财产分割金额的心理底线是多少。"

成瑶愣了愣，咬了咬嘴唇，才抱着材料走了。

成瑶走后，钱恒有些烦躁地松了松领带。他觉得自己最近有一点儿不妙，即便没有吴君的调侃，他也意识到了。他对成瑶，有些过分纵容和回护了。

如果换一个别的助理律师，犯了成瑶这种错，他会怎么办？想也不用想，钱恒一定会毫不留情地把人开了。

虽然不想承认，但是他确实对成瑶破例了。

因为她漂亮？

不，肯定不是。钱恒想，我怎么可能是这么肤浅的人？！长得漂亮能力不行有什么用！就成瑶这种，撑死只能当个花瓶，摆着是挺好看的，连插个花都不行！要她何用？！何况还是个关系户！

自己的原则不能因为任何事被破坏，上个案子给她开了后门，就当给吴君这个介绍人面子了，下个案子要是再有差池，就没有任何情面可讲了。

虽然最近钱恒知道成瑶对自己充满感激，从准备的晚饭上，就明显能感觉到她的用心，甚至这两天钱恒早起，都发现他的门口贴上了便签。

"早饭在冰箱里，微波炉热三分钟就行啦。"

成瑶秀气的小字边上，还画了一个歪歪扭扭的笑脸。

“画得真丑。”

虽然吐槽着丑，但这张很丑的便签此刻还躺在钱恒的口袋里，他没扔。

即便成瑶画得丑，但她做的早餐却是很好的。连续两天，钱恒都不用再去买全家的饭团或者面包吃了，他甚至觉得以后也没法再吃了，他的嘴巴完全被成瑶养刁了。

但做饭是做饭，工作是工作，成瑶工作能力不行，自己也不能因为她做饭好就把她留在所里啊，公私必须分明。

然而一想到辞退成瑶后，她肯定不会再带着那种亮晶晶的眼神给自己做饭了，钱恒心里又有些不舍。

他没深想，自己到底是舍不得那种亮晶晶的眼神，还是舍不得美味的饭菜。

那么，怎么才能既辞退成瑶，又能让她留在家里做饭?

钱恒想来想去，觉得只有让成瑶知难而退，让她自己主动退出了。这样成瑶不会记恨自己，他俩协商下成瑶应该还能愿意给他做饭。

按照这个思路，钱恒应该给成瑶安排最难的案子，让她又一次焦头烂额、被打击到自暴自弃，放弃做律师这条路。

然而事到临头，钱恒最终给成瑶的，是董山这个中规中矩、四平八稳的案件。

钱恒自我安慰道：我这是怕她挟私报复在我饭里下毒。何况董山这个案子，成瑶至少能帮他挡住董敏哭哭啼啼的骚扰，从这个层面来说，成瑶的用处还是挺大的。

案子可以给简单的，但有一件事钱恒却觉得刻不容缓了，那就是必须传递给成瑶一个讯息——

自己和她之间，有着老板和下属不可逾越的鸿沟。他不能让成瑶觉得她和自己很熟，不能让成瑶觉得她可以影响自己，绝对不行。两个人之间的界限应该很分明。

事情在成瑶眼里是完全另一码事。

翻阅着董山这个案子的材料，成瑶的心情越来越沉重。

这个案子实在是太简单了。

如果白星萌的案子是高中奥数级别的，那董山的案子就是小学一位数加减法难度的。

虽然董山和妻子一同创办了真味餐饮，在从个体户慢慢过渡到企业集团的过程中，也有很多牵扯到财产归属的难度，但是在这个案件中，董山只求迅速离婚，并不在乎妻子分割走多少财产，因此对律师的诉求也只有一个——能让他离成婚就行。

成瑶联想起刚才钱恒对她突然的冷漠态度，再看着手头这个简单到如送分题般的案子，心里百爪挠心般忐忑和难受。

是因为白星萌的案子她办得太差劲了，所以钱恒再也不愿意让她参与那些有难度、有挑战的案子了吗？

钱恒的“五毒教”，成瑶入教之初，就是抱着学五毒神功的目的来的，现在这样，她不仅没摸到五毒神功的皮毛，反而被教主钱恒打发去扫茅厕了。

一想到这里，成瑶就有些沮丧。

虽然对只能办这样简单的案子有些沮丧，但成瑶还是认真又细致地看完了董山离婚案的材料，然后给当事人董山打了电话。

董山正好有空，成瑶就和他约好在君恒楼下的咖啡馆见面。

家事案件不比其他案件，涉及很多当事人的隐私和个人生活，第一次见面就在会议室里太过商务，反而会加剧对方的戒备感，不利于沟通交流。

关于这一点，钱恒自然没空指点她，但成瑶是个喜欢观察学习的人。帮钱恒约了几回第一次见面的客户，发现他都选择了离事务所不远、环境幽静、有隐私感却也更为放松的咖啡馆后，成瑶就记下了。

董山很准时，一如既往的，他穿着朴素得甚至有些过分，眉眼之间一点儿也没有中年生意人的油腻和精明，相反，看起来老实本分到憨厚。

如果不是钱恒告知，成瑶无论如何也想不到这样一个男人竟然会因为出轨而向一路相互扶持的妻子提出离婚。

成瑶正在心里纠结着怎么来一段开场白，董山就先开了口。

他微笑着看向成瑶，眼神慈祥：“你和我的女儿差不多大。”

“董敏吗？”

“嗯。”董山叹了口气，“也不知道这孩子现在在干吗，我要离婚这件事对她的打击挺大的，我也挺担心的。她一辈子顺风顺水，我和她妈很不容易才有了她，真是捧在手心怕掉了，含在嘴里怕化了。这也导致她习惯了什么事都顺着自己的心意来，一旦有什么没法左右的，就完全没法接受。”董山一边说着，一边有些无奈却带着宠溺地摇了摇头。

看得出来，董山是相当宠爱他的女儿的，然而即便女儿痛苦崩溃，也无法改变他要离婚的心。多数女人会为了孩子忍耐着不离婚，然而这种事，成瑶鲜少看到在男人身上发生。

“这次钱律师让我约您，是想和您沟通一下诉讼的方案。”成瑶甩开了脑海中的想法，进入了工作模式，拿出一份清单，“这是我们整理出来的您与您妻子目前的共同财产。”

“这份则是按照现行的《婚姻法》，这些共同财产可能会被分割的比例，包括您在真味餐饮中的股权。同时我们也整理了离婚财产分割对您的企业可能造成的影响。”成瑶一份份地拿出自己整理好的表格和资料，娓娓道来，“我们想看看您对此有什么想法。”

然而对于成瑶辛苦整理出来的材料，董山只翻了翻就放回了桌上：“我没什么想法。”他低下了头，“是我对不起文秀。”

虽然钱恒说过，董山为了离婚愿意就财产分割让步，但是只要是人，就总有需求，成瑶循循善诱道：“您不用不好意思，我是您的代理律师，就是为您争取权益的。即便在婚姻中有过错，但您对真味餐饮的成功也付出了精力，在共同财产中进行主张也很合理。”

“成律师，我知道你想说什么，你想知道我在这个离婚案件里对财产分割比例的心理底线是吗？”虽然看着憨厚，但董山毕竟是个老辣的生意人，一眼就看穿了成瑶的目的，他换了个坐姿，“我是真的对这个没有想法，就算多分割点给文秀我也愿意。我只想尽快离婚。”董山顿了顿，又加了一句，“越快越好。”

虽然说起董敏，董山的脸上流露出了些许失落和愧疚神色，然而一提起离婚，他身上那种快乐和期待却是即便努力掩藏也能泄露出来的。

不惜付出任何代价都要尽快离婚……

成瑶的心中突然闪过了一个猜测：“您、您那位，怀孕了？”

董山的眼睛亮了亮：“这么明显？”大概是被成瑶看穿，董山也不再端着了，他爽朗地哈哈笑了两声，一扫刚才的阴霾，整个人像是放着光，“还有两个月就要生了，是个儿子！”

谈起这个儿子，董山整个人都变得十分亢奋：“所以我这不是就要趁着孩子生出来之前，给他个名分吗？否则非婚生子，孩子都不能大大方方地认我这个爸爸，以后名不正言不顺的，家庭又不健全，怕给孩子留下心理阴影。”说起这个私生子，董山的语气激动中带着温柔，“我等这个儿子可等了几十年了，盼来盼去，终于算是对得起我老董家的列祖列宗，没把我们董家的根给断了！我爸都八十九了，身体也不好，我也想等这孩子出生了给他个惊喜和交代……”

怕给没出生的私生子留下心理阴影，然而与他朝夕相处了二十多年的女儿是否会因此有心理阴影，却不在他的考虑范围内了。

兴许是觉察出自己的失态，董山收了收脸上的表情，恢复到了那种憨厚老实的模样，他有些推心置腹地向成瑶解释道：“你知道的，我有真味餐饮这么大一个企业，后来又杂七杂八地投资了不少领域，我总要有个儿子来接班的。”

成瑶看着眼前恨不得和全世界分享自己老来得子的喜讯的董山，只觉得十分可笑。

青梅竹马、与他一同创业的妻子，还有如花年纪的女儿，都比不上一个儿子。

董敏之前流着泪质问钱恒她爸爸为什么离婚，她或许永远也想不到，在她出生的那个刹那，因为她是个女孩，就已经注定她被自己的父亲放在了可以舍弃的位置上。

然而就算再重男轻女，那也不是他找第三者并非婚生子的理由啊！

成瑶忍了忍，最终没忍住：“您当初没考虑过和蒋女士再生个孩子吗？虽然当时有计划生育的政策，但您是做生意的，也并不是交不起那些罚款啊。”

“我也不是没想过和文秀再生个儿子，可我们生不出啊。”董山叹了口气，“文秀因为身体原因，要孩子很难，敏敏也是我们好不容易才要上的，想再怀一个，几乎是不可能。我也确实舍不得文秀为了怀个孩子这么受罪……”他显得有些痛苦，“我爸快不行了，他做梦也想有个孙子，我也是没办法。你也知道，我们做生意的，总有些逢场作戏的应酬，那次我喝醉了，把那个姑娘当成了文秀，谁知道那之后她就有了孩子，还是个儿子，我实在舍不得啊……这就像是老天送给我的孩子，更何况，这是一条生命啊，我没法亲手扼杀他……”

前因后果，几番解释下来，便很清晰了。如果是以前的成瑶，此刻就会微笑着和董山告辞了，然而经历了白星萌这个案子，成瑶谨慎了很多。

很多时候，让你出错的并非是大处，反而是那些办案过程中你压根儿没注意到的细节。

“董先生，我能再问一句吗？如果蒋女士愿意接受这个孩子，并且代为抚养，但不想离婚，您能接受吗？”

董山愣了愣，然后有些尴尬地回答：“如果这样那当然更好，那我肯定不离婚了。”

成瑶点了点头，又和董山确认了些别的事项，才送走了他。

任何离婚案件，首先都要了解当事人的心态，是为了什么而离婚？是否还有调解和好的可能性？这样律师在准备起诉或应诉时，才能对所有情况都有所准备。

家事案件不比刑事案件，在刑事案件中，黑就是黑，白就是白。但在家事案件中，很可能当事人一开始咬牙切齿地想要离婚，然而经过法官的调解，想起夫妻二人过去共同的回忆，双方当事人当庭痛哭流涕抱在一起说这辈子再也不分开。因此律师更要对各种情况都准备好应急方案。

成瑶刚回了君恒，就被钱恒叫进了办公室。

“和董山谈完了？”他交叉着手，坐在老板椅里，居高临下地看向成瑶。

“嗯，谈好了！”

“有遇到什么问题吗？”钱恒的声线有一丝不自然，他清了清嗓子，“我现在正好有空，心情也还不错。你要是遇到了困难，我可以勉为其难地帮你解答，免得你又犯白星萌案子里那样的错，被人家知道我团队的律师这么菜，我也很丢脸的。”

虽然态度一如既往地欠扁，但是钱恒竟然能主动跟进案情这么平常的案子，还主动提供咨询解答服务，成瑶想，钱恒怕是中了五个亿吧？心情看来真的是十分好了。

但是对于这个案子，成瑶自认为做得很谨慎，她摇了摇头：“没什么问题。”

“这个案件八成法官会庭前调解，你有和当事人沟通过调解的事吗？我们需要根据他的态度来做应对方案。”

成瑶点了点头。

钱恒今天的心情也太好了吧？这都快属于手把手耐心地带教了，这放在任何一个律所的合伙人身上几乎都是不可能的！

“行了，那你出去吧。”

就在成瑶转身的时候，钱恒的座机响了。钱恒接起来听了几句，就皱起了眉头：“董敏？她怎么又来了？让前台别放她进所里，再闹直接报警。”

成瑶突然有些不忍：“我去和她沟通吧。”

钱恒皱了皱眉：“你注意……”

成瑶笑了笑：“知道了老板，我会吸取上一次的教训，不会把自己的情绪带到案子里来，不会因为同情董敏就把案子的情况以及和董山的沟通内容透露给她。”

听到她的保证，钱恒终于露出了一种老父亲可以含笑九泉般的神色。

就在成瑶转身离开前，钱恒又叫住了她：“这个案子虽然比白星萌案简单了很多，但是也不要掉以轻心。每个案子都是不同的，所以对每个细节都要谨慎到强迫症的程度，要确保没有任何问题。”

说完这句，他才朝成瑶挥了挥手，让她无事退朝了。

董敏果然十分憔悴、失魂落魄，成瑶见了她，先是拿出了纸巾。

“你找我们律师也没有用的，我们只是接受你爸爸的委托代理，和客户也有保密协议，很多事基于职业道德是不能说的。”成瑶的态度很温和，她耐心地等董敏的情绪平复，开始安慰她，“律师不是婚姻里的当事人，有什么问题，你还是要和你爸爸沟通才行，找我们也是没用的。”

董敏的眼圈红红的：“我也知道找你们律师没用，要找我爸才行，但那也得我能找得到他啊！我妈被这事气得住院，我只是让他去看看妈妈！他却根本不理我！也不知道天天在忙什么！我去公司逮他，他也都不在，不知道他都跑哪儿去了！”

董敏又发泄了一会儿，才终于彻底平静下来离开。

然而董敏平静了，成瑶却不平静了。

董山不是说他和蒋文秀还有感情，他只是一时头昏发生了一夜情，为了那个儿子、为了想要孙子的老父亲才要离婚？甚至因为愧疚对财产分割做出让步都可以？那怎么会现在蒋文秀躺在医院里，董山却连看也不去看？这么多年的感情，就算愧疚到无法面对蒋文秀，也至少会和女儿董敏见面，问问蒋文秀的情况，然后让董敏安慰安慰蒋文秀吧？

成瑶脑海中的那根弦因为董敏的那句无心的抱怨彻底绷紧了。

董山撒谎了。

她的这位当事人，如同白星萌一样，也没有说真话。

一送走董敏，成瑶就赶紧给董山打了电话。

董山公司有个股东会在开，成瑶也不介意："那我去您公司等您，您开完会后和我简单地聊一下就行。"

成瑶就这样耐心地在真味餐饮集团里等了一个小时，终于等来了董山的接见。

"成律师，不是刚见过面吗？怎么又要见？"

董山的态度虽然还是和和气气的，但语气里隐隐的不满还是透露了出来。

成瑶在内心暗自告诫自己，下次绝对要更为谨慎，见面一次性就把所有情况都沟通清楚才行。律师的时间值钱，但当事人的时间也值钱啊，谁也不想为个诉前沟通还要来来回回几次，这样不仅麻烦，还会显得律师特别不谨慎、不专业。

"董先生，我想和您再确认一下，如果蒋女士愿意抚养这个孩子，您会撤回离婚起诉，是吗？"

"我不是已经回答过你了吗？"

"我需要知道您真实的回答。"面对董山的责问，成瑶态度坚定，"我是您的律师，您不用在意我会用别的什么目光评价您的决定，我只会以法律的目光为您进行判断，维护您的合法权益。"

董山开始顾左右而言他："其实你这个问题没什么意义。我了解文秀，她是不可能愿意抚养的，她是不会同意和解的，我们最后还是要离婚的。她这个人眼里容不下沙子，性子又轴，不可能同意抚养一个别人和我生的儿子……"

"那如果她愿意呢？"成瑶盯着董山的眼睛，"现在离个婚您也知道有多难。只要起诉离婚中有一方不愿意离，双方又没有什么比如赌博、吸毒等特别过分的情形，一审基本是以感情还未破裂为由，判决不予离婚。一旦这么判决后，没有新情况、新理由的，就要六个月后才能再次起诉了。”说到这里，成瑶顿了顿，“何况按照现在的宗旨，婚姻庭法官的主旨就是帮当事人双方调解和好，像您这样的情况，您和蒋女士又有感情基础，如果蒋女士愿意让步，把孩子接过来抚养，后续手续也可以慢慢落实，那您还离婚吗？”

董山的目光有一些躲闪。

“作为您的代理律师，我需要知道您的态度，才能在庭前调解时努力为您达成您的目标诉求。如果您想要和解，那我们自然也往这个方向努力，和蒋女士往这个方向沟通；但如果您想要离婚，那我们的对策就是完全不同的了。”成瑶循循善诱道，“作为您的代理律师，我们的利益和您是一致的，希望您能相信我。”

“只有我们彼此坦诚沟通，我才能为您争取到您最想要的结果。如果不论怎样您都想要离婚，那我会竭尽全力，诉前与蒋文秀女士先做沟通，看是否有任何协议离婚的可能性。如果可以，那我们直接撤诉，您二位走协议离婚就行了，我们负责帮您整理好离婚协议的内容。如果没法协议离婚，那我们正常走诉讼的流程，争取让您在一审时就能得到离婚判决，然后我们再努力与蒋文秀女士沟通，让她尽可能接受判决结果放弃上诉。”

这一番话，成瑶说得既合情合理，又不卑不亢。

董山沉默了片刻，想了想，才最终叹了口气：“我想要离婚。”

他终于说出了真话。

“我知道你心里可能会看不起我，但我确实对文秀已经没感情了。几十年的扶持，我也不是没良心的人，也知道感动和报恩，可感动和报恩不是爱情啊。我和文秀之间只剩下亲情了，就像是左手摸右手，和她在一起生活，我已经完全感受不到激情了，就这么平淡地日复一日地活着。”

董山看向窗外：“如果没遇到小美，我可能会一直这么生活下去，日子虽然平淡，但是钱财不缺，也有女儿，身体健康、家庭和乐，没什么不好。”

成瑶沉默地倾听着董山的内心剖白。

“直到遇到了小美，我才发现，原来还有另一种活法，原来我还能过上这么有滋有味的生活。和小美在一起，我们谈的不再是无聊的油盐酱醋或者

‘你吃饭了吗’‘你喝水了吗’这种事，我们能一起聊兴趣爱好、聊冲浪、聊旅行、聊星座，可以一整晚聊这些都不困。我今年五十三了，但和小美在一起，我却觉得好像年轻了二十岁，觉得自己每天都很期待明天，每天都有用不完的精力。我像是重新有了青春，她就像是我的太阳一样。”刚才语气还带了点难堪沮丧的董山，一提及他的小美，连眼睛都亮了起来，大有滔滔不绝之意。

老男人再遇第二春，噼里啪啦火越烧越旺完全拦不住，确实是如教科书般的故事。

只是，董山有没有想过，现在变得无趣的太太，年少时也是和他一起看星星看月亮、也是充满了少女情怀的女孩？甚至为了一同创业，吃了许多苦？

年轻的小美遇到董山的时候，董山已经坐拥巨额家产，有了跟他年轻时不可同日而语的社会地位了，而年轻的蒋文秀遇到他的时候，他还只是个一穷二白的毛头小子而已。

衰老本是无法避免的事，然而当一对夫妻中的任何一方拼命地想要追溯过往时光、妄图重回青春、想要抓住那些虚幻的感觉时，两个人就无论如何也没法携手慢慢变老了。

“后来我们有了孩子，又是个男孩。我爱小美，也需要儿子接班，所以无论如何，我要给小美和我们未出生的孩子一个温暖的家。”董山的话语里带着毫不掩饰的憧憬和激动，“所以我就算净身出户，也要赶紧赶在孩子出生前，给小美一个承诺，给她一场婚礼。”

听到这里，成瑶终于忍不住了：“您说为了离婚您愿意对蒋女士做出任何赔偿，甚至净身出户。但是您有没有想过，小美是不是这样想的？她愿意不愿意您净身出户？”

董山愣了愣，听出了成瑶的言外之意，他几乎是立即否认道：“小美不是这样的人，她是我见过的最单纯的女生。一开始我们认识的时候，她根本不知道我是干什么的，她不是图我的钱才和我在一起的。我们之间很单纯，我没想到自己五十几岁还能遇见这么纯粹的爱情，她想要的只是和我在一起，我净身出户之后不管有没有钱，她都不会在乎的。大不了为了儿子，我再创业就行了，又不是没有白手起家过，总能为儿子打拼下一片江山的，我相信她会支持我的。”

沉浸在爱情里的男人，不论多大年纪，都是如此盲目也是如此自大自信。

不论坐拥多少亿家产，不论在商场上多么果决，不论在专业领域多么睿智，一到情爱和欲望上，不论是谁，都只是个普通的男人啊。

很残酷，然而很真实。

“我明白您的诉求了，我们会为您争取尽早离婚，也会尽量与蒋女士进行沟通协商，以她满意的财产分割方案达成协议离婚。”

董山这才松了口气，这次他的表情带了点真诚的认可和信任：“谢谢你了成律师。”

回君恒的路上，成瑶才稍微觉得喘上气来，然而她紧绷的精神状态根本不敢松懈。

直到这时她才意识到钱恒说的那句话是什么意思。

一开始成瑶只以为钱恒是看不起自己，觉得她连董山案这么简单的案子都办不好，现在才反应过来，他那句话确实是出自真心的忠告。

案子有简单和复杂之分，但并不是简单的案子就没有陷阱。任何时候，对待案子都不能有轻视的想法。

律师和客户，通过极短的时间结成了一种委托代理模式的利益共同体。然而要在这么短的时间里让客户对律师掏心掏肺地说出自己内心的想法，甚至有些是丑陋、自私的想法，实在并非一件容易的事。

尤其人都存在自我美化的倾向，即便董山内心知道他做错了，但在表达时，所有的措辞仍旧会不自觉地朝美化自己的方向而去。他会习惯性地为自己洗脱责任，好赢得别人的理解甚至安慰。久而久之，他会变相而扭曲地减轻自己内心的愧疚，自我洗脑并认为自己真的没有做错，或者至少没有那么大的错。

更何况董山这样的普通人并不懂法律，自以为稍微对事实进行一些模糊和粉饰，这些小细节并不会影响律师的工作。然而很多时候，一个案子最终得到什么样的结果、能不能真的达成当事人的诉求，就取决于这些被当事人认为不重要的细节。

因此，做律师必须要有打破砂锅问到底的精神。客户说的，要再三确认是否是实情，甚至要律师自己多方求证；客户没说的，律师更要深入挖掘，看看是否有遗漏的线索。

客户不是专业的法律人，并不知道哪些细节重要哪些不重要，而掌握所有细节、分辨出至关重要的部分，正是客户聘请律师的目的，也是律师的职责和价值所在。

这是个简单的案子，却深深地给成瑶上了一课。

此刻，在回所里的地铁上，成瑶更是忍不住地拷问自己。

如果今天来和董山对接沟通的是钱恒，是不是董山一开始就会将他真实的内心和所有情况和盘托出？

钱恒不近人情，丝毫不愿和客户谈及人情，然而他强大的专业能力和精英的气场让客户不自主就会对他产生信赖。

因此白星萌虽未和钱恒谈及婚姻中的细节，但也明确告知了她的诉求——给徐俊和解的希望，但坚决不和解，把战线拖长，走诉讼程序，拖垮对方公司的上市。

而董山直接和成瑶接洽，却没第一时间把他内心的真实诉求告知成瑶。

要不是成瑶后来自己发现，法官诉前调解时，她就会还真的以为董山只想认回儿子，并且和蒋文秀还是有感情的，因此按照不离婚的方向去撮合，如此岂不是完全和董山的意图背道而驰？

光是这样一个细节，就让成瑶觉得自己离钱恒的距离实在是很远很远。

虽然没有钱恒那种让客户信赖的气场让成瑶有些沮丧，但她很快又振作了起来。哪个年轻律师不是从最简单的案子办起的？从一个个简单的案子累积起经验，后来才能在复杂的案子中抽丝剥茧，提炼出最基本的事实，成为圈内知名律师。

她彻底放下了自己之前的偏见。

大案也好，小案也罢，都是平等的。

对待再简单、再没有挑战性的案子，自己也要用办大案的态度去面对！

成瑶给自己打气，她想，历来武侠小说里，最终逆袭成为主角的不就是那些其貌不扬的扫茅厕的人吗？！

既然进了“五毒教”，那自己怎么也要努力工作，至少成为钱恒左右护法里的一个吧！

成瑶和董山聊完，一看时间，竟然已经六点了。她想了想，去所里也没什么别的事，便径自下班回家了。

这几天因为成瑶太忙，威震天都没怎么出门，恐怕在房里快憋坏了。成瑶看今天天气不错，便带着狗子来了一次遛弯。

重见天日的威震天十分兴奋，吐着他的舌头到处撒欢，成瑶只能牵着绳子跟着。

成瑶自认为为遛狗准备得十分充分了——她牵着狗绳，还随身带着垃圾袋、纸巾和小铲子。狗可不懂不能随地大小便，成瑶自认为是个高素质的公民，随时准备着给威震天铲屎呢。

然而她还是太天真了，她没想到威震天压根不需要她铲屎，因为它自己就是屎的搬运工！

“不好意思，问下5幢在哪里？”

成瑶帮快递小哥指完路，才意外地发现刚才还兴奋、闹腾的威震天竟然没有作妖。成瑶此刻站在绿化带附近，狗子也乖巧地把头凑在绿化带里舔着什么。

说实话，对秦沁养的这只狗，成瑶是很头疼的。哈士奇性格活泼，破坏力又惊人，平日里出来遛，从没能乖乖巧巧地站定在一个地方，今天竟然能这么安安静静的，成瑶说不感动是假的。

狗果然是通人性的动物，自己这几天跟案子这么辛苦，连狗都懂事，会体贴人了。

这么一想，成瑶整颗心都柔软了起来，她忍不住弯下腰，想要轻抚一下威震天的狗头。

对她难得的柔情，威震天并不感冒，它只是专注而认真地继续舔着地上的一坨什么玩意儿。

等等——

随着她俯下身子越发清晰的视野，成瑶心中有了一种非常不妙的预感。

是什么东西能让狗子舔得如此专注、如此忘我？是什么东西能让狗子忘记一切烦恼？是什么东西能让狗子即便尝过所有的山珍海味和进口狗粮，都无法改变想吃的欲望的？

答案只有一个——

是屎啊！

威震天！在吃屎！！

大概是自己的视线太过灼热，威震天终于勉为其难地抬起了狗头，在屎和成瑶之间“天狗交战”了片刻，终于成瑶战胜了屎，威震天选择了成瑶。

可惜成瑶一点儿也高兴不起来，因为很快，威震天吐着刚吃过屎的舌头，开心地朝成瑶蹦去，眼见着就要舔成瑶……

成瑶只觉得眼前一黑，头皮发麻，下意识地往后退。

狗确实是通人性又聪明的动物。成瑶只是松懈了那么一下，因为想要躲避而微微松开了手中的狗绳，威震天就如成功越狱的犯人一样，趁着这当口，扭头就跑了。

等成瑶反应过来的时候，她手里的狗绳早已不见了踪影。傍晚小区里人流量大，等成瑶去追，威震天已经拐了几个弯，混入人群里，一下子就跑没影儿了。

钱恒今晚和客户有约，八点四十五才回到了租住的房子，然而这个点了，家里竟然没有人，狗不在，成瑶也不在。

他想起刚进小区时在小区门口看到的物业警示。

近期在小区附近不少女性受到了咸猪手的骚扰，这个猥亵犯习惯趁着夜色的掩映作案，随着一次次得逞，胆子加大。昨天一位在小区里夜跑的女性被他袭击后，甚至差点被拖进小树丛里强奸，物业和警方都提醒小区里各位女性夜晚注意出行安全。

钱恒扯了扯领带，小区门口那么明显的公告看不见？这天都黑了还不回家，成瑶是瞎吗？

难道她是想要逼自己出门找她？

钱恒想到这里，冷哼了一声，可能吗？真是异想天开！一分钟折合人民币一百六十六点六，六循环的自己，亲自下楼找人、找狗？

想得美！

成瑶从傍晚一直找狗找到了九点，结果连威震天的狗影也没见到。

倒是自己的老板钱恒，从八点五十到九点，就这短短十分钟里，竟然下楼扔了五次垃圾……

钱恒这种人，他上厕所都要令人感叹一声日理万机的他竟然能亲自上厕所。因此如今他亲自扔垃圾这件事已经让成瑶出奇地震惊了，而钱恒不知道今天是爱上了扔垃圾还是爱上了垃圾桶，竟然来来回回地扔了足足五次，成瑶简直不知道说什么好了。

第一次意外，第二次感慨，第三次愕然，第四次习惯，第五次就不得不让成瑶怀疑今天的钱恒是不是烧坏脑子了。

终于，在钱恒第六次下楼扔垃圾的时候，成瑶没忍住，朝着钱恒喊了声："老板！"

只见钱恒正矜持地伸着两根手指小心翼翼地捏着垃圾袋，在手指皮肤和垃圾袋之间还垫了几张餐巾纸，避免皮肤直接接触垃圾袋。成瑶话音刚落，他就嫌恶地把垃圾袋扔进了垃圾桶。

看这样子，钱恒显然对扔垃圾和垃圾桶没有什么特殊的爱意，也不知道为什么要强迫自己下楼扔了六次垃圾。

"垃圾交给我就行啦，不用你下来丢！"成瑶狗腿地道，"您尊贵的手怎么能用来丢垃圾呢！"

钱恒瞥了成瑶一眼，哼了一声："我的手当然不应该用来丢垃圾，但你人呢？一晚上没找到你。"

"我的狗丢了！"成瑶提起威震天，十分沮丧，"我真是不敢和我朋友说我把她儿子给搞丢了……"

"天晚了，先回去，明天白天印个寻狗启事。"

成瑶坚持道："不行，我得继续找，哈士奇跑了找不回家的，这狗笨。"她看了眼钱恒，"老板你先上楼吧，外面冷，我找到狗就上去。"

然而钱恒竟然没有上楼，他站在夜风中，身姿挺拔、面容英俊，让成瑶禁不住有些想入非非：难道他要陪我找狗？

"我上不上楼难道还要你安排吗？"

钱恒终于开了口，并成功地让成瑶明白了不要随便猜测老板的想法这个道理。

"我就不上楼。"钱恒言简意赅地宣布了他的立场，"晚饭吃多了，我要散步消食。"

行吧，成瑶想，你是老板，你说什么都对。

成瑶绝了钱恒会帮忙的心，准备继续一个人找狗，却听到钱恒又开了口。

"如果你求我的话，我也不是不可以帮你一起找狗。"夜风仿佛把他的嗓音也吹得有些不自然，他仰着脖子，看着不远处的小树林，“毕竟你一个人要是大半夜才把狗找回来，进屋的时候太吵了，把我吵醒了怎么办？”

成瑶要什么尊严，立刻狗腿地说道：“老板，我求你！”

成瑶的话音刚落，钱恒就迈步走了。

他抿了抿唇，回头扫了成瑶一眼：“还愣着干吗？走啊，找狗。”

成瑶本来对老板的加入也没抱多少期待，只是没想到，最后威震天竟然还是钱恒眼尖找着的。

狗被卡在小区花园景观的一处栅栏里。这栅栏被四季常青的灌木掩映着，因此不仔细看，在夜色里根本看不到这片灌木里卡着一只狗头。

把狗拔出来这种事，自然不可能劳烦钱恒尊贵的手。

成瑶二话没说，冲上前就把威震天往外拉，可惜狗子不配合，左右扭动，它的头卡着的角度也很刁钻，成瑶甚至想象不出这么大一个狗头是怎么钻进去的。成瑶手脚并用犹如拔萝卜一般拔了半天，也没把狗头拔出来。

“老板……”

钱恒没好气地道：“看我干什么？难道让我拔狗吗？”

唉，说的也是，成瑶想，她的老板不仅矜贵，还怕狗！

这个时间，打电话给119吧，让人家消防队员就来拔个狗，实在不合适。成瑶想了想，突然灵机一动，她可以打电话给顾北青啊，好像他住的地方离这里也不远，毕竟也是学长，这个忙应该会帮！

正当成瑶开始翻顾北青的电话号码的时候，站在边上的钱恒发话了。

“你要给谁打电话？”

“我学长！”

钱恒皱起了眉，语气也上扬了：“顾北青？”

“是啊，他——”

成瑶的话还没说完，就被钱恒的动作打断了。他突然脱下了那件昂贵的高级定制外套，然后行云流水般地用外套罩住了威震天的狗头，成瑶还没来得及说什么，钱恒就把狗头给拔了出来。

“行了，不用打了。”他冷冷地看了成瑶一眼，“大半夜的，找人家出来就为拔个狗头这种事，太矫情了。何况只是工作关系，不要给人什么暗示和遐想的空间。”

成瑶一脸茫然："我给人家什么暗示和遐想的空间了？"

"人家会以为这是你的示好，是故意找借口见他。"

老板，你是不是想得太多了？你们男人心里的戏都这么多的吗？

然而对于钱恒的出手相助，成瑶还是十分感动的，尤其她没有忽略一个细节——几乎是刚拔出狗头，钱恒就如丢烫手山芋一样把威震天朝成瑶怀里丢，他确实是怕狗的，最终却还是帮了忙。

"老板，你的衣服我一定会帮你送干洗的！"

成瑶一提起衣服，钱恒的脸上就露出了不加掩饰的嫌弃表情："别！给我扔了吧。"

"这衣服很贵啊！"

"狗碰过的东西，我不要。"钱恒一脸嫌弃，"把衣服拿得离我远点。"

成瑶看了眼钱恒，小心翼翼地试探道："是因为你怕狗，所以和狗沾上关系的东西都不要了吗？"

就在成瑶以为钱恒不会回答的时候，钱恒却抿了抿嘴唇，开了口。

"我不怕狗。"

什么不怕狗，你看到威震天的眼神已经说明了一切啊！

"我只是讨厌狗。"钱恒冷哼了一声，"狗这种东西，太脏了。"

成瑶刚想解释威震天每天都有洗澡，很干净，就听钱恒继续道："你知道狗真的会吃屎吗？"

成瑶愣住了。

钱恒的表情简直如同回忆噩梦一般，他皱着好看的眉，脸上是忍无可忍的嫌恶表情："我小时候被一条刚吃了屎的狗追了半条街。自此在我心里，狗就等同于屎了，被狗污染了的东西，不论多贵，就也变成了屎。"

成瑶忍不住问道："为、为什么那条狗那么锲而不舍地追你啊？"

"我有什么办法。"钱恒叹了口气，冷淡中带着些许无奈的苦恼，"可能我的人格魅力真的太大了，连狗也抵挡不了。"

"我真搞不清楚，这些狗为什么要吃屎？"夜色下，成瑶尊贵的老板用提出世纪课题般的语气发问，然后他看了一眼此刻消停下来的威震天，"不过你这狗每天都有进口狗粮伺候着，想来应该不会再吃屎了吧。"

"老板，狗改不了吃屎，你别觉得威震天就例外。"成瑶对威震天之前吃屎的场景还心有余悸，一时没忍住吐槽，“你别看它这样，它刚吃了一坨热气腾腾、新鲜出炉的屎——”

成瑶最后那个“呢”字还没说出口，威震天就以迅雷不及掩耳之势蹿到了钱恒的面前，然后飞快地伸出自己湿漉漉的舌头，像是要感激钱恒帮它拔出狗头一般，讨好地吧嗒吧嗒舔起了他的右手。

这一瞬间，钱恒本来气色很好的脸一下子变得苍白了，然后再从苍白，变成了漆黑。

他震惊了，僵硬了，石化了……

成瑶的脑海里只回荡着他刚说过的话——

“狗就等同于屎了，被狗污染了的东西，不论多贵，就也变成了屎。”

所以老板，您这个被刚吃了屎的狗舔了、已经也等同于屎的手，是要砍了、还是砍了、还是砍了啊？

成瑶觉得自己已经没办法再直视钱恒的手了！

那个晚上，成瑶胆战心惊地带着威震天回了家，而钱恒则带着一脸窒息的表情，踉踉跄跄地冲进了厕所。

然后他在厕所一言不发地度过了将近半个晚上。那半个晚上，成瑶听到卫生间的水龙头就没关上过，那哗啦啦的声音，仿佛水龙头里流出来的水就是钱恒心中流不完的泪。

他就这么冲了一晚上的手。

第二天成瑶特意起了个早，并且把自己的欧舒丹护手霜好心地“进贡”给了钱恒，把它偷偷地放进了老板的文件袋里。成瑶觉得，钱恒比自己更需要它。

他那洗了大半夜的手需要呵护和滋润，希望这支马鞭草味的护手霜能扫除钱恒对他的手已经被屎间接污染过的阴影，让他的手变成至少闻起来还不错的屎。

因为威震天的所作所为，成瑶早上很识相地没有让它出来在客厅蹦跶。她给钱恒准备了一顿丰盛的早餐，希望钱恒能够对昨晚的事既往不咎。

早餐显然是对钱恒胃口的，他虽然绷着脸，但一口没剩地吃完了。

擦了擦嘴，他才终于瞥了成瑶一眼：“我昨晚的那件西装呢？”

“扔了扔了！”成瑶堆着笑，一张脸上都是狗腿的表情，“老板说了让我扔，我肯定扔。那种被那啥污染过了的东西怎么能出现在老板的面前，污染你的视线？这绝对不行啊！”

“那你捡回来吧。”

成瑶疑惑了。

钱恒优雅地擦了擦手：“我现在觉得，你说的也有一定道理。”

“啊？”

“社会经济现在不景气，物资也挺匮乏的，我作为站在金字塔顶端的高收入人群，应该以身作则，不要浪费。”

成瑶满脸问号，不解地问道：“所以？”

“所以，你把我的衣服干洗一下、抢救一下，我觉得还可以用。毕竟碰到了脏东西，不等于就变成了脏东西了。”钱恒咳了咳，状若自然地接道，“按照这个逻辑，我的手虽然碰到了不该碰的东西，但也并没有脏，洗干净了就可以继续用了。”

钱恒的这番话与其说是说给成瑶听的，不如说是说给他自己听的。

从他的神情和语气里，都能一清二楚地感受到他内心的挣扎和痛苦，看来昨晚钱恒是真的认真思考了他的手还能不能用这个议题，只是既然说服了他自己……

成瑶没忍住，调侃道：“那，老板，为什么你刚才吃早饭都用左手啊？我看你不是左撇子啊，用左手夹鸡蛋的时候，我看你的手都在发抖，鸡蛋都掉了几次呢。”

钱恒冷冷地看了成瑶一眼：“本来我还想不出今晚吃什么，现在我想好了。”

“想吃什么？”

“狗肉火锅我觉得挺好的。”

成瑶想：行了行了，我闭嘴。“这件事确实我也有责任。”她眨了眨眼，诚恳地道，“所以为了表达我的歉意，老板，今晚我请你吃饭吧，正好刚发工资了！”

钱恒丝毫没有感受到成瑶的一片心意，立刻打击她：“你的工资真的够请我吃饭吗？”

成瑶搓了搓手，期待地看着钱恒：“可能是不太够，我只是一个贫穷的律政新人。”

“那要不要我给你多发点奖金？”

等的就是这句话了！成瑶一个劲儿地点头。

她那句“好啊”还没说出口，就遭到了钱恒的毁灭性打击。

他扯着嘴角笑了笑：“想得倒挺美。”

“多看看银行卡余额，你就能清醒点了。”

不管钱恒对成瑶的薪水多么鄙夷，成瑶还是抱着报恩的态度咬牙订了一家高档的米其林餐厅。预算的花费确实能抵得上成瑶一个月的基本工资了，但因为白星萌案一事，她确实一直想找机会感谢一下钱恒。

钱恒虽然话里话外对成瑶的请客吃饭很看不上，但也默许了今晚成瑶的饭局。

因为起得早，成瑶今天还得到了蹭钱恒的宾利去君恒的殊荣。只不过钱恒在离君恒还有一段距离的时候就靠边停下了车。

“下去吧。”

“哎？还没到啊……”

钱恒的话语里充满了理所当然：“难道还要我送你到地下车库？”

“老板你要去别的地方吗？不直接去所里？”

“我当然是去所里，但你坐我的车去，不太合适。”钱恒正色道，“万一被所里的同事看到你从我的车上下来，传出点什么桃色绯闻，会破坏我的名声和品位。”

钱恒抬了抬下巴，指了指车门：“所以下去吧，自觉点。”

“……”

最终，成瑶只能下了车，看着钱恒的宾利在自己眼前扬长而去，只留下一串尾气。

“成瑶！”

就在成瑶还在腹诽钱恒之际，她的身后就传来了包锐的声音。成瑶回头，便看到包锐一瘸一拐、身残志坚地朝她走了过来。

成瑶吓得一个激灵，可千万别让包锐看到她搭钱恒的车啊，这万一误会了什么，钱恒还不往死里收拾自己？

结果好的不灵坏的灵，包锐拍了拍成瑶的肩：“我刚才怎么看到你从钱par的车上下来啊？”

成瑶立刻准备解释澄清："我和钱par什么都——"

"你可真惨啊！"成瑶刚开口，包锐就颇为同情地长叹了一口气，"钱par是不是一大早就让你到他家去送材料了？"

"哎？"

"不然他怎么可能载你一程啊？"

这下换成瑶虚心求教了："那提前把我放下车，你觉得应该怎么解释啊？"

包锐用一种"这还不好说"的表情看了眼成瑶，指了指不远处的一家现烤面包店："还不是让你下车给他买早饭？"

成瑶很想让钱恒听听，让他好好看看，他平日里在同事们心中都是个什么形象？！成瑶和他同乘一辆车，根本不会被误会的好吗？！

因为搭了钱恒的车，今天的成瑶没有迟到，她和包锐一路闲聊着进了君恒。

几乎是刚坐下，成瑶就接到了内线电话，被钱恒叫进了办公室。

成瑶战战兢兢地走进了办公室，心里直犯嘀咕，她今天没有迟到啊。

"成瑶，董山这个案子不用跟进了。"

"为什么？！"

这实在太出乎成瑶的意料了，她咬了咬嘴唇，在心里过了一遍董山案的情况："老板，请问在这个案子里，我是哪里做得还不够好吗？"

就算被踢出案子，她也要死个明白，要是犯了错，这次问清楚了，也方便下次及时改正。

"不，这个案子你做得很好。"钱恒喝了口咖啡，"不是你的问题。"

"那为什么这个案子不跟进了？难道董山撤诉了？他和蒋文秀和好了，不离婚了？这应该不可能啊……"

"董山死了。"

成瑶一脸茫然地看着钱恒，这确定不是在开玩笑？又不是《名侦探柯南》，一集要死一个人，怎么在白星萌案中，对方当事人死了，在董山案里，己方当事人又死了……

难道董山虽然出轨劈腿，但是在午夜梦回时想起糟糠之妻，心里愧疚，在原配和小三之间痛苦纠结，最后悔不当初选择了自杀？

“你联想的‘翅膀’可以停一停了。”钱恒扫了成瑶一眼，丢了一份文件给她，“董山的死完全是意外，他出了车祸。有辆大货车超载，在转弯时发生了侧翻，压到了他的车，董山当场死亡。这是今早刚发生的事情，他本来赶着去机场出差。我刚刚收到了他助理的电话，这里是刚才传真来的死亡证明。”

成瑶看着眼前的死亡证明，整个人都很茫然。事情太突然了，昨天董山还和她商谈着案件，期待着脱离婚姻后奔向爱情的未来，今天就……

或许有时候生活真的比任何剧本都更戏剧化，人类在天灾人祸面前，真的太渺小了。意外和明天，你真的不知道哪一个先来。

“离婚诉讼期间，一方当事人死亡的，诉讼终结。”钱恒的表情仍然淡淡的，“所以这个案子我们不需要跟了。至于董山，他一直想达到的目标也算达成了一半，他和蒋文秀的婚姻关系确实终结了——以死亡的方式。”

虽然董山在婚姻上是过错的一方，但一个大活人就这么死了，成瑶的心里还是有些压抑和犯堵。

董山或许永远也想不到，他是用这种方式结束了和蒋文秀的婚姻吧？

很讽刺，冥冥之中又像是一种宿命的惩罚。

“董山的追悼会就在一个小时后，董山的助理通知了我们时间和地点。作为律师，我要送他最后一程。”

成瑶有些讶异，今早出的车祸，怎么今天上午就开追悼会了？按照习惯，一般是在人去世后三天才会开追悼会的，董山的追悼会开得倒是有些赶了。

成瑶对钱恒的决定也很疑惑，问道：“老板，您上午这个时候约了一个潜在客户商谈委托代理事项的，这个客户是遗产继承纠纷方面的，就是号称标的额有二十五亿人民币的那位——”

“帮我和客户沟通，争取改约，客户不愿意的话，只能道歉，然后取消这个预约。”钱恒的语气很淡然，如果不是成瑶知道实情，要是旁的人，光听他的口气，恐怕以为他只是在取消一个人均一百元餐厅的预约。

二十五亿人民币标的额的案子的客户，不论到哪里都是抢手货，并且这些富有的客户往往也并不能接受别人的怠慢。已经约好的见面时间，律师临时改约，即便情有可原，对方恐怕也会有些不悦。

钱恒虽然很优秀，但也不是没有别的律师团队能够和他抗衡。成瑶很清楚，钱恒这样的决定，极有可能把这位涉及二十五亿标的额的客户推向别的律师。

在钱恒的心里，董山的追悼会比二十五亿标的额带来的律师费还要重要吗？

就在成瑶思索之际，钱恒又看了她一眼："你和我一起去，把口红抹了，太花枝招展了，不合适。"

"我没涂口红啊……"成瑶出了钱恒办公室，还觉得有些冤枉，"这就是我本来的唇色，我不过是涂了个没有颜色的润唇膏啊！"

直男这种生物真的完全分辨不出女性到底化没化妆啊，难道唇红齿白就一定是化妆了吗？！

成瑶想，她好气啊！

好在平日里都穿着黑色套装上班，因此临时被通知参加董山追悼会，钱恒和成瑶的装束也是合适的。

两人赶到举办追悼会的殡仪馆时，现场已经来了很多人了。

董山作为一个商界人士，生前交友圈也广，来参加追悼会的除了亲朋好友和真味餐饮的高管、员工外，还有他商场上的朋友。

俗话说人走茶凉，如今董山身死，这人脉圈也现出了人情冷暖。

真正红了眼眶痛苦到几近情绪崩溃的人，除了董山年迈的老父亲外，就是蒋文秀和董敏，而其余那些来参加追悼会的所谓商界朋友，也不过把这追悼会当成了一个维护、扩展人脉的社交场合而已。

大家礼貌而客气地说一声"节哀顺变"或者"一路走好"，送两个精致的花圈挽联，再出一份白事礼金，礼节性地安慰一下死者亲属，也就尽到了一个"朋友"的责任。

一个人的死，最大的伤痛，永远是留给最亲近也最爱他的人的。

之前因为董山起诉离婚而一病不起地躺在医院的蒋文秀，此刻再次遭到董山意外死亡的打击，整个人可以说形销骨立，几乎如纸片一般。

成瑶原来在网上的媒体采访视频里看到过蒋文秀，记得她是个气色好、保养佳的女人，虽然算不上漂亮，但五官端正，穿着得体，在那眉眼里也能依稀窥到几分年轻时的灵动。

然而如今的蒋文秀，一双眼睛暗淡无光，整个人都是灰败的。因为哭泣，她的妆已经花了，露出惨淡的脸色，一双眼睛肿着。她明明还活着，但给人的感觉却如同一具行尸走肉，失去了灵魂，失去了目标。

一贯霸道骄纵的董敏也已经泣不成声。这对母女就这么互相搀扶着，坚持着，感谢着每一个能到追悼会上来送董山一程的人。

自到达追悼会现场后，钱恒就很沉默，他的脸上并没有特殊的表情，显得肃穆而安静。

只是在对董山的遗体告别时，他轻轻地叹了口气："他是我的第一个客户。"

成瑶愣了愣。

钱恒的唇紧紧地抿着："那时候我只是个初出茅庐的年轻律师，没有经验也没有现在的名气，但是董山选择了相信我。我以为我可以帮他处理一辈子家事法律问题的。"

如钱恒这样感情内敛的人，很多话也都是点到为止。他只说了这几句，就再也没有表态了，只是跟着人群，一起为董山送上了一支白色的菊花。

然而成瑶也并不傻，寥寥几句，足够让她意识到，这应该就是钱恒宁可取消二十五亿标的额的客户预约也要来赴这场追悼会的原因。

董山是钱恒的第一个客户，即便他嘴上说着不在意，然而内心里永远是感激的，他一直铭记着董山最初给予他的那份信任。

世人皆说钱恒冷心冷肺，成瑶却觉得，钱恒的心，剥开了那层冰冷的外壳，里面是暖的。

从成瑶站的位置去看，正好能看清蒋文秀的侧脸，她的脸上是悲痛欲绝却强忍着眼泪的坚强，是悲恸到无以复加的绝望。

或者真是应了那句话：人只有死了，才能知道，谁是真正爱自己的人。成瑶想，如果董山能来看看这场景多好，他就会知道，虽然他可以随时为了所谓的爱情牺牲和摒弃蒋文秀，但对蒋文秀来说，他却是整个世界了。

遗体告别仪式后，本应由蒋文秀作为配偶进行简单的致辞，然而蒋文秀的精神已经完全支撑不了她做这些，董敏哭着怀念了父亲董山。此后，董山的遗体便由他的近亲属陪同着，由殡仪馆的工作人员进行了火化。

在将遗体送至火化间之前，蒋文秀特意让董敏搀扶她走到了钱恒的面前："钱律师，您能不能等等我，我送完我们老董最后一程，有些话想和您说。"

这请求虽然有些意外，但钱恒还是点了点头。

钱恒和成瑶等在了会客间，他们也并没有等多久，不一会儿，蒋文秀就由董敏扶着走了进来。

蒋文秀看起来像是刚死过一场一样，明显能看出身体和精神的透支。站定后，她挥了挥手，让董敏在外面等一等。

“钱律师，我知道老董委托你起诉离婚，我曾经也对你很怨恨，敏敏还做了很多过激的事情给你造成了困扰，我想当面和你道个歉。”

即便是在这种情况下，蒋文秀说话仍旧不急不慢，语气温和，极具亲和力，成瑶忍不住在对她同情之余也大生好感。

提及“离婚”二字，蒋文秀的眼神忍不住暗淡了一点，她压抑而痛苦地轻吁了口气：“可能是老董到了更年期，公司的压力又很大，这些都让他心情不好。这几年，因为高血压，他也很容易暴躁。我这个人却只顾着孩子，没顾及老伴，一直以来忽略了他的感受，没能好好体谅他、照顾他，也吵了几次架，结果两个人都五十来岁了，这么一把年纪还闹脾气折腾着要离婚……”

人死以后，不论生前做过多坏的事，即便是萍水相逢，追悼会上，大家都能回忆起他的好来，更别说琴瑟和谐几十年的夫妻了。恐怕此刻在蒋文秀心中，都是懊丧和悔恨，都是对董山的回忆和想念了。

“我和老董，从在一起到结婚再到生下敏敏，都是坎坷重重。我家条件好，他却一穷二白的，双方家人都反对我们在一起，我们顶着压力结了婚，没有得到任何长辈的祝福。我从家里逃出来，也没有任何钱，我们就一路白手起家到了现在。结果好不容易安定下来，想要孩子了，却一连流产了四个，一查才发现我们两个人白细胞抗原太相似，导致封闭抗体低下，很容易流产。敏敏是我们千辛万苦保胎才留下的孩子。”

蒋文秀说到这里，又抹了抹眼泪：“老董喜欢孩子，之后我们也试过再要，可是我已经习惯性流产，再也怀不了了，所以我很溺爱敏敏，也导致这孩子不懂事，太骄纵。”

成瑶有些惊讶，她是听董山提过一嘴董敏是董山夫妻俩很艰难才要上的孩子的，也听他提过蒋文秀因身体原因没法怀孕。但当初董山的措辞，无论如何让人觉得是蒋文秀的原因，与他无关，然而实情原来是如此……

阴错阳差，上天仿佛和他们开了个玩笑，他们冲破了各种世俗障碍在一起，却竟然抗原相似到难以保住胎儿。然而即便是这样，这两个人都坚持了下来，如果没有董山的背叛，这该是一段多么被世人传颂的爱情啊。

可惜生活总是有那么多但是……

“知道老董闹离婚，我是很受打击的。但我心里清楚，我和他这么多年的感情，这么多年风风雨雨，也没有原则性的问题，什么矛盾，最后都能解决。这婚，最终也不会离，只是没想到，他却先去了一步。”

此前董山告知成瑶他有婚外情时，成瑶内心是十分鄙视董山的。男人背着老婆偷偷养情妇，无论如何都十分低级，然而这一刻，成瑶却忍不住感谢起董山的欺骗来。他自始至终并没有让蒋文秀知晓小美的存在，因此此刻随着他生命的戛然而止，反而在蒋文秀心中为他们这段感情、这段婚姻画上了完整的句号。

这对蒋文秀来说，或许也是一种仁慈。

恐怕蒋文秀无论如何也不能接受，她全身心信赖的男人竟然有了情人。更过分的是，这不仅是身体的出轨，这更是精神的背叛，而这种背叛，董山称它为“爱情”。

“起诉离婚这件事，目前除了我和敏敏还有公司几个亲近的人，其余人都不知道。既然老董现在出了这样的事，钱律师，我希望你能帮我们保密，就算是留给我们这家人最后的尊重吧。”蒋文秀低着头，“反正不论如何，老董如果活着，我知道最后我们都是会和好，在一起并白头偕老的。我现在不希望老董去了以后，还有什么风言风语了，我已经承受不住别人的眼光了。”

“另外，你也为起诉花费了很多精力，律师费我会替老董付的。我们家老董给你添麻烦了。”

“不用。案子还没有开庭，我没有付出多少精力。”钱恒抿了抿嘴唇，“至于保密，本身家事类案件，我和我的每一位当事人都有保密条款作为约束，即便委托代理不再有效，保密条款是永久有效的，你可以放心。”

蒋文秀的脸色还是很惨淡，她强撑着和钱恒道了谢。

两人向蒋文秀、董敏告辞离开后，成瑶坐在钱恒的车上，还是忍不住有些唏嘘和感慨。

“真的不知道蒋文秀这样好的人，为什么董山还要出轨？你看他们一路走来，从一开始在一起到结婚创业再到生子，都不顺遂。那么多苦和难都忍过来了，现在什么都有了，为什么要这样？当初能一起面对这么多阻碍，董山对蒋文秀应该是很爱的啊……”

“长恨人心不如水，等闲平地起波澜。”钱恒的声音仍旧淡淡的，“成瑶，爱是会变的。作为一个家事律师，你很快就会习惯的，没有什么感情是永恒的。”

“只能说，或许这样的结局对蒋文秀来说也不算太坏吧。虽然董山提出离婚，让她和董山的感情和婚姻里有了这么一点细小的瑕疵，但好在她什么都不知道。”成瑶叹了口气，说到这里，又有点纠结，“但是因为她不知道董山出轨的事，心里对董山还有很深的感情，看追悼会上的样子，都是难以忘怀的模样。恐怕她余生都会记着董山，也不可能开始什么新的感情了……”

“她知道。”

“哎？”

钱恒目不斜视，语气却是笃定：“蒋文秀什么都知道了。”

成瑶第一反应就是不信：“怎么可能？！假设她知道了，能不对董山恨得咬牙切齿？蒋文秀在追悼会上的样子可是装不出来的。”

“成瑶，人心是很复杂的。”钱恒淡淡地瞥了成瑶一眼，“蒋文秀和董山可是一起白手起家的，而且外界不知道的是，真味餐饮能做大做强到今天这一步，核心人物并不是董山，而是蒋文秀，她是个很有商业手腕也很有气魄的女人。她唯一的软肋是董山，但是现在董山不在了，她的理智和聪敏都能毫无顾忌地发挥出来了。她的难过是真的，毕竟这么多年的感情，但该为自己做的打算，她也一点儿没落下。她是个优秀也值得敬佩的女人。”

显然，成瑶内心的天平天然地偏向作为原配的蒋文秀：“她为自己打算也没什么。何况你说她已经知道董山出轨的事，也不过是你的猜测。”

“在董山起诉离婚之前，她确实什么也不知道，所以一时之间难以接受，直接气晕过去住了院。但她也不傻，董山突然这样提离婚必然有妖，这些天来她想必已经什么都知道了。

“而且她不仅知道董山出轨，也应该知道董山的情人已经怀孕并且即将生产了。”钱恒侧着头看了成瑶一眼，轻哂道，“所以她连遗体停放至少三天再火化的习俗都没有遵守，董山凌晨死亡，今天上午蒋文秀就飞速办了追悼会，直接把董山的遗体火化了。”

关于这一点，成瑶其实也觉得十分奇怪，这追悼会办得确实太赶了，要不是警方介入调查证明是意外车祸，甚至要让人怀疑是蒋文秀动了什么手脚。

可是为了什么，蒋文秀要如此急切地火化董山的尸体?

钱恒的声音一如既往地冷，他毫无波澜地陈述着答案：“是为了遗产。”

成瑶愣了愣，才终于反应了过来：“董山那个情人小美等于有了董山的遗腹子，虽然是非婚生子，但是作为董山的子女，这个孩子一旦出生，也是第一顺位继承人！如果董山没有遗嘱，那么这个私生子就和董敏一样，有完全相同份额的财产继承权！”

钱恒如终于松了口气一般地说：“我还以为你要等我给你一个字一个字地解释清楚才能反应过来。你总算比无可救药还好一点。”说到此处，钱恒伸出两根手指比了比，“就好这么一点。”

他两根手指间的距离约等于零。

然而成瑶这时候压根儿顾不上反驳钱恒的打击了，她只觉得自己像是一个终于找到线索的警探：“因为是非婚生子，想要证明这个孩子有继承权，就必须证明他和董山的亲子关系，必须进行DNA鉴定。但是这时候董山的遗体已经被彻底火化了，他的身体组织和DNA等于全部灭失了！小美已经没有办法主张亲子鉴定了！”

也直到此时，成瑶才意识到，蒋文秀为什么最后特意约见了钱恒和自己，并且关照他们要将起诉离婚一事保密。

因为蒋文秀要从源头上彻底否认小美的存在，即便小美最终带着孩子找上门来，蒋文秀也要将这个遗腹子的存在定性成无稽之谈或者是蓄意的讹诈，毕竟在不知情的外人乃至在他们的女儿董敏眼里，在爆发离婚诉讼之前，董山和蒋文秀是恩爱非凡的一对佳偶。

成瑶突然觉得，婚姻犹如战场。

婚姻是最稳定、最亲密的结盟关系，有甜蜜、相爱、温情，但同时也充满了争吵、冲突、背叛、欲望、私心和猜忌。

一段婚姻的缔结始于爱情，然而最终却进入了一场不流血的两性战争。

一时间，成瑶突然对爱情、对婚姻、对男人都有些失望了。她盯着车窗外不断后退的风景，看着钱恒的侧脸。

不论从哪个角度，钱恒的脸似乎都找不出任何死角，他的长相确实能打，成瑶的目光描摹着他的脸部线条，从挺翘的鼻梁到利落干脆的下颌线。钱恒很英俊，但那过分的英俊里，总觉得带了点凉薄和无法驾驭的危险感。

鬼使神差地，成瑶抬头问了钱恒一个问题。

“是不是所有的男人，潜意识里都想出轨？就像是一种动物性的本能？”

董山和蒋文秀这样的感情，竟然也在小美面前出现了裂痕。

“不是。”钱恒的回答果断而简洁，“我永远不会。”

虽说这种话也不一定当真，但成瑶还是有些感动，至少钱恒有这份心：“老板，你未来的对象一定很——”

“幸福”两个字还没说出口，成瑶就听钱恒继续道：“毕竟这个世界上没有比我自己更完美的人了。”

“哎？”

钱恒连目光也懒得分给成瑶，他只是微微抬了抬眼皮：“爱自己是一段终身浪漫的开启。”

“只爱自己，就永远不会出轨。”钱恒说到这里，忍不住又看了成瑶一眼，微微一笑，“当然，这也得自己足够优秀。像我这样的肯定是不会出轨了，但像你这样的，不好说。”

什么爱自己是一段终身浪漫的开启？！说得这么好听？！

这不就是自恋吗？

第五章　老板帮帮忙

董山的案子就这么无疾而终了，成瑶虽然内心情绪起伏，但逝者已去，一切也都尘埃落定。

晚上的时候，按照约定，成瑶带着钱恒到了之前约好的米其林餐厅。

成瑶自己从没吃过这么奢侈的东西，因此觉得十分新奇。只是她没想到，米其林讲究的是意境和细细品位，因此上菜并不快，每道菜之间往往隔着很久的时间，这段时间里，她不得不和钱恒在包间里四目相对。

“既然有时间，那我们来背法——”

“老板！我们来聊聊人生吧！！”

成瑶急中生智，在钱恒要求进行背法条这种死亡互动之前制止了他。

钱恒愣了愣，然后抬头问道：“聊什么？”

“你、你为什么读大学时选择了法学专业？”成瑶绞尽脑汁地问道，“是因为对法律有信仰吗？”

“哦，不是啊，我看错专业了。”

成瑶傻了。

钱恒云淡风轻地道：“填志愿那天我打了通宵的游戏，早上起来眼睛有点花。我以为自己报的是法语，后来报到时才发现原来报了法学。”

钱恒抿了口日式煎茶："我当年喜欢法国文艺电影，所以想学法语，现在想想压根儿没必要报法语作为专业。"

"因为法语专业就业范围比较狭窄？"

"不，我发现法语太简单了，我随便学了一年半就通过了C2，和法国人交流没障碍了，学上四年，纯粹是浪费时间。"钱恒笑笑，脸上充满了理所当然的表情，"你看，人在年轻的时候确实也会有看不清自己情况的时候。报专业的时候，我怎么知道自己原来这么聪明呢？"

这个人生，成瑶想，我快聊不下去了……

不过让成瑶在意的是，钱恒竟然会通宵打游戏，从他现在冷冰冰的模样来推测，成瑶真想不到他年少时还能对游戏这么热情。作为一个游戏重度中毒者，成瑶有些按捺不住她的好奇心了："你以前很喜欢打游戏吗？是什么游戏呀？"

"那时候在打《暗黑破坏神》。"

成瑶简直有些惊喜："我也超喜欢那个的！你用什么职业？"

"法师。"

"法师啊，法师前期绝对是单打独斗，不管装备多好，都有可能被秒哎！"讲起这个游戏，成瑶的眼睛也亮了起来，"我喜欢用德鲁伊，德鲁伊基本上算是个全能职业，驾驭元素没问题，也可以召唤野兽，本身还能化身成熊或者狼。"

钱恒撇了撇嘴，一脸不屑："什么全能职业，就是个'杂交'的鸡肋，什么都会一点儿，什么都不专精。元素不如女巫，召唤不如死灵法师，变成野兽近战不如野蛮人。德鲁伊这种角色，也就一开始新手玩玩比较好，真正通关了玩法师才有意思。"

"除了《暗黑破坏神》，《CS》我也玩！"

"《CS》啊……"

成瑶没想到，自己有朝一日竟然能和老板聊天聊到忘乎所以。明明米其林美食当前，她和钱恒竟然聊得热火朝天到都顾不上吃了。

两个人从古早的经典游戏聊到现今的游戏和电竞，又聊到法国文艺电影、乐队、音乐。虽然不愿意承认，但是成瑶发现，自己和这位"剧毒"老板竟然有很多共同的爱好。两个人喜欢同样的游戏，喜欢同样的文艺电影，喜欢同样的乐队和歌手。

虽然从时间上来说，成瑶和钱恒接触的机会是很多的，但是在此之前，钱恒对她而言，不论互动多少，仍旧是充满距离感的老板。

专业、精英、毒舌、自我感觉良好……成瑶不自觉地给他贴上了很多标签，然而除此以外，成瑶也说不上有多了解钱恒。

只是这一刻，成瑶突然觉得，钱恒一下子在她的世界里变得鲜活了起来。

眼前的钱恒正在讨论着重金属音乐。

“我比较喜欢北欧的死亡金属风格，北美死亡金属流派的音乐太血腥了，北欧的相对来说更注重旋律，风格凄美，但不至于血腥。”钱恒不知道想到了什么，说到这里，突然笑了一下，“想想我以前喜欢的东西也真是很非主流。”

不知道为什么，这个笑像是化作了实体，重重地撞击了成瑶心里的钟。

钱恒确实有副好皮囊，平日里他很少笑，然而一笑起来，成瑶才知道，原来真的有人是一笑百媚生的。

钱恒笑起来的时候，成瑶发现他有一颗虎牙，这让他整个人看起来活泼、青春，配上他毫无阴霾的眼睛，只觉得这个男人阳光灿烂。这一刻，钱恒不再是君恒那个高冷的合伙人，反而像一个普通的阳光大男孩，他有自己的爱好，有充满游戏和热血的青春，有过青涩，有过“中二”，没准甚至有过“洗剪吹”的非主流时期。

当然，眼前这位和其他万千普通大男孩不同的是，他的脸不太普通。

他像是拥有精美包装的巧克力甜点，还撒着金箔，让女生完全无法抵挡。即便摆放在橱窗里，即便和成瑶还有距离，钱恒这个笑里带来的甜美气息却是控制不住地溢了出来。

以前钱恒成天绷着个脸的时候，成瑶一直希望他能多笑笑，但这一刻，成瑶由衷地觉得自己这位老板还是少笑为妙。

有些人笑起来，真的太要命了。

一顿米其林吃到最后，成瑶竟有些心不在焉，直到付钱的时候，账单的数字才让她重新清醒起来。

“刷卡吧。”

就在成瑶挣扎着准备掏钱包的时候，钱恒伸出手，向收银的服务生递出了自己的卡。

“哎？”成瑶有些疑惑，“不是说好了我请吗？”

“我很有原则的，不习惯让女性请我吃饭。”钱恒高贵冷艳地笑笑，“免得欠下人情，让别人以此为理由和借口频繁地接近我，又或者觉得我接受她请客吃饭是对她有什么意思。”

成瑶没忍住自己内心的疑惑：“那你之前吃面还有喝酒，不都是我买的单吗？为什么那时候你没坚守自己的原则啊？”

钱恒瞪了成瑶一眼，声音里带了些咬牙切齿的意味：“你是不是想自己付钱？”

成瑶连连摆手：“不想不想，老板，您请、您请！”

不知道是不是巧合，在钱恒刷卡签字的当口，成瑶一个回头，竟然看到了熟悉的身影。

穿着白色低胸长裙的白星萌正挽着一个男人的手，袅袅婷婷地朝着门口走来。

白星萌的气色很好，仍旧美艳无双、灿若桃李，丝毫未见她有被徐俊自杀事件影响的样子。

即便君恒官微发布已经起诉白星萌的声明后，有人对她产生了怀疑，一批明事理的网友也开始寻找这件事的真相，但深谙舆论规则和媒体操纵术的白星萌拼命砸钱雇了一批“水军”，努力给她自己洗白。

也不知道是不是她天生运气好，就在那个当口，娱乐圈里接二连三地爆出了几个惊天大料：当红已婚影帝竟然被发现是个骗婚的同性恋，主打纯天然美少女的知名小花原来曾经整过容，全民选秀节目被曝结果早已内定……

这一波接着一波的“瓜”，让“吃瓜群众”简直目不暇接，很快就把白星萌这件事给忘了。白星萌又低调安静地沉寂下来，徐俊这件事，竟然就这样轻易地翻篇了。

如今在这间高档米其林餐厅里，她正亲密地拍了拍那位男伴的胸口，然后踮起脚，亲昵地凑在对方耳边说话。那轻声细语、耳鬓厮磨的模样，仿佛根本不在意旁人知道两人的关系，讲完了话，她还撒娇般地向对方索了个吻。

成瑶可以当场断定，白星萌真的很爱这个男人。

一个演员，就算演技再动人，但她的眼睛是骗不了人的，白星萌的眼里满满是对这个男人的仰慕和爱意。她甚至丝毫不介意跟大众公开她和对方的关系，旁若无人地依偎着对方，也不在意是否有狗仔偷拍。

那男人也对白星萌一脸宠溺，一边走一边还不忘扶着她，白星萌没注意台阶脚下一个趔趄，他更是下意识地立刻护住了对方的小腹。

成瑶这才注意到，白星萌原本身段玲珑有致，如今小腹那里的玲珑线条几乎都快消失了，她虽然穿着长裙，但裙子的腰线并不明显。

成瑶偷偷拽了拽钱恒的衣袖。

“怎么？”

成瑶朝白星萌的方向努了努嘴。

钱恒愣了愣，循着成瑶比画的方向看了一眼，意外之后便露出了然的神色。

白星萌和那男人却没在意周遭，他们走向一个服务生，交谈了些什么，跟着服务生转身消失在了通向包间的走廊里。

“你现在可以知道白星萌当初为什么要对徐俊赶尽杀绝了。”

“为什么？”

钱恒笑笑：“刚才她挽着的男人，是看讯TV的实际控制人。”

看讯TV？成瑶觉得这名字很熟悉，想了片刻，终于反应了过来：“是那个当时几乎和徐俊的团团在线一起申请上市，并且企业类型相同的竞争对手？！”

“嗯。”钱恒看了看手表，“你花了四十八秒才想起来，我建议你以后老了多背背字典，保持大脑的活跃度，以免记忆力减退。”

成瑶完全被眼下的剧情发展震惊到了。她直到这时才意识到，为什么明明夫妻一场，彼此并没有不共戴天的血海深仇，白星萌在明知徐俊患有抑郁症的情况下却不接受任何金额的赔偿，并要对他赶尽杀绝，搅黄他公司的上市。

白星萌并非感情用事，钱恒说得一点儿没错，她是为了自己的利益。

她和看讯TV的老板好上了，看这个架势，明眼人都知道白星萌已经怀孕，她对团团在线的围剿恐怕也是受到了孩子爸爸的指示。因此白星萌才选择在团团在线上市的关键时刻，用这么狠辣的手段对徐俊进行打击，这根本是披着婚姻纠纷外衣的商业厮杀。

白星萌会不会其实很早就知道他们离婚时徐俊少分财产给她了，但直到团团在线准备上市了，她才提出起诉，就为了杀徐俊一个措手不及？然后她又拖延甚至搅黄徐俊公司的上市，好为同类型的看讯TV争取先行上市的时机，让看讯TV拔得头筹？

一段婚姻里的真相，真的太复杂了，这些恐怕旁人永远都无从得知了。

“结婚就像是一种结盟，男人和女人组成利益共同体。当这个共同体里有爱，夫妻能一致对外的时候，共同体是坚不可摧的，两个人会是彼此最好的合作伙伴；但当爱消耗殆尽，两个人之间或许比陌生人还要冷酷，他们熟知彼此的弱点，夫妻将会变成彼此最强劲的敌人和人生噩梦。”

钱恒的语气淡然，他犹如在做总结陈词般冷静，成瑶却听得内心复杂。

“没有了爱的婚姻，就一定要这样，没办法再维系和挽救了吗？”

“当然可以维系，当两个人有了孩子这个血脉的纽带，就算没有了爱，为了孩子也能过下去，或者至少不会互相厮杀得这么难看。”钱恒笑笑，“所以白星萌这么迫不及待地怀孕。看讯TV的这位控制人可不像徐俊，人家是个‘富N代’，看讯TV也只是他家族产业中的一个而已，白星萌这次是百分之百确定对方真的有钱了，也算是终于得偿所愿。”

“只是这种不纯粹的婚姻真的有意思吗？这种充满了互相利用和制衡的婚姻真的有爱吗？”

“爱太抽象了，也太难得到了。”钱恒抿了抿嘴唇，“没有很多很多爱，能有很多很多钱，也总比那些贫贱夫妻既没有多少爱又没有多少钱要好吧。何况本来很多事情，有了钱，自然也会滋生出爱来。”他看了成瑶一眼，“如果你想结婚，还是少想点吧。”

成瑶眨了眨眼，若有所思地点了点头：“我觉得吧，做家事律师久了，可能对婚姻和感情看得太透彻，这样有好也有不好。好的是能足够警醒，能保护自己的权益；坏的就是太冷静、太明白，不容易幸福。所以我觉得人生在世，偶尔也要学会装傻。”

“你不用装。”

成瑶疑惑地看向他。

钱恒没再开口，只用一种含蓄的目光看向成瑶，就差在脸上挂上“因为你是真傻”这几个字了。

这天晚上，吃完米其林大餐，钱恒一如既往地去处理邮件了，而不再需要为案子加班的成瑶便带着威震天出去散步。只是没想到，这狗子不是个省心狗子，这一散步还散出了问题。

成瑶租住的小区对宠物很友好，因此不少住户都养狗，每到傍晚时分便有不少居民遛狗。

威震天平日走在路上，沿路见到别的狗，都要上演一出“两狗相遇勇者胜”的戏，几只狗子之间总要互相叫唤一番以示对领地的控制权。对此，狗的主人都表示理解。

只是成瑶没想到，威震天今天虽然没叫，但它在看到一只壮硕的阿拉斯加的时候，直接拖拽着成瑶朝阿拉斯加冲了上去。

就在成瑶以为威震天要去殴打阿拉斯加的时候，意想不到的一幕发生了——

威震天甩着大舌头，滴着口水，然后猛地抬起前肢趴到阿拉斯加的身上，它就这么在大庭广众之下，按着阿拉斯加，前后耸动起来。

成瑶眼前一黑，差点晕过去。

这狗可真是“长出息”了，之前只是吃个屎而已，现在都学会强奸了！

阿拉斯加的主人是个长着一对吊梢眼的中年女子，一看就不好惹。她本来在不远处唠嗑，阿拉斯加就拴在树上，此时一看自己的狗被威震天压在下面，顿时就怒了，冲过来试图驱赶威震天。可惜威震天这个激情犯罪分子，似乎信奉“牡丹花下死，做鬼也风流”的格言，不论那女人怎么威吓，只是一心一意地干坏事。

最后，靠着成瑶和对方两人合力，才终于把新晋强奸犯威震天制服了。

成瑶十分尴尬：“对不起啊对不起，我愿意赔偿——”

“别和我说什么对不起，也别提什么赔偿，我不缺钱，我的乖乖被你们这狗吓死了，你这狗素质太低了，怎么随便就这样？”那女子翻了个白眼，直接打了个电话，“喂？老公，你快过来，咱们乖乖路上被个野狗给那个了！还哪个？就是那个啊！那个！那个！你快来收拾那死狗！带上咱家那根高尔夫球杆，给我往死里打这野狗！”

拉拉扯扯间，一个戴着金链子的光头大哥提着根高尔夫球杆朝成瑶这个方向走过来了。

虽然威震天的行为确实不对，但罪不至死啊，成瑶看对方这架势，大有把威震天当场打死的意思，甚至别说狗子，就是成瑶自己可能今天都要交代在这里了。

她掏出手机，赶紧给钱恒发了一条短信。

“小区喷泉前，救命！速来！”

短信刚发完，就见那光头壮汉二话没说，抡起球杆就朝着威震天打来，成瑶左右阻拦，堪堪避免了血案的发生。

可惜那光头脾气火暴，成瑶这么躲躲藏藏，对方更恼了，也不打狗了，直接不管三七二十一地将球杆对着成瑶抡了下来。

她以前知道有些人会把狗当成家人，甚至把狗看得比人更重，为自己的狗出气甚至不惜殴打孕妇、小孩，只是没想到今天自己也会遇上。

成瑶此刻已经带着狗逃到了一处墙角，退无可退，眼见着只能挨这一棍子了。

她闭上眼，只是预期中的疼痛没有到来。

“一个男人，欺负一个女孩子，像什么话？”

成瑶偷偷睁开眼，才发现钱恒用一只手架住了在自己的头顶上方光头的球杆，生生为成瑶挡住了这一击。从成瑶这个角度，能看到钱恒衬衣下隐约的肌肉线条。

平日里成瑶只觉得钱恒身材很好，但没想到，不仅是形态上的好看，实际上也十分能打。虽然光头的尺寸似乎有一点五个钱恒那么宽，但钱恒一只手抵着光头两只手的力度，竟然还略微有些宽裕。他面不改色地微微使力，光头便被推得有些趔趄，不得不松开了球杆。

“什么叫欺负女孩子？”这个时候，那牙尖嘴利的中年女人冲了过来，指着成瑶骂道，“你自己问问她，她的狗对我的乖乖做了什么？乖乖是我和我老公养了五年的儿子，平时我们多宝贝它啊，结果竟然被这死狗给糟蹋了！我难道不应该往死里教训这狗？”

成瑶看了一眼缩在一边的威震天，心想：威震天啊威震天，你不仅强奸，你还搞同性恋啊！逮着人家一个男狗子就上了！

钱恒扫了一眼对方，轻轻地笑笑，语气更是轻飘飘的：“我认为，如果这狗做错了事，是该教训，但教训也要讲法律啊。”

光头放下了球杆，力挺自己的老婆：“行，那咱们就不动手，讲理来解决。按照法律，你们这狗就是强奸罪，就该判刑，就该受到处罚，我打死这狗有什么不对的？强奸罪的量刑里还有死刑呢！”

“既然是讲法律，”钱恒瞥了成瑶一眼，“你来为你的狗辩护吧。”

不知道为什么，有钱恒在，成瑶就觉得自己有了主心骨，面对眼前凶神恶煞仿佛分分钟要扑过来手撕他们的夫妇，她也不那么慌乱和害怕了。

成瑶整理了下思路，清了清嗓子："首先，按照法律，我这狗并没有犯什么强奸罪啊！因为强暴男性是不属于强奸的！强奸罪的客体必须是女性！所以强奸男人，按照现行法律是不属于强奸罪的！以此类推，我的狗强奸了你们的狗，也不属于强奸罪……"

钱恒似乎没料到成瑶来这一出，一下子也愣住了。

成瑶却被他的这种反应所鼓舞，认为钱恒也被自己精彩的反驳镇住了，继续道："虽然《刑法》修改后，男性对男性那什么归入了强制猥亵罪，但处罚并没有那么重，绝对没有死刑这个说法，撑死就是施暴过程中对对方造成伤害的，才按照伤害的轻重以故意伤害来处理。你家这……这儿子要是有什么受伤的，你去兽医那验下，我给你赔偿，也愿意诚恳地道歉，我以后也会好好约束自己的狗，拉紧狗绳……"

"简直满口胡言乱语！"

"你放屁！"

令成瑶意外的是，钱恒的声音和那光头的声音竟然几乎同时响起。

钱恒的行为自然不仅让成瑶意外，也让光头十分震惊。他看了一眼钱恒，冲上去握住了钱恒的手，语气里带了一种惺惺相惜的热情："兄弟，看来你还是明理人啊，你看这小姑娘说的什么话，什么强奸男人不算强奸的，我们男人不是人吗？"

光头大哥，现在的问题不是替你们男人打抱不平，好吗……

还是中年女子很快转回正题："都扯的什么歪理，你这狗对我儿子做了那种事，简直不可饶恕！不打死也行，你给我阉了它，这事咱们就一笔勾销。"

要是把威震天阉了，成瑶都能想象出秦沁哭天抢地的样子。

绝对不行！她总得努力争取下！

都这时候了，钱恒还往成瑶的伤口上撒盐："刚才她说的全部不算数，也不是事实。"

光头拍了拍钱恒的肩膀："兄弟，你是个爽快人，正好你在，你给评评理，这事怎么处理吧！"

成瑶拼命地朝钱恒眨眼。她搞不明白，怎么事到临头，这家伙却倒戈了？

就在光头用充满欣赏的眼神看着钱恒、等着他公正的裁决时，只见钱恒抿嘴一笑，伸出白皙纤长的手指指了指威震天：“这狗什么时候强暴你们的狗了？”

光头愣住了。

成瑶也愣住了。

钱恒却丝毫不理会大家脸上诧异的表情，径直道：“虽然我很理解你们把狗当成儿子，儿子惨遭性侵的痛心之情，但是这真的不是我家的狗做的啊。”

“什么？！”光头瞪大了眼睛，看了眼成瑶，又看了眼钱恒，“你俩原来是一伙的！原来这狗是你们这对奸夫淫妇的！！”

“什么奸夫淫妇，你说话放尊重点啊。”钱恒抬了抬眼皮，“不要侮辱我的品位。”

成瑶无语了。

中年女子咄咄逼人：“就是你家的狗，我都看到了！你还想抵赖？！”

钱恒冷冷一笑：“你看到了？你有什么证据？你拍下视频了吗？除了你们两个利益相关人之外，还有别的目击证人吗？”

“这……”

几人所处的区域是小区的一个角落，确实除了他们四人，就没有别的人了。

“什么证据都没有，就空口白牙地污蔑我的狗，想讹钱？呵。”钱恒气定神闲地说，“而且你们这狗是个公的，就算被我们这狗给强暴了，也怀不了小狗。要是个母狗，生了一窝小狗，我还能勉为其难地从长相上分析一下是不是我们这狗干的，现在这样呢，空口无凭啊。”

“你！”

“我这个人呢，只相信证据，你要是有证据能证明我们的狗对你们的狗确实干了什么，那我认错，狗该阉掉就阉掉，决不废话，可现在你们有什么证据？”

中年女子不信邪，抗争道：“我带我的狗去验DNA，要是验出我的狗的身上有你们的狗的DNA，你就完了！”她看了眼自己的老公，“不是人都有DNA鉴定的吗？那我们多花点钱，做个狗的DNA鉴定！我就不信没有了！”

“狗的DNA鉴定我不知道有没有，但是我知道的是，你想要提取我的狗身上的毛发用来对比DNA，也要取得我的同意才行。”钱恒微微一笑，语气欠扁，“很可惜，我不同意。”

“何况，就算真的发生了交配行为，你也得证明那是性侵，是整个过程都违反了你家狗的意志。”钱恒顿了顿，瞥了眼阿拉斯加，“只是依我看吧，你家这狗好像还挺享受的，你看它眼睛眯着，现在都一脸惬意，看起来像是还在回味呢。”

光头听了钱恒这么一堆歪理邪说，简直目眦欲裂：“你！”

钱恒丝毫不顾忌对方的情绪，只是继续道：“更别说你们这狗养了五年了，那最年轻也五岁了。五岁的狗，相当于快四十岁的人了吧？我家这狗才一岁，正处于‘风貌正茂’的十八岁年华呢，你们这老牛吃嫩草，就算这两只狗发生了什么，也没准儿是你们这狗蓄意勾引，诱奸了我家的狗，是我们的狗吃了亏。”

一番话不仅说得光头和中年女子哑口无言，成瑶也是听得目瞪口呆，恨不得给钱恒拍起手来。

论歪理邪说，恐怕钱恒排第二，就没人敢排第一。

威震天是秦沁领养来的弃犬，什么一岁也都是钱恒猜测的，实际上恐怕秦沁都不知道这狗子具体多大年纪了。结果钱恒说得像煞有介事，成瑶简直不能更佩服。

“总之，你们根本没证据，就算有，也不能证明是强迫发生的行为，谁是受害者还不一定，你们想维权的话，直接上法院起诉吧。”钱恒笑了笑，看了一眼又拿起球杆的光头，挽了挽袖子，“当然，要打的话也不是不可以，但你们也要打得过我才行。”

虽然很嚣张，但是钱恒显然有嚣张的底气。

即便是凶神恶煞的光头，打量了钱恒几眼，也没敢再有动作。

“既然你们没有异议，那我很忙的，不聊了。”

说完，他对成瑶挥了挥手：“成瑶，带着狗，走了。”

成瑶哪里敢逗留，赶紧牵着威震天，跟着钱恒屁颠屁颠地走了。

两人刚到家，安置好威震天，钱恒就绷着张脸发话了。

“在你身上我简直看不到未来法制的希望。”

“哎？”

不就是个因为宠物的不当行为引起的邻里纠纷吗？怎么和未来法制扯上关系了？

钱恒露出了忍无可忍的表情，他用手抚了抚额：“要是我今天不在怎么办？你就被那对夫妇打了。”

成瑶恍然大悟，受教地点了点头：“谢谢老板！我下次知道了，我会第一时间选择报警的！”

结果这样的回答遭到了钱恒进一步的耻笑：“报什么警，等警察来，你也被打得差不多了。”

“那……”

“成瑶，你是个律师，你得时刻用律师的思维去思考，而不是和普通人一样，遇到纠纷就手忙脚乱不知道怎么处理。”钱恒喝了口水，“你没听过法律界的一句格言？‘当事实对你有利时，多强调事实；当法律对你有利时，多强调法律；当事实和法律都对你不利时，敲桌子把事情搅浑。’”

“呃……”

“算了，你还是练练短跑和长跑吧。”

“啊？为什么？”成瑶看了自己一眼，最近是胖了吗？没有啊，昨天自己还上秤了，不仅没胖，还瘦了一斤呢！

钱恒送了一个毫不掩饰的白眼给成瑶：“以你这点处理纠纷的能力，我看你还是练逃跑比较实在。”

钱恒一脸嫌弃地站起身，拍了拍成瑶的肩膀：“多去健身房吧，真的。”

虽然成瑶又被钱恒教训了，但至少钱恒是真的在关键时刻挺身而出，并用他丰富的诡辩技能保护了成瑶和狗子。因此第二天，成瑶几乎是心怀感恩地去了君恒。

忙完董山的案子，成瑶本以为可以休息一阵。这天上班后，她像往常一样看着法律公众号上的案例分析，结果一个案子还没看完，前台处就传来了骚动。

有个大着肚子的年轻女人来找钱恒。

那个女人漂亮、柔弱，肚子圆滚滚的，看起来都快要生了。最重要的是，那女人眼眶红红的，一边用手抹着眼泪，一边梨花带雨般地开了口："请问钱恒在这里工作吗？"她眨了眨如蒙着一层水雾的眼睛，"我找他。"

这架势，前台也有些手足无措了。

那女人又抹了抹眼泪："我找他找了很久，有些事情还得他出面负责。"

对方话音刚落，自称昨晚失眠今早毫无精神的包锐刹那间被激活了："我竟然等到了这一天！"他的眼睛泛着绿光，"终于！有人大着肚子找上门，要钱par负责风流债了！天哪，如果这个女的执意生下来，那钱par就要付抚养费了；如果要打胎，那钱par也要付营养费和安抚费吧？钱par作为这种事的当事人，一定没法理性处理，这时候就必须要倚仗靠谱的我了！真是棒呆了！被钱par依赖可是我的人生理想啊！我包锐有朝一日竟然真的能成为代理钱恒的男人！从今天起，我就是王的男人了！啊哈哈哈哈哈！平日里事事完美的钱par竟然也会搞出这种事，他一定很失落，一定需要一个坚实的肩膀来依靠，一定需要有人来引导他、安慰他……"

成瑶还没来得及提醒包锐"王的男人"这种说法十分不妥，包锐的人生理想就被当场粉碎了。

"我想聘请钱恒当我的律师。"

包锐瞬间萎蔫了，瘫倒在办公桌上："心若倦了，泪也干了。我好累，感觉身体被掏空。"

包锐刚倒下，钱恒就冷着个脸来了："你和成瑶一起进会议室。"说完，他又特意看了一眼包锐，"掏空了也要接客。"

刚才还身累心死的包锐，一听有案源，利索地爬了起来，眼中泛着"吸资本主义的血"的光芒。

会议室里，大肚子孕妇的情绪终于稳定了下来。

"钱律师，我叫陈晴美，我听我的未婚夫讲起过你。"

钱恒抬了抬眼，完全没有因为陈晴美那种弱柳扶风般娇柔的姿态就生出什么怜惜，冷淡地道："你的未婚夫是哪位？"

"董山。"陈晴美低了低头，"他出了意外事故，已经去世了。"

成瑶愣了愣才反应过来，眼前这位就是董山口中的人生光芒和爱情天使——小美。

明明是个小三，然而陈晴美对她自己的身份显然并不感到心虚，甚至此刻还能大大方方地称董山为“未婚夫”。董山明明一直到去世，都还是蒋文秀的老公呢！

单凭这一点，成瑶也忍不住多看了陈晴美两眼。

因为怀着孕，陈晴美整个人称不上苗条，但仍能看出她之前一定是个纤细的美人，她有着一张娃娃脸，眼睛大而黑亮，看起来天真又无邪。她身上最为特别的是那种别人装也装不出的娇柔气息。

这和行事干练、气质大方的蒋文秀完全是背道而驰的两个风格。

未婚夫去世，怀着遗腹子的美丽娇弱的女人，恐怕很容易激发男人的保护欲。

这不，对董山案件的前情并不了解的包锐，眼睛里对陈晴美的同情和怜惜都快溢出来了。

“我想请你代理我的案子，为我肚子里的孩子争得他应有的遗产。”

钱恒淡淡地扫了一眼陈晴美：“你现在恐怕根本没法证明肚子里的孩子和董山的亲子关系吧？”

这显然戳到了陈晴美的痛处，她的眼眶又红了：“根本没有人通知我董山出了事情，等我知道时，追悼会都已经开完了，我连他的最后一面都没见到。我去向蒋文秀讨个说法，结果她竟然不顾忌我怀着身孕，找保安把我推搡着赶了出去，还污蔑我是诈骗犯和不伦不类的女人……”

虽然陈晴美完全一副弱者的姿态，然而成瑶却丝毫同情不起来。这还真的是“你弱你有理”了？就因为你是孕妇，即便是个小三，还要求合法配偶要顾忌你和胎儿的安危？这都是什么人啊？

在成瑶看来，蒋文秀只是找人把陈晴美“请”出去，真的已经是相当客气了。如果换成成瑶，成瑶觉得自己肯定让陈晴美体验一下她的动手能力。

陈晴美抹了抹眼泪：“蒋文秀她是故意的，故意不让我见到董山最后一面，也故意匆匆火化了遗体。她一定知道我已经怀了孩子，还是个男孩，知道她只生了个女儿根本拼不过我，所以想要毁掉董山的DNA样本，不让我的孩子认祖归宗。”

如果说包锐之前还不明就里，听了刚才这一番话，他的脑子也转了过来，看向陈晴美的目光里也没有了同情。

历来不论什么人，打着什么旗号，破坏他人的家庭和婚姻都是让人极为不齿的。

然而陈晴美没有丝毫愧疚，相反，她理直气壮极了："董山早就和她没感情了，他们两个人都是事业型的人，各自都是'空中飞人'，聚少离多，和分居也差不多了，董山和她在一起，就如同行尸走肉一样。要是董山知道他死了我都没能和他告别，他泉下有知，也不会让蒋文秀好过的。"

"我们是真爱，所以婚外情也没有不道德"这种论调也就算了，竟然还诅咒原配，这就真的十分恶毒了。

成瑶心里突然对蒋文秀当机立断地火化董山遗体的事，有了些感同身受般的解气。

该！活该你陈晴美一分钱也分不到！

"事情出得太突然了，所以董山根本还没有立过遗嘱，否则这钱他肯定是要留给我们的儿子的。钱律师，我只能求你帮帮我了，董山说过，别的律师做不到的事，你可以。"

拒绝她！拒绝她！

成瑶在内心呼喊着，这种毫无道德感的客户实在让人很反感。

"涉及的遗产标的额有多少？"

"我初步估算，我们能分割到的最起码就有两个亿左右。"

"包锐。"钱恒笑了笑，"准备一下代理合同。"

陈晴美走了以后，钱恒直接在会议室里简短地做了下案件分配。

"之前董山离婚案的情况，成瑶你和包锐分享下，这个案子标的额不算太大，但用来练手很好。前期由包锐主做，成瑶跟着，我会把控全局并进行指导，最后由我和包锐上庭。"

两个亿，标的额还不算太大？

当然比起标的额，对这个案件的处理思路成瑶还有些茫然："现在董山的遗体已经火化了，就算找到董山家里，找出他生前掉落的头发之类的，因为无法比对本人，根本很难证明这些头发或者其他皮肤组织是出自董山，靠着DNA做亲子鉴定这条路基本上是堵死了。"

包锐点了点头："DNA鉴定除了亲子鉴定外还有亲权鉴定，亲子鉴定是孩子和父母之间的血缘关系鉴定，依赖父母的身体组织。但是亲权鉴定却不是，亲权鉴定可以与有亲缘关系的人进行鉴定。”

“那也就是说董敏？”成瑶的思路豁然开朗，她想起了之前上班无所事事时看的那些乱七八糟的案例，认真思索起来，“可我之前看过案例讲解，就算陈晴美去法院起诉，法官也不能强制董敏进行亲权鉴定。更何况，如果陈晴美怀的是儿子，董敏就算同意做鉴定也没有意义，因为同父异母、不同性别，是没有办法做亲权鉴定的。”

钱恒挑了挑眉：“对，你自己也说了，陈晴美怀的不是儿子吗？所以亲权鉴定，我们确实是可以做的。”他微微一笑，“你们可别忘了，董山的父亲还在世，虽然健康状态不太好，但只要他在，我们就能做。让董山的父亲与陈晴美肚子里的胎儿做一个亲权鉴定，通过Y染色体的对比，可以判断他们是不是出自同一父系。”

包锐也反应了过来：“但这种鉴定的效力，我记得是弱于亲子鉴定的吧？”

继包锐之后，成瑶也想起了什么：“这种亲权鉴定，也顶多能证明孩子和董山属于同一父系，并不能直接地证明董山就是孩子父亲啊。”

对于包锐和成瑶的疑问，钱恒显然早就预估到了：“亲权鉴定的效力是比亲子鉴定弱，而且还是间接证据，如果只有这样的单一证据，案子不一定能赢。但是如果配合其余形成没有逻辑漏洞的完整证据链，那么法院会推定陈晴美肚子里的孩子是董山的血脉。”

他说完，看了一眼成瑶：“至于你说的问题，那我们就要负责证明陈晴美的这个孩子，不可能是除了董山之外，与董山有同一父系血缘的人的。董山没有兄弟，所以只需要证明这个孩子不是董山他爸的就行了，这虽然不算简单，但也不是没办法。董山的爸都快九十岁了，我听说他住在疗养院，行动不便，出行都靠轮椅，他这种情况，有没有存活的精子都是个问题，更难以有机会接触到陈晴美，所以还是有方法证明他没和陈晴美生育孩子的。”

“至于其余证据链——”

成瑶举手发言：“我知道！可以去找陈晴美的产检医院，医院会做信息录入，填写孩子父母情况，董山极有可能会留下信息并且签字。如果能从医院提取到监控，通过监控录像证实董山陪同陈晴美多次产检，那就更完美了；另外就是，陈晴美住的公寓也会有监控，我们提取了也能证明董山多次出入……”

钱恒愣了下，才用一种老父亲般的语气慈爱地道：“我们成瑶也长大了。”

钱恒！你好好表扬一下我会死吗？！

成瑶虽然在内心吐槽着，但第一次被钱恒肯定的愉悦感和成就感却是噌噌噌地犹如刚打开的可乐里的碳酸气泡一样往上冒。

膨胀了，膨胀了。

“那这个案子就交给你们两个去和客户交流、收集证据以及说服董山的父亲进行亲权鉴定了。”

虽然被钱恒肯定了，但成瑶的心里还有些疙瘩。

白星萌案，成瑶作为代理律师之一，在接案子的时候并不会觉得良心不安。因为徐俊确实故意做亏了资产，少分了财产给对方，他确实不对，在法律和道德上都站不住脚。

可如今手头的这个案子，陈晴美是实实在在的破坏他人婚姻的第三者，这根本没的洗白。要帮着第三者去找早已伤痕累累的原配要私生子的遗产份额，成瑶内心上有些过不去。

如果是过去，钱恒代理这种案件，她会根本不假思索地觉得谁叫他是“毒瘤”呢？“毒瘤”不在乎三观，不在乎正义和道德，接这种标的额还不错的案件再正常不过了。

可随着和钱恒相处时间的增多，成瑶越发不能把“毒瘤”两个字和钱恒画等号了。虽然钱恒确实算个“五毒教”教主，但成瑶总觉得，钱恒这位教主大人也并不是不明事理就大开杀戒的人。毕竟能挺身保护自己的下属，能替下属背黑锅和骂名的人，不可能是坏人啊。

可如今钱恒几乎毫无思想负担、内心毫不挣扎地接了陈晴美的案子，成瑶不知道怎么替他想理由了。

会不会是从小家境贫寒，过了太多苦日子，所以钱恒对钱有着一种病态的信仰？因为这种原生环境，所以即便往后经济条件好了，他也忍不住对钱有一种囤积癖般的执着？所以只要挣钱多的案子，他就忍不住想接？

中午同事一起吃饭的时候，成瑶终于忍不住向包锐打听起来。

“我们钱par是不是家里比较困难才来做律师的啊？”

包锐瞪大了眼睛，用一脸“你怕不是个傻子吧”的表情看向成瑶：“你不知道钱par的父亲是我们A市首富？”

成瑶惊到了。

包锐吸了口面条，叹了口气：“虽然我们钱par很低调，对外根本没有宣传这些事，但这在我们君恒是公开的秘密啊，你竟然不知道？成瑶，你是现代人类吗？”

包锐这么一说，成瑶才想起来，A市的首富叫钱展，家族产业囊括了从金融信托、房地产到连锁酒店等方方面面。按照年龄来算，他确实差不多能有钱恒这么大一个儿子，但……

“可我也看过钱展的采访，他确实有个儿子，但我记得叫钱信啊。”

谭颖凑了过来，用一种“你有所不知”的语气道：“钱信是我们钱par的哥哥，钱par是钱展如假包换的小儿子啊。”

成瑶想了想，不死心地继续问道：“那钱par作为小儿子，是不是不太受宠？你懂的，有钱人家，两个儿子争夺家产，我们钱par落败了？父母把家族的资产都交给了大儿子？所以我们钱par被逼无奈，只能出来做律师赚钱来维持自己过去的高消费生活？”

“成瑶，有没有人说过你的想象力很丰富？”包锐同情地看着成瑶，“我们钱par才是受全家瞩目的那个，是最受宠的啊。根本不是什么争权斗争失败，是我们钱par自己要出来做律师。他哥喜欢艺术，死活都不想接班，但愣是为了成全弟弟的理想，硬着头皮放弃了艺术去接老爷子的班了。钱par哥哥以前头发老长了，为了接班哭着剪了。”

“那既然这么受宠，为什么宣传采访从来不见钱展提及小儿子呢？”

“还不是因为钱par当律师的第一年就胳膊肘往外拐，收了他婶婶的钱，给自己亲叔叔来了一个离婚官司，赔得亲叔叔几乎要去街头要饭了，把他亲爹气得半死……”

但……

“等等，《律师法》不是说了律师代理当事人案件时，不能发生和自己及近亲属利益冲突的事情吗？他这样代理婶婶正面杠自己叔叔不违法？”

“民事诉讼中的近亲属包括：配偶、父母、子女、兄弟姐妹、祖父母、外祖父母、孙子女、外孙子女。亲叔叔不算啊！”包锐喝了口茶，淡然地道，“当时他叔叔也提出了这一点，申请钱par回避，结果我们钱par就把这条司法解释拍在自己亲叔叔脸上了。”

听起来完全像是钱恒的作风……

行了，既然钱恒当律师完全是出于他自己的爱好，不是因为钱的问题，那他生冷不忌、什么当事人都接的原因，难道是父母婚姻不幸、家庭环境冰冷，导致他对美好的婚姻都产生了仇恨情绪？所以他心理病态，就算是破坏他人婚姻、背叛婚姻的客户也愿意代理？

“那我们钱par的爸妈，是不是不太和？就是有钱人家的婚姻，名存实亡的那种？”

“没有啊，两个人可恩爱了，男女混合双打一起教训钱par不肯接班时的默契一看就是心有灵犀的。”

“那钱par是不是自己感情上受过什么创伤？比如他为前女友愿意付出全部，却惨遭背叛，变成了‘绿帽侠’，然后不会再爱了？”

“我们钱par热爱赚钱，在打败他爸成为新任首富之前都无心恋爱，保持母胎单身。”

成瑶疑惑了，成瑶沉默了，成瑶迷茫了。

所以生活幸福、家境优渥、父母和睦、兄友弟恭，也没有受过感情刺激的钱恒到底是怎么成为一个“毒瘤”的？

包锐似乎看穿了成瑶心中的疑问，他过来人般拍了拍成瑶的肩：“你这问题，我以前也迷惑过，但现在我想通了。有些人成为极品，不是因为任何外因，而是因为他从出生开始，就注定是个极品。”包锐说到此处，得意地道，“我参照‘天赋人权’给这类人起了个名字，叫‘天赋极品’。你觉得怎么样？”

成瑶沉默了。

案子交给包锐和成瑶后，两个人饭后一起讨论了案情，整理了证据。

成瑶约见了董山的父亲，老爷子躺在高级护理病房内，巧的是，成瑶进去拜访的时候，董敏刚走。两人并没有碰面，但成瑶看见了董敏走进电梯的背影。

果然，成瑶一走进病房就看到董山父亲桌边摆放的新鲜水果，苹果都是切好的，橘子也是剥好的。看来董敏这人虽然娇蛮，但对爷爷还是很孝顺的。

成瑶向老爷子做了个自我介绍，也没说闲话，把陈晴美和她肚里孩子的事说了一遍，然后请求老爷子帮忙做一个亲权鉴定。

成瑶的心里多少有点忐忑，董敏和她爷爷的感情看起来显然不错，董老爷子没有必要为了一个私生子去破坏和董敏之间的亲情。

老爷子虽然身体不好，但头脑还很清明。他很耐心地听完了一切，沉默了片刻，终于开了口。

他只问了一句："是男孩还是女孩？"

成瑶意识到，他指的是陈晴美肚子里的孩子。

"是个男孩。"

"确定吗？"

"他们去香港做了性别鉴定。"

董老爷子迟疑了："这种性别鉴定，准吗？以前看B超也会不准，也有最后男变女的例子。"

成瑶耐着性子解释："香港那边做的是染色体的鉴定，能清楚地看出有Y染色体，能确定是男孩，不存在B超这样可能会不准的事。"

成瑶的话音几乎刚落，老爷子毫不迟疑地点头答应了做亲权鉴定的要求："如果是女孩就不做了，我有敏敏就够了，不希望外人来分敏敏的家产；但如果是男孩，那孩子毕竟是我们董家的血脉，还是应该认祖归宗的。"

老头咳了咳，用力喘了会儿气，像是在说给成瑶听，又像是在说服自己般继续道："我这也是为了敏敏好，我们董家这么大的产业，以后总要有人接班的，但她对接班没兴趣，对家里地产业也不懂。女孩嘛，最后总要嫁人生娃的，女主内男主外，让敏敏一边带孩子一边管理企业，太累了，我不希望她过得压力这么大，所以这种事还是交给男丁吧。男孩子就应该承担起家族责任，肩膀上责任重一点儿也不心疼。"

"给我看这孩子性别鉴定的报告，确定是男孩我就做这个什么亲权鉴定。"董老爷子说到这里，又有一点担忧，"这种报告会不会被伪造？"

"不会伪造的。"成瑶解释着，"因为在亲权鉴定中，我们需要通过Y染色体来证明双方是出自同一父系，一旦这孩子不是男孩，不存在Y染色体，和您也没法做亲权鉴定。亲权鉴定可行的前提就是这孩子是男孩。"

董老爷子想了一会儿，确认道："也就是说，如果是女孩，我就算同意做这个什么鉴定，也证明不了她是阿山的孩子？她不会来抢敏敏的家产？只有男孩，如果真的是阿山的孩子，才能通过我来证明他和阿山有亲缘关系？”

“对。”

董老爷子最后思考了片刻，终于点了头：“好，那我做。”

作为陈晴美的代理人，成瑶自然对这个结果求之不得，然而她离开看护病房时，内心却有些唏嘘和怅然。

性别就真的这么重要？明明老头床前还摆满了董敏送来的水果，然而在老头心里，女孩始终不如男孩。

都2018年了，成瑶不相信董老爷子和董山不知道还有一种叫职业经理人的存在，与其把家族企业交给并不懂经营的血亲，还不如设立家族信托来保证子孙的生活，同时聘请职业经理人去管理企业。

也就是说，其实无论他们董家的子孙是什么性别都不影响企业的运行和财富的积累。更何况，就算陈晴美的孩子是男孩，也不一定就适合接班啊。谁知道这孩子聪明不聪明，有没有经商头脑。

说白了，是男孩就认祖归宗，不让董敏太累这种话，不过就是为重男轻女找了个冠冕堂皇的借口。

包锐负责收集其余证据，和陈晴美接触的工作就交给了与陈晴美同为女性的成瑶。

虽然成瑶内心万般抵触，但是本着这是工作的态度，在见完董老爷子后，还是深吸了一口气，准备去见陈晴美。她顿了顿，走进了陈晴美的公寓。

虽然在律所提及董山离世时，陈晴美的脸上都是凄婉，但是此时她早已恢复了情绪。

在阳光下，她的脸红润明媚，她的神情带着一种天然的犹如菟丝花般的脆弱，人倒是比之前见时圆了一整圈，一眼看去，就是个无忧无虑、生活幸福的孕妇，甚至都有些心宽体胖的意味了。

“所以说因为是男孩，所以董老爷子愿意帮我们做亲权鉴定？现在确定他答应了对吗？”

成瑶点了点头：“是的，你离预产期还有两个月不到，好好休息。这两个月里我们会准备好证据链的，你可以放心。”

“不，我现在就要做DNA鉴定。”

成瑶在来之前做了一些关于DNA鉴定方面的功课，对陈晴美的决定十分讶异：“我咨询过医生了，孩子还在肚子里的话，按照你这个月份的大小，只能做脐带血DNA鉴定，但脐带血也是一种介入性的手术，是有一定风险导致流产的，还不如等到预产期……”

“我等不了那么久。”陈晴美十分坚持，“两个月足够蒋文秀转移财产了，等我生完孩子，能分给我孩子的东西恐怕已经不剩下什么了。”

“如果她蓄意转移财产，我们是可以起诉的。”

陈晴美笑了一下，那模样仍旧娇美柔弱，只是说的内容却冷静而理智：“成律师，你也知道，很多判决，就算赢了，执行起来也难。如果蒋文秀把钱转移出国，这些财产就算判给了我的孩子，我怎么去收？跨国执行几乎不可能。那时候再把孩子生下来，我一个单身的女孩子，怎么去抚养？我怎么去生活？”

陈晴美说得含蓄，但成瑶已经听出了她的潜台词。

如果这孩子不能争来任何家产，就算是董山的孩子又有什么意义？这样没有利用价值的孩子，生下来有什么用？还不是平白拖累了还年轻的陈晴美？

历来小三能混到男人为了她抛弃妻子甚至甘愿净身出户的，怎么可能是真的娇弱无辜、没有一点能力手腕的？

董山是永远不会知道了，他心中单纯的太阳，号称只是为了爱和他在一起的女孩，为了遗产能一分不少地顺利到手，连两个月都等不及，甚至不惜用他宝贝儿子的安危去冒险。

如果董山还活着，如果他真的自以为遇到了真爱而选择净身出户，等待他的还会是陈晴美的笑颜吗？

衣不如新，人不如故。

很可惜，这个道理，很多人不懂。

一整天，成瑶为董山死后的遗产纠纷案跑进跑出，一点儿也没闲着，等回到家的时候，钱恒都已经在家里候着了。

“我饿了。”他坐在沙发上，理直气壮地看着成瑶。

这都已经八点了！你怎么还没吃饭？！

成瑶惊讶地道：“你没点外卖吗？”

“外卖不好吃。”

“要不我叫个好吃点的外卖一起吃吧？”

钱恒不说话，只盯着成瑶：“你做的饭好吃。

“想吃你做的番茄蛋汤。

“就算是这么简单的菜，你做的也比别人的好吃。

“想——”

“不要说了！”成瑶道，“我去买菜！”

套路这玩意儿，就是明明大家都知道，但还是这么好用。

钱恒不“毒舌”的时候，即便就这么安安静静地坐着不说话，就这么看着你，杀伤力都很大，更别说还来这么多难得的夸赞了。

成瑶悲愤地想，自己在钱恒面前，恐怕是很难翻身了。

只是成瑶没想到，她刚到超市十分钟，就接到了钱恒的电话。

“成瑶，你马上回家。”

“哎？可我只买了点明早的面包，菜还没来得及买呢……”

电话里钱恒的声音断断续续的，他仿佛不断地被什么事打断着，有些气喘吁吁的，话语中也带了一点咬牙切齿：“别买了，回来，马上。”

成瑶无论如何也没想到，当她回到家，看到的是这样的场景。

钱恒发型微乱，黑着脸坐在沙发的一端，而她的妈妈愤怒地坐在沙发的另一端。

“妈？你怎么来了？”

成妈妈愤怒地瞪了成瑶一眼：“这不是你前阵子被什么人肉搜索了，我怕你情绪不稳，向成惜要了你的地址想来看看你，结果呢？！”成妈妈指了指坐在沙发另一端的钱恒，“结果就被我看到这个了！”

成瑶内心很复杂。

“成瑶，我千算万算，没想到我的女儿竟然背着爸爸妈妈偷偷找了个野男人，还同居了！”

“这位阿姨，说话要负责啊，什么‘野男人’？”钱恒冷哼一声，“我叫钱恒，是成瑶的老板。”

听了这话，成妈妈显然更是气不打一处来：“男朋友就男朋友，竟然还没胆量承认，还骗我说是你老板！成瑶你自己看看你这是什么眼光？”

成瑶颤抖道：“真的是老板……”

“呵，老板？正常下属谁会傻兮兮地和老板租一个房子？白天见了老板，晚上还要见？”

钱恒瞪了眼成瑶：“成瑶，你解释。”

面对母亲的质疑和老板的施压，成瑶努力地澄清道：“是这样的，这房子原来一房二租，有点小插曲，后来我们就、就‘友好’地决定一起合租，这之后我才发现他是我老板。虽然听起来很假，但是这就是真的！”

“行，就算这是真的，但我还是不能相信这是你老板。”

“为什么啊？”

成妈妈笃定地道：“这房子、这小区多少租金我能看不出来？你们老板不是律所合伙人吗？他就住这么便宜的房子？这也太没有格调了吧！

“而且我不是反对你谈恋爱，我是反对婚前同居！能干出婚前同居这种事的男人都不是负责的男人！这是耍流氓！”

对成妈妈的观念，钱恒终于没忍住，嗤之以鼻：“现代社会了，阿姨，婚前同居反而应该受到推崇。很多人谈恋爱的时候风花雪月，但从没有一起住过，结婚后才发现彼此根本没法磨合，只能以离婚收场。婚前同居试婚是很有必要的。”

“你这不就是找借口占女孩儿便宜吗？”

“什么叫占便宜？男女平等，婚前同居试婚，大家都有机会及时止损。”

面对钱恒的反驳，成妈妈也较上劲儿了：“婚前同居，有了婚前性行为，还不就是男人占便宜吗？”她看了眼钱恒，怒意暴涨，“你这是已经占了我们成瑶的便宜了吧？”

“性行为这种事，男女都可以享受。”钱恒在法庭上那股必胜的劲头也上来了，他高贵冷艳地瞥了一眼成瑶，“更何况以我的条件，就算按照你说的和成瑶有了点什么，那也是成瑶占我便宜。”

老板，这种时候，别争谁输谁赢了，先澄清啊！

成妈妈，一个广场舞的风云领舞；钱恒，作为一个法律圈知名“毒瘤”，双方竟然就这样杠上了。

“成瑶，你这个男朋友我绝对不同意，绝对不允许他进我们老成家的家门！想也别想！”

成瑶几乎都无力了：“妈，这真的是我老板……”

成妈妈挑高了眉梢：“你别骗你妈我了，你之前打电话抱怨过，你说你那老板成天就知道奴役压榨下属，而且是个业界‘毒瘤’。还说一看就是长期压抑之下变态了，而且没有道德良知，原则就是钱，什么客户都接……”

“妈，不是这样的……你、你别说了！”成瑶简直想死，“这真的是我老板啊！！”

妈……求求你……放你女儿一条生路吧……

成瑶顶着钱恒的目光，不知道现在以死谢罪还来不来得及，尤其自己那番话是刚进君恒时，对钱恒抱有很大敌意和偏见时的吐槽。

成妈妈不知道成瑶内心所想，还在说着。成瑶听着听着，心里的期盼已经从让自己妈放自己一条生路，降低到赏自己一个全尸了。

“什么老板？你那个老板，长期那么压抑，相由心生，绝对长得不行，哪里会有这个小白脸这么好看？”

不知道是不是成瑶的错觉，总觉得自己妈妈说完这句话后，钱恒黑着的脸竟然阴转多云了。

成妈妈又瞥了钱恒一眼，对成瑶嘀咕道：“不过长相确实是挺好的，也难怪你鬼迷心窍。”

钱恒的脸色虽然仍旧冰冷，但有了一些多云转晴的迹象。

成瑶已经放弃抢救了：“妈，你再这样我可能要失业了……”

可惜不论成瑶怎么解释，成妈妈似乎打定主意不相信成瑶。

“坦白从宽抗拒从严，你今天不给我老实交代了，我今天就——”

成瑶几乎自暴自弃了：“唉，妈，行吧，这就是我男朋友。”

钱恒愣了。

成妈妈终于得到了满意的回答，歇了一口气，看了钱恒和成瑶一眼：“你俩先坐着，我去个厕所，回来再审你们！”

成妈妈刚走，钱恒就发难了，他挑了挑眉：“男朋友？”

成瑶就差给钱恒跪下了：“老板，救人一命胜造七级浮屠，现在我说你是老板，我妈怎么都不会信。按照她的性格，我就没有安宁了，不能好好工作了，没准她要住过来监督我。不如顺水推舟，反正等董山遗产这个案子结束，董敏肯定是不会再纠缠你了，你的别墅也正好翻修好了，你不就能搬回你的大别墅了吗？然后那时候我和我妈说咱俩分手了就完事了。这是我能想到的最省心省事的对策了……”

“确实省心省事，也很合理。”钱恒微微一笑，阴阳怪气地说，“但我是面目可憎、心理变态的老板啊，我为什么要帮你啊？”

成瑶顶着满脑门的冷汗，急中生智道：“这、这里面有点误会，你在我心目中的形象高大到无法企及，正是因为你太优秀、太耀眼了，我……我就心生妒忌，心理扭曲之下在家人面前诋毁了你的形象……”成瑶一边说一边看着钱恒的表情，“但你看，即便我这么诋毁你，在你高贵的气质和出类拔萃的长相面前，我妈妈也忍不住被你的颜值折服……”

果然，千穿万穿马屁不穿，钱恒还是相当吃这样的吹捧的，他的脸色终于好看了一些。

于是成瑶趁热打铁：“老板，这次你要是能帮我，我愿意做牛做马报答你！我除了做饭外，还愿意包揽一年里所有的家务打扫！反正我这个人天生热爱劳动，打扫卫生，就当是健身减肥了！”

钱恒点了点头，轻轻地笑了：“可以。”

成瑶的如意算盘打得挺好，钱恒很快就会搬走了，她包揽所有的家务活，虽说是一年，但也不会包揽多久。

可惜她没想到，道高一尺魔高一丈。

钱恒答应完，又看了成瑶一眼，笑眯眯地补充道：“但鉴于我可能很快就要搬走了，你之后来我别墅里负责打扫吧。

“我的别墅算上地下室有四层，四百多平方米，院子还有一百多平方米，光楼上楼下院子里来回跑几趟，你的运动量就够了。你正好想要健身减肥，还挺适合的。”

“所里的健身房项目有限，其余好的大型健身房办个卡也要几千元吧？”钱恒仍旧在微笑，“一下子为你省了这么一大笔钱，你也不用太谢我，就找个周末加两天无薪的班来报答我吧。”

“接下来的一年里，好好锻炼。”

“……”

成妈妈从厕所回来，就发现气氛有点奇怪。首先看自己女儿的表情总觉得她像是个苦瓜，脸色绿中带黄，黄中带黑，反倒是钱恒，一扫刚才的阴霾，一派神清气爽。

但不管怎么说，成瑶终于承认了这个男人是她的男友，也诚恳地认了错，同时解释了两个人只是为了省房租而合租，并没有发生什么。成妈妈突击检查了下房间，发现两个人确实泾渭分明，用的东西都是各归各的，没有什么可疑之处，这才放下心来。

接下来就到了审问时间。

“瑶瑶啊，小钱是做什么的啊？”

钱恒刚想开口，成瑶就飞快地截了和：“他啊，他在工厂流水线上工作的，三班倒，赶上工厂裁员，刚失业呢。”

这次为了让钱恒假装男友，成瑶付出了如此巨大的代价，心里不爽，想着反正过阵子就可以和妈妈说自己分手了，因此钱恒的真实情况也不需要和妈妈交代。面对钱恒的不满，成瑶也决定大着胆子无视，抓住这唯一的机会，尽情地诋毁钱恒。

成妈妈果然愣了愣：“那小钱，小钱是什么学历啊？学的机械工程这种？所以在做工厂流水线的管理工程师？”

“什么机械工程啊，他就是一个中专毕业的，就是流水线上的工人。”

成妈妈噎住了：“看这气质不像啊……看这脸蛋也是个聪明面孔，是家境不太好辍学了吗？要不去上个夜校什么的？年轻人要上进啊，没个本科学历这日子不好混啊。”

“没啊，妈，他家里条件上个学还是可以的，他是自己笨。你知道吗？他以前高中时的外号是‘烤肉’，为什么啊？因为他数理化每门课都只考了六分，考六，考六，所以就叫‘烤肉’了。”成瑶越说越是眉飞色舞，说得这好像不是自己的“男朋友”，反而像是自己的仇敌，“他脑子不行，就脸能看。”

成妈妈面露难色，老成家虽然比较传统，不提倡婚前同居，但却是信奉婚姻恋爱自由的，成瑶找了这么一个对象，成妈妈也不好出面阻止，只能暗自心焦：“那小钱现在失业了怎么办啊？”

成瑶不顾钱恒警告的视线，豪气地拍了拍胸口：“没事，妈，我赚得多，我养着他呗。”

“这……”

“现代社会啊，也不再流行女主内男主外这一套了，我挺喜欢我的工作的，也不想为了家庭放弃工作。这不正好，钱恒反正也赚不上钱，以后他就在家给我洗手做羹汤了，你说是吧，钱恒？”

钱恒恶狠狠地盯着成瑶，但想到别墅包年打扫服务，还有成瑶那确实令人食指大动的饭菜，终于咬牙切齿地嗯了一声。

成妈妈心有担忧，又问了几句，看时间不早了，才放下带来的大包小包的食物被褥，又叮嘱了成瑶几句，终于欲言又止地走了。

成妈妈一走，自然就到了钱恒秋后算账的时间。

“成瑶，编派我编派得很开心？”钱恒的声音阴恻恻的，“你准备怎么养我？”

成瑶咳了咳，她早就想好了借口，此刻一脸义正词严的表情：“老板，我也是没办法啊。你之后搬走了，我和我妈说咱俩一拍两散了，现在如果把你的真实情况告诉我妈，我妈肯定不能对你这么优秀的准女婿放手吧？那还不成天让我复合？更何况，要是按照你真实的情况说了，你这么优秀完美，我是瞎了吗？怎么会突然和你分手？所以啊，只有把你说得各方面都不咋的，分手就很合理。”

钱恒冷冷一笑：“那你怎么没想过，优秀的我把你甩了也很合理？

“今年的年终奖，没了。”

成瑶一听钱没了，彻底炸了：“钱恒！你这是假公济私！而且这样操作根本不符合《劳动者权益保护法》！你作为一个律师知法犯法！”

钱恒有恃无恐地笑道：“那你大可辞职，然后去申请劳动仲裁，再告我啊。你看你能赢得过我吗？”

“……”

算你狠！

除去和钱恒合租的那点小插曲，近来成瑶的工作进展得十分顺利。包锐查到了陈晴美孕检医院的登记记录——董山果然填写过信息，并且签过名。

有签名那就好办了，申请个笔迹鉴定就成了。外加包锐还提取到了董山和陈晴美形影不离地出入小区的监控，还有其余各种细枝末节的佐证，只要配合DNA亲权鉴定，就有一条完整的证据链了。

也不知道是不是老天帮忙，陈晴美的脐带血DNA鉴定并没有对胎儿造成什么损伤，她相当顺利地完成了亲权鉴定。

“报告显示，陈晴美肚子里的孩子和董老爷子属于同一父系。”

虽然这对成瑶的案子而言是大大的好事，可是成瑶的心情却莫名有些复杂。

人们总是说，不信抬头看，苍天饶过谁。但成瑶发现，很多时候这些话不过是自我安慰，更多的时候，那些混得风生水起、过得好的人，并不是什么好人。

正如陈晴美，她是绝对的利己主义者，自私、精明，知道男权社会的规则。她把自己拗出适合男权审美的造型，娇弱柔嫩，温柔乖巧听话，像是离了男人就没法活。然而她心里比谁都明白，她这么放低姿态并不是真的没有思想，真的愿意做男人的附属，什么都顺从着男人；恰恰相反，她比谁都清楚自己想要什么，也知道如何去达到她的目的。

恐怕陈晴美不仅不爱董山，连她肚子里的这个孩子也不爱。

她从来都不是男权社会里的祭品和依附者，而是女利主义里的既得利益者。

让成瑶印象更为深刻的是，在做完亲权鉴定后，陈晴美并不是一个人回去的。

那天下着雨，成瑶在等出租时，就见有个与陈晴美年纪相仿的男人撑着伞朝她走了过去。

“怎么这么不小心，下次站里面点，都给雨淋着了。你现在还怀着孩子，万一感冒了怎么办？”

那男人长相平凡普通，然而眉眼之间对陈晴美的那种专注的神色却让他整个人都发亮起来。

当一个人眼里有爱的时候，总是耀眼几分。

男人手里只有一把伞，他小心翼翼地用一只手护着陈晴美，伞面几乎全部遮到了陈晴美的头上，他自己的左半边身体毫无遮盖地暴露在了雨中。

陈晴美柔弱地看向对方，依偎进了对方怀里：“谢明，要是我早点遇到你就好了。”

被唤作谢明的男子有些腼腆地红了脸：“现在遇到也不晚。你以前过得太苦，才会在董山给你提供帮助后错把感激当了爱情，结果没想到董山的单身是骗你的，他根本和他老婆还没离婚，害得你现在落到这个地步……以后我会好好保护你的。”

陈晴美的眼角带了点湿意："可……可现在别人都骂我，说我是小三，是勾引董山的狐狸精，是不要脸的女人。"

"别人根本不了解事情的真相，别人怎么说你，我都不在乎。"谢明笑得很温和，"你也不要在意那些不好的言论，公众本来就容易以偏概全，舆论很容易被误导，有我相信你就够了。你胆子这么小，怎么可能做得出这种事。"

两个人又说了些什么才一起牵着手离开。随着两人依偎在一把伞下的身影远去，他们继续聊了什么，成瑶已经听不见了。

董山刚死了多久啊，陈晴美就已经找到了新鲜的下一任"宿主"。

这个男人虽然看着并不富有，但是陈晴美有肚子里的孩子作为筹码，可以分到一辈子也用不完的财富。她再也不用在乎钱了，可以找个让她舒心的老实人，这个人会真真切切地对她好，爱她、保护她、包容她、相信她。她可以像任何一个她这个年纪的女孩子一样，来一段正常的、两情相悦的恋爱。

或许这个世界上，厚脸皮、没有下限的人反而活得更好一些？杀人放火金腰带，修桥补路无尸骸？

像是为了验证成瑶这些想法似的，董山遗产纠纷案一审开庭，毫无悬念，在钱恒的代理下，在完整的证据链的面前，蒋文秀和董敏没有什么异议可提。一审判决，董山遗产中的二点一个亿，将归属陈晴美肚子里的孩子。

"涉及遗产继承、接受赠予等胎儿利益保护的，胎儿视为具有民事权利能力。"因此这部分继承份额将被保留起来，一旦孩子出生并活下来，那就正式办理继承手续，如果孩子出生是死体，那保留的份额就会被收回，继续按照法定继承顺序重新办理。

庭审结束，蒋文秀虽然脸色苍白，但仍旧干练而落落大方，只有董敏情绪崩溃，忍不住哭着质问起董老爷子来。

事实明摆在眼前，正是因为董老爷子同意做亲权鉴定，才让陈晴美反败为胜。

在此之前，蒋文秀和董敏想必是全心全意地信任着董老爷子，才会压根儿没有想到，他竟然成了陈晴美的突破口。

蒋文秀和董敏没有防备过董老爷子，认为他和她们是站在一个战壕的，却没想到被这位战壕里的“战友”从背后放了冷枪。

这种全心全意地信任着一个人却被彻底背叛的感觉，大概除了当事人外，旁人都没法感同身受了。

“爷爷，我和妈妈这些年是怎么对你的？你的心是肉长的吗？你口口声声说妈妈才是你唯一认可的儿媳，可背后却早就偷偷站到小三那边去了！”董敏觉得自己的感情被爷爷欺骗了，一双眼睛里除了眼泪就是失望和被背叛的难以置信。

“你中风以后腿脚不便，一开始脾气很差，根本不让护工近身，你想想都是谁给你每天擦身换洗、端茶送饭的？妈妈宁可放弃好几个公司对外并购的好机会，也一直陪在你的身边，鞍前马后地伺候你，偶尔还要容忍你的坏脾气，妈妈有过一句怨言吗？”

“你口口声声说我是你唯一的孙女，可实际呢？爷爷，这是我最后一次叫你爷爷，从此以后，我董敏就没有爷爷了。”董敏虽然为人骄纵，但是关键时刻也有着母亲蒋文秀的风范，她的语气刚烈而决绝，“我会去把我的姓改成妈妈的，从今往后，没有董敏这个人了，只有蒋敏。”她自嘲地笑着，“反正你也不在乎董家有没有我这个女孩，毕竟你们董家已经有后了。”

“还有你们，你们这些为这种小三代言的律师，你们难道没有良心吗？”董敏看向钱恒、包锐和成瑶，“我诅咒你们以后都会被劈腿，永生永世不幸福！你们为了钱，根本没有道德！法律？！法律就是个笑话！根本就没有什么公平正义，法律只是你们这些下三烂的人的遮羞布！《婚姻法》根本不保护婚姻，保护的是那些小三的孩子！”

“敏敏，不要再说了。”

董敏情绪激烈，而蒋文秀虽然面色不好，但神情仍旧镇定。她对钱恒微微点了点头表示了歉意，才拉着董敏离开。

蒋文秀很清楚，律师也不过是一种职业，为什么样的人做代理，并非表明律师的私人立场，诉讼立场和私人立场泾渭分明。因此直到最后，蒋文秀也没有对钱恒和成瑶有过任何迁怒。

“是我大意，错估了人性、错判了亲情。但凡我警觉一点，阻拦你们，让你们没有机会接触到我公公，或者和我公公打打感情牌，也不是这个结果。”

“但不论任何事，人都应该为自己的行为承担后果，这件事是我疏忽了，我也愿赌服输。”蒋文秀说完，垂下了视线，“敏敏，这节课也是你人生里的一课。妈妈不能一直过分保护你，你也应该长大了。”

即便此刻，蒋文秀的举止仍旧得体而大方，这让成瑶更是心生佩服、同情，并在内心产生了难以言喻的羞愧感。

一审判决，当庭证明了亲子关系的存在，陈晴美的这个孩子，只要生下来并活着，无论如何都能分到丰厚的遗产。蒋文秀和董敏就算上诉，也撑死只能在继承的份额上扯扯皮、做做文章了。

这个案子，虽然只是一审，但是大局已定。

可为陈晴美这种人代理，即便赢了，成瑶也一点儿都高兴不起来，一点儿成就感也没有。

难道这就是律师的工作吗？自己这份工作的意义到底在哪里？律师的价值到底在什么地方？

回律所的路上，成瑶有些闷闷不乐。钱恒似乎早就习惯了这种场面，处变不惊，只是若有所思地看了成瑶两眼，而最兴奋的要数包锐了。

“我们这个案例，利用亲权鉴定和证据链在生父身体组织完全灭失的情况下证明了亲子关系，我感觉能成为年度家事案例的经典啊……另外这次的律师费还挺丰厚的，我准备去换个车了，你们觉得什么车好？我想买个奥迪，但人家说奥迪车车主最容易出轨，我觉得彩头不好，要不买个沃尔沃？”

成瑶这种怅然若失的情绪一直持续到了下班。

这两天，秦沁出差回来了，威震天便也还给了她，如今再回家，就连个可以撸的狗子都没有了，一想到这里，成瑶只觉得更丧了……

倒是钱恒，十分冷淡地拒绝了陈晴美为表感谢的饭局，然后用一个内线电话把成瑶叫进了办公室。

成瑶战战兢兢的，生怕又有什么事做得不到位要被钱恒教训。

结果她刚坐下，钱恒拉开抽屉，丢了一大块巧克力过来。他侧开了目光，语气有些不自然：“快吃。”

成瑶不解。

钱恒怎么了？为什么突然给自己巧克力吃？

“快过期了，不吃也是浪费。”

成瑶很快就发现了问题。她翻了翻巧克力的外包装：“没有啊，这离保质期还有一年呢。”

钱恒有些恼羞成怒：“不要轻易质疑老板，没人和你说过吗？老板说什么就是什么。”

“哎……”成瑶小心翼翼地道，“因为老板你以前说过，作为律师，不能别人说什么就是什么，语言这种东西不是证据，必须是自己亲自验证过的话才能信……”

“给你吃巧克力你还上纲上线了？”

钱恒清了清嗓子：“我看你从法院回来就一脸丧气，吃点巧克力，调整一下心情，不然这种负能量的情绪是会传染的，到时候把大办公区的同事们都弄得一个个垂头丧气的，君恒还开张不开张了？”

成瑶攥着巧克力，内心还挺感动的——钱恒虽然嘴毒，但是竟然很细致地观察到了自己情绪的波动，还真的挺出人意料。虽然手上只是轻轻的一小块巧克力，但成瑶却觉得这是重于泰山的一片情谊。

“这个你拿好。”

结果就在成瑶感动的当口，钱恒递了一张小纸片过来。

成瑶十分疑惑地接过：“这是？”

“巧克力的发票。”

成瑶有些迷茫。

“我会从你的工资里直接扣的。”

成瑶万万没想到事情会是这种发展：“啥？”

钱恒理直气壮地道：“我亲自给你买了巧克力，建议你好好保存这张发票，留个纪念。”

钱恒，你是魔鬼吗？！我都已经这么丧了，这巧克力的钱竟然还要我自己来付？！

虽然成瑶的内心充满了咆哮，但是嘴上还是乖巧地阳奉阴违道：“谢谢老板！那我出去了！”

“在这里吃掉。”钱恒很坚持，双手在面前交叉，盯着成瑶，“我还有话要说。”

成瑶不解。

“这个案子，你对我很有意见吧？”

"没……没有啊……"

"真的没有？"

成瑶连连摇头："真没有。"

"那我通知你一声，鉴于这个案子上庭的是包锐，你做的贡献相对较少，所以不计你的分成了。"

成瑶炸了："要是早知道没分成，我根本不愿意参与这个案子！为小三代理，根本没有弘扬任何法律的公平正义！要是我自己有选择权，只要不是没案源马上就要饿死了，我才不会接这种案子！人活着得讲点儿原则！要有底线！"

钱恒挑了挑眉："你看，你果然就是有意见。"

"分成会给你的。"钱恒抿了抿唇，"现在我们来聊聊你对我的意见。"

钱恒显然是挖好了坑，就等着成瑶跳进去了。现在他好整以暇地看着成瑶，显然是准备填土活埋了。

事已至此，再掩盖也没什么意思，成瑶索性放开了："代理陈晴美，是在为正义而战，为弱势群体呼喊吗？！是在弘扬真善美吗？！符合社会主义核心价值观吗？！"

"成瑶，这就是你最大的错误所在。"

"律师是一份工作，不应该理想化地觉得你要为正义而战。只要接了当事人的代理，你就应该为当事人而战，而不是去矫情地想什么正义不正义。"成瑶低下头，"我知道，律师代理的时候自己没有预设立场，律师的职业也不是那么理想化和光鲜的，只要接了代理，就要认真负责地做到底。但是你明明有选择客户的权力，不是缺了她这个客户就要饿死，为什么要接陈晴美的案子？她当小三这件事根本没的洗白，更何况她也不爱董山，和董山的婚外情也完全是她想要捞钱而已……"

成瑶的心中有太多的疑惑，她不明白钱恒为什么要去接这种客户："何况你接陈晴美这种案子，对自己的口碑也有很大的不利影响，为什么要这样做？为什么要被那么多人说成业界'毒瘤'？你明明不是！"

钱恒愣了愣，这是第一次有人这样评价他。

成瑶的眼睛太亮了，钱恒下意识地回避开了她的目光："你是在为正义而战。"

成瑶以为自己听错了："什么？"

钱恒的声音低沉而性感，他又一字一顿地重复了一遍："你做的每个案子，只要是在合法的范围里提取证据为客户辩护，就是在为正义而战。

"你理解的'正义'太狭隘了，你的眼睛里只有个案的正义。但就法律进步和法制的进程而言，程序正义比实体正义更重要。因为就实体正义来说，有时候你根本无从得知事实和真相，什么是真的，什么是假的；什么是对的，什么是错的。律师不是法官，律师也不在每个纠纷的发生现场，律师不负责判定对错，而鉴于法律发展的不完善，有很多时候，就算法官再明辨是非，绝对的正义也永远不可能实现。"

成瑶抿紧了嘴唇盯着他。

钱恒只是轻轻地扫了成瑶一眼："就像董山遗产这个案子一样，今天一审判决的结果对于蒋文秀和董敏而言显然不是正义的，但对于陈晴美肚子里的孩子而言，就是正义的。虽然他的妈妈是小三，是不道德的代名词，但是他不能选择自己的出身。虽然第三者没有遗产继承的资格，但是作为非婚生子，这个孩子也拥有正当的继承权利，他是无辜的。作为一个人，并不应该因为他出身的污点就剥夺他的合法权益。"

成瑶沉默了，她太疾恶如仇了，然而冷静下来，钱恒说得一点儿没错。这个世界上有形形色色的纠纷，每一个都有复杂多变的事实，本就没有绝对的公平正义可以达成。

"程序正义是什么，是相较实体正义来说更为看得见的正义，是裁判过程的公正，是法律程序的正义。"

说到程序正义，成瑶不是没有疑问的："可是，过分强调程序正义，美国才会出现辛普森杀妻案那样的审判。因为程序正义，那么多坏人逃脱了法律的制裁。"

"虽然强调程序正义有时候会让一些有罪之人逃脱制裁，但更多的时候避免了更多无辜的人被错误地认定成有罪。因为有程序正义，才不会出现更多的聂树斌案。"钱恒眼神幽深，语气平静，"而你在做的每一个案子，都是在守护程序正义，也是在守护法律意义上的正义，都在让这个国家的法制变得更好一点。每个守法的律师都只能做一点点，但拧成一股力量，就能支持这个社会和法律的正常运行。"

自己的工作有这么伟大吗？

成瑶什么都没说，钱恒似乎一眼看穿了她心中所想：“律师的工作是为了养家糊口，是为了钱，是为了更好的生活，说白了，确实没有那么高尚。

“但如果在这个岗位上问心无愧地工作着，维护着法律的尊严，坚守着程序正义的信仰，那未来，就会少一个无辜的人遭受错误的法律追责，不会被误认成公众眼里的‘坏人’，未来就会少一个因无力辩白而失去生命的‘聂树斌’。成瑶，保护别人也是保护自己，因为我们每个人都生活在现行的法律体系里。”

成瑶低下了头，她刚才还激昂的情绪渐渐平复了下来。

钱恒喝了口茶：“你还是太年轻了。”

成瑶突然发现自己根本无法反驳钱恒。她的价值观受到了巨大的冲击，她心里有着复杂的情绪。或许每个工作都很渺小，都很平凡，但正是因为那么多平凡的人坚守在自己平凡的岗位上，社会才得以发展和进步。

“我知道为什么外界骂我是‘毒瘤’，因为我明明不缺钱，明明可以选择那些有钱的‘好人’当客户，却还会为‘坏人’辩护。”钱恒顿了顿，“但这不就是律师工作的意义所在吗？”

“就算是坏人，也要调查清楚他做坏事是不是有令人理解、同情的因素，比如长期受到家暴最后在压抑之下砍杀丈夫的妻子，又比如正当防卫，甚至自首、主观恶性等；哪怕是坏透了的坏人，根本没有任何借口、让人无法同情的杀人犯，也有体面地接受法律惩罚的权利。法律会制裁这些坏透了的恶棍，但在裁判的过程中，不能刑讯逼供，在惩罚的时候，也不能虐杀。给坏人以惩罚，也要让他清清楚楚地知道他为什么受到这样的制裁，让他有可能吸取到教训从而有可能改过自新。”

钱恒深深地看了一眼成瑶：“法律保护的，一直是每个人的基本权利和尊严，包括坏人的。”

钱恒说这些话的时候，眼睛清亮，那双冷淡的眼眸里难得地带了温度，那瞳仁的最深处，仿佛有一簇小小的摇曳的火光，配上他杀伤力极大的脸，成瑶只觉得一时之间竟然有些难以直视他的眼睛。

英俊的男人认真起来，真的是很迷人。

“成瑶，律师保护好人，也保护坏人，因为法律的最大的意义就是公平。”

成瑶的内心涌动着一种陌生的情绪，火热的、滚烫的、跃跃欲试的，她像是怀抱着一只初生的雏鸟，它在试探并酝酿着第一次展翅飞翔。

仿佛有人用一双手坚定地为她拨开了她胸口一直萦绕着的浓雾，强势地扫除了她的迷茫和迟疑，让她终于能重新窥见阳光。

是的，这就是做律师的意义。委托人的利益和程序正义，这是社会正义的基础，这意义远远超过了狭隘的个案正义。

“如果靠着良好的道德观就能让社会正常运行的话，法律确实不会出现。可道德是个太过主观的东西，你的道德在部分人眼里可能是不道德，那社会治理就永远没有一个统一的标准了，每个人都叫嚣着自己的道德才是准则，结果呢？”

钱恒眨了眨眼睛：“结果这个社会只会因为这些‘道德’而变得更坏，变得一团糟，人们不知道到底什么事能做，什么事才符合‘道德’，而那些自诩站在道德高地的人，以他们自己的道德为标杆，可以对异己进行打压和惩罚。

“今天，我杀了一个人，但因为对方是个十恶不赦的儿童性侵犯，从道德的立场上出发，我完全是对的，那我杀人的行为就应该合法。但你想没想过，如果人人都这样，都直接以道德对他人量刑，那么那些被打成‘坏人’的人，根本没有一个法律程序去验证他到底是不是坏人。我们只要在道德上判他死罪，他就应该死？就应该没有一切权利？但这个人真的是坏人吗？”

他看向成瑶：“你想要生活在这样的社会里吗？

“你是一名律师，你维护的不是狭隘的个案的公平正义，而是法律的尊严、程序的正义。”

“既然律师代理‘坏人’和‘不道德的人’在职业伦理上完全没有问题，那为什么要拒绝标的额大的案件？我们代理这些人，并不会让我们自己在道德上有瑕疵。”钱恒看向成瑶，“也就是说，我们的工作，既维护了法律的尊严，也能用自己的专业技能为自己赢得更好的生活，能合法挣得的钱，那为什么不挣？你嫌钱多吗？”

成瑶轻轻地抬头看了一眼钱恒，对方还是那副生人勿近的冰冷模样，刚才的一席话也仿佛一场单方面的训话，然而成瑶却觉得——

能成为一名律师真的太好了。

能成为钱恒的助理律师太好了。

“老板，总有一天，等我成为知名律师了，我会按照小时数给你支付今天的咨询费的！”

钱恒抬眸：“别想太多了，先把巧克力吃了。”

成瑶才发现自己刚才根本没想起吃巧克力，那块被她攥在手里的巧克力此刻都被手心里的热气焐得有些变软了，她颇为感动地拆开包装咬了一口。

呸呸呸！

巧克力融化在嘴里的时候，成瑶差点吐出来。

她的声音都变了：“香菜味的？香菜味的巧克力？？”

这是什么魔鬼口味？

“日本进口的，森永香菜味的巧克力，听说还是限量发售的。”钱恒脸上终于有了些表情，露出些许关切，“我一直挺好奇这个口味的，又不想做第一个尝试的人，正好让你来试。怎么样？口味暗黑吗？有多猎奇？吃了会死吗？”

成瑶这时候真的想找一个“屎里有毒”的表情包糊到钱恒脸上。

可去你的吧！这种有毒的玩意儿，你就给我吃？！

钱恒显然并没有感受到成瑶的杀意，他若有所思地摸了摸下巴：“其实还有一款零食我也挺好奇的，就是那个老干妈冰激凌，下次买给你试试。”

成瑶愤怒地想：等我成为知名律师的那一天，我看我应该先把你送进监狱进行劳动教养，让你好好改造改造！真的是有毒！

钱恒你让我好好地感动一下会死吗？！

虽然不想承认，但被钱恒叫进办公室这么训导了一番，接下来的几天里，成瑶反而觉得通体舒畅起来，连那香菜味的巧克力竟然都显出了点意犹未尽的回味感觉。

难道这就是传说中的受虐体质？明知有剧毒，偏往毒源去？难道嗑毒药还能上瘾？不能吧？成瑶觉得，一定是自己想多了……

“我的妈啊，你们看这新闻了吗？”就在成瑶思绪乱飞之际，谭颖拿着手机，语气震惊地道，“印度自从禁酒令发布，酒类大量强制下架以后，不少人竟然用喝眼镜蛇毒液的方法来替代饮酒，喝一次上头一个月，除了喝，还能用来拌饭！喝毒竟然还能上瘾！”

不管怎么说，董山遗产纠纷这个案子，陈晴美很满意这个一审结果。而出乎成瑶意料的是，蒋文秀和董敏都没有选择上诉，她们接受了这个一审结果。一审判决就这么生效了。

成瑶本来以为还要面对二审的扯皮，然而案子竟然就这么轻松地告一段落了，她除了松了口气外，也有些怅然。

站在蒋文秀和董敏的位置想一想，这样对她们未尝不是一种解脱。亲子关系已经是铁板钉钉的事实，再针对遗产的多寡进行扯皮，对谁来说都是一种时间和精神的损耗。

她们与其把时间浪费在这种事上，不如放下过去，好好去迎接新的人生。

董山死了，爱情和婚姻消逝了，但蒋文秀的女儿还在，她们的母女关系比任何一刻都更亲密。董敏原本骄纵的性格也在这件事后渐渐收敛，她开始变得成熟，开始学会成长。

有失去也有得到，看清了一些人和事，董敏更勇敢和坚定了一些。

成瑶想起最后庭审结束时蒋文秀的模样，头脑中挥之不去的还是她挺直的脊背。

如果是她的话，不论是什么样的人生，都可以过得精彩吧。

一个人的幸福不是由金钱决定的，也不是靠依赖别人而得到的，而是靠自己争取的。

“人要为自己的决定负责。”

不知道为什么，成瑶的脑海里一直回放着蒋文秀最后说的这句话。

她想表达什么？

为她选择了董山却遭到出轨的决定负责，不怨天尤人吗？还是为她自己轻信了董山爸爸而让陈晴美钻了空子的结果负责，从而接受这一判决？

成瑶不知道，但总觉得，不仅是蒋文秀要为自己的决定负责，陈晴美也会为自己所做过的一切负责的。每个人的每个行为，都会有相应的后果。

当然，除了思考之外，成瑶一如既往地延续了自己的好习惯，每做完一个案子，就对案子做一个总结分析，对自己的表现也做一个点评和反省。

这个案子最开始只是一个董山不惜付出任何代价寻求离婚的案件，成瑶甚至一开始对这么简单的案子有些灰心和失望，多少有点浮躁的心态。但简单的案子最终也有可能变复杂，家事案件细节繁多，案情千变万化，任何时候律师都不能轻视任何一个案子。

同时，处理家事案件时最重要的是沟通，律师不仅需要锻炼自己的专业法律能力，也需要有很强的交际手腕，能够好好地和己方当事人以及对方当事人进行沟通。

不论怎样，因为钱恒的一番话，成瑶不再迷茫，又充满干劲起来。

律师职业，没有她想象的那么高尚，但也没有她想象的那么不堪。

法律和道德，公平和正义，程序和实体，在职业生涯里平衡好这些关系，或许正是律师职业的意义所在。

律师是一份养家糊口的职业，但把律师工作做到极致，又何尝不是一门艺术和一种与其他人的博弈呢？

成瑶的总结分析刚写到一半，包锐突然开了口。

“陈晴美生了。”

成瑶十分惊讶：“这离预产期还有一个多月呢，怎么就生了？”

“她那天走在路上，刚下过雨的路面很滑，她没在意，摔了一跤。不过她运气是真好，那段路本来没什么人经过，那天正好有个热心的卡车司机路过，把她赶紧送医院了。”

包锐神秘兮兮地道：“不过我要说的不是这些——最让你们想不到的——你们知道吗，陈晴美那儿子有问题。”

“啊？”

“她大概赢了官司以后心情很好，没控制饮食，你看上次见她，她的体形不就比之前大了一圈吗？据说最近更是一下子胖了十来斤，胎儿就比预期的大了，但她为了肚子上不留疤又坚持要顺产。一开始产检预测顺产没问题，可惜生的时候不知道怎么的，生到一半难产，又已经不能顺转剖了，硬生生拖了好久，导致孩子缺氧，还呛到了羊水。”

“那孩子出生的时候还活着吗？”

孩子出生的那一刻有没有活着，对遗产继承至关重要。

如果出生时就是个死胎，那等于这个孩子不存在，这个继承人也不存在。那份被保留的遗产将回归到董山的其余遗产中，平均分给其余三个法定继承人——作为配偶的蒋文秀、作为女儿的董敏和作为父亲的董山爸爸。

如果孩子在出生的那一刻活着，并且一直存活下来，那保留的继承份额自然就是他的，由他的监护人陈晴美管理，除了为维护孩子的权利以外，不得随意处分这部分财产。

而如果孩子出生的那一刻活着，但只啼哭了几声，后来因为各种问题没能继续活下来，那董山的遗产仍旧由他继承，只是他继承后因为死亡，会马上再引发一次新的继承。孩子死后，董山的这部分遗产自动变成这孩子的遗产，由他的法定继承人，也就是生母陈晴美继承。

“活着。”包锐补充了一句，“现在还活着，活得好好的。”

成瑶松了一口气的同时也有些唏嘘。

只是她的唏嘘还没结束，包锐又开口了。

“但这孩子不太正常，不会自主吸奶，今天刚确诊是脑瘫。”包锐用的是陈述句，“应该是难产的时候缺氧太久了。”

成瑶张着嘴，一时之间竟然不知道说什么。

“不过最反转的还不是这个，董老爷子一听生了个脑瘫的孙子，差点气晕过去。”包锐摇了摇头，“听说老爷子找了人去妇产医院闹了，说不认这个孙子——”

包锐的八卦还没讲完，成瑶就接到了董老爷子的电话。

“小成律师吗？”老爷子声音颤抖，“我想见见你……”

考虑到老爷子的身体状况，成瑶和他约在了护理医院不远处的咖啡厅里见面。护工推了一辆轮椅，董老爷子坐在轮椅里，神色灰败，丝毫不见之前得知自己将有一个孙子时的狂喜之态。

“小成律师，我反悔了，这个案子咱们不作数了。”董老爷子焦急地说道，“你帮我把之前做的那什么亲权鉴定给撤回来，我不做了，我不认这个孙子，我就要我们敏敏就够了，我们的家产也全部给敏敏。”

“董老先生，可是这个判决结果已经生效了啊。”成瑶努力用简单易懂的语言解释着，“更何况即便这个判决还没生效，您当初同意进行亲权鉴定，配合提取了血液样本，已经证实了陈晴美肚子里的孩子和您有血缘关系，是您儿子董山的亲生儿子。这一点已经是不争的事实了。”

“我……我不知道，不知道为什么生出来的孩子有问题，我要是早知道，我根本不会做那什么鉴定！”董老爷子的情绪有些失控，“现在敏敏也不来看我了，文秀也不来看我了，她们只每个月给我汇钱，我给她们打电话，她们也都不理我。开始是不接电话，这几天我听说文秀要带敏敏出国进修一阵，那……那可怎么办？国外这么远，我是不是以后就看不到敏敏了？”

老爷子絮絮叨叨的，一脸失魂落魄的表情："可我光有钱有什么用啊？我不要钱啊，我只想一家几口和和美美的。这个孩子我原来本想着接过来自己带就是了，那个女人不用进家门；这孩子的这笔遗产也由我来管着就行了，那女人也一分拿不到。家里又不缺钱，多个孩子也不过是添双筷子的事，我想文秀和敏敏总会接受的……"

成瑶有些哭笑不得："老先生，这孩子的生母在世，她才是合法的监护人。您想把这孩子接过来由您抚养，继承的遗产由您来管理的计划一开始就是不可能实行的啊……"

直到最后成瑶离开，董老爷子还是不能接受也不能理解，为什么原本和孙女、儿媳几十年的感情说没就没了，自己只是不小心犯了错，她们就这样做，未免也太绝情了。就算自己的行为导致她们分到的遗产变少了，那亲情能用钱来衡量吗？

可董老爷子恐怕永远也不会明白，在他因为胎儿的性别而把天平偏向陈晴美的时候，他就亲手斩断了这段亲情和信任，是他亲手把他的孙女和儿媳推开的，蒋文秀和董敏并非因为金钱才失望寒心的啊。

或许一切冥冥之中早有定数吧。

又过了几天，成瑶听包锐说起了这件事的最新进展。董老爷子又找人去陈晴美那里闹了几次，陈晴美本来产后就恢复得不好，这下更是发起高烧来。

而董老爷子身边也有别的远房亲戚给他出了主意。眼下董敏已经决定改母姓，虽然这孩子是个脑瘫，可也算是董家的最后一个血脉了。董老爷子大概生怕陈晴美为了遗产偷偷弄死孩子，在这些远房亲戚的撺掇下，特意派了一堆亲戚去盯紧陈晴美，那些远房亲戚拿了钱，自然尽心尽职。

结果就这样，陈晴美每天不仅要为新生的脑瘫宝宝操心，还要应付一帮心怀不轨的董家远房穷亲戚。

"这些亲戚当然不会给陈晴美机会让孩子'一不小心'出点'意外'了，毕竟孩子要是没了，他们上哪儿再找个借口问董老爷子要钱啊。现在他们正名正言顺地替董老爷子'照顾'孙子，大笔大笔地拿钱呢。"

一帮心怀鬼胎的人，竟然就这样在互相制衡中达成了平衡。

对陈晴美来说，她顺利地让她的孩子继承了遗产，算是达成了她的目标，然而这样的人生不知道是幸还是不幸。负担一个脑瘫宝宝的未来，就算有钱也不是那么轻松的，她作为监护人，恐怕要为这么一笔遗产搭上自己的一生了。

而谢明能不能和她一起承担起这个脑瘫宝宝的未来，就是个问号了。如果是健康的宝宝，他或许还能坚持……可一个脑瘫宝宝，就算是亲生父亲都有可能选择放弃。人生里有太多的东西能让爱情冷却了。

每个人都要为自己的行为负责。

蒋文秀说得真是一点儿没错。

人生不是短跑，而是长跑，在开头得意扬扬的人，未必就能一路领先。

不管多唏嘘，董山遗产案彻底结案了，成瑶收到了一笔不菲的分成。

当晚，成瑶就没忍住，给她爸妈打了个电话报喜。

结果老成两口压根儿不关心成瑶的工作，他们只在乎成瑶的私生活。

“听你妈说你最近交男友了？”

“呃……”

“小钱是吧？”成爸爸的语气颇为无奈，“可我听说这小钱，不仅家境不好，还不太上进啊，除了一张脸能看……”

成瑶刚要顺水推舟说自己已经分手了，成爸爸却直接转移了话题：“对了，我和你妈下下周日会去A市一趟，参加高中同学聚会，顺便来看看你。你看看有什么要让我们带去的？”

“有有有！”成瑶立马忘了钱恒，“我想吃妈妈做的牛肉辣酱，还有红烧猪蹄！酱鸭！麻辣兔腿！……还有炭烤羊排！”

成爸爸笑骂了成瑶几句，表示自己尽力而为，临挂电话的时候，他大概想起了钱恒，又不痛快起来：“你说，这人和人之间的差别怎么这么大啊，你知道爸以前有个同学姓钱吧？”

又来了，又来了……

一听这个姓钱的同学，成瑶就知道要糟。

从小到大，成瑶听成爸爸怒骂“姓钱的”已经不知道多少回了。大概因为成爸爸太过讨厌对方，为了表示他的轻蔑和不屑，这同学在成爸爸口中都不能拥有名字，从来都是用“姓钱的”来代替。

果然，成爸爸愤怒地道：“这个姓钱的，以前是我的同桌，一个男的，成天画‘三八线’！还要和我签字据，如果我超过一点点，就要给他赔钱；他虽然成绩好，可人特不上道。有次期末考试我好吃好喝地伺候了他一个月，求着他期末给我偷看一下答案，我就差跪下叫他爸爸了，结果呢？！结果他这个白眼狼，一抹嘴巴什么也不认，连个选择题也不给我看！害得你爸我不及格！就差三分啊！回家给你爷爷打得差点儿现在都能停残疾人车位了。”

成爸爸又絮絮叨叨地骂了一阵，终于进入了总结陈词的环节：“结果吧，这种奇葩竟然活得非常滋润，据说都有私人飞机！幸好这次高中同学聚会他不去！我可真不想见到他！”他苦闷地叹了一口气，“总之啊，这个社会就是不公，不瞒你说，我一开始迷信过，总觉得他能这么发家致富是因为姓钱，这个姓，就注定了他这辈子不会缺钱，但现在我也不信这种说法了。”

成爸爸又唉了一声：“你看看吧，同样姓钱，我这同桌富成这样，小钱却穷成那样，你说这合理吗！”

爸，其实姓钱的确实都挺有钱的。

成瑶听成爸爸又唠叨了一会儿世风日下、世态炎凉，针砭时弊地说了一通，直到成瑶被他扯得彻底忘记了说钱恒的事，他才意犹未尽地挂了电话。

说来也巧，这电话没挂上多久，留在律所加班的钱恒就回来了。

成瑶一分钟也没耽搁，赶忙出了房间，满脸谄笑，一把接过了钱恒的包：“哎，老板，我来拎我来拎！”

钱恒刚脱下大衣，成瑶又赶紧抢了过来：“我来给你挂，我来给你挂。”她一边捧着钱恒的大衣，一边赞美道，“老板到底是老板，这风采别人就是赶不上啊。你看看，您穿了这件风衣，这气质、这格调，太独特了！”

钱恒瞥了成瑶一眼：“独特？成瑶，你瞎吗？”钱恒冷哼一声，声音里带着毫不掩饰的不满，“现在满大街都是Burberry风衣的仿版，十个男人里九个穿着。我刚刚坐电梯上楼，还和一个人撞衫了，还是个秃子，彩头不好，这衣服你别挂了，帮我扔了。”

这马屁拍得有些尴尬，拍到马腿上了。

不过这会难倒成瑶吗？

不可能！

成瑶急中生智道："老板，那这衣服更不能扔啊！"

钱恒皱了皱眉，向成瑶发难道："为什么？"

"这件衣服虽然撞衫严重，但也正是因为这样，才彰显您的独特啊！让人知道什么叫一直被模仿，从未被超越！"

成瑶顶着钱恒玩味的眼神继续道："待会儿我给您去熨熨。您先喝杯热水暖暖，外面冷……"她一边说着一边给钱恒倒了一杯热茶。

钱恒没有接，看了眼成瑶，声音平静："说吧，有什么事要求我。"

成瑶立刻摆手否认："没有，没有。我就想着，董山这案子结束了，老板不是要搬走了嘛，我这沐浴老板先进思想、接受老板专业指点的机会越来越少了，我这也是想有所表示啊！"

钱恒饶有兴趣地问："所以呢？"

成瑶硬着头皮道："我就问问你什么时候走，我可以帮你一起打包啊。你也住了这么久了，东西肯定不少，收纳打扫什么的我都能帮忙。"

钱恒冷笑一声："成瑶，敢情你这是要赶我走啊。"

"不、不、不，我哪里敢！"成瑶搓了搓手，解释道："这不，我爸妈下下周日要来呢，为了避免不必要的麻烦，我想到时候就和他们说咱俩已经分手了。要不趁最近正好有空，我帮您把家给搬了？"

为了印证自己的话，成瑶又补充道："说实话，我还挺喜欢我们的合租生活的，老板你要是真走了，我会……我会想你的！虽然只一起合租了个把月，但对我来说，老板现在就像是我家人一样亲切的存在。我内心也很不舍，但我不能因为自己的私欲就让老板舍弃豪华的大别墅不住，陪着我住在这种没有格调的地方！"

钱恒坐在沙发上，一双手交叠放在腿上，看着成瑶，不置可否。

成瑶咽了咽口水，再接再厉道："但有一句话说得好，叫常回家看看。老板你走了，我也随时欢迎你回来啊，你就把这儿当你的第二个家好了！"

钱恒微微一笑："那么也就是说，私心里，你是很希望我继续住下去的？"

"那怎么不是呢！"成瑶谄媚地道，"能和老板住一个房子，是我的荣幸啊！"

"那我就勉为其难地继续住下去好了。"

成瑶顿时愣住了。

等等，这怎么和说好的剧本不一样？老板病患者放着大别墅不住，竟然能继续忍受这种中档（在他看来是低端）的小区？钱恒怎么了？怕不是病了吧？！

钱恒欣赏完成瑶脸上如走马灯似的换来换去的复杂神色，才慢悠悠地拿出手机举到了成瑶面前："只是……你给我解释一下这个招租信息。"

成瑶头皮一麻，暗呼不妙……

大概为了方便成瑶查看，钱恒十分"好心"地放大了字体，此刻他的手机屏幕上赫然是一行大字——好房招租！唯一条件：会自己修水管！不是极品！

钱恒抿嘴笑了下："需要我再下拉让你看一下这帖子里放出的房间图片来证明这帖子就是你发的吗？"

成瑶狡辩道："这种精装房的房型布置和装修风格可能都差不多吧，老板，这真的不是我啊！"

不是成瑶吹牛，她在A市这个网络论坛发招租信息的时候特地做了点工作，她拍房子照片时，很小心地避开了有辨识度的部分。这帖子发了三天了，想要看房的人很多，成瑶就等着钱恒搬走了。她觉得和新室友一起合租，一来能分摊房租，二来还能分摊点家务，简直不能更完美了。

面对成瑶的狡辩，钱恒也没说话，只是拿着手机，找到其中一张照片，然后把照片的某一角放大。

成瑶眯着眼睛看了很久，才终于发现了问题。

钱恒放大的那个角落是个餐桌的桌子腿，那上面刻着几个几乎看不到的小字——Dora我爱你。

成瑶不动声色地往桌腿上看去，果然在同样的位置看到了同样的字……

这一刻，成瑶心中只有一个声音：去他的Dora！

素质呢？！怎么能随便在桌腿上乱刻字！祝你们秀恩爱，死得快！

然而面对这没有硝烟的战场，这单方面碾压的厮杀，成瑶此刻只有一个想法——我败了。

成瑶灰头土脸地说："老板，你听我解释，我只是个穷苦的小律师，你搬走了，我实在承受不起这个租金啊，我这不是想着提早找人转租嘛……"

钱恒今天心情挺好，甚至没有深究成瑶的那个招租要求，淡然地道："你放心，租金我照付，有一些东西也不用全打包。"

“哎？”

“我的房间保持原样就行了。”钱恒笑了笑，“这房子离君恒确实挺近的，哪天我要是在所里加班太晚，第二天又需要早起的话，住在这里倒是很方便。何况你不是让我常回家看看吗？”

那真的只是客套话啊！而且时不时会回来住的老板，怎么听起来比常住的老板更让人害怕了！这就跟不定时会突击检查的班主任，比每天在固定时间检查的班主任更可怕一样啊！

“对了，明天下午你和我一起去B市。”钱恒观赏完成瑶“姹紫嫣红”的脸，像才想起了正事般地开了口，“一个家族信托纠纷案，委托代理合同已经签好了，因为很多证据材料都需要在B市取证，所以明天直接过去开工。”

成瑶愣了愣，有些意外：“明天？”她觉得有些突然。

钱恒似乎知道她心中所想：“这个客户长期不在国内，明天正好临时有事回国，停留在国内的时间也比较短，所以我们要抓紧时间和他沟通案情。”

“就、就我们俩吗？”

这次钱恒连头也没有抬：“嗯，我对你是放心的。”

自己的工作能力原来在钱恒眼里已经提升到这种地步了吗？！成瑶内心有些雀跃，竟然不带包锐，不带谭颖，只带自己也觉得很放心吗？！

“虽然一男一女一起出差确实有点儿微妙，不过我对你的自控力还是放心的。”

成瑶没反应过来。

“和我同住这么久，你把持得很好。”

等等……

在成瑶目瞪口呆的视线里，钱恒微微一笑，语重心长地道：“继续保持，你经受住了考验。”

这一刻，成瑶很想仰天咆哮：钱恒！你可以放一百万个心！！这种方面，你根本不需要担心的！！！

成瑶气呼呼地回了房间，泄愤般下了个鬼片看了起来。

人有一种倾向，越是知道不该做什么事，内心却越是对这件事充满向往，明知山有虎偏向虎山行。成瑶其实胆小又怕鬼，但对鬼片，却有种作死般的执着。

抱着抱枕，用被子捂着眼睛，房里只开一盏小夜灯，再来一包薯片。在阴森的音效声里，一个人一边咔嚓咔嚓地嚼薯片，一边偷偷摸摸地看鬼片，既害怕又忐忑，还带了点小激动和小兴奋，情绪一直紧绷着，又一直随着影片的剧情发展而变化，这让人又害怕又觉得刺激。

虽说听起来有点自虐，但往往这么看完一个鬼片后，她都会有一种情绪彻底发泄过后的放松——啊！终于！挺过来了！

这种时候，成瑶往往浑身舒爽畅快。当然，副作用也是有的。看完鬼片后的当晚，成瑶一般必须整夜开着小夜灯，就着那点暖洋洋的灯光才能安心入睡——她还没有在看完气氛恐怖的鬼片后在漆黑的房里睡觉的胆量。

可惜今晚有点不平常。

成瑶看到在荒宅里的主角陷入被鬼狩猎这等最惊悚的情节时，房间里的灯毫无征兆地都灭了，一时之间只剩下电脑屏幕发着幽幽的光，然后一个鬼影伴随着可怖的音效忽地飘了过来，那腐烂的眼眶仿佛盯上了屏幕外的成瑶，与成瑶直直对视了一秒。

成瑶死死地用被子捂住了嘴巴，才抑制住了高亢到媲美女高音的惨叫。

她只来得及穿上一只棉拖就连滚带爬地跑出了房间，噼里啪啦地把客厅的开关都按了，灯却一个都没亮，只有窗外惨白的月光洒进来。

冬天了，大家都睡得早，就连邻楼的灯火也熄得差不多了，让人只觉得萧瑟而无生气。成瑶想起刚才看的鬼片，竟觉得有一股寒气顺着她睡裤的裤管一路钻了上来。

直到她在恐惧中瑟瑟发抖了一分钟后，才终于在隔壁邻居传来的咒骂声中反应过来，这不是鬼上身，这是停电了！

电力局，你是魔鬼吗？！这是什么要命的停电时机啊！成瑶内心泪流满面，让她看完鬼片一个人在漆黑的房间里睡觉，这简直要了命了！

她望着钱恒的房间，内心里天人交战起来，这种时候是向钱恒求救呢，还是自己一个人硬扛？

老板和鬼之间到底谁更可怕？成瑶矛盾了，这两者的恐怖程度好像不相上下啊……

算了，咬咬牙，豁出去了！钱恒至少是长得比较好看的鬼！

因为停电，钱恒的房里漆黑一片，成瑶也摸不准他睡了没有。但现在才九点，成瑶抱着试一试的心态，探头探脑地站在钱恒的房间门口，轻轻敲了敲门，压低声音喊道："老板？老板？"

回应她的是一片寂静。

"钱par？"

还是没有人应答。

"钱恒？"

继续无人应答。

"这么早就睡了？老年人吗？"成瑶一边嘀咕着，一边又叫了几声，"钱恒、钱恒、钱恒……"她百无聊赖地喊了好几遍，突然起了玩心，叉着腰笑起来，模仿着《西游记》里银角大王的样子，"钱恒，爸爸叫你一声你敢答应吗？"

这么一喊，竟然意外地冲淡了很多内心的恐惧感，于是成瑶壮着胆，又学着《西游记》里的情节演上了。

可就在成瑶演到"孽畜，还不快跪下显形！"的时候，刚才紧闭着毫无反应的门竟然开了。

钱恒穿着一身睡衣，顶着微微有些乱的头发，表情冷淡地出现在了门口。

虽然屋子里是黑的，但借着窗外的月光，成瑶仍旧能看清钱恒那张清贵英俊的脸。冷色调的月光仿佛为他镀上了一层更冷的霜华，他双手抱胸，微微倚靠着门，皱着眉，薄而淡色的嘴唇抿成不好相与的弧度，一双如黑曜石般的眼睛一眨不眨地盯着成瑶。

如果忽略这视线里的杀意，配着钱恒那张精致的脸蛋，这真的很唯美了。

可惜钱恒一开口就戳破了成瑶内心泛起的粉红泡泡。

"爸爸？"他盯着成瑶看了片刻，终于冷冷地开了口，"孽畜？"

虽然钱恒长着一张偶像剧男主角的优质脸蛋，但是这出演的剧情眼看着就要比鬼片还鬼片了。

但是成瑶会轻易放弃吗？

不！成功的人，都是不轻易放弃的人！

成瑶立刻换上了一张茫然的脸，眼睛也微微眯起来，让她显得很迷茫。她夸张地打了两个哈欠，面无表情地转身就朝自己的房门口走去，慢悠悠的，犹如无意识的丧尸。

是的，成瑶急中生智想到的办法就是装梦游！

梦游的人嘛，无意识的，大家都理解，说过的话、做过的事都不用负责任。

成瑶此刻已经背对着钱恒走出了一大段距离，内心打着如意算盘，眼见着离自己的房门已经很近了。

五米、四米、三米……近了，更近了……

“成瑶，董山案你做得很好，我刚刚给你多发了一笔奖金，转到你银行卡了，你收到短信通知了吗？”

成瑶一个激灵，下意识地从口袋里掏出手机一看：“哎？没有啊？你转我哪个卡里了？我工资卡是中行的，是跨行转账吗？是五万元以上的大额支付吧？因为我听我银行的朋友说五万元以下转账用的是小额支付系统，晚上也能实时到账的，现在还没到账那就是超过五万元，要顺延到下个工作日了。哈哈哈哈，没想到我又能拿到这么一大笔奖金啊，真是谢谢老板，谢谢老板了……”

成瑶见钱眼开，兴奋地自顾自嘀咕了半天，才突然意识到了什么……

我的天！自己不是正在演梦游吗？！梦游的人怎么会马上清醒和别人流利地交谈啊！中计了！！暴露了！！！

此刻成瑶再看向钱恒，果然看到他一脸冷笑地盯着自己。

“清醒了？”

她岂止是清醒了，是透心凉啊。

但好在成瑶脸皮够厚，她舰着个脸，假装刚才发生的一切都不存在，热络地道：“老板，你怎么也在房外面，还没睡啊？”

钱恒面无表情地道：“这不是有人叫我一声让我答应吗？”

钱恒又瞥了成瑶一眼，这次他竟然没有再深究，而是转身准备回房。

成瑶赶紧拉住钱恒的衣角：“老板！你有没有发现好像停电了？唉！这可怎么办？这个点，你肯定还要日夜不休地办公啊！这会不会影响你晚上加班啊？！你电脑的电量还够用吗？需不需要我把我电脑借你用？”

不管怎样，周遭还是黑乎乎的，虽然老板和鬼差不多可怕，但至少是有温度的存在。成瑶内心百转千回，手却已经为她做出了决定，死死地拉扯住了钱恒。

总之这种时候，只要不让她一个人待着就行，就算是被钱恒训话也行！

但可能成瑶的动作幅度太大，钱恒的睡衣又宽松，领口开得还大，在成瑶这个动作下，哗啦，他竟然就这么被成瑶拉掉了一侧的睡衣，露出了大半个肩膀，还有一侧肌肉线条优美的胸和腰。

虽然都说非礼勿视，但是，唉，成瑶想，你别说，还真挺好看的。

成瑶很冷静，钱恒的反应却大多了。他活像是被流氓非礼了的小姑娘一样，赶紧拉上了衣服，甚至用手紧紧地抓住了本来略微宽松的领口，把脖颈间捂得密不透风。

“成瑶，我错看你了。”

成瑶不解。

钱恒怒视着成瑶：“你果然和他们没有什么不同，终于按捺不住，露出你本来的面目了。”

等等……

“虽然孤男寡女同处一室，面对我这样的人，我理解你偶尔的不清醒和冲动，但是请你克制。”

老板，你是不是错拿了电视剧女主角的剧本？

成瑶有气无力地解释道：“我没……我真的是不小心的……”

钱恒有理有据地反驳：“你的眼睛刚才盯着我的腰就没移开过，眼神还色眯眯的，像是在盘算什么。”

我冤枉啊！

成瑶还想解释，然而钱恒只是摆了摆手：“算了，你不要再说了。”他看向成瑶，眼神同情，“我理解的。”

你理解什么啊？！

“行了，我回房了，我们现在最好不要见面，不然我想我的脸和身体对你的刺激会更大。”钱恒一脸大发慈悲的表情，“控制不住的时候，念一念《大悲咒》，洗个冷水澡。”

要是平时，成瑶绝对一走了之，让钱恒知道什么叫作不屑一顾。可今天不一样，今天的成瑶刚看完鬼片，此刻电又还没来，她一想到要自己一个人待着，都发起抖来了。

不管怎样都要留住钱恒！把他拖住！让他陪自己待到来电的那一刻！

于是成瑶又一次一把拉住了钱恒：“老板，我真的有事想和你聊聊！”

钱恒仍旧警觉地捂住领口：“什么事？”

成瑶硬着头皮道：“我想和你谈谈关于明天要接的家族信托纠纷！”

“不谈。”钱恒言简意赅，“客厅太冷了，我要回房间。”

“那我跟你回房间谈！”

钱恒伸出一只手拦住了想要往他房里跨的成瑶：“那还是在客厅谈吧。”

成瑶有些不解，客厅此刻是挺冷的，她搓了搓手：“去房里吧，你房里没开地暖吗？不行的话去我房里也行，我房里开了，挺暖和的。”

“不去。”

成瑶憋了憋，最终还是没憋住：“你说我一个比你矮一大截的女的，难道去你房里还能半夜把你怎么了吗？你这个防备的表情是怎么回事？”

成瑶以为这一席话总算能让钱恒无言以对了，结果他冷哼了一声，竟然回道：“你看过《天龙八部》吗？”

“嗯？”

“在《天龙八部》中，马夫人和乔峰两人共处一室，马夫人勾引乔峰未遂，结果由爱生恨诬陷乔峰。”

成瑶很茫然：“所以？”

“所以万一你反咬我一口，说我和你共处一室时意图对你不轨，我怎么说得清？”

“那、那就在客厅里聊吧！”

算了算了，忍一时风平浪静，退一步海阔天空！

你也有今天

叶斐然 著

[中册]

青岛出版社
QINGDAO PUBLISHING HOUSE

第六章　性感老板，在线护短

“五分钟。”

“家族信托就算在国内也是比较新鲜的概念，从2001年《信托法》实施以来，其实真正去实践使用的还是少数，直到这两年，很多富商才有了传承财富的想法，想让子孙守住家产。我研究了一下《信托法》，对其中一些信托的操作不是很明白，比如信托财产的独立性问题，还有过户和登记问题，这里面涉及的税收操作……另外就是关于实际层面，现在国内家族信托和离境信托到底哪个更有优势？”

虽然半夜和钱恒来研究家族信托是成瑶害怕之下的应急措施，但是作为一名家事律师，她此前在空余时确实曾对《信托法》进行过研究，这些问题倒也不是假的，她确实都做过功课。

很显然，对于成瑶能问出这样的问题，钱恒也有些意外：“你倒确实是做了点研究。一般家族信托确实可以以现金、股权还有房产等作为信托财产，但因为从委托人到受托人之间的过户制度，实际操作中依赖非交易过户的制度。然而目前非交易过户只限于继承赠予，信托在办理非交易过户时会遇到困境，因此目前国内的信托机构都更倾向采用现金和股票这类。”

……

五分钟满了，钱恒没赶成瑶走。

十分钟满了，钱恒讲得还是很投入。

十五分钟快到了，钱恒好像越发认真了。

他和成瑶一问一答，成瑶也忘记了最初只是为了拖住钱恒，一边连连点头，一边认真消化着，间或低头思考，偶尔发问。

等钱恒解答到成瑶最后一个问题的时候，竟然已经过了快半个小时……

“至于你说的国内信托和离境信托问题，这个我最近也有研究过，比较复杂，一时半会儿讲不清楚。你来我房里，对照着我之前整理的一些资料来讲，你比较好理解。”

成瑶不解。

对于成瑶的愣神，钱恒回头送了她一个毫不掩饰的白眼：“愣着干吗？到房里来啊，你想让我在外面冷死吗？”

可老板，不是你说的，死也不能让我进你房里，怕我控制不住自己对你这个那个吗？

成瑶在钱恒的白眼和催促中进了房间。她忐忑地想，按照钱恒的逻辑，自己不小心拽了一下他的衣服就等同于肖想他，那他现在主动邀请自己进房，四舍五入岂不是等同于他自荐枕席、投怀送抱？

按照这个逻辑这么一想，成瑶的思绪就收不住了……

虽然脾气差、嘴巴毒，但钱恒那个腰、那个胸，还有那个脸蛋……虽然屁股她是没看到，但是平时穿着西装裤就感觉很挺翘了，腿长更是夸张……外加按照钱恒一小时的收费比率，要真是那什么他，想想好像真的还挺值的。尤其如果他那张平时冷冰冰的脸哭唧唧地喊着“不要，不要”，这么想想竟然还挺带感？

成瑶大概被钱恒毒害久了，竟然觉得有一点心动。

直到她回忆了一下强奸罪要判多少年，才终于冷静了下来，拉回了自己在违法边缘试探的脚步，回过头来看向钱恒。

因为停电，钱恒的房间里也是漆黑一片，窗外那点月光洒进屋里，让房内的一切带了点朦胧的意味。此刻的钱恒正摸黑在一堆文件里翻找着关于家族信托的资料。

成瑶赶忙掏出了手机，开了电筒功能。

借着这束光，钱恒翻找着材料，而成瑶也终于得以一窥钱恒的书桌。

那上面杂乱地丢着各种案例参考、案卷资料，神奇的是，这中间竟然夹杂着好几本多肉养殖指南。

钱恒喜欢多肉植物?

多肉胖乎乎、绿油油、圆滚滚的，特别可爱，但钱恒竟然喜欢多肉这种和他的人设这么不相干的东西?总觉得他和滴水观音这种有着剧毒的植物更配呢。

成瑶回想了一下，似乎确实有这么回事。钱恒的办公室里总是摆着一盆盆的多肉，只是每次隔个一两个礼拜那些多肉就换样了。

成瑶原来没多想过，只以为是老板喜新厌旧，但现在看着这么多多肉养殖的教科书才反应过来，恐怕不是钱恒喜新厌旧，而是那些多肉都被他养死了。

“老板，你喜欢多肉啊?”

钱恒愣了愣，随即立刻否认：“不喜欢，就随便养养。”

还随便养养呢，口是心非，光是书就买了这么一堆，他真是用对待法律条款的钻研精神来对待多肉养殖了。

借着室内微弱的光看过去，果不其然，钱恒房里向阳的窗台前也放着一盆盆多肉，可惜有几盆叶片已经不再饱满，眼见着也是离死不远了。

成瑶有些心疼：“这些也快死了呀。”

刚才还声称随便养养的钱恒这下马上丢下了手上翻找资料的活儿，微微皱着眉，一脸凝重地走到了窗台前。他看了一眼，才松了一口气，然后警告性地瞪了成瑶一眼，绷着脸道：“再诅咒我的多肉，扣你奖金。”

虽然这么说，但是这一次，或许是夜色冲淡了平时上下级的界线，也或许是钱恒刚才脸上那想要努力掩盖却仍旧泄露的紧张，成瑶只觉得钱恒的恐吓一点儿威慑力也没有。

她拨弄了几个叶片，那已经萎缩了的叶片便在这轻轻的触碰下齐刷刷地掉了：“喏，你看，虽然它们外表看着还行，但是其实已经快——”

成瑶的“不行了”三个字还没说出口，钱恒就出声打断了她：“那怎么办?”

他的神情仍旧冷淡，语气还是平淡，然而在那种平静镇定姿态的掩盖下，钱恒还是流露出了他内心的情绪。

他在紧张，他很紧张，为了一棵多肉。

成瑶在为这种新鲜的认知而惊奇的同时，也突然恶劣了起来。成瑶也不知道自己是吃了什么熊心豹子胆，只觉得这时候对面明明很在乎多肉却还为了维持形象死绷着人设的钱恒，让她有点想逗一逗。

明明很想要，却要装得毫不在意，问题是钱恒这个演技还差了点火候，处处是漏洞。

成瑶眯着眼睛笑起来："想知道怎么办吗？"

钱恒没说话，抿着唇看了成瑶一眼："免除你两天的无薪加班。"

成瑶保持微笑，不开口。

钱恒皱了皱眉："不扣你这个月的全勤奖。"

成瑶继续微笑。

"年底给你涨工资。"

成瑶还是眯着眼睛不说话。钱恒比她高很多，她不得不抬头仰视对方，然而此刻，她竟然生出点睥睨对方的气势来。

来啊，来求我啊。

"给你试用期打优秀。"

"给你年终红包多点。"

"多批准你一天带薪假。"

让我看看你为了多肉，底线到底能降到多低。

……

"本来只签了一年合同，我提前和你续约。"

"带你做一个分成很大的案子。"

不论钱恒提出多么具有诱惑力的条件，成瑶只是保持着神秘莫测的笑容一言不发。

钱恒啊钱恒，风水轮流转，今天到我家啊，让你也尝尝这种求着别人却得不到肯定答复、内心一片忐忑的"快感"啊。

果然她最终惹恼了钱恒，他的脸上露出了"你快完了"的表情："成瑶，你不要得寸进尺，你到底想怎样？"

成瑶差点笑出来，外人绝对想不到钱恒和自己的这番对话仅仅是为了一盆多肉。

心理凌迟钱恒凌迟得差不多了，成瑶也终于准备见好就收，她咳了咳，清了清嗓子："这样吧，你这几盆多肉带到我房里来，我给你养几天就能挽救回来了。你这应该是浇水浇太多，日照又不够充分导致的。我不像你，每天太忙，我每天都能保证这些多肉晒到太阳的。”

钱恒狐疑地看着成瑶，似乎在审视她的这份保证可靠不可靠。

“你放心吧，为了免除无薪加班，能够得全勤奖、涨工资、试用期优秀、年终红包、提前续约和大案子，我也会努力的！”

钱恒的表情有些阴晴不定，成瑶却觉得自己简直是翻身农奴把家当，得意极了——原来让钱恒吃瘪这么爽啊！哈哈哈哈哈！

大概是梁静茹给了成瑶勇气，她顿时有些飘了起来：“快，老板，你不是要给我讲家族信托的东西吗？”

钱恒有些咬牙切齿，但形势逼人。此刻他有求于人，只能不发一言地拿出了整理好的信托资料，在书桌边找了个位置，开始给成瑶讲起来。

“境内信托和银行一样，是需要银监会批准才能设立的，同时也和银行一样，受银监会的监管。这个要件就让境内信托的设立门槛很高，而因为监管问题，普遍来说这些境内信托的经营理念非常保守……”

夜晚实在静谧，在这个房间里，钱恒的每一个语句、每一段声音、每一个叹息，似乎都被放大了。因为没有电，成瑶用自己手机的手电照着钱恒找到的那份资料，两个人便凑得很近，就着这一灯如豆的光，分享着信托的专业知识。

因为凑得太近了，成瑶只觉得自己仿佛能感觉到钱恒的每一次吐息。他那种淡淡的带了点薄荷味的呼吸像是化作了实体，如影随形般萦绕在她的耳边，钻进了她的皮肤，温热、湿润。

这个距离，近到成瑶只要微微一侧头就能撞到钱恒的鼻梁，然而沉浸在讲解中的钱恒浑然不觉，他间或看着资料，间或抬头扫成瑶一眼。

不得不说，钱恒长得实在是太好了，就算每天对着他这张脸，突然在如此近的距离和钱恒说话，成瑶还是有些心猿意马。他挺翘的鼻梁就在她眼前，平时薄而淡的一双唇轻启，长长的睫毛伴随着眨眼的动作跳动着，一双眼睛里那种认真的神情尤其招人。

成瑶以前总听别人说，认真的男人最英俊，直到此刻她才知道，这是真的。

陷入工作状态、职业到拒人于千里之外的钱恒，更是充满了让人想接近的气息，或许极致的拒绝反而是种诱惑。

像是垃圾食品，明知道吃了不健康，然而味道太好了，还是让人忍不住想吃。

这样认真、全情投入地给自己讲解着专业知识的钱恒，真的是非常英俊，英俊到成瑶下意识地不敢直视，轻轻侧开头。

成瑶刚避开了钱恒的视线，就遭到了对方的发难。

“成瑶，你在听吗？”

成瑶有些慌乱地抬头，她眼前就是钱恒放大的脸。她突然觉得紧张，下意识地起身想要往后退，却不小心被黑暗里脚边的杂物绊了一跤。

感受到脚踝被扭伤的疼痛，成瑶忍不住低低地叫了一声。

成瑶试图站起来，然而因为摔的角度问题，一下子竟然没能直接站起来。她扶着床的边沿试图用力，结果这简单的动作又引发了脚踝钻心的疼痛。

钱恒因为这个插曲中断了《信托法》的讲解，站起身，看向成瑶。

刚才那一摔，成瑶的手机不知道摔到哪儿去了，一时之间，两人之间便是黑暗。虽然有窗外微弱的月光，但是钱恒背光站着，成瑶也看不清他脸上此刻的表情。

“站得起来吗？”

虽然看不清脸，但是钱恒的声音仍旧冷冷淡淡的，成瑶疼得龇牙咧嘴，心里大骂钱恒：你就不知道来扶我一下吗？！

“站不起来！”成瑶努力了几次还是失败，反而牵动了伤口，又忍不住啊啊呀呀地叫起疼来。

钱恒似乎忍无可忍：“你能别叫了吗？坚强点！像个男人一样！”

我……我不是男人啊！

成瑶气得眼泪都要掉下来了：“你是法西斯吗？我——”

她的话还没说完，钱恒俯下了身，一言不发地抱起了她，然后毫不费力地把她放到了床上。

成瑶傻了。

我刚才经历了什么？老板抱……抱了我？我是谁？我在哪儿？我要干什么？

成瑶一时之间震惊过度，抬头愣愣地盯着钱恒，疑惑地问道：“老板？”

“不是你说站不起来了？”钱恒侧开了头，语气有些莫名的恶劣，“成瑶，我警告你，不要再挑战我的底线了。”

哎？我怎么挑战你的底线了？

“还有，以后别那么叫。”钱恒冷冷地警告道，“尤其不要在男人面前这么叫。”

“为什么啊？”

“烦。”

似乎怕成瑶再次发作，过了片刻，钱恒郑重地再次强调了一遍：“真的很烦。”

“……”

“哎？我手机呢？！”

黑暗中，成瑶终于想起了自己的手机。刚才那一摔，也不知道手机掉在哪儿、被什么东西盖住了，连手电的光都看不到了。一时之间，房里黑乎乎的，手机还真的很难找。

“老板，你能给我打个电话吗？”

摸索了半天，最终成瑶还是向一言不发的钱恒求了救。

钱恒没理她，但掏出了他的手机，拨通了电话。

熟悉的铃声在钱恒脚边的一堆杂物里响了起来。成瑶松了口气，钱恒见手机离自己很近，便直接弯下腰去捡……

成瑶本来还一派轻松，见了钱恒这个动作，突然想到了什么，极力挣扎着想要站起来自己捡，却碍于扭伤而动作迟钝。就在此时，钱恒已经把她的手机捡了起来，看了一眼手机亮起的屏幕……

前方死亡警报！前方死亡警报！！

这个刹那，成瑶的脑海里闪过这么几行大字，她只觉得大事不妙，大势已去……

果不其然，钱恒看了一眼手机屏幕就停了下来，微微眯了眯眼睛，脸上露出了危险的表情，他冷冷地笑了一声，把手机屏幕伸到了成瑶面前。

“解释一下。”

钱恒的手机还没有挂断，成瑶的手机因此也还在振动着。

她望着手机屏幕上“臭傻×”那三个字，只觉得这个场景，自己能直接表演心肌梗死当场去世的戏码了……

“我……”成瑶结结巴巴地道，“这是我对老板的爱称，我只有对亲密的人才这么备注的。你看，‘傻×’两个字，其实你仔细品品，有没有觉得带了一种淡淡的宠溺和无奈？加上一个‘臭’字，更是带了点无可代替的情绪，明着虽然是‘臭’，但内心其实是‘香’啊。你看，很多爸妈管自己的孩子叫‘臭宝宝’对吧？一个‘臭’字，凝聚了多少有口难开的爱啊……”

钱恒面无表情地道：“那你对你亲爱的爸妈也是这样备注？

“还是你爱我爱得不可自拔了？”

饶是成瑶平时插科打诨随意鬼扯，这一刻也有些词穷，给自己老板的手机号备注成“臭傻×”，这怎么洗白？！确实没法洗白啊！

气氛一度有些尴尬，好在最后钱恒终于开了口。这一次他的情绪显然平复了下来，没有刚才跟成瑶说话时那种气到快升天的感觉了。

“你出去吧。”

“哎？”

钱恒冷哼一声：“《信托法》也讲得差不多了，你不出去还赖在我房里干吗？”

不行啊！我不走！电还没来！我说什么也不回去！

虽然聊别的话题钱恒一定会赶人，但是聊专业的东西，他似乎很投入！

于是成瑶道：“老板！漫漫长夜无心睡眠，《信托法》讲完了，不如我们讲讲《保险法》对家庭财富传承的影响？聊聊现在的家族保单？还有家事保险纠纷里的一些办案难点？”

“不要，你出去。”

这次成瑶错估了钱恒的想法，他竟然毫不犹豫地拒绝了成瑶。

“那我们聊聊《继承法》实践里的困境？”

“成瑶。”钱恒抿了抿唇，“回去，睡觉。”

“老板，离你要搬走的日子越来越近了，我沐浴你光芒的时间也越来越少了，我……我今晚能不能睡在你房里？”成瑶硬着头皮道，“我睡地上就行了，能多和老板共呼吸同一份空气，对我都是一种荣幸……”

钱恒双手抱胸：“说人话。”

他这是油盐不进了……

成瑶犹自挣扎道：“老板……我今晚真的，就特别想睡在你房里的地板上。算命的说我今日有血光之灾，必须睡在你这地板上才能化解……”

钱恒笑了，露出森森白牙：“成瑶，你凭什么觉得我会允许你睡在我房里的地板上？哦，就凭你给我备注‘臭傻×’的这份情？”

也不知道是不是成瑶的错觉，钱恒把“这份情”三个字说得一字一顿，颇有些咬牙切齿的意味。

对此，成瑶只能继续急中生智：“我脚扭伤了……走不了了……”

“需要我像扛麻袋一样把你扛出去吗？”

钱恒倚在墙边，开始挽自己衣服的袖口，颇有大干一场、一把扛起成瑶把她扔出去的架势。

一个人面对无边的黑暗实在太过可怕，成瑶慌乱之中完全忘记了面子这回事，扑通一声扑倒在钱恒腿边，一把抱住了钱恒的小腿。

“我不走！”

钱恒一下子愣住了，他没想到成瑶竟然真的能这么毫无顾忌地抱大腿，还是字面意义上的真实的抱大腿。

他抬起腿试图摆脱成瑶，然而又顾忌着成瑶的腿伤不敢用力。局势就这么胶着着，他被成瑶越黏越紧。

“成瑶！”钱恒咬牙切齿地道，“你再这样，我明天就告你性骚扰！”

“你告吧，性骚扰因为举证困难能成功立案的本来就少，反正你想去告我也没证据。”

成瑶一边反驳钱恒，一边平生第一次觉得，学法律关键时刻真的挺有用！

对于同样知道法律操作的成瑶，钱恒简直快气炸了，他一字一顿地道：“你、起、来！”

“我不！我要睡在地板上！”

钱恒看着抱着自己腿的人的那颗毛茸茸的脑袋，只觉得头痛。

“老板，你别赶我走，我说实话！”成瑶欲哭无泪，“我今晚看了个恐怖片，我怕黑，求求你了！我会安静地待在房间里，就像不存在一样。我怕鬼啊，我不要一个人回房间！我愿意无薪加班五天，来换取睡在地板上的权利！真的，老板，求求你了！”

其实说出这个真实理由的时候，成瑶已经做好了继续被钱恒打包扔出房间的准备，然而令她意外的是，钱恒不仅没扔她，还真的停了下来。

“你怕鬼？”

“怕啊！难道你不怕吗？”

钱恒很不屑：“不做亏心事，怕什么鬼敲门。”

这不是做不做亏心事的问题好不好？！

成瑶恨得在内心咆哮，钱恒自然不怕，因为钱恒这种“鬼见愁”，鬼见了他恐怕都害怕他啊！

“以后少看点封建迷信的鬼神电影。”钱恒的声音仍旧毫无波澜，就像是在评价今晚的晚餐好不好吃那么平常，“行了，你起来吧，我要睡了，你就睡在左边这块地板上。”

哎？

等等……

钱恒看了眼傻愣愣的成瑶，挑了挑眉，神情有些不自然：“我都已经满足你想睡地板的愿望了，你不要得寸进尺！”

成瑶还有些不敢相信：“真、真的让我睡地板啊？”

“难道你还想睡床上？”钱恒转开头，“卧榻之侧岂容他人鼾睡，你没听过？谁给你的勇气让你想和我睡一起？”

成瑶抓了抓头发：“我不是这个意思，就是一般电视剧里，这种情形下，不都是男的主动让出自己的床让女的睡吗？”

“早点睡，你想的这些情节梦里都有。”

“……”

不管如何，在成瑶的坚持不懈的努力下，她终于成功地得到了睡在老板房间地板上的“宝贵机会”。

可惜经过这么一通折腾，成瑶彻底清醒了。

她躺在铺在地板的褥子上，翻来覆去睡不着了。

而床上，钱恒似乎也在辗转反侧……

成瑶试探性地叫了声：“老板？”

“干吗？”

果不其然，钱恒也没睡，不知道是不是因为夜晚而产生的错觉，他的声音带了点无可奈何的意味。

成瑶清了清嗓子：“既然都睡不着，要不我们来聊聊天吧？一起住这么久，好像也没好好聊过。你不是让我享受和你聊天日进斗金的感觉吗？我想最后享受一下……”

钱恒沉默了很久，才开了口。他的声音听起来有点干巴巴的，然而他竟然并没有拒绝，只是带了些不自然地问："聊什么？"

"聊聊你这些年律师从业的心得和感受？我有时候真的挺想知道的，像你们这样的成功律师，是不是也曾经和我们这些新人有过一样的困惑？你都是怎么克服那些困难的？"

成瑶问完才觉得有些不妥，钱恒这些年的从业心得和体会，就算是分享了，对她恐怕也没什么参考价值。由于她的能力和钱恒的能力的不同，恐怕他们遇到的困难也完全不一样。

钱恒沉默了很久，久到成瑶都以为他睡着了的时候，他终于发出了声音——

"执业之初，也挺难熬的。"

哎？成瑶一下子来了精神，她从地板上爬起来，抬起了头，看向钱恒。这个答案实在太让人意外了，在成瑶心目中，钱恒仿佛生来就如此强大，仿佛从没有陷入过她所经历的各种困境。

"我做律师，家里是反对的。"

嗯……所以是类似"做不好律师就要回家继承家业"的这种烦恼吗？成瑶想，果然阶级不同，连烦恼都不同。

"我父母为了逼我就范，对我进行了全面的经济制裁。我刚毕业，一分钱也没有，我哥想偷偷接济我，但那时候的我可能脑子也不太好使，竟然为了争一口气，拒绝了。"钱恒说到这里，语气里仿佛还带了点惋惜，"结果竟然沦落到只能住地下室，连沙县小吃都吃不起的地步。有次吃了个路边摊，结果得了急性肠胃炎上吐下泻了一个星期，正逢好不容易接到个客户，可客户又在另一个区。我一边肚子疼一边还要来回跑去送资料、沟通案件，就为了挽留这么一个律师费只有五千块的客户。大冷天的，风里来雨里去……"

钱恒竟然还有这种故事？这么落魄？听起来怎么这么不真实？

"但听包锐说，老板你好像从执业之初就非常光鲜靓丽啊？"

钱恒笑了笑，语气十分淡然，就像不是在讲自己的事："那是我装得好。幸好在没被我爸爸经济制裁的时候提前买了一套昂贵的西装。

"其实我当时过得捉襟见肘，但是每天我都穿之前买好的西装，不论什么天气，不论见什么样的客户，我都以西装示人，保持最完美的状态。律师要呈现的就是最职业和最专业的姿态。不论你面临多少困难，不论别人怎么轻视你都没关系，你自己一定要重视你自己，如果连你自己都不能尊重自己，你能指望谁尊重你？

“可是当时我跟着的带教律师为此看我很不顺眼，觉得我成天西装革履，是家里有钱的‘小开’，做律师是玩票。他成天给我穿小鞋，故意拦截客户提供给我的重要信息，或者隐瞒一些事实和证据，让我差点儿因此输掉好几个诉讼。”

成瑶十分意外，完全想象不到，钱恒竟然遇到过这种事。

“这是一家大律所，名字我不想再提，规模很大，在全国也有很多分支机构。我满怀憧憬地进去，却发现很多律师把精力用到内斗中，办公室政治浸透了工作。很多资深律师把精力放在拉帮结派和打压异己上，而不是想着怎么提高业务能力和专业水平。”钱恒的声音平静，“那时候我就发誓，不要再进入这种公司化运作的大律所了，与其变成这种律师，不如自己创立一个精品化的小所，人员精简但足够团结，团队有凝聚力，指哪打哪，能把每个人的专业能力发挥到极限。”

成瑶突然意识到，这是君恒内部氛围总是这么好的原因；这是同事之间除了插科打诨外，却从没有尔虞我诈的原因；这是钱恒从来毫无保留地把专业知识分享给自己，甚至愿意花时间从法理的层面提点自己的原因。

因为钱恒就是这样一个人，专业而坦荡，虽然嘴上从不饶人，但是内心比任何人都干净、澄澈、纯粹。

“现在君恒的这个团队，都是我们筛选后的结果。那些没有真才实学又不想努力、心里想着邪门歪道的人早就被我们开掉了。”

这样的工作氛围是成瑶喜欢君恒的重要原因之一，原来这种律所文化并非偶然形成，也是钱恒有意维护的结果。

说到底，不论是专业能力的提升还是律所良好的氛围，成瑶该感谢的人，都是钱恒。

因为有钱恒这样的人，才给她提供了这样一个安全、干净、有序的成长环境，让她能走出白星萌案件的打击，能够看到每一个同事身上的优点，能在和同事的互相切磋中奋起直追，能不用处理复杂的人际关系，把所有精力扑到专业的进步上。

“那，当初那个排挤你的带教律师现在怎么样了？你后来有再和他在法庭上见面吗？有把他打得落花流水吗？”

“他？”钱恒从鼻孔里发出一声冷哼，“早就没见到出来了，这种成天钻营、排挤新人、本身又没本事的人，怎么可能在大浪淘沙的激烈竞争中活下来？何况他的眼光也实在太差了。”

成瑶一时之间也十分义愤填膺，决定来一记大的马屁：“就是！叫他当初小看钱par！像钱par这种人，明眼人只要看一眼就知道是人中龙凤，早晚会出头的！他这是给自己树敌呢！”

“倒不是这个眼光。”钱恒的语气充满了不满，“他是瞎吗？我这种气质和谈吐，怎么可能是普通小富家庭养出来的？竟然觉得我只是普通的‘小开’，简直不能忍。”

“……”

都说夜晚是人内心最脆弱、最不设防的时候。大约黑暗的环境让人有敞开心扉的欲望，合住这么久，这确实是成瑶第一次知道钱恒早年的经历。

以往，在成瑶的心里，钱恒是高高在上、生而为精英的老板，虽然知道他优秀，但是正因为他太优秀了，让人只可远观不可亲近。

可今晚这样一番话，虽然讲的是钱恒早年也曾狼狈的经历，但是成瑶却觉得这些经历一点儿都没减损钱恒在她心里的形象，反而让她生出了想要靠近他的欲望。

钱恒这个人像是突然鲜活了起来，立体了起来，充满烟火气了起来。

原来就算是钱恒，也曾经在从业之初经历过不公和挫折，也有过迷茫的时刻。原来她经历的一切他也都早一步体会过。

虽然隔着时空的距离，但是没来由的，成瑶就觉得自己像是一颗小行星，本来和钱恒有着各自的轨道，然而在某个瞬间，两人的轨道是交会的，他们是有共鸣的。

不知怎么的，成瑶也突然鼓起了倾诉的勇气：“其实在上一个律所，实习第一年的时候，我哭过很多次，想过很多次要不就算了，不做律师了，回家考公务员吧。”

“太累了。虽然我跟了一个带教律师，但他从不管我，给我安排的很多都是行政类的工作，甚至把我当成了他的私人助理——他给老婆买情人节礼物、订花，都让我去办。我参与案子也只能接触些皮毛，就负责打印个文件，帮着把手写的文档全部打字录入成电子文档，很多关键的会议，我也没资格参加……但每次和男客户吃饭，他都会叫上我，每次我都要喝酒，听他们开一些不怎么样的玩笑、讲一些段子。”成瑶深吸了一口气，“我虽然也很忙，但是忙得很迷茫，我不知道自己在做的这些事有什么意义。月工资少得只有两千块，每个月都靠家里接济才能在A市继续待下去，那时我根本看不到未来的希望。”

虽然事情已经过去了，但再次回想起来，成瑶内心仍旧觉得酸涩难过。尤其是被动陪饭局这件事，成瑶就连最好的朋友秦沁也没有告诉过，觉得难堪和尴尬。然而此刻，也不知道为什么，她就这么大方地告诉了钱恒。

大概钱恒有一种力量，让人觉得在他过分出挑的外表还有得理不饶人的“毒舌”之下，他的内心是可靠的、安全的，是可以让人依赖的。

可惜成瑶的悲惨遭遇似乎一点儿也没让钱恒动容，他不仅没安慰，还语气恶劣地道：“你是白痴吗？这种事情不会拒绝？你到底是陪酒的还是律师?

“什么名字？”

面对钱恒突然的发问，成瑶有些茫然：“啊？”

“你之前律所带教律师的名字。”

“姚峰。”

“做什么方向的？”

“继承法方向的。”

“好。”

好什么好？成瑶有些丈二和尚摸不着头脑。

就在成瑶准备追问的时候，钱恒已经转换了话题。

“现在呢？”

“什么？”

钱恒咳了咳，他的声音听起来有些不自然：“现在，还哭吗？”

成瑶愣了愣，才意识到他问的是什么。她先是摇了摇头，然后意识到对方看不到她的动作：“不了。”说完，她又补充了一句，“就白星萌那时候哭过……”

“嗯。”

就在成瑶以为这个话题已经结束的时候，钱恒带了微凉感觉的声音又一次响了起来。

"忍过执业最开始的两年，别哭，大家都是这么过来的。"

哎？

"想哭的时候，我给你买巧克力。"

嗯？

"正常的那种巧克力。"

哦……

成瑶一直没有回答表态，钱恒仿佛有些自乱阵脚，又状若不经意地补充了一句："算了，要是实在还想哭，那就哭吧。"

自顾自地说了这么几句话，却没得到成瑶的回复，钱恒似乎终于有些恼羞成怒起来，恶狠狠地道："我说了这么多，你听到了吗？"

"听、听到了！"

"下次想哭，必须给我打申请，我批准了，你才可以哭。"

"好……"

"你敢背着我哭，我就把你的年终奖都扣了。

"有什么压力或者困难，提前和我沟通，或者和包锐、谭颖他们说都可以，不要自己一个人去哭。"

嗯……虽然是钱恒一如既往的强权主义的风格，然而被这样的强权支配，好像感觉也还不赖？

成瑶心想：我该不会在"五毒教"待久了也已经毒入骨髓了吧？

然而成瑶还是很好奇："老板，你那时候有没有迷茫过啊？"

"连续一周每天加班到凌晨四点，每天只能睡四个小时的时候，也有。"钱恒似乎翻了个身，他的声音离成瑶更近了些，"缺觉久了，整个人就很烦躁，不知道自己为什么要过这种日子，明明家里什么也不缺。"

"后来呢？"

"后来和我爸吵了一架，觉得人如果想要对自己的人生有绝对的掌控，不用受任何人的摆布，还是得自己有资本和能力。"

想不到家财万贯的钱恒，还有这么励志的故事。

短暂的沉默后，钱恒又开了口："你为什么要当律师？"

"我？"成瑶顿了顿，才道，"为了给我姐姐讨回公道。"

"邓明？"

"你知道？"

“嗯。”

说到邓明，成瑶突然有些沮丧：“我是不是超不过他了？上次白星萌的事，最后竟然也是被他捡了现成的便宜。我太没用了。”

“超过我是没可能了，超过他没问题。”钱恒的声音仍旧冷冷淡淡的，像是拒人于千里之外，“你这个资质虽然和我相比差得太远了，但是态度还挺端正，还是可以抢救一下的。”

成瑶一瞬间有些哭笑不得。钱恒这家伙怎么就这么别扭，明明心里想安慰她，偏偏总要摆出一副冷淡的样子，好好说话会怎样？！

即便他的态度仍旧倨傲冷淡，成瑶却觉得，如果这一刻有灯光，钱恒脸上的表情恐怕是温柔的。

成瑶的这位剧毒老板的温柔，就仿佛是沙漠中骄傲挺拔的仙人掌，带着拒绝的尖刺，沉默而被动。然而当你干渴着前来，划破他的表皮，却能汲取到珍贵的水分和那带了太阳余温的暖意。

“那就麻烦老板你对我抢救一下了！”

“你这么求我，我就勉为其难地抢救你一下吧。”钱恒果然高贵冷艳地道，“再熬个两年，这两年里，我对你唯一的要求就是别谈恋爱、别结婚，把时间都投入到工作中去。”

“哎？还不能谈恋爱？”

成瑶的这个问题让钱恒有些不快：“你还想谈恋爱？”他顿了顿，语气更危险了，“还是说你已经背着我在谈恋爱了？”

什么叫背着你在谈恋爱？老哥，说得怎么和我背着你出轨似的。

然而不知怎么的，成瑶下意识就是一个否认：“我没有啊！”她解释道，“但我就是觉得谈恋爱也不影响工作啊，谈恋爱时，两个人齐头并进什么的啊。”

钱恒冷哼了一声：“算了吧，现在有几个男人有这股拼劲？还齐头并进？你想谈恋爱也可以，这个男人能优秀到超过我就可以。”

钱恒想了想，又补充了一句：“算了，超过我的恐怕全宇宙都没有，比我差一点的勉强可以吧。”

老板，比你优秀的我不知道有没有，但比你自我感觉良好的恐怕真的没有了啊！按照你这个标准，我恐怕这辈子都嫁不掉了啊！

“行了，睡觉吧。”

片刻后，成瑶突然又想起来什么——

“老板，你睡着了吗？”

“没有。”

“你说的那个给我多发的五万奖金，到底转账了没有啊？”

“我睡着了。”

如果有不要脸大赛，钱恒无疑已经站在了终点。

今晚老板有救了吗？

成瑶很想大声说：没有！今晚的老板依旧无药可救！

不知是不是钱恒难得卸下“毒舌”面孔后的温和抚平了成瑶波动的情绪，成瑶这一晚睡得尤其香甜。

第二天醒来，她觉得有一种浑身舒爽、宛若新生的感觉，床铺柔软温暖，就如同睡在羽毛上一样。

等等！床铺？柔软？

她不是应该睡在地板上吗？

这个刹那，成瑶彻底醒了。她坐起来，才发现自己正大剌剌地睡在老板的床上，四仰八叉的，一个人占据了一整张大床。

那么问题来了……

老板呢？本来应该睡在大床上的老板上哪儿去了？

成瑶怀着忐忑的心情低头一看，才发现钱恒正侧躺着睡在地板上。

他太高了，地板上的空间让他完全伸展不开手脚，一米八几的身高让他不得不微微蜷缩着才勉强能睡下。

这是成瑶第一次看到钱恒睡着的样子。

钱恒的颜值确实是很能打的。

他好看的眉舒展着，睫毛纤长，安静地垂着，下颌的线条优美流畅，头发微翘，竟然让人觉得此刻的钱恒有些乖巧和无辜。他睡衣的领口微开，露出一小片胸膛，伴随着绵长的呼吸微微起伏，那含而不露的景色，让人有点想去给他解开扣子一探究竟……

成瑶就这么坐在床上，安静地看着钱恒的睡脸。

直到钱恒终于悠悠然转醒，成瑶看着他那双漂亮的眼睛从惺忪变得清明。

她终于按捺不住感激和激动之情——

“老板！谢谢你最后把床让给我，自己睡地板！我会记住这份恩情的！”

可能是昨晚的夜谈拉近了彼此的距离吧，成瑶想，钱恒，这位行走的“口是心非精”最终还是偷偷摸摸地把床让给了她，展现了他的绅士气概。

“我睡到一半，突然有个人摸黑爬上了床，卷走了我的被子，接着一脚把我从我的床上给踹了下来。成瑶，这份恩情我也会记住的。”

说好的绅士让床呢？

“这不可能！”成瑶下意识便是极力否认，“我不可能对老板做出这种禽兽不如的事！”

她否认完，便开始回想昨晚睡着后的情景……

她好像起来上了个厕所，然后？

然后她好像爬上了床，迷迷糊糊地拉过被子睡觉，可惜床不知为什么比平日里的小，似乎放了个大型抱枕，她习惯了呈“大”字形睡觉，便下意识地朝那抱枕踹了有力的几脚。

然后呢？然后咚的一声，伴随着物体落地的沉重声音，世界安静了，她的手脚终于可以自由伸展了。

一边拼凑着昨晚的记忆，额头的汗就一边往下淌，成瑶赶紧俯身，低头弯腰连连认错：“我睡蒙了，我以为是自己的床——”

结果话说到一半，她就发现钱恒原来怒视着自己的目光突然变得有些奇怪。他非常突然地转开了目光，然后冷着脸，扔了一个枕头到成瑶身上。

成瑶傻了，她下意识地接住枕头并抱在了怀里，然后一脸疑惑地看向钱恒。

这也太小心眼了吧？自己把他踢下床也不是故意的啊！他至于拿枕头砸她吗？！

“出去。”

哎？

钱恒仿佛真的生气了，仍旧保持着一眼也不想看成瑶的姿势，说话的语气里也带着一种微妙的生气。

从成瑶的角度，只能看到他线条优美、轮廓分明的侧脸和紧紧抿着的唇。

成瑶也有些生气了，她确实并不是故意的，钱恒这还没完没了了？她一把丢开了枕头，准备好好和钱恒解释和辩论一番。

本来还安静侧身坐着的钱恒一见成瑶丢开枕头，竟然动作迅速地起身，拎起了他的被子，在成瑶还没反应过来的时候用被子把成瑶裹粽子一样裹了起来，然后绷着张脸，就这么一把扛起被子和里面的成瑶把她带到了房间外。他丢垃圾似的把她往地上一放，一改往日背脊挺拔的姿势，一言不发且动作略微有些不自然地回了房间，在成瑶的目瞪口呆的表情里当着她的面甩上了门。

然后没多久，钱恒房里传来了花洒的声音。

这套房子有个好处，两室一厅，每个卧室都自带一个卫生间，因此成瑶从来不需要尴尬地和钱恒共用卫浴。

只是明明钱恒昨晚洗过澡的，怎么今天一大早又去洗澡了？她也没听说他有洁癖啊？

成瑶一个人站在钱恒房间的门外，跳着扭了扭，才终于挣脱了被子的束缚。她抓了抓头发回了房间，也准备洗漱。虽然时间还早，但是今天毕竟要跟着钱恒一起去B市出差呢！这是她第一次出差，想想心里还有些激动。

只是她刚走进卫生间，抬起头看了镜子里的自己一眼，脸就轰地红了。

她睡衣衣襟的第三颗扣子，也不知道怎么回事，竟然好死不死地开了！开了！开了！！

如果是站着不动还好，只要她稍一弯腰或者有其余动作，衣服便会拱起一小道缝隙，顺着这个缝隙就能看到胸口。

因为要睡觉，成瑶里面自然是什么也没有穿的。

但凡扫到一眼，便能看到她里面隐隐约约的胸线。

这一刻，成瑶只觉得自己还是死了算了！

她终于理解了钱恒刚才莫名其妙的行为，人家那是不忍直视啊！

那他大清早洗澡……洗的……也不知道是不是冷水澡，这大冷天的，也怪可怜。

成瑶决定通过自我麻痹、自我催眠来忘记这一段插曲，好在钱恒大约也是这么想的，两个人最终还是像模像样地坐在餐桌上吃了早饭。只是作为后遗症，钱恒似乎连正眼也不愿看成瑶了。

毕竟他们要一同去外地出差，要共处两天，总不能老这么尴尬着，成瑶纠结地左思右想着如何打破这份沉默。

可惜钱恒脸上一直挂着“生人勿扰”的表情，板着张脸。

这状态持续到了机场，结果因为航空管制，原本十一点半能到达B市的飞机晚点了，得下午一点才能抵达B市，钱恒这脸就拉得更长了。

上了飞机，钱恒也仍旧绷着张脸。

两人坐的是商务舱，今天商务舱里除了成瑶和钱恒就没别人了。

成瑶忍了忍，最终没憋住：“老板，你这是要和我闹冷战吗？”

钱恒抿了抿唇，没说话，把手里的航空杂志翻得哗啦哗啦响。

成瑶是个不喜欢心里憋着事的人，此刻被钱恒这么不冷不热地对待，她心里也有些怨气了。

“你是在为早上的事生气吗？”

“我又不是故意的。”成瑶气鼓鼓地咬了咬嘴唇，“而且这种事吃亏的是我，我一个受害者都没说什么，你倒是觉得冤了。再说了，又不是让你看了什么辣眼睛的东西，我对我的身材还是很有自信的，哪里有让你看了长针眼的东西？”

“成瑶！”钱恒啪的一声放下了手中的杂志，脸上青红交错，但他终于正眼看成瑶了，“你是个律师！注意一下自己的言行！”

“我的言行怎么了？”成瑶也被激起了战斗欲，“我做什么违法的事了吗？我有哪儿行为不端了吗？我不过就是不小心衣服扣子开了，那你可以不看啊？！谁让你看的啊！行为不端的难道不是你吗？非礼勿视没听过吗？怎么错的还是我了？”

钱恒简直被气笑了：“我不看我怎么知道是非礼勿视的东西？”

“你看，你承认看了吧！什么非礼勿视，我明明记得你看了第一眼以后，还回头看了好几眼才把枕头丢在我身上的呢！”

钱恒看起来像是快被气炸了：“我承认什么了？我没指控你蓄意勾引已经格外开恩了！故意半夜找理由睡我房里，早上开了扣子想引诱我犯错，你还得寸进尺上了？”

“什么蓄意勾引？我也不知道扣子怎么开了，我还不想给你看呢！”

“那你还想给谁看？你们这些长得漂亮点的女的，就老想着用女性的优势来走捷径，这种办法在我这里行不通。我带你来出差没什么别的心思，只希望你也安分守己，好好展现专业素养。”

“什么捷径？！你别血口喷人啊？！而且你不是说我长得不咋的吗？”

“看习惯了，勉强也还行吧。”

“……”

两个人就这么一路在拌嘴中抵达了B市。

虽然两人都还有些余怒未消，大有再战几个小时的冲动，但是飞机一落地，就该奔着工作去了，两个人很默契地收起了刚才的情绪。

这次家族信托纠纷的当事人在B市有公司，他从国外临时回国就是去公司处理事务的。钱恒此前和对方约了下午两点在对方的公司见面，虽然钱恒已经和对方提前沟通过飞机晚点的事了，但是考虑到客户在国内停留的时间有限，还是不想迟到。

两个人连酒店也没有去，提着行李打了车便直接往客户公司赶了过去。

这次的客户唐兵是个身材和脸都保养得当的中年男人，成瑶从事先查阅的资料中得知他是B市当地的酒业大亨。作为富商来说，唐兵长得算是可圈可点，他注重饮食均衡，所以并没有发福，整个人让人感觉很精神，一双眼睛很活泛，只是眉眼间带了点风流的意味。

“钱律师、成律师，欢迎欢迎。按照你们之前发给我的资料清单，我已经都准备好了，要不去我公司二楼的会议室里你们慢慢看？”

唐兵一边带着路，一边向成瑶和钱恒简单介绍着他的公司和此次委托的业务。只是成瑶能很明显地感觉到，他那双活泛的眼睛有意无意地扫过，在她身上停留过久。

网上那些关于他的花边新闻果然不假，成瑶在心里撇了撇嘴。这位唐总总共有六个孩子，除此之外，他还有各式各样的私生子传闻，外加他家业又庞大，难怪需要早早规划家族信托，好避免日后他的子嗣为了争夺家产而厮杀。

唐兵就这么带着他的助理还有钱恒和成瑶一行人进了会议室。唐兵找人搬来了一摞摞的资料，除了家族信托外，他还希望钱恒能帮他规划一下企业未来的家族股权架构。

“时间宝贵，我们就直接开始。我来介绍一下，我左边依次是公司的财务总监、法务总监、人事总监和市场总监，你们可以现场梳理企业情况。”

唐兵说完特意多看了成瑶一眼，给了她一个自认为颇有魅力的笑容，才继续讲正事。

成瑶不太喜欢唐兵这种油腻的做派，但好在进入工作状态后，他没有再作妖，而是变回了精明的商人，和钱恒一来一往地沟通着家族企业的股权情况。

不知不觉一个小时就这么过去了，成瑶原本在配合查阅着公司的财务情况，可一阵又一阵袭来的饥饿感让她有些忍不住了。

因为航班延迟又要赶在约定的时间内到唐兵的公司，原本能在B市好好吃的午餐一下子就被压缩没了，成瑶和钱恒只来得及在飞机上吃了个简易的飞机餐。那东西只能抵一时的饥饿，如今在高强度的脑力工作下，成瑶已经饿得前胸贴后背了。

她尚且如此，钱恒作为一个需要更多热量的成年男人恐怕就更惨了。

成瑶看了一眼钱恒，却见他仍旧低头审阅着眼前的文件，间或抬头与公司的几个高层沟通他发现的问题，条理清晰、犀利直接。

他仿佛不会饿一般，专业到可怕。

成瑶不知道钱恒的胃是不是有特殊的抗饥饿功能，但她真的是饿到快晕倒了，只是大家都在工作，她总不能突然起身说要去买点吃的吧？这简直太不专业也太尴尬了！更何况唐兵的公司位于B市远郊，这一片是工厂区，在来这边的出租车上，她就没见到周边有什么小吃店和超市。

"成瑶，刚才包锐联系我，你出去给他打个电话，把他要的资料念给他听。他要的资料在我包里，你拿出去。"

就在成瑶饿到感觉眼冒金星之时，钱恒拿出手机看了一眼，然后终于大发慈悲般地分了点精力看了她一眼，接着冷冷地发号施令。

成瑶点了点头，接过了钱恒的包，强忍着胃痛往会议室外走。

她正奇怪最近包锐有什么案子资料会没有备份，还要从钱恒这儿找的，她的手机就响了。

成瑶拿起来一看，是一条短信，钱恒的。

"不用给包锐打电话，包里有巧克力，你在外面吃了。"

哎？

成瑶蒙蒙地打开了钱恒的公文包，才发现在小隔袋里真的有两大块黑巧克力。

所以钱恒压根儿不是因为包锐需要资料才让她拿着包出来，而是为了找个合理的借口让她出会议室，好赶紧吃点巧克力填一下肚子？

虽然一心投入工作中，但是钱恒竟然还能分出点心来关心一下她的胃，明明他自己也什么都没吃，却还想着下属。钱恒虽然看起来冷冰冰的，但是竟然提早就在包里装好了巧克力。

成瑶知道，钱恒并不爱吃甜食，因此她几乎可以确定，这两块巧克力，钱恒并不是为他自己准备的。

这个认知让成瑶突然有些手足无措起来。

她撕开巧克力的包装咬了一口，这块黑巧的味道很纯粹，带了一种淡淡的苦味。然而成瑶一点儿也不觉得苦，她觉得手中的这块巧克力还真的挺甜的，甚至是她这辈子吃过的最甜的巧克力。

成瑶胡乱地塞完了巧克力，才装作打完电话一般回了会议室。

对于她的回归，钱恒连眼皮也没有抬，还是那副冷酷的模样，看上去不近人情。要不是有短信为证，成瑶都要怀疑自己刚才是做梦了。

再次坐下后，成瑶总忍不住用余光去看两眼钱恒。

“我建议将自然人股权逐渐全部过渡成控股公司持股，另外从合理避税的角度而言，控股公司持股在股权分红、转让和未分配利润转增股本上，都有更大操作空间。”

……

成瑶一边听，一边也跟着钱恒的思路思考着。坐在她身侧的这个男人英俊、冷淡，唇形姣好的嘴里毫无停顿地吐着专业的词汇，语速和他的思维一样快。他神情专注，表情冷淡，职业到冰冷，气场却强到可以碾压任何人。

不知道怎么的，成瑶越是看着这张侧脸，越是觉得心里有些难以控制的悸动。

她从来都不知道，一个如此冷冰冰的男人可以这样吸引人。

成瑶吃了一块巧克力，已经不再有低血糖的征兆，肚子也舒服了很多，然而理应比她更饿的钱恒仍旧心无旁骛，用完美到无可挑剔的状态在为唐兵做着股权架构规划。

成瑶特意为钱恒留了一块巧克力，希望他也能寻个借口中途出去一趟，然而他没有。

他就那么身姿挺拔地坐着，气质疏离，面色冷然，没有一句废话。

他真的太专业了。

不和钱恒一起出差，她真的不知道原来有人可以把律师这份工作做到如此极致。

也是这一刻，成瑶突然有点相信了，钱恒说他此前的十几个助理最终都爱上了他，确实不是没有道理。

英俊、多金、执着、敬业、有担当、强大。这样的男人，如果能对你笑一笑，一双眼睛盯着你，确实很有杀伤力吧。

几乎是在同时，钱恒突然侧过头喊了成瑶的名字，盯着成瑶笑了一下。

“成瑶，你看了公司的人事、财务状况，有什么需要补充的吗？”

沉迷于工作的钱恒几乎是状态全开，他那个笑容里还带着全情投入工作的畅快和愉悦，有种让人难以抗拒的魔力，犹如大雪初霁、春光乍泄。

现在成瑶可以确定了，钱恒那样笑的时候，不是或许很有杀伤力，是确实很有杀伤力。

这一刻，成瑶的头脑有瞬间的空白，她几乎是靠着强大的意志力和本能才能正常地回答钱恒的问题，一一指出了自己刚才审阅资料时发现的一些问题。

直到钱恒微微点了点头，她才松了口气。这一次，她总算没有让钱恒失望。

一场会议就这样持续到了下午四点。

唐兵显然非常满意，一路将钱恒和成瑶送到公司门口，安排了车：“我先让司机把两位送去洲际，我们公司在远郊，这附近没什么酒店，我就把酒店订在市里了，晚上我也一起住那。现在公司这儿还有些事需要我处理，两位先去酒店休息一下，晚上我请两位吃个饭，然后再讨论家族信托的事。”

钱恒看上去仍旧精神饱满，他和唐兵握了手，才带着成瑶上了车。

汽车刚驶出十分钟，钱恒刚才完美光鲜的状态就垮了下来。他随手扯松了自己的领带，轻轻靠在了座椅上，脸上露出了些微疲惫。也是这时，成瑶才发现，钱恒虽然一张脸仍旧能打，但他的脸色比起平日来，未免有些苍白了。

“老板，你没事吧？”

钱恒紧抿着嘴唇，微微皱着眉，朝成瑶摆了摆手，他的另一只手正按在自己的胃上。

这下不用他回答了，在几个小时高强度的工作中一直饿着，成瑶知道钱恒现在状态很不好。

成瑶马上从钱恒手中拿过他的包，赶忙从包里掏出另外一块巧克力，拆了包装递到他嘴边："你快吃！"

可钱恒轻轻地撇开了头："老毛病，没事。"

云淡风轻的五个字，然而不知道怎么的，成瑶心里有些难受。

大家都说成功的律师胃都不太好，原来是真的。

钱恒在这之前，到底有多少次为了工作顾不上吃饭？成瑶虽然只是小康家庭出身，但也从没有体会过饥饿的感觉。她知道自己一定受不了这种连饭也吃不上的苦，她很难想象，巨富家庭出身的钱恒是怎么熬下来的。

一个有路可退的人，一个明明可以过轻松人生的人，到底需要多少毅力和信念，要多坚定和执着，才能走到今天这一步。

钱恒仍旧轻轻地靠着座椅，他的一只手轻轻覆住眼睛，从成瑶的角度，只能看到他挺翘的鼻梁和略微凉薄的嘴唇，还有微微隆起、白皙而充满性感意味的喉结，再往下……

再往下，成瑶突然不敢看了，她有些尴尬地移开了视线。

好在今天并不堵车，四十分钟后，司机就把成瑶和钱恒送到了洲际酒店。

钱恒的状态仍旧算不上多好，他只是朝司机颔了下首，简单示意后就和成瑶在洲际登记入住了。

"待会儿晚饭前唐兵应该会联系你，有什么安排你来叫我。"

两人的房间挨着，钱恒关照了成瑶几句，然后才进了他自己的房间。

虽然车上的小憩让钱恒的脸色好看了不少，但他那双皱着的眉还是并没有松开，想来胃还在不适。

"老板，要不要叫点吃的给你？"

"我现在什么也吃不下。"钱恒尚有些疲惫，"晚上就家族信托的事还要和客户开会，出差的强度就是这么大，你也先回去修整一下。"

成瑶点了点头。

回了自己的房间，成瑶还是放心不下。晚上唐兵肯定还会宴请他俩，酒店的饭菜总是油多口味重的，根本不适合钱恒这种饱受摧残的肠胃。尤其饿一顿又饱一顿，恐怕吃完晚饭钱恒又要胃痛胃胀了。

成瑶想了想，打了酒店餐饮部的电话，为钱恒点了一份养胃粥。她不放心，还特意关照了粥里的食材，再三强调了要放粳米、糯米、红枣和熟牛肚。要不是洲际酒店餐饮部服务体贴到位，她都想捋起袖子冲到厨房自己给钱恒熬粥了。

好在酒店的效率也高，没一会儿，客房服务就把一保温杯的粥送到了成瑶房里。

成瑶没多想，马上给钱恒送了过去。

只是成瑶没想到钱恒刚洗完澡，他拉开门的时候只穿着浴袍，头发还微微滴着水。浴袍的衣襟开得有点大，随着他走路的动作隐隐约约露出些许皮肤。成瑶随便瞥两眼，都能看到他腹部的线条。

他的腹部竟然没有一点赘肉，只有一层薄薄的肌肉。

合伙人有这种身材，“犯法”了吧？！有点过分啊！

“什么事？”

成瑶眼神飘忽，支支吾吾：“我……我……这……这……”

钱恒看了眼成瑶绯红的脸，抿了抿嘴唇没说话，只是把他的浴袍拉紧了，拉到一个什么也看不到的程度。

成瑶终于感觉思路清晰了：“我让酒店给你准备了点养胃粥。”她提了提手里的保温杯，“你先喝一点。”

钱恒愣了愣，随即侧开了头，话语虽然仍旧简洁，但声音有些微的变化：“好。”他接过保温杯，“你出去吧。”

这是明显的逐客令了，然而一个真正的律师是从不会畏惧强权的！

成瑶不但没回去，还往门里卡了一只脚，然后挤进了钱恒的房里。

“不行。”她一双眼睛盯着钱恒，“我不出去。”

钱恒挑了挑眉，有点山雨欲来之势：“成瑶，你这是赖上我了？”

“啊？”

钱恒移开了目光，有些不自然：“就因为我早上不小心看了你两眼，你现在是打算赖上我不放手了？”

啊？这都什么跟什么啊？

成瑶茫然了片刻，才意识到钱恒说的是什么。

她一张脸全红了：“我……我……不是……这……”

钱恒已经恢复了镇定，重新转头看向成瑶：“你不要指望我看你两眼就会负责，这种事是不可能的，但公平起见，你也可以看我几眼。”他一边说，一边就要拉开浴袍的衣襟，“只给你五分钟，从此我和你两不相欠。你只能看，不能录像、拍照，不能留存任何电子影像资料，否则我会以侵犯他人隐私罪起诉你。”他想了想，又补充了一句，“只能看，不能摸。”

钱恒！你的脑子能不能和我们正常人接一下轨！

成瑶赶在钱恒动作前一把按住了他要拉衣襟的手，她想，自己这个动作，够能明确自己的内心了吧？！

我根本不是为了赖上你才来你房间的好吗？！我也不是为了看你的胸肌、腹肌才来你房间的好吗？！

成瑶盯着钱恒，用眼神传递着她的想法——

我是一个高洁的人！一个品行端正的人！一个品位高雅、情趣比品位还高雅的人！我不是你想的那种人！！！

钱恒愣了愣，看向成瑶的目光更复杂了：“你是想自己来？”

成瑶无力地想：老板，你的思想再这么危险，我真的要报警了。

一边这么想着，成瑶一边就下意识地越过钱恒的身体，看向他身后的电话。

谁知成瑶的沉默换来了钱恒脸色的剧变，他脸色铁青地道：“成瑶，你不要太过分了。”

成瑶已经欲哭无泪：“我又干了什么？”

“给你看我上半身还不够，你竟然还想看我下半身？”钱恒咬牙切齿地道，“收起你看向我下半身的色情眼神！给你两个字——做梦！”

我不是！我没有！！别瞎说啊！！！

我是看你身后的电话啊！我没看你下半身啊！

其实成瑶的想法很简单。她不想出去，单纯是担心按照钱恒任性的性格，她走以后，这份养胃粥一定会被他随手一放，又忙着回工作邮件了。

她留下单纯是想看着钱恒喝完粥，然后再放心地离开，只是没想到钱恒的思路如此清奇。

好在成瑶解释了半天，终于让钱恒相信了她。

然而等他换好了衣服面对养胃粥时，他果然还是拒绝的。

“我不吃。”

“老板，这是我特意为你准备的，你吃了行吗？”

“我现在不饿了。”

“那是你饿过头了自然就不感觉到饿了，但每次这么饿过头都不吃，长此以往胃就坏了！”

可惜不论成瑶怎么劝说，钱恒都十分任性——不吃，就是不吃。

成瑶实在没办法，只能咬咬牙，使出了撒手锏：“这样，你吃的话，我愿意放弃今年五天的法定带薪年假！”

钱恒果然迟疑了。

“还愿意无薪加班两天！”

钱恒动心了。

“给你延长一个月的打扫服务！”

在这最后一击之下，钱恒终于屈服了。

他拿起保温杯，勉为其难地开始吃起来。

大概确实是饿太久了，肠胃还处于不舒服的状态，钱恒吃得很慢，一小口一小口地吃了很久，才终于吃下了大半碗。

成瑶很着急：“这总共就没多少，剩下一点也吃完吧？”

“不吃。”

为什么啊祖宗？！成瑶想，这不行，我花了这么大代价让你喝粥，你还不喝完，这怎么成？我就是硬灌也要给你灌下去！

“没你做得好吃。”

不知道为什么，几乎是瞬间，成瑶刚才那番豪言壮志全部消散了。

“行……行吧……你都这么说了，那、那就别吃了吧。”

既然老板喝了粥，成瑶也没有再逗留的必要。她收起保温杯就准备告辞，然而这一次，反而是钱恒叫住了她。

“成瑶。”

“哎？”成瑶停下，回头，等着老板的吩咐。

钱恒似乎有些尴尬，抿了抿嘴唇：“没什么。你走吧。”

成瑶茫然地点了点头，转身准备走。

“成瑶。”

结果钱恒又叫住了她。

“是晚上和唐兵开会有什么要准备的吗？”成瑶努力回忆着，试图给容易忘事的老板一点提示，“所有材料都一式三份准备好了，材料清单目录发您邮箱了，如果还有什么要增加的要不等您想起来了再——”

“谢谢。”

她的话还没说完，就被钱恒言简意赅的两个字给打断了。

简单的两个字，钱恒的声音却轻得不希望别人听清似的。

成瑶愣住了，晃了晃脑袋：“老板，我刚才是不是幻听了？”

钱恒恶狠狠地瞪了成瑶一眼：“成瑶，你不要得寸进尺。”

“行了，那我再说一遍。谢谢。”钱恒转开了目光，抬头望着天花板，整个人仍旧高贵冷艳，“听清了吗？”

虽然成瑶很想问问，自己到底哪里得寸进尺了，但是此刻的钱恒就像是一只充足气了的气球，成瑶总觉得自己要是再稍有不慎，他恐怕就要爆了！

“听清了，听清了。”

“那你大惊小怪什么？”

成瑶嘀咕道：“我就是有点意外，没想到老板您的词典里也有‘谢谢’这两个字呀……”

“刚收录进来的新词条。怎么？你有意见？”

“没有！”

成瑶心想：我敢有意见吗？

虽然这词条更新收录的速度有些慢，但总算是个进步了！

而且不管怎样，她硬逼着钱恒喝粥这件事，钱恒至少在心里是领情的。这个认知让成瑶还是挺高兴的。

“老板，既然这样，是不是刚才我为了让你喝粥允诺的取消带薪年假、多加无薪班和延长打扫卫生时间这些都不作数了？”

钱恒不好相与地挑了挑眉，反问道：“为什么不作数？”他笑笑，“这也算达成口头合同了，请问这个口头合同形成的时候，你有被胁迫吗？我有欺诈吗？你是无民事行为能力人或者限制民事行为能力人吗？既然都没有什么造成合同可撤销或者无效的要件，这个口头合同完全是你自己意愿的表达，为什么不作数？”

成瑶想：我死了，我又一次被老板气死了！

不管怎样，钱恒喝完粥后，成瑶总算放下一颗心。她回到房里简单整理了下行李，便接到了唐兵的电话。

方便起见，用餐的地点就定在了洲际的西餐厅。晚上六点半，钱恒和成瑶与唐兵再次见面。

许是钱恒之前喝了点热粥，外加洗了澡休息了会儿，他的气色看起来好了很多，举手投足间也仿佛带了更大的吸引力。他穿着一身名贵的西装，配上完全撑得起美版西装的身材，英俊冷冽，气质斐然，几乎是一进西餐厅，便有若有若无的目光投在他的身上和脸上。

唐兵要是单独看，也是算富商里长得能看的了，然而往钱恒旁边一站，简直就是草鸡和凤凰的对比，实在是有点惨不忍睹。

不过唐兵似乎对此并不在意，他的情绪相当高涨，说了一堆吹捧的话，然后便是敬酒。可惜钱恒十分不给面子，直接摇头拒绝了对方的劝酒。

“晚上就家族信托的事还要沟通，为了工作状态，不能喝酒。”

“这就是红酒，喝一点吧，美容养颜啊！”唐兵一边说，一边看了成瑶一眼，“那钱律师不喝就不喝吧，让小成律师陪我喝几杯。来来来，小成律师，走一个，走一个。”

在上一个律所时，成瑶没少参加这类饭局，这种时候自然是需要她这样的助理律师上了。在上个律所，成瑶简直恨透了在饭局上喝酒，然而这一次，她几乎想也没想就拿起了酒杯，准备一饮而尽。

钱恒的胃估计刚折腾完，不能喝酒，但有些时候也确实不能太不给客户面子，唐兵毕竟是一个标的额几个亿案件的当事人啊！此时此刻，由她来喝酒，恐怕是最以大局为重的表现了。

成瑶刚举起杯子，她的身边就伸出了一只手，强势而蛮横地拿走了她的酒杯。

“我不喝，她也不喝。”

唐兵大概是商场上油腻的那一套做派形成习惯了，当即就笑着调侃，又拿了另一个酒杯塞给成瑶：“钱律师，你这老板的规矩太多了。你看，人家小成律师主动要和我喝的，你也不能干涉人家的自由呀！女生嘛，喝个红酒挺好的。”唐兵看了眼成瑶，“要不咱们这样，民主点，问问小成律师，她自己想不想喝？”

虽然脸上还堆着笑意，但唐兵的举手投足里显然已经暗含着不悦。他这样的成功商人，平日的饭局里多半是被别人捧着的，鲜少有劝酒被拒的情况出现，此刻对钱恒的行为，他显然是不爽的。而他刚才那段话的最后一句，又把烫手山芋抛给了成瑶。

这种问题，成瑶能怎么说？她还能说不愿意吗？

就在成瑶准备硬着头皮违背内心说声“愿意”的时候，钱恒的声音响了起来：“就是她愿意也不行。”他的脸沉了下来，语气冰冷，“我的助理律师，不许喝酒。”

唐兵当即脸上有些挂不住了：“钱律师，你这有点苛刻了吧。”

“我工作就是这个原则，不给任何人破例。”

成瑶用余光偷偷地看了钱恒一眼，他那张英气逼人的脸上是倨傲和上位者的威压。

这个世界上，大概永远只有别人看钱恒脸色的份，能让钱恒看脸色的人恐怕还没有出生吧！

唐兵自然十分尴尬也十分扫兴，悻悻地约好饭后修整一小时后就去洲际的会议室里商谈案件，然后草草结束了这顿晚餐。

成瑶原本准备在房里休息会儿，给家里打个电话，结果才过了半小时，她就接到了唐兵的电话。

“小成律师，能不能来会议室一趟？我这儿的好几份资料有点乱，需要稍微整理一下，会议室也希望你能帮忙准备下。”唐兵听起来很抱歉的样子，“不好意思，因为临时回国，很多事来不及准备，有些材料也是刚在酒店里打印的，来不及让助理整理了。”

成瑶表示理解，拿了手机便赶往了会议室。她到会议室时，唐兵果然已经等在那了。

“唐总，需要整理的资料给我就行了，我马上整理。”

唐兵摆了摆手：“资料的事待会儿再说，现在能不能先麻烦小成律师帮我插一下电脑电源？”他一边摆弄着电脑，一边脸上露出些苦恼的神色，“待会儿有些材料要用电脑投影，我腰不太好，弯不太下去。”

成瑶不疑有他，拿起插头就蹲下身，把插头往会议桌下的插孔插去。可惜这电脑的电源线确实有点短，会议桌下的插孔又在更里面，成瑶不得不再往里面爬进去一点。

“小成律师啊，跟着钱律师工作很累吧？”

成瑶穿着套装裙不好有大幅度动作，她微微改变了下钻进会议桌下的角度，应付着回答：“跟着钱律师能得到挺多锻炼的。”

“你不用瞒着我，我知道，一定是辛苦的，像你们这样的小律师，就算钱律师接了我这样的大案子，也给你们分不了多少钱吧？一个月的月薪可能就几千块钱吧。”

唐兵的声音离成瑶又近了一点，他似乎站到了成瑶的身后，这样的位置让成瑶有些不舒服，因为她尚维持着撅着屁股钻在会议桌下的姿势。

好在电源终于插好了，就在成瑶准备退出会议桌之时，唐兵突然在她的身后也蹲了下来，然后一只手轻轻地拍了拍成瑶的屁股。

成瑶顿了顿，心下一惊，马上就想从会议桌下面钻出来挣脱。然而唐兵毕竟是个成年的中年男人，他用他的身躯堵住了成瑶的路。

“小成律师，有没有人说过，你的臀形特别漂亮？”伴随着他的声音，那只手重新覆上了成瑶的屁股，“我见了你真是有种一见钟情的感觉，你给我一种初恋的感觉，人这么漂亮，还乖巧又机灵，真是特别招人。其实我很长时间没有这种心动的感觉了，我和我老婆早就没什么感情，分居了。你要是愿意和我在一起，我马上就去离婚……”

成瑶很快就反应过来，她怕是遭遇职场性骚扰了。唐兵这个人油腔滑调的，在私生活方面并不检点，只是她没想到，唐兵竟然在工作的会议室里都敢这么有恃无恐地大行骚扰之事，他是觉得他的金钱能搞定一切吗？还是觉得只要是个女的，都会在金钱面前屈服？可做你的梦去吧！

成瑶忍了忍，心里百转千回，但最终没有立刻发难。她维持着蹲着的姿势，一只手却偷偷拿出了手机，开成了静音模式，然后打开了录像功能。

现代社会，想要维权要拿得出证据，否则空口无凭，就算是受害者，也能被说成“碰瓷”。在白星萌案件上，成瑶栽了一次，成瑶想，同一个地方不能跌倒第二次了。

成瑶忍着恶心，佯装出一副遭遇此事吓呆了后六神无主的模样，带着哭腔道：“唐总，求求您了，我……我是有男朋友的，求求您放过我。”

这迫于强权又不敢直接撕破脸皮的微弱反抗果然进一步激起了唐兵的亢奋情绪，他的手抚摸着成瑶，用词也直白粗鄙起来：“小成律师，你男朋友一年能有多少收入？过个几年你们要是分手了，你这些年青春的损失，一分钱也拿不到；但跟我在一起就不一样了，咱们分手后，你完全不再需要工作了，我会给你丰厚的补偿，房子车子都不是问题……”

"唐总，求求你，不要再摸我了。"成瑶憋着一股气，用一种可怜兮兮的语气继续道，"你不要对我做那种事，强迫我发生关系，是犯罪的……"

"小成啊，我就这么说吧，你别总是拒绝我。你要是拒绝我，我就要拒绝钱律师了。以你的专业能力太差为理由，我跟钱律师说这个案子我不请你们做了。你自己考虑考虑，如果因为你害得钱律师少了能挣这么多钱的一个案子，你会不会被开除？"

唐兵做这种事其实不是第一次了，早就熟练了。

一般像成瑶这么年轻的女孩子，职场经验不丰富，也知道唐兵这样涉及几个亿标的额的、有权有势的大客户得罪不起，遇到这种事，根本害怕无措到不知道怎么办，这是最好下手的对象。

只要唐兵威逼利诱一下，就算对方再不愿意，他凭借着身份与权势上的优势和男人体力的优势，就能把对方给直接办了。

成瑶如今的反应完全在他的预料之内，唐兵带着掌控一切的微笑，恋恋不舍地放开了他抚摸成瑶屁股的手，然后拉开了自己的裤子拉链。

"再说，也别说什么犯罪不犯罪，我就算把你上了，你要去闹，发生这种事以后都是你没脸见人。对我而言这事是风流韵事，对你呢？你以后还找得到对象吗？何况谁信你，还不是你自己不检点勾引我？"唐兵的声音里已经带了难耐的喘息，他颇为得意，熟门熟路，"刚才我已经把会议室的门给锁了，这里没有监控。我们两个同处一室，到底发生了什么，根本说不清啊。"

"你放心吧，我会对你好的，你这么漂亮可爱，让我好好疼都来不及。你跟了我，也不用再做律师了，我养着你，你不用这么辛苦……"

漂亮话和难听话都让唐兵给说了。他一会儿犹如恶人般用成瑶的前途和事业、工作恐吓着她，一会儿又犹如朋友般推心置腹地分析着她从了他的好处，还见缝插针地表白了他对成瑶的好感。

多管齐下，像成瑶这样的年轻女孩，基本上毫无反抗之力了。

然而就在他以为一切万无一失、准备"提枪上阵"之时，成瑶突然转身，用力给了他一脚，把他狠狠踹了开来，她就像一只被猎食者追击的猎物，突然转身迎战，拿出了撒手锏。

也是直到这时，唐兵才看清了成瑶手上正在录像的手机，他慌乱地想要挡住自己的下半身和脸，然而只是徒劳。

“让我们来看看唐兵先生是怎么脱裤子，怎么猖狂到想在会议室里就性侵别人的，看看他是怎么威胁别人的。”成瑶冷着一张脸，一边录像，一边自己解说着，“我们先来给唐兵先生的脸一个特写，好让大家都看清楚他的脸，然后呢——”成瑶故意拉长语调，嘲讽地看向唐兵的下身，故意用轻蔑的口气道，“再让我们看看唐兵先生的下身，啊，真的也太小了啊。”

果然，成瑶这句话一出，唐兵瞬间萎了。

然而成瑶的报复还没完，她继续挖苦道：“啊，这怎么更小了呢。”

唐兵气红了眼睛，下意识便想抢夺成瑶的手机。可惜成瑶动作十分灵活，她一个转身就跑到了会议室门口并开了锁，一下子蹿到了会议室门外有监控的区域。

“你抢也没有用，iCloud（云储存）已经自动把我手机里的视频同步到云端了。”

成瑶扫了眼此刻变得惶惶不安的唐兵，收好了手机，冷冷地道：“唐总，希望你好自为之。第一，你和我们钱par的代理委托协议已经签署了，想要以我不称职这个借口去毁约，你可以试试，尤其我手里还有这份证据；第二，此后的合作里，希望你规矩老实，一旦有任何出格的事，这份小视频就可能要由法官和网民们一起欣赏了。”

成瑶说完也懒得理睬唐兵，径直离开了会议室。

直到真正走回自己房间，成瑶才卸下了刚才逞强的伪装，有些脱力和紧张起来。

在此之前她从没有处理过这样的事，一时之间靠着下意识的反应撑了过来，也不知道这样做对不对。

如果成瑶已经是独当一面的成熟律师，唐兵仅仅是她自己的客户，那她恐怕根本不会采用这种委屈自己的方式，当场就会给唐兵一个耳光，然后拿着这段视频寻求法律对唐兵的制裁。

然而……然而唐兵是钱恒的客户呀。

成瑶以前并不是一个多么顾全大局的人，然而此刻，她却并不希望因为她而影响到钱恒的工作。

虽然一想到待会儿还要和唐兵共处一室继续开会，成瑶就觉得十分别扭，但她是知道轻重的。女性在职场上总会遭遇一些难堪的时刻，但在自己的羽翼足够丰满和能力足够强大之前，在她还不能独立决定是否接案之前，或许必须忍。

虽然知道自己这样很软弱，但面对这种事，刚才的逞能现在已无法维持，成瑶心里委屈，没忍住还是哭了。

那种被摸时的被冒犯感和恶心感萦绕在她的心头，犹如吃了一只绿头苍蝇，就算吐出来，那种吃进去时的不适感还是十分强烈，根本忘不掉。

就在她决定用冷水洗个脸，平静一下心情的时候，却听到了敲门声。

“成瑶。”

成瑶打开门，她的老板钱恒正站在门口，手里拿着一些资料：“这几份材料——”

钱恒本来正低头翻阅着手里的材料，抬起头，一下子中断了刚才的话题。

钱恒皱了皱眉：“成瑶？你怎么了？”

成瑶低下头，想要敛去自己脸上的表情，佯装淡然道：“没有啊，没怎么啊。”

“抬头。”

可惜成瑶不仅没抬头，还十分不配合地转开了头。因为唐兵的事，她脸上多少还有些失态的神情，她不希望钱恒看出什么端倪。

钱恒没有说话。

就在成瑶以为这个话题就此揭过之时，有一只略带凉意的手，伸过来强硬地扭过了成瑶的脸。

钱恒就这么蛮横地固定住了成瑶的下颌，逼迫她看向他。

“出什么事了？”

此刻的钱恒离成瑶太近了，近到成瑶屏住了呼吸，他那双漂亮的乌黑的眼睛正直直地盯着她。

成瑶垂下了眼睛，抿着嘴唇：“没有。”然后她转移话题，“老板，我们快准备去开会吧。”

“说吧，说你为什么哭了，不说今天这会你就不用去开了。”

钱恒的话语和他的行动一样霸道和强势，他高大的身躯完全挡住了成瑶出去的路。他就这么一动不动地看着成瑶，颇有种“你今天不告诉我，就别出这个门了”的气势。

“成瑶，我说过，你要是哭，必须给我打申请，我批准才可以哭，敢背着我哭，年终奖全扣了。”

成瑶有些急了，终于抬起头直视钱恒的眼睛：“我……我就是看了个太感人的电视剧，看哭了！一时之间哪来得及给你打申请！”

“什么电视剧？讲了什么情节？什么电视台在放？男女主演分别是谁？是哪一句台词让你哭成了这样？”

钱恒倚靠着门，面无表情地道：“说吧，说得出来就放过你。

“答错一个就扣光你的年终奖。”

明明是被恐吓，成瑶一时之间却完全不觉得害怕，反而意外地有点想笑。

她的老板，有时候真的就像河豚一样，虽然内含剧毒，但鼓成了一个球，外形一点儿都不可怕，反而有点可爱。

本来她因为唐兵的骚扰而委屈又颓丧的心情，一时之间竟然因为钱恒这番话变得轻松了一点。

成瑶抬头又看了眼钱恒，尚在斟酌用词，就听到钱恒又开始威逼恐吓。

“给你一分钟，一分钟里不讲，就扣你奖金。”

本来应该迟疑的，然而成瑶也不知道怎么了，突然就想要把刚才的事情告诉钱恒。

如果是钱恒的话，没事吧？

此时此刻，她的心中有一种冲动——就算会影响到钱恒的工作，因为钱恒盯着自己的这种眼神，成瑶也想要讲。

成瑶甚至没意识到，她此刻对钱恒的信任甚至有些盲目。然而她心里就是很笃定，告诉钱恒的话，至少他是不会因此对她产生偏见的。

至少他不会觉得成瑶作为受害人是有过错的，不会觉得是成瑶不够检点才会被人盯上，不会觉得是她不够小心才会让人有可乘之机。

成瑶不知怎么就是觉得，如果是钱恒，他不会像网上那些人一样，要求自己是一个完美的受害者，不会叫嚣着“为什么别人没有被骚扰，只有你，还不是你蠢”这样的话。

他嘴巴很毒，从来不饶人，但成瑶就是相信，在这些大是大非上，钱恒不会苛责受害人。

“就是和唐兵发生了点不愉快。”成瑶最终开了口。她放下了刚才草木皆兵般的戒备，开了门，把钱恒迎进了房里。

“他骚扰你？”

令成瑶有些意外的是，钱恒几乎没有问就已经猜到了。

成瑶脸上的神情也验证了钱恒的猜测，他抿了抿唇：“果然，”钱恒的声音很冷，“手机给我。”

“哎？”

“他给你发骚扰短信了是吧？”钱恒的表情难看，“拿给我，让我看看他发了什么玩意儿。”

“没……”成瑶略微纠结了片刻，才终于鼓起了勇气，“就在刚才，他说让我先去会议室帮他准备一下会议材料和接电脑和投影的电源……”

成瑶讲述的过程中，钱恒一直很安静，没有打断成瑶，只安静地听着。钱恒的整张脸都隐在阴影里，成瑶没敢看，也有点儿害怕看到他的表情。

他会是什么表情？

成瑶不知道，也突然有点儿不想知道。

等她艰难地说完唐兵对自己做的那些事，钱恒还是没有任何表态。他仍旧没有说话，像是什么也没听到一样。

这个刹那，成瑶突然有些难过，也突然后悔起来。

她太莽撞了，这些事不应该和钱恒说的，说了能改变什么呢？难道说了刚才唐兵对自己的性骚扰就不存在了吗？时光能倒流吗？那种恶心的、被摸的回忆能够被消除吗？

她如今说了，除了让钱恒陷入两难境地外，确实什么也做不了。

一边是被骚扰的下属，一边是几个亿标的额的客户。

成瑶觉得难堪而尴尬，她的脸比刚才被唐兵骚扰时还要红，低着头，心里充斥着沮丧和不知所措：“算了，老板，是我自己不好，是我自己没有足够的自保意识，这种事……你就当没听到吧。”

成瑶说完，沉默了很久的钱恒终于开了口，他的脸色大概是因为这尴尬的处境而非常难看，他有些阴沉地盯着成瑶：“留下证据了吗？”

成瑶愣了愣，才点了点头：“有，我录像了。”

“给我。”

虽然是实打实的证据，但是无论如何，那段视频对成瑶来说也是相当难堪的回忆，她突然很不希望钱恒看到自己那个样子——被唐兵骚扰的样子。

“算了，”成瑶故作云淡风轻地道，“反正也就是被摸了两下，没有什么实质性的损失。而且现在我手里有视频，在之后的合作里，他肯定不敢轻举妄动了……”

“给我，”钱恒紧抿着嘴唇，神色已然十分不好看，“成瑶。”

钱恒虽然平日里嘴巴挺毒，但成瑶每次都能从他的表情里看出他的心情。然而这一次，钱恒的气场十分可怕，让成瑶也无所适从起来。

她根本抵挡不住钱恒的这种威压，只好交出了手机。

“耳机。”

不知怎么的，他还向成瑶要了耳机，塞上耳机后，他又看了成瑶一眼：“你转过身去，面朝着墙。”

他简直莫名其妙！这是什么人啊！拿了她的手机，看着她录制的视频，塞着她的耳机，竟然让她面壁！

然而成瑶这样转过身后，确实也有好处，就是不用再被动地看一遍、听一遍视频，不用再被动地回忆唐兵做的恶心事了。

成瑶等了很久，钱恒终于看完了。他阴沉着脸把手机往成瑶怀里一丢，站起了身。

“走吧。”

“嗯？”

钱恒看了她一眼：“和唐兵开会的时间到了。”

“哦哦哦。”成瑶有些尴尬，拢了拢头发，跟在钱恒的身后往外走。

前面走着的钱恒非常镇定，身材高挑，双腿修长，步履稳健。他没有再看成瑶，只是往前走着，心情仿佛是受了影响，又仿佛并没有受任何影响。

一时之间，成瑶内心烦乱、情绪复杂，她想了会儿，才大概觉得自己理解了钱恒的行为。

对于自己的下属被骚扰这种事，他想必是生气的，然而对于一位重量级客户，仅仅为了一次咸猪手的行为就撕破脸皮，想来也不够理智不够专业。尤其钱恒和唐兵已经签订了委托代理协议，如果没能和当事人协商取消，除非因客户委托的事项违法等法定理由，否则律师是不能擅自拒绝为当事人辩护的。一旦单方面拒绝，那当事人可以直接去律协对律师进行投诉，律协会对律师做出处罚。

他冒着有可能被律协处罚、丢掉一个几个亿标的额客户的风险，去为她出头？

成瑶想了想，忍不住自嘲起来。

钱恒现在的做法，看来是准备淡化这件事，闭口不谈，就这么自然而然地让它大事化小小事化了。

成瑶虽然内心失落，但是也不得不承认，这是最理智、最双赢的做法了。

就在她努力做着心理建设之时，她和钱恒已经到了会议室的门口。

钱恒面无表情地推开门，果然，唐兵已经满脸堆笑地候在里面了。

“钱律师、成律师，请坐请坐，我这个案——”

唐兵的话刚说到一半，从知道唐兵骚扰成瑶后就保持一言不发状态的钱恒就直接让唐兵没有机会把后面的话说完——用他的拳头。

事情发生得太快了，成瑶还没反应过来，钱恒就已经给了唐兵一拳。他出拳的角度和攻击的部位，即便成瑶对打人这种事一窍不通，也能看出这是相当狠辣、几乎往死里打的一拳，然后是第二拳、第三拳……

“我的人你也敢碰？”

钱恒的语气凶狠，动作也没停。

成瑶惊慌地看着钱恒犹如嗜血的魔神一般给了唐兵一拳又一拳，几乎觉得钱恒是想当场打死唐兵。

唐兵被钱恒打得脸上立刻挂了彩，鼻子和嘴角都流了血。面对钱恒绝对的武力压制，他彻底㞞了，缩成一团，一边挣扎着反抗，一边鬼哭狼嚎地呼救。

“十三拳。”钱恒彻底压制住了唐兵，嫌恶地看了眼手上沾到的对方的血迹。

即便是在这么血腥暴力的场景中，钱恒竟然仍旧十分优雅。英俊白皙的脸上被溅到了几点血，他朝成瑶看了一眼：“纸。”

成瑶赶紧掏出了餐巾纸：“老板，给！”

钱恒修长而骨节分明的手指将纸巾接了过来，漫不经心地擦掉了自己脸上的血迹，然后同样漫不经心地把纸扔在了唐兵的身上，像把垃圾丢到垃圾堆里去一样，钱恒一点儿也没掩盖他脸上的轻蔑和鄙夷。

即便这种时候，钱恒仍旧镇定、冷静，要是现在门外进来个人，根本看不出钱恒刚才发狠暴打了唐兵。

真的太帅了！真是太畅快了！成瑶内心简直激动到五体投地，这一刻，她就差直接喊出来了——

我！成瑶！这辈子是自愿加入五毒神教的！为教主，我愿意肝脑涂地！为五毒神教，我愿意奉献青春！我要永远侍奉在教主钱恒左右！

比起钱恒的冷静和自持，唐兵的状态就只能用惨不忍睹来形容了。

他躺倒在地上，鼻青脸肿，一张脸上糊着鼻涕、眼泪还有血，嘴里却还在骂骂咧咧毫不停歇："钱恒，你打我是要付出代价的，我马上就报警！现代社会我就不信还不讲法了！"

钱恒连看也懒得看他，好像多看他一眼都会长针眼似的。他踢了唐兵一脚，语气带了冷冷的嘲讽："和我讲法治社会，就凭你？

"事到如今你还不知道你为什么挨揍？你摸了她多少下？十三下。"

讲到这里，钱恒仿佛又想起了什么似的，转头看了成瑶一眼，目光沉沉："他是用哪只手摸的你？"

钱恒平日里总是冷静自持的，脸上的表情多数时候十分寡淡，还带着与生俱来的贵气和骄矜，像是这低级的世界根本配不上他高级的兴趣。

然而此刻，他脸上的表情是生动的，带了凶悍的意味。

成瑶原本一直想象不出，有了更多表情的钱恒会是什么样的，会比他常年冷冰冰的样子好看些吗？

她现在看到了，也确定地知道了——好看。

因为成瑶的愣神，钱恒又问了一遍。

"他用哪只手摸的你？"

他的声音沉着冷静，让成瑶没来由地觉得安心。

她像是被蛊惑了一样，下意识地回答道："右手，但是左——"

成瑶的话还没说完，随着咔嚓一声脆响和响彻云霄的惨叫，钱恒生生卸掉了唐兵的右胳膊……

"但是什么？"

成瑶堪堪咽下了那句"但是好像左手也摸了"，飞快地摇了摇头："没有但是了！"

唐兵原本以为钱恒作为律师总会顾忌法律，不敢真的怎样，结果现在看到钱恒这个狠辣的样子，一句话也不敢讲了。他努力地蜷缩起来，像是想要降低自己的存在感。此刻他模样狼狈，右臂自肩膀往下都软趴趴的，表情扭曲，显然在忍着脱臼的痛。

之前成瑶只知道“五毒教”教主擅长用毒，没想到武力值也这么爆棚，看来他平时隐藏实力了……真是轻易不出手，出手必伤人。成瑶在内心感慨道，果然能登上教主之位的男人，不是一般的人！刚才钱恒那凶狠的一面，那气场、那杀气、那稳准狠的架势，成瑶差点就要跪下高喊“五毒神教，一统江湖”了。

如今成瑶被这完全不按剧本发展的剧情彻底镇住了，压根儿没空去想有的没的，只是小心翼翼地上前拉了拉钱恒的袖子：“老板，那个，不要冲动！赶紧回想一下故意伤害罪的量刑标准，冷静一下……”

钱恒仍旧云淡风轻，优雅地挽了挽袖子：“嗯，我知道。”他连眼皮都没有抬，“连轻伤也构不成，我有分寸。”

钱恒相当冷静，这种情况下还淡然普法：“最多就违反《治安管理处罚法》，‘殴打他人的，或者故意伤害他人身体的，处五日以上十日以下拘留，并处二百元以上五百元以下罚款；情节较轻的，处五日以下拘留或者五百元以下罚款。’”

他轻飘飘地瞟了一眼成瑶：“违反《治安管理处罚法》不会被律协吊销执照。”

他可真是运筹帷幄、决胜千里了！

如此缜密的思维，成瑶佩服的同时突然有点绝望。她觉得，她怕是短期内当不上合伙人了，她这个视野和考虑问题的角度，和钱恒这种有着剧毒的人，实在是相差甚远。

“成瑶，我这辈子还没做出过无法善后的事。”钱恒皱了皱眉，语气尚有些不满，“你能不能好好学一下法律？”

“嗯……”

钱恒瞪了成瑶一眼，一脸“懒得理你”的嫌弃表情，然后他转过脸，面向唐兵走了两步。

唐兵以为钱恒又要痛殴他，吓得瑟瑟发抖，赶紧跪地求饶：“钱律师，你饶了我吧。”他一边说，一边用另一只完好的手用力甩自己耳光，“是我鬼迷心窍，是我癞蛤蟆想吃天鹅肉，竟然想和钱律师抢人。”唐兵就差没痛哭流涕了，“我不知道成律师是你的女朋友，是我有眼无珠，你放心，我……我绝对不会去闹事，你、你打我完全是合情合理合法的，是我自己做错了事，我该打！该打！”

钱恒懒得纠正唐兵的误解，嫌恶地扫了他一眼，然后转头对成瑶道："成瑶，给我一张空白的A4纸，再给我一支笔。"

钱恒拿过纸，自然没再打唐兵。他冷漠而居高临下地看着唐兵，把纸和笔扔在了唐兵面前："签吧。"

唐兵颤颤巍巍地拿起笔，战战兢兢地问道："签、签什么？"

"签你的名字。"钱恒语气仍旧冷冷的，"你的业务我不做了，签名，解除委托协议。"

这纸还是空白的，然而唐兵怎么敢反抗，他颤抖着签完了字，递给了钱恒。

钱恒并没有接，不咸不淡地看了唐兵一眼："再按个指纹。"

"印泥……印泥有吗？"

"用你的血就行了。"

钱恒的语气听起来理所当然，就像在谈论今天的天气好不好一样稀松平常。

唐兵畏畏缩缩地抹了鼻血按下了手印，钱恒这才收了纸，然后随手递给了成瑶："回去写一份委托代理解除合约，然后存档。"

"成瑶，走了。"

成瑶想了想，却停了下来，走到唐兵面前，忍着恶心警告道："你别忘了，我拍了视频，你要是对钱律师有什么小动作——"

"走了。"

成瑶的话还没说完，就被钱恒不容分说地拉走了。

钱恒最后转身看向唐兵，冷冷地道："想告我就去告。"

大哥，谁敢告你啊，能告得赢吗？不可能啊……

直到走出会议室，走回酒店客房，成瑶才意识到，自己仍然被钱恒拉着，钱恒就这么隔着袖口握着她的手腕。

明明并没有皮肤接触，然而成瑶一瞬间觉得从被钱恒握着的那截手腕开始，整个人仿佛生起了火。

钱恒没说话，只是不容分说地把成瑶拉进了他的房间。

唐兵虽然人品不端，但出手阔绰，给钱恒和成瑶订的都是套间。

刚才事发突然，成瑶光顾着震惊了，如今站在钱恒房里的会客室里，才终于后知后觉地有些紧张和忐忑起来。

成瑶绞了绞手指，看了眼钱恒，轻声道了谢：“老板，谢谢你。”

可惜这句道谢显然完全没有取悦到钱恒，他坐在沙发上，身姿笔挺，面无表情：“你还当我是老板？”

成瑶一时之间有些茫然和无措。

“如果我不问，这件事你是不是根本不打算告诉我？”钱恒的声音十分平静，然而越是平静，成瑶越是觉得危险，就犹如暴风雨前的海面，越是平静，就越是让人毛骨悚然。

成瑶咬了咬嘴唇：“我怕告诉你了让你难办，我不知道你——”

“你还深明大义了？”钱恒瞥了成瑶一眼，“为了工作勇于牺牲？为什么不主动来和我说？”

成瑶有些难堪：“我就是……就是之前，在上一个律所，跟着带教律师出去陪饭局，虽然没遇到过唐兵这么明目张胆的人渣，但是被骚扰也是有过的。客户喝多了酒，又都是些中年男人，不是嘴上要讨点便宜就是会在肢体接触上揩油。那时候我主动告诉带教律师了，可他只笑笑，让我别在意，说客户他们也只是开玩笑，说客户是上帝，我们要服务好，何况他们也没犯什么原则性的错误……”成瑶低下头，“他叫我忍忍。”

成瑶的样子可怜巴巴的，她垂头丧气地坐在钱恒面前。钱恒几乎可以想象得出成瑶第一次遇到这种事时，她是怎么愤怒又无措地跑去当时的带教律师面前寻求帮助，然后又是怎么失望地发现她的带教律师并不会保护她，最后只能打碎牙齿和血吞，硬生生地咬牙对那些油腻中年男人的语言和行为骚扰忍下来。

这么一想，钱恒突然有点不想再训她了。

“你不用忍。”

“嗯？”

钱恒抿了抿唇：“以前那套规矩，不论跟谁学的，在我这里都行不通。成瑶，在我这里，任何时候你都不用忍。

“遇到有人骚扰你，打得过就直接一个耳光甩过去，不用顾忌对方的脸面，也不用顾忌是几个亿、几十个亿还是几百个亿的客户。”

“那如果打不过呢……”

“打不过，你告诉我，我帮你打。”

钱恒说这话的时候脸色平淡，就像是在谈论诸如天气之类无关痛痒的话题一般，然而成瑶却没来由地心里一动。

不知道为什么，钱恒的反应越是如此平常，越是显得动人。

钱恒还不自知，继续教训着成瑶："除了这些仗着自己有几个钱就性骚扰别人的客户，你以后还会遇到各式各样的极品。比如觉得自己作为客户是上帝的人，他们付了点律师费就觉得能差遣你做任何事，恨不得要求你二十四小时待命，以为全宇宙你只服务他一个人，他提一个要求你就必须一分钟内执行，他问一个问题你就必须一分钟内反馈。这些人，你都不需要惯着他们，你不需要忍。"

"做律师最好的一点，就是我们能对接很多很多客户，不像在公司一样你只伺候这一家老板，任何你不满意的客户，你可以拒绝，并且也不会为此失业。因为市场很大，你总能找到别的客户。"钱恒盯着成瑶的眼睛，"你所要做的就是磨炼好自己的业务水平，这样你就永远不需要看别人的脸色吃饭，因为是你选择客户，而不是客户选择你。"

成瑶用力地点了点头："嗯！"

"也别老想着什么顾全大局。"钱恒的语气很严厉，"我钱恒难道需要下属牺牲色相来挽留客户？"

下意识地，成瑶就忙不迭道歉起来："对……对不起。"她有些羞愧，"是我处理不周。"

"你不是处理不周，是对我不信任。"钱恒并没有打算轻易放过成瑶，他犀利地戳破了成瑶此前的心理，"你觉得我和你之前的带教律师是一样的，在下属的自尊和钱面前，我会选择钱。"

钱恒这样一点拨，成瑶才反应过来。她此前怕告诉了钱恒，会让钱恒陷入两难的尴尬境地，这么考量的前提，确实是在潜意识里认为钱恒会为这个案子的标的额而纠结。

"君子爱财，取之有道。我钱恒不会赚这种钱。"

"谢谢。"成瑶真心实意地感激道，"不过我都留下了证据，其实你不打他也没事，我们事后走法律流程就行了。"

"你自己就是个律师，就算是铁板钉钉的性骚扰惯犯，有证据的情况下，法律会给他什么程度的制裁，你难道不知道吗？"钱恒扫了成瑶一眼，"你花费了巨大的精力和时间去起诉，一遍遍地忍着恶心再去回忆这件事，最后发现唐兵只受到了不痛不痒的处罚。”

“只有达到猥亵程度的性骚扰才构成犯罪。他这种程度，加上到时候重金聘请的辩护律师，你自己觉得最终会有什么样的判决结果？你心里的愤怒和委屈能平息？”

成瑶此刻只觉得脸红得要炸了，她觉得羞愧和内疚极了，她没有能够第一时间信任钱恒，钱恒却在明知道这一点的同时还能帮她用这么解气的方式讨回了公道。

“成瑶，你可以相信我。”

就在成瑶内心慌乱不堪的时候，钱恒突然俯下身，凑到了她的面前，认真地盯着她的眼睛，一字一顿地说道。

“任何时候，遇到这种情况，我都会保护你。”

这是简单的一句话，甚至没什么修饰，然而成瑶只觉得轰的一声，通往自己心里那扇紧闭着不让人进入的门，在这句话面前骤然倒塌，不堪一击。

像是有什么东西轻轻地撞开了成瑶内心最柔软的部位，在她的心田里撒了一把种子，有什么东西开始萌发了。

心悸、感动、信赖还带着安全感。

没有哪一刻，成瑶比现在更加自豪，能进入君恒，能成为钱恒的助理律师，她觉得无比骄傲。

此刻她偷偷看向钱恒，心里竟然升腾起一种微妙又隐秘的快感——

别人都不了解钱恒的好，只有自己知道，别人都有眼无珠，只有自己发现了钱恒这块瑰宝。钱恒这种不被大众认可的好，反而让成瑶有种“只有我慧眼识珠，只有我能独占他这份好”的错觉。虽然说起来不合适，但是成瑶在自己都没意识到的时候，就已经对钱恒“圈地自萌”起来了。

钱恒不知道成瑶内心的弯弯绕绕，他又带了点警示意味地扫了一眼成瑶：“以后你不许单独见不熟悉的男人。”

成瑶不解。

钱恒侧开了头，动作有些不自然，过了片刻，才又转回了视线，恶狠狠地瞪了成瑶一眼：“听到了吗？”

成瑶一时之间也蒙了：“这是所里的新规定吗？为什么不能单独见异性？虽然唐兵这个事确实让我心有余悸，但也不能因噎废食就直接都不见男人啊？而且大部分男性还是比较有界限感，对我挺礼貌的……”

“不。”钱恒皱了皱眉，轻启薄唇，“男人虚伪狡诈，对你有礼貌，那是对你有所图。”

老板，你不就是男人吗？

成瑶还没问出口，就听到钱恒理所当然地说道：“除了我。”

老板，同样作为男人，你这样窝里斗、这样攻击男同胞真的好吗？

就在成瑶内心吐槽之际，钱恒又补充了一句：“所里别人可以单独见异性，但你还是算了。”

钱恒瞥了成瑶一眼，表情有些不自然。作为一个律师，成瑶确实太漂亮了，吴君说她美而不自知，尚不知道打扮，不会引起所里大面积的争风吃醋，然而钱恒现在觉得，吴君还是看走了眼。

成瑶确实仍旧对她的容貌还没有清楚的认识，然而有着如此艳丽的脸蛋，却真的从心底里没有想要靠着美貌走捷径或者恃靓行凶，这份不自知的单纯，某些时候反而让她更加有吸引力了。

钱恒不知怎么的，脑海里又闪过那天早晨成瑶隐约露出的胸线。他其实内心也知道成瑶并不是故意的，但有些时候越是无意，却越是有诱惑力。因为她除了漂亮之外，还天真，还单纯。

红颜祸水，钱恒生气地想，果然是红颜祸水。

然而眼前的“红颜祸水”本人对钱恒的情绪毫无察觉，还在努力地纠正着钱恒的偏见：“老板，你真的把别人都想得太坏了，虽然这世界上确实有唐兵这样的人，但是大部分人还是好的……”

“行吧，那你单独去见你不熟悉的男人，提前和我报备吧。”

“哎！好的，好的！”成瑶激动地道，“那什么样的算熟，什么样的算不熟呢？”

钱恒沉吟了下，很是做出了一番牺牲：“这样吧，你把你和对方大概有什么交集简单和我说下，我帮你判断就是了。虽然我的时间很贵，但是我也不希望自己的下属遇到这种事。”

成瑶思想单纯，经过刚才唐兵一事，她还对钱恒心存无限感激，对钱恒竟然愿意花时间为自己把关这种事简直是千恩万谢。

她压根儿没意识到，她作为一个独立女性，见个不熟悉的男人为什么还要报备啊？这简直就像是女朋友每次出门见异性都要向自己爱吃醋又独占欲强的男朋友报备似的！

“还有，以后不要擅自做决定。”

“啊？”

“你拍那段视频的时候，有考虑过危险吗？”钱恒捏了捏眉心，很头痛的样子，“你有没有想过，如果唐兵这个人就是一点儿廉耻心也没有，就算你拍下了视频，他也一点儿不顾忌，对你志在必得，那怎么办？你和他的体力差距悬殊，他要是锁上了会议室门想对你做点什么，你根本挡不住。”

“不会不顾忌的……视频我可以公开放网上，现在舆论对这种事很敏感，‘MeToo（我也是）’不是热度挺高的吗……而且我想，要是我直接逃跑，那他事后不认，我一点儿证据也没有，不就白被骚扰了，只能像吞苍蝇似的自己咽下这口气？而且他用这些手段驾轻就熟的，明显不是第一次这么干了，肯定会继续对下个女生这么下手，万一人家没跑掉呢？我就想给他个教训。”

“那如果他直接利用体力优势制住了你，不仅对你做了什么，还抢走了你的手机删掉了视频，甚至反过来给你拍了一段不雅视频来威胁你，你怎么办？”

成瑶呆住了，直到这时才有些后怕。

钱恒说得没错，好在唐兵遇到成瑶的反抗一时之间蒙了，一旦遇到更为穷凶极恶的人，成瑶的下场恐怕就不是这么好了。

“成瑶，任何时候，自保都是第一位，关键时刻不要在意什么证据和别人。”

“可没证据，我就算来找你告状，怕你也不信我呢……”

“我信。”

“那没证据，空口无凭，你就算信我也不能做什么。”

钱恒低下头，抿了抿唇：“没证据我也帮你打他，行了吗？”

行了，行了。

虽然钱恒附带着瞪了她一眼，但成瑶心里竟然觉得美滋滋的。

背后有钱恒撑腰，她还有什么好怕的？

只是面对钱恒的力挺，成瑶一时之间又有些内疚起来：“对不起老板，我知道你为了帮我讨回公道，教训了唐兵，拒绝了这个案子，但如果我更谨慎一点，而不是——”

她的话还没说完，就被钱恒打断了："成瑶，你能不能不要自我感觉良好？"

成瑶困惑了。

钱恒脸上写满了不耐烦："我不接唐兵这个案子，单纯只是因为我自己看他不顺眼，和你一点儿关系都没有，你不要给自己脸上贴金了。"

"那、那你至少是因为我才打了他……"

"我打他是因为他欠打，和你也没有关系。我早就想打他了。"

"哎？为什么啊？"

钱恒果然又恢复了一贯的恶劣语气："他上厕所的时候，老是盯着我看。"

钱恒语气有些不自然："你知道有些男的吧，很幼稚，只要上厕所，就忍不住偷看边上的人来比大小。"

比……比大小？

钱恒不满地道："真不知道这有什么好比的，不自量力。"

等……等等……老板！你能不能不要这么一脸平静地说这种话题！

一时之间，成瑶只觉得自己听到了什么不该听到的话。确实，虽然她心知钱恒完全就是因为她才打了唐兵，但是钱恒转开的话题完全吸引走了她的注意力，搞得她都忘了自己本来在关注什么。

"总之，我不是为了你才不接这个客户、才打他的。"钱恒又看了一眼成瑶，仿佛生怕她不知道似的再次强调，"你别自作多情有什么心理负担。"

"嗯……"成瑶想了想，觉得有个问题一定得问，"老板，你是专门去学过什么防身术吗？你打架的姿势好像很专业。我上次听包锐说，像我们做家事律师的，很容易就被怀恨在心的对方当事人殴打报复，你是为了在这种事出现时有能力保护自己，所以工作后学了点功夫吗？"

"不是工作后学的。"

"哎？"

"我从小学开始就学散打了。"

钱恒有些苦恼的样子："可能是我太优秀了，其实从小学起，我就遭受到了校园霸凌。"

成瑶惊了，如今要风得风、要雨得雨的钱恒，竟然在小学时遭遇了霸凌？！

这就有点惨了啊！

成瑶不禁有些心软，都说小时候的心理伤害和阴影会跟随一个人一辈子，极大地影响和改变那个人的性格。这一刻，成瑶立即在心里原谅了钱恒一直以来的毒舌。

她想，原来这一切都是有原因的啊！

可怜的钱恒，以前一定也是一个可爱、活泼、单纯的小男孩，结果硬生生在校园霸凌中一步步变成了如今的“五毒教”教主……

成瑶的内心一下子充满了对钱恒的同情，连看向他的目光也不自觉温柔怜爱了几分。

“老板，如果我能穿越回过去，我一定会保护你的！”

钱恒有些意外：“为什么要保护我？”

“你不是被人霸凌欺负了吗？那你是不是从小学开始就在受伤？”

“哦，你说这个啊，那确实。”钱恒点了点头，“一开始学艺不精，还有些小的擦伤之类的要去医院里消毒一下，但是每次都要给那些人钱。”

成瑶真实地震惊了，这是什么极品的小学生啊，把钱恒打伤了竟然都不放过他，还要问他要钱，就因为他家里有钱吗？！他们就这么欺负他！这简直是道德沦丧啊！

“这个给你。”

就在成瑶还沉浸在钱恒遭受过校园霸凌的信息里时，钱恒却十分突兀地又一次转换了话题，他言简意赅地说了这四个字，然后丢了一盒东西给成瑶。

成瑶打开一看，一盒曲别针？

“老板，这是？”

钱恒瞥了她一眼：“以后注意着装。”

注意着装？

成瑶看了眼自己的西装套裙，自己不是挺注意的吗？而且这一盒曲别针和注意着装又有什么关系？

见成瑶仍旧一脸茫然，钱恒终于露出了点忍无可忍的表情：“以后别胸口，衣服里面。”

成瑶愣了愣才意识到钱恒的意思，她下意识地看了一眼胸口，衣服挺服帖的，挺好的。

“嗯，现在没问题，但以后呢？以防万一。”钱恒转开了视线，板着脸道，“我不希望再出现什么胸口衣服扣子崩了的情况。”

钱恒丝毫不理会成瑶的尴尬，大言不惭地道：“你要知道，像我这样品行高洁的人毕竟是少数。你要是又遇到唐兵那种人，你这种行为不就是蓄意勾引了吗？”

这一刻，成瑶想：我撤回刚才自愿加入“五毒教”的入教申请还来得及吗？

“行了，走吧，回去睡觉。”

“嗯？好……”

钱恒的思维犹如龙卷风，成瑶只觉得堪堪跟上钱恒的节奏，结果对方就把她赶回房间了。

临走时，成瑶下意识地打开了手机——律师的职业本能使然，什么证据都想着再多备份一份以防丢失。她点进了相机里，想要把刚才拍摄的那段视频上传到网盘。

可是——

“我的证据视频呢？”成瑶急了，“怎么没有了？我明明录好的，就在手机里啊，这手机也没摔着或者进水，也没有死机，视频怎么莫名其妙就没了？”

虽然唐兵忌惮着成瑶手里的视频，或许不会找钱恒麻烦，但万一呢？万一他真的找起麻烦来，至少成瑶手里这段视频能说明钱恒是为了维护成瑶才动的手，他们至少能在舆论上抢占先机，可如今……

“我删了。”

成瑶一脸疑惑，什么鬼？钱恒手抖不小心删掉了关键的视频证据吗？

“那怎么办？现在我们手里就没有能限制唐兵的筹码了！”

相较于成瑶的紧张，钱恒仍旧一派云淡风轻，他挑了挑眉：“我会犯这种低级错误？”钱恒哼笑道，“刚才用你的手机，把视频传给我自己了，我已经备份过了。”

“哎？”成瑶依次点开自己的几个社交账号，都没发现有将视频传给钱恒的记录。

“不用找，我也删除传输记录了。”

“为什么啊？！”

“不希望你看第二次。”钱恒望向不远处的墙壁，“这种东西，没有必要回忆第二次，忘了吧。证据我这边备份着就行了，后续我会处理的，你不用担心。唐兵这样的人，我也不会让他继续逍遥法外，不会让他有机会对下个女性下手的。”

“但这样做，唐兵会不会对你不利？”

钱恒笑笑：“那又怎样？男人本来就应该有所担当，对我不利总比对你不利好。”

一时之间，成瑶的正义感也被点燃了：“那需不需要我一起参与，在必要的时候现身说法，作为证人和受害人指证他？毕竟我是当事人……”

“不，你别参与。”钱恒的声音有点不自然，他清了清嗓子：“不是说这种事再看视频容易有二次伤害吗？你要是留下心理阴影了，这就是工伤没跑了，我可不想花钱去给你找心理医生疏导。”

成瑶愣了愣才意识到，钱恒刻意删掉她手机里的这段视频，甚至细致到连传输记录都删掉，只是为了防止她这个受害人再次看到视频而回忆起这段不愉快的经历。

虽然他嘴上说着怕成瑶形成工伤会花钱，但是其实她知道，钱恒是为了她好。

口是心非，好好说话会怎样啊？活该这么多年单身，这实力，单着你不冤啊！

“另外，今晚把这本书看完。”

成瑶目瞪口呆地看着钱恒丢了一本厚厚的充满彩插的硬皮书给她，翻开一看，竟然是一本世界名画图集。

“看了影响身心健康的脏东西，应该看一些高雅艺术洗洗眼睛。”钱恒抿了抿唇，“看完了明早和我讨论西方美术史。”

虽然她看了唐兵的下半身是对眼睛不好，但是看西方美术史也很痛苦啊！而且这书哪儿来的啊？！

因为和唐兵撕破了脸皮，这案子的合作自然是不用再谈了。钱恒本来在B市为唐兵预留了两天的出差时间，这下直接空出了一天。他们本打算改签机票回A市，可惜因为最近正值A市开AI（人工智能）大会，飞机票竟然一票难求，根本改签不了。

无奈之下，钱恒便只能和成瑶一起在B市多待上一天了。

此前为了这两天能全心处理唐兵的案子，钱恒连续高强度工作了几天，处理完了别的工作。如今没了唐兵的事，他倒真的突然空出来一天。

“在B市，你有特别想去的地方吗？”

早上在洲际自助餐厅用餐的时候，正优雅用餐的钱恒突然对成瑶抛出了橄榄枝。

“嗯？”

钱恒喝了口咖啡，轻飘飘地看了一眼成瑶：“到目前为止，我今天的行程还空着。”

所以？

“所以我可以勉为其难地陪你去个地方。”钱恒转开头，避开了成瑶的视线，咳了咳，“另外，我可以答应你一个要求。”

“什么要求？”

钱恒的目光继续望着不远处，就是不看向成瑶。不知道是不是洲际室内的空调温度开得太高，钱恒的耳朵竟然有些红，他再次咳了咳：“任何要求都可以，只要不太得寸进尺，我还是可以勉强满足你的。你就算想对我提一些什么私人的要求，我也不是不能考虑的——”

说到这里，钱恒又一次咳了咳：“你不要多想，我这次愿意牺牲自己的时间陪你，算是对你的一个补偿。”

成瑶的眼睛亮了亮：“什么地方都可以吗？！”

钱恒清了清嗓子，有些不自然地点了点头：“嗯。”

“那太好了！”成瑶有些不好意思地笑起来，“我确实有个地方非常想去。”

成瑶这样的反应完全在钱恒的意料之中，他觉得其实自己不用问都能知道成瑶要去哪儿。

B市作为古都，历来有许多名胜古迹。皇陵、博物馆，几个艺术家故居和展览，还有一条民国风情小街，成瑶想去的地方绝对就在这几个里面了。

钱恒虽不是第一次来B市出差，但是前几次来都忙于工作，这些景点他也一个都没顾上去。钱恒想了想，觉得这几个景点都勉强能符合他的格调，他陪成瑶去一下也不是不可以。

"说吧，你想去哪里？"他笑笑，"我会全程报销费用。"

果然，成瑶兴奋得快从椅子上蹦起来了，双眼黑亮："我要去一年一度的嘉年华！"

钱恒以为自己没听清："什么？"

嘉年华？这是什么玩意儿？

成瑶好心地解释道："嘉年华！B市一年一度的活动呀！每年这个时候，B市海滩附近都会临时搭建一个嘉年华游乐场呀！据说过山车项目可刺激了！最棒的是那个海上摩天轮，就搭建在沙滩上，可以俯瞰整片海滩；黄昏的时候去还能在摩天轮上欣赏落日，可漂亮了！我看了别人游记攻略里的照片，都'长草'好久了！这周是活动的最后一周了，之后游乐场就要被拆除了！"

钱恒艰难地确认道："也就是说，这就是个游乐场？"

成瑶点了点头，道："差不多吧！"

"那不行。"刚才还说"想去哪里都可以"的钱恒，一点儿没有心理负担地反悔了，"游乐场太不符合我的格调了，不去，我行使自己的一票否决权。"

成瑶都气笑了："明明是你自己刚刚承诺的，说我想去哪儿都行，你们男人说话就这么不算数？"

本以为这话下去，钱恒最起码也会不好意思，结果对方竟然毫无反应，连眼皮都没抬一下："我刚才说了什么？我什么都没说。"

在成瑶目瞪口呆的表情里，钱恒继续道："你说我承诺你想去哪儿都可以，这种事，你有证据吗？"

钱恒啊钱恒，既然你厚颜无耻，就别怪我无情无义了。

成瑶二话没说，掏出手机开了公放。

"所以我可以勉为其难地陪你去个地方。"

……

"任何要求都可以，只要不……"

手机里播放的是钱恒毫不失真的声音。

成瑶等着音频放完，才学着钱恒平日里欠扁的样子微微一笑："要证据是吗？"她看向钱恒，"幸好我早有准备，证据，给你。"

风水轮流转，今天终于轮到成瑶扬眉吐气了，她摆出邪魅一笑的姿态：

"老板，你还有什么话要说吗？"

钱恒这辈子就没吃过这种瘪，往日里从来只有他拿着证据打别人的脸，从没想过有朝一日，他竟然还有被人当面用证据如此啪啪啪打脸的时候。

"成瑶，你能耐了，我不记得什么时候教过你和我聊天也要录音了。"

成瑶不怕死地笑笑："老师领进门，修行靠个人嘛，啊哈哈哈哈。"

钱恒面无表情地道："说吧，你还有什么也录音了？"

成瑶一时得意，忍不住道："昨晚我也录音了，本来指望听到你说为了补偿我给我一大笔钱的，这样录下来，可以日后当作证据问你要这笔钱。谁想到你没说啊……"

钱恒咬牙切齿地道，"你这些录音的取得都没有经过我这个当事人的同意，是没有——"

成瑶笑起来："老板，你别吓唬我啦，我早就研究过这种未经一方当事人同意的录音的证据效力了。《最高人民法院关于民事诉讼证据的若干规定》里都写了，'合法取得的私自的录音证据，法院应当确认其证明力'。只要录音的时候没有侵犯他人合法权益，没有违反法律的禁止性规定，即便是偷录的证据也是合法的，是能被法庭采纳的。我这个录音，完全合法有效。"成瑶补充道，"而且我特地还查了下法院判例呢，很多判例都证明我这样做完全没问题。"

眼前的少女狡黠而灵动，眨着一双黑亮的眼睛，像是一只偷鸡得逞的狐狸。钱恒气得发抖——成瑶啊成瑶，你真是出息了，青出于蓝而胜于蓝，竟然想骑到我头上了？

往日里，面对他的发难，成瑶几乎是毫无反抗能力，完全在专业知识和处理问题的方式上被他轻松吊打的。钱恒没想到，不知什么时候开始，眼前的"小菜鸡"，竟然在他眼皮底下偷偷地成长起来，不仅做什么事都留一手，想着留证据，还懂得提前调研验证证据是否有效力了，翅膀长硬了，还敢和他公然对着干了。

好，很好，非常好。

钱恒在心里一连说了三个"好"字，正盘算着怎么收拾成瑶。然而他不经意抬头看向成瑶的一眼，让他突然忘了自己刚才在想什么。

某个瞬间，他也不得不承认，眼前自信又狡黠的成瑶比平日里更漂亮，整个人好像都在发光。

“另外，那天晚上你答应我了，只要我把你的多肉救活了，就给我免除无薪加班，给我全勤奖、涨工资、试用期优秀、年终红包、提前续约和大案子，这些我也都录音了的！”

“既然这样，那就这么愉快地决定了！”成瑶晃了晃自己的手机，“吃好早饭后，我们就去海边嘉年华啦！”

钱恒抿紧了嘴唇，脸上写满了生无可恋。

成瑶丝毫没觉察到他的这种情绪，竟然还不怕死地抬头问道：“对了，老板，对你这种情况，我其实有药。”成瑶说完，热情地从自己包里掏出一小包东西递给钱恒，“金嗓子喉宝，你值得拥有！我看你刚才又是咳又是清嗓子的，哈哈哈。”

钱恒有些咬牙切齿：“我的嗓子很好。”

他没哪一次比现在更后悔招了这么个助理律师，原来她也知道自己刚才又是咳又是清嗓子啊？难道她看不出这是自己对她的暗示吗？他都说了提任何要求都可以，就算私人性质的也行了，结果她竟然就去个游乐场？

钱恒觉得，自己要被气死了。

等钱恒不情不愿地跟着成瑶到了嘉年华现场的时候，脸上的生无可恋更明显了。

这在海滩边临时搭建起来的游乐场充满了嘈杂的人声和拥挤的人群，除了卿卿我我的大学生情侣外，还有带着孩子的年轻父母，但最多的还是初高中处于暧昧朦胧状态的小男孩和小女孩。

整片沙滩上，几乎没有一个能让人安静地好好站着的地方，钱恒刚在一个相对空旷的沙地上站了会儿，身边就跑过几个你追我赶打着沙仗的小孩，扬起的沙子随着风撒了钱恒一裤腿。

来B市出差，钱恒只带了正装，此刻这穿着在这片海滩上怎么都和周围环境格格不入，然而同样也穿着正装的成瑶一点儿都没让人觉得突兀。

钱恒顺着沙滩看去，成瑶此刻正欢快地朝着海岸线跑去，她把黑色的细高跟提在手里，光着脚追逐着海浪。她的头发被海风吹散了，发丝飘散，黑色的发更衬得她一张脸雪白。她此刻正笑着，感受着海浪打在她腿上的感觉，她的嘴唇是玫瑰色的，她背后是朝阳和波光粼粼的海面，整个人像是沐浴在光芒中。

在来这嘉年华的路上，成瑶对钱恒吐露了她这么想来这个海边临时游乐场的原因——她没见过海。

海风很大，海浪也很大，成瑶站在海边，一点儿也没在意海水打湿了她的裙子。她追着海浪，追着海上掠过的海鸟，眼睛明亮，一张脸上写满了毫不掩饰的兴奋。她像个第一次见海的小孩子，不断地在海滩上印下自己的脚印，然后乐此不疲地看着海水把它们冲刷掉。

钱恒心想，自己这个助理律师可真是没见过世面。

钱恒虽然现在很忙，但在青少年时期，全家每年冬天都会去海边度假。他们从来都不会选择B市这种品质并不怎样的海滩的，去的都是马尔代夫、大溪地，最不济也是塞班、巴厘岛。

钱恒去过了那些国外的海滩，B市的这片海滩就无法入眼了——沙太粗，海也不够清，海四周也没有什么景致，简直是负分淘汰的等级。

然而钱恒又看了一眼为这么一片海就兴奋得活像是中了五百万彩票的成瑶，觉得虽然不太想承认，但是自己这个助理律师没见过世面的样子，竟然还挺可爱的。

“老板！这边！”

没见过世面的助理律师朝钱恒挥了挥手，一张脸上全是兴奋。

等钱恒走到了她的身边，才发现她正蹲着专心致志地看着沙滩上的什么东西。钱恒低头，才发现成瑶盯着的是一只不知道什么时候爬在沙滩上的寄居蟹。成瑶正用一种对待珍稀动物般的神情景仰地看着这只寄居蟹慢悠悠地爬。

钱恒想，她真的是……没见过世面！

然而也不知道怎么搞的，钱恒竟然还忍不住去看这个没见过世面的助理律师。他简直想不通为什么，可能是他的世界里从没有出现过这个品种吧。

钱恒就这样看着成瑶跟着寄居蟹走，等他回过神时，她已经离自己有一小段距离。那只寄居蟹已经离开了，成瑶也不知道从哪里捡来了树枝，还蹲在海滩上画着什么。

“好不容易来了这里，要留个纪念！”过了片刻，成瑶终于从沙滩上抬起了视线，看向钱恒，“老板，我们来拍个‘到此一游’的照片吧！”

几乎没给钱恒拒绝的时间，成瑶拉住一个从海滩走过的年轻男生：“能不能麻烦你给我们拍张照片？”

那男生有些意外，看了成瑶一眼，便有些脸红，说话也磕巴起来：“好……好的，没问题。”

钱恒光顾着注意那男生了，不知不觉就被成瑶拉到了她刚才画了什么的那片沙滩前。

“好了，就这里。”

钱恒这才看了一眼脚下的沙滩。

这一看，他差点气笑了，沙滩上写着一行歪歪扭扭的大字——

“钱恒、成瑶到此一游。”

还真的是“到此一游”照……

在这行字的附近还放着一堆贝壳，看起来这就是刚才成瑶蹲着找了那么久找到的“战利品”了。

小男生朝成瑶笑起来：“可以拍了吗？”

“可以了，可以了！”

小男生拿起手机拍了几张，然后看了看效果，继而又举起了手机：“你男朋友表情太严肃了，笑一下！然后靠近点！”

还没给两个人澄清的时间，这个热情的小男生就直接跑了过来，亲自指导他们摆造型。小男生大大咧咧地拉起钱恒的手，让他的手搂住了成瑶的腰：“你要这样搂着你女朋友呀！”

钱恒的手在小男生的牵引下轻轻地触到了成瑶的腰，他几乎是立刻抽回了手，下意识地道歉：“对不起。”

成瑶笑了笑：“没事啦。”然后她凑近了钱恒，对着那男生挥了挥手又说了什么。

钱恒已经听不清成瑶到底说了什么了，成瑶靠他靠得太近了，近到他能闻到她洗发水的桃子的味道，那是一种有点过分甜美的气味，有点好闻。

可惜就在钱恒准备继续分辨那桃子味里是不是还有别的味道时，那味道就消失了。

成瑶跑到那小男生那里拿回她的手机，看了看照片，道了谢，又带着一脸欢快的表情跑了回来。

“老板，你的表情还是太严肃了啊，像是要去参加人大似的——”成瑶一边说着，一边拿出手机想给钱恒分享这张照片，结果话还没说完，她就突然叫了一声，“我的贝壳！！！”

一个海浪打来，眼看着就要把这些堆在沙滩上的贝壳卷走。这个浪实在有点大，成瑶本想去抢救她好不容易搜集到的贝壳，不料刚抓起贝壳，就被高高的浪花追赶着只能手忙脚乱地往回跑。

虽然她跑得挺快，但是也快不过浪，那浪花冲上了沙滩，激起的水花打湿了成瑶。

钱恒终于忍不住了："你是白痴吗？"

成瑶有些狼狈，却露齿一笑。她摊开手心，非常得意地说："你看，我都抢救回来了。"

她的手心上是一把并不怎么样的贝壳，有些颜色暗淡，有些残破，并不漂亮。

头发上沾着水珠，她笑得单纯，像是一枝带着露水的盛开的玫瑰。

钱恒转开了视线，脱下外套，当头扔给了成瑶。

"哎？"

"穿上。"

成瑶提着钱恒的外套，一脸茫然："可是老板，我不冷啊。"她眨了眨眼睛，才恍然大悟道，"是不是你嫌热，但是不想自己拿着，所以给我拿？"

"白痴。"

这一次钱恒几乎是咬牙切齿了。

他望向不远处的海面："你的白衬衫湿了，太透。"

成瑶看了自己一眼，红了脸，然后立刻从善如流地穿上了钱恒的外套。

那穿在钱恒身上正正好好的外套，成瑶穿来就仿佛是偷穿了大人衣服的小孩，她整个人像是陷进了衣服里，显得年纪更小了。

穿上了衣服，成瑶又恢复了活力："老板，我们去那边看看吧！"

她踮着脚探头探脑地看向不远处的嘉年华游戏摊位，眼中充满了渴望。钱恒没说话，但亦步亦趋跟上了蹦蹦跳跳的成瑶的脚步。

一到了那些游戏和小纪念品的摊位前，成瑶就感觉有点眼花缭乱了。她一路拍着照，挑拣着小礼品，一回头，才发现她的老板不见了。

难道钱恒嫌弃这地方太无聊，所以掉头就走了？

成瑶放下手中的小玩意儿，想回头找钱恒，结果刚走了没几步，就见钱恒竟然在不远处一个小摊边挑选着什么。成瑶走近，才发现他已经挑完付钱了。

这嘉年华上竟然还有能入得了“五毒教”教主钱恒法眼的东西?

“美女，这是给你的找零。”

就在这时，成瑶被自己面前小礼品摊位的摊主叫住，她回头收了零钱再转过身时，钱恒却已经不见了。

成瑶带着好奇，走到钱恒刚离开的摊子前看了一眼。那竟然是一个卖贝壳的小摊，虽然摊子不起眼，但是上面的贝壳都很漂亮，有些非常少见，形状各式各样，有几只颜色还挺梦幻。

成瑶越看越喜欢，可惜数量有限，显然钱恒刚才挑走了一大半，成瑶只能就着她老板的“残羹冷炙”又挑了几个合眼缘的贝壳。

等她买完贝壳走到了另一个卖饰品的小摊上后，刚才莫名消失不见的钱恒倒是施施然出现了。

成瑶正想开口控诉钱恒先自己一步把好看的贝壳都挑走了，就见钱恒丢了一袋东西给她。

那是一个破破烂烂的塑料袋，像是从海滩上随便捡来的。

成瑶疑惑地打开了塑料袋，发现里面是贝壳，各种各样漂亮的贝壳。

成瑶眼尖，一眼就认出好几个贝壳就是钱恒在刚才那个贝壳小摊买的，但显然，他不知道在哪个别的贝壳摊又买了点，此刻成瑶提着这塑料袋竟然觉得有些沉甸甸的。

“老板?”

钱恒看也没看成瑶，惜字如金地说：“给你。”

哎?

成瑶愣了愣才反应过来。她看着这些漂亮的贝壳，忍不住笑起来：“谢——”

结果她的谢谢还没说完，就被钱恒高贵冷艳地打断了。

“你自己刚才捡的都是什么贝壳? 那么丑，也好意思叫贝壳。”

不管怎么说，成瑶还是很高兴：“谢谢老板特意给我买这么多贝壳!”

钱恒瞥了一眼成瑶手中的塑料袋，立刻否认：“不是买的。”

成瑶不解。

钱恒转开了眼，在成瑶惊愕的目光里脸不红心不跳地说道：“是我刚才在海滩上随手捡的。”

嗯？睁眼说瞎话原来是这样的？

成瑶无比震惊，一时之间都忘记了要戳穿钱恒的谎言。

钱恒却浑然不觉，继续高贵冷艳地道："大家都是人，这人和人之间的差别真是很大，你看看你捡的，再看看我捡的。那么丑的贝壳都捡，成瑶，你真是太没见过世面了，简直令我失望！"

成瑶表情微妙地看着钱恒："嗯……"

"以后不要为这么丑的几个破贝壳就冲到海边去，万一海浪大，把你卷走了怎么办？"钱恒瞪了成瑶一眼，显然还没训斥完毕，他冷冷地道，"而且海滩边最危险的还不是这种海浪，这些海浪大部分人还知道防备，最危险的是离岸流，人不知不觉就被卷进海里了。"

钱恒的话自然句句带毒，成瑶却似乎已经对他的剧毒免疫了。

钱恒像是一只河豚，而成瑶已经习惯了怎么去处理那些带毒的内脏，她像是个老练的厨师，能够熟练地去除那些带毒的部分，然后烹饪出鲜美的河豚汤。

虽然一派高贵冷艳的模样，但是钱恒是在关心她。

虽然对她一脸嫌弃，但是钱恒特意给她买了贝壳。

虽然在唐兵一事上大骂了自己一顿，但是钱恒其实是担心自己受伤害。

虽然不情不愿，但是钱恒还是陪自己来了这个嘉年华……

成瑶看着手上的塑料袋，不知道怎么的就很想笑。卖贝壳的小摊自然都有印着店铺logo（标志）的包装袋，钱恒为了不让成瑶发现破绽，也不知道从哪儿找来了这个这么破烂的塑料袋来掩人耳目。

以他极度爱干净的毛病来说，这可真是难为他了。

此时此刻，成瑶脑海里只冒出这样一行字：男默女泪，知名业界大拿竟为撒谎在海滩疯狂捡垃圾袋。

想着想着，成瑶扑哧一声就笑了出来。

钱恒自然觉得莫名其妙，他皱了皱眉："你笑什么？我在训你，你还笑？"

看着钱恒那一本正经、口是心非的模样，成瑶怎么也忍不住笑，想要紧紧抿住的嘴角却还是不自觉地上扬："我……我就是刚才可能海风太冷，一下子把我嘴边神经吹伤了，现在嘴角一阵阵抽搐呢！"成瑶也学着钱恒的样子，睁眼说瞎话，"老板，我这不是笑，我是嘴角抽筋了！"

“……”

不管怎么说，钱恒没有再追究成瑶在他训话时“嬉皮笑脸”的行为，两人在众多小摊间晃荡了下，便来到了嘉年华的小游戏区。钱恒自然对这些幼稚的游戏视而不见，想要快速穿过，成瑶却被一个小游戏吸引住了，站在那游戏摊面前，一下子就挪不动腿了。

那是一个简单的双人合作打地鼠的游戏，游戏并不难，一共四组一起参加比赛，准确率最高、速度最快的那组获胜。

“老板，陪我玩这个吧！”

钱恒立刻无情地拒绝了成瑶：“不行。”

“为什么啊？！”

“太幼稚了，不符合我一个律所合伙人的身份。”

成瑶很想问：你一个律所合伙人怎么了？难道因为你是律所合伙人，你就不用吃饭、喝水、上厕所吗？还是说，尊贵如你，上厕所这种不符合身份的事还能外包啊？

但成瑶敢这么直接说老板吗？不敢。

好在成瑶也有撒手锏：“老板，你说的，今天我提什么要求你都会答应。我的要求就是你陪我玩这个打地鼠游戏，而且必须赢！”成瑶晃了晃手机，“你别忘了，我有录音证据的啊。”

可惜钱恒这家伙一点儿契约精神也没有，冷笑一声就要无情地把成瑶从打地鼠的游戏摊前拽走。

成瑶简直气急败坏：“你背信弃义！你违约！你作为一个法律人知法犯法，违背口头协议！”

“我有钱，我愿意违约赔偿。”钱恒脸不红心不跳地不讲信用，“何况你应该感谢我这种违背契约的人，要不是有我这样知法犯法的人，你以为你哪里来的工作岗位？要是人人都守法了，你就失业了。”

这是哪门子的歪理邪说！

“换个别的要求，满足你。”

成瑶只能苦苦哀求：“可我就想要这一个！”她看了眼游戏摊位前的奖品，“我就想要这个皮卡丘的超大号周边玩偶啊！”

钱恒这才注意到游戏摊位边上摆放的几只巨型皮卡丘玩偶，这几只皮卡丘玩偶不同于平日里的皮卡丘的造型，它们戴着喷火龙的头套，看上去确实挺可爱。

“回去我给你买十只。”

“买不到的！”成瑶伤心地道，“这个型号的喷火龙皮卡丘玩偶在国内是限量发行的，网上根本买不到正版，都是那些质量很次的盗版……”

对于说服钱恒，成瑶已经绝望了。她这位尊贵的老板对于他的形象是百分之百地注意，他能屈尊来这种嘉年华已经是奇迹了，要想让他同意陪她玩这种幼稚的游戏，恐怕是比彗星撞地球的概率还低。

虽然内心依依不舍，但成瑶也接受了这样的事实，她又望了几眼巨型皮卡丘玩偶，然后才迈开步伐往前走。

结果倒是她的老板冷冷地喊住了她：“你走哪儿去？”钱恒言简意赅地下了指令，“回来。”

“回来干吗？”

成瑶心里挺委屈：不是你不让我待着吗？怎么还不让我走了？难道要我得不到还痛苦地看着眼红心碎吗？

“回来打地鼠。”

成瑶一时之间有些茫然。她幻听了吗？回来打地鼠？

钱恒皱了皱眉：“给你十秒钟过来打地鼠，过时这个邀约作废。”

钱恒看起来有些不耐烦，然而不知是不是因为太阳有点大，晒得他有点热，成瑶发现钱恒的耳朵微微有些泛红。

成瑶愣了愣，也顾不上其他了，赶紧跑了回来：“我来！我来！！”

嘉年华人流很大，打地鼠游戏吸引了不少情侣，成瑶赶紧跟着钱恒排进了队伍里，等了片刻便轮到了他们。

四对双人组合，就这么开始了打地鼠比拼。

成瑶玩这种游戏很熟练了，打地鼠时简直是神级操作频出，出手稳准狠。可惜钱恒就称得上是“猪队友”了，显然因为从前没玩过这种游戏，钱恒对突然冒出头的“地鼠”总是措手不及，等他反应过来，“地鼠”都溜了！

第一次钱恒没打中的时候，成瑶还碍于钱恒的老板身份没敢说什么，但随着游戏的深入，钱恒一次又一次打错时候，成瑶终于忍不住了。

她一边忙着打自己这边的“地鼠”，一边不断用余光监督着钱恒，结果越监督越生气。

“左二！左二！左二啊！你在看什么地方？！好好打游戏，不要开小差！

“右边！右边！我的天！你吃早饭了吗？你是怎么回事？！那个都打不中？！”

对于不断错过“地鼠”的钱恒，成瑶简直想要咆哮：“中间那个！中间！打中间！你的手眼协调性呢？！你这个打地鼠的水准连小学生都不如啊！如果用打地鼠来测智力，你这个水准绝对是弱智无疑了！”

一场比赛，除了前半场成瑶尚有理智，下半场她彻底忘记了钱恒的身份，咆哮了起来，放飞了自我。

直到这一局不出意料地输了，成瑶才恍然想起来，今天和自己一起打游戏的可不是秦沁这类损友，而是……

而是她黑着脸的老板。

电子竞技没有爱情，打地鼠也同样没有。

钱恒紧紧地抿着嘴唇，一张英俊的脸上满是山雨欲来的征兆。

成瑶结结巴巴地解释：“不是，老板，我不是那个意思，你听我解释……”

钱恒没说话，只是恶狠狠地看着旁边那对赢得这场游戏正在抱走大只皮卡丘玩偶的情侣。

然后他终于分了点目光给成瑶，钱恒咬牙切齿地道：“再来。”

成瑶愣住了。

成瑶还没反应过来，就被钱恒重新拽进了打地鼠游戏的队伍里。

虽然感动于老板越战越勇的斗志，但是很可惜，新的一局，钱恒虽然进步了些，但是还是不敌一起参赛的一对高中情侣，成瑶他们又败了。

成瑶看着那对高中生抱走了又一只皮卡丘玩偶，羡慕得不行。此刻她的内心也已经平静了下来，钱恒能陪着她打了两局，她已经非常感激，钱恒就算这个时候拖她走，她也毫无怨言了。

然而成瑶没想到，钱恒不仅没拖她走，还把她拉住了。

“我钱恒的字典里没有‘输’这个字。”她的老板拧了拧眉心，“再来！”

可惜很多事光有战斗的态度是不够的。

钱恒又输了一局。

“继续！”

钱恒是属于越挫越勇型的，明知山有虎偏向虎山行。

成瑶万万没想到，最后竟然变成了自己陪着钱恒打地鼠……

或许万事万物都确实是平衡的，钱恒在法律专业方面几乎遇神杀神遇佛杀佛，可到底人无完人，他在这种小游戏方面，竟然是白痴!

然而这位白痴朋友倒是很坚强，成瑶分出注意看了一眼身边的钱恒，见他正一脸面对疑难杂案时的严肃表情，努力地敲击着不断冒出头的“地鼠”。可惜他手眼不太协调，顾上了左边的就忘记了右边的。

平日里成天高贵冷艳、无往不胜的钱恒，竟然在打地鼠面前露出了深深的挫败、无助和绝望。

又一局结束，毫无悬念，钱恒和成瑶这一组又输了。

“老板，要不就算了吧……”

按照钱恒这样子，再打个十局他们恐怕也赢不了，还不如早点放弃。

结果钱恒十分坚持：“不行，必须赢。”他瞪了成瑶一眼，“我用你的年终奖命令你，必须陪我赢了才行。”

成瑶简直想咆哮：老哥，我的年终奖到底得罪了你哪里？！

成瑶忍了忍，终于没忍住：“老板，律协组织联谊会那次，你还记得你坐在船头是怎么说的吗？”

“什么？”

“你说，有时候真想体会一下输的感觉。”成瑶破釜沉舟道，“你看，你现在不是体会上了吗？难得有机会体会一把输的感觉，你就不要纠结着想赢了，虽然输是很没面子，但是这就是人生，有时候放弃挣扎也是一种美德！”

“成瑶，那我要扣你年终奖的时候，你放弃挣扎了吗？”

钱恒冷哼一声：“再来。”

大概因为钱恒的目标是赢，随着一局一局游戏的开始，他都丝毫没有沉浸在游戏中的感觉，反而有一种攻克《五年高考三年模拟》试卷、干翻高考的态度。

两人一共打了二十八局。

在第二十九局的时候，因为同组参赛的其他人都是“弱鸡”，钱恒终于喜提冠军。

“两位，这是你们的奖品皮卡丘。谢谢惠顾，祝你们今天玩得开心哦。”

打地鼠游戏摊的服务生非常贴心地把皮卡丘拿给了钱恒。

成瑶对这意外之喜有些不知所措，没想到，虽然过程曲折了点，但是她竟然还真的拿到这个皮卡丘了。

虽然执着了这么久，但是钱恒对终于赢得比赛表现得十分淡然，并没有太多兴奋的感觉，反而是看到这个巨大的皮卡丘玩偶，他的脸上露出了终于达成目标后松了口气的表情。只是成瑶再仔细一看，钱恒又恢复成了平日里的高冷“扑克脸”，让成瑶禁不住怀疑自己刚才产生了错觉。

面对服务生抱着的大型皮卡丘玩偶，钱恒双手插在裤袋里，只微微抬了抬下巴：“给她。”

这操作让服务生都愣了一下：“先生，这个皮卡丘很大也挺沉的，还是您帮您女朋友提着比较合适。”

钱恒面无表情地道：“我不是她男朋友。”

服务生显然误会了，微微笑了下，对钱恒挤眉弄眼地轻声道：“那这个皮卡丘更要你来提了，男友力爆棚啊！你要是这么一路提着带她玩下来，回去她就变成你女朋友了！”

成瑶很想呐喊，喂，这位服务生，我还年轻，我还没耳背，我可都听到了啊！

“小彭，快过来帮忙！”

“哎！好的！”

就在成瑶准备澄清之际，服务生就被他的同事叫走了，他离开前又对钱恒笑了笑，然后不容分说地把人号皮卡丘玩偶塞进了他的怀里。

钱恒一脸冷淡的精英样，皱着个眉捧着个皮卡丘玩偶，这反差实在有点大，配上他身高、腿长、颜正的外表，竟然意外地招人，别说周遭的那些年轻女孩，就连成瑶都忍不住多看了钱恒好几眼。

但偷看归偷看，成瑶还是很有自知之明的，让教主给自己抱皮卡丘？自己是嫌命太长吗？

“谢谢老板！老板辛苦了！老板我自己来拿！”

成瑶一边说一边就把钱恒手里的皮卡丘往自己怀里带。然而她没料到，如服务生所言，这皮卡丘非常沉，几乎是刚抱进怀里，成瑶就因为怀中的重量趔趄了两步。

她只能重新提了口气，然后憋着劲儿把怀中的皮卡丘玩偶紧了紧。然而这只玩偶实在太大了，成瑶这时候才发现她的手臂没有长到能够环抱住它，毛茸茸的皮卡丘玩偶在她的怀里随着走路的动作不断往下掉，每走几步，成瑶就不得不停下来重新调整它的位置，抱紧。

饶是这样，这沉甸甸的重量也让她有些吃力。

就在她又一次停下休息的时候，有一双手伸过来轻而易举地抄走了她怀里的玩偶。

钱恒高大的身躯站在她的面前，他太高了，这只几乎把成瑶完全遮盖住的皮卡丘玩偶被钱恒抱在手里竟然显得有些娇小了。

气质和皮卡丘完全不符的钱恒，就这么一只手轻松地提着大号的皮卡丘，一张脸上仍旧英俊而面无表情，他瞥了成瑶一眼，然后垂下目光。

“皮卡丘是我赢的，这是我赢了的证据和纪念品。”钱恒并没有看成瑶，声音在海风和海浪声中变得有些虚幻，除了耳尖有些发红，他竟然理直气壮地对成瑶道，“所以归我了。”

成瑶傻了。

就这样，在成瑶的目瞪口呆中，钱恒一只手插在西裤口袋里，一只手就这么抱着成瑶心爱的皮卡丘玩偶气定神闲地走了……

他抢走别人的玩偶，都这么理直气壮的？！这是抢劫罪啊！

明明刚才还顾忌着形象、被服务生把皮卡丘丢在怀里时彻底黑脸的钱恒，怎么突然对皮卡丘燃起了爱意？！这是什么剧情啊？！

成瑶此刻望着钱恒抱着皮卡丘玩偶的稳健的身姿，想着她垂涎已久的皮卡丘，心里绝望地闪过一句话——

你为什么疯狂打转向，留我一个人在原地哭得够呛！

不管怎么说，因为被钱恒横刀夺爱，抢走了玩偶，成瑶走路反倒轻松了起来。她一路走一路玩，钱恒就一路抱着皮卡丘玩偶绷着张脸跟在她的身后。

“老板，我去下厕所！”

成瑶和钱恒打过招呼后就飞奔去了嘉年华的厕所，然而女厕所排队排得实在太长了，等成瑶出来，才发现钱恒不在原地了。

好在因为抱着个大只皮卡丘玩偶，钱恒相当显眼。成瑶转了转，立刻就看到钱恒在不远处树荫下的一个休息区。

休息区有挺多人，已经没有空座位了，然而站着的空间还有很多。但此刻的钱恒竟然不是一个人，他的身边竟然还站了个高中生模样的小男生。钱恒维持着单手抱皮卡丘的姿势，正表情冷酷地和对方说着什么。

成瑶想要走过去，却被休息区其余穿来穿去的人挡住了，但这个距离足够她听清他们的对话了。

“哥哥，求求你了，你把这个皮卡丘玩偶卖给我吧。多少钱都可以的。”那个高中小男生长得挺可爱，一张脸上写满了恳求，“打地鼠游戏的胜利奖品已经送完了，没有别的玩偶了，可我喜欢的女生特别想要这个皮卡丘玩偶，听说没有了，她都快哭了。”

“能不能求求你，把这个皮卡丘玩偶卖给我吧，真的感激不尽了！”小男生讨好地道，“真的，哥哥，你长得又高又帅，我一看你就特别面善，觉得我们很有缘，觉得你一定是个好心人，一定会——”

可惜在小男孩还准备继续措辞恭维之际，钱恒就冷冷地吐出了两个字。

“不行。”

小男孩愣了愣，看了眼不远处正眼巴巴地看着他的女孩，鼓起勇气再接再厉：“哥哥，真的，如果你能让给我，你就等于是我和我女朋友的大媒人了，我们对你感激不尽，以后结婚的时候要请你来喝喜酒的。我们要不留个联系方式……”

看得出来，小男孩的心里一直记挂着他喜欢的女孩，虽然行为有些稚嫩，但眼神和言辞确实都很诚恳。

少年情怀总是诗，就算是对这只皮卡丘玩偶有很深执念的成瑶，面对这种场景，或许也不好意思拒绝，大概率会忍痛割爱，成全一对小情侣。

可惜钱恒从来不按套路出牌。他冷冷地扫了一眼小男生：“你高几了？”

“高三了。”

“哦。那你一模考了多少分？”

小男生完全摸不清钱恒的套路，只愣愣地回答了一个数字。

成瑶看着钱恒脸上熟悉的表情，就知道接下来这位小男生将要遭受怎样无情的一场暴风雨……

果然——

“你一模考这个分数，别说二本C类，就连大专都上不了，你还想着谈恋爱？你要买的不是皮卡丘玩偶，而是《五年高考三年模拟》。”钱恒冷哼一声，根本没给小男生争辩的机会，“别和我说要珍惜现在的青春，抓住机会在一起，不要错过这种话。是，你们现在是能在一起，但如果你的最高学历是高中，毕业就是失业。你买不起房、买不起车、买不了包，你们去不了高档餐馆，购不起物，你就是给她弄一个真的皮卡丘，除了充电能干吗？能吃吗？她会和你一直在一起？”

钱恒无情地总结道：“好好学习，天天向上。”

小男生都快被打击哭了，脸上写满了失望和挫败，垂头丧气地准备往回走。

就在这时，钱恒叫住了他。

“这个给你。”

小男孩转头，有些愕然地看向钱恒手里的一张卡券。

钱恒的表情有些不自然：“这个，洲际酒店的自助晚餐券，双人的，你拿去。”

“为、为什么？”

“请你那个小女朋友一起去吃。”钱恒抿了抿唇，“总之，皮卡丘不能给你。”

“好好学习是必需的。如果能好好学习，那喜欢的女生，也不是不能现在追。”钱恒想了想，又补充了一句，“一定要好好学习，知道吗？”

那男孩子的眼睛一下子亮了起来，仿佛又看到了希望般眼巴巴地看了眼钱恒手里的皮卡丘玩偶：“谢谢哥哥！我会好好学习的，但是这个皮卡丘玩偶真的不能给我吗？”

“想也别想。”钱恒冷冷地道，“因为我也要送给别人。”

小男孩挺大胆：“送给谁呀？是漂亮的姐姐吗？”

成瑶本以为钱恒不会回答的，然而他面对小孩子，虽然仍旧是那副冷淡的模样，但是竟然十分有耐心。

他回答了。

“嗯，挺漂亮的。”

成瑶竖起了耳朵——有情况！难道钱恒恋爱了？！难道“五毒神教”终

于要迎来教主夫人了？！快问！快继续问！

小男孩仿佛听到了成瑶内心的呼喊，继续问道：“身材好吗？”

钱恒哼了声：“很好。”

“那她人怎么样？”

“是个白痴。”

“你喜欢她吗？”

“不喜欢。”

这之后，钱恒和小男生还说了点什么，然而因为距离远，外加周边人聊天的声音太大，成瑶没能再听清了。

然而光是这些有限的信息，已经足够令成瑶震惊了。

虽然钱恒嘴上不承认，但一路抱着个皮卡丘玩偶心心念念地要送人，这不就是对对方有意思吗？

有着剧毒的钱恒，竟然有喜欢的人了！

这……这……这是重大新闻，这是“五毒教”里最劲爆的消息！

她点开了微信组群，拉到了只有包锐、谭颖和她三个人的“富贵荣华组合”，发布了她的最新发现——

“惊天八卦！钱par有了心仪对象！”

成瑶几乎刚发完消息，钱恒就回头看到了她，不知道什么时候起，他身边的小男生已经走了，只留下钱恒一个人抱着大玩偶。

成瑶佯装什么都不知道，狗腿地道：“哎，老板，女厕所人太多了，我刚出来，下面我们去哪儿？”

钱恒冷冷地道：“去吃饭。”

第七章　假戏真做了解一下

等成瑶终于吃完饭有空再打开微信的时候，才发现刚才她发的这么一条简单的消息，在这三个人的组群里，炸出了三十个人的效果。

包锐："我的天哪，我的天哪，我的天哪，我竟然活着看到这一天了！我简直老泪纵横、热泪盈眶、涕泪交加，就像是老父亲要嫁儿子了啊！！"

谭颖："快！八卦！说！是谁？我们认识吗？多大了？什么背景？什么学历？家里有钱不？长得怎么样？钱par的未来丈母娘难处吗？"

包锐："等等，你们说会不会是我们的哪个客户？"

谭颖："这不行啊，我们律师不能和自己的客户发生这种事啊，太违背职业道德了！而且我们的女客户基本是已婚的啊！想不到钱par谈恋爱竟然如此刺激！已婚少妇和禁欲律师！啊啊啊啊！我的脑海里'飙车'两百迈，我不行了，交警叔叔救我！！"

包锐："不，不，等一下，先别激动，冷静一下。首先，要确定一下，是男的还是女的？我总觉得不一定是女客户……"

谭颖："如果是男客户的话，我觉得上次那个保险纠纷案的当事人王凯瑞挺可疑的啊。至少他对我们钱par肯定有点意思，我见他好几次盯着钱par挺翘的屁股都看得出神了！"

包锐："不是吧，我还以为他喜欢我呢？他也盯着我挺翘的屁股色眯眯地看了好久呢！”

谭颖：“你的屁股哪里挺翘了？你和钱par的屁股比就是一个纯平彩电！”

包锐：“好啊，被我抓了现行，原来你老盯着我和钱par的屁股看！”

谭颖：“别扯远了，先关注钱par好吗？我们钱par终于动凡心了，对象到底是谁？竟然能把钱par给打动了，想必也不是等闲之辈！”

包锐：“成瑶？成瑶人呢？八卦说一半就跑了，太不道德了！”

……

后面两个人还洋洋洒洒地聊了一堆，成瑶都来不及看，只能趁着钱恒不注意，飞速地回了几句。

成瑶：“漂亮！身材好！但是应该不太聪明！”

包锐：“傻白甜啊？”

谭颖：“原来我没被钱par看上是因为我太聪明了！伤感！”

包锐：“为啥说不太聪明？你见到人了？”

成瑶：“没见到，但是钱par说她是个白痴！”

谭颖：“这不作数……在钱par眼里，百分之九十九的人都是白痴……”

包锐：“我倒觉得，漂亮、身材好，却选择和我们有剧毒的钱par在一起，可能真的是白痴。”

成瑶看到这里，忍不住也笑了起来。

确实，在钱恒眼里，恐怕大部分人不是“弱鸡”就是白痴，她不也刚被骂了白痴吗？

其实刚才成瑶的心情倒并不是如此轻松的，听到钱恒有心仪的人了，成瑶一时之间不知怎么的，心里百感交集，又是惊愕，又是迷茫，还有一丝说不清道不明的复杂情绪。

“你们在聊什么？笑成这样？”

就在成瑶思绪纷飞之际，钱恒冷冷地唤回了她的注意。

从吃饭开始，钱恒就发现成瑶心不在焉，她吃着吃着就看一眼手机。那屏幕上不断闪过微信信息的提醒，看得出，成瑶十分想去看，但碍于他在场，她只好硬生生忍住了。一吃完饭，她果然就迫不及待地拿起了手机。

虽然饭后看手机再正常不过，但是钱恒不知道为什么觉得非常不满。他想，在自己这样优秀的人面前，成瑶竟然敢这么大张旗鼓地心不在焉？！谁批准的？！

钱恒移开目光，装作不经意地问道："是客户吗？"

成瑶一点儿也不知道钱恒微妙的心思，放下手机解释道："不是客户，就是和包锐还有谭颖随便聊几句。"

"哦。"

钱恒说完也没再过问，低头拿起了手机，也开始发什么东西。

结果没过多久，"富贵荣华组合"的微信群里，就同时传来了包锐和谭颖的哀号——

包锐："妈呀！苍天！！钱par刚才突然对我说'你的工作量可能不够饱和'，然后布置了一堆事！最近我们写字楼附近那个CBD刚开了个新的酒吧，我本来今晚要去的，现在只能加班了！"

谭颖："我也遭到了钱par的炮火攻击……血槽空了！潜了，拜拜！"

这之后，群里恢复了安静。

成瑶抬头看了一眼此刻云淡风轻的钱恒，顿时瑟瑟发抖。老板心海底针，也不知道包锐和谭颖怎么就触到了钱恒的逆鳞，难道就因为自己提起了他俩的名字吗……

成瑶看了一眼眼前正襟危坐的钱恒。他的样子一如既往地端庄威严，只可惜因为身边摆着个超大号的皮卡丘玩偶，巨大的反差实在是让人觉得很有喜剧效果。

吃完了饭，成瑶就准备去此次嘉年华她最期待的部分了——海上摩天轮！

此次嘉年华的宣传噱头就是这个海上摩天轮，它采用了全透明三百六十度无死角的景观轿厢，坐在里面可以俯瞰整个B市的海景。

这个保留项目人气很高，排队处人头攒动，成瑶拉着钱恒排到了队尾。

"你就喜欢这种项目？"钱恒望着长长的队伍，脸上露出了不可理解的表情，"就为了坐上去然后转一圈就下来的这么无聊的项目，要排这么久的队？虽然没我贵，但是你可是个律师，你的时间就这么不值钱？"

"可人这一辈子，本来就有很多时间是虚度的啊。"成瑶有些不服气地道，"谁能保证自己每分钟都在赚钱？何况人生本来就有很多开心的时刻，就是这样无所事事的啊。不然你现在回想一下，就这一周吧，这一周里你到现在还印象深刻的一个时刻是什么时候？难道是你赚钱工作的时候吗？”

面对这个问题，钱恒也有一瞬间的愣神。他下意识地认真地想了一下，发现这一周以来自己印象最深的时刻，真的不是任何工作的时刻，而是……而是一些细碎的毫无意义的瞬间。

成瑶望着那只大号皮卡丘玩偶眼睛里放光的时候、成瑶被唐兵骚扰而神色愤怒的时候、成瑶眼泪汪汪地感激自己的时候，还有现在，成瑶用一双圆溜溜的黑眼睛认真地盯着自己的时候……

钱恒见鬼似的看了眼成瑶，觉得自己可能是被海风吹坏了脑子。

成瑶浑然不觉，看了看眼前的队伍："哎哎，快到我们了！"

成瑶迫不及待地钻进了全透明的摩天轮轿厢，钱恒虽然一脸心不甘情不愿，但最终还是带着他的大号皮卡丘玩偶一起进了轿厢。

随着摩天轮的缓缓转动，成瑶几乎整个人都贴到了透明的轿厢侧壁上去。这是她第一次以这样的视角看海，满心欢喜溢于言表。

她看看外边，又看看钱恒，十分兴奋："其实这是我第一次坐摩天轮！"

真是……竟然连摩天轮都没坐过，钱恒都有些同情成瑶了："你工作之前都在干什么？游乐场都没去过吗？"

"我在认真学习嘛。"成瑶笑了笑，"你知道我姐姐成惜的呀，她成绩很好，我的话就不如她聪明，考试就一直只能中上那样。我爸妈习惯性地拿我姐姐当参照物，就觉得我学习挺差的，在考试成绩达到我姐姐那个水准之前，我都是不能出去玩的。"

虽然成瑶语气非常轻松，言语之间也没有对父母和成惜的抱怨，但是钱恒没来由地觉得她以前是难过过的。

身边有一个永远比自己优秀的姐姐，有永远不自觉地将两人对比的父母，成瑶的青春期，或许并不怎么快乐恣意。

这么一想，钱恒突然觉得成瑶对来这么简陋的嘉年华都如此激动，也就可以理解了。

"下次所里团建，去大阪。"

对这突然转变的话题，成瑶有点茫然："哎？"

钱恒抿了抿唇，撇开视线看向透明轿厢外的海景："大阪有环球影城。"

“嗯？”

“环球影城比这个嘉年华好玩。”钱恒顿了顿，又补充了一句，“好玩很多。”

成瑶听到有比嘉年华还好玩的环球影城，眼睛都忍不住亮了：“真的吗？！下次团建才去啊！我听包锐说，咱们公司每年五月的时候组织团建，但今年我入职的时候已经错过团建了，所以是要等到明年了吗？”

钱恒用手轻掩着嘴咳了咳：“今年创收还不错，正在考虑再加一次团建旅游。”

要不是在摩天轮里，成瑶就高兴得蹦起来了。这是什么神仙律所啊！竟然因为创收高，一年都能有两次团建！还能去国外！

不过成瑶又想起了什么：“可是老板，大阪环球影城，你说好玩，是因为已经去过了吗？如果你已经去过了，团建又要你去一次的话，会不会有点无聊？要不换地方也行。”成瑶有些不好意思，“不用为了我想去见世面就去的。”

“你想多了。”钱恒继续看着轿厢外的海景，脸色淡然地说，“是因为包锐一直喊着想去，都喊了几年了。今年他工作创收成绩都很不错，我想着是时候奖励他一下了。”

成瑶一听是这么回事，也安心下来。

钱恒作为首富的儿子，从小别人还在市内游的时候他大概就开始了国外游。他去过大阪环球影城一点儿也不意外，如果哪里他是没去过的，那才是叫人大跌眼镜。虽然他去过了，但是君恒资深员工包锐还没去过，那决定去大阪环球影城，成瑶也就觉得理所当然了，毕竟包锐可是“五毒教”的大护法！

虽然钱恒只说了考虑再加一次团建，但是成瑶已经兴奋得叽叽喳喳说了一堆——日本怎么样？是不是真的超级干净？是不是所有人都超级讲秩序做什么事都要排队？日本的和果子是不是特别好吃？日本的米其林餐厅是不是特别多？日本哪些景点特别好玩？奈良的鹿是不是特别可爱？日本的牛郎是不是收费很贵……

成瑶一连问了好多问题，直把钱恒问皱了眉头。

“成瑶，再问扣你工资。”钱恒冷冷地瞥了成瑶一眼，示意对方安静。

成瑶只好识相地闭上了嘴。最初的兴奋和激动退去后，她看向透明轿厢外，才发现轿厢此刻已经升高到了半空中。也是这时，成瑶才感觉有些头晕目眩。

透明轿厢越升越高，成瑶这种恶心头晕的感觉也越来越明显了。全透明的玻璃面让人能更方便地观赏海景，然而也让人能更直观地体会到在高空的晕眩感。

成瑶并不是没有去过高层公寓，然而每次去的时候她并不会刻意站在窗边往楼下望，所以她从来不知道当自己处在这样的高度时，竟然会产生这样剧烈的不良反应。

摩天轮的转动虽然缓慢，但高度还是一点一点升高了。成瑶几乎不敢去看轿厢外面，然而刚才突然袭来的那种晕眩感还是让她觉得呼吸困难。她觉得自己仿佛站在高耸的悬崖边，随时面临着坠落深渊、尸骨无存的危险。

在欢天喜地地上这个摩天轮之前，成瑶怎么都没料到她会恐高。

现在说什么也没用了，她上都上了，无论怎样都要等摩天轮转完一圈才能下去了。

平日里没坐过摩天轮的成瑶一直幻想着能在摩天轮上慢悠悠地看窗外的景致。然而现在的每一秒，她不仅不觉得是享受，反而觉得是在受罪。

即便努力转移注意力，不去看轿厢外的高空，不去俯视那些变得很低矮的地面建筑，可成瑶还是害怕，她下意识地用手紧紧攥着裙子，如临大敌。

摩天轮里的每一分每一秒都变得极为漫长。

而钱恒，刚才突然接到了一个客户的电话，因为摩天轮里信号不好，他不得不起身站到了成瑶身侧接听。

成瑶此刻早已经没有任何闲暇去关注钱恒的动静，她忙着做心理建设。明明想闭上眼，然而顾忌着和老板在一起，直接闭上眼实在是太不礼貌了。

就在她纠结、挣扎又眩晕的时候，她的身后响起了钱恒的声音。

“闭上眼睛。”

“哎？”

钱恒皱了皱眉，看了一眼成瑶那张惨白惨白的脸，不得不直接下了命令：“闭上。”

这一次，成瑶终于从善如流地闭上了眼。然而身处高空的认知以及刚才映入脑海中的高空印象和恐惧，还是盘旋在成瑶的心中。

“日本的话，一般旅游会选择的两个地区，不是关东就是关西。我个人比较喜欢关西，因为京都、大阪、神户、奈良这些比较有日本古典韵味的城市都在关西一带。

“京都是我非常喜欢的城市，它很古朴。不一定要去热门景点，就算是在京都的普通的路上都有很多小神社，那些神社光是从外边看就非常有意境。当然这些小神社也不能随便进，因为很多当地人会在小神社里举办婚礼或者祭祀之类的活动，在不了解的情况下肆意闯进去不太礼貌。”

钱恒讲起这些来，语气还是一如既往地冷冰冰，一点儿不像是在和别人分享或者交流，反而像是一板一眼地在科普，然而成瑶却没来由地觉得他的声音十分温暖。

钱恒明明刚才还对她这些问题不屑一顾，现在竟然如此细致地讲起来。

“日本，尤其是京都有非常多的米其林餐厅，大部分米其林三星甚至二星餐厅都非常火爆，很多需要提前三个月预订才有可能有席位。去日本的话，怀石料理确实有必要尝试，另外神户牛肉也是让人赞不绝口的美食。”

正因为他不间断的讲解，成瑶分散掉了刚才挣扎在恐高情绪里的注意力。

“奈良的鹿很亲人，但是一旦你带着鹿仙贝，那些鹿就容易变得很凶，你首先要喂饱它们才行。去奈良最好的时间是樱花季，樱花开的时候，春日大社的两侧全是像云霞一样的樱花……”

成瑶闭着眼。钱恒的讲解中其实并没有太多描述性的内容，然而因为他言简意赅的几句话，不知怎么的，她的眼前已经铺展开了春日里樱花漫天飞舞的画面。她忘记了她处在高空的摩天轮轿厢里，思维完全被钱恒的话带着，走入了日本的春天里。

不得不说，钱恒的记忆力真的是极好的，成瑶刚才没头没脑地胡乱问的一连串问题，他竟然在那么短的时间里都悉数记下了。如今他就按照成瑶提问的顺序一一解答。

如同钱恒回答任何客户的法律咨询一般，他回答成瑶这些关于日本的小儿科问题，也全程流畅无间断。

只是这种流畅，在某个问题上突然卡壳了。

“至于日本的牛郎——”钱恒顿住了，然后成瑶听到他微微提高了声音兴师问罪，“成瑶，你一天到晚都在想什么黄色的东西？”

“没……没，我没有啊……”成瑶赶紧解释，“不是都说日本好多牛郎卖艺不卖身吗？我就……我就有点好奇，想问问你知不知道……感觉你什么都懂的样子。”

“我怎么会知道？！”钱恒愤愤然，“我这么品行高洁的一个人，怎么会了解牛郎的行情？”

“我让你开宾利你就给我以每小时十公里的速度开，脑袋里倒是车速挺快！还牛郎？怎么？你问我了解行情，要是便宜你还要去消费一下？”钱恒冷哼道，“年轻人，思想不要那么危险，少想点这种不健康的事。要是去日本团建时被我发现你去日本的风俗一条街晃荡，你就完蛋了。”

因为这个跑偏的话题，接下来的时间里，钱恒对成瑶进行了长达十分钟的心理健康教育。

“行了，回去以后写份检讨。”

最终，霸权主义老板钱恒就这么言简意赅地下了指令。

就在成瑶腹诽之际，钱恒冷冷的声音又一次响了起来。

“睁眼吧。”

成瑶睁开眼，这才发现，不知不觉间摩天轮轿厢已经回到了地面，她竟然已经在高空中转了一圈。本以为会很漫长痛苦的恐高之旅，成瑶也因为关注着钱恒的话，恐惧感都直接被忽略了，就这么安安稳稳地回到了地面。

成瑶这下终于可以睁眼看她老板脸上的神色了。

钱恒抿着嘴唇，好看的眉微微皱着，他也看向了成瑶。

因为工作，钱恒平日里经常需要面对客户的咨询，在法庭上也需要对对方代理人的辩护词进行反驳，常常要进行的是一个法律普及和解释的工作。因而在工作以外，钱恒对一切科普性质的讲解都非常反感。让一个人不论工作还是生活中都做同样的事，不管那个人是谁，都是会厌倦的。

钱恒自己也没想通，为什么在摩天轮上他会给成瑶科普了那么久日本和日本的景点。他想了想，觉得他大概确实是想去日本旅游了。

嗯，那就再加一次团建，去日本吧。

如此愉快地决定好后，钱恒才提着大号的皮卡丘玩偶，在成瑶目瞪口呆的注视中，云淡风轻地走了。

最后，成瑶终于把这个海滩临时嘉年华的大部分游乐项目一一打卡了。钱恒虽然一路因抱着皮卡丘玩偶而带着嫌弃的表情，但是最终也还是不情不愿地和成瑶一起打了卡。

只是他对这只皮卡丘玩偶也未免太上心了点，不管成瑶怎么主动请缨，他也丝毫不肯放开。这么沉、这么大，还毛茸茸的一只玩偶，钱恒就这么一路抱着不撒手，甚至因为怕托运把玩偶给压坏了、弄脏了，钱恒还单独给皮卡丘买了个超大号的新秀丽行李箱。

这不禁让成瑶看着自己久经风霜的行李箱感慨，自己活得真是粗糙。她感觉她竟然活得还不如这只皮卡丘，做人不如做玩偶……

不管怎么说，当飞往A市的飞机起飞时，成瑶坐在靠窗的位置，看着窗外越发渺小的B市，只觉得这一行十分完满。

虽然有唐兵这颗老鼠屎的存在，但是成瑶第一次看了海，恐高但第一次恐怕也是最后一次坐了高空海景摩天轮，尽兴地打了地鼠，吃了各种各样的小吃，还为老板赢得了一只限量发行的皮卡丘玩偶……

飞机临起飞时，钱恒更是为她带来了一个好消息。

起诉白星萌一案，君恒胜诉了。法院查明了事实真相并下了判决，白星萌必须按照合约继续支付君恒律师费，消除对君恒声誉造成的不良影响并进行赔偿。同时，包锐代理的成瑶被网友网络暴力诽谤侵权一案也出了诉讼结果，带头人肉和辱骂的几个网友不仅需要公开赔礼道歉，还需要按照情节严重程度向成瑶支付五千到三万元不等的赔偿金。

“正义可能会迟到，但永远不会缺席。”钱恒微微地笑了，“这句话，虽然我一直觉得很老土，但是很有道理。”

成瑶的内心也充满了激动和感恩，她想了想，说：“当初白星萌向我们所泼了那么多脏水，现在法院的判决下来了，事实胜于雄辩。等判决生效后，我们是不是就能直接用官微公开，狠狠打一打她的脸了？让大家看看，当初到底是谁撒了谎。”

“再等等。”钱恒却并不急，“再等一个星期公开，会有惊喜。”

成瑶虽然并不明白，但是她想，钱恒说的话一定有道理！

不管怎么说，如今这个结局她已经十分满足了。

是的，正义可能会迟到，但永远不会缺席。举起法律的武器，用正当的手法维护自己的权益，终将能还原出事情的真相。

今天是周五，飞机到达A市时已经是傍晚。

成瑶下了飞机，刚打开手机就被李梦婷的消息刷屏了。

“瑶瑶！瑶瑶！晚上有空吗？来约饭吧！”

“你电话没打通，就给你留言了！有空一定要来一起吃饭啊！哈哈哈！有个劲爆的消息要告诉你！”

“喂喂喂，你怎么还不回我啊？算了，我先告诉你吧，哈哈哈，我结婚啦！”

“怎么说结婚都没把你炸出来？！”

“但是我没骗你啊啊啊，我真的和‘耗子’结婚啦！”

成瑶愣了愣，一时之间百感交集，既替李梦婷高兴又有些朋友要被男人抢走了的微微失落感。然而她心里还是祝福的，她一手提着行李走路，一手拿起手机回复李梦婷。

“出差回来刚下飞机，实在是太惊喜了！祝福你和‘耗子’！！晚上当然要约！要吃一顿贵的！让抢走你的‘耗子’出出血！”

因为专注着回信息，成瑶走路都没在意，一不小心就撞上了走在她前面的钱恒。

钱恒瞥了成瑶一眼：“你走路能不能好好走。”

成瑶忙不迭地道歉。

“给我。”

“哎？”

钱恒没好气地道：“行李给我拿，免得你又不好好走路，连人带行李一起撞我身上。”

成瑶还没反应过来，手里就一松，钱恒已经不容分说地把她的行李箱拉走了。

此刻的钱恒因为已经把皮卡丘塞进了新买的行李箱，整个人又恢复到了高贵冷艳、难以接近的状态。成瑶就亦步亦趋地跟在老板的身后，和李梦婷约着晚上吃饭的时间地点。

结果没走多久，钱恒又一次停下了。

他好看的眉微微皱着，状若不经意地道：“鉴于你赢下皮卡丘有功，今晚我也不是不可以请你吃个饭，嘉延中心广场那边有一家非常不错的日料……”

“不用了，不用了。”

钱恒大发慈悲地笑了笑："没关系，对我来说，这都不算破费，你不用有心理负担。"

"不，不，老板。"成瑶指了指手机，"我晚上和朋友约好了。"

"哦。"钱恒看向不远处的一盆绿植，语气自然，"顾北青？"

成瑶不疑有他地回道："不是他，是大学同学。"

"哦。"钱恒也不知道怎么的，像是爱上了那盆绿植一样，继续用眼睛一眨不眨地看着，状若随意地对成瑶道，"刚发生了唐兵那种事，不要以为是大学同学就掉以轻心，尤其不要喝酒……"

"没关系，是我以前的室友还有她男朋友。"成瑶笑起来，"她结婚啦！"

"哦。"

虽然仍旧是一个单音节的"哦"，然而成瑶没来由地觉得，钱恒这一次的"哦"仿佛比前面的两个"哦"表现出来的心情要好一点。

成瑶抬头看向钱恒，他仍旧是面无表情的镇定自若，看不出任何情绪波动，直让成瑶怀疑刚刚是她的错觉。

倒是他刚才老盯着那盆绿植的目光让成瑶有些在意："老板，这个是发财树，你这么喜欢，要不我给你买一棵？"

可惜成瑶的好心并没有得到钱恒的鼓励，钱恒只是挑了挑眉，瞥了她一眼："我还需要用发财树来发财吗？"

好的，告辞，成瑶心想，是她多虑了！

和钱恒分开后，成瑶就直接往李梦婷约好的餐馆去了。

说来很巧，钱恒大发慈悲想带成瑶去吃的是日料，李梦婷和张浩约的也是一家日料店。这家店环境不错，有包厢，私密性也很好。

李梦婷已经在包厢里了，一见成瑶，就笑着朝她挥手。

她没怎么变，气色很好，只是大概生活太滋润幸福，有些明显地变胖了。

"'耗子'还在加班，晚点儿来，我们先聊。"李梦婷点完菜，抬头看向成瑶，认真地道，"瑶瑶，感觉你现在气质都不太一样了。"

成瑶喝着日式煎茶，感觉有些莫名："什么？"

"就是你刚才穿着职业套装和细高跟朝我走来的时候，我都愣了愣，突然之间感觉自己好像和你已经不是一个世界的人了。”李梦婷想了想，“你现在就像是美剧里那种职业精英，感觉像是蜕变了。”

成瑶失笑道：“你才过了多久没见我，我就蜕变了？你以为我是毛毛虫啊？是完全变态还是不完全变态？”

李梦婷抓了抓头：“我也不知道怎么形容，就是种感觉，好像你已经从那种刚出校园的青涩中蜕变了。你刚才走进来，我觉得你整个人看上去都很有底气，特别自信！”

“行了行了，你别埋汰我了。”成瑶也笑，“不过最近几个月，学到的东西确实比以前一年都多，我老板愿意多带我，他业务能力也强。”

“你老板不是那个业界‘毒瘤’？”

“他人其实挺好的。”

李梦婷一脸不相信的表情，她毕竟也是从法学院毕业的，虽然没有在法律圈从业，但是多少听过钱恒的名声。

成瑶笑笑，觉得一时半会儿也解释不清，便直接转移了话题：“算了，不说我，说说你呀，怎么决定结婚的？‘耗子’是怎么求婚的？你有没有好好端端架子再答应他？”

“求什么婚？”李梦婷也笑了，“我和他都谈了多少年了，还求婚啊？就是觉得他工作也稳定了，我们前不久也一起买了婚房了，时机合适，水到渠成就结婚领证了呗。”

成瑶有些意外。她总觉得婚姻对大部分人来说一生只有一次，这么难得的宝贵的事，怎么可以没有求婚？就算只是一种走流程的仪式，那也是多少人从少女时期就开始期待的事啊。

只是她看了看眼前满脸幸福的李梦婷，没有再说什么。

罢了，各人冷暖自知，只要在一段感情里幸福快乐，求不求婚也确实没什么。

“我和‘耗子’已经在忙办酒席的事了，预计下个月就会办。酒席就办在A市，我俩老家都太远，太不方便了。”李梦婷笑笑，“到时候准备请你们几个要好的同学还有‘耗子’的同事一起参加，你准备好接我的‘红色炸弹’啊。”

历来结婚办酒席这种事，都最起码筹备个大半年的。成瑶平时也时不时会和李梦婷聊聊，然而之前李梦婷可从没有透露过结婚这件事，如今竟然证都领完了，连酒席也要在下个月就办了，总觉得这么匆匆忙忙的，不像是李梦婷平时的风格……

成瑶又看了看眼前穿着宽松，脸也明显圆润了的李梦婷，突然灵光一闪："你是不是？——"成瑶一边说，一边在自己肚子前比画了一下。

李梦婷有些害羞地看了成瑶一眼："你眼睛也太毒了吧？"她抿嘴笑了出来，"本来还想骗骗你的，因为'耗子'说我这样坐着遮着肚子其实看不太出来，只会让人觉得稍微比以前胖了点而已。"

"来来来，站起来让我瞧瞧。"

李梦婷托着肚子站了起来。成瑶这才发现，没了桌子的遮掩，李梦婷这肚子如果仔细观察确实有些微微凸起了。

"几个月了？"

"三个月。"李梦婷摸着肚子，幸福地笑了笑，"是双胞胎。"

成瑶佯装出一脸惨淡的神情："你都要当妈了，而我连个对象都没有……"

李梦婷也笑："去去去，以后你还是未婚美少女，我就是已婚妇女了。"

两个人好久不见，说说笑笑，讲讲以前的同学，又聊了聊周遭的八卦，这一晃竟然就过去了大半个小时，也是这时张浩才赶到。

他笑着和成瑶打了个招呼，落了座。

他落座后，除了偶尔搭几句话，倒是并没有怎么加入成瑶和李梦婷的聊天中，然而他十分关注李梦婷。李梦婷的水还没喝完，张浩就已经给她续上了新的，水一旦冷了，一定要先换了温的才让李梦婷喝。茶水、咖啡这类对孕妇不好的，他更是拦着任性的李梦婷不让她碰。随着菜一个个上来，张浩自己没怎么顾着吃，倒是不停地给李梦婷夹菜，叮嘱这叮嘱那的，十足的模范老公样。

这倒是让成瑶相当意外了。

成瑶认识张浩也挺久了。张浩是学IT的，大学时是个木讷的男生，比起人来，他更喜欢和电脑打交道，整个人呆头呆脑的，也就李梦婷觉得他为人实在，看到了他身上的闪光点。

就算之前两人谈了很久的恋爱，他个性里的木讷好像也没有被调教好，以前和李梦婷合租时，成瑶几乎每天都听到李梦婷对张浩的吐槽和抱怨。

“张浩这家伙一点儿也不知道照顾别人。”

“张浩一点儿都不会疼人。”

“我都说了我没吃午饭，他就在附近，也不知道给我叫个外卖。”

“我感冒嗓子都说不出话了，他就让我多喝热水，也不知道来看看我或者带我去医院！”

成瑶回想了一下李梦婷的那些话，再看眼前这个“焕然一新”的张浩，也有些忍俊不禁。

大概结了婚当上了准爸爸，外加在职场上历练了一段时间，生活和工作的历练终于把张浩这榆木疙瘩给敲开窍了。

李梦婷显然也觉察出了成瑶的目光，推了推张浩，然后笑着向成瑶解释道：“‘耗子’最近画风突变，可会照顾人了，我在家里现在什么也不用干。”她想了想，又补充了一句，“工作上也很优秀，他最近又升职了。可惜工资是涨了，但事情也多了，常常下班了还得继续工作，回家还得继续干活，有时候我都没机会和他说上几句话。”

虽然一下子突然变得这么体贴的张浩让成瑶有一种难以接受的违和感，但是看着李梦婷沉浸在幸福中的模样，成瑶也衷心地替她感到高兴。张浩能为了李梦婷改变了他一贯的处事作风，想必是真的很爱她。

聊天时基本都是李梦婷和成瑶在说话，张浩偶尔看下手机，间或照顾下李梦婷，总之三人很融洽。

临走的时候，张浩更是站起来，挽住李梦婷的手，护住她的肚子，拿起他的大衣给李梦婷披上了，还亲了亲她的额头，笑着跟她说话。

成瑶看着两个人互相搀扶着远去的背影，突然觉得有一点被治愈了。

她自从进入君恒以来，不论是自己经手的还是听同事们讨论的，都是那些夫妻为了财产或者利益撕破脸皮大打出手的事，有些甚至丑恶到让你怀疑人性。虽然这些当事人个个都不缺钱，但是成瑶觉得，就算坐拥几个亿，也不如眼下李梦婷和张浩这种在人间烟火中互相牵手的温情。

人可以不富有，但有一个爱着你，你也爱着的归宿，是比什么都珍贵的财富。

成瑶在各种感慨中回了家，结果在她的房门口看到了那只之前钱恒碰都不让她碰一下的皮卡丘玩偶。

这是怎么了？难道他要让她洗一下？还是让她去“人肉快递”给要送的女生？

成瑶带着疑惑，抱着皮卡丘玩偶敲了钱恒的房门。

“老板？”

钱恒开了门，看了眼皮卡丘，面无表情地道：“给你了。”

“啊？”

“不想要了。”

成瑶想了想，试探道：“我以为你要送人，送给那种长得漂亮、身材好的女生……”

钱恒警觉地看向成瑶：“你听到了？”

“没有，没有，我什么也没有听到！”

“哦，那只是我当时随口编的理由。”钱恒抿着嘴唇，“总要有个理由拒绝那个小孩。”钱恒换上一脸嫌弃的表情，“而且我怎么会送这种东西给别人？现在我只是不要了才给你，不要因为这个皮卡丘玩偶是黄色的，你就又有什么乱七八糟的黄色联想。”

成瑶忍不住嘀咕：“现在突然说不要就不要了，你为什么一路那么爱不释手地把它抱回来啊……”

钱恒移开目光，低头看向自己手中的书：“我想了想，我马上就要搬走了，带着这个玩意儿搬来搬去很不方便。何况这个黄色的东西和我别墅的格调十分不符。”

说起搬家，倒是提醒了成瑶：“对了，老板，那你什么时候搬走啊？”

这只是稀松平常的一句话，然而钱恒直接炸了，他危险地挑了挑眉：“怎么？难道我一个合法支付租金的租客，什么时候搬走还要向你打申请报备？”

成瑶碰了一鼻子灰，回房间时还在嘀咕，这都什么跟什么啊，不是钱恒自己说的吗？不是说他是迫于无奈才临时住这种和他格调不符的房子，只要董山案一解决，他的别墅一翻修好，就会立刻搬走吗？

董敏此前因为董山的案子确实又多次上门来骚扰过，成瑶也都不遗余力地帮钱恒阻挡了。可如今董山案尘埃落定，董敏也跟着她妈妈蒋文秀出国游学去了，一时半会儿压根儿不会回国，也不存在会继续纠缠钱恒的可能了。

至于钱恒那个在翻修的别墅，成瑶记得一两个礼拜前就听到他在和承包翻修的工程队打电话确认现场验收时间呢。

成瑶想来想去也没想明白，不过好歹最终阴错阳差，她竟然得到了心爱的限量版皮卡丘玩偶，也算是运气挺好。

她看了眼摆在床头的大号皮卡丘玩偶，忍不住有些高兴的同时，突然灵光一闪——她知道钱恒今天心情差的原因了！他被拒绝了！！

他明明那么在意这只皮卡丘玩偶，心心念念一路呵护着带回来要送人的，事到临头却随手丢给了她，并且态度恶劣地矢口否认要送人，也直接不承认在海滩说的那番话，面对搬家的问题也显得非常烦躁。

这是为什么？！这还不是因为钱恒一片真心喂了狗吗？！

他这皮卡丘玩偶，肯定一回来就拿去献宝了，可惜对方没要啊！

这可真是我本将心向明月，奈何明月照沟渠啊！

成瑶立刻把这个重大发现第一时间分享给了“富贵荣华组合”。

“高能预警！最近钱par心情很差，极有可能是失恋了！请大家小心行事，不要惹怒钱par！钱par出行，绕道而行！”

谭颖和包锐照例飞速地蹦了出来，又进行了一轮感叹号“咆哮体”刷屏。

这两位“五毒教”教徒显然对教主在终身大事上的失利毫无同情心，除了惨无人道的哈哈哈之外，就是幸灾乐祸……

同事爱在君恒是不存在的。

出差回来后，成瑶休整了一下，便再次投入到工作中去了。

她有很明显的感觉，自从董山案后，钱恒对她放手了很多，很多案子他只会简单地把控一下，具体如何操作都完全地交给了她。

每一个案子，成瑶都跌跌撞撞地做着。她发现，自己上手直接操作，就算中间走过弯路，但因为这种宝贵的实践经验，每一次也收获颇丰。而让她更为安心的是，即便偶尔办案思路错了，钱恒也总能如救世主一般出现，毫不费力地把她提溜到正确的方向上来。

同时，钱恒几乎每次都让她和包锐搭档。包锐虽然平时爱插科打诨，但是关键时刻非常靠谱，做事专业妥帖，他与钱恒不一样的地方也让成瑶学到很多。

在与客户沟通的过程中，面对客户不合理的要求，钱恒每次都是毫不留情地直接拒绝；而包锐却每次都能圆滑又不失技巧地让客户改变主意，让客户顺着他的意思来。

成瑶自问没有钱恒的能力，也没有钱恒的底气这样毫不留情地拒绝客户的要求，因此包锐更为柔和的应对方式让她更是获益良多。

同时成瑶发现，钱恒给她安排案子不是随机的，他非常仔细地筛选了她没有经手过的门类，也旁敲侧击地提点着她和包锐多学习。

自董山案后，成瑶感觉她每天就像是一块吸水的海绵，不断贪婪地吸取着知识和经验。

就在她又一次配合包锐完成了一个抚养权纠纷案件，摩拳擦掌准备迎接这周日来A市参加高中同学聚会的爸妈时，成瑶接到了李梦婷的电话。

然而这一次，李梦婷却不是笑着邀请成瑶参加她在A市的喜宴的。电话里，她情绪崩溃，哭得差点背过气去。

"'耗子'说不想和我过了。"李梦婷声音哽咽地说，"他现在铁了心叫我把孩子也打了。瑶瑶，我不知道自己能怎么办了。"

成瑶愣住了，张浩不是为了李梦婷甚至改变了自己吗？怎么现在突然这样了？

"你是个孕妇，情绪别波动太大，对孩子不好。"成瑶努力稳住自己的声音，安抚道，"你在哪儿，我们见面说。"

成瑶是在一间甜品店找到李梦婷的。她的肚子更加大了，已经能从各个角度看出她是个孕妇了，她的两只眼睛肿得和桃子一样，脸色惨白，形容憔悴，连成瑶看了都有些心疼。

"到底怎么了？"

李梦婷抽抽噎噎地说："不是上次和你说了，我们准备在A市简单办一次酒席，请一下这边的朋友同事吗？我昨晚和'耗子'提起这事，结果他又推脱了，这种事已经发生好几次了，可我早就和我A市的同学朋友讲了，怎么能说不办就不办了？再加上他最近半个月来一直加班，有时候我半夜醒来，他人都还没回来，我就觉得他只在意他的工作，根本不关心我和孩子，和他吵了起来。"

李梦婷说到这里，又流下了眼泪："我本来就想听他认个错哄哄我，然后把在A市办酒席的事定下来就行了，可他却发了火，反过来骂我成天在家里一分钱不赚，花他的钱还要烦他，他骂我别以为自己怀着孩子就能吆喝了。他说他受不了我，不要和我一起过了，甚至不顾我有孩子，把我推倒了，还砸了家里好多东西。”

成瑶等李梦婷情绪渐渐稳定才开始给她分析：“你先想想，两个人吵架，是不是你确实也有错？比如最近‘耗子’是不是工作确实很忙，压力确实很大？而且结婚以后尤其是生孩子之前，花费确实也多，他也会有些焦头烂额。你不能只想着让他哄着你、关心你，感情是相互的，你是不是平时对他的关心也不够？比如你在家里，会给他准备早饭晚饭吗？”

李梦婷愣了愣，她大概没想到成瑶没有一味地帮着她说话，没有和她一起痛骂张浩，却是犀利地指出她存在的问题。

看见李梦婷这个表情，成瑶一下子就回过味儿来了：“我不是不帮你，而是现在一味地顺着你的心思骂张浩是渣男，撺掇你赶紧和他拜拜，这能解决问题吗？更何况，虽然他这次肯定有错，但是张浩真的要被定性成渣男吗？还是确实你也存在一些问题？上次我看他对你还是很照顾的，照理说转变这么突然不应该啊。”

李梦婷咬了咬嘴唇：“我……我怀孕了啊。”她说道，“难道要孕妇大着肚子忙里忙外地做饭吗？”

成瑶看了李梦婷一眼：“那你怀孕了以后待在家里都在干什么？”

“就看看剧、看看小说，放松心情啊。”

行了，这不就是问题所在吗？成瑶吃了口甜品店里的布朗尼蛋糕：“怀孕不应该成为一种特权。能看剧看小说，却突然十指不沾阳春水了？准备早饭晚饭也只是一种心意，未必要你去大油大烟地炒菜。只是偶尔下碗面、蒸个包子这种，难道也不行了吗？

“你的婚姻你做主。你要是觉得张浩这么做是不能挽救了，或者还有别的事触犯了你的原则和底线，你想要去打胎离婚的话，我陪你去；你要是觉得确实你自己也有问题，张浩他人还是不错，你还想继续过下去，那就好好找他谈谈。”

社会和生活里两性关系确实还没那么平等，职场也好，别的方面也好，在很多情况下男性更占据优势，所以不知不觉中，形成了一种言论。

两性关系里，尤其婚姻关系里，一旦男人有什么错误，放到大众关注的目光里，这个错误就会被不断放大，最后舆论就往“不要在垃圾桶里找老公”或者“不婚不育保平安”的方向发展了，这个男人也自然而然被打成了“渣男”。

然而很多时候，可能只是男人在连续加班之后，回家带了情绪的一句话；可能只是男人忙到忘记了妻子的生日；也可能只是夫妻间缺乏沟通导致的争吵和误解。

他们有错，但罪不至死。

当朋友遭遇感情问题，在不是原则性问题的情况下，一味帮腔实际上就是变相的煽风点火，会让对方完全陷入“我没错，错的都是他”的错觉，对解决实际问题不仅没用，还会添乱。

婚姻没有那么美好，但也没有那么差劲。婚姻不是童话，婚姻需要的是经营。你种什么样的种子，就结什么样的果实。

“如果你现在直接就在心里把张浩打成渣男，用敌对的情绪去对待他，他也会感受出来，那么你们两个人之间的关系只会处在恶性循环中，就没有缓和的可能性了。”成瑶的语气十分冷静，“只是你要想清楚，不缓和是不是你想要的最终结果？我知道孕妇容易情绪波动大，但你是个妈妈了，更要对自己和孩子负责，而不是任性赌气。”

刚才还脑子一片混乱只顾着悲秋伤春的李梦婷，也终于在成瑶冷静的分析中清醒了过来。

李梦婷看着眼前还穿着职业套装的成瑶，突然在心里闪过了羡慕。

这几个月来，成瑶真的蜕变了很多。以前的她，或许这种时候只能安慰李梦婷，陪着她一起六神无主，然而现在的成瑶却遇事沉着冷静，理智而稳重。

李梦婷突然有些自卑，她变成了一个哭哭啼啼的无用的孕妇，而在同样的时间里，成瑶却一步步地努力，变成了现在的她。这一刻，李梦婷突然有点理解了张浩在吵架时眼里对她的嫌弃。

张浩在工作上确实非常认真，每一天他都在进步，而李梦婷毕业后就原地踏步，不知不觉间，已经和张浩有了太大的差距。毕业时处在同一起跑线的两人如今已经不在同一高度的平台上了。在家宅居的这段时间，不仅交际圈缩小了，李梦婷觉得，她连眼界也变窄了。

不知道为什么，她突然就有点后悔把这些事告诉成瑶了，李梦婷觉得她和如今优秀的成瑶对比起来，好像更卑微更丢人了。

“我知道了，谢谢你瑶瑶。我……我想我自己确实也有错，我会回去好好和‘耗子’谈谈的。”

“嗯。”成瑶拍了拍李梦婷的手，安慰道，“有什么事随时联系我。别担心，事情总会解决的。”

成瑶想了想，还是善意地补充了一句：“当然，你最近也留意他一下，为什么会突然——”

成瑶刚说到这里，李梦婷就打断了他：“你是说‘耗子’有可能有什么情况吗？”她表情笃定，脸上终于露出点笑，“这不可能啦，虽然他这次态度是突然很差，但是他肯定不会做对不起我的事。他那么木讷，也不高、不帅、不富，除了我，谁会喜欢他啊！”

临时从所里出了趟门安慰了下李梦婷，再回到所里，成瑶才发现，她虽然只离开了两个小时，但是所里发生了天翻地覆的变化。

几乎所有人都聚集在大办公区，叽叽喳喳地热烈讨论着什么。

成瑶一看这个场景就知道钱恒不在。

她忍不住好奇，凑近一看，才发现被大家里三层外三层围着的中心，赫然是一脸神秘的包锐。

“我包锐敢打包票！千真万确！钱par电话里就是那么说的！”

谭颖忍不住感慨：“想不到钱par竟然也有今天啊。”

“那包律师你知不知道钱par周六约在哪儿吃饭啊？我好想假装偶遇啊。”

包锐瞪了一眼王璐：“你还想偶遇？是嫌自己命不够长？而且我冒着生命危险偷听到了关键信息，还要我连人家在哪儿约都听清楚，你是让我去送死啊！”

成瑶听得一头雾水，忍不住发问：“怎么了？”

谭颖激动地抓住了成瑶的手：“钱par这周六要去相亲！”

成瑶蒙了。

包锐骄傲地道：“我今天太困了，躲在会议室里午睡。前几天不是刚搬进会议室里一个新的君恒宣传易拉宝吗？我就躲在那后面摆了个折叠椅躺着，结果没想到，钱par竟然进会议室打电话啊！我就一不小心听到了！他爸妈给他周六约了个女的相亲，说不去就断绝父子关系！”

“钱par怎么可能会在意这种威胁？”成瑶觉得她的关注点也都被“五毒教”带歪了，“何况这里有个逻辑不通，钱par放着他自己的办公室不用，为什么要到会议室里打电话？我对你这个版本的真实性存疑。”

“好问题！”包锐拍手道，“选手成瑶加十分！”他叉腰笑道，“钱par办公室里的空调坏了，中午的时候他正好找师傅来抢修了，声音比较吵，所以他去了会议室。至于你说的，断绝父子关系，钱par确实无所畏惧，但他爸妈说了，如果他这次拒绝去相亲，他妈就雇十几个人去人民公园相亲角，给他贴相亲广告去了。他的相亲图册和履历据说都印好了，还写了他的手机号码呢！准备让那些单身女性呼死他！”

果然……钱恒能长成今天这样，也是家庭教育熏陶的成果吧。

“不过你说钱par之前不是刚失恋了吗？”谭颖想了想，“所以会不会心灰意冷之下也就接受了包办相亲和包办婚姻？”她微微一笑，神秘地对成瑶道，“你有所不知，周六这次可是我们钱par的相亲debut（初次表演）啊！我突然有一种老母亲般的担心。”

包锐揶揄道：“还debut？又不是素人下海拍AV。而且与其担心我们钱par，你不如担心和他相亲的姑娘吧。”

“不一定啊，你看钱par最近确实动了凡心了，虽然自己看上的那个没成，但是没准这次这个相亲的能一见钟情呢。毕竟总有一两个瞎的啊！”

谭颖和包锐又拉拉杂杂插科打诨了半天，成瑶却有些心不在焉。

钱恒要去相亲了？！钱恒？相亲？！

不知道为什么，成瑶心里竟然有一种被欺骗、被背叛的感觉。

她为君恒做牛做马，为老板做饭做菜，她还是个“单身狗”，凭什么钱恒可以去相亲？！谁允许他脱单？！

我，成瑶，实名反对！

相亲？！让他相亲？！祝他相亲遇到乌龙，彻底被搅黄了才好！

“不过我还听说了另一个劲爆消息！”包锐很快转移了话题，语气得意，“我听行政部的朱姐说了，今年我们君恒会有第二次团建！”

“哇！这么棒！”

“天哪！我要赞美钱par！希望钱par相亲首秀完美落幕！心情大好之下给我们再重金支援第三次团建！”

“哎？那团建去哪里啊？”

说起这个，包锐有点沮丧：“去日本！又去日本！为什么是日本！据说钱par还说大阪环球影城这个景点必须去！”

成瑶愣了愣，看向包锐，插了一嘴：“不是你想去日本吗？钱par出差时可是和我说，因为你想去日本，才选择第二次团建去日本的啊！他觉得你今年创收很好，为了奖励你才有了第二次团建。”

包锐愣了愣，随即脸上露出了扭捏害羞的表情：“真的吗？”他一脸又爱又恨的表情，“原来我在钱par心中占据着这么重要的地位，原来这第二次团建是为了我而破例的。”他激动地道，“我一时之间竟然觉得自己像个左右君王做出昏庸决定的红颜祸水啊！只可惜我是男人！只可惜我已经结婚了！唉！”

包锐，你这话语里真实的惋惜到底是怎么回事？！

“只是钱par一定是太日理万机了！他根本记错了好吗？！”包锐惋惜地道，“我都陪我老婆去了五次日本了！日本我去得都不想再去了！环球影城也都陪我老婆二刷过了！”他嘀咕着，“要不这样吧，我下次找个机会暗示一下钱par，其实我想去的是泰国？既然是为了奖励我才去的日本，那只要机票还没订，钱par一定愿意改地方的！尤其泰国消费比日本低多了！团建去个普吉岛之类的更省钱！”

虽然普吉岛成瑶也没去过，但不知道为什么，她更想去看看钱恒形容的日本。她心里有些惋惜地想，既然包锐去过了，那恐怕这次团建是要改地方了。

包锐的心潮还很澎湃：“说实话，钱par出差回来后，连续丢了五个标的额只有三四百万的案子给我，我心里是拒绝的。但现在想想，这里面一定蕴含着钱par的深意！”

谭颖有些好奇：“才三四百万的标的额啊？什么方向的案子啊？”

“都是继承法方面的。”包锐抓了抓头，“而且不知道是不是巧合，对方客户的辩护律师都是同一个人。”

谭颖随口问道：“谁啊？”

“叫姚峰。”包锐有些不解，“我听都没听过，要不是我在圈内打听了下，确保他和钱par没交集，我还以为这人欠了钱par五百万呢。不过听说这人人品不咋的就是了。”

“怎么说？”

包锐摸了摸下巴："钱par对我说，这五个案子不准输，输了我今年年终奖就没了。而且不仅要赢，还要赢得让对方一点儿面子没有，让我尽情放飞自我，得罪对方也没事，最好狠狠地羞辱对方，把自己的负面情绪全部发泄到对方身上——"包锐说到这里，突然灵光一现，他一拍大腿，语气激动地说，"我知道了！我知道钱par为什么让我接这种案子了！"

成瑶下意识地缩了缩脑袋，这一刻，她的心里杂糅着感动和酸涩。原来钱恒都记着，他那句"好的"，原来是这个意思。

虽然这行为听起来很幼稚，像是自己罩的人被人欺负了，就派手下别的打手把对方欺负回来，但是成瑶内心却觉得十分受用。

成瑶以前遭到骚扰被姚峰敷衍的时候，曾经用"善恶终有报"来安慰自己，但现在才发现，这种"鸡汤"喝一百碗都不如钱恒这种简单粗暴的处理来得强，实在太解气了。

成瑶不得不承认，钱恒作为老板，对她这个下属是非常好的。只是真奇怪啊，成瑶还是不希望他相亲成功。

难道我喜欢钱恒？

不，不！几乎是刚有这个想法，成瑶就自己否定了自己。那是钱恒啊！自己到底是吃了什么熊心豹子胆，竟然敢妄想钱恒？！怕是嫌活得太长了！

她想，自己这样的心理也正常，毕竟钱恒要是恋爱了，恐怕就不可能再有这样大把的时间手把手地带教自己了。因为女朋友的关系，和异性下属也会更加避嫌，他恐怕都不会再和自己合作案子了。

可她还有好多想从他身上学的呢！

成瑶思绪万千之际，谭颖的话把她拉了回来。

"为什么让你接这种案子啊？"

"钱par一定是意识到我从业这么多年，接触了这么多'撕×'的家事案件，看尽了人世繁华，内心变得沧桑，整个人负能量太多。"包锐就差眼泪汪汪了，"他一定是怕我长此以往心里憋出毛病来，影响了健康。所以他专门给我找了这些标的额小的案子，还专门为我挑了人品有问题的律师，让我不用有心理负担地尽情蹂躏、碾压对方和对方的当事人，以此来发泄我的负能量，让内心重新变得阳光起来！"

成瑶没敢说话，她很想告诉包锐，恐怕事实不是他想的那样。

但包锐已经感动上了，他举起手指对天发誓："就冲着这份情！我包锐这辈子都跟着钱par！我要做钱par一辈子的小太阳！为他照耀四方！”

醒醒吧包锐，钱恒恐怕并不想要你这样的小太阳啊！

下午钱恒外出出差了，要周六才回来，因此手头没活儿的同事全都放飞了自我，逛淘宝的逛淘宝，聊天的聊天，君恒内部一片祥和。然而成瑶怎么都没法平静下来，她既看不进手头的案卷，也没心情去上网，只觉得有些烦躁。

她觉得今天就没好事，李梦婷和张浩之间的感情出了问题，钱恒还要去相亲。

这可真是诸事不顺。

成瑶努力转移注意力，不停地看向手机，然而并没有人联系她，李梦婷没有，钱恒也没有。

让成瑶意想不到的是，这种烦躁感竟然一路持续到了周末。

周六的时候，成爸爸和成妈妈为了周日的同学会提前来了。他们把成瑶招呼到了他们下榻的酒店，然后把成瑶之前点名想吃的东西都丢给了她，老两口就准备手牵手去A市的市中心逛了。

“不用你带我们，你工作那么累，周六就好好在家里休息吧。你妈来之前在网上看了几个什么‘网红店’，准备和我一起去探探。我们下个月正好结婚纪念日，今天准备先酝酿酝酿来个两人世界。”

成爸爸话说到这里，成瑶就算再拎不清也懂了，她爹妈这是嫌弃自己是个大号电灯泡呢。

成瑶内心流着泪想，亲情，也不存在的。

倒是成妈妈还想起了点什么：“对了，小钱呢？怎么没有和你一起来？”

小钱？呵，小钱今天要去相亲呢！

虽然充满了腹诽，但是成瑶表面平静，解释道：“他出差了。”

成妈妈很惊喜：“找到工作了啊？什么方面的？在哪儿出差呢？小伙子很上进啊！”

“哦，去东莞一个工地搬砖了。那边项目急，所以搬砖时薪高。”

成瑶就这么一个人回了家。

一个人待着就一个人待着，正好休息休息。只是不知道怎么的，她就开始胡思乱想起来。

钱恒这次出差，据说要周六才回来。根据航班时间，行政部的朱姐推测，钱恒怕是要直接拖着行李去相亲了。

所以今天成瑶恐怕只能在钱恒相亲结束后才能见到他了。

呵，她也不一定能见到他，万一王八绿豆看对了眼，火速结婚呢？没准过段时间孩子都生出来了，然后一家三口和和乐乐地就直接搬回大别墅了。

成瑶这边一个人在家里闷闷不乐地度过单身的周末时光，另一边钱恒也正心情烦躁地提着行李箱到达了他爸妈事先安排好的高级西餐厅。

这家西餐厅是会员制的，位于寸土寸金的市中心，装潢豪华奢侈。其实菜的口味并不多惊艳，然而老板是个会玩营销的人，半年前把这家口感一般的西餐厅硬生生地炒作成了A市有名的‘网红店’。自此，这家店虽然价格昂贵，但来打卡的人还是络绎不绝，因为采用了预约制的饥饿营销，反而更让人想一探究竟。

钱恒落座，看了下手表，离两人约定的十二点已经过了十二分钟。

光是这一点就让钱恒心里生起不满来。

对方没有时间观念，竟然第一次见面就浪费了他宝贵的时间，死罪。

等对方终于到来，钱恒的脸色已经非常不好看了。

那女孩看起来和成瑶差不多年纪。她化着非常精致的妆，每个毛孔里都像是贴着妆容的伪装，一双大眼睛上全是塑料感的浓睫毛，穿着昂贵的名牌套装。她走过来，便带来一阵香水的味道。

这人这么年轻，为什么要化这样的妆？钱恒断定，这女孩肯定是皮肤不好。看看成瑶，她化妆吗？不化妆还不是照样皮肤雪白透亮，几乎都看不到毛孔。

这人喷什么香水？这味道太刻意了，喷上以后不仅没让人觉得有魅力，反而让人觉得过度包装，把其他人的鼻子都给熏死了！看看成瑶，成瑶平时就干干净净的什么也不用，就带着点洗发水的清香，不是很好吗？

人长得不行、身材不行，就是再贵的名牌套装也拯救不了。看看成瑶，成瑶平时就穿个中规中矩的职业套装，那气质也足够了。

“对不起，钱律师，没想到路上有些堵车，稍微晚了一点儿，希望没有让你等太久。”

对方眨了眨眼睛，试图唤回略微有些出神的钱恒的注意力。

女孩可爱软萌，想必换作别的男人，最起码会说一句“没等太久，我也刚到”来缓解气氛。

可惜钱恒是别的男人吗？不是。

钱恒面无表情地盯着对方：“等挺久了。”他看了眼手表，“十五分钟四十八秒，折合人民币二千五百七十九点九九元，四舍五入凑个整，二千五百八十元。”他说完，抬头看了那女生一眼，“这是你浪费的我的时间所值的钱。这顿饭我请，但是饭后请你把我损失的钱打给我。”

按照钱恒的家境，钱恒爸妈找来的相亲对象怎么也是非富即贵的。这女孩长得又不差，平日里都是被人捧着的，第一次见到钱恒这样的，整个人都惊呆了。

她愣了愣，才终于反应过来，笑了笑：“钱律师你真可爱，你这么一本正经地开玩笑，我都没反应过来呢。”

“不是开玩笑。”钱恒也笑了笑，“我是认真的。你有我的手机号？我的支付宝账号就是手机号，你待会儿转我就行，记得加个备注，免得我分不清是什么钱。”

不知怎么的，这位相亲的女生竟然没有直接被钱恒吓跑，她显然思路非常清奇，竟然笑了笑，朝钱恒眨了眨眼：“我知道了，钱律师，我先把钱打给你。你以后是不是就有借口、有理由约我第二次了呀？这种套路——说实话——别的男生追我的时候都用烂了。”

钱恒第一次棋逢对手，不论他用如何冷淡的态度挑战对方的底线，对方却都觉得钱恒是在玩欲擒故纵的小把戏，盯着钱恒的一双眼睛里充满了了然。

如此一来一往，钱恒出一招，对方就思路清奇地破解一招，无论钱恒怎样，对方就是认定了这是钱恒想泡她的套路。

就在钱恒都快绝望了的时候，有一个声音拯救了他——

“小钱？你怎么在这里？你不是去东莞工地上搬砖了吗？”

“……”

成妈妈和成爸爸回味着年轻时候的事情，轧了会儿马路，便到了提前预约好的“网红”西餐厅。两人刚感慨完这西餐厅的环境，就被一个熟悉的身影吸引了注意力。

哎？！这坐在靠窗位置的、穿得人模狗样的人，不正是成瑶口中去东莞“出差”的钱恒吗？靠着成瑶养着的钱恒怎么突然来得起这么昂贵的餐厅了？！而且他对面为什么还坐着一个穿得花枝招展的女的？！所以是钱恒骗成瑶说他去出差了，却偷偷带着别人来这种情侣才来的餐厅？！

答案显而易见！

成妈妈恶狠狠地瞪着钱恒，当场就要发作，幸而成爸爸拉住了她。

面对这种情形，成爸爸虽然也很生气，但是好歹还能压制住怒气，他努力保持理智，指了指钱恒对面的女生，问道：“小钱，这位是？”

那来相亲的女孩打量了一眼成爸爸和成妈妈，外加这一句“小钱”，便误认为是钱恒家的朋友，她立刻笑颜如花地道：“叔叔阿姨，我是——”

她还没有说完，钱恒便打断了她，一本正经地抢白道：“叔叔阿姨，这都是我一个人的错，是我背着成瑶出来的。”

相亲女孩大为不解。

相亲的女生不明白这句话是什么意思，成爸爸成妈妈却瞬间就明白了。

成妈妈当场就怒了：“小钱，你有没有良心？我们成瑶拼命赚钱养你，供你吃、供你喝，结果你竟然背着她找别人吃饭？！”

成爸爸也痛心疾首地道：“想不到你真的光有一张脸，金玉其外败絮其中！姓钱的果然没有一个好东西！”

如果说这女孩刚才还跟不上剧情的发展，那成爸爸、成妈妈的一席话说下来，她也明白了。原来钱恒与她相亲的同时竟然有交往的女生！不仅交往了，他们还同居了很久！钱恒甚至“吃着”对方的“软饭”！

在来相亲之前，她就多少听过关于钱恒的风言风语。人们说他桀骜不驯，与父亲钱信的关系并不好，冷酷无情又精通家事法律，离婚时恐怕分分钟会被净身出户，女方什么好处也捞不着。只是没想到，他竟然还劈腿！而且看来做律师的收入也不高，和他的首富爸爸闹掰以后，他竟然还要靠女人养才能维持体面！

这怎么能忍？！从来都只有别的富家子弟捧着她，她怎么能接受钱恒这样的？就算他跪在她面前求她，刚才用那么多套路想要展现他的诚意追求自己，也绝对没门！

相亲女孩说一不二，当场站起身，拿起手边的酒杯，将里面的红酒尽数泼到了钱恒身上。

“人渣！”然后她拎起包，踩着十几厘米的高跟鞋头也不回地走了。

成爸爸和成妈妈因为这一出闹剧也心情大坏，胃口尽失，一点儿也没有在这家西餐厅继续用餐的兴致了。两人又瞪了钱恒几眼，才愤然离去。

一出狗血剧就此落幕，现场只剩下钱恒一个人轻轻擦拭着西装上的酒渍。他丝毫不在意旁人的目光，非常满意地把自己的红酒一饮而尽。

成瑶是在迷迷糊糊之中接到她爸妈电话的。

“瑶瑶！你知道我们今天碰到谁了吗？”

成瑶刚从午睡里惊醒，还有些迷迷糊糊的：“谁啊？以前倒追爸爸的那个女同学吗？”

“不是！你这孩子成天都想什么呢？”成妈妈气愤又激动地说道，“是你那个不争气的男朋友小钱啊！”

啊？钱恒？钱恒今天不是相亲去了吗？怎么还被自己爸妈撞见了？

“我和你爸今天在一个高档的西餐厅碰到他，他竟然在和别的女生吃饭！他骗你说他在东莞辛苦打工，其实根本就是背着你在约其他女生！”

成瑶这下彻底清醒了，突然感觉有点不太妙。

“妈，你……你有没有和他……和他打招呼？”

“还打个屁的招呼！我当场就戳穿了他的恶劣行径！”成妈妈得意地道，“果然，那个和他吃饭的女孩是被他骗了的，听说他有交往的女友，当场用酒把他给泼了。这种人哪，我说就是活该！”

虽然成瑶确实对钱恒去相亲这件事在心里觉得不平衡，还诅咒他的相亲被搅黄，但是成瑶没想到，是用这种方式搅黄啊！

成妈妈还在滔滔不绝地数落着“渣男”钱恒，可成瑶越听这心越是拔凉拔凉的。

“妈，我可能见不到明天的太阳了……”

成妈妈很生气：“你这孩子说的什么话？不就是被劈腿了吗？人生在世，你说这点痛在风雨中算什么？！别自怨自艾，赶紧的，马上和他分手，知道没？”

成瑶还想说点什么，却听见大门处传来了钥匙转动的声音。

钱恒……钱恒他回来了……

“算了，你遇人不淑被蒙蔽了也不怪你，好好调整心情，我和你爸先在外面吃个饭，晚点再来看你。”

成瑶已经听不到成妈妈的声音了，只觉得脑子里嗡嗡直响，面对即将到来的暴风雨，她已经不知道如何去抵挡了。她一点儿也乐观不起来，连背诵高尔基的《海燕》也没什么用，更何况她如今哪是一只海燕，她撑死就是一只瑟瑟发抖的鹌鹑！

钱恒是冷着一张脸回来的。

成瑶悄悄地扫了眼他胸口的西装，果然有一些可疑的污渍。随着钱恒的走动，她能隐约看到他西装里面的白衬衫上有一些晕染开来的带着葡萄酒色泽的色块。

看来他是真被泼了……

这一下，成瑶几乎不敢抬头迎接钱恒的目光，她二话不说，立刻低头认错，就差没跪下了。

“老板，我有罪。”成瑶哭丧着脸道歉，“我不知道我爸妈会去你去的那间餐厅；不知道我爸妈会那么冲动，会误以为你劈腿；我也不知道他们会当着跟你相亲的女生的面就那么不给你面子；我更不知道跟你相亲的这位女生完全不听你解释就泼了你……”

成瑶的内心还抱着最后一丝希望，她语气微弱地问道：“不过吧，相亲这个事，我听我去过的朋友说，大部分是彼此没看中的，有些介绍人也不怎么靠谱。以老板你的眼光，一般的庸脂俗粉根本入不了你的眼！所以虽然过程有点糟心，结局有些误会，但是至少没影响什么……”

成瑶原本如意算盘打得挺好，反正别人在钱恒眼中大概率是白痴，他找对象肯定更是要求高，要是这个相亲女他本身就没看上，那就好办多了。

可惜什么不灵来什么。

钱恒的话彻底打破了成瑶的期待。

“我对她很满意。”

成瑶愣了。

钱恒抿了抿唇，一本正经地道：“她对我也很满意，本来没有你爸妈，我今天应该已经脱单了。”

这么迅速？合理吗？不应该吧？！

然而钱恒一口咬定他和这相亲的女孩本来聊得渐入佳境，眼看就要携手走向美好未来，却惨遭成瑶爸妈半路破坏，硬生生毁了他到手的一桩姻缘。

“所以，你赔偿吧。”

成瑶欲哭无泪：“老板，人和人能不能走到一起，看的是天时地利人和，看的是缘分，这……这可能是天注定的你和她并不合适呢？何况你这让我怎么赔偿呢？你知道的，我国法律对这种事也不支持精神损失赔偿的啊，咱们都是干法律这行的，更应该遵守国家法律的规定，你说是吧？”

钱恒脱了大衣，往沙发上一坐，双手交叉叠在胸前：“我不要精神损失赔偿，我又不缺钱。”

“那……”

“我缺个女朋友。”

成瑶愣住了，成瑶惊呆了，成瑶震惊了，成瑶一句话也说不出了……

这……钱恒对她说这个话，还看着她，是……是要暗示什么吗？

怎么办，怎么办，怎么办？！

成瑶一时之间紧张得不行，连呼吸都在一瞬间加快了。她想，钱恒这样，莫不是要让她做他的女朋友？原来电视剧并不是假的！看来他下一句就是“因为你爸妈害我丢了一个女朋友，你就把你自己赔给我做女朋友吧”！

她要怎么回答？答应他吗？不行吧，自己幻想中初恋的情景是男生拿着大把大把的玫瑰花轰轰烈烈地追求她的！怎么可以这么简单就完事了？而且职场中最忌讳的不就是上下级谈恋爱吗？这以后万一分手了多尴尬。钱恒是老板肯定不会离职，那自己岂不是就要重新找工作？何况钱恒这么毒，和他谈恋爱会不会立刻毒发身亡？

不答应他吧，都是抬头不见低头见的上下级，她会不会以后更尴尬啊？

成瑶这边的内心戏都足够写一个台本了，钱恒那边才慢悠悠地开了口：“我缺一个能带回家应付我爸妈的假女友。”

成瑶想：哦。

钱恒换了个姿势，继续道：“我爸马上要过生日了，我爸妈勒令我必须带个人回家。他们已经印好了三千册我的相亲信息，准备雇人去人民公园和各个地铁口分发了。”

哦。

“我只需要你假扮一次就行了，堵住他们的嘴，过一阵就以工作忙分手了来推脱就可以。”

哦。

“成瑶？”

“哦。”

钱恒皱了皱眉：“你哦什么？”他侧开头，“总之就这么定了，要去的时候我会通知你。”

“哦。”

“……”

钱恒的心情很不爽。

其实回家之前，钱恒的心情不是这样的。

虽然被泼了红酒，但是摆脱了相亲女的纠缠，他感觉还不错。讹诈成瑶这件事也并非在他计划之中，因为他压根儿没想到成瑶的爸妈并没有和成瑶讲清楚前因后果，完全没有提及误会是因为他的蓄意引导才造成的，导致成瑶以为是她爸妈冲动之下破坏了他的相亲。

而钱恒惯常的冷脸更是加重了成瑶的误解。于是一进屋，成瑶就一脸英勇就义般的表情来请罪了。

钱恒也不知道怎么的，就鬼使神差地说他对此次相亲十分满意，继而发展到讹诈成瑶了。

只是成瑶这个“哦”是什么态度？！

还用了两个“哦”！

钱恒非常不满，这是和老板说话的态度吗？

面对他让她假扮女友的提议，她竟然不表现出激动、兴奋、紧张和荣幸？这像话吗？！

虽然只是假女友，但是格调这么高雅、品位这么卓越的他选择让她来假扮，不正是对她变相的肯定吗？！

可成瑶竟然对此丝毫不感动！不感动就算了，她竟然整个人都看起来像是遭受了重大打击的样子！

钱恒几乎是出奇地愤怒了。但他又不能发作，只能憋着。

钱恒的状态在成瑶眼里又完全是另一回事了。

她只觉得钱恒虽然仍旧冷着一张脸，面无表情，但是周身气场实在是不太对，如果有四十米大刀，他恐怕已经掏出来了。

尤其成瑶几次都发现钱恒在偷偷地盯着她看，眼神带了点恶狠狠的意思，也不知道是不是因为相亲失败在盘算着怎么修理她。

成瑶就纳闷了，不过是见了一次面，他就这么爱上了？就非那个相亲对象不可了？不能在一起就遭受了巨大伤害了？至于吗？！她有些酸溜溜地想，所以那到底是个什么天仙美女，能让钱恒这么念念不忘？钱恒不是以前还夸过自己漂亮吗？难道对方比自己还漂亮好多？

她有点儿不爽！

只是不爽归不爽，成瑶到底还是有求于钱恒的。

成瑶爸妈今晚可是要来看她的！

钱恒这一堆堆的东西还在家里，而今天他们刚撞破了钱恒的“劈腿”现场，成瑶爸妈怎么能忍？！

“所以，老板，要不趁机我给你把行李都打包起来？反正正好最近你要搬走了嘛，就先整理起来？这样我爸妈来了，你先……先出去躲一下，他们在家里看到你的东西都打包起来了，就知道我们准备分手了，也就不会说什么了……”

成瑶想了想，继续解释道：“而且你就算人躲出去了，要是东西都还在，按照我妈那个性格，肯定直接给你打包扔掉。还不如我先来打包，说我会好好处理，让她别插手了。”

虽然钱恒满脸不悦地沉默着，但是成瑶就把他的反应当成了默许。

她也没闲着，怕她爸妈随时就会过来，马上就投入到了给钱恒打包整理的工作中去。

“老板，这些文件怎么归档？要都整理在一个打包盒里吗？

“老板，你的这些大衣我都帮你收在这里。

“老板……”

成瑶干得热火朝天，而钱恒却丝毫没有配合的意思。成瑶觉得，不知道钱恒是不是被相亲失败打击到了，连从这小出租屋搬回大别墅他竟然都提不起兴趣来了。

成瑶好不容易把钱恒的行李收拾了大半，却接到了她爸妈的电话。

“瑶瑶，我们不去了。”电话是成爸爸打的，“我晚上得赶紧去做个发型，再买几件适合我穿的大衣，还要换个包。你爸这个包有点旧了，拿着有点没派头。”

“哎？”

成瑶一头雾水，自己爸爸怎么了？他不是对他的形象还有穿着一贯不在意的吗？

“你爸那个死敌，那个姓钱的，竟然这次同学聚会也要来！”成爸爸语气激昂地道，“行头上我怎么能输给他？！绝对不行！你爸要在气质上、气场上还有底蕴和外形上，全方面碾压他！”

行吧，爸爸，成瑶想，幸好你女儿我不是真的失恋了，否则自己的地位竟然还比不过你的奇葩同桌，那可真是让人泪如雨下。

既然成爸爸成妈妈不来，那成瑶也乐得清闲。对于爸妈搅黄了钱恒的相亲，她还是十分自责，抱着想要挽回两人关系的初衷，成瑶热情地向钱恒约起了饭。

“老板，今晚你是不是正好有空？你看能不能给我个机会请你吃顿饭呢？”成瑶一脸狗腿地搓了搓手，“就上次咱们出差回来，你本来想去的那家日料店？我想着咱俩这个合租也快结束了，这一个月的时间里，我每天能感受到你的专业气息、和你呼吸着同一片空气，这些都让我感到万分荣幸。为了表示我的感谢，我请你吃个散伙饭。”

兴许是成瑶诚恳的态度终于打动了钱恒，这一次，钱恒刚才一直阴晴不定的脸终于隐隐有了阴转多云的迹象。

“既然你这么感谢我，这么盛情相邀，我也确实不好意思拒绝。”钱恒转开脸，一本正经地道，“那今晚就一起去那家店吧。”

虽然钱恒仍旧是一脸“我勉为其难、大发慈悲给你个机会请我吃饭”的模样，但是成瑶对此早已习惯了，她十分熟练地准备用App预约日料店，然而钱恒阻止了她。

“我来约吧。”他咳了咳，有些不自然地解释道，“正好我没什么事干，突然觉得有些无聊。”

行吧，成瑶想，什么时候见你这么主动揽活过？果然只有在让别人花钱请客的时候你才会如此主动！

成瑶自我安慰着，虽然可以预见今晚又要大出血，但是请老板吃饭，拍好老板马屁，值得啊！

日料店叫八尾，钱恒和成瑶到的时候，外面没有预约的人已经排起了长队。

八尾是专门吃蟹料理的店，蟹的品相看起来也相当不错。只是让成瑶有些尴尬的是，这家店仿佛是专为情侣设置的，打开菜单，所有的料理全是情侣套餐，简直充满了对“单身狗”的恶意。

而它的包厢更是对“单身狗”赶尽杀绝了——日式的榻榻米上摆着餐桌和两个座位，整个包厢装扮得就像一个私密的和式卧室。室内灯光暧昧，桌上摆着的日式插花充满了爱心元素，而墙上挂着的日本浮世绘就更一言难尽了。

和老板同处这样一个密闭的空间，成瑶顿时感觉有些不好了。然而钱恒很镇定，他高洁的眼睛仿佛看不见墙上的浮世绘，像个清心寡欲的古墓派传人。

成瑶没忍住，打开大众点评一看，差点晕厥。大众点评上明明白白地写着八尾是A市排名Top4的情侣餐厅……

钱恒……钱恒难道瞎了吗？难道他没看到这个排名吗？

难道他因为今天相亲失败就心理扭曲到不惜和她来这种地方，好让她体会到他脱单的急迫吗？还是说钱恒老眼昏花压根儿没看清这间餐厅是以什么为卖点的？

因为只有情侣套餐，菜点得很快。两个人点完菜，就只能在偌大的和式榻榻米房里大眼瞪小眼。

“我不知道墙上有这些画。”

死一般的寂静，竟然被钱恒率先打破了。

他的声音听起来有些不自然，视线也微微侧着，看向榻榻米。

原来目不斜视的钱恒，其实也早就用余光看清了这些画啊……

成瑶很想扯着他的衣服大声质问：那人兄弟，你知不知道这是间情侣向、暧昧向的餐厅呢？你知不知道啊？！

钱恒仿佛知道成瑶心里的咆哮一般，垂下睫毛看向桌面：“我是打电话预约的。”

成瑶愣了愣，才后知后觉地反应过来。

哦……原来如此……因为是打电话预约而不是用大众点评预约的，所以钱恒不知道这间餐厅作为情侣餐厅在排行榜上很有名，那还情有可原了。

钱恒有些生硬地转移了话题：“日料一般菜量不大，吃完以后，你想再去吃点什么甜品吗？”

看来钱恒是想表达对这次乌龙的歉意了，成瑶想，钱恒总还算是孺子可教。

“Godiva（歌蒂凡）！”

老板请客，只吃贵的，不吃对的！

钱恒表情有些扭捏，然而他佯装淡然地道：“除了Godiva，你还有别的喜欢的东西吗？”

成瑶刚准备好好利用钱恒这难得的愧疚时刻狮子大开口，手机突然就不合时宜地响了。

她低头一看，是李梦婷。

钱恒显然因为话题被打断而脸色不佳，他盯向成瑶，眼睛一眨不眨的，那模样认真又专注。成瑶被这种眼神看着，恍惚觉得她要是这时候接电话，是煞风景，是犯罪。

可这是李梦婷的电话啊！上次分开后，她就没再联系成瑶了，成瑶忍不住担心，也不知道她怎么样了，和张浩的事到底处理好了没。

“我一个正和老公闹不和的朋友。”成瑶小心翼翼地解释着，“可能是有急事，不好意思，我先接个电话。”

成瑶躲到包厢外接通了电话。

“瑶瑶，我完了，我真的不知道该怎么办了……”

几乎刚接通电话，李梦婷痛苦而嘶哑的声音就传到了成瑶的耳朵里。

“怎么了？慢慢说。”

“我听了你的话，回去好好反思了我自己，觉得自己也有不对的地方，去和‘耗子’求和，结果他却死活不同意，硬是要一刀两断，让我把肚子里的孩子也打了。”李梦婷的语气绝望而悲愤，“这时候我才觉得有点不对劲儿，我前几天找了个老乡跟踪了他，才发现他原来和部门里的女同事好上了！之前他骗我去加班，其实都是假的，那都是他出去和那女的开房！”

成瑶也一时有些不能接受：“怎么会这样……”

面对李梦婷的哭诉，成瑶觉得恍惚，这是真的吗？现实怎么会把一段感情变成这样？

“我现在才知道他为什么最近突然变得体贴了，我一直傻傻地觉得是因为我怀孕了，他有了当爸爸的责任感才会这样。没想到原来他的体贴都是另一个女人调教的，他的改变也全是为了那个不要脸的小三！他突然对我的关照也完全是出于愧疚的心理！”

“你先不要生气，慢慢说，我在。”

李梦婷听了成瑶的话，似乎情绪平稳了些，深吸了一口气：“我老乡跟踪这对奸夫淫妇后，都给我拍了照。然后我气不过，给张浩和这女人的公司所有领导、同事群发了他们背着我劈腿的证据，想让他们名誉扫地。”李梦婷惨笑道，“结果你知道怎么着？这不要脸的小三竟然倒打一耙，把我告了！铁板钉钉的出轨，诽谤自然她是没脸说，结果她竟然告我侵犯她的隐私权！”李梦婷的语气里充满了难以置信，“他们公然勾三搭四、举止亲密，我作为一个孕妇不方便出门，只是雇人拍了证据，我还写了授权委托书，让对方全权代理取证，怎么就侵犯隐私权了？”

“以第三人跟拍的方式去捉奸的行为，一直是侵犯隐私权的呀！”成瑶揉了揉眉心，“对婚外情有权取证的主体只有你自己，你委托第三方去收集证据的行为就是侵权。你要是自己跟踪去公共场所偷拍，那证据就没问题，就不侵权。”

李梦婷苦笑一声：“是的，我在法院遇到了以前的学长，他也是这么告诉我的，所以这个侵权的案子，这不要脸的小三还能赢。学了四年法律，才知道课本上那点知识在真正的实践里根本行不通，这完全是截然不同的两个世界！

“成瑶，你说，法律到底保护的是什么？法律保护的是这些脸皮足够厚、底线足够低的人吗？我怀着孩子，也结婚了，被劈腿却得不到任何保护，可明知我怀孕了还和‘耗子’保持不正当关系的女人的隐私权却要被妥妥地被保护好？”

李梦婷不知道在哪儿，手机里传来很大的风声。她的声音悲恸，听起来还有些含糊，她颠来倒去地诉说着张浩的罪状，诅咒着小三。

成瑶突然有点警觉：“你在哪儿？是不是喝酒了？”

“呵。”李梦婷打了个酒嗝，“反正我这辈子就这样了，反正我是对不起这两个孩子了，下辈子再投胎，希望他们不要再做我的孩子了，我是个太没有用的妈妈。”

成瑶这下害怕了，李梦婷一辈子顺风顺水，没遇过什么大挫折，如今面对突然分崩离析的生活，听着是有轻生的意思了。

“李梦婷！你听我说！你在哪儿？！你快给我发定位！赶紧！别乱想！”

“有什么用呢？‘耗子’都不要我和孩子了，我乱想又怎么样……”

“你振作一点！你现在要是死了，正合张浩和那小三的意！那样小三能毫无阻碍地和张浩结婚了！你今天死了，十年后，渣男贱女儿女双全、事业有成，身边人早换了一批，根本不知道他们曾经道德沦丧过，只有你爸妈，可能在你坟头哭瞎了眼！”

不得不说，成瑶这句话稳准狠，这一说，李梦婷的心理防线就崩溃了。她痛哭了起来，然后终于在成瑶的劝慰下给成瑶发了定位。

成瑶怕迟则生变，立刻回了包厢，一边收拾包一边和钱恒解释。

此时菜还没有上，她这个请客的却要走，确实不太礼貌也没有诚意。但人命关天，成瑶已经顾不上那么多了。

就在成瑶要冲出包厢之前，钱恒拉住了她。

“一起。”

钱恒抿了抿唇，移开目光道：“你那朋友现在站在苏灵湖边上，你去了之后，她要是还想寻死，你能拉得住她？万一你被她拖进湖里，你死了我上哪儿去找假女友？我爸妈就要把我的相亲信息发到全宇宙了。

“行了，别愣着了，快走。”

成瑶就这么被钱恒拉着坐进了宾利，然后看着钱恒开车一路疾驰，用最快的速度赶到了苏灵湖。

幸好，大概因为成瑶刚才的一番话，李梦婷没有做傻事。成瑶和钱恒到的时候，她正失魂落魄地站在湖边，连鞋子湿了也没有发觉。

成瑶二话没说，冲上去就把精神恍惚的李梦婷一把拽了回来。

“再怎么样都不能做傻事！”

李梦婷见到成瑶，仿佛溺水的人见到浮木一样。她抱着成瑶，号啕大哭了起来。

成瑶一边拍着她的背一边小心安慰。钱恒就站在一边，他抿着嘴唇，异常安静，也异常耐心。

李梦婷情绪稍微平稳了一点，成瑶就放开了她，这才发现李梦婷大约匆忙从家里跑出来，穿得单薄，脸都冻红了，一双手也冰得吓人。

成瑶二话没说就脱下了自己的外套麻利地给李梦婷披上。

“别，瑶瑶，你别着凉了。”

“我没事，你是孕妇，你病了才是大事，我身体好着呢！”

“不行，我……”

就在李梦婷和成瑶为一件外套互相推来推去之际，钱恒走了过来。

“行了，别吵了。”他脱下了他的Burberry风衣，然后套到了成瑶身上，继而看了一眼李梦婷，“成瑶的外套你穿上。”

关键时刻，果然还是钱恒镇得住场子。李梦婷面对钱恒，竟然完全不敢反驳，就呆呆地穿上了成瑶的衣服。

倒是成瑶，整个人被罩在充满钱恒体温的大衣里，觉得温暖得都有些过分。尤其钱恒人长得高，这大衣简直像是个斗篷一样把成瑶裹了起来，成瑶一瞬间觉得她甚至像是个小矮子了。

虽然钱恒能如此绅士让成瑶十分感动，但……但是他这个逻辑也很清奇啊？为什么不能让李梦婷穿他的大衣啊？这样她岂不是也不用脱衣服了吗？

如今已是深冬，夜晚的湖边更是风大，风刮在脸上像是刀割一样生疼，成瑶即便穿上了钱恒的大衣还觉得有一点冷，更别说如今没有外套的钱恒了。

成瑶拽了拽钱恒：“你这样会不会感冒啊？”

钱恒看了成瑶一眼，语气硬邦邦地道：“不，我正好很热。”

脸都冻白了，还这么倔，对于钱恒的嘴硬，成瑶是服气的。

“对不起，成瑶，又麻烦到你了。”

李梦婷的声音唤回了成瑶飘远的思绪，成瑶走过去，拉起李梦婷：“走，别在这湖边待着了，我们换个地方再聊。”

钱恒没说话，安静地跟在成瑶和李梦婷的身后，然后让两人上了他的宾利。

只是一上车，刚才说自己不仅不冷还十分热的钱恒做的第一件事就是开了车里的暖气——真是嘴上说着不要，身体却很诚实。

第八章　办公室恋情？不可以！

钱恒开车把两人带到了苏灵湖附近的一家小资咖啡馆里。咖啡馆环境不错，还有隐私性极强的小隔间。

李梦婷这一路，也从刚才的冲动中冷静了下来。她坐在咖啡馆里，捧着一杯金桔柠檬热饮，换上了成瑶买的棉拖，才终于能够理清她自己的思路，把这一路发生了什么事和成瑶交代清楚。

和所有的出轨故事一样，张浩最开始是精神出轨。他和那女同事因为项目而朝夕相处，在李梦婷怀孕后，张浩因李梦婷处在怀孕前期没有性生活而感到压抑，又和李梦婷就琐事多有争吵。那女同事就抓住机会乘虚而入，勾引着张浩和她冲破了底线，两人发展到了肉体出轨。这两人如今正在热恋期，如胶似漆的，而女同事也开始希望有个名分，张浩此前一直十分纠结，内心也游移不定。

李梦婷却不知道他的这种心思，她怀孕了，本身荷尔蒙激素水平和平时就不同，变得更加敏感、多疑，用张浩的话来说，就是“作”。因为在外面有了人，张浩完全不再能包容李梦婷的小脾气，在上次和李梦婷争吵后，得到了女同事温柔安抚的张浩痛下决心要和李梦婷一刀两断。

“我现在根本不知道还能怎么办……”

李梦婷倾诉着，成瑶频频点头安慰，顺带循循善诱让她把情绪发泄出来。钱恒塞了耳机听音乐，漫不经心地喝咖啡，他看起来压根儿对这些“爱恨情仇”一点儿兴趣也没有。

“能怎么办？当然是清点你们的共同财产，然后准备分割啊。”

然而当李梦婷再次开始哭诉的时候，钱恒冷冷的声音打断了她。

李梦婷愣住了，她看向钱恒，一时之间完全不能接受这话题的转变。她还沉浸在悲恸里啊，难道人是没有感情的死物吗？心里的伤口都没有愈合，就要在这里谈共同财产分割吗？

“我对他是有感情的，我和他在一起也不是为了钱，我只想要个完整的家。我们没有了感情，孩子没有了爸爸，有钱有什么意思？”

钱恒看了李梦婷一眼，摘下耳机，冷酷地道：“清醒点，他不想继续和你在一起了，你现在最应该做的事就是理智地保护自己的钱，不要让自己的损失扩大。你在这里哭哭啼啼，对方可能已经在转移财产了。”

钱恒冷淡的话语几乎是一下子就让李梦婷又红了眼圈。成瑶看得出来，她虽然嘴上骂着张浩，但是心里对他还抱有一丝期待。对这段已经千疮百孔的感情，她还是因为往昔那些美好的回忆，本能地想要维护。

成瑶知道，强行挽回一段变质的感情，就像是给变质的地方贴上装饰。但变质了就是变质了，那变质的地方会随着时间而加深腐烂的程度。

钱恒开口，成瑶才发现自己想说的话和他一模一样。在不知不觉间，她的思维好像已经被钱恒渐渐同化了，渐渐撇除了那些情绪化的冲动，变得理性。

成瑶忍不住想，这大概就是嗑毒嗑得太多，与毒共生了吧。

失去一段感情是很痛苦，但面对现实，绝地反击，才是现在的李梦婷最应该做的。

然而面对如今情绪化的李梦婷，成瑶知道她如果用钱恒这种直白的方式劝说，李梦婷是听不进去的。有些南墙，必须李梦婷自己去撞；有些头破血流，必须自己去体会。

“别难过，我知道了。这样吧，我陪你去和张浩再沟通沟通，有我这个中间人在，没准能解开你们彼此的心结呢。”

看得出来，李梦婷等的就是这一句，她心里还想着挽回张浩，因此就等着别人给她准备好台阶。

果然，她迟疑扭捏了片刻，便朝成瑶点了点头。

成瑶的这一提议毫无意外地遭到了钱恒难以置信的目光。他不用开口，成瑶都知道他想说什么——情绪化！冲动！不专业！负分！

他那张英俊的脸上如果有滚屏，大概就是轮番滚动这几个评价了。

成瑶顾不上别的，她还是顶着钱恒不赞同的目光小心翼翼地看了他一眼："我待会儿打车和梦婷一起去她住的地方找一下张浩，和他好好聊聊，要不你先回去吧？"

今晚已经麻烦了钱恒许多，成瑶生怕自己老板的老板病发作，根本不敢再麻烦对方，很识相地准备打车，结果钱恒却抿了抿唇。

"我送你去。"

"哎？"

钱恒转开脸："你今晚不是说请我吃饭？这是准备找借口溜走？"

钱恒不提倒还好，这一提，成瑶也觉得腹中空空，饥饿的感觉向她袭来。成瑶尚且在咖啡厅里点了个甜点吃，钱恒却嫌弃甜点太甜，吃甜点太娘，会影响他伟岸的形象，一点儿没吃。

钱恒也真是，面子难道比自己的身体还重要吗？

他用宾利载着成瑶、李梦婷来到了李梦婷和张浩租住的地方。李梦婷和张浩虽然一起买了婚房，但是婚房还没交付，如今他们仍然是一起住在租来的房子里。

对于这种狗血的挽回爱情的情节，钱恒自然是嗤之以鼻的，加之他也不认识张浩，于是很明确地表示了不参与。

"我留在车里等你。"

成瑶朝钱恒感激地点了点头，在搀扶着李梦婷往楼上走之前，她顿了顿，对李梦婷道："你先等我一下，我买个东西再和你一起上去。"

李梦婷和张浩住的就是成瑶此前和李梦婷合租的房子，因此成瑶对房子周围的商铺十分熟悉。小区里有个一对老夫妻开的小超市，平时也卖粽子、包子和热粥，他家的猪肚粥，熬得是相当好。

成瑶小跑着去了那间小超市，飞快地买了一份热气腾腾的猪肚粥，然后又急急忙忙地朝钱恒的宾利跑了回去。

她敲了敲宾利的车窗，看着钱恒带着不耐烦的表情移下车窗，一脸灿烂地递上了热粥。

"老板，你先吃些粥垫垫肚子，饿过头了胃会不舒服的。"她笑眯眯地说，“你一定要吃，如果你不吃，我就不给你假扮女友了，让你爸妈给全宇宙发相亲广告去。我从楼上回来的时候，这碗粥必须喝完了。”

白痴，钱恒心想，喝完怎么验证？自己随手往垃圾桶里一倒不就完事了。

结果他刚这么想，就听成瑶继续说道：“为了防止你直接倒掉，这样吧，我的手机给你，上面有直播软件，你用我的账号开个直播。”成瑶打开直播APP，简略示范，“这里有个加密功能，你看，这么弄，加个密码，别人没有你房间的密码就不能看了，你的直播就等于是私密性质的，仅仅作为你真的喝粥了的证据。”

成瑶好心地帮钱恒把手机固定好：“行了，老板，你可以直播了，我走了！”

钱恒抿着唇，看着成瑶就这么得意扬扬地走远了。

行啊，成瑶，他想，你真是不可同日而语了，以前还是个“菜鸡”，现在翅膀可真是长硬了，竟然能想出这种点子和自己正面杠了，好，很好，非常好。

钱恒看着手机，一时之间心情竟然有些复杂，既有一种老父亲终于可以功成身退的骄傲和满足，又有一种自己似乎养虎为患了的懊丧。

成瑶安顿好了自己老板的胃，这才跑回了等在楼下的李梦婷身边。

“走吧，我陪你上去。”

看得出来，李梦婷上楼时整个人其实是十分忐忑的，她不断用手绞着衣角，紧紧地咬着下嘴唇。

直到站到了那熟悉的门口，她还有些下不定决心去敲门。

发生这种事，她要不要挽回？到底怎么做才是对的？到底怎样才能把伤害降到最低？出轨这种事，是不是真的只有零次和无数次？

以前在网上看别人的八卦帖，看到女性遭遇男性劈腿却不立即果断分手的，李梦婷也常常要感叹这种人不行，不果断，丢了广大独立女性的脸，活该被劈腿。可事情到了自己头上，她才知道，身陷囹圄的人，要做这个断舍离的决定是有多难、多痛苦。

不要去轻易评判他人的生活，因为你对他人的痛苦和困境永远无法真正地感同身受。在极端的打击和巨变面前，再理智的人也未必能步步如教科书一般踩得精准。

老天仿佛听到了李梦婷内心的纠结，它最终帮李梦婷做了决定。

李梦婷还没敲门，门却从里面被打开了。

“老公，外面冷，你下楼丢垃圾多穿件外套呀。”

伴随着门里温柔的女声，出现在门口的是脸上带着笑意的张浩。

李梦婷如遭雷击般呆立在了原地，而张浩见到她，脸上的笑也敛了起来。

几秒钟后，李梦婷终于反应了过来，然后以成瑶根本没能反应过来的速度，不顾自己挺着大肚子，就红着眼睛冲上去打起张浩来。

“你这个垃圾！你这个人渣！我前脚刚走，你后脚就迫不及待地把人带到我们的房子里来了！你不得好死！你和她都不得好死！”

李梦婷又哭又叫，整个人都疯魔了，一下子就把张浩的脸抓出了血印子。屋内的女人听到门口的动静也跑了过来，那是个长相成熟的女人，并不妖娆，甚至称得上温婉，听李梦婷说，她有个同样无害的名字——梁琼琼。然而她却大剌剌地做了小三。

她看到李梦婷撕打张浩的场景，发出一声惊叫，然后也冲进了战局。

“他都不喜欢你了！你为什么还要死皮赖脸地跟着他！”梁琼琼还很有理，仗着自己不是孕妇，动作敏捷地给了李梦婷几下，“你知道他在公司有多忙、压力有多大吗？就因为你不上班，全靠他养着，还不知道节制地拼命花钱，你知道他一度压力大到去看精神科吗？他都被诊断成重度抑郁了！你呢，你关心过他吗？”

梁琼琼不仅理直气壮，气势也十分足。她对张浩一脸心疼和回护的模样，要是让不明真相的外人来看，恐怕怎么看李梦婷才更像是反派。

“张浩最需要你的时候你在干什么？那段日子都是我陪着他过来的，你呢？你仗着他原来喜欢你，便拼命索取、拼命作，从不体谅他的难处，耗尽了他对你的感情。他已经不爱你了！你又何必勉强！你们两个人早就不在同一个层次和发展平台了，你苦苦纠缠又有什么用！”

这小三牙尖嘴利，李梦婷被气得差点背过气去，不得不扶着成瑶才能站定。

好在在成瑶和张浩的努力下，两个如死敌般的女人终于被分了开来。

刚才一直沉默的张浩也终于发话了。

“李梦婷，我们好聚好散吧。”他看着李梦婷，眼里丝毫没有往日的疼惜，只剩下陌生的冷静，他侧开脸，避开了李梦婷的目光，“你和我都是彼此的初恋，我们也不要闹得太难看了。我喜欢上别人是我的错，可你扪心自问，你就没有问题吗？”

李梦婷被彻底激怒了：“我有什么问题？！当初劝我不要去工作，在家里好好帮你操持家务相夫教子的难道不就是你吗？你现在反咬我一口，说我不思进取，张浩，你有良心这种东西吗？”

“是我说的。你在家里真的能好好操持家务那是没问题，但你完全脱离了社会，成天除了网购之外，你还知道什么？怀孕了也就知道买买买，你知道学区房吗？你知道现在A市有什么学区吗？你可以家里蹲，但不能这样和社会完全脱节。

“你难道没注意过吗？我和你之间越来越没有共同话题，我和你说工作上的事、职场上的事，可每次都是鸡同鸭讲，我的烦恼、我的困惑，你一点儿也不懂。”

话说到这个份上，李梦婷才是全懂了。

一个男人，爱你的时候说要永远宠着你、爱着你、养着你，这话是真的，可也就在那个时刻是真的，等他不爱你了，你就连呼吸也是错。

直到此刻李梦婷才知道后悔。她后悔把自己的青春和命运，完全交付到一个男人手里，这听起来很浪漫，然而这孤注一掷的赌博实在是太危险了。

可是她现在后悔已经没有用了。

李梦婷还是不甘，强忍着眼泪说：“你不喜欢我了没事，但你就这么对你未出生的孩子？刚知道怀孕的时候，你不是抱着我说你等这一天等了很久吗？更何况我不出去工作，这不是你鼓励我的吗？现在承受不住压力就把错误都推卸给我？”

张浩皱着眉，仍旧是木讷的模样，他的语气也仍旧是不解风情的干巴巴，只是一切都不同了，他说的每个字对李梦婷而言都无比残忍：“你太自私了，你永远只站在你自己的立场指责别人，永远觉得自己没错，永远只能看到别人的错。”

张浩深吸了一口气：“其实就算你不工作也没事，因为我是男人，是我让你别去工作的，这些压力我应该承担。只是我以为，我努力工作想给你更好的生活，这一点你至少应该心存感激，或者至少能关心我一点。可每天我加班到半夜回家，你除了让我给你清空购物车，问我要这要那，让我干这干那外，有给我准备过一餐夜宵吗？有问过我是不是还饿着吗？”

张浩一贯是内向、不擅长表达的，他习惯性地压抑自己的感情，遇到问题，只要觉得不够过分，都默默地忍着。这样的人平时因为擅长包容别人而显得脾气很好，只是一旦对你的容忍达到极限，这些好脾气的老好人爆发起来，态度转变之快也是让人相当措手不及的。因为他们再也不准备忍受你了，长久以来的容忍已经耗光了他们的爱意，只剩下冷漠。

李梦婷直到这时才意识到张浩平日里那欲言又止的神情是什么意思，只是已经晚了。

她没想到，当两个人最终敞开心扉说出一切时，竟然是在这样无可挽回的场合。

张浩也豁出去了，第一次向李梦婷说出了心里曾经的不满和压抑：“李梦婷，你怀孕的时候，我真的是很高兴的。我真的很喜欢小孩子，我甚至看了很多育儿方面的书，我想对你好，我想对未来的孩子好，当时我……我还没有走出错的那一步，如果当时你对我好点，我们是不会变成现在这样的。”

李梦婷的眼泪忍不住扑簌簌地掉下来，她就这么看着张浩，曾经相爱如今却变成陌生人的张浩，是她肚子里孩子的爸爸的张浩。

“可你却觉得我对你的好都是理所当然的，就因为你怀孕了，我做什么都应该，拿网上那些什么绝世好老公和好爸爸的标准来要求我，只要我有一点做不到，你就不满。”

张浩的情绪也有些激动，他的眼睛里也有些泪意：“可我只是个普通的男人啊，我不是小说里无所不能的男主角，我做不到完美。我每天勤勤恳恳地上班，有时候还会被上司骂，我也会难过，也会沮丧，也需要你的鼓励和包容。我给不了你完美的生活，我也很累。可你是怎么对我的？一旦我不能满足你的要求，你就拿孩子威胁我？问我，是不是不想要孩子了？或者说你心情不好，孩子也可能会受影响？”

李梦婷咬着嘴唇没说话，她想起她刚怀孕时的种种行为，内心煎熬。她是怎么做的？她真的信了网上地那些洗脑文，说什么怀孕的女孩是女王，丈夫应该无条件满足女王的任何要求。

她太年轻了。她没有正经地工作过，根本不知道现实和理想的差距，根本没做好准备去迎接一段婚姻。

“你从来只知道索取，不知道付出，好像我关心你是理所当然的，好像男人不会脆弱。你也从来看不到我的优点，只觉得你看上我是我的幸运，一旦没有你，我就只配过无人问津的生活。”

李梦婷下意识地否认：“我从来没对你这么说过！”

“你是没说过，只是很多次了，你的肢体语言、你的眼神都流露出了你的优越感。”张浩的语气也带了克制过后的痛苦，“我是有点迟钝，但我不是傻子，我也是能感受到的，你有些时候根本看不上我。”

他深吸了一口气：“所以，李梦婷，我们分开吧。我找到了真正欣赏我、爱我的人，你也去找更优秀的人吧。

“至于孩子，打了吧，我不想再因为孩子而受到你颐指气使的吆喝了，我们已经这样了，孩子出生也不会幸福。医院我陪你去，营养费和补偿，我都给你。”张浩垂下头，“李梦婷，都这时候了，别任性，理智点儿。”

有了张浩的撑腰，梁琼琼更猖狂了：“看在张浩的面子上，你要是把孩子打了，再给我好好道歉，侵犯我隐私权的事我就撤诉，既往不咎。”

如果说李梦婷回这里的时候，心里尚纠结着要不要挽回张浩，能不能和张浩重修旧好，那么现在，她心里杂糅着震惊、后悔、愧疚、愤怒和痛苦，更加六神无主了。

这时候，成瑶握住了她的手，然后她听到了成瑶冷静而克制的声音——

“你说了这么多，不过是为了给自己开脱。一段感情变成这样，双方都有责任。李梦婷是有错，但当她做得不妥的时候、当她让你不舒服的时候，你为什么不能直接和她沟通？没有沟通，你怎么知道她不会改？你为什么直接去外面找第三者？你们的关系变成这样，难道不是你的责任吗？你有真心地把她当成要共度一生的妻子吗？你有真的想要这段感情和婚姻长久下去吗？”

成瑶平静而理智地说：“遇到问题，你不想着去解决，不想维系出现问题的感情，不想去修复，只想着换掉，换一个新的对象好像就没事了，所以你们的关系才会变成现在这样。”

成瑶冷冷地看向梁琼琼：“至于你，你好自为之，别觉得捡到了什么香饽饽，你最好祈祷你们之间的感情永远没有问题，否则下一个被张浩换掉的就是你了。

“你是个男人，张浩，做错事了，像个男人那样承担责任吧！这种时候还要把责任推给李梦婷？”

成瑶盯着张浩，字正腔圆地道：“你这个孬种。”

也是此时，李梦婷在成瑶的话语里终于渐渐找回了理智，她抓紧了成瑶的手，仿佛从中汲取到了源源不断的力量。

李梦婷终于冷静了下来，冷眼看着张浩和梁琼琼：“行，我走，我现在就把我的东西都收拾了。这房子留给你们这对奸夫淫妇、狗男女去住吧。婊子配狗，天长地久，你们一定能相伴到老。”

她说完，转身看向成瑶：“瑶瑶，我们走！”

成瑶带着李梦婷回到钱恒的宾利车前时，钱恒正趴在方向盘上小憩。

闭着眼睛的他，退去了一贯的冷冽，在昏黄的路灯下，他英俊的侧脸甚至显得有些温柔。

成瑶轻轻地敲了敲车窗玻璃。钱恒抬起了头，然后揉了揉眉心，看向成瑶。

这个眼神带着从小憩醒来的微微茫然和不设防，成瑶不知道怎么的，突然觉得钱恒这种眼神真的有点动人。强悍男人偶尔的不设防，真的有点叫人没有抵抗力，尤其是配上钱恒这张脸。

好在钱恒本人对自己的魅力并不知情，他很快恢复了清明和镇定：“谈好了？”

成瑶点了点头：“嗯！”

她突然有点懊恼，自己刚才的样子，要是钱恒看到就好了。平时在钱恒面前出现的她，不是笨手笨脚的，就是按部就班的，普通、平凡，难得有刚才那样的闪光的时刻，要是他能看到就好了。

好在成瑶很快甩开了这些乱七八糟的想法，盯着钱恒：“你的粥……”

“喝完了。”钱恒有些别扭地转开头，“碗扔了。”

成瑶刚要发作，就见钱恒把手机扔给了自己：“直播了，你自己看吧。”

真是出乎意料！成瑶威胁的时候，其实并不觉得这招对钱恒管用，然而今晚的钱恒竟然真的乖乖听话了，这简直是奇迹！

也不知道是不是错觉，成瑶总觉得钱恒最近变得没有那么锋利了，他体内的毒素也少了许多，整个人好像都变得……变得温顺了一点？

这种形容，怎么听起来像是说大型犬似的？

成瑶偷偷打量了一眼自己一本正经的高冷老板，觉得自己的想法确实是在作死的边缘拼命试探了。

“瑶瑶，我……”李梦婷咬了咬嘴唇，“我知道你现在也和人合租，就想问问，你那位室友会不会介意，如果不介意，我能不能去你屋里暂住一晚，明天我就回去收拾东西找地方住。和张浩的那房子，现在是以张浩名义租的，房租也是他付的，我没资格赶他和那小三走……”

成瑶还没来得及回答，就听到钱恒几乎是在李梦婷话音刚落时就蹦出了两个字。

“介意。”

他说完似乎才意识到有些不妥，不自然地补充道：“成瑶的室友很介意。”

钱恒顿了顿，似乎觉得还是有什么不妥，继续加了一句：“成瑶的室友是个极品，他绝对不能允许陌生人住到屋里，否则半夜会大放摇滚乐，给成瑶发骚扰短信，在房间里裸奔抗议……因为太极品了，所以作为成瑶的同事，我也略有耳闻。”

成瑶哭笑不得，老板，我能理解你不想外人住进来的心情，但你也用不着这么用力“自黑”吧？

李梦婷果然很愧疚：“不好意思瑶瑶，我……”

成瑶拍了拍李梦婷：“没事，客气什么，我可以帮你订宾馆。”

李梦婷有些难堪：“我……我现在身上没什么钱，订宾馆的话，能不能先借我点，我之后就还你。”

成瑶愣了愣，才反应过来李梦婷在尴尬什么。她从毕业后就没怎么正经工作过，之前也都是靠着张浩在养着，现在和张浩闹到这个地步，对方自然不可能再给她钱。她这人的消费习惯成瑶也是知道的，因为生活一直无忧无虑，平时没有储蓄的意识，花钱大手大脚的，恐怕身上确实并没有什么存款。

就在成瑶准备开口之际，有一个声音却先于她响了起来。

“我帮你付。”钱恒一本正经地道，“哦，我们律所和几个酒店都有合作协议，内部价没有多少钱。”

什么鬼，成瑶想，我们律所哪里和酒店有过什么协议……

钱恒不知道怎么的又加了一句：“我这么做，是因为听了你的遭遇，觉得很气愤、很同情你，所以才这样。”

如果说钱恒不说话，李梦婷还不觉得什么，钱恒这几句话一说，反而让李梦婷狐疑和不解了起来。

这人刚才明明对自己的遭遇冷漠得一塌糊涂，怎么突然因为自己要找住宿的事变得这么热心了？

成瑶只想捂脸，大概实在是怕李梦婷有住到自己和他合租屋子的可能性，钱恒就算自己掏钱也要把李梦婷住酒店这件事落实下来。只是钱恒这辈子怕是从没有向人解释过，因此第一次经营解释这一新业务，不仅十分笨拙，还欲盖弥彰，显得非常可疑和刻意啊。

不过好在李梦婷也没心思在意这些。最终钱恒把她送到了洲际酒店，开了一间行政间。

成瑶在附近的711超市为李梦婷买了些生活用品，然后便把她送进了房间。

“瑶瑶，真心谢谢你！”临走时，李梦婷拉住了成瑶的衣袖，“也谢谢你的男朋友。你们真的都非常好，你们一定会幸福的！”

成瑶愣了愣才意识到，今天这一路上她并没有和李梦婷解释自己和钱恒的关系，对方怕是把他直接认成自己的男朋友了。

这还得了？要是钱恒知道了，不又要骂她损害他的清誉了吗？

成瑶立刻连连摆手解释：“不是的，真不是男朋友！”

“你别骗我了，我是结过婚马上都要离婚的人了，我还能看不出来？”李梦婷讲到这里，暂时忘却了自己的境遇，脸上的表情也生动了些，“不是男朋友能三更半夜陪你一起来湖边找我？一路把我们带到这儿带到那儿的，一句怨言都没有？而且你看，你把衣服脱给我的时候，他还特意脱衣服给你，没直接脱给我，这不就是因为他的衣服只想让你穿吗？”

成瑶愣了愣才说道：“李梦婷，到底是法学生，你这个逻辑也是可以的。我被你说得都快以为你说的是真的了。”

开玩笑，钱恒会看得上自己？呵，成瑶想，以钱恒这种目中无人的性格，恐怕自己就是哪一天辞职了，钱恒都未必能第一时间回想起自己长什么样，对自己的印象顶多只有模糊的四个字——那个白痴。

想到这里，成瑶果断地辟谣，“他是我老板！每天剥削我、奴役我的那种老板！”

李梦婷愣了三秒钟才反应过来：“哪个老板？那、那个钱恒？”

“嗯！”

“钱恒长得这么帅？！”李梦婷叫了一声，满脸难以置信的表情，“我只知道他的外号，要是我早知道律所有这种长相的合伙人，我怎么可能家里蹲蹉跎青春最后还被张浩劈腿啊！那我肯定投简历进君恒然后努力啊！我至于沦落到今天这个地步吗！”

“努力做一个女律师吗？”

“努力做老板娘啊！”

两人说完，觉得气氛一下子轻松了起来，李梦婷和成瑶都忍不住笑了，像是又回到了大学两人插科打诨耍贫嘴的时光，那时候天真单纯，无忧无虑。

不管怎样，成瑶见李梦婷一时之间心情好了不少，也放下心来，她又叮嘱了对方几句，才离开了酒店。

等电梯准备下楼的时候，成瑶终于松了口气，把手机拿出来刷了刷。

结果这不刷不要紧，一刷吓一跳，她的微信里竟然显示有400多条未读信息。

这些信息有来自“富贵荣华组合”群组的，更多的来自君恒的同事群，这个群的名字叫“律师狗子集中营”，是君恒关系好的年轻同事们背着老板们开的私下吐槽群。

这400多条未读信息里有50多条都是呼叫成瑶的。

成瑶战战兢兢地点开了群聊，一堆信息就铺天盖地地跑了出来，差点没把她噎死。

谭颖：“成瑶？！成瑶呢？！什么情况？！呼叫成瑶！”

王璐：“我的妈呀！钱par为什么用成瑶的账号在开直播？？？”

包锐：“什么？钱par在直播？直播什么？我要去看，在哪儿？”

谭颖：“成瑶的直播账号！他在直播喝粥啊！！”

……

这些聊天记录的时间已经是将近两个小时之前了。

成瑶抖着手往上翻，一条一条地看。

包锐："我的天，成瑶那账号一共就我们这些同事关注了，平时直播都没什么人看，结果钱par就直播个喝粥怎么突然就爆了啊？房间里都进来些什么垃圾！老子本来准备趁机表忠心狗腿一下，咬咬牙给钱par刷了一个游轮啊！你们知道吗！两千啊！结果全被这帮花痴给刷下去了！"

包锐的话一下子把群里的气氛都带动了起来。

谭颖："你怎么不早告诉我？！你都刷了礼物，那我也要去表个态吧？我比你收入少，刷个法拉利吧。"

王璐："我去刷辆玛莎拉蒂。"

李明磊："我咬牙也刷个法拉利吧。"

一下子群里气氛惨烈，大家都盘算着开始给钱恒的直播刷礼物。一时之间，一片"法拉利""保时捷""玛莎拉蒂"出现在聊天记录里，要是不仔细看，都以为这是一个什么倒卖豪车的犯罪集团呢。

成瑶一目十行地浏览着群里的信息，她觉得整个人都不好了。

她不是告诉钱恒怎么设置房间的密码了吗？难道他最后没设成功吗？

好在群里对钱恒竟然直播喝粥这件事的震惊，完全超过并且遮盖了对钱恒怎么用成瑶的账号直播这件事的好奇，除了零星几个有疑问的人外，大家都被紧张的刷礼物气氛给带跑了。

包锐甚至又一次贴心地为成瑶想出了合理解释："我觉得，钱par可能就是希望我们能看他的直播，才用的成瑶的账号，毕竟他的账号我们又不知道。男人嘛，再成功的男人也是有虚荣心的，钱par平时日理万机，又实在太优秀了，导致我们谁也不会去夸奖他，毕竟在我们心里，他那么优秀是应该的啊！"

包锐在群里循循善诱地给大家洗脑："但其实钱par内心也有脆弱的一面，他也想听听我们对他的夸赞，也想得到我们直白的崇拜和喜爱啊！所以只能逼迫成瑶交出账号，用直播来引起我们的注意了！"

结果包锐这么扯淡的解释，下面竟然还有一群人在捧他的臭脚。

李明磊："包律师你这么一说，我茅塞顿开，犹如醍醐灌顶！任督二脉都通了！"

陈诚："到底是钱par手下最得力的律师，包律师实在是很懂钱par的心理！我们也应该向包律师多多学习！"

王璐："听包律师一席话，真是胜读十年书啊！"

……

成瑶一边看，一边绝望地想，群里这个溜须拍马的风气，是要好好整治整治了。

只是，钱恒都用她的账号直播了什么？怎么包锐说房间里拥进了一大拨匿名群众？

成瑶带着好奇，退出了微信，打开了直播App。

她自己在账号里设置了直播的同时录制，因此点进后台就能很轻松地看到刚才直播过的视频。

她点开了钱恒喝粥的那段视频。

就这么猝不及防的，钱恒英俊的放大版的脸出现在了成瑶的手机屏幕上。

钱恒就这么直直地看向镜头，他显然对直播一点儿经验也没有，一会儿把手机拿回来摆弄摆弄，一会儿又调整一下直播角度。从他手忙脚乱的操作来看，成瑶可以确定，自己这位尊贵万能的老板确实并不懂怎么直播。他大概很努力地按照成瑶教他的办法去设置了房间密码，可惜最后还是失败了。

然而他一直以来良好的自我感觉，让他觉得他压根儿不可能设置密码失败，因此他在毫不知情的情况下进行了一场公开直播。

钱恒的直播喝粥，就真的是毫无波澜地喝粥。

他调整好了镜头，便开始在车里慢悠悠地一勺接一勺姿态优雅地喝起粥来。

明明就是一碗平常的猪肚粥，然而因为钱恒在吃，这碗粥都好像镀了金，高级了起来。

他那张脸也一如既往地招蜂引蝶。不知道是哪个小姑娘不小心撞进了这个房间，看到钱恒的脸，一下子就开始疯狂刷起了弹幕和礼物。

"小哥哥好帅！小哥哥直播喝粥都这么酷！这是什么神仙脸蛋啊！"

不知道这小姑娘是哪路神仙，去哪儿发布了钱恒的房间号和截图照片，没过多久，房间里就源源不断地拥进了各种观光团。

"'颜狗'来舔了！！"

"真的！美颜盛世！嘤嘤嘤！小哥哥单身吗？"

"小哥哥，我给你刷一百个游轮，能加你的微信吗？我去刷了哦！"

“天哪，想变成小哥哥嘴里的粥！这世界上竟然真的有长得这么帅的人！吊打现在那些长相同质化的‘小鲜肉’！”

成瑶看着满屏幕的“求交往”还有连绵不绝的礼物，心里像是泡了一百颗柠檬，酸得发慌。

她有些愤愤地想，你们懂什么？长得好看有用吗？你们有本事试试和他说话啊？就算吃了一瓶牛黄解毒丸，我看你们也撑不住一刻钟。

钱恒的直播意外地火了，直播房间里拥进了一堆堆的围观群众，但钱恒却并不太懂直播，他看着屏幕上不断滚动的弹幕，还以为是直播平台刻意营造的效果，还嘀咕了一句。

结果这行为又一次引起了众人的追捧。

“好萌哦！不知道自己直播能被人看到吗？”

……

成瑶想，这样双标真的好吗？！如果换一个长得不行的，网友分分钟喷对方故意卖萌想炒作，赶紧完蛋！

虽然不想承认，但是成瑶也知道，直播视频里的钱恒确实有一点可爱。

他真的有认认真真一口一口地喝粥，他微微低着头，睫毛轻轻垂着，那样子让成瑶都觉得有些乖。

钱恒全程光顾着喝粥，一句话也没讲，除了最开始调试角度时还看了几眼镜头，后面全程没怎么再抬头，他就这么低着头安静地喝粥。

直到粥快喝完了，他才抬起了头。

视频中的钱恒眉眼仍旧英俊而凌厉，他如同平日里一般冷冷的，颇有些不耐烦地看了镜头一眼。

“都吃完了。”他没好气地皱了皱眉，然后把那只空着的碗对着镜头摆了摆，“行了，你买的都吃完了。”

钱恒睫毛纤长，语气也一如既往地有些恶劣，然而脸实在长得太好了，在镜头下，不知道是光线问题还是角度问题，连他的这种恶劣的态度都看着有些动人。

钱恒的表情有些不自然，他朝镜头前展示完空碗，就没有再看向镜头，有些头痛地揉了揉眉心，压低声音警告道：“下次再这么得寸进尺，你就真的完了。”

明明是一句带了点威胁的话，然而钱恒这么说出来，竟然有些微妙。

因为这句话，弹幕区又开始了疯狂刷屏。

“天哪！好宠溺！”

“我也好想对小哥哥得寸进尺啊！”

“我单方面宣布，这是我的新老公了！”

……

成瑶虽然不想承认，但是刚才钱恒看着镜头、说出这句话的时候，她的想法也和这些弹幕一样，她并没能免俗。

会心一击——当时她大概只剩下这种感受。

只是她心里有些嘀咕，自己怎么得寸进尺了啊，不就是让钱恒喝个粥吗。

好在在成瑶胡思乱想之际，电梯终于到了，成瑶拿着手机，到了地下车库。

钱恒的宾利竟然没有停在之前的位置，成瑶转了一圈，刚准备给他打电话，就看到熟悉的车从车库入口重新驶了进来。

钱恒开得专心，并没有看到站在电梯口四处张望的成瑶，径直经过成瑶，开回了之前停车的位置。

时间也不早了，成瑶赶紧朝宾利跑去，敲了敲车窗。

成瑶刚钻进车里，钱恒就丢了一袋东西给她。

“哎？”

他紧紧抿着唇，声音还是没有太多感情：“刚才有人路过，推销这个现烤面包，站在我车前不肯走，太烦了，我就买了。”

钱恒继续脸不红心不跳地说着谎：“你不是也没吃晚饭吗？我不喜欢面包，买都买了，给你了。”

成瑶想了想，还是有些忍不住，她盯住钱恒：“所以你刚才一直都停在这里？真的不是你自己出去给我买的？”

钱恒嗤笑着挑了挑眉：“一分钟折合人民币一百六十六点六，六循环元的我，会去特意给你买面包？成瑶，你脑子什么时候能清醒点？我当然没有出去过，我停在这里休息……”

“老板，我看到了。”

“推销的人死活纠缠——”

成瑶又说了一遍：“我看到了你刚开车从外面回来。”

明明是他的谎话被戳穿了，然而钱恒竟然恶人先告状地恼羞成怒起来：“既然都看到了，你还问什么？浪费我这么值钱的时间？”

钱恒说完不自然地别开了头，脸色依然平静得像是什么也没发生一样。不愧是“业界‘毒瘤’”，钱恒的心理素质真的是很好，他此刻仍旧镇定自若地开着车，那理直气壮的模样仿佛撒谎被戳穿的不是他自己，而是成瑶。

“老板——”

“再说一个字。”钱恒的声音仍旧冷静，然而仔细分辨还是带了一丁点咬牙切齿的意思，“今明两年的年终奖，都没有了。”

成瑶不敢说话了。她戳穿钱恒的谎话后，钱恒表面镇定自若，但内心显然已经是恼羞成怒了。

安全起见，成瑶识时务地闭嘴了。她决定还是别告诉钱恒他直播没设成密码、私密直播变成了公开的这件事了。因为没有这件事，光是买面包的谎言被戳穿，他的耳朵已经变得通红了。成瑶偷偷打量着他，发现钱恒那双漂亮的眼睛也有些微微泛红，也不知道是被气得还是怎么的，让钱恒看起来像是只兔子。

就在一片沉默中，钱恒率先开了口。

“你别想太多。

“我不喜欢欠人情，既然你请我喝了粥，我就勉为其难地给你买个面包。”

成瑶一边吃着香喷喷的现烤面包，一边忍不住咧嘴笑了。

她突然觉得，自己的剧毒老板好像一下子失去毒性了呢。

不管怎样，两个人之后就这么保持着绝对的安静回了家。

成瑶虽然在车上吃了钱恒买的面包，但面包到底不顶饱，没吃上正餐，她还是觉得这一天没有结束。

然而这个点，大部分餐馆已经打烊了，剩下没关门的，选择范围也十分小。成瑶想了想，这大半夜的，也不想再去外面点了菜眼巴巴地等着了。她“双十一”囤了很多辛拉面，这下算是终于找到机会吃了。

“老板，你要不要一起来点？”煮面之前，成瑶非常热情地邀请钱恒同吃，“这个真的超好吃的，面吃起来可有劲道了，我再给你加个煎蛋和火腿肠，保证好吃！”

可惜钱恒不买账："还辛拉面？不就是方便面吗？"他坐在沙发上一边翻看着杂志，一边不屑地道，"难道我看着很方便吗？这种垃圾食品和我的气质搭吗？我死也不会吃的。"

成瑶没理他，一开始听钱恒这种言辞时，成瑶都有一种快要毒发身亡的错觉，然而时间久了，她竟然对钱恒的剧毒都快免疫了。她下了份辛拉面，用小火熬煮着。

不一会儿，辛拉面浓郁的香味就从厨房里飘了出来。

成瑶又煎了个蛋，切了些胡萝卜丁和蔬菜，加上火腿肠切片，最终辛拉面的颜值能媲美韩国料理店里的。她也不多说什么，就捧着这碗香气腾腾的辛拉面，美滋滋地往钱恒身边一坐，然后故意心无旁骛地吸溜起来。

果然，虽然手上维持着看杂志的姿势，但是钱恒的余光还是偷偷地朝成瑶瞥了过来。

很好。

成瑶吃得更热火朝天了。

她吃得专注，丝毫没有理睬钱恒的意向。然而越是这样，钱恒果然越在意了。

他又偷瞟了几次，终于开了口。

"有那么好吃吗？"

成瑶也不说话，一边继续吃，一边拼命点头，像是好吃得都不愿意说话似的。

钱恒放下了杂志，状若随意地道："味道闻着倒是还好。"

成瑶继续不言语，埋头猛吃，丝毫没有劝钱恒也来试试的意图。

然而成瑶的安静不仅没有让钱恒退却，反而让他跃跃欲试了。

钱恒看了一眼那浓郁的辛拉面汤："看你做得好像还不错。"他清了清嗓子，"如果你想要给我煮点辛拉面，那我也不是不可以试着接受，虽然格调是不太搭，但人偶尔也要尝试些新的东西，拥抱一些未知的惊喜。"

呵。

成瑶欠扁地笑笑："老板，可是我想了想，辛拉面的确配不上你的气质，我要是煮辛拉面给你吃，那简直是对你的亵渎！"

口是心非是吗？成瑶一边开心地吃着辛拉面，一边得意地想，看我不气死你！

钱恒抿了抿嘴唇，依然嘴硬地道："成瑶，礼尚往来，我给你买了现烤面包，你是不是也要对我有所表示？"

成瑶瞪大了眼睛："咦，现烤面包难道不是对我养胃粥的报答？这不是礼尚往来过了吗？"

成瑶继续吃，钱恒终于忍无可忍。

"成瑶。"他的声音还是有点冷冷的，但透露出一丝别扭，"你是不是今天要气死我？"

"老板。"成瑶也学着他的口气道，"你这辈子是不是都不肯说真话？"

成瑶的辛拉面吃完了，她认命地站起身，准备去厨房里给这位祖宗煮面。就在成瑶以为钱恒不会再回应的时候，钱恒的声音响了起来："我想吃辛拉面。"

钱恒的声音有些干巴巴的，成瑶回头，才发现他用了一贯的回避模式——侧开头。

成瑶愣愣地看了钱恒几秒钟，他才终于受不了成瑶的视线，抬起了头，语气恶劣地道："行了，成瑶，这一次算你赢了。"

钱恒说完，又变得理直气壮起来："我也要吃辛拉面。"

成瑶突然就忍不住笑了，这位在法律圈里翻手为云覆手为雨的知名大par怎么可以这么幼稚？

"我要两个煎蛋。"幼稚鬼本人并不知道成瑶的腹诽，还在继续理直气壮地提要求，"火腿肠我也要多加，不要胡萝卜，我讨厌胡萝卜。"

行吧，成瑶突然觉得心情愉悦，一扫此前因为李梦婷那些事而郁闷的心情。她回到厨房，又煮了一份辛拉面，并按照钱恒的要求，加了两个煎蛋和很多火腿肠，不加胡萝卜。

就这样，刚才还"死也不会吃这种垃圾食品"的钱恒，捧着碗来了一场"真香"现场表演。

这是A市大降温的一天，然而成瑶坐在沙发里，看着眼前安静而认真地吃着辛拉面的钱恒，却觉得好像气温也不是很低呀。

第二天一早，成瑶照例睡到了闹钟响才起来。

天冷以后她就有些开机困难，此刻站在客厅里，看着正在沙发上坐着的钱恒，一时还有些反应不过来。

成瑶下意识地看了眼手机，八点一刻，没错啊。

平日里她这个时间起床，钱恒是绝对不可能还在的，恐怕人都早已经到了所里，怎么今天竟然还没走？

成瑶揣着一肚子的疑问洗漱完毕，然后拿起昨天准备好的早餐便当时，刚才坐着不动的钱恒终于站了起来。

他表情淡然，言简意赅地说道："走吧。"

成瑶不解。

钱恒瞥了她一眼："动作快点，还愣着干吗？不想搭车了？"

成瑶反应过来，欢天喜地地道："想！想！谢谢老板！"

钱恒的模样太理直气壮了，理直气壮到成瑶觉得他做什么说什么都是合情合理、不容置疑的，一时之间都忘记了去思考自己尊贵的老板今天为什么竟然会等自己一起去公司。

车开到离君恒写字楼不远处的路口时，成瑶识相地说道："老板，停一下，我在这里下来就行了！"

钱恒愣了愣，随即不自然地道："也不一定要下来，反正今天外面雾大，也看不清楚。"

"那怎么行！"成瑶反过来对钱恒循循善诱，"老板，很多事情就是百密一疏才功亏一篑的，你不是教导过我吗？小细节上尤其不能放松。千万别觉得今天雾大，我从你车上下来就没人看见，这万一传出去什么，让大家误会了实在是不好。"

成瑶没等钱恒反应过来，就在路口赶紧开了车门，对钱恒道谢以后飞速地下了车。

整套动作成瑶做得行云流水，钱恒还来不及制止，就看她像一只敏捷的兔子一样飞快地从自己车里蹦走了。

钱恒总感觉有一丝不爽。

钱恒的这种不爽在到了君恒后达到了顶峰。

"钱恒，这周六就是你的二十八岁生日了！"吴君一早就坐在了钱恒的办公室里，跷着二郎腿，一脸算计地笑着，"男人啊，二十八岁是个坎。二十八岁以后，各项生理和心理指标就都往下掉了，以前能一夜三次，这以后一夜能有一次就不错了。”

吴君盯着钱恒，样子很欠扁：“所以，二十八岁，是男人最后的青春、最终的疯狂，我作为你这么多年的朋友，不能允许你就这么糟蹋你自己最后的青春，让你又在加班里度过生日。”

钱恒头都没有抬：“不需要，和你一起过才是糟蹋我自己的青春。”

吴君丝毫没有被打击到，他清了清嗓子，对钱恒的死亡视线也无所畏惧，径自宣布道：“我决定好了，这周六在你的别墅里，邀请我们君恒的所有同事为你举办一场别开生面的生日会。虽然你连对象也没有，但能够在同事爱里挥泪告别年富力强的二十八岁，提前进入中老年，迈向三十岁，也不至于太孤独。”

“我反对这个活动。”钱恒面无表情地道，“大家都是律师，都很忙的，周六大家都只想在家里休息，不要勉强他们来参加什么生日会。”

“不勉强！”吴君激动地道，“我早上就把这个生日会的通知发了群邮件，反响非常热烈！”

钱恒顿了顿，才状若不经意地道：“哦，那都有哪些人报名了？”

“王璐、李明磊、陈诚，还有行政部的所有同事，财务部的同事……”

“还有呢？”

“哦，还有包锐、谭颖、张蔷……”

钱恒状若自然地继续问道：“没其他人了？”

“哦哦，有，还有成瑶。”吴君看了眼手机，“她刚也回复邮件报名了。”

哦。

“你看，这么多人都报名了，你真的还要一意孤行取消这个生日会吗？”吴君虽然玩了一出先斩后奏，但内心也没什么底。钱恒这个人，什么时候在乎别人的感受才有鬼了，就算全宇宙都报名参加他的生日会，他要是不乐意，那全宇宙都滚蛋。

结果今天钱恒心情还不错。

他虽然还是一如既往地连眼神都没分给吴君一个，面色也如常，但在那没有起伏的语气里，吴君分明听出了愉悦。

“哦，好吧，既然那么多同事想去，我也不是不可以勉为其难地办个生日会。”

成瑶今天一到单位，就被包锐和谭颖围了起来，这两人显得有些惴惴不安。

包锐捧着胸口，忸怩作态："我好担心。"

谭颖揉着额头，愁眉不展："我也好担心。"

成瑶不解。

包锐晃了晃脑袋："我昨晚都没睡好，我一直在想，钱par为什么会突然去直播，他是不是觉得靠专业知识赚钱太苦太累了，而且还没有人追捧？但利用直播，卖卖脸就一晚上的礼物分成，都能有好几万吧。"

谭颖也抹泪道："我们钱par不会抛下我们，C位出道吧？"

包锐："如果钱par C位出道，不知道能不能给我搞来我喜欢的组合18 Girls的签名。"

谭颖："如果钱par C位出道，我就辞职跟着他下海，这样没准两年后我就能潜规则'小鲜肉'了。"

成瑶简直被这两个一唱一和的戏精弄得哭笑不得。

最后倒是包锐先出了戏："对了，这周六钱par的生日会，你们都想好送什么礼物了吗？"

成瑶一脸茫然："生日会？？？"

谭颖点了点头："看邮件。吴par组织的，在钱par的大别墅里举行。上礼拜律协通知我们要提交一点君恒的党员活动的材料和照片，吴par说这次就算是君恒的党员活动了，主题是解放思想。"

包锐嘿嘿笑道："是的，那天晚上一定要好好解放解放。"

成瑶简直忍不住在心里呐喊，包锐！你这个思想，我看不解放，就已经很危险了！

只是说者无心，听者有意，成瑶给吴君回复了参加生日会的确认邮件后，就开始为给钱恒送什么礼物而发愁了。

于情于理，她觉得，自己都该送个上档次一点的礼物。

一直以来，成瑶对钱恒充满了感激之情，他是一位非常好的老板，一位非常称职的老师。

除此之外，成瑶也真心想送一些好东西给钱恒。成瑶毫无负担地想，毕竟两人之间还有同居的室友情谊，她这种心态很正常。

午休的时候，她没忍住给秦沁打了个电话。

“就是我老板要过生日了，我准备给他送个礼物，你觉得送什么好？”

秦沁因为从事公关营销方面的工作，因此对奢侈品非常了解，不过成瑶的话让她十分意外：“给你那个有毒的老板送礼物？”

“嗯！”

“也是，要多讨好下老板。”秦沁想了想，“我这边有个客户倒是有款礼盒很适合你。”

“我这个客户既做老牌奢侈品也做轻奢定制的，最近不是快要过圣诞节了吗？他们推出了两款礼盒，一款是针对情侣的礼盒A，还有一款是针对长辈、公司上下级这样的礼盒B。”一讲到工作上的事，秦沁就十分干练，“样品我看过了，非常不错，目前市面上完全没有同类的礼盒，非常高档，你要不要从我这里拿一份礼盒B，我让我客户给你内部价。”

“礼盒B里都有什么东西？”

“里面有什么东西就是噱头所在，每个礼盒里的东西就像是扭蛋一样，都不一样，你选择送给男士的礼盒，那里面可能是限量版围巾、领带、红酒、男士香水，古早的珍贵黑胶碟，甚至是小有名气的画家的画作，等等，一般还会有一个小小的俏皮彩蛋，非常有意思，也因为这样，每个礼盒都是独一无二的，很有新意。”

成瑶的眼睛亮了亮，这听起来相当有格调，像是钱恒会喜欢的东西！

“好！我要订一个这个礼盒，不过这周六我就要用，来得及发货给我吗？”

秦沁想了想：“应该没问题，我把他们负责人的联系方式发给你，提前帮你打好招呼，你自己和他联系就行。”

成瑶赶紧加上了对方联系人。

对方挺爽快：“小姑娘要送给女的还是男的？”

“男的！礼盒B！”

“需要在小卡片上打印什么字吗？”

“要的要的！给我打一下‘祝老板福如东海寿比南山’。”成瑶想了想，又扭捏地加了一句，“把‘带我发财带我飞’也写上吧。”

自己花大价钱准备礼物，溜须拍马的同时，总得暗示钱恒一下自己小小的私心吧。

虽然有了秦沁的关系，最终价格就按照成本价来了，但因为这礼物的档次，也花了成瑶两千多块钱呢。

不过把钱恒的礼物落实了，成瑶还是挺开心的。

对方联系人倒是抱怨了两句，临到年关了，各行各业都不容易，对方埋怨订购这款礼盒的人实在太多了，工厂安排发货都来不及，订单全部成堆了，工厂负责发货的人也不省心，偶尔还有发错货的来投诉吵架。成瑶好生安慰了几句，两人聊了好一会儿才挂了电话。

除了这份礼物之外，她想了想，决定再亲手给钱恒做一个蛋糕，虽然不太值钱，也未必有品牌蛋糕店的好吃，但也算是自己的一片心意了。

刚落实完钱恒礼物的事，成瑶在去茶水间的路上，接到了李梦婷的电话。

“瑶瑶，我想了一晚上。”电话里的李梦婷没了之前的慌乱和痛苦，变得沉静起来，“我不想再被困在这种婚姻里了，我决定好了，我要离婚。马上离。”

成瑶松了一口气，李梦婷终于想通了，在错的人身上，不值得浪费时间，及时止损才是最正确也最勇敢的决定。

李梦婷顿了顿，坚定地说：“我要维护我自己的权益，我要尽可能多地争取共同财产。瑶瑶，我想聘请你当我的律师。”

“可我的经验其实还不太足，我怕我没法……”

李梦婷十分坚持：“我不相信别人，我只相信你。除了你，我不要请别的律师。”

挂了李梦婷的电话，成瑶内心激动的同时又有些迟疑。她真心替李梦婷的勇敢果决而高兴，也感激李梦婷的信任，可同时，成瑶对自己到底能不能处理好这个案子也十分怀疑。

虽然一路在钱恒的带教下吸取知识，积累了经验，但说到底，她全程跟进的案子，也不过白星萌案和董山案这么两个。成瑶知道自己的斤两，她无论如何还没到能独立一个人办案的程度。

李梦婷信任她，她更不能辜负李梦婷的信任。

只是，包锐最近在忙三个涉外婚姻案，因为不少财产取证都需要在国外进行，他忙得恨不得有三头六臂，绝对没有可能再多接一个案子了；谭颖和成瑶一样，工作经验比较少，也尚且处在需要别的律师指导带教的阶段；其余同事……其余同事也多有自己的案子安排，更何况不是一个团队，让别人带教自己做李梦婷的案子，也名不正言不顺。

想来想去，成瑶心一横，还是只能求助钱恒了。

成瑶给自己打了打气，敲门进了钱恒的办公室。

“老板，我想接一个案子。”

钱恒本来正在办公桌前看案卷，听到成瑶的声音，抬头看了她一眼，也不在意具体案情，径直道：“多少标的额？”

“我暂时还不清楚，财产清单我还没和当事人整理出来。”

“有五千万吗？”

“那肯定没有。”

“那不能接。”

大概是成瑶脸上“我真的很想做这个案子”的表情太过明显，钱恒咳了咳，一下对半砍降低了标准：“两千五百万。”

他看了一眼成瑶，抿着唇补充道：“真的不能再低了。”

李梦婷和张浩虽然家境尚可，但都不是大富大贵的家庭出来的，恐怕涉及纠纷的标的额，撑死了大约只有几百万。

“就是李梦婷的案子！我那个朋友！老板，我真的很想代理她，你……你能不能稍微指点下，把控下全局？具体操作由我来就行了。”成瑶保证，“我绝对不会让这个案子占据你多少时间的！”

钱恒没说什么，他放下了手中的案卷，轻轻移了下老板椅。

他顶着一张英俊的脸，面无表情地道：“成瑶，你觉得一个成功的律师，应该做到什么？”

成瑶试图引导：“为爱发电？为了人间的大爱，为了公益，为了社会主义的建设，为了国家法制的健全……”

“成瑶，我姓什么？”

这是什么跟什么啊，成瑶摸不着头脑，下意识地道：“姓钱啊！”

钱恒微微一笑：“所以我只为钱发电，不为爱发电。

“我接案子的标的额下限是五千万，低于这个标的额的，对不起，我不做慈善，也不爱做公益。”钱恒用手指轻轻敲击桌面，“成瑶，你知道为什么越是为钱发电的律师，越是能成功吗？”

“为什么？”

钱恒笑笑，理所当然地道：“因为为爱发电的律师，都已经饿死了啊。

“当然，五千万是我的标准，如果你自己执意要接，那我也不会阻拦。”钱恒看了眼成瑶，“从职业角度来说，你也是拥有律师执照的律师，可以单独处理案件，不需要经过我的同意，只是所有后果也由你自己负责。”

在进钱恒办公室之前，成瑶其实并没有预想过这种结果，她好像天然地觉得钱恒会帮这个忙。

如今面对钱恒的拒绝，她才冷静下来。

钱恒做得没错，他是君恒的合伙人，要撑起整个律所的创收，律师的分红、基本工资还有行政财务开销等等，他接案子有所考量也是正常的。

只是成瑶觉得她自己需要好好清醒下了，竟然觉得凭借她和钱恒那点接触，可以影响钱恒的决断了，真是太膨胀了。

钱恒是老板，自己只是员工。

虽然这个认知有点残酷，也让成瑶有些酸涩和失落，但这就是事实。

“好，我会自己接这个案子，谢谢老板。”

成瑶说完，准备转身退出房间，不料钱恒又叫住了她。

“以上是我站在老板立场做出的判断。”钱恒转开头，望向窗外，“站在我私人的立场，我不建议你接李梦婷的案子。”

成瑶愣了愣：“为什么？”

钱恒转过头，抿了抿唇，看向成瑶。

虽然钱恒什么都没说，但成瑶望着他的表情，心中已经有了大致的猜测，她试探道：“你是不是觉得我处理李梦婷的事不够专业？因为她是我的朋友，我的理性判断会被情绪左右？”

“成瑶，如果不能保持感情的完全中立，极有可能陷在一个案件里，没法冷静地去理清所有细节。你有没有想过，一旦因为你的原因输掉了这个官司，或者结果不理想，你和她的友情还能不能继续下去？”钱恒的声音平静而镇定，但也十分温和。

不知道为什么，成瑶觉得站在私人角度给自己提出建议的钱恒，好像比站在老板角度给自己提出建议的钱恒更帅一点。明明只是几十秒钟的差距，成瑶总觉得，眼前的钱恒好像比刚才更有吸引力了一点。

她深吸了一口气："我知道，作为法律人，面对婚姻纠纷的情形，第一时间应该是让对方冷静下来，如果选择继续这段婚姻，那要警醒起来，开始有计划地保护自己的财产，警惕另一方的财产动向；如果选择离婚，那更要好好理清财产情况，避免财产被对方转移，为自己争取最大限度的权益。这些我都会做到的。"

"成瑶，我已经带着你做了两个案子了。"钱恒的声音冷冽但干净，"我很早就和你说过，离当事人远一些，做案子不要带入自己的情绪。你心里明明也知道，为什么和当事人接触的时候全部忘记了？你昨晚安慰她的时候……"

"不是这样的，你说的每一句话，我都记得。"

钱恒愣了愣。

成瑶抬起头，目光灼灼："我记得的。"

钱恒不知道怎么的，突然有些不敢直视成瑶这样的目光，他避开了成瑶的视线："那你昨晚第一时间就应该让她冷静下来，而不是顺着她来。"

"老板，我是个女律师，作为女性更容易感性，有时候这是一种缺点，但我也一直在思考，是不是能把这种缺点，反过来变成一种优势。"成瑶不卑不亢地道，"每个人有不同的办案风格，我没法完全复制你的，我也在寻求我自己的路。"

"很多时候，家事纠纷的当事人，尤其是女当事人，情绪很激动，过分冷静的劝说反而不能让她们放下戒备，反而是带着同理心的循循善诱，能让她们更快地认清现状，并且信任律师。"成瑶笑笑，眼睛明亮而自信，"我在劝说李梦婷的时候，脑子里非常冷静，也知道该怎么处理，只是我的处理方式和你不太一样。

"我能赢这个案子。"

成瑶说这句话的时候，脸微微仰着，黑而漂亮的眼珠睁得大大的，目光炯炯地盯着钱恒。脸因为内心的情绪而红着，让她整张雪白的脸被衬得更加艳丽，而她脸上那种对自己未来强烈的把握感和锐不可当的自信，一时之间让钱恒竟然觉得有点晃眼。

钱恒比任何一次都更清楚地意识到，成瑶已经不是当初那个在他面前瑟瑟缩缩怕出错的菜鸟了，她不会再哭哭啼啼地睁着小狗一样湿漉漉的眼睛等着自己给她擦屁股了，也不会每次犯错时六神无主地寻求自己的身影了。

在不知不觉间，她努力着，学习着，成长着，她正在缓慢但坚定地变得独立而强大。

假以时日，她会彻底破茧而出，会振翅高飞，会不再需要自己。

这个认知让钱恒的感觉有些微妙，成瑶是他亲手带出来的，她的成功无疑是对钱恒的肯定，但一时之间，钱恒又有些藏着掖着说不清道不明的情绪。

什么都要求助自己、用小狗眼睛盯着自己的成瑶固然让人无法拒绝，可现在自信地直视着自己的成瑶，却让人更难以移开眼睛。

钱恒突然有点不想让别人看到这样的成瑶，有点太耀眼了。

“这个案子好好把握。”最终成瑶离开前，钱恒鬼使神差地又一次开了口，“有什么不知道的，可以问我。”

成瑶愣了愣，咧嘴笑了，露出一口雪白而漂亮整齐的牙齿。她的眼睛像是有光，晃得钱恒觉得头晕。

“我怕你搞砸了，砸我招牌。”

成瑶用力地点了点头：“谢谢老板！”

钱恒绷着脸：“别乱谢我，我才不是为了帮你，我是怕你拖累我的名声。你不要想太多。”

然而成瑶还是笑，用一种“我早已看穿一切”的表情盯着钱恒看了几秒钟，看得钱恒脸上表情都快绷不住了，她才又道了一声谢，像个兔子似的蹦走了。

得到了钱恒的首肯，成瑶效率很高地和李梦婷签下了代理协议。

李梦婷不想再见到张浩，因此便把一切都交给了成瑶。

离婚如果走诉讼的途径，不仅耗时还耗费精力和金钱，既然张浩想要离婚再娶，李梦婷也不愿将就，如果两人能达成协议，那就再好不过了。

可惜对于成瑶几次想要沟通的提议，张浩的态度都不咸不淡，明明他都有了新欢，急的应该是他，他却很反常地态度很冷淡，像是并不急于和那女同事结婚似的，也不知道是出于什么考量。

成瑶打了好几次电话，一开始张浩还接起来敷衍两句，时间久了，他大概是直接把成瑶的号码拉黑了，每次拨号，等待成瑶的都是无尽的忙音。

“这可怎么办？”李梦婷被张浩的反应气红了眼睛，“这人渣，他自己出轨了，我现在成全他们狗男女，决定离婚，他竟然还拿乔了？急的人明明应该是他，因为要是按照法律，妻子怀孕或处在哺乳期，男方不可以提起离婚，我要是故意不离婚拖着他们这对狗男女，他们最起码一年半载没法名正言顺地在一起！”

成瑶帮李梦婷顺了顺她的背：“别急，那我们走诉讼。”

李梦婷咬着嘴唇点了点头：“对了，我昨天把我们共同财产的部分整理出来了。另外，还有这个东西你看下。”

李梦婷说完，就把一张协议书拿给了成瑶：“领证后，我想着我以后就是个全职太太了，心里其实也有点忐忑，所以半开玩笑地哄着张浩签了这个‘婚内忠诚协议’。他一开始还迟疑，我提了以后过了两天，才肯签。”

成瑶快速扫了一眼，高兴地说道：“果然是我大法学毕业的，你这法律没白学啊，知识改变命运，这话还是有道理的！”

李梦婷垂下眼睛：“当时虽然心里也是有些小九九，但主要带着玩闹性质瞎写的，根本没想过这一纸‘忠诚协议’，真的有用的一天，还是这么快就派上了用场。”

在成瑶和李梦婷面前，是一份简单的“婚姻忠诚协议”，在这份协议里，李梦婷和张浩约定，一旦婚姻中有任何一方出轨，那出轨方在离婚时的共同财产分割中，要将房产中自己的比例全部分配给另一方，放弃自己的那部分财产。

这份协议下面，是李梦婷和张浩两人的签字以及落款时间。

虽然简单，但别小看了这份忠诚协议。

李梦婷毕竟也是从法学院毕业的，忠诚协议需要的所有要件都齐全了，写的协议内容也完全合法。虽然婚内忠诚协议在司法实践中存在争议，部分会被判定无效，但一般约定了离婚时财产分割的婚内忠诚协议，在法律上效力是完全被认可的！会被作为离婚时财产分割判决的参照！

“也就是说，我们只需要锁定张浩出轨搞婚外情的证据，在离婚财产分割时，法院会基于婚内忠诚协议条款，将那套婚房分给你！这样几乎等同于让张浩净身出户！”

李梦婷点了点头：“只可惜我之前气过头了，找人跟踪偷拍这对狗男女的证据属于违法取证，不能采用，反而打草惊蛇了，恐怕再取证会有难度。

尤其上次我给他们全公司发了那照片以后，张浩大概怕他自己在单位里的口碑受影响，不利于未来发展，我听说他各种澄清出轨是误会，然后他俩最近也收敛了很多。”

成瑶笑笑：“你别急了，交给我吧。”她看了一眼李梦婷，“你有更重要的事要考虑。”

李梦婷下意识地看了一眼她的肚子，脸上也有些迟疑纠结，和张浩这婚是离定了，那这一对双胞胎，还要不要?

如今这怀孕的月份，还尚能考虑流产，再拖下去，别说引产比流产对女性伤害更大，到时候月份大了，除非胎儿重大畸形，恐怕一般医院都不愿意做引产。

从孩子的角度来考量，这对孩子，假如降生，注定不可能得到健全的父爱，只能和李梦婷相依为命；从李梦婷的角度考量，她还年轻，如果没有孩子，以后想要再开始一段感情和新的婚姻，她的选择面会更广；而一旦有了孩子，她在婚恋市场上不受欢迎倒是小事，更真切的问题是怎么养活这一对双胞胎和自己？李梦婷几乎没什么拿得出手的工作经验，生完孩子稍稍休养，就又要和社会脱离一年，这之后就必须马上去找工作，收入不能低，但还要能兼顾到孩子……

直到这一刻，李梦婷才真正地后悔起来。

她从一开始就做错了，生于忧患死于安乐，她贪恋当时的安逸，却没想到人生不是一条毫无挫折的坦途，如今在荆棘面前，她手无寸铁，被动而艰难。

如果当时她能像成瑶一样，就算法律职业这条路很艰难，熬一熬，是不是如今根本不会陷入这样的境地?

成瑶已经走了，李梦婷摸着自己的肚子，皱着眉，陷入了天人交战的深思。

成瑶见完了李梦婷，刚回到所里，就接到了快递电话。

她之前从秦沁那里托人订购的礼盒已经到了。

成瑶兴高采烈地从快递员手里取了包裹，找了个会议室躲起来，三下五除二拆了快递盒。

秦沁给的工厂仓库联系人果然很靠谱，知道这礼物是用来送人的，礼盒外已经做好了礼物包装，漂亮的包装纸上印着“Happy Birthday”的花体字，用绸缎的丝带系出了一个漂亮的蝴蝶结，处处透露着低调的高雅。

成瑶满意得不得了。

她原本是想拆开盒子看看里面都有些什么的，但看着这如此靠谱、精致的礼盒包装，成瑶觉得自己完全没有必要拆开了，否则自己上哪儿弄这么一个完美的包装啊。

她刚偷偷摸摸地把礼盒放在自己办公桌下面，就接到了钱恒的内线电话。

“来我办公室一趟。”

成瑶带上笔记本和笔敲开了门，还没开口问钱恒是什么事，钱恒就先开了口。

他的眼轻轻垂着，看向办公室角落里的绿植：“晚上有空吗？”

“是要加班？”

钱恒瞥了成瑶一眼：“难道你有没有空还要视是不是加班而定？”

成瑶嘿嘿笑了两声：“有空，加班就更有空了。大家谁不是为了民主富强文明和谐的社会而奋斗呢。”

钱恒轻轻扫了成瑶一眼：“晚上收拾下。”

“嗯？收拾案卷吗？”

“收拾你自己。”钱恒抿着嘴唇，“餐厅有dress code（着装标准），回家换个小礼服。”

“啊？”

“一起吃个饭。”

成瑶愣了愣，然后掏出笔记本，做好了洗耳恭听的准备：“陪客户吗？是哪个客户？需要我准备什么材料吗？”

从成瑶进办公室开始，钱恒就显得有些烦躁，而成瑶这个问题，不知怎么触到了这位的逆鳞。

钱恒炸了，恶狠狠地瞪了成瑶一眼：“成瑶，你不要得寸进尺。”

成瑶不解，我做了什么违法乱纪的事吗？难道有什么新法律在刚才一刹那生效了吗？

钱恒扭过脸，不再分给成瑶一点目光，冷冷地道：“就我和你。”

“哦哦哦。”

“散伙饭。”

成瑶惊了，她的思维一下子没转过来，脑海里全是谭颖和包锐这对戏精的表演，脱口而出：“老板，你真的要C位出道？”

难道钱恒知道他昨晚是做了公开直播了？难道钱恒也觉得直播赚钱轻松，比吭哧吭哧做案子省力很多？难道钱恒也被光怪陆离的娱乐圈迷了眼？

“这不太好吧……”成瑶努力劝说道，“娱乐圈里很乱的，你不要觉得自己是男的就可以逃离潜规则。”

钱恒皱了皱眉：“你在说什么乱七八糟的。”他揉了揉眉心，“我知道我亲自请你吃饭你很激动，可能思维语言都混乱了。平静一下心情，淡定点，成瑶，你是个大人了，是时候做个处变不惊的人了。”

成瑶尚且沉浸在钱恒真的要退出君恒、进军娱乐圈的悲恸里，一点没意识到钱恒到底在说什么。

她想了想，自己舍不得钱恒啊，才全程跟着他做了两个案子，还有好多没学到，自己都还没出师，他怎么就不干律师了呢！

“成瑶，我知道有些事，事到临头，才有那种真实的感觉，才会觉察出失落和不舍，但人生就是这样的。”

妈呀！难道包锐和谭颖竟然还猜对了一次！钱恒真的要走？！

钱恒突然这么文艺，成瑶有些忍不住了，挽留道：“老板，我舍不得你……”

钱恒虽然仍旧绷着一张脸，然而仔细看，嘴角微微带起了一小点得意的弧度，但他仍维持着语重心长的姿态：“天下无不散的宴席。”

“那老板，你能给我留点什么纪念品吗？”

“什么纪念品？”

成瑶想了想：“就用过的东西都行，你的笔记本啊、你随手的涂鸦啊什么的。”

成瑶是这样盘算的，如果钱恒进军娱乐圈，按照他这个品相，外加巨毒的性格，怕是要在娱乐圈掀起一阵血雨腥风，那他有朝一日红了，自己如果有些他曾经的旧物，到网上拍卖一下，岂不是大赚一笔？

一想到这里，成瑶加了一句：“如果有贴身衣物就更好了。”

贴身衣服，钱恒原味，怕不是能拍个六位数！

然而这些话听在钱恒耳朵里，就是另一个味道了。

钱恒彻底愣住了，仔细看了成瑶几眼，一向处变不惊的心里都有些愕然，想不到成瑶竟然这么大胆？看来自己的魅力确实太大了，让她都忍不住说出这么露骨的话，都想要自己的贴身衣物了。

真头痛啊，钱恒想，给她什么好呢？内衣？男人又没什么内衣啊？内裤？这……这实在有些不合适。袜子？袜子也不对……

钱恒想了想，最终下了决定："给你衬衣吧。"

成瑶脸上果然露出了惊喜："谢谢老板，能不能到时候在衣服上再签个名啊。"

钱恒高贵冷艳地道："既然你都这么求着我了，那我也不是不可以答应，你要知道，我的衬衣都是高级定制的……"

"是，是，谢谢老板！谢谢老板！"成瑶点了点头，"不过是不是叫上包锐和谭颖一起啊？既然是散伙饭，他们理应也有知情权，大家一起吃个饭也更合情合理。"

等等……

钱恒觉得有些不对，皱起了好看的眉："为什么要找包锐和谭颖？难道他们已经知道我们合租的事了？"

"啊？"成瑶也愣住了，"不是散伙饭吗？和我们合租有什么关系？"

钱恒紧紧盯着成瑶，这下他终于觉察出不对来："你以为是什么散伙饭？"

"难道不是我们团队解散的散伙饭？你不是要C位出道进军直播圈、娱乐圈了吗？"

钱恒简直想拍死成瑶，咬牙切齿地道："谁和你说我们团队要散伙了？我会去进军直播圈？我有的是钱，直接买一个直播平台都可以，为什么还要去进军直播圈？

"我说的是我搬出去的散伙饭！"

哦……这样啊……

不知道为什么，钱恒不C位出道，成瑶一时之间有点失落了。

不过他终于准备搬回他的大别墅了？

"周六会在我的别墅里开生日会。"钱恒侧开头，随手翻了两页桌上的案卷，"所以我要在周六之前搬回去，否则一个月没住了，一点生活气息也没有，吴君肯定要胡乱猜测了。"

钱恒要搬走了，那她岂不是可以独占房子了？

成瑶一扫刚才的失落，内心又窃喜起来。

然而她的喜悦之情竟然引起了钱恒的怒视和拷问：“你这个笑是什么意思？”

哎？

“我要搬走了让你这么高兴？”

“没，没。”成瑶连忙否认，“我，我这是因为能参加老板你周六的生日宴而感到高兴！”

这句话一出，钱恒的脸色总算好了点。

成瑶从他办公室里出来，心里还有些犯嘀咕，最近钱恒也不知道怎么了，这情绪怎么有点阴晴不定呢？提前进入更年期了？他才二十八岁，也太早了吧？

难道男人也惧怕老去？毕竟他快过二十八周岁生日了，心里有一种提前步入中老年的悲怆也不是不能理解。

算了算了，成瑶想，我一个二十四岁的年轻人，还能和二十八岁的“中年”朋友过不去啊。原谅“中年”朋友吧，世界毕竟是我们年轻人的啊！

可惜晚上成瑶和钱恒的散伙饭最终还是没吃成。下午的时候，李梦婷突然腹痛难忍，成瑶哪里还顾得上其他，赶紧和钱恒说明了情况，陪着李梦婷去了医院。

好在虽然过程惊险，但结果是好的，到了医院输液之后，李梦婷的情况稳定了下来。成瑶不敢轻易走开，张浩已经彻底把李梦婷的联系方式都拉黑了，是绝对指望不上了，于是成瑶决定晚上留下来陪李梦婷。

“瑶瑶，我决定生下来。”

李梦婷脸色还有些苍白，她躺在床上，整个人还有些虚弱，然而态度却很坚定：“这两个孩子，我要生下来。”她轻轻地抚摸着肚子，“原本我以为自己不在意的，但刚才以为自己可能会流产的时候，我才真切地意识到自己不舍得孩子，张浩是个人渣，但孩子是无辜的。”

成瑶什么也没说，只是握紧了李梦婷的手。

“对这两个新的小生命，我还是期待的。”李梦婷笑笑，“大概真的是为母则刚，有了他们，我好像也有了力量，现在不觉得悲惨，只觉得或许这是生活对我的考验，可能老天觉得我变成一个在家带孩子的全职主妇太浪费了，给了我一个做成功的职业女性和单亲妈妈的机会。”她看向成瑶，“历来天选之子不都要经受各种磨难吗？”

“何况现在也远不是最差的情况，至少我还有我的律师，至少我还能用法律来维护我的权利。”

虽然李梦婷的身体状态并不怎样，但此刻她的一张脸庞上，已经恢复了神采和光芒，整个人都精神了起来。成瑶能看得出，她是真的想开了，因此都能调侃自己了。

“我知道单亲妈妈会很累、很困难，但我会熬过去。我也不是草率做的决定，我这几天加了几个单亲妈妈群，未来会经历什么，我心里有数。”李梦婷下定了决心，“我也和我爸妈交代了这些事，他们也支持我，所以我才有底气最终做出这样的决定。”

成瑶发自内心地替李梦婷感到高兴，意识到前路的困难，但仍能勇往直前，这也是一种担当：“孩子出生了必须认我做干妈！”

“没问题，最好你赶紧给我俩娃找个干爸，找个那种霸道总裁的吧，我孩子还能抱抱这未来干爸爸的大腿。”

这一夜，成瑶就这么和李梦婷回味着大学在法学院时的趣事，最后沉沉睡去。

李梦婷的情况稳定后没多久，李梦婷的爸妈也从外地赶了过来。李梦婷的爸妈对张浩突然出轨变脸仍旧十分不能接受，对这场变故也仍有些恍惚，但最终都站在了女儿的一边，全力支持她离婚。对于李梦婷要留下孩子的决定，他们也表示了支持。为了让李梦婷安心，他们表示会从物质和精力上为这两个孩子付出所有。

只是李梦婷仍旧心中羞愧难当：“爸妈，我也是成年人了，结果不仅没工作赚钱孝敬你们，还净给你们添乱，现在这两个宝宝生下来，恐怕又要拖累你们，啃你们的老……”

李爸爸是个寡言的中年人，他说不出什么煽情的话，只是拍了拍李梦婷的手：“没事，这样也挺好的，以后这两个宝宝，都跟着我老李家的姓，我们老李家香火不仅没断，还挺旺。”

李妈妈紧紧地抓住了李梦婷的手：“傻孩子，家人之间怎么存在拖累不拖累，家人是用来干什么的？不就是最困难的时候相互扶持的吗？何况，你为了这两个未出生的孩子，能咬牙去面对未来的苦，那我和你爸，也同样是为了自己的孩子，有什么苦吃不下的？只要你健康开心，爸妈累一点心情也好！何况小孩子这么可爱，你妈我还抢着带呢！”

李梦婷终于没忍住，轻轻啜泣起来。李爸爸和李妈妈相互看了一眼，眼里虽有心疼和泪意，但更多的是心照不宣的坚定。

家，于有些人是毫无约束力的一个字，而对另外一些人，则是穷尽一生守护的珍宝。

李梦婷因为自己的小家庭，生活变得支离破碎，但她也因为父母给予自己的家庭，而重新能有力量站起来。

有了李爸爸李妈妈照顾李梦婷，成瑶也放心多了，她重新投入了工作，开始细细整理李梦婷和张浩的共同财产清单，并开始想办法对张浩出轨这件事进行取证。

而和钱恒那顿散伙饭，自那天错过后，竟然就没能再约出时间来，不是成瑶的客户临时有事，就是钱恒出差。

到了周五的夜晚，成瑶帮钱恒打包好了大部分行李，看着他把行李搬上宾利，欢送钱恒搬回他自己的别墅，两人正式散伙的时候，这顿散伙饭竟然还没吃上。

“要不，等老板你过完生日咱们再吃？”成瑶在寒风中搓了搓手，“为了表达我的诚意，我愿意和你AA。”

可惜钱恒对成瑶的示好丝毫没有感激，面无表情地说道：“不用了。”

成瑶挺坚持：“你别客气！咱们作为租客是平等的，没必要一定要你请的。”

“我选的餐厅，人均三千。”

这一句话，让成瑶立刻闭嘴，告辞了。

于是在这周五的晚上，钱恒开着他的宾利，带着他的大部分行李，在夜色中绝尘而去。

因为号称这儿离君恒近，自己平时加班太晚了随时有可能过来住，钱恒还放了部分日用品在这房子里，只是不论怎样，大部分行李是搬空了。

面对这突然空了一半的房子，成瑶竟然没来由地觉得有点寂寞，这一个月来，她都习惯了做饭做两人份的了。

这晚上成瑶睡得也不太踏实，地暖竟然突然坏了，冷得她一晚上醒了好几次，断断续续做了一夜的噩梦。

第二天睡到日上三竿，成瑶起床后在镜子里一照，这深重的黑眼圈连她自己都不忍直视。

不过不管怎样，她今天可要打起精神来，今天可是“五毒教”教主钱恒的生日呢！

“成瑶，你准备好了吗？我们三点过来接你啊。”

电话里谭颖已经在催促了：“包锐开车先来接我，然后顺路去你那儿，你快点准备好啊，吴par说今天下午要在钱par的别墅后院里BBQ，我们还买了一堆食材呢。”

三个人没一会儿就胜利会师了，平日里钱恒公私分得很清，对他传说中的豪宅，大家都十分期待。三个人叽叽喳喳了一路，便到了这片高档别墅区。

钱恒选的小区闹中取静，整栋别墅价值不菲，但掩映在一片绿荫里，奢华得很低调，背山环水，从风水上来讲也十分好。

包锐看到钱恒别墅的大门，眼睛就要湿润了：“啊，我也好想住这种房子啊……”

他按下门铃没多久，钱恒就穿着家居装过来开了门。

“钱……钱par亲自给我开门啊？”包锐非常激动，“谢谢钱par。”

“不是我给你开门，难道还有别人给你开？”

“我以为会是管家给我开门。”

钱恒揉了揉眉心：“包锐，你是不是觉得我家里从大门走到屋子需要开车绕半个小时，一进门就有两排女仆男仆向我鞠躬，还有管家叫我‘少爷’？”

包锐惊呆了：“看来贫穷限制了我的想象力。”

钱恒瞪了他一眼：“你醒一醒。贫穷不仅没有限制你的想象力，我看还让你想得有点多了。

“进来吧。吴君他们已经在后院了。”

不知怎么的，今天的钱恒从刚才到现在都像是没看到成瑶似的，他甚至对谭颖也点了点头，但就是对成瑶有些视而不见。

成瑶一头雾水，自己哪里又得罪他了？穿的格调配不上他的别墅吗？没有吧，这条蕾丝小黑裙可不便宜啊！也是个美国轻奢品牌呢！今年秋天太短，一下子就降温了，听说过几天还要下雪，成瑶想着今年买的裙子怎么都要穿一下，不然一次没穿直接到第二年就变成旧的了，这才特意拿出来穿的，谁叫平时上班都穿正装，也没机会穿这裙子啊。

钱恒的院子很大，并且规划得当，草坪和花艺非常漂亮，一看就是请专业人士设计和有专人维护的，成瑶一边走一边感叹，觉得贫穷确实还是限制了她的想象力。

住着这样大别墅的钱恒，看不上和成瑶一起租的那个房子也是情有可原的，这一对比，自己住的房子确实是有点辣眼睛。

成瑶穿着小黑裙出门的时候，加了个小外套，然而没料到今天气温这么低，大家热火朝天地在钱恒的院子里BBQ聊天扯淡，成瑶也不好贸然一个人离群跑到大厅里去取暖。

于是成瑶只能裹紧小外套，瑟瑟发抖地围在烧烤架边上，就差没搓手了。

“成瑶。”

“哎？”

刚才一直连正眼也不愿意看她的钱恒，竟然抬头喊了她的名字。

成瑶看向他，才看到钱恒微微皱着眉，抿了抿嘴唇：“你跟我来一趟我书房。”

“嗯？”

“我想起来有个客户的婚前协议没改，有点急，你过来改一下。”

啥？！

成瑶想，今天不是说好了来参加你生日宴的吗？为什么受伤的总是我？为什么大家可以BBQ，我就只能去改合同呢？！

钱恒冷冷地瞥了她一眼：“你有意见吗？”

成瑶憋住了：“没有。”

她依依不舍地看了一眼烧烤架，她还没吃上几口呢，就只能奉旨加班了。

不过虽然不能满足口腹之欲了，但改合同也有改合同的好，钱恒的书房里暖气很足，成瑶一进去，就感觉自己刚才快被风吹结冰的手脚都慢慢复苏了过来。

钱恒安顿下了成瑶，一句话没说，就无情地走了。

成瑶嘀咕着改了两行婚前协议，他才又冷着张脸回来了，这次手上抱了一堆零食。

“鉴于因为你加班没法去和他们一起BBQ，给你拿一点零食弥补下。”钱恒转开了视线，没有看成瑶。

他说完，又面无表情地走了。

老板一走，成瑶也放松起来，她忐忑地来到那堆零食前，生怕这次又是什么香菜巧克力、老干妈冰激凌的，结果看了一眼，她松了口气。

这次钱恒拿来的，都是真正的零食，她拿了一袋薯条三兄弟，便一边看协议一边吃起来，吃完了薯条三兄弟，接着是彩虹糖，吃完了彩虹糖，可以来点蟹黄味蚕豆……

成瑶吃了会儿，才意识到什么，她翻了翻这一大堆零食，发现这和上次白星萌案后钱恒带她去超市买的那些一模一样。

看来钱恒真的很喜欢自己上次推荐的零食呀！成瑶一边吃，一边竟然有点骄傲，看看，这就是品位，连钱恒都忍不住肯定的品位。

正当她开始吃长鼻王的时候，钱恒又一次推开书房的门，绷着脸走了进来。

这一次走进来后，他也没说什么，只是找了一张正对着书桌的沙发，旁若无人地坐了下来，然后从书柜上抽了一本法理学的书，随手翻起来。

等……等等……

这个架势，怎么看着钱恒像是要一直待在书房里了？

虽然钱恒也并没有看自己，但……成瑶不知怎么的，和他一起待在安静的书房里，就有点紧张。成瑶看了看这陌生的性冷淡风格的书房，得出了结论：大概因为自己不是主场作战！

“老板，那个，大家都在下面烧烤呢，你要不也下去加入大家？”成瑶笑嘻嘻，一脸狗腿，“我能在你的书房里加班是我的荣幸，你不用觉得不好意思，一定要和我同甘共苦似的也蹲在书房里，我没事！”

可惜钱恒连头也没抬：“别想太多了。”他声音虽然听着一如既往地有些距离感，动作却有些不自然，“我书房里有很多保密资料，你一个人待着我不放心，坐在这里是监督你。”

真是……

成瑶想，钱恒给人下毒都这么明目张胆吗？可真是艺高人胆大啊。这么多年，钱恒没被人打死真是一个生物史上的奇迹啊！

她本来气呼呼地想继续看协议，但瞥了一眼钱恒，却发现了什么。

“老板，你的书拿倒了。”

虽然她知道他并不是真的有心看书，不过是为了一边监督自己一边找点事做，但直接把书拿倒这种事，也太不走心了吧！

钱恒大概是被戳穿了，竟然羞愧得一双耳朵都红了，一张嘴却还是不饶人：

“改婚前协议认真点，别东看西看！”

“……”

钱恒的书房坐北朝南，下午的阳光很好，洒在身上暖洋洋的，不知道是不是书房里暖气太足了，成瑶刚才又狂吃了一堆甜食，血一下子都往胃里涌去了，大脑顿时缺氧，外加昨晚睡得不好，竟然一边改协议一边头就慢慢歪倒在书桌上了……

等她醒过来的时候，窗外的天色都已经暗了。

成瑶掀开毯子，从床上爬起来，突然惊醒了——等等，自己不是在书房吗？怎么跑到床上了？这是哪儿？

这么一下她彻底清醒了，环顾四周，才发现这是一间完全陌生的卧室，装修风格一如既往的是北欧性冷淡风，到处是原木和纯色的元素，简洁质朴却不单调，彰显着主人的品位。

这应该是钱恒别墅的客房吧……应该是客房吧！

成瑶在心中默念了几遍，然而当她一转头，看到挂在衣架上的大衣时，就知道自己的祈祷没灵验。

那件大衣就是钱恒前几天才穿过、刚从出租屋里搬走的。

成瑶千真万确，怕是真的躺到了钱恒的房里，躺在了钱恒的床上……

就在成瑶绝望混乱之际，房门被轻轻地推开了，钱恒看见成瑶，也不意外，只看了她一眼：“醒了就从我的床上起来吧。”

成瑶刚想解释自己不知道怎么到了这里，就被钱恒抢白了：“是你自己睡着了梦游跑到我床上的，不是我看你睡着了，怕你睡得不舒服才把你抱过来的。”

钱恒的表情有些不自然，但语气倒是理直气壮，让成瑶完全没有办法怀疑他话语的真实性，质疑他此地无银三百两的澄清。

成瑶刚醒来，也没醒透，只晕乎乎地想，自己可能真的是昨晚太累了，睡得太少了，最近因为接了李梦婷的案子，怕办不好，心里确实也有些压力，看来这人啊，压力太大果然不好，这不都直接梦游了。

她到了别人的家里竟然径自睡了别人的卧室，这实在非常不礼貌，就算是梦游也十分不妥。

成瑶又是道歉又是赔笑的，幸好今天她并非空手而来，想了想，决定提前把她准备好的那份生日礼物送出去。

“那个，老板，你稍等一下！”

成瑶噌噌噌地跑下楼把她准备的礼盒提了上来：“包锐他们说待会儿才到送礼物的环节，但是……那个，我刚睡了你的床，为了表达我的歉意，我想先把礼物送给你！”成瑶递上了礼盒，“这是我特意为你准备的！里面的礼物代表了我的心意！祝你生日快乐！”

钱恒对这样的发展有些意外，但很快他恢复了镇定，接过了礼物，然后放进了书房。

虽然脸上还是没什么特殊的表情，但大概因为收了礼物，钱恒看起来心情不错的样子。

“钱par！钱par？！你在哪儿呢？一起来掼蛋呀！”

“钱恒，你人哪去了？”

就在这时，楼下传来了包锐和吴君的声音，钱恒扫了一眼成瑶：“我先下去。”

“嗯嗯！”

“你先不要下来。”

“哎？”

“你等十分钟再下来。”

“啊？”

钱恒抿着唇：“下来的时候当心点，别被人看见。

“如果被人看见了，你就说是上来找厕所的。

“知道了吗？”

“嗯……知道了……”

至于吗？成瑶想，咱俩心里没鬼，都敞亮着，还怕一起下去被人说闲话啊？何况以你的霸权主义，谁敢说闲话啊？无情镇压不就完了……

钱恒说完，就转身准备下楼了。

“谢谢。”

直到他往下走，成瑶才又一次听到了他略微压低的声线。

等钱恒整个人的身影消失在楼梯口，成瑶才意识过来，那是在对自己的礼物道谢。

等成瑶下楼的时候，楼下已经在进行送礼物的环节了，气氛热烈，是包锐最喜欢的热闹场面。他一个人带头控场，大家情绪都很激昂，说说笑笑的，十分热闹，因此成瑶下去的时候，压根没有人注意到她。

哦，也不是，只有钱恒，虽然被围在人群里，但竟然还大发慈悲地看了成瑶一眼。

虽然他看了一眼后不知怎么的，就扭过了头。

不过成瑶很快就不在意了，因为在别墅里举办生日派对，吴君特意贴心地安排好了一切，晚上的餐饮他请了他的主厨朋友来操刀，甜品则是直接订了一家法国老牌甜品店的外送服务。等甜品都上来的时候，成瑶完全控制不住自己了，坐在一边，大快朵颐起来。

因为所里大部分都是年轻人，晚饭也很随意，西式分餐制，主厨做的一道道菜被一一摆在了餐桌上，有想吃的自己去拿就行了。

大家平日里接案子也都很忙，压力很大，难得休闲都十分放松。送完礼物后，包锐拿着钱恒的PS4开始打游戏，谭颖则和几个女同事围在一起讲感情八卦，男同事们拉着钱恒在打牌，成瑶则凑在谭颖身边，　边听八卦一边吃甜品。

成瑶心无旁骛吃甜品的时候，钱恒有些心不在焉地在打牌。

因为不走心，钱恒这牌输得简直没法看，倒是一起打牌的吴君十分开心，赢了一局又一局。

钱恒也不知道自己怎么了，似乎从今天下午开始，注意力就有些不集中。他仔细想了想，觉得这还是成瑶的错。

不过就是生日派对而已，她至于穿这么少吗？虽然蕾丝黑裙是挺好看，但在院子里户外烧烤的时候，她瑟瑟发抖得像一只鹌鹑，要是平时不认识她的还以为小姑娘年纪轻轻就得了帕金森呢。

而且他的生日派对请的都是所里的同事，外加吴君的几个在其余所里的朋友，都是律师圈的，大家平时也都低头不见抬头见的，有什么新鲜的？她穿这么显身材的衣服给谁看啊？律师，要时时刻刻都保持端庄的仪态，穿黑色蕾丝裙，成何体统？让别人看见了不会觉得君恒的律师专业素养不行吗？

钱恒想了想，觉得为了律所未来的可持续发展，不能纵容这种穿衣风格，就算不是工作时间，只要见的是法律圈的人，就应该注意着装。

事不宜迟，他当场就叫住了行政部的朱姐。

“下周安排一个律师着装礼仪培训。”

朱姐：“最近所里没有来新人啊？！”

钱恒皱了皱眉：“有些培训应该定期加强一下。”

可惜就算安排好了着装礼仪培训，钱恒看了眼在院子里缩成一团的成瑶，还是觉得有点碍眼。

穿这么少，如果她感冒了把君恒其余人都传染了怎么办？君恒还开张不开张了？

钱恒想也没想，就把成瑶叫了过来。

可惜人到了书房，他才突然意识到，竟然并没有什么需要她加班的事。幸好他随机应变地从网上下载了一个漏洞百出的婚前协议，丢给了成瑶修改。

只是成瑶也不知道怎么的，改着改着就睡着了，就这么睡在书房里，她万一睡得肩颈肌肉拉伤，这岂不是又要讹上自己？

钱恒迫于无奈，只能勉为其难地抱着成瑶，把她丢到了自己的卧室里。

他昨晚刚搬回别墅，客房都一个月没整理过了，实在是太脏太乱了，也就卧室能睡。钱恒把成瑶往床上一丢，在心里高贵冷艳地想，真是便宜成瑶了。

好在成瑶还算知恩图报，一醒来就向自己“进贡”了礼品，看着那个包装精美的礼盒，钱恒终于觉得自己内心的烦躁稍微平息了那么一点。

只是成瑶还是一脸无知地在自己面前晃荡，一会儿吃一个慕斯蛋糕，一会儿吃一块巧克力，她果然很喜欢甜品，以为别人没注意到她，一口气撸走了十几个马卡龙。

钱恒不知道怎么的，看一眼成瑶，心里就多一点烦躁。为了让自己心情平静下来，他便决定对成瑶视而不见，只是到底还是有些在意。

和吴君打牌到一半，书房里的电话响了，钱恒便起身上楼去接听，不经意间看到了成瑶的礼盒。

挂了电话，钱恒看着礼物沉默了会儿，觉得自己应该检验一下成瑶的“一片心意”。

他拿起礼盒准备拆开包装，有些意外，他的心情竟然还有那么一点点微妙的忐忑。

褪去包装纸之后，钱恒拆开礼盒，心态稍微平衡了点。

他的这位助理律师，看来终于懂得什么样的礼物才能配得上他的格调了，至少从礼盒质地来看，非常大气有品位。

然而当钱恒打开礼盒，整个人都炸了。

这是什么玩意？？？

映入眼帘的是一片显眼的红，还有大颗大颗的爱心元素，他一打开礼盒，入眼的便是触目惊心的红色玫瑰花瓣。礼盒设计得十分巧妙，是个盒中盒，只要拉开外面的盒子，那玫瑰花瓣便如沙漏中的沙子落到下面的瓶子般，掉落到了第二个盒子里，最后汇聚成一个爱心的模样。

而那个盒中盒里，便躺着礼物——是一瓶1982年的拉菲，还有一整盒……一整盒避孕套！

钱恒的眉头紧紧皱着，完全震惊了，1982年的拉菲，就算是最差的酒庄的，也得要五六万，他完全没想到成瑶下这么大血本竟然就为了给他买个生日礼物，而那盒避孕套就让他混乱了……

那又是什么意思？？？

好在他眼尖，在那些聚拢成爱心状的玫瑰花瓣里，他翻出了一张卡片。

只是卡片上的内容，再一次震碎了钱恒的三观——“亲爱的，我想给你生孩子！”

他死死地盯着这张卡片，已经不知道如何去形容他内心的感受了。

一切都很混乱，一切又似乎有迹可循……

钱恒告诫自己，一个成功的法律人，面对任何事，最珍贵的品质就是冷静！然后抽丝剥茧，找出真相！

他看着那盒避孕套，陷入了沉思……

渐渐地，一个猜想终于在他的脑海中成形——成瑶喜欢他！她果然对他有非分之想！！！

按照这个设定一想，钱恒突然全明白了，一切繁杂的线索全部细细展开，为他还原出了真相。

真是看不出，成瑶平时看着挺乖巧的，对待爱情竟然如此狂野。

直到此刻，钱恒对自己今天整个人都不太正常的困惑，顿时想清楚了。看来是他未卜先知，在成瑶还没这么火热地告白之前，已经从她那种黏答答的目光里感受到了危机，敏感地意识到了什么，所以才会有些烦躁不安。

至于他为什么会烦躁，当然是因为不知道怎么拒绝她。

办公室恋爱，非常不专业！十分不靠谱！绝对不可以！

但成瑶作为自己的助理律师，对于她如此狂野的表白，如果他直接拒绝，恐怕会完全挫伤她的自信心、自尊心吧？她会不会经受不住打击，直接辞职走人？

一旦她被拒绝后羞愤难当辞职，那他之前对她的培养岂不是都打了水漂？而且她不是还刚答应要给自己打扫一个月的别墅吗？这一拒绝，别墅打扫没了，做饭恐怕也是不可能了。

有点难办。

一瞬间，钱恒陷入了苦恼之中。

第九章　办公室恋情？可以了！

钱恒沉着张脸走过来的时候，成瑶正在往嘴里塞马卡龙。

“成瑶，你过来。”

成瑶看着钱恒这个严肃的脸色，吓得差点噎住，她战战兢兢地跟着钱恒，走到了远离客厅和众同事们的楼梯口。

“是我的婚前协议改得不对吗？”

钱恒双唇紧紧抿着：“没有，是更严肃的事，我相信你心里清楚。”

成瑶咯噔一下，自己已经做得如此神不知鬼不觉，这都能发现？？？

“对不起，老板！”她当即恨不得跪地认错，“你的那盆多肉，实在是拿过来的时候下面的根就烂了，我抢救了好久都抢救不活，怕你难过，所以后来给你的那盆是我自己买了替换的。我看长得挺像，我以为你不会发现的，谁知道老板如此火眼金睛、目光如炬……”

“什么？！”钱恒抬高了分贝，语气里充满了愕然，“我原来那盆多肉死了？！”

成瑶欲哭无泪，原来钱恒来质问的不是这事！他原来根本不知道！自己真是白自首了！

因为擅自替换多肉，欺骗老板，成瑶不得不站着被钱恒训了三分钟，训得成瑶都忘了问钱恒找自己到底是要聊什么事。

钱恒似乎也忘了，因为成瑶听他略微有些不自然地问道："昨晚没睡好吧？"

"哎？"成瑶摸了摸自己的脸，自己黑眼圈看来挺严重啊，她点了点头，不疑有他，"是的，没睡好。"地暖坏了啊，好冷的。

"你这条裙子，是特意穿的吧？"

成瑶点了点头，钱恒这都能看出来啊！

钱恒看着成瑶，面色阴晴不定，他沉默了片刻，才有些意味深长地道："成瑶，我不仅是不婚主义，还是丁克。"

成瑶不解。

你不婚和丁克难道要求下属也必须不婚和丁克吗？？？应该不至于吧……

就在成瑶如揣测圣旨般揣测着钱恒这句话的意义、权衡着是不是要表态一下自己未来就算结婚和有孩子也不会影响工作的时候，钱恒径直转移了话题。

他看了成瑶一眼，随即很快垂下了视线，睫毛轻轻地眨动了两下："你的礼物，是认真的吗？"

提到这个，成瑶来劲儿了，她拼命点头以表衷心："是的，是我认真为老板准备的！希望你喜欢！"

说完，成瑶还补充道："除了礼盒，我还亲手为老板做了个蛋糕呢！一拎来就放在冰箱里啦，本来想饭后正好同事们一起当甜品吃，只是没想到吴par买了专门的甜点，我的蛋糕和法国烘焙师的比起来就有点逊色了，不过我对老板的心意，都亲手做在这个蛋糕里了！"

可惜成瑶这么一番热情的表态，竟然完全没有得到钱恒的丝毫反馈，他只是眼神颇为微妙地看了成瑶一眼，然后又转开了视线。

"没想到你平时看着挺咋咋呼呼，但关键时刻心思竟然藏得这么深。"

成瑶愣了愣，随即她便反应过来，钱恒怕是觉得自己平日里对老板并没有显示出多么热烈的拥护，在这精心准备生日礼物的关键时刻，才让他看出了自己对他的一片耿耿忠心！这种时候不趁热打铁狗腿一下，什么时候再狗腿？！

成瑶当机立断："老板，有些事情，虽然我嘴上不说，平时也不一定能看出来，但其实在我心里早就扎根发芽了，只不过最终是找了你生日这个合适的时机才表现出来而已。你没听过一句话吗？润物细无声，有些感情，就是这样的……”

钱恒听完，彻底沉默了。

隔了很久很久，成瑶才再次听到了他的声音，仍旧冷静，只是不知是不是成瑶的错觉，总觉得他那冷静语气的末梢里，带了点微微的颤音。

“成瑶，这个世界上，不是所有事都能心想事成的。

“也不是所有事，你付出就一定会有回应和收获的。”

成瑶抬头，迎上了钱恒的目光，不知道为什么，他的目光中竟带着一丝怜悯，而等成瑶再用力盯着他的眼眸看去，钱恒却别过了头，避开了成瑶的视线。

这都什么和什么啊？

成瑶心里十分疑惑也十分忐忑，临近年关了，钱恒突然这么高深莫测、神神道道的，总觉得有什么不幸的事情即将发生在她身上。

难道是他准备找借口克扣她的年终奖？！还是因为她偷换了多肉，他准备收回之前允诺的福利？！

就在成瑶战战兢兢、完全摸不准钱恒套路的时候，钱恒又开口了。

这一次话题的跳跃度就更大了。

他咳了咳，声音十分不自然：“你上学的时候，法律逻辑学，学得不太好吧？”

哎？他这都知道？因为当时学院采取了全英文教学，老师也采购了美国的课本，而成瑶英语不太行，整个课程她都听得云里雾里的，她的法律逻辑学学得确实算不上好。

“老板你看我成绩单了啊？”成瑶有些忐忑，“这门课我成绩确实不算高，拉低了我的绩点，但我没像有些人一样去造假，我提供给我们所的成绩单和个人履历都是真实的……”

钱恒没说什么，只是紧紧抿着嘴唇，然后神色莫测地点了点头。

“嗯，你确实学得不好。你想生孩子，却还想避孕措施，这完全是矛盾的，逻辑是不通的。”

成瑶不解。

难道自己上次去B市出差时在飞机上看《霸道总裁的带球跑新娘》被钱恒看到了？那男主就是这种昨天“给我生个孩子吧”，今天“吃药，我不想有遗留问题”的人设，一个风风火火的神经病。要不是秦沁极力推荐，一直说好看，挺过前面三分之一，后续剧情都很棒，成瑶根本不会坚持到第五章！

“有空别成天想这些乱七八糟的事，就算是女的，也要有事业心。”

成瑶绝望地想，看来自己看那个小说果然被钱恒看到了。

钱恒看了成瑶一眼，又矜持地补充了一句：“我比较欣赏有事业心的女性。”

哦，好……成瑶心想，我下次看法院经典判例。

钱恒说完，瞪了成瑶一眼才走了。

成瑶望着他离去的背影，整个人都非常混乱，她觉得自己的法律逻辑学恐怕没什么问题，倒是钱恒的法律逻辑学可能是不及格，毕竟今晚这一席话，真的是完全没头没尾、毫无逻辑啊！

算了算了，他都二十八了，别和他计较了！

成瑶自我安慰了一会儿，便高高兴兴地跑到包锐那边一起去打游戏了。

只是她这游戏还没打多久，谭颖就拿着手机一脸八卦地走了过来打断了他俩。

她一脸神秘，和特务接头似的左顾右盼，才压低了声音道：“最近王璐和李明磊谈恋爱了。”

包锐一惊：“真的假的？王璐不是刚分手没多久吗？她比李明磊还大两岁吧？我记得李明磊和我说过他不吃姐弟恋这套啊？”

谭颖白了包锐一眼：“你没听过一句话，恐同即深柜啊，同理啊，恐姐弟恋的，其实内心深处就非常喜欢这一口。”

包锐和成瑶都表示不相信。

“哎？你俩这都什么表情？”谭颖怒了，“我有理有据的好吧？你们先拿出手机看看刚才朱姐发的群邮件。”

成瑶将信将疑地拿出手机看了一眼邮箱，发现就在不久之前，朱姐发了一封律师礼仪及穿着培训的通知，而没过多久，她又发了一条如何平衡好律师私人感情及工作的讲座通知。

包锐一脸狐疑：“这培训通知虽然是有点莫名其妙，但和李明磊、王璐有什么关系啊？”

谭颖点开了邮件：“你们看，这个‘如何平衡好律师私人感情及工作’

的讲座邮件，邮件的附件里有简单写了讲座的大纲。”

“所以？”

“平时哪次讲座有附过讲座大纲？”谭颖一脸成竹在胸的表情，“各位，你们可是律师啊，任何不寻常的蛛丝马迹都不能放过的好吗？！我，未来的知名大par谭律师，灵机一动，觉得这并不简单！于是我顺藤摸瓜，仔细研究了讲座大纲！

“结果不得了！你们看看这个大纲！‘一、律师，与同行谈恋爱的弊端；二、律师，与同所同事谈恋爱的弊端；三、律师，上下级谈恋爱的弊端；四、律师，如何处理表白被拒后的尴尬；五、新人律师拼事业最好的执业黄金三年’。”

谭颖念完，敲了敲桌面：“你们看，这场讲座明显是有针对性的、为个别同事举行的，我一开始怕想错，所以特意去朱姐那求证了，果然啊，朱姐说，这个讲座之前压根没安排的，是钱par在今天生日会上，突然把她叫过去，说下周赶快安排这个讲座，连大纲都是钱par直接口述确定的。”

包锐似乎被说动了，他的脸上露出了狐疑的表情。

谭颖趁热打铁道：“你们想想，钱par什么时候关心过讲座和培训了？而且突然在生日会上安排了这个主题的讲座，肯定是在生日会上撞破了什么啊！肯定是发现咱们所里出现办公室恋情了！”

成瑶忍不住插了一嘴：“可那也不能证明王璐和李明磊在谈恋爱啊，也可能是别人呢。”

“你最近谈恋爱了吗？”

成瑶摇了摇头：“没有，工作已经把我掏空了。”

“那你想想，咱们所里目前单身的女的就三个，你、我，还有刚分手的王璐，我和你都没有谈恋爱，所以只有王璐了；而男的呢，吴par感情状态成谜，但我觉得他心有所属，不可能；剩下如今单身的就只有钱par和李明磊了！钱par可能谈恋爱吗？不可能！因为他一直和他的钱热恋着呢！那犯罪嫌疑人就只有一个了！”

谭颖的脸上，差点挂出了“凶手就是李明磊”这七个大字。

成瑶看了看不远处正在一起打牌的李明磊和王璐，觉得他俩这气场，怎么看怎么不像是有火花，她还是不太信：“也不一定是单身的才会谈恋爱啊？会不会像包锐这样有家室的突然劈腿啊？”

“成瑶，你别瞎说啊！”包锐第一个跳了起来，“早些年我们所里出现过一个劈腿的男律师，结果原配和小三打到了所里来，钱par不堪其扰，后来虽然没明文规定，但基本上所里只要有律师搞婚外情且证据确凿就会被直接开掉。”

行吧，成瑶又看了一眼李明磊和王璐，他们这都避嫌成这样了，结果竟然还是被钱恒撞破了，她颇为同情：“可咱们所也没规定不许办公室恋情吧？为什么要这么大张旗鼓搞讲座旁敲侧击人家小情侣啊？”

“不清楚。”谭颖也有些不解，“以前听说办公室恋情钱par都不管的，不影响工作就行了。”

包锐凑了上来，压低声音道：“我觉得我知道原因。”他偷偷瞟了一眼不远处一脸面无表情和吴君在聊天的钱恒，“听说钱par上次那个相亲，黄了。”

谭颖激动了：“哎？！”

“可靠消息，总之肯定黄了。”包锐一脸同情，“钱par也不容易啊，都二十八岁高龄了，还保留着处男之身，再这样下去，到了三十岁就要会魔法了。可能他也会寂寞吧，想要找个人陪，可谁知道现实如此惨淡。他现在看不惯办公室恋情，我觉得也情有可原，自己感情失利，却还要看着办公室里的小情侣在眼皮子底下打情骂俏，对比之下，不是觉得自己更惨了吗？必须棒打鸳鸯，给人家打散了！”

成瑶虽然觉得钱恒并不是这样的人，但被谭颖和包锐一洗脑，也觉得有些可疑。

毕竟今天的钱恒确实十分异常，找自己说了那一通乱七八糟、逻辑不通的话，之前确实也亲口承认了他对相亲对象很满意，难道真的是相亲失败的刺激大到都导致他行为异常了？

成瑶还没彻底想通，她的手机就振动了一下，她一看，是钱恒的微信：

“希望你管住自己的眼睛。”

“十分钟里你已经偷偷看了我六次了。”

成瑶愣了。

刚才谭颖讲八卦的时候，她确实下意识地看了钱恒好几眼，但十分钟里有六次这么多？

等等，钱恒如果不看她，怎么知道自己十分钟里看了他那么多次啊？他是不是又在暗搓搓地想理由扣自己的年终奖了？！

好在生日会现场气氛很热烈，很快成瑶就没再注意钱恒了，因为吴君的“茶话会”开始了。

“今天大家难得能聚聚，有什么问题你们尽管问。”吴君一双桃花眼笑眯眯的，他看了一眼腕表，“限时半个小时，半小时内的问题我全都回答，半小时后，那就只有选择性地回答了。但是今天在这里说的所有话，我都算大家口头上签保密协议了，只能留在这里，不能带出去哦。”

“我！吴par我有问题！想问问你当初为什么选择进入法律行业？”

“吴par，我想问问，咱们今年什么时候再招聘啊？我有个表弟也很想来，我想给他也投个简历。”

“吴par，我很好奇啊，你初恋在几岁？”

“听说你和中院婚姻庭的袁菲谈过一段，真的假的啊？”

…………

最初，大家还比较矜持，问问题的时候还挺端着，可吴君一直笑眯眯的，平时又很有亲和力，不知不觉，大家就开始顺杆爬了，问起各种各样的八卦问题。

“吴par，正好趁钱par去酒窖拿红酒不在，我问问他的八卦啊，我听我一个学姐说，金砖律所的那个女par梁依然上学的时候追过他啊？是不是真的啊？”

成瑶本来津津有味地听着其余八卦，此刻一听到“钱恒”两个字，更是条件反射般地竖起了耳朵。

吴君笑了笑：“我的是假的，他的是真的。”

众人沸腾了：“想不到是真的啊！梁依然长得挺好看的，他们怎么没在一起啊？律师CP多带感！现在没准孩子都能打酱油了！”

“梁依然当初为了追他，找了不少司法考试题请教他，想一来二去就能辅导出个感情来。”吴君眨了眨眼，“结果你们钱par愣是完全没理解人家的一片苦心，最后梁依然憋不住了，告白了。”

钱恒是怎么说的？钱恒接受了吗？

成瑶突然有一点紧张。她抬起头，盯着吴君。吴君也扫了她一眼，表情突然有些戏谑和不怀好意。

“他接受了……”

成瑶内心不知道为什么，刚才还情绪高昂，此刻却突然像一只鼓胀的皮球漏了气，瘪了。

“他接受了才有鬼。”恶劣的吴君却在把大家胃口都吊足了以后，才来了一个急转弯，他笑嘻嘻的，“钱恒对梁依然说，‘你老是问我这么简单的司法考试真题，我觉得我们在智力上差距太大，应该没有共同话题，还是不要在一起’。”

成瑶感觉自己漏掉的气好像还没有很多，心情又好了一些。

也是嘛，这种回答风格，才是钱恒的风格。

不过，成瑶也有一个问题十分好奇，趁着钱恒还没回来，她抓紧机会：“吴par，你知道钱par小学的时候的事吗？我听说你和他小学也是同学呢。”

“嗯？是啊，怎么了？”

成瑶扭捏了一下，觉得当众问这个问题不太好：“我这个是个私密问题！我单独和吴par说！”她不顾周遭其余同事的嘘声，径自凑近吴君，偷偷低声地道：“那个，钱par小学的时候是不是遭遇过校园霸凌啊？当初他是不是挺可怜的？你觉得他这个心理阴影是不是对他现在的感情观和人际处事都有点影响啊？”

“霸凌？”吴君皱着眉回忆了一下，“你指的是他霸凌别人吗？那也没有吧……”

成瑶有点愣住了：“不是他被别人霸凌吗？不是他被其他小朋友欺负吗？”

“没有啊。”吴君一脸意外，“其他小朋友当时确实对他有点意见，也有几个比较熊的想找他麻烦的，但都被他打服了啊。有谁敢霸凌他啊？他那时候就练散打了，他不去霸凌别人就不错了。”

成瑶傻了。

“可他说他以前受了伤还要给这些霸凌他的孩子钱啊？！”

“哦，你说这个啊，他刚学散打的时候掌握不好力度，和那些小孩打的时候是有过擦伤，但是那些小孩比他更惨，有一个想欺负他的小胖子还被他打骨折住院了，所以钱恒要给他们赔偿医药费啊，很合理啊。”

“至于那些小朋友为什么对他有意见，想打他，我想你也懂的。”吴君意味深长地看了成瑶一眼，“说实话，你作为他的助理律师，现在一个月也得有三十天想打他吧？”

诚然，成瑶并不是没有疑惑过，为什么以钱恒这样欠扁的性格，竟然能安安稳稳活到二十八岁还没被人打死？此刻，她终于知道了答案，并非别人不想殴打钱恒，只不过是他武力值太高，打不过。

就在成瑶内心凌乱之际，她不经意间一抬头，便见到了从地下室的酒窖上来的钱恒，手里提着一瓶红酒，正皱眉看着成瑶，可当成瑶一脸疑惑地回望过去，他却突兀地转过了头，搞得成瑶有多么不忍直视似的。成瑶想，他简直是莫名其妙啊！

“吴君，你过来下，我有事找你。”

虽然转过了头，但钱恒还是把吴君给叫走了。

吴君一走，搞得众人一下子失去了八卦的源头，又各自玩自己的去了。

吴君走近钱恒，才发现他的一张脸上有些阴晴不定：“什么事？是有什么案子出事了？还是有什么舆论需要我公关？”

结果钱恒只扫了他一眼：“没有。”

“那你叫我过来干吗？”

“我还没想好。”

面对钱恒如此理直气壮的无理取闹，吴君也有些愣住了：“你怎么了？怎么和‘大姨妈’来了似的？”

钱恒抿了抿嘴唇：“你作为合伙人，和下属之间要注意保持距离。”

吴君不解。

钱恒咳了咳，一本正经地道：“尤其和女下属，平时说话什么的，注意下安全距离，免得被别人看到了，说我们所合伙人喜欢潜规则长得还行的女下属。”

吴君愣了愣，才反应过来：“我和哪个女下属行为不端了？谁？”

钱恒却并不回答，又一次移开了视线：“我是好心提醒你，有些下属已经心有所属了。”

吴君觉得钱恒简直莫名其妙，他看了一眼钱恒，拿走了他手里的红酒：“少喝点，你今晚有点喝多了。”

“……”

作为生日派对的主角，钱恒回来后，大家又起哄起来，包锐第一个说道：“我们玩点好玩的吧！钱par生日，怎么也要有点活动是不是？”

吴君挺赞成：“行啊，这样吧，我们玩真心话大冒险吧。”

“不不不，别了别了。”

“不太好吧……”

“上次婚姻法、继承法都背完了，这次难道要背信托法吗？”

可怜吴君热情的提议遭到了众人的抵制。

他看众人的反应，脸上了然：“怎么？钱恒上次让你们玩真心话背法条了？”

看样子，这项真心话背法条原来还是钱恒的死亡保留节目了。

“今天不背法条，我们玩真的真心话大冒险，让你们有机会让钱恒也来真心话大冒险一下，怎么样？”

“我反对。”

结果就在众人欢呼之时，钱恒绷着张脸又出来煞风景了：“都是律师，要注意形象，怎么能玩这么无聊的游戏？！”

吴君挑了挑眉：“怎么？以前年会的时候，更夸张的游戏我们都玩过，也没见你出来阻拦，现在是什么意思？难道你有什么见不得人的心思不能真心话的？”

钱恒抿着唇，没说话，只恶狠狠地扫了一眼成瑶，那眼神里，带了非常浓重的警告意味。

成瑶完全不明所以，这真心话大冒险又不是我提出来的，瞪我干什么？冤有头债有主，你有本事瞪吴君去啊！

不管怎么说，这个真心话大冒险，就这么开始了。

吴君做了开场白：“玩游戏，要有游戏精神，不能因为什么上下级啊同事关系啊，就不尽兴，提前说好了啊，游戏就是游戏，不能因为游戏输了就在工作上挟私报复啊。”

“既然今天是钱恒的生日，第一轮就由钱恒来开局吧，由你来选择谁进行什么挑战。”

成瑶一脸看戏地等着钱恒和吴君互相伤害，结果出乎她的意料，钱恒叫了她的名字。

“成瑶。”他的眼睛只轻轻扫了成瑶一眼，刚和她的目光在空中交错，就飞快地转开了视线，“你，大冒险。”钱恒如布置工作般毫无感情地开了口，“去超市买两根棒棒糖。”

成瑶困惑了，等等，这是什么魔鬼大冒险项目？

“别看了，去买吧。”钱恒非常不自然地掏出了钱包，塞了几张钱给成瑶，“给我买两根棒棒糖，这就是你的大冒险挑战。”

成瑶看了看手上的钱，钱恒竟然给她塞了六张毛爷爷：“老板，这个棒棒糖很便宜，你给的钱也太多了吧？”

“给你来回打车用。”

虽然钱恒的别墅区离超市是不算近，但走路来回十五分钟也足够了，打车的话因为路线问题，来回恐怕也要十分钟呢。

“不用，我走路就行了。”

结果钱恒很坚持，抿着唇：“必须打车。”他顿了顿，“这也是大冒险的内容之一，回来把打车发票给我看。

“去之前把这件衣服穿上。”

不知道什么时候，钱恒的手里拿了一件有着贵妇气质的貂皮大衣。

成瑶忍不住惊叫出了声：“这是谁的啊？穿貂？要是年纪大点的，穿上像大哥的女人，年纪轻点的，穿上就整个一年轻的二奶啊！”

钱恒看了成瑶一眼，面无表情地道：“我妈的，上次留在我这里忘记拿走了。”

成瑶赶紧补救：“一般人是穿不出效果，但是我相信阿姨穿着就不同凡响，完全是……”

“别解释了。”钱恒冷冷道，“穿上衣服，打车，去买棒棒糖，把钱花完了才能回来。”

“……”

等成瑶叫好出租车，穿着貂走出别墅的那一刻，才突然感觉到钱恒要求她这么做有多么英明。

外面太冷了！自己穿得还少，要不是这件貂和出租车内的暖气，别说是十五分钟的路程，就是五分钟她都坚持不下去。

只是成瑶还是不能明白，钱恒到底怎么了？要自己穿着钱妈妈的貂坐着出租车去超市给他买棒棒糖，然后花完六百块钱？难道是钱恒小时候过生日，他妈妈没给他买过礼物，因此长大了内心还有疙瘩，让她穿上钱妈妈的外套去买礼物，以此暗示他自己，这是来自妈妈的礼物？

等成瑶用那六张毛爷爷买了一堆零食坐在回别墅的车里，还在纠结，难道她身上很有母性吗？让钱恒竟然想从她身上找补？特意挑中了她？

幸好她动作快，来回也没用太久，回别墅的时候正轮到钱恒在真心话呢。

这次逮着机会问钱恒的人是包锐，他可一点也不客气。

“钱par，我们都挺关心你目前的感情生活啊，能不能透露点啊？”

钱恒见成瑶回来了，看了她一眼，然后就这么盯着她，回道：“目前单身，但并不准备谈恋爱。”他咳了咳，“希望你们可以尊重我保持单身的原则。”

包锐一脸狗腿：“好的，好的。放心吧钱par，我们绝对不会给你介绍对象的，一定让你保持单身到底啊哈哈哈。”

成瑶刚出门了一趟，顺带还带回来了一堆零食，立刻受到了众人的拥戴，可惜钱恒就似乎和她有仇似的。

“成瑶，我想起来有个邮件比较急，你先帮我去草拟下。”

成瑶回完邮件，钱恒又让她翻译一个英文条款，翻译完了，又说让她去书房里找一份文件……

成瑶觉得简直莫名其妙，他怎么像故意支开她不让她参与真心话大冒险似的啊。

这一晚上，成瑶跑上跑下鞍前马后，好在终于在最后，她成功挤进了游戏。可惜不知道是什么运气，刚一加入，她就被包锐选中真心话的挑战了。

包锐给她的题目倒并不为难：“成瑶，你就选择我们在场的任何一个人，说一句真心话吧！”

成瑶想了想，看向了钱恒，她心里有一句话，已经想讲很久了！

“老板，我想对你说……”

结果她刚开口，钱恒就几乎迫不及待地打断了成瑶的话。

“你想清楚，到底要说什么。”钱恒的睫毛眨动得非常快，竟然像是在微微紧张，“有些话，一旦说了，很多事情就改变了。”钱恒盯着成瑶，一字一顿道，“成瑶，你真的想好了吗？这些话真的要说吗？在这里当众说真的合适吗？你考虑好了？”

成瑶点了点头："我一定要说，老板，我考虑好了！我考虑了很久！考虑得非常透彻！我一定要对你说！"

成瑶的话说完，钱恒脸上就露出了命运果然难以阻止的绝望的表情。成瑶也没多想，就着他的这种表情，勇敢地道："老板！我想要加薪！"

钱恒瞪圆了眼睛，仿佛这并不是他预想中的真心话，他恶狠狠地看了成瑶片刻，才站起身。

钱恒没表态，众人也就屏息看着他的一举一动，而成瑶则内心忐忑地等待着宣判。她这个真心话提起之前，其实也是做过调研的，听包锐讲，一般年底只要和钱恒争取加薪，都能加到；但如果不争取，钱恒自然也不会主动给你加。

钱恒本来十分害怕成瑶会当众利用真心话的机会对自己告白，他还没有想好怎么处理这件事，因此绝对不允许不受他掌控的事当众发生。他找了很多借口把成瑶支走，好阻止她参加真心话大冒险的活动，可天不遂人愿，大概她想对自己讲真心话的意愿太过强烈，竟然还是被她找到了机会。

只是，加薪？他难以置信地盯着成瑶，她是认真的吗？没有告白？竟然要加薪？呵，对自己有了那种非分之想竟然还妄想加薪？

钱恒家有很好的音响设备，之前正放着舒缓的钢琴曲，音响可以通过蓝牙用手机来控制。

成瑶忐忑地看着她的老板，只见钱恒绷着脸，站起身，拿起手机，他看起来像是在调整音响里的音乐。

没多久，舒缓柔和的钢琴曲不见了，取而代之的是一首经典老歌——《梦醒时分》。

钱恒没说话，盯着成瑶看着，用这首歌拒绝了成瑶的真心话请求。

加薪？呵，不存在的，你清醒点吧。

因为钱恒的骚操作，众人都憋着笑，同情地看着成瑶。成瑶一张脸上简直姹紫嫣红，好在她在钱恒的茶毒下早就习惯了他的操作，对这种毒性的行为都自带抗药体质了。

她揉了揉脸，很快恢复了镇定。

接下来便是传统的生日派对流程了，行政部代表律所全体同事给钱恒订了蛋糕，加之成瑶亲手做的那一只，大家关了屋里的灯，一只蛋糕上插着"2"，一只蛋糕上插着"8"，给钱恒就这么点上了"28"的蜡烛，为他唱了生日快乐歌。

气氛十分温馨，只有生日派对的主角一张脸上仍旧表情冷峻，看起来十分出戏。

“钱par！许个愿望吧！”

“二十八岁的第一个愿望！走一个！”

钱恒抿着嘴唇，环视了一圈律所的众人，然后在人群里看到了探头探脑盯着蛋糕的成瑶，她看起来有点心不在焉。

“许愿许愿！然后吹蜡烛！”

在众人的催促下，钱恒来不及多想，他下意识地想到了自己今年的愿望——处理好和成瑶的关系。

然后他吹熄了蜡烛。

这一晚，钱恒过得十分混乱，总觉得像是坐过山车一样，一边为如何处理成瑶而困扰，一边还要严防死守，阻止成瑶当众对自己做出什么出格的事。

好在最终，成瑶还是选择了稳重，没有闹出什么事，送她走后，钱恒才松了一口气。

然而大概日有所思夜有所梦，成瑶的礼盒表白沉甸甸地压在钱恒心里，他当晚就做了噩梦，梦里成瑶穿着蕾丝小黑裙，唇红齿白，颇像话本里的美女蛇，她的气息盘绕在自己身边，对他轻声地劝诱：“老板，让人家给你生个孩子嘛。”

第二天一早，钱恒看着镜子里自己的黑眼圈，烦躁又困扰。

早知道应该早一点把她开掉，钱恒愤愤地想，这下好了，红颜祸水果然开始发功了。

相比钱恒的噩梦连连，成瑶过得就很舒爽了。

老板走后，她的生活空间和领地进一步扩大，虽然钱恒的房间还保留着，但整个客厅都归她了，她终于可以晚上直接穿着睡衣大剌剌在客厅晃来晃去了。地暖也修好了，晚上她再也不会冷到睡不着了。

第二天，成瑶一早就神清气爽地去了君恒，开始处理李梦婷的案子。

如今李梦婷手握忠诚协议，那成瑶找到张浩出轨的证据就可以。只是大约李梦婷之前有点打草惊蛇，成瑶试了很多办法，也没有成效。

问张浩的同事和邻居，想通过采集第三方证据来佐证，自然是失败的。现代社会，谁会没事参与到别人的家事纠纷里来，大家本着多一事不如少一事的原则，对成瑶的取证不是搪塞不知道，就是直接冷淡拒绝。

李梦婷彻底振作了起来，也给出了她的建议："要不找人查张浩的开房记录？我就不信找不到！"

"侵犯隐私权，就算拿到了开房记录也是不合法的，外加他们也未必用两张身份证一起登记去开房。"

"那找人跟踪，但不拍照，只要跟踪到他俩去开房，确定好房间号，然后我冲进去当场捉奸取证？别人不能捉奸，我作为合法妻子总能捉奸吧？"

结果对李梦婷的提议，成瑶不得不又一次否定："不行，除非张浩和她跑到你们租的房里去鬼混，否则在酒店，你就算是张浩的合法妻子，冲进去捉奸也是违法搜集证据，侵犯隐私权。"

"那咱们就打110报警说那个房间有卖淫嫖娼行为，让警方执法的时候给我们间接确定证据，这总合法了吧？"

成瑶有些无奈："不合法。而且你会因为报假警、谎报案情而被行政拘留。"

"那怎么办？"

成瑶想了想："你别急，我再想想。"

李梦婷听了安慰，也笑笑："没事，我相信你，瑶瑶，你现在真的变得很厉害，虽然我们都是法学院毕业的，但有没有实践过真的不一样，要不是你告诉我，我还以为我那些捉奸的办法挺聪明也挺好的呢。"

成瑶愣了愣，也突然反应过来，很多民间流传的捉奸取证方案并不合法，这也是她逐渐从身边同事办过的案件里得知的。

在和同事一起吃午饭的时候，大家也会聊聊案子，只要认真听，从八卦里其实能学到好多有用的操作和知识点。在不知不觉中，成瑶也累积了不少在别人看来很专业的知识了。

只是李梦婷这个案子，取证的突破口在哪里，成瑶仍旧有点迷茫。

就这么到了下班的时候，成瑶收拾好了东西，便给钱恒发了个短信。

"老板，那待会儿餐厅见！"

今晚两人终于都找到了时间，之前不断被推迟的散伙饭，可以吃上了。

餐厅是钱恒选的，这次选了一家西餐厅，环境高雅，价位比环境更高雅。

不过钱恒买单，成瑶举双手双脚表示没意见。

钱恒因为临时有个会议，因此比成瑶到得晚，成瑶便利用这段时间看了个外国案例。

钱恒来的时候，她还在努力钻研，以至于钱恒叫了她，她才反应过来。

钱恒咳了咳，像是不太在意地随口问道："在看什么案例？"

成瑶也没在意："就是一个美国猎奇家事案例。"

"成瑶，别看什么乱七八糟、歪门邪道的东西影响工作。"

成瑶正准备收起手机，突然就听到了钱恒严肃的声音，她抬头，才看到钱恒正黑着脸瞪着她。

成瑶愣了愣才反应过来，钱恒说的是李梦婷的案子吗？他知道自己最近搜集出轨证据太难，以为自己要非法取证吗？

她立刻摇了摇头："放心吧，老板，我会规规矩矩做人做事的。"

只是不知道为什么，即便她保证过了，钱恒似乎还是没有放下戒心，整场饭局，他显得非常不自然，成瑶总觉得他整个人都十分紧绷。

他大概是工作压力太大了吧？

成瑶贴心地想，那就和他聊些私人话题吧，别提起工作了。

"话说上次和我爸妈报备过我们'分手'以后，我爸妈竟然怕我走不出'失恋'阴影，要给我介绍新男朋友，笑死我了。"成瑶决定以自己的亲身经历抛砖引玉，来转移钱恒苦大仇深的注意力。

这一招果然很有效，一听这种八卦，钱恒刚才还仿佛藐视全人类的眼神终于抬了起来看向成瑶，他的声音微微抬高："你要相亲？"

他皱了皱眉，非常严肃地道："成瑶，感情不能将就，勉强自己去相亲，是会很痛苦的，你不必这样。"

成瑶腹诽，相亲有这么差吗？也不至于吧，你自己不还相亲相得挺欢的？相亲也不一定就遇不到真爱啊！

可惜还没等成瑶反驳，钱恒就兴师问罪地开了口："而且你忘了答应过我的事吗？"

"啊？"

钱恒盯着成瑶，抿着嘴唇："我说了，这两年不要想着谈恋爱，不要想着结婚。”

“没有，没有！没忘！”成瑶生怕钱恒以为她没事业心，不肯再带教她，立刻澄清，顺带来了一波马屁，“我记得的，在遇到比老板你更优秀的人之前，我是不会有这种想法的！你可以放心！说是相亲，也不过是走个过场，因为他妈妈是我妈妈的闺密，直接拒绝让人家没面子，我和他彼此也算认识，我就准备和对方吃个饭，就当朋友聚个餐。”

“而且他人倒是还不错，因为他还在B市工作，这次他来A市出差我当然得做东。他怕我破费，说什么也不肯吃贵的餐厅，我就索性约他来家里吃了，正好之前买了好多打折的海鲜。”

钱恒听了解释，才终于相信了成瑶，他没再说话，正好主菜上了，两个人便安静地吃起来。

“什么时候？”

就在成瑶拿着刀叉努力切牛排时，钱恒的声音突兀地响了起来。

成瑶愣了愣：“什么什么时候？”

钱恒抿紧了嘴唇，他移开视线，看向了不远处的摆设：“你相亲，哦不，和那个人吃饭，什么时候？”

没等成瑶反应，钱恒就又补充了一句：“我在想最近的工作安排，你先告诉我哪天晚上你们一起吃饭，我不给你排工作了，不让你加班了。”

哦哦哦！成瑶高兴地道：“谢谢老板！我们约了明晚！”

“哦。”

结果成瑶没提起工作，钱恒倒是主动提起来了，他又一次清了清嗓子：“李梦婷那个案子，有困难吗？”

说起工作，成瑶便也认真起来了，她对这个案子的取证确实存在疑问，因此便一五一十和钱恒说了。

钱恒眼睛都没眨一下：“很简单，做个电话公证。”

“哎？”

“到公证处，约好时间，用公证处的电话在公证员的见证下给对方打电话，引导对方说出出轨的信息，后面让公证员出具公证书就行了。这样取证，合法有效，方便快捷。”

哎？还可以这样？！要不是在餐厅，成瑶恐怕真的要掏出个小本子记下来。

“除了直接去公证处，现在还有移动公证，有些科技公司开发了软件，下载他们的客户端并拨打电话，电话录音能够直接上传到软件的后台和云端备份，而后台和云端通过一些技术手段连接公证处技术中心，用户点击申请公证后，公证处可以直接访问这次储存在云端的音频，然后出具公证书。”

成瑶放下了刀叉，完全进入了学习模式，问道：“那这么一对比，感觉上这种软件移动公证更加高效和方便啊？不需要去公证处就可以自行操作？”

“电话公证需要约好公证员的时间，现在公证员工作量普遍都很大，如果你没有熟人，确实不太方便，尤其案子紧急，需要马上做好公证的话。”钱恒喝了一口无酒精鸡尾酒，“但移动公证也是近几年才有的新东西，一开始确实效果还行，但随着大家对公证的需求越来越多，这些软件后台堆积了大量的公证申请，公证处必然优先处理他们自己受理的业务，这些软件传上来的业务大部分都来不及处理，有几个APP为此都被用户投诉到下架了。”

这下成瑶有些苦恼了：“也不知道现在去排队要等多久才能做上公证。”

钱恒轻轻瞟了一眼成瑶：“我在公证处倒是正好有熟人。”

“老板！求帮忙！！！”

钱恒虽然脸上表情一如既往地寡淡，然而嘴角带了点微微的弧度：“你这么可怜巴巴地求我，我也不是不能帮你。”

“我请你吃饭！”成瑶从善如流，“想吃什么餐厅，随你订！”

钱恒轻轻咳了声：“最近有点上火，我也不想在外面吃了。”

“那要不我给你做一桌家常菜？”

钱恒想了想，像是有些勉为其难：“那也行吧。”

“那要不就后天吧？等明天我和我妈妈闺密的儿子吃完饭，就请你！”

钱恒的老板病导致他对自己竟然排在别人后面大约有些不爽，他臭着脸：“我也要吃海鲜。”

“哎？”

“我吃的，必须比他规格高。”

“嗯？”

钱恒面不改色地冷哼了一声：“我是时薪五位数却无偿给你帮忙的老板，难道你做饭的规格都不提高吗？”

成瑶立刻点头称是："老板说得对！必须提高规格！"

一顿饭，两人竟然就这么和谐地吃完了。后半程没有案子可以再讨论，钱恒便没有再开口，成瑶摸不准他什么态度也没敢吱声，她就这么默默地看着钱恒十分优雅地吃完了牛排。

至此，两人的散伙饭，就这么落幕了。

只是分别的时候，钱恒看向成瑶，有些欲言又止，最后竟然没头没尾地对成瑶来了一句："你这样克制，辛苦了。"

钱恒说完这句话，神色复杂又微妙地看了成瑶一眼。

成瑶直到回到家还有些莫名其妙，自己克制什么了？食量吗？成瑶想，今晚自己吃得少完全是因为在想案子，才不是为了给钱恒省钱呢！看看他都想到哪里去了。

不过很快成瑶就没空想这些了，因为秦沁的电话来了，最近她出差特别多，两个人许久没聚了。

虽然今晚的秦沁仍旧在出差，但两个人一打起电话来，完全没有空间的距离感，从彼此的近况，讲到威震天最近新交的女朋友。

朋友之间，即便好久不见，好像也总有说不完的话题。

成瑶和秦沁就这么拉拉杂杂聊了一个多小时。

"哇，好晚了，咱们还是早点睡吧。"秦沁看了眼手表，决定悬崖勒马，不过挂断之前她倒是想起个事，"对了，上次你找我客户订的礼盒，有寄错吗？"

成瑶愣了愣："怎么了？"

"我客户和我说，工厂管货的人好像连续发错了好几个包裹，人家买家正在投诉呢，其中一个是买家自己定制的表白礼盒。据说那个买家是个富婆，想搞定个'小鲜肉'，花了重金订了一瓶1982年的拉菲，还有一整盒避孕套，连同一些表白的东西一起放礼盒里了，这一盒子玩意拉拉杂杂大概要十来万，结果这么一个礼盒，不知道让仓库的人给发到哪儿去了。现在来投诉发错货的就已经有十几个了，估计接下来数字还要增加，售后那边急疯了，在一个个核对，力争早点找到那个十来万的礼盒。"

"现在的富婆表白起来可真是热辣啊，都直接送避孕套……"

震惊完之后，成瑶颇有些不以为意："不过我这肯定没发错。我老板应该拆礼物了，最近对我还挺好的呢，本来最近一个案子说了标的额太小他不会浪费时间，结果今晚还特意指导了我呢，可能是终于感受到了我的忠心吧。”成瑶想了想，“反正就算错，也不可能错成那个表白礼盒，要是我老板看到这个礼盒，还不当场打爆我的狗头，教我做人，让我不要对他有非分之想？”

“说得也是，你这个剧毒老板如果收到的礼物不对路，恐怕早就收拾你了。”秦沁安心了，“反正你这没错就好。”

两人又随便扯了几句，才挂了电话。

第二天一早，成瑶刚进君恒，就被钱恒叫进了办公室。

“我上午正好有空。”

“嗯？”

钱恒清了清嗓子：“可以带你去公证处做电话公证。”他看向窗外，试图解释，“而且毕竟会麻烦公证处的熟人，我不亲自去打个招呼不太说得过去。”

钱恒能带她一起去那自然是再好不过，万一有点什么情况还能现场咨询他。何况有钱恒在，成瑶不知怎么的，就觉得十分安心。

这一次电话公证，必须一击即中，必须有百分之百的把握，否则一旦打草惊蛇，成瑶再想来这么一次公证，恐怕就不可能成功了。

“老板，能不能等一下，我想先去一趟张浩住的地方找点东西。”成瑶想了想，还是说出了她自己的决定，“等我找到我想要的东西，我再打电话给你，我们在公证处见面？”

然而今天的钱恒大概真的是太闲了，他看了一眼成瑶：“我送你去吧。”说到这里，他垂下了视线，“你一个女的上人家家门，对方又认识你，万一起了冲突你受伤了，那不还是工伤？”

成瑶望着钱恒那张口是心非的冷脸，简直想大声咆哮——老板，工伤梗你都用了多少次了？都用烂了你知道吗？下次换点新梗吧，求你了！连我都看穿了！担心下属安危你直说不行吗？！

可惜作为当事人的钱恒浑然不觉，他还维持着他的高贵冷艳，然后开着宾利，一路充当车夫，把成瑶送到了张浩住的楼下。

虽然成瑶认为自己一个人也没问题，但钱恒还是坚持跟着她一起上了楼。

“低头！背别挺得那么直！”在电梯里，成瑶没忍住，拉了拉钱恒的衣袖，低声建议，“降低存在感！”

钱恒对此十分不解，他看着成瑶鬼鬼祟祟地上了楼，然而她并没有去张浩的屋门口，而是径直打开了安全通道的门。

直到成瑶从包里掏出了一双一次性手套，找到安全通道里的垃圾桶时，钱恒才终于意识到她要求自己低调的原因。

因为她要掏垃圾！！！

垃圾桶的盖子一打开，钱恒就感觉自己要窒息了，他立刻屏住了呼吸，不敢相信地盯着成瑶：“你在干什么？！”

张浩租住的公寓楼一梯两户，因此这垃圾桶里便是这层两家住户的垃圾，而面对各种脏污和充满臭味的生活垃圾，成瑶一边掏着，一边面不改色地回道：“掏垃圾啊！”

钱恒皱了皱眉，随即道：“成瑶，你不要告诉我，你来这里掏垃圾，是为了找张浩出轨的证据。”

成瑶点了点头：“当然了！”她翻了翻，拿出了其中的一袋，“这袋里有很多小孩用完的尿不湿，所以肯定不是张浩的垃圾，是隔壁邻居的。”排除掉之后，她就更认真地盯着剩下的另一袋开始翻找了。

钱恒简直忍无可忍：“你是不是美剧看多了，以为律师真的和那些律政剧里一样靠翻垃圾找证据？我劝你还是死了这条……”

“找到了！”

结果钱恒的话还没说完，成瑶就一脸惊喜地从一袋垃圾里掏出了一小张纸张碎片。

那是一张婚纱影楼的广告宣传册碎片。成瑶锲而不舍地又掏了掏，终于拼凑出了这家婚纱影楼的名字——爱舍婚纱摄影中心。

她再找了找，又发现了另外一家婚纱影楼的广告。

“因为李梦婷怀孕了，所以他们之前根本没有拍婚纱照，本来约好生完孩子直接拍一家四口全家福的。”成瑶看向钱恒，一双眼睛明亮到像会闪光，“现在他的垃圾里有这么多婚纱影楼的广告，这说明什么？

“说明张浩这个渣男，虽然连婚都没有离，但已经在考虑带着小三拍婚纱照了，甚至都已经去看了好几家婚纱影楼了！”

钱恒面无表情地道：“成瑶，就凭几张垃圾桶里找到的婚纱影楼广告，根本不足以证明张浩出轨，这证据一点效力也没有。”

成瑶仍旧十分激动，她亮晶晶的眼睛盯着钱恒：“有的！相信我！”

钱恒没来由地觉得有些心悸，就在成瑶嘴角带着狡黠的笑意盯着他的时候，他感觉自己的心脏突然跳得有些失调了。

怕不是工作太辛苦心脏都熬坏了吧？钱恒心有余悸地想着，同时立刻飞快地约了附一院的高端VVIP体检套餐。

不管怎样，掏完垃圾的成瑶神清气爽，跟钱恒一起去了公证处。

原本以为公证处的人情面子大，才需要钱恒出马，结果到了公证处，几个工作人员见了钱恒简直像见了散财童子似的。

“钱par，最近有没有大额标的的房产需要来做公证啊？快年底了我还缺个业绩呢。”

“你们所别的律师有业务也欢迎来啊。”

……

成瑶看了一眼钱恒，这就是他必须亲自来的情谊？根本只要钱恒打个招呼就行吧！

“听说公证处刚新装修了。”钱恒抿着嘴，状若不经意地解释，“我想来看看装修风格。”

说出来你就是怕我搞砸公证所以陪着来会怎样？说出来你其实对下属操着一片老父亲的心会怎样？

见成瑶盯着自己，钱恒咳了咳：“参考一下。”

“参考什么？所里不是一年前刚翻修过吗？难道用来给你的别墅装修做参考？”成瑶盯着钱恒，她恶劣的玩心也上来了，咄咄逼人地追问道，“这种风格，别墅装修有什么好参考的？？？”

“我就喜欢这种庄重简洁的风格。”

“……”

很快，负责这次电话工作的公证员就带着成瑶和钱恒到了公证电话旁，讲完注意事项，公证员便示意成瑶可以开始了。

倒是钱恒拦了下成瑶：“你知道怎么说吗？要诱导对方说出他出轨的信息，你要……”

成瑶自信地笑了笑：“我知道。”她朝钱恒眨了眨眼，“看我的表演！”

说完，成瑶就拿起了电话，拨出了张浩的号码。

电话接通的那一刹那，成瑶瞬间变了声，她用一种服务业从业人员特有的甜腻声音道："张浩先生您好，我是爱舍婚纱摄影中心的工作人员，您之前和您的未婚妻梁琼琼小姐来咨询过我们的婚纱套餐，想问问您二位现在决定好在哪家拍摄婚纱照了吗？"

钱恒愣了下，直到这时，他才反应过来成瑶翻垃圾的意图，她不是妄想从垃圾桶里找到能证明张浩出轨的证据，而是为了找一个合理的，能让张浩放松警惕、交代甚至间接承认他出轨的办法。

电话里的张浩也同样愣了愣，虽然对推销电话有些不耐烦，但并没有直接挂断："你们样片都挺好，可套餐价格太贵了。"

成瑶像个称职的销售般劝诱道："是这样的，我这次就是为了通知您年终大促活动的，目前如果定下来套餐并且到店签约付定金的话，我这边可以给到您七折的折扣。"

……

钱恒就这么看着成瑶一本正经地和张浩针对婚纱照套餐来来回回扯了十分钟，最后两人竟然针对套餐达成了一致，张浩当场拍板明天去店里签约。

看聊得差不多，气氛也熟络了，成瑶终于进行了更进一步的收网："谢谢您选择我们爱舍了，您和您未婚妻梁小姐真的非常相配，一看就很恩爱，感觉已经谈了七八年恋爱了，特别默契！"

张浩早放松了警惕，外加成瑶这位大方的销售给他让利实在是让得多，张浩对她颇有好感，他忍不住笑着纠正道："没有七八年那么久，我们才谈了半年，我也没想到我和她那么合拍。"

成瑶假装惊讶地道："你们才在一起半年呀？"

"是的，哈哈。"张浩的声音里透出掩盖不住的开心，"有些人就算认识了好多年也未必适合，可有些人虽然相处没多久，但也会觉得合得来，我和你也算有缘分，能这么快把婚纱套餐定下来，解决了我一个心事。你别说，你的声音我听着还总觉得挺亲切的。"

即便是对着一个销售人员，电话那头的张浩都显得想要倾诉，甚至都称得上健谈，与和李梦婷在一起木讷寡言的他简直是两个人。大概在他看来，他这些改变，都是因为终于遇到了"对的人"吧。

从来只闻新人笑不闻旧人哭，大概此刻对张浩而言，李梦婷陪伴他的那些最好的年华，完全不值钱，只是他人生里的错误吧。

成瑶忍着心里的愤怒，捏着嗓子笑了笑："哈哈，是啊，都是缘分，我听您这么急着想赶紧订完婚纱照套餐，是最近就要结婚办酒了吗？"

"那倒没有。"张浩的声音爽朗愉悦，"只是再拖下去，我怕我女朋友肚子大了不好拍照。"

成瑶压着内心的惊涛骇浪，张浩这简直是自己送人头了，不仅在电话里承认了和梁琼琼婚外情的开始时间，甚至透露出了更关键的信息——梁琼琼都已经怀孕了！

之后张浩又随便说了几句，然而成瑶已经不在乎了，她知道，这事成了。

电话里的信息完全足够证明张浩这段婚外情已经持续半年了，也就是在和李梦婷婚姻存续期间，他就在出轨。而梁琼琼怀的那个孩子，更是张浩死也赖不掉的铁证。

她一举就把证据确定了下来。

直到挂了电话，成瑶才终于虚脱般地放松下来，也直到这时，她才看了一眼钱恒。

成瑶一句话没说，然而那种看向钱恒的眼神，已然说明了一切，又是那种湿漉漉的小狗一般等待表扬的表情。

钱恒不知道为什么，被这种眼神看得有些烦躁。他想起成瑶对自己那热辣的表白礼盒，觉得他要是开口表扬成瑶，恐怕都有可能被曲解成对她的回应。

不行，不能这么干，钱恒想，办公室恋情，很不专业，不可以。

于是他绷着脸，转开了视线，一句话也没说。

而钱恒不知道，他的行为在成瑶看来，完全是幼稚的不认输。

搞定了电话公证，成瑶心里甚至有些小小的得意，看啊，刚才还鄙视自己掏垃圾的钱恒，现在也不得不为自己的机智而鼓掌吧？

钱恒不承认也没事，反正她这一次掏的垃圾，值了！

回去的路上，成瑶还在回味着这次电话公证里的每一个细节，想着她哪里可以做得更好，哪些话如果说了是不是能更快地引导张浩主动交代他的"恋情"，压根没顾上和钱恒说话，自然，钱恒也安静着。

两个人便这么相安无事地回了所里。

成瑶刚回到自己的办公桌，准备给李梦婷汇报这个绝佳的好消息时，钱恒突然又走到了她的办公桌前。

成瑶还没反应过来，就见钱恒随手丢了一袋什么东西到她的办公桌上——是一袋彩虹糖。

成瑶询问地抬头看向钱恒。

这个眼神却仿佛把钱恒触怒了、点燃了，他恶狠狠地道：“行了，不就没表扬你吗？至于一句话不说给老板摆脸色吗？”

成瑶疑惑了。

“正好有袋彩虹糖，赏你了。”钱恒高傲地道，“再接再厉。”

哎？正好？成瑶想，我不信！

她几乎没多想，转过身叫住了刚才从外面开庭回来的包锐：“包锐，钱par刚才有叫你干什么事吗？”

“有啊！你也听到了啊？”包锐痛苦地道，“钱par主动给我打电话问我有没有回所，我还以为是特意关心我，结果一听我没回所，竟然叫我路上给他带一包彩虹糖！这是人性的扭曲，是道德的沦丧！”

虽然钱恒还是一如既往地别扭，但是成瑶倒意外地十分习惯，回到家后她吃着彩虹糖，觉得十分受用，心情大好，整个人都甜甜的。

她和秦沁又例行通电话聊了天，说起这事，她还忍不住又向秦沁道了谢：“多亏了你的礼盒啊，我老板最近对我态度变好了！”

和秦沁聊完，成瑶正准备睡觉，结果李梦婷突然打来了电话。

今天成功完成电话取证后，成瑶就已经把情况和李梦婷进行了沟通，两人都很激动，成瑶也加班加点准备好了起诉材料，准备明天一早就去法院立案，事情目前来说完全在把握中，即便律师不能向当事人承诺必定胜诉，但对这个案子，成瑶已经胜券在握。

李梦婷最近也已经调整好了心情，有了爸妈的陪伴，外加肚子里的双胞胎，她的作息十分规律，以往这个点，早就睡了。

这个时间她打来电话，必然是很紧急的事。

成瑶接起电话，心里有些不太好的预感。

“瑶瑶，出事了！”李梦婷的话验证了成瑶的预感，“我看到了朋友给我发的截图，张浩的朋友圈里晒了他和梁琼琼的结婚证！”

成瑶有些蒙："他找人走关系更改了户口本上的婚姻信息？不过就算这么操作了，这也是重婚啊，重婚还这么嚣张？这可是刑事犯罪啊，而且还晒结婚证，生怕我在他出轨这件事上取证困难吗？上赶着送一连排的人头？"

"他不可能这么无知，无知到去重婚。"李梦婷的声音有些颤抖，"瑶瑶，我现在觉得，我和他的结婚证可能是假的。"

成瑶惊了："怎么回事？"

"我和张浩之前领证，我没有亲自去，是他托人在他老家找关系办的。当时我正好刚发现怀孕，紧接着就开始了严重的孕吐反应，还有点先兆流产，保胎都来不及，根本不能长途跋涉，我和张浩的老家又都很远，要去领证路途都太颠簸了。后来张浩就和我说，他老家那边民政局认识熟人，只要我把户口本身份证给他，就能给我们办出结婚证来。"李梦婷顿了顿，"我们老家都是小县城，我知道在我们县那边，确实能这么操作，我朋友也是这么领证的，完全没问题，所以我相信了他。"

李梦婷懊恼地道："也难怪，我说他为什么一点也不急着和我提离婚，现在结合你说的，既然张浩和梁琼琼半年前就勾搭在一起了，那他和我'领证'的时候，可能已经存了不想和我继续过的心了，'领证'也只是他在犹豫时的权宜之计。他为了给自己留退路，怎么都不可能和我真的去结婚的。"

这个信息让成瑶也有些措手不及了："一旦你们的结婚证是假的，那我们的办案思路也必须全部改，因为你们没有婚姻关系，那忠诚协议就是无效的。"

法律认可婚姻关系的稳定性，但并不认可同居关系的稳定性，恋爱未婚期间同居，彼此在法律上并没有忠诚的义务。同居关系中的忠诚协议因此没有法律强制约束力，撑死只在道德范畴上有微弱的约束，就算最后一方违反了忠诚协议，另一方也不能根据协议去要求赔偿。

这个道理，成瑶懂，同样是法学生的李梦婷自然也懂。

虽然两人还没去验证，但几乎已经达成了一致的猜测——李梦婷和张浩的结婚证是假的！从始至终，李梦婷和张浩都没有形成过婚姻关系！

李梦婷又气又悔："我不应该轻信他的，是我自己蠢，这两个人在我眼皮子底下勾搭了半年之久，我都没发现。现在想想，才反应过来为什么我提了忠诚协议以后，张浩迟疑了两天才和我签，他是用这两天的时间去咨询律师了！看签了之后他会不会真的有责任！确认了因为结婚证是假的，这种协议没有约束力，才假惺惺地和我签了！”

虽然面对如此变故，但成瑶最终还是镇定了下来，她安慰了李梦婷一番，才挂了电话。

成瑶自己也没意识到，不知从什么时候起，面对如此突如其来的新情况，她好像已经不会再急得六神无主了，而能冷静从容地分析，努力转变思路，重新寻找办案线索了。

这个案子，恐怕必须全部推翻，从头再来了。

第二天一早，成瑶就带着李梦婷，去民政局查阅了李梦婷的婚姻登记情况。

果不其然，她仍旧是“未婚”。

张浩真的做了假证。

这下之前做的所有工作全部变成了无用功，电话公证也没有任何用处了，一切都要推翻重来。

这婚内忠诚协议里拟定的离婚时的财产分割方案，自然完全不作数了，这套共同购买的“婚房”，想让张浩一分钱都分不到地直接出局，是不可能了。那她就只能接受现实，就其余同居期间的财产进行分割，为李梦婷争取能争取到的最大利益了。

李梦婷虽然脸色惨白，但也不得不接受现实，她气愤震惊之余，也开始想起对策来：“瑶瑶，张浩这样，算不算是伪造国家证件罪？而且他一边用假结婚证和我同居，一边现在又和梁琼琼领了真的结婚证，这该是重婚罪了吧？算是刑事犯罪了，能让他坐牢吗？”

虽然从法律条款来说，张浩这种行为绝对是犯罪，只是想要证明他的行径，是需要证据的。

成瑶很冷静：“你这里只有你自己那份假结婚证，而且你也和我说了，当初‘领证’的事，你们都是电话或者口头沟通的，你也没录音，根本没有留下证据，你就算拿出你这份假结婚证，张浩也完全可以说，这证不是他做的，不是他给你的。

“他完全可以说，他和你虽然同居，但一直以来只是男女朋友，他是和你提了分手后，才和梁琼琼结婚的。这假结婚证，是你在你俩分手后因爱生恨，特意做了来诬蔑他的。”

李梦婷下意识地反驳：“不，怎么可能是我？”

“我知道不是你，主审法官甚至可能也和我有一样的想法，但是法律是法律，没有证据，不能贸然给张浩定罪。”

“瑶瑶，虽然没有张浩制作假结婚证的证据，但我想我能找到证据证明他一边和我同居让我怀孕了，一边却让梁琼琼也怀孕了，是不是找到这些细节，就能做出证据链，证明他确实是重婚了？”

“重婚在实践中很难举证，而且必须是有配偶又与他人结婚或者以夫妻名义生活的。可现在张浩完全可以说，他和你只是同居关系，自始至终他没跟你说过结婚，你们也没有以夫妻名义一同生活，你没有工作，自然没有同事为你证明张浩和你曾以夫妻名义对外示人，而我作为你的律师和朋友，证言的效力可想而知。”

成瑶看了李梦婷一眼：“张浩一直拖延不肯和你在A市办酒请同事朋友来参加‘婚宴’，就是为了防止出现这种情况。至于电话公证也行不通，因为张浩已经和梁琼琼结婚了，我就是装作任何人给他打电话，他也不会承认和你的关系了，他肯定说你是‘分手的前女友’。”

李梦婷咬紧了嘴唇。

“而且最高法出过一个《关于如何认定重婚行为问题的批复》，这里面规定，‘重婚，如果情节显著轻微危害不大的，不认为是犯罪’，司法实践上对界定重婚罪本身也有很多争议。”

重婚罪和伪造国家证件罪这两条路，显然都走不通。

为此，成瑶不得不与李梦婷又紧急沟通了很久，不知不觉，她就这么花了一整天时间梳理李梦婷和张浩的案子的进展，还有他们的共同财产。

等成瑶反应过来时，已经快下班了。

成瑶一看手机，这才想起来今天还约了妈妈闺密的儿子去家里吃饭。她急急忙忙收拾了东西，便准备往家里赶去。

走的时候，成瑶路过钱恒的办公室，下意识地朝门口看了一眼，钱恒不在。

其实成瑶本来打算找钱恒讨论一下李梦婷案子的情况，只是她去敲门时，才发现钱恒竟然不在。

成瑶挺好奇，按理说没有日程安排的下午，钱恒是不会离开办公室的，她好奇地问了包锐："钱par什么时候走的？是有什么事吗？"

"就没多久，好像是约了什么人，我听到他办公室里手机闹铃响了，他才拿着手提包走的。"

没来由地，成瑶心里咯噔一下："难道又是相亲？"

"不像，我看他板着张脸，不太开心的样子。"

哦……不知道为什么，听到钱恒不开心，成瑶反而安心了。

回家的路上，成瑶其实还在想着李梦婷这个案子的突破口。作为例行程序，因为案情发生重大变化，成瑶将案件的发展情况简要地在邮件中向钱恒做了报备。不过到目前为止，她还没有收到钱恒的回复。

因为晚上的聚会，成瑶没再多想，她几乎是一回到屋里就开始准备晚餐，等搞定一桌子的菜时，门铃也正好响了。

妈妈闺密的儿子叫薛明，虽说曾是成瑶小时候的玩伴，这几年断断续续也有联系，但也很久没见，成瑶面对门外的大男生，一时之间竟然有些不好意思。

薛明倒是挺大方，举了举手里的东西："正好你妈让我给你带点厚衣服。"

成瑶道了谢，便把他引了进来。

两个人聊了几句，说起了以前的一些趣事、糗事，一时之间气氛倒也很融洽。

薛明看着一桌丰盛的菜，发出了由衷的赞叹："你这手艺也太好了吧，以后谁娶你都是福气。"他扫了成瑶一眼，然后垂下了视线，"不过听你爸妈说你之前遇到个人渣，现在刚恢复单身？"

"哦……"成瑶干笑了两声，"算是吧。"

"那是对方眼光不行。"薛明看向成瑶，笑了笑，"手握珍宝不知道珍惜。"

这……气氛怎么有点尴尬啊。

成瑶斟酌了片刻，才道："我知道我妈肯定和你妈哭诉去了，说我失恋了很惨，怕我嫁不出去什么的，你也不用当真啊，不用为了安慰我这么恭维我。我真没事，你看我心情还是挺好的，你可千万别觉得你妈给你施压让你安慰我，最好和我谈恋爱，你就真的强迫自己啊。"

薛明却笑了："我没恭维你，我是真心这么觉得的。"他挺直接，"我下个月就会从B市的分公司调来A市总公司了，以后咱俩也同城，又是一个地方的人，家里也知根知底，比起外面那些相亲时是第一次见面的，我们也算是从小认识，有感情基础，我单身你也单身，我是真的觉得咱俩可以试试。"

哎？

"从朋友做起也行，真的，瑶瑶，其实我以前就挺喜欢你的……"

正当成瑶尴尬得不知道如何应答之际，主卧房间的门，突然开了——

钱恒穿着睡衣，一脸睡意地从房里走了出来。

成瑶惊呆了。

自从钱恒搬走后，虽然还保留着他的房间，但这房间平时都关着门，成瑶今晚回家的时候，房门也一如既往地关着，没有灯光也没有声音，因此她根本没想到，怎么突然就大变活人，里面走出了个钱恒！

成瑶震惊了，薛明自然也震惊了。

钱恒似乎根本没注意到两人的眼神，就在他们的震惊里，非常自然地走到了饭桌旁，然后拉开椅子坐了下来。

"今晚吃海鲜啊？挺好的。"

他的动作和话语真的太自然了，以至于成瑶也好、薛明也罢，都忘记了去质疑他，就愣愣地看着钱恒添了双筷子，准备开动。

大约一分钟后，薛明才终于反应了过来，他看向成瑶，表情有些复杂："瑶瑶，这是？"

成瑶硬着头皮，赶紧解释："哎，这是我以前合租的室友，最近退租了的，可能有点事回来了吧，是我同事，是我同事……"

成瑶不想解释为什么老板和自己合租，因此直接模糊了信息，说成了同事。

她说完，就看向钱恒："那个，老……老钱，你怎么来了？"

"哦，下午突然有点不舒服，就回来睡了一觉。"钱恒毫无心理负担地说道，"一不小心睡过头了，刚才醒过来发现都已经到饭点了。"他说到这里，才抬了抬头，毫无诚意地道，"我是不是打扰到你们两位了？如果你们介意的话，我也可以走。"

话都说到这份上了，成瑶想，难道我还能当场撵人吗？

薛明自然也抹不开面子："老钱，你好，我叫薛明，既然是瑶瑶的同事，那就一起吃吧。"

本来两人的聚餐，一下子变成了三人，这气氛便一下子微妙了起来。

好在薛明挺会活跃气氛，他吃了个皮皮虾，便大赞道："这真是我吃过最好吃的皮皮虾，瑶瑶，你的手艺真的很棒。"

钱恒一边夹起一只皮皮虾，一边微微抬了抬眼皮："哦，成瑶今晚的皮皮虾水平就一般吧，上次她给我做的鲍鱼更好吃。"

钱恒，真是皮皮虾也没你今天皮啊！

薛明愣了愣，决定无视钱恒，他看向成瑶："早知道咱们就出去吃饭了，今晚在你这里吃，你为了准备这一桌菜，肯定辛苦了，等我下个月调来A市，我管你一个月的晚饭，就当报答你这一饭之恩吧。"

成瑶还没说话，钱恒先表态了："不用。"

薛明不明所以地看向钱恒。

钱恒抿了抿唇："哦，她下个月都要加班。"

成瑶惊了："哎？"

钱恒淡然地道："下个月案子比较多，团队里大家都要一起加班。"

薛明有些心疼地看向成瑶："你们做律师也太辛苦了，怎么动不动加班就一个月啊。你有想过换个工作吗？你们法学专业其实考公务员挺好的，除了公检法之外，好多公务员和事业单位要求对口专业是法学的。"薛明真心实意建议，"或者去国企做法务也挺好的，我认识个国企的中层，最近他们正好在招法务专员，你要有兴趣我帮你把简历投一下？"

钱恒没说话，轻飘飘但十分危险地看了成瑶一眼。

薛明见成瑶没反应，还特意追问了一句："你觉得怎么样？"

成瑶欲哭无泪，薛明啊，你这是哪壶不开提哪壶，当着我老板的面挖他的墙脚，我吃了熊心豹子胆了吗？我敢说什么吗？

成瑶只能义正词严地道："我还是决定做律师，为律师事业奋斗终生，我喜欢这种每天都有挑战的人生，特别刺激！"

薛明愣了愣随即道："你喜欢就好，人能找到自己喜欢的工作挺不容易的，只不过你是女孩子，早晚还是要结婚生孩子的，等组成家庭以后还这么忙的话，就很难兼顾事业和家庭了啊。"

"哦，成瑶两年内不准备谈恋爱结婚的，她要专注事业。"钱恒丢开一只皮皮虾，云淡风轻地笑了笑，“尤其平时身边的参照物太优秀了，她现在眼光很高。”

这个天，看来是聊不下去了……

好在薛明虽然脸色有点发黑，但到底没说什么，只是席间成瑶走开去厨房查看正烘焙着的糕点时，薛明终于没忍住：“这位兄弟，你对我敌意这么强，是也喜欢成瑶吗？”

钱恒想也没想就反驳道：“不可能，我绝对不会搞办公室恋情。”

“那你处处针对我是为了什么？”薛明十分茫然，“我们以前认识吗？我以前得罪过你吗？”

钱恒紧抿着唇瞪着薛明，然而他发现自己回答不出来。

“你这明显就是故意阻挠我和瑶瑶沟通互动。”薛明是个爽快人，他理性地分析道，“或者是不是瑶瑶得罪你了？所以你就不希望她脱单体会到爱情的美好和幸福？”

什么瑶瑶？钱恒想，你们很熟吗？不就是八百年前的童年玩伴吗？还爱情的美好？爱情能有什么美好的？能比钱和工作还美好吗？呵。

薛明不明所以，还在继续：“如果瑶瑶工作中不慎得罪了你，我替她道歉，她这个人比较单纯，为人也天真，有时候不太懂人情世故，还是个小姑娘，什么也不懂……”

钱恒实在忍不住，看了薛明一眼：“你真的了解成瑶吗？”

“啊？”

钱恒揉了揉眉心：“成瑶有时候是很单纯，但也没有像你想的那样弱到需要别人全方位地保护，或者必须通过你或者任何别人，在她背后的保驾护航和打招呼才能好好生活。

“生活上，她自理能力很强，是个很独立的人，做饭做菜不说了，修水管换灯泡也都没问题；工作上，她非常认真努力，也善于思考总结，从不骄傲，能心平气和地看到她自己和别人的差距，吸取别人的长处；性格上，她是个很随和的人，别人就算对她不客气地批评也从不动气。总的来说，成瑶不娇气，肯吃苦，也很能忍，有一股韧劲。”钱恒的声音还是一如既往冷冷的，他平静地阐述着，“她确实还年轻，处理很多事情还有些稚嫩，但她一直在成长，她不需要依附男人的照顾才能立足，她自己也不喜欢过依附别人的生活。她是个有想法、也有目标和梦想的人，并且能为了实现理想去奋斗。她看着好说话，但对于原则性的东西认死理，脾气还很倔，八成不撞南墙不回头。”

钱恒说这些话的时候，成瑶刚从烤箱拿出了烘焙好的甜点，正准备回到桌前，她顿在厨房里，突然觉得心里有点甜，又有一点酸。

原来她的努力，钱恒都看到了。

虽然平时仿佛从来不正眼看别人，原来钱恒一直在默默关注着她。

一分钟折合人民币166.666无穷的钱恒一口气能为自己说这么多话，成瑶只觉得内心像是涌过既平静又汹涌的潮汐。

人生在世，有时自己也无法真正地了解自己，而成瑶完全没想到，钱恒竟然如此正确地理解了她。

被人这样看透，多数时候让人觉得危险，然而如果对方是钱恒，成瑶却觉得只剩下动容，在他面前，她觉得很安全。

而扰乱成瑶内心的“罪魁祸首”丝毫没发现成瑶在听，他冷着脸看着薛明：“如果你觉得成瑶是更适合养在家里相夫教子的女人，那你和她不合适。”

这一瞬间，成瑶的心突然狂跳了起来，如果心中真的有小鹿，恐怕这个刹那，这鹿就已经乱撞到直接撞死了。

哎，可别说，钱恒护起短来，真的帅得还挺要命的。

好在最终，她平复了心情，整理好了表情，才端着甜品走了过去。

可惜薛明倒也是个很坚强的人，经过钱恒这一番打击，他也没有被劝退，竟然在钱恒夹枪带棒的冷嘲热讽中继续吃完了这一餐饭，并且大有饭后留下来继续聊聊天的意图。

“今晚多谢你款待了，瑶瑶。”薛明很热情，“我来洗碗收拾。”

成瑶哪里会让客人洗碗，她坚持道：“我来吧，你坐下休息会儿。”

薛明的算盘打得挺好，他再坚持下，最后的结果多半是他和成瑶一起打扫收拾厨房，这样两人就能单独相处，撇开饭局上成瑶那个长得挺好看但特别阴阳怪气的男同事了。

事情本来也确实是按照薛明的计划发展的，成瑶无奈下只能应允了他到厨房帮忙，只是——

“成瑶。”那吃完白食就坐在沙发上毫无帮忙的意思还冷眼看着薛明的男人，突然喊了成瑶的名字。

“哎？”

只见那男人抬头看了看腕表：“我正好有十分钟。

“你想和我讨论李梦婷案的话……”

“我是有挺多问题，但厨房还没收拾完……”

钱恒瞥了一眼薛明，然后看向成瑶：“你朋友不是自告奋勇要一个人收拾来报答你的晚饭吗？”

话说到这份上，薛明饶是心里再不愿意，为了形象，也只能心不甘情不愿故作体贴地道：“瑶瑶，你工作要紧，先和同事讨论吧，十分钟讨论完了，等你同事走了，咱们再聊。反正咱们聊天的时间还长着，厨房我来收拾就行了。”

薛明故意把“十分钟”和“等你同事走了”加重了语气，自我安慰的同时也妄图扳回一城。

可惜……可惜成瑶一进入到工作状态就完全忘我了。

“同居关系下的财产分割和婚姻关系下的财产分割完全不同，如果结了婚，那么张浩的个人收入都属于共同财产，李梦婷都可以分割；但只是同居，那个人收入一般都归个人所有。”

钱恒言简意赅地指出了同居和婚姻状态下财产分割的不同原则，轻轻用手指敲了敲手上的资料：“鉴于李梦婷和张浩同居时间也不长，涉及的共同财产最主要的就是两个人一起出资买的房。”

成瑶听完有些感慨：“所以说《婚姻法》还是有意义的，同居关系中，即便两个人完全和结婚的状态一样生活，比如男人在外赚钱，女人在家里操持家务，但就因为没有那张结婚证，一旦分手，或者男人出轨，那女人几乎得不到什么经济补偿。”

同居关系中，个人的收入仍旧归个人，忠诚协议也无效。在这么多年的同居中，大部分女性真的是平白浪费了自己的青春。

“《婚姻法》本来就有意义，因为有婚姻法和婚姻制度，董山案里，董山死后，所有夫妻共同财产，首先有一半是归蒋文秀的，剩下的那一半里，才属于董山可分割的遗产，这部分遗产才由蒋文秀、董敏、董山爸爸和董山那个私生子平分。你看，遗产的大头，还是流向法定配偶和婚生子女的。”

直到这时，成瑶也才终于明白了过来。

董敏在一审结束后喊的那句“《婚姻法》根本不保护婚姻”其实并

不对。

《婚姻法》虽然还不够完善，也有漏洞，但在最大的平衡中去保护的，仍旧是法定配偶和婚生子女的权益。因为没有婚姻关系的保护，李梦婷就比蒋文秀被动多了。

成瑶打起了十二万分的精神："那房子是李梦婷和张浩本打算作为婚房的房产，这房子是他俩花了400万全款买的，从李梦婷提供的银行流水上来看，李梦婷出资150万，那么剩下的250万都是张浩出的。"

钱恒扫了一眼资料："共有房产这种不宜分割的标的，会考虑生活实际需求进行分割，但张浩和李梦婷家境又都不是没了这套房就影响生活的状态，更多的可能性是法院会按照出资多少，优先分配给出资占大头的，另一方则按照共有的份额拿到折价补偿。"

这样很不妙，如今房价飞涨，就算李梦婷按照如今市场价拿到了她的那份折价补偿，按照现在的房市行情，她这笔钱无论如何也买不起新房了。补偿款没法转化成不动产，放在银行也好，购买理财也罢，面临的都是贬值。更何况，为什么平白用李梦婷的钱，让渣男张浩锁定了一套房？房子一旦判给了张浩，那想也不用想，肯定是用来和那个小三做爱巢了。

可就如今她们掌握的证据和信息，恐怕一旦起诉同居期间财产分割，这就是有着最大可能性的判决结果。

成瑶和钱恒讨论着，完全忘记了薛明的存在，只留下薛明一个人打扫完了厨房又打扫了客厅，结果半个小时过去了，薛明都快把整个屋子打扫完了，钱恒还在为成瑶梳理着思路，两人的讨论丝毫没有结束的意思。

薛明简直出奇地悲愤了！说好的十分钟呢？！

他不甘心地又等了一个小时，结果成瑶还是完全没有记起他来的迹象，倒是钱恒高高在上又轻飘飘地看了他一眼。

薛明不太懂如何形容人的表情，但看到钱恒那个神态的时候，他脑子里第一时间飘过三个大字——心机男！

钱恒虽然没有笑，然而一张脸上，全然是计谋得逞后的快乐和得意！

薛明虽然看穿了钱恒的套路，可一点办法也没有，最终，直到他实在等不下去，起身和成瑶告辞，成瑶才仿佛终于想起他来似的各种道歉。

而那个心机男！那个心机男竟然还似笑非笑把他送到了门口，如同男主人般地说了一句"慢走"！

薛明简直快要气到七窍生烟！敢情自己来一趟，就和上门打扫的家政似的！家政就家政，这还不给钱！

一进入案件分析模式，成瑶就完全停不下来，她像块海绵一样疯狂吸取着钱恒身上的水分，直到她把所有线索理清，才发现不知不觉都已经和钱恒讨论了两个小时。

整整两个小时！

就算是钱恒那些几个亿标的额的客户，恐怕也没有这个待遇！

一时之间，成瑶感动得都快哭了。

因为刚才专心讨论案情，成瑶和钱恒都没在意甜品，此刻一看，才发现不知在什么时候，甜品已经被薛明都吃完了。

钱恒喝了口水，然后看了眼桌上已经空了的甜品托："我一个也没吃到。"

成瑶却笑了，虽然只有她和钱恒两个人，但她还是特意压低了声音，偷偷摸摸地道："我给你偷偷留啦！"

她说完，就像个兔子似的蹦跳着去了厨房，再出来时，手里变戏法似的拿着一小盘烘焙蛋糕。

"我刚刚怕你和我讲案例来不及吃，所以预留了你的份。"成瑶献宝似的把甜品捧到了钱恒面前，邀功地说道，"这个是布朗尼，是我的拿手甜品；这个芝士蛋糕做起来很花时间，要提前在冰箱冰一晚的，但是芝士口感很浓郁；这个水果塔我只做了几块，因为比较小，刚才都没拿出来给薛明吃。"说到这里，成瑶抬起头，对钱恒展颜一笑，"特意留给老板你啦。"

成瑶这个笑毫无杂念，然而被她亮晶晶的眼睛这么盯着，又听到她这句特意留给自己的话语，钱恒那种心率失调的感觉又来了。

心悸、慌乱、无措，那个瞬间，他的情绪仿佛不再受他控制，而是为成瑶的一颦一笑而律动。

"上次做的布朗尼你说太甜了不喜欢，所以这次我用了黑巧克力，配方里糖也减半了。"成瑶一无所知，还望着钱恒笑，"老板，你试试看，这次的你应该会喜欢，特意按照你的口味来的。"

该死。

钱恒几乎想要失态地捂住胸口，好不容易刚缓和一点的心悸又开始了。

事情发展到这个地步，连他也无法再自欺欺人了，从来不是心脏出了问题，而是他自己受到了蛊惑。

钱恒几乎是恶狠狠地瞪着成瑶，他的脑袋里一片混乱。

肯定是因为成瑶成天在自己面前蹦跶，还老是对自己有非分之想，竟然大胆地送了自己那种礼物，现在还用这么赤裸裸的目光盯着自己。

他变成这样，绝对是成瑶的错。

但既然成瑶这么苦恋着自己，钱恒觉得，成瑶也挺可怜的，如果她很有诚意，和她试试也不是不可以。

他吃了一块布朗尼冷静了一下，然后清了清嗓子，决定给成瑶一点提示："我现在觉得，其实办公室恋情，也不一定就会影响工作效率。"

成瑶抬头，对这个突如其来的话题很是意外："嗯？"

只见钱恒飞快地扫了她一眼，然后又同样飞快地转开了视线："我好好考虑了一下，觉得恋爱这种事，涉及个人自由，不能因为是一个所的就一刀切地禁止办公室恋情，只要把握好度，克己守礼，也不是不可以。"

成瑶虽然听得莫名其妙，但一想钱恒这口风一开，那王璐和李明磊就可以正大光明地在一起了，倒也挺不错。

她附和道："是呀，不影响工作就行了，大家都是有分寸的人。"

"嗯。"

钱恒就这么点了点头，然后没再说话，只是看着成瑶。

成瑶被他盯得有些莫名其妙，然而对于办公室恋情这个话题，她觉得自己也没什么好说的了，因为摸不准钱恒是什么意思，她机智地选择了安静地闭嘴。

两个人之间一时便弥漫着沉默。

成瑶已经没什么可说的了，钱恒却似乎在等着成瑶说什么似的，仍旧一直盯着成瑶。他的眼神从一开始的云淡风轻，到后面略微带了点疑惑不解，然后变得有些焦躁和坐立难安，最后变成了恶狠狠的瞪视。

"成瑶，你没什么要说的了吗？"

成瑶困惑了。

她看了眼钱恒，试探地道："我应该说什么吗？"

钱恒的脸色有些难看，他像是憋着气一般一字一顿说道："上次送完生日礼物以后，你难道没有别的要说的了吗？"

成瑶不明所以："没有啊。"

不知道是不是成瑶的错觉，总觉得她说完以后，钱恒的脸好像更黑了一点。

她想了想，莫非送了礼物还要负责跟进老板对礼物的反馈？以此在明年老板生日的时候能送出更合心意的礼物？

"老板，礼物你喜欢吗？"

"刚收到的时候不太喜欢。"钱恒矜持地抿了抿唇，"现在觉得毕竟是你的一片心意，虽然有点太夸张了，但是我能感受到你的心情。我会考虑一下的。"

成瑶有点紧张，礼物竟然不合心意？要考虑什么？给不给自己加薪吗？

她赶紧道："那老板你喜欢什么样的礼物？"

钱恒咳了咳，眼睛看向远处："含蓄低调内敛一点的吧。"

"好的，好的。"

成瑶想，反正离明年的生日还有一年，一年后再思考什么是低调、内敛又含蓄的礼物吧。

案例讨论完了，成瑶自然不敢多耽误一分钟折合人民币166.666无穷的钱恒的时间，她贴心地帮钱恒打包好了个别还没吃的甜点，然后便善解人意地道："老板，已经浪费你一晚上时间了，你这日理万机的，恐怕回去还有工作要处理，你有事就走吧。对了，这些甜点你带着，晚上熬夜加班的时候可以吃。"

钱恒神情复杂地看了成瑶一眼，然后他撇开头："我今晚没有什么要加班的。"

"哦哦！那真是难得啊！你一定想赶紧回去洗澡睡觉休息休息了！"成瑶不好意思地道，"都怪我拉着你讨论太久了。"

钱恒咳了咳，在暧昧的灯光下侧脸上竟然仿佛有些微红："也没有讨论太久，如果你还想讨论，也不是不可以。"

"没了！"成瑶感激地道，"现在都梳理通了！等把您送走，我就准备去见李梦婷，和她沟通下新的办案思路，再核对一下房产上的一些信息。"

钱恒顿了顿，才状若自然地道："要我送你吗？没准顺路。"

"不顺路的，你的别墅和李梦婷现在住的地方，完全就是相反的两个方向。"

钱恒顿了顿，然后转开视线，镇定地道：“哦，我不回自己的别墅。”他咳了咳，“我今晚要回我爸妈那里一趟，他们那儿正好和我别墅是相反的方向，所以我回去我爸妈那边，应该正好顺路送你去李梦婷住的地方。”

成瑶求之不得，她赶紧说了宾馆的地址。

晚上路空，两人很快就到了宾馆。

本来要告辞的钱恒没走，他停好车，跟着成瑶一起下了车。

“老板？”

钱恒自然地道：“哦，我爸妈刚才给我发短信，说晚上有聚餐，还没回去，我没带家里钥匙，反正回去了也是在门口等，不如和你一起去，正好监督你对客户的沟通有没有尽职和逾越，这将作为年终考核打分的参考。”

成瑶点了点头，案子当前，她也没多想，径自带着钱恒上了楼。在进门前，她让钱恒在外面稍等，先进门告知李梦婷钱恒也一同拜访，经过李梦婷的同意，才将钱恒迎了进来。

李梦婷是成瑶的同学和朋友，但此时此刻，她是成瑶的客户，一位怀孕的、情绪敏感的客户。这种时候，如果未经她的允许，就是钱恒，成瑶也不应该不打招呼就随意带进去与她会面。

成瑶进屋后也没浪费时间，把今晚和钱恒讨论的结果都一一告知了李梦婷，包括她面临的处境，虽然她很难接受，但很多事情并不以个人的意志为改变。

李梦婷果然不能接受：“为什么会这样？虽然没领结婚证，但住在一起还有了孩子，为什么法律就不对这种情况进行保护？”她的话语里充满了失望和愤怒，“真讽刺啊，我自己还是法学院毕业的，遇到这种明显被不公平对待的情况，却根本没法为自己维权。”

“别说我这种同居的，就是那些婚内出轨的，出轨也不成为离婚时一定可以让出轨方少分财产的原因，完全看法官的自由裁量。”李梦婷面色灰败，“瑶瑶，这种法律，根本不完善，根本不能切实保护到在两性关系中处于弱势的女性的权利。你看，面对这种情况，我一个法学生没办法，你一个职业律师也没办法，那我们学法律的意义在哪里？连自己也保护不好。”

成瑶被噎住了，一时之间，她也不知道怎么回答。

“你的四年法学专业真是白学了。”

就在成瑶纠结之时，钱恒冷冷的声音响了起来。

李梦婷愣了愣，看向这个传说中的“业界毒瘤”。

钱恒还是一如既往地冷淡，他只淡淡地扫了一眼李梦婷：“法律只帮助警醒之人，而不帮助夤懒之人。这种法律格言你难道没听过？

“很多人，因为不懂法，或者虽然懂一点法，但没有意识到法律的重要性，在处理生活和工作中纠纷的时候，不能从法律的思维和角度去规划自己的行动，在诉讼面前，发现自己根本没能做出在法律上对自己有利的行为，或者没能保护好证据，也不知道请律师或者没能力请律师，最终只能面临败诉甚至遭到法律的制裁。”

钱恒的声音冷静也没什么人情味，然而一字一言都直击李梦婷的内心：“这些人因为出身的限制，根本没有机会接触到法学教育，不懂法也意识不到法律。虽然根源上不是他们自身的错误，但不能因此就逃避法律的约束和制裁。成文法具有滞后性，不可能完善到完全与时俱进，但成文法白纸黑字地存在着，就算不够完善，也是有强制力的社会规则，这套规则不论你认可不认可，都客观存在。你是一个受过大学教育的人，去攻击或者不认可法律，除了能发泄点情绪外，对你的现实生活有什么用？你不认可，这条法律就不存在？就对你不适用？还是你不认可，你马上就能改变它？

“我真的难以想象你不仅受过大学教育，还受过四年法学教育。你学法律最大的意义，不应该是警醒地意识到法律的存在，学习它，掌握它，让它为自己所用，在纠纷还没发生之前就去做足事前救济，冷静地把控好未来的风险，保护好自己吗？”

李梦婷愣住了。

钱恒揉了揉眉心，很头痛的样子：“法学生区别于普通人的最大优势，应该是事前就能利用法律规避风险，而不是等出了事才想着补救，发现没法补救开始痛骂法律的不合理。”

钱恒的话虽然不近人情，然而说得一点没错。

李梦婷的脸上露出了羞愧而难堪的表情：“我……我法律学得也不是太好，司法考试还没过……”

她已经说到这个份上了，也算是承认了自己的问题，一般人也就到此为止了，但钱恒显然不是一般人。

“不是法律学得差的问题，是你根本没从普通人的思维转变到法律人的思维来，就凭着本能浑浑噩噩过日子，安于现状，得过且过，随波逐流，经济不独立，根本不警觉未来的风险，也懒于去思考怎么用法律规避风险、保护自己。”

李梦婷一个孕妇，被说得都快哭了，结果钱恒还不紧不慢地给她补了一刀：“所以现在不是成瑶，也不是我，是你在面临这种困境。”

李梦婷终于哇的一声哭了出来，然而她竟然丝毫没记恨钱恒给她插了那么多刀，只是哽咽着：“钱律师，谢谢您的提点，您一直是业界……业界战无不胜的传说，我想问问，这个案子，如果您指点一下，是不是我能拿到房子？”

不说李梦婷，就是成瑶也充满期待地看着钱恒，钱恒这么高贵冷艳地批判了李梦婷十分钟，想来应该批判过后，有什么制胜绝招准备好了吧？

结果钱恒一脸理所当然地挑了挑眉：“我又不是神仙，你前期这盘棋下成这样，我根本没有补救的空间。

“就看你的对手，在后面会不会自乱阵脚，下出大的臭棋来了。”

因为钱恒这一番打击，成瑶不得不又花了十分钟才安抚好了李梦婷，然后才离开。

今晚的钱恒有一点奇怪。

平时的他，就算面对标的额几个亿十几个亿的客户，也都是有事上奏无事退朝的态度，多说一个字恨不得都要收费，结果今天面对李梦婷这个标的额小到他根本看不上的案子，竟然说了这么多。

尤其他说的这些话，就案子目前的情况来看，也不能扭转什么。

“老板，你下次见到李梦婷可别再打击她了，她毕竟是个孕妇……”

钱恒冷哼了一声，不以为意：“就因为她是个孕妇，才更应该直面残酷的现实，未来一个带着双胞胎的单亲妈妈，也没什么优秀的职场经验和履历，你觉得她的生活会比现在更容易？作为一个母亲，她必须比现在更坚强，这点打击都吃不消，那还生什么孩子，做什么单亲妈妈？”

成瑶抓了抓头：“那可以换种方式说嘛。”

钱恒专心开车，没说话。

直到拐过一个弯，成瑶才再一次听到了他的声音。

“因为是你朋友才说。”

成瑶心里一滞。

“否则你以为我会浪费我的时间？”

钱恒的声音冷淡，成瑶却觉得自己从中听到了温度，她掩嘴笑起来。

“你别想多，就单纯当作对你今晚晚餐的谢礼。”钱恒不自然起来，他说完，又抿紧了嘴唇。

没有隔多久，成瑶又听到了他的声音：“按照我的费率，刚才说了最起码一刻钟，我还陪你见客户半小时，路上接送还花了半小时，就算路程花费折半，还应该收费一万。”

钱恒的语气是不经意的云淡风轻，他瞥了一眼副驾上的成瑶，意有所指地道：“礼尚往来，我可不像有些人，竟然以为打扫下卫生就可以抵消你的晚饭和甜点。我叫专业保洁来全屋清洁一整天也才一千多块钱，呵。你今晚这桌海鲜，加上你的人工，还不值一千？！”

如果说之前成瑶还有些反应不过来，那到这一刻，她算是全明白了。

钱恒大概是怕她真要沉迷恋爱无心工作，因此拼命暗示薛明的缺点，希望成瑶能悬崖勒马。

对于他的忧虑，成瑶觉得必须立刻给打消了。

“老板！你放心吧！我现在想通了！两年内！我绝对不会谈恋爱！”

钱恒听完她的保证，脸色竟然并没有转晴，反而有些复杂，他沉默了片刻，才道：“两年这个时间，定得也没有那么死。”钱恒清了清嗓子，“要真是特别喜欢，控制不住自己的那种喜欢，两年内就谈恋爱也不是不可以。”

成瑶想起钱恒当初不许她两年内恋爱的强硬态度，又对照现在他的善解人意，心里感动坏了。

她的老板，虽然有着剧毒，但是相处久了，竟然对下属如此有人情味！

她还能怎么报答？当然是以不谈恋爱、专心工作、建设社会主义来报答啊！

成瑶当即道：“不了，老板，我这两天思考了下，觉得爱情犹如过眼云烟，太短暂了，只有工作和钱是永恒的，我决定把我有限的生命都投入到无限的工作中去！甚至在成为成par之前，都不要恋爱了！”

这一番保证下去，钱恒大概是感动坏了，一时之间，口才巨好的他，竟也动容到没了言语。

他就这么板着张脸，继续开着车，紧紧抿着嘴唇，沉默着，仿佛生怕一个不小心就泄露了他内心的感动。大概为了让成瑶琢磨不透，他硬是憋住了感动的表情，还继续黑着脸，让人感觉这位合伙人可真是深不可测。

直到被钱恒送回了家，成瑶还忍不住感慨，自己要想成为成par，真的还要继续努力啊，光从钱恒看似生气实则愉悦、能处处掩藏住他自己的真实情绪这方面来评价，成瑶就不合格！

钱恒感觉自己今晚简直是要被成瑶气死了。

他本来应该开着车绕一个大圈子回他的别墅，然后好好平静一下，洗个澡睡觉。

可惜最终，行动先于内心，在离家还有一刻钟距离的路口，钱恒一个拐弯，掉头开车去了吴君家。

吴君喜欢酒店式公寓，大平层虽然没有别墅那么安静，但更有现代感，周边更热闹，购物娱乐都方便。

当他开门见到钱恒时，脸上写满了毫不掩饰的意外："怎么了？"

钱恒熟门熟路地坐上了沙发："哦，正好路过，想起来有个案子和你讨论一下。"

案子是钱恒最近接洽的家庭保险纠纷，他心不在焉地和吴君随便聊了聊，正当吴君准备认真研究的时候，钱恒转移了话题："哦，正好还有个事问问你。"

"嗯？什么方面的？"

钱恒抿了抿唇，避开了吴君的视线："感情方面的。"

吴君一下子来了兴趣："哦？你有情况？"

钱恒瞪了他一眼："不是我，是我的一个朋友。"

吴君意味深长地笑了笑："哦，是你的一个朋友。"

钱恒懒得理他，咳了咳："我这个朋友，最近遇到一点感情上的困扰，来问我，但是我对这块也不擅长，所以觉得经验比较丰富的你应该更能解答他的疑问。"

吴君笑眯眯的："你的那位朋友，具体是遇到了什么样的困惑？"

"他收到了一个女的狂热的表白，这个女的和他在工作中还常有交集。"

吴君循循善诱："如果不喜欢的话拒绝就可以了，就算工作上有联系，但我们男人，要忠于自己的内心，而且你……你朋友，按照物以类聚的规律，应该也像你一样，不会为了工作就勉强自己吧？"

"嗯。"钱恒点了点头，"他没有答应，用委婉的方式拒绝了对方，然后冷处理了这件事。"

"然后呢？"

"然后，这个女的竟然就这么放弃了。"钱恒说到这里，又忍不住有些咬牙切齿，他努力平静地道，"就我……这个朋友，觉得这个女生的一片心意也比较真诚，思前想后觉得也不是不能试一试，结果还没过几天，这个女的就变卦了，绝口不提当初她自己的表白了，还号称醉心工作、无心恋爱，前后完全两副面孔。"

吴君摸了摸下巴："对方表白后，你有给过对方也可以试一试的暗示吗？"

钱恒不得不再次强调："是我的一个朋友。"

吴君毫无诚意地道："哦，我指的是你的朋友。"

钱恒矜持地道："我这个朋友，也有过一些暗示。"

"那就是你……你这个朋友暗示得还不够明显。女生吧，在主动表白的那一刻，已经耗光了全部的勇气，其实她们也没那么勇敢，脸皮还是很薄的，也很敏感，人家表白后，你……你这个朋友不闻不问冷处理，甚至还隐隐带着拒绝，那人家就哀莫大于心死了。可能只是一天时间，对方的情绪就已经坐了一百次过山车了，最初的热情都被冷却没了，然后开始后悔自己表白的行为……"

钱恒听到这里，忍不住抬高了声调冷哼："后悔？她有什么好后悔的？"

吴君眨了眨眼睛："因为会觉得很尴尬，很没面子，自尊受损啊。"

"所以？"

"所以追求人这种事，还是应该我们男人主动啊。"吴君道，"尤其，你……朋友有这样的考虑，就已经是喜欢、在意对方了，既然喜欢，就不要错过，直接上啊！"

在意成瑶？喜欢成瑶？钱恒沉默了。

虽然一直逃避，不愿去思考这个问题，但如今被吴君当面指出，他才终于不得不稍微正视一下他的内心。

收到成瑶大胆的礼物的时候，他虽然震惊，但事后确实并没有不悦，不仅没有不悦，甚至还有那么一丝丝愉悦。

只是——

“不行。”

吴君有些疑惑：“嗯？”

钱恒抿紧了嘴唇：“我这个朋友不追人，这是原则，他是个有底线的人。追人这种事，不符合他的格调。”

吴君深深看了钱恒一眼，然后意味深长地道：“那至少也要给对方点更为明显的暗示，抛出更能让她理解的橄榄枝，然后让她再接再厉继续追你……朋友吧！”

钱恒嗯了一声，陷入了沉思。

“然后要多增加一些两人能亲密互动的机会，在接触中，让这个女生发现她果然对你……朋友还是爱得不可自拔，当然，这中间你……朋友也要撩一下对方，让对方感觉到你……朋友对她也是有好感的，她主动追你……朋友还是很有机会成功的，那样你朋友就可以不用破坏自己的原则，坐享其成了。”

钱恒原本皱着的眉头微微舒展开来，他看了吴君一眼：“似乎有点道理，我会转告我的朋友。”

吴君友情建议道：“既然是工作中有联系的人，那建议亲密互动要摆脱平时的工作模式啊，要新鲜点，有冲击一点，更暧昧一点！”

“嗯。”

“但是表白过一次的女生，未必有胆量表白第二次，所以等气氛差不多的时候，你……朋友可以告诉对方，自己勉为其难地接受了她的表白，这样就行了！”

钱恒点头道：“不错。”

既然解决了钱恒……的朋友的感情困扰，那是时候来解决一下自己的了，吴君抓了抓头：“钱恒，我最近感情上也遇到点困难，我喜欢的女生以前感情上受过伤害，她现在很抵触……”

结果吴君的话还没说完，钱恒就看了眼腕表，然后动作流畅地起身，毫无诚意地道：“哦，时间也不早了，我还有点事，先走了。”

吴君就这么目瞪口呆地看着钱恒气定神闲、理直气壮地走出了自己家门。

友情呢？说好的友情呢？敢情自己就是个免费的情感咨询？！而且他说谢谢了吗？！没有！根本没有！

吴君想想自己当前的感情困境，又想想如渣男般过河拆桥的钱恒，差点扑回自己的床上大哭一场。

成瑶第二天到君恒的时候，就见吴君在偷偷摸摸打听。

“你们知道最近是谁向你们钱par表白了吗？”

谭颖表示不知道，包锐也十分茫然。吴君问了一圈下来，大失所望，对所里的八卦气氛非常不满，只能无奈地走了。

结果吴君前脚刚走，钱恒一个内线电话把成瑶叫进了办公室。

“这周六，空出来。”

“有新案子要加班？”

“没有。”钱恒言简意赅，“周六，去我家一趟。”

成瑶恍然大悟：“哦哦，是别墅要打扫了，是吧？你那儿拖把什么的工具都有吗？”

钱恒清了清嗓子：“不是去我的别墅，是我去爸妈的别墅。”

成瑶不解。

钱恒镇定自若地道：“之前因为你的缘故，我相亲失败，现在我爸妈催我必须带人回家吃饭，否则要去人民公园相亲角里发我的宣传资料了。”

成瑶抓了抓头，终于想起了这回事。

她忙不迭地点头：“没问题，没问题。不过穿什么衣服？老板你们家有什么讲究吗？有没有什么dress code啊？”

钱恒抿了抿嘴唇：“没有，你自己斟酌就行。”他垂下视线，“不用太激动，也不用太紧张。”

成瑶想，我激动啥，紧张啥啊！反正穿帮了，你爸妈去相亲角又不是发我的宣传册啊！

时间就在成瑶的忙忙碌碌中到了周六。

成瑶挑来挑去，终于选定了衣服，手忙脚乱地打理了下自己，匆忙跑了下楼。楼下，钱恒的宾利已经在等她了。

“老板，我来啦，可以出发了！”

成瑶刚欢快地钻进副驾，钱恒看了她一眼，就皱起了眉：“成瑶，你就穿这个？你是认真的吗？”

“是啊！”成瑶邀功道，“这可是我精挑细选才选定的，这件大衣，你看，简洁工整，不失礼貌，但是毫无特色，绝对路人，保证穿上以后往你身边一站，灰头土脸，一秒出局。”

钱恒几乎有些咬牙切齿了：“所以你就穿这个见我爸妈？”

成瑶不明所以：“这样不是方便以后‘分手’？因为我太差劲了，所以你分分钟甩了我？这样你爸妈不仅很容易就接受了，甚至没准为你的重见光明而热泪盈眶！”

钱恒揉了揉眉心，努力克制住自己的情绪没有说话，发动了汽车。

“哎？怎么来纯然路了？不是说约在细雨路的餐厅吗？这完全不同方向啊。”

当钱恒彻底把车停进纯然路购物中心的地库时，成瑶才意识到问题的严重性，她询问地看了钱恒一眼：“老板？”

钱恒连看也没看她，径直跨出了宾利。成瑶没办法，只能亦步亦趋地跟着。

钱恒就这么一路直接上了四楼女装区，他想了想，走到了一个法国品牌女装店门口，然后回头瞟了眼成瑶：“愣着干吗？进来。”

这个品牌成瑶有所耳闻，她在娱乐八卦中明星分享私服里经常看见这个牌子，衣服确实好看，又洋气又仙，只是……价格也很洋气、很仙。

钱恒看到成瑶眼里的挣扎，径直走进店里，朝货架上扫了几眼，然后便手起刀落：“这件、这件，还有这个。”

销售非常热情：“先生，要让您女朋友试试吗？”

成瑶想解释：“不……我不……”

“不用，直接买。”

成瑶不解。

销售眉开眼笑：“我去包起来。”

钱恒抿了抿唇：“不用包。”他这才终于正眼看了成瑶一眼，“你直接穿上。”

“要穿成这样去见你爸妈吗？”成瑶忐忑地道，“会不会太精致、太隆重了？你爸妈万一对我印象太好怎么办？”

大概是和钱恒这个有着剧毒的人待久了，连成瑶不自觉间都被带偏了，自我感觉良好起来：“人靠衣装，穿成这样，万一他们中意我中意得不行，当场要求我们原地结婚怎么办？”

钱恒忍了忍，终于克制地道：“成瑶，清醒点。”

他非常嫌弃地看了一眼成瑶此刻的穿着，然后转开了视线：“你穿得灰头土脸会影响到我的格调。”他冷冷地道，“我钱恒的眼光，必须是最好的。”

行……行吧……

成瑶虽然战战兢兢，然而内心忍不住激动起来，难道这就是传说中的因为假扮老板女友，所以老板给买衣服？！她只是假扮一次女友而已，竟然可以白得一套这么贵的衣服！值了！

钱恒的眼光和他的嘴一样毒辣，虽然此前根本没有试，但是衣服上身，竟然像是为成瑶量身定做的一般，非常契合她的气质。

连成瑶看着镜中的自己，都有些惊呆了。

她想，我可真美啊！

等她自恋完重新回归到正常状，第一时间就是向钱恒道谢：“谢谢老板！”

钱恒刻意移开了目光，冷冷地道：“不用谢我，钱会从你的年终奖里扣。”

别原地结婚了，成瑶想，还是让我的老板原地爆炸吧。

第十章　请求你做我女朋友

两个人赶到餐厅时，钱恒的爸妈早已在包厢中落座了。与成瑶想象中的一样，钱妈妈是个非常贵气的美人，钱恒的容貌几乎全是遗传自她，而钱恒的神情气质，则是钱爸爸的翻版了，首富非常严肃，板着张脸，看起来不太好说话的样子。

钱恒还是那副死样子，他看了一眼他爸妈，直接无视了自己老子，冷冷地说道："妈，这是我女朋友成瑶。"

"小成是吗？来吧，坐这里。"钱妈妈挺温和，一下子扫除了成瑶和首富一家吃饭的尴尬和紧张，拉着成瑶聊起来。

可这聊天，总有进入正题的一刻……

果然，相谈了没多久，钱妈妈就话锋一转："小成啊，我就想问问，你和我们钱恒是怎么认识的呀？"

钱恒想回答，却被钱妈妈瞪了回去："我在问小成。"说完，她接着笑眯眯地看向成瑶。

"工……工作认识的。"

"在一起多久了？"

成瑶求救地看了一眼钱恒，然而四个人一桌，实在没有作弊的可能性，她只能硬着头皮瞎编道："在一起没多久。"

钱妈妈来精神了："那你真的了解钱恒吗？"

"我……我还是比较了解的。"

"那你觉得钱恒有什么缺点？"

钱妈妈盯着成瑶，钱爸爸盯着成瑶，钱恒也盯着成瑶。

在老板面前说他的缺点，她是嫌自己活得太长吗？

成瑶睁眼说瞎话："钱恒十分完美，唯一的缺点就是太完美了，有时候让我会有些自卑！"

钱恒刚才黑云压城的表情和缓了下来，嘴角微微上扬。

成瑶抹了把汗，看来是保住自己的狗命了。

只是钱妈妈没打算放过成瑶："你不用在我面前不敢说实话，人无完人，你交往中觉得钱恒到底有哪些问题？"她虽温和，眼神却很精明，意有所指，"要是真的交往过，就算时间短，肯定也能说出磨合中发现的问题的。"

成瑶咬了咬牙："这个，钱恒有时候有点太过特立独行，让我跟不上他的节奏。"

这个所谓缺点不痛不痒，成瑶觉得自己这个度把握得还可以。

"只有这个缺点吗？"

成瑶点了点头："嗯！"

钱妈妈一脸惊讶："那你真的和他交往的时间还太短，所以都没发现他还有自我感觉过于良好、嘴巴毒、龟毛、过分讲究、不近人情、直男思维、和暖男毫不沾边、不会哄人、面子大过天、老板病、心狠手辣、唯我独尊这些毛病。

"而且他在家事法律方面非常专业，如果你和他分手，肯定一分钱也拿不到的。"

成瑶想，钱恒不能脱单，除了他自己的实力外，他妈妈的实力也是不可小觑。

刚才在一旁保持沉默的钱爸爸看了成瑶一眼，也开了口："成这个姓我其实不太喜欢。

"但以你看上我儿子这一点，可见你的品位和眼光，还是可以的。

"另外，我还是希望你能提供你从初中到大学所有的成绩单原件，复印件的话加盖学校的公章。"

“哎？”

钱爸爸微微一笑：“这样我可以知道以后和你聊什么样的话题能让我们沟通得比较流畅。”

成瑶愣了足足三分钟，才终于反应过来——钱爸爸要从成绩单中了解她的基础智商，才能确认彼此智力在不在一个层次上、能聊什么话题。

“对了，最近三年的体检报告，希望你也能提供给我。哦，你们家有族谱吗？”钱爸爸镇定自若，“你放心，做生意……哦，不，小年轻谈恋爱，讲究的也是公平，你提供给我的资料，我也会相应地把钱恒的相关材料提供给你。”他一边说，一边拿出了一本看起来有四百多页的书，“这是前期资料，先供你参考。”

成瑶接过一看，差点被封面上的字亮瞎了眼——《优秀单身男青年图册之钱恒大全》，副标是——依法结婚，拒绝单身！

而这本图册的目录，就更加让人无法直视了。

如同写论文般，图册目录从钱恒产地、钱恒属性、钱恒特征、钱恒短期持有与长期持有优势对比、钱恒缺陷免责条款、钱恒实拍这六个方面进行了阐述……每个小标题下还有二级目录，二级目录下还有三级目录……而成瑶翻到最后一页，上面用黑体字大大地印着——

“钱恒抢购热线：180××××××××。”

成瑶一看，这串数字，就是钱恒的手机号码无误了。

妈啊！这是什么样的魔鬼啊！

成瑶看着这本钱恒大全，简直不敢相信她的眼睛，她用眼神询问钱恒，而钱恒，也唯一一次有些别扭地直接扭开了头，他脸上的表情也充满了无法直视的生无可恋。

看来，这就是钱恒爸妈为他亲手花重金定制的相亲手册了，一旦今天成瑶没来和钱恒一起吃这顿饭，没有假扮他的女友，过不了多久，这本手册就会在相亲圈里流传，不出三天就能出圈，没准还能上个热搜。

成瑶看看钱恒，又看看钱爸爸钱妈妈，心里只有一个念头——祖传魔鬼！这绝对是祖传魔鬼一家！

成瑶就这样严阵以待地与这三个魔鬼共进午餐。

在短暂的沉默后，成瑶又开始了新一轮的生存挑战。

钱妈妈喝了口红酒，看向钱恒与成瑶，笑眯眯的："你们两个，是谁追的谁？"

成瑶立刻用余光求救似的看向钱恒。

钱恒瞥了她一眼，然后镇定自若地道："哦，她追的我。"

行吧，成瑶想，今天是你主场，就算为了报复我上次黑你，说我是失足少女从良，我也只能咬牙认了。

"哦？"钱妈妈玩味地道，"看不出来小成挺勇敢的呀，所以追了多久？具体是怎么表白的？"

钱恒高贵冷艳地道："她应该暗恋我挺久了，只是一直没有表白。所以她表白的时候，我是没有什么心理准备的。"

钱妈妈点了点头，一脸愿闻其详的表情。

钱恒抿了口茶水："所以其实也没有大张旗鼓追的行动，可能我的优秀让她有一些压力，她采用的是潜移默化、日久生情的策略。"

钱妈妈捧起了脸："感觉很浪漫啊，所以是怎么潜移默化、润物细无声的？"

"她早上给我准备早餐便当，晚上给我做晚饭，平时还能通水管、代驾，随叫随到，方便快捷。"

等……等等，这听起来完全不浪漫好吗？！

"我的胃不好，所以她给我熬养胃粥，出差的时候也各种关照我按时按点吃饭。"

嗯……这个听起来还差不多……

"别人都觉得我是业界'毒瘤'，只有她不这么觉得。

"带我玩游戏，让我喜欢上了打地鼠。

"歪理邪说很多，但每次都在关照我劳逸结合，并且在任何场合都非常维护我。

"和我有共同的爱好，喜欢相同的游戏和音乐，我们有很多共同话题。"

……

钱恒的口才实在太好，就这么平铺直叙地描述两人之间发生过的事情，钱妈妈就已经为年轻人们感人的爱情而陶醉了。连成瑶这个当事人，被他说得都快觉得自己真的暗恋钱恒很久，步步为营对他温水煮青蛙了。

“那所以表白呢？还是小成吗？”

“嗯。”这一次，钱恒终于轻轻扫了成瑶一眼，然后转开头，“是她。”

成瑶想，这别扭傲娇的模样，这炉火纯青的演技，这毫无漏洞的故事，想不到钱恒编得还挺像。

“怎么表白的？”

成瑶在内心点评，别说钱妈妈想问，自己都想问钱恒，按照这故事情节的发展，自己该是怎么表白才能HE（happy ending的缩写，表示结局完美）？

钱恒又扫了成瑶一眼：“我生日的时候她给我送了一盒礼物来表白。”

高，实在是高，故事要让人信服，讲究的就是虚中有实，才能以假乱真，钱恒真是个讲故事的人才啊，生日送礼物的真实细节加上虚假的表白，实在是有板有眼、让人信服。

这一次钱妈妈没有再追问，然而钱恒顿了顿，继续说了下去。

“她在礼盒里对我表白了，说想和我生个孩子。”

成瑶稳了稳，才没把手里的茶杯扔出去。好嘛，报复终于来了，但你注意一下人设好吗？腹黑且会扮猪吃老虎的我，怎么突然变得这么狂野？还生个孩子？成瑶简直气笑了，也不知道钱恒是怎么想出来的，这都什么三流言情小说里的台词啊，尽往自己身上安。

她觉得是时候挽救一下自己的形象：“我还送了别的礼物的。”

“嗯。”钱恒认可了她的说法，“是这样。”

他意味深长地看了成瑶一眼，然后耳朵上微微爬上了几不可见的红色，然而声音还是一贯的冷静：“她还送了我一瓶酒。”

成瑶想，哦，原来礼盒里有酒啊。

“一瓶1982年的拉菲。”

哦……哎？不对？？1982年的拉菲……等等？？？成瑶突然有一种不妙的预感……

钱恒没意识到成瑶的慌张，他故意咬重了每个音节：“还有一些别的东西。”

别的东西……是那一盒避孕套吗……

成瑶丝毫没有精力去观察钱爸爸钱妈妈脸上的表情了，她的心里像是住着一只受了惊的松鼠，准备随时蹿到树上躲起来。

1982年的拉菲……

她就是白痴，现在也反应过来了。

钱恒现在并不是在编故事！他说得那么有板有眼，细节那么真实，是因为这本来就是真的！

工厂的发货人员搞错的那个礼盒！那个富婆重金表白“小鲜肉”的礼盒，被自己当作礼物送给了钱恒！

他恐怕是真的以为她进行了如此狂野的表白！恐怕是真的以为她对他觊觎已久！恐怕是真的以为她暗恋他！

这就要命了！

就在成瑶整个人都快被吓到呆滞的时候，只听钱恒继续道：“我开始是拒绝的。”他的声音仍旧冷淡，却带了一种不自然的干巴巴的感觉，像是竭力要保持无感情的镇定，然而一丝微妙的情绪还是从语气的末梢里泄露了出来。

他咳了咳，蜻蜓点水般轻飘飘瞥了一眼成瑶：“但就算我冷处理，她也没有退缩，忍着自己心里的难过和被拒绝的尴尬，继续陪在我身边。”

不是啊！不是！！不是这样的！！！成瑶在心里疯狂摆手，老板！你这样的想法！！真的很危险啊！！！

结果这样还没完，就在成瑶已然非常凌乱的时候，钱恒给了她致命一击——

“所以最后，我被她的执着和不计名分感动了。”钱恒恢复了高贵冷艳，他飞快地望向成瑶，又飞快地移开了视线，然后望着不远处的窗外镇定地道，“我勉为其难地决定和她在一起。”

他这个语气，让成瑶想问他，此时此刻自己是不是应该跪下谢主隆嗯？

只是……只是这发展！不对啊！

成瑶的脑海里一片混乱，这到底是什么情况？自己的礼盒，该不会是真的送错了？钱恒说的这些，是为了应付他父母的假话还是真的？

接下来的饭局里，成瑶基本上是个战五渣了，她差点打翻了红酒，切牛排的时候刀差点脱手，最后吃甜点的时候还把甜点蹭到了衣服上，时不时表情复杂地看向钱恒……简直不忍直视。

对于成瑶层出不穷的掉链子和出洋相，钱恒今天却格外包容。

这自然要包容，试问哪个女性能在他同意交往的暗示面前还冷静自持？

照理说，成瑶还能有这个表现，已经很难能可贵了。

钱恒一边优雅地切着牛排，一边内心满意地想，自己这个计划真是完美。

吴君说得没错，自己冷处理成瑶以后，只要利用合适的机会给她一点暗示，她就会激动得找不着北，重新燃起追求的动力了。他如今利用这个假扮女友的契机，既和成瑶有了非工作接触的亲密互动，又利用这个机会，旁敲侧击地暗示了自己对她的接纳。

这样他不用主动，就给出了成瑶可以继续追自己的信号，简直是机智。

而成瑶也确实如自己所想，后半场饭局里已经激动得浑浑噩噩，紧张到手脚不协调。

钱恒胸有成竹地想，等这饭局结束，成瑶一定会拉着自己，向自己求证自己的话是不是那个意思的，到时候……哼。

成瑶忍着心中巨大的忐忑、悸动和不安直到饭局结束。

几乎是钱爸爸钱妈妈刚走，她就拉住了钱恒。

“老……老板……”

钱恒了然地朝她笑笑：“你要问什么，就问吧。”

“我礼盒里真的是1982年的拉菲？你……你喝了吗？”

钱恒矜持地笑笑：“我还没喝，你要是想一起喝的话，也不是不可以。”

“那，你说，那个……就‘勉为其难地和我在一起’是……”成瑶忐忑地道，“是为了应付你爸妈的吧？”

钱恒没等成瑶说完，就大发慈悲般地打断了她：“不，就是你一直梦寐以求的那样。”

他矜持地看着成瑶：“虽然女友是假扮的，但你也听出来了，你送我礼物表白这些，包括你平时对我的暗恋，都是事实，我确实很感动，所以也决定给你个表现你自己的第二次机会。如果你继续努力，各方面以高标准来要求自己，考核通过的话，也不是不能上岗成为我的真女友。”

成瑶震惊了，成瑶迷茫了，成瑶感觉自己脑袋坏掉了……

钱恒？钱恒在说什么话？她怎么觉得每一个字自己都听得懂，但是连在一起是什么意思？成瑶只觉得头脑一片空白。

“可是我……”

“没有可是。”钱恒笃定地道，“让你考察期通过后上岗已经是我对你最大的通融了，你就算说你心急如焚一天也等不及，这样不行，毕竟办公室恋情，我还是觉得不太妥，我还有心理建设要做。”

“考察期一个月。”

“不……”

“三周。”钱恒恶狠狠地瞪了成瑶一眼，“你就算哭，也不能再低了。光是考虑谈恋爱这件事，已经对我的工作造成了影响，谈恋爱后，我的创收也可能减少，所以我需要很慎重地考虑。”

“我……”

“两周。”

“老板！这是个误会啊！！！”成瑶终于找准机会，见缝插针般地把话给喊了出来。

钱恒愣了很久，才皱着眉，一脸兴师问罪：“什么误会？给你两周你还想顺杆爬？”

成瑶硬着头皮：“那个……这个礼盒，是个误会。”她抹了把汗，把工厂送错货的事一五一十交代了。

钱恒的脸色很恐怖，并且随着成瑶的交代，他的脸色越来越恐怖了。

直到成瑶说完，他才阴沉地瞪着成瑶，一字一顿道：“所以，你没有表白？”

成瑶点了点头：“真的！我今天就去投诉那个发错货的工厂！我可以把人叫来跟你当场对峙！这真的是个误会！我没有！我绝对没有对老板你有非分之想！”

“所以，我之前的情绪全是白费？”

成瑶立刻点头保证道：“老板，你不用这么左右为难，不用纠结办公室恋情是否妥当这种问题，也不用为了考虑是否谈恋爱而影响创收！也不用考察我了！不用在乎我的感受！因为我很好！我没有失恋！我也没有因表白失败而遭到毁灭性打击！你放心！我会继续心无旁骛地工作！为建设社会主义而奋斗！”

遇到这种情况，成瑶的脑子至今还没转过弯来，她整个人都非常混乱，钱恒的眼神让她心慌意乱，钱恒的话更是让她觉得烦躁不安、忐忑紧张。她语无伦次地解释着，下意识地就想把眼下这种不可控的场景恢复到原本的平衡中去。她晕乎乎地想，一切回归到没有产生误解的时候的话，就好了吧，自己的不正常也能好转了。

成瑶噼里啪啦说了一堆，从主观和客观两方面分析了她的无辜，并且努力完善逻辑，将主客观融合起来形成证据链，以证明她确实对钱恒并无歹念。

“老板，你千万不要因为觉得我很可怜，就出于怜悯，勉强你自己说给我个机会！我没有！我真的没有！”

不知道为什么，钱恒越听越沉默，越听脸色越难看，成瑶说到最后，他竟然站起身，径直走了！走了！了！

没过多久，成瑶收到一条微信。

“突然想起来有非常重要的工作要加班，你自己回去吧，车费我报销。”

随着钱恒这条微信而来的，是一个200元的红包转账。

这都什么和什么啊，成瑶想，最近能有什么加班？今天为了应付他爸妈，钱恒不是已经把时间都安排好了吗？

不知道是不是巧合，钱恒前脚刚走，成瑶就收到了薛明的电话。

“瑶瑶，你在哪儿呢？我今天正好又来A市办事，一起吃个饭？”

“哎？”成瑶有些不好意思，“我刚吃完呢，要不我陪你吃个饭，然后喝个下午茶什么的？”

薛明连连答应，两人便把这事定下了，薛明很想去尝尝A市风味小吃一条街上的小菜馆子，所以两人便约了在那儿见面。

也不知道今天成瑶是什么运气，薛明的电话刚挂，包锐就来电话了，一下子让成瑶飘飘然，都有了点自己是个日理万机的大忙人的感觉。

“成瑶，我们今天下午约了牌局，一起来我家打掼蛋啊！谭颖、李明磊和王璐都来的，就差你了！我让我老婆做了一桌甜品，你不老说她做得好吃吗？赶紧来吃吧。”

成瑶拒绝道：“替我谢谢嫂子！不过我约了人啦！下次一定来！”

“约了人？！”包锐的八卦雷达一下子上线了，对着成瑶东问西问，还语重心长地关照了成瑶一堆约会须知，才挂了电话。

成瑶很快赶到了风味小吃一条街。

这里算是A市的特色保留街区，游客来A市总要来这里逛逛，不少小饭馆是十几年的老品牌了，口味很不错，只是因为街区太老，又有一些遗留问题，游客多，垃圾也多，这一带的环境略微有些脏乱差。

薛明和成瑶是不在乎，但如果换成是钱恒那种人，恐怕要皱着眉头，屏住呼吸，都不知道哪里才算足够干净到能安放他尊贵的脚。

成瑶摇了摇头，不知道怎么的又想起钱恒了，一定是平时中毒太深！

好在薛明也很快到了，两人很快选定了一家川菜馆，准备进去大快朵颐。

“来，瑶瑶，吃点这个水煮牛肉，很够味。”

两人的菜很快就上了，薛明刚热情地夹了一块水煮牛肉准备放进成瑶的碗里，就被突兀地打断了。

“为了更健康卫生，国外都流行分餐制，你还在这里夹来夹去，如果你有幽门螺旋杆菌，这不是正好传染给她？”

就在成瑶准备开口道谢之际，她的头顶突然响起了钱恒冷冷的声音。

这位半路杀出的“程咬金”选手，显然无视了薛明和成瑶疑惑震惊的目光，大剌剌地从旁边空餐桌边拉过一把椅子。看着那椅子上几块陈年的油斑，钱恒皱了皱眉，英勇就义般地坐在了那椅子的一个角上，堪堪避开了那几块油斑。

“幽门螺旋杆菌你们懂吗？”钱恒冷哼了一声，即便这坐姿应该相当不适，他却还一派高贵优雅矜持，屁股稳得犹如坐在昂贵的老板椅上，“幽门螺旋杆菌感染，会让患有胃癌的概率增加2.7倍到12倍。”

薛明这根伸出来的筷子，一时之间继续伸出去不是、缩回去也不是，就这么尴尬地停在了半空中。

他下意识地解释道：“我没幽门螺旋杆菌。”

钱恒瞥了薛明一眼，冷哼了一声：“我们律师最讲究的是证据，空口无凭，等你提供了你的体检报告再说吧。”

成瑶满头汗，转过头去看向钱恒：“老板，你怎么过来了？”

钱恒面色不悦：“这条街是你家的吗？我为什么不能过来？”

“你不是……不是刚才有重要的加班任务吗？”

钱恒理直气壮地道："我记错了，开车开到一半发现没有需要加班的。"

"那你是怎么知道我们在这里啊？"

"包锐邀请我去打牌时向我汇报的。"说到这里，钱恒冷冷一笑，"没想到我前脚刚走，你后脚就已经约起来了。"

成瑶不解。

自己做得有什么不对吗？成瑶不明白，钱恒走了难道自己还要随时待命吗？这可是周末啊！为什么钱恒的语气，简直就像是说他尸骨未寒，成瑶这个未亡人刚死了老公就迫不及待到处勾勾搭搭似的了……

不过令成瑶震惊的还不是这个，她看着钱恒对周遭环境嫌弃的表情，都有些不忍了："老板，是有什么急事需要我处理吗？你发邮件或者打电话给我都可以啊，没必要亲自来这里，这里……这里的格调毕竟和你格格不入……"

薛明听到这里愣了愣："他是你老板？"他转了转眼珠，随即语带敌意地道，"虽然工作确实重要，但今天是周末，成瑶也有私人时间，我和成瑶约完会回去后，我会陪着她一起把你的工作加班完成的。"

薛明说到这里，话锋一转，从头到尾打量了钱恒一眼："何况以你这样的身份和穿着，在这里吃饭实在不太合适。这里的菜都是用地沟油做的，你娇贵的胃，恐怕是接受不了。"

不知道怎么的，平时温和的薛明，似乎和钱恒也不怎么对付，成瑶怕按照这个趋势，两个人会杠上，努力做着和事佬："老板，这里实在太脏乱差了，真的不适合你，我怕把你衣服也弄脏了，这多贵啊……"

"不贵，也就两万块而已。"

钱恒对周遭环境实在是看不上，他在成瑶和薛明的联合劝说下，竟然还十分顽强地待了下来，这架势是不准备走了。

要是换作别人，薛明说什么都不忍了，但得知对方是成瑶老板，本着为成瑶考虑的原则，只能敢怒不敢言。他也不准备将就钱恒了，径直吃起饭来，准备使用无视大法，彻底无视钱恒，当他是空气。

"瑶瑶，你老板既然这么空闲，想在这里看我们吃饭，那就让他留着呗。"薛明咬牙切齿地道，"我们吃我们的，吃完了你再跟你老板回去加班就是了。"

薛明一口一块水煮牛肉，又斜斜地瞟了一眼钱恒，像是故意说给他听似的："对了瑶瑶，还没问过你呢，你的择偶标准，是什么样的？"薛明说到这里，看了一眼成瑶，有些不好意思，"就想问问，你喜欢什么样的男生？"

"啊？我啊？"成瑶有些意外，她想了想，刚想回答，却被钱恒打断抢白了。

"她喜欢身高超过185的男人。"钱恒说完，居高临下地看了眼局促的薛明，"你只有178左右吧，你看，你比我矮了大半个头。"

成瑶刚想解释，钱恒又开了口："她喜欢工作业务能力强、足够优秀的男人。"

见成瑶没有说话，薛明以为她默认了这种标准。

薛明的眼睛重新亮了亮，有些腼腆："我今年才被评为优秀工作标兵。"

"哦，她喜欢的优秀，是指的那种年收入破亿的。"

"不是不是，别听我老板开玩笑……"成瑶连忙想辟谣，结果钱恒警告性质地看了她一眼，虽然没说话，但成瑶已经默契地从钱恒的眼神里读懂了他的潜台词——年终奖，还想要吗？

为金钱屈服的成瑶只能识相地闭上了嘴，任由钱恒表演。

"她还喜欢穿西装好看的男人。"

成瑶的沉默，进一步加深了薛明的误解。

他的眼睛又亮了，看向成瑶："我穿西装，我们公司的人都说我挺帅的。"

钱恒笑笑："哦，忘了说，是穿两万以上西装好看的男人。"

话说到这里薛明才意识过来，他这才反应过来成瑶的沉默恐怕是面对强权的敢怒不敢言，终于忍无可忍："你这个人怎么回事？虽然你是瑶瑶的老板，但对她的私生活也干涉太多了吧？"

"我今天过来，不是以成瑶老板的身份。"

成瑶已经不知道怎么处理这种情况了，钱恒今天怎么了？他是中央戏精学院毕业的，所以来展示他的专业素质的吗？这次又要干什么？继续以室友的身份作妖？他这是报复自己上瘾了？死活不让自己有任何脱单的机会吗？

"我今天来，是以成瑶准男友的身份。"

看吧，他果然演上了……就在成瑶腹诽之际，她突然反应了过来。

等……等等……什么准男友？

成瑶惊愕地抬头，看向钱恒。对方却在说出如此具有爆炸性的消息之后，仍旧维持着冷漠的镇定，就像是在讨论今天天气一样平常。

“成瑶，在追我。”钱恒脸不红心不跳地宣告着，“我一开始是拒绝的，但现在，经过剧烈的思想挣扎，我想通了。”钱恒看向成瑶，微微一笑，“我允许你追。”

“不，不！老板！你搞错了！！！我刚才不是已经和你解释清楚了吗？我没有在追你，那个礼盒是个误会啊！你最近的记忆力有点问题啊，我回头给你买点脑白金清醒清醒吧！！！”

这么一来二去，薛明自然被气走了，只是薛明走后，成瑶不论怎么解释，钱恒也不表态，他只是用危险的眼神看着成瑶。

“成瑶。”

等成瑶嘴巴都快说干了，之前脸色复杂一言不发的钱恒，终于开了口。

他的表情仍旧镇定，语气也冷静到不行：“我是善意第三人。”

“啊？？？”

“我想过了。”钱恒盯着成瑶，“你和工厂之间发错货的关系和事实，我作为第三人，并不知情，所以我的误解，也是基于不知情上非主观恶意的误解，那么你们之间发错货造成的恶劣影响和后果，不得对抗我这个善意第三人因误解做出的错误决定。因而，我的决定所造成的损失，你也不得向我主张，只能向发错货的工厂主张，我的决定，你必须配合履行。”

成瑶一头雾水：“什么？”

钱恒抿了抿嘴唇：“我已经勉为其难做出允许你追求我的决定了。”

成瑶还没反应过来，就听钱恒理直气壮地道：“所以你必须追。”

成瑶蒙了。

“因为我是善意第三人。”

“我钱恒的情绪，不能浪费。”钱恒理直气壮地道，“我既然已经被这个错误引导着思考了很久，做出了决定，那这个决定必须被执行，我要对得起我一分钟166.666无穷人民币的时间。”

成瑶在极度的震惊下，已经忘记了自己应该先去回应老板的话，她下意识地先考虑起了善意第三人的问题，据理力争：“善意第三人是处分物权里的概念，我们这里涉及的是人身关系，人身关系不能强制执行，你不能这么强行要求我去追你啊！这不合法！和法理完全是背道而驰的！”

钱恒微微皱起了眉，面对成瑶的指控，仍旧非常冷静，他看了成瑶一眼：“我以你的年终奖命令你追。”

钱恒这是彻底不讲理、不讲法，开始霸权主义强权政治了……

“鉴于你确实也不是主观故意造成我的误会，所以时间上，再给你让步一点。”钱恒冷冷地道，“三天。”

“但是……”

“没有但是。”

“不，就……”

这一次，钱恒直接捂住了成瑶的嘴，不让她再有开口的机会。

他淡然地看着成瑶，云淡风轻地道：“沉默是金。”

虽然表情淡然，但钱恒那双漂亮的眼睛里写满了死亡威胁。

成瑶简直欲哭无泪，这是什么鬼？！这是“逼良为娼”啊！这世界上，竟然还有人逼别人对自己有非分之想的！

“就这么决定了，走吧。”钱恒微微皱了皱眉看了眼小餐馆周围，“我真的不能继续在这个地方待下去了，我的格调已经快被污染得支离破碎了。”

走？！还走什么走？成瑶想，这走的是什么绝路啊？！

天地良心，她现在只想给秦沁打电话约架！瞧瞧她推荐的那个破礼盒搞出的都是什么事？！

一刻钟后，成瑶被钱恒带到了电影院门口。

成瑶不解。

钱恒目不斜视地看向远处：“哦，从今天开始算吧。”

成瑶愣了愣，才反应过来：“三天，从现在开始算？”

今天都已经过了一大半了！

钱恒惜字如金地“嗯”了一声，继续维持着不看成瑶的姿势。

“那我们现在？”

“一般来说，追人的一方会请被追的看电影。”

成瑶连连点头：“好，好，老板说得是！”

不知道为什么，可能是气场问题，每次在和钱恒的对抗中，成瑶最后总是由于他强大的诡辩和歪理邪说而败下阵来，不自觉就会被他带着走。

在钱氏霸权主义面前，成瑶不知不觉就遭到了荼毒，接受了这诡异的发展方向。

成瑶赶紧掏出手机：“老板你想看什么电影？今天有一个好莱坞英雄片，一个国产青春爱情片，一个日本恐怖鬼片，还有一个印度歌舞片。”

“恐怖片。”

成瑶哪里敢迟疑，立刻准备订票。

“刷我的卡。”就在成瑶准备付钱时，钱恒冷冷地递上了自己的银行卡。

“哎？”

钱恒的声音仍旧波澜不惊，只是音调里有一份微微的不自然：“这三天期间因为追求我而造成的费用，我给你报销。”钱恒清了清嗓子，“毕竟我比较贵，一般人追求不起我，鉴于这个情况，我对你进行补贴。”

人一旦中毒以后，就连思维里也带满了毒素，成瑶完全被带跑了，她感恩地想，老板真是贴心啊！

“谢谢老板！”她道完谢，又想起来，“那，那个，老板你的卡密码是？”

钱恒直接报了一串数字。

成瑶拿着卡付了电影票钱，赶紧颠颠地回来还卡。

结果钱恒又有了新要求，他没接过卡，只是眼光轻飘飘地看了一眼旁边抱着爆米花走过的小情侣。

成瑶不傻，立刻心领神会，赶紧拿着卡又买了一大桶爆米花，还附带了两听可乐。

两个人就这么落了座。

虽然成瑶知道这是个日本恐怖片，但她根本没料到，这恐怖片竟然还是个3D的！

这下从音效、环境还有体验感来说，这恐怖片都真的十分恐怖了！

成瑶抱着爆米花瑟瑟发抖，她一紧张就疯狂往嘴里塞爆米花，半场电影下来，一桶爆米花几乎都进了她的肚子。

她根本无暇顾及别的，只拼命忍着想要尖叫的冲动，偶尔瞥了一眼身边的钱恒，才发现对方对着屏幕上的一群鬼和碎肉残肢，还是面不改色十分冷静。

可成瑶自己就快要被吓死了！！！她咬紧牙关，抓着自己的大衣。

就在她害怕得快要逃跑的时候，钱恒凑近了她。

他的声音低低的，仍旧镇定自若，然而因为就在成瑶的耳畔，那气流里带了暧昧的温热。

"一般来说，看恐怖电影的时候，追求者都会趁机握住被追的人的手。"

成瑶还没反应过来，钱恒的手就伸了过来："哦，你手太短了，我就勉为其难握住你的吧。"

然后一只温热的手握住了成瑶。

明明刚才看恐怖片还被吓得要死，完全被片子里的气氛带着走，可此刻因为钱恒的这只手，成瑶却只觉得从两人皮肤接触的地方升腾起一股热意，她的脸也跟着红了，整个人只觉得脑袋里轰的一声，刚才恐怖片的气氛，一下子变成了爱情片的氛围，还是那种让人脸红心跳的爱情片。

电影后半场到底讲了什么，成瑶几乎不知道，她只顾着脸红，心脏怦怦怦地剧烈跳着，就差跳出胸腔了，哪里还看得进电影的情节。

不知道钱恒是不是一样。成瑶根本不敢去看他，只是他那只握着自己的手，手心也逐渐滚烫起来。

电影放完散场，成瑶才跟着钱恒站起来，忐忑地看向钱恒，结结巴巴地询问："看……看完了，手……手还要牵着吗？"

"牵手是追求别人之路上的重要进展。"钱恒一本正经地道，"你当然应该乘胜追击。"

成瑶点头如捣蒜，钱恒轻轻拉住了她："走吧。"

两人本来还准备一起吃晚饭，可惜钱恒接了个电话后，晚餐计划搁浅了。

"有个客户有点急事需要处理一下。"钱恒的手还是牵着成瑶的，他的耳朵也有些微红，只是语气还是镇定，"所以你不得不和我分开了。"

"看你这么难过，我可以送你回家。"钱恒清了清嗓子，"你可以再抓紧在车上的时间多看看我。"

成瑶很无奈。

我脸上有难过的表情吗？？她想，我还没从慌乱里理清头绪呢，哪里有空难过啊！

成瑶就这么忐忑地坐上了宾利，任由钱恒把她送回了楼下。

她刚下车，钱恒就又叫住了她："成瑶。"

"嗯？"

钱恒移下车窗，微微抬了抬侧脸。

成瑶不解。

"一般一起看完电影并牵手后，追求者会趁着气氛好，亲一下被追求的人。"钱恒一边说，一边继续抬了抬侧脸，暗示道，"今晚月色挺好，气氛不错。"

什么月色？！成瑶想，月亮还没出来呢！

"气氛很好。"就在成瑶腹诽之际，钱恒抿了抿唇，又补充道，"所以我允许你亲我。"

"不，不，不，老板，我没有想要冒犯你！"

真是敬酒不吃吃罚酒，钱恒冷冷地瞥了成瑶一眼："我用年终……"

"我亲！我亲！"

成瑶不仅脸红了，连眼睛都红了，她冲到车窗边，俯下身，飞快地亲了钱恒的侧脸一下，然后兔子似的蹦走了。

成瑶亲完钱恒，心脏怦怦直跳，明明有电梯，却傻不拉几地一口气跑上了楼。

直到成瑶站在房门口，她的心还没平静下来。

完了，她绝望地想，我可能被钱恒传染了！

结果她刚按住胸口，想要按捺住那颗狂跳的心，这一切的"罪魁祸首"便打来了电话。

成瑶紧张之下按了"挂断"……

等她手忙脚乱赶紧回拨的时候，对面显示"忙音"。

她锲而不舍地又拨了几遍，一条短信跳了出来。

"你别打。"

成瑶刚听话地放下手机，钱恒的电话就又来了。

"成瑶，下楼。"

"哎？怎么了？"

“我反悔了。”

“啊？”

电话里钱恒的声音镇定自若：“一般这种情况下，追求者应该陪着被追求的人一起去加班。”

钱恒理直气壮地道：“你要想追上我，必须努力点。所以下楼吧，这种时候，你应该陪我一起去加班。”

“……”

不管怎样，最终，成瑶还是乖乖地“奉旨”下了楼。

于是此刻，她坐在钱恒的办公室里，字面意义上地好好看着钱恒加班。

以前也不是没来过钱恒办公室，只是这一次，成瑶却觉得格外紧张。所里没有别的人了，只有钱恒这间办公室里开着灯和暖气。钱恒一本正经地看着材料，这密闭的空间内气氛安静而微妙。

一切都没什么不同，但一切又似乎都不同了。

成瑶看了钱恒一眼，他的侧脸仍旧英俊到不真实，眉正微微皱着，像是遇到了什么难题，模样认真而专注，明明他穿的衣服领口的扣子都扣紧了，可成瑶脑海里竟然还是冒出了“性感”两个字。

真是中毒了，中毒了，成瑶红着脸，赶紧移开了眼睛。

结果没过多久——

“这种时候追求者应该含情脉脉地看着被追求的人。”

钱恒没抬头，还是埋首在文件里，如果不是这屋里只有他和成瑶，那样子甚至都看不出他刚才说了话。

成瑶只好打起精神，看向钱恒。

结果成瑶这么听话，钱恒又不满意了。成瑶才看了没多久，钱恒就改变了主意。

“算了，你还是别看我了。”他皱着眉，还是维持着看文件的姿势，语气有些不自然和虚张声势，过了一会儿，又加了一句，“你，转过身去，看着墙壁。”

他不仅不让她看他，还要她面壁思过。

成瑶恨恨地想，那叫自己来陪着加班有什么意思啊？！谁对自己的追求者这么阴晴不定的？！你能脱单吗你？你不能！而且你不都没抬头吗？没抬头你管我在不在看你？！

“你那么看，我会分心。”

就在成瑶愤愤不平之时，钱恒的声音又响了起来。

还是镇定的、冷静的、自然到让人以为在讲工作时的声音，然而成瑶反应过来的一刹那，脸就红了。

“你不想对着墙壁也可以。”钱恒冷冷地道，“但是注意下分寸，别太火热了，影响我工作。”

什么火热？！是你自己感温细胞失调了吧？！

一刻钟后，钱恒处理好了工作，回复完了邮件，他抬起头，状若不经意地扫了成瑶一眼：“今天就要结束了，还有两天，你想好要怎么做了吗？”

这……这难道还要汇报？？？

“我还……还没想好……”成瑶小心翼翼地看了钱恒一眼，“要不老板你给点提示？”

“哦。”钱恒抿了抿嘴唇，“一般来说，追求者为了凸显自己的优点，都会穿漂亮点，吸引被追求者的目光。”

他看了成瑶一眼：“红色吧。”钱恒看向办公室内的绿植，“你有件红色的毛衣裙，我觉得勉强还可以，明天是周日，不用穿正装，应该切换一下风格。”

成瑶愣了愣：“难道我穿别的不好看吗？”

钱恒眼睛没看成瑶，只轻轻地道：“都好看，但我最喜欢你穿那件。”

只是很平常普通的一句话，然而不知道怎么的，成瑶整个心里突然像是炸开了一团烟花。

她低下头，心又狂跳起来，因为紧张，她下意识地咬住了嘴唇。

“成瑶，你故意的吧？”

成瑶很茫然：“嗯？”

钱恒却显得有些恶狠狠的：“你别以为这样可以勾引我亲你，以此作弊来缩短追求时间。”

成瑶委屈，她没有啊！她倒是觉得是钱恒在勾引她！

钱恒清了清嗓子，回到了刚才的话题：“另外，追求者应该在每天早晚都问候一下被追求者，强调自己的存在感。

“只能给被追求者做甜品。

“追求者应该在所有社交平台都强调自己心有所属，表明对被追求者的情谊。”

成瑶越听越委屈，听到最后，她终于憋不住了：“老板，你也太过分了吧！”成瑶鼓起勇气，“你这是利用自己的职场优势地位，对我进行压榨。逼着我追求你，还要我到处公开自己心有所属，那等三天以后，你觉得考虑下来还是不行，把我给拒绝了，我岂不是没脸见人？就算是签合同，权利和义务也应该是对等的，可现在我这里全是义务，你那里全是权利，这根本就违反契约精神……”成瑶梗着脖子总结道，“这不公平。”

“如果你态度好到足够打动我，三天后我也不是不可以……”

成瑶直接打断了钱恒的话：“我才不要别人勉为其难和我在一起。”

“就算你这样同意和我在一起了，我们的关系也不对等。”她垂下了眼，“而且我幻想能有人追我，让我体会下那种被捧着的感觉。”成瑶轻声嘀咕道，“谁还不是个小公主呢。”

大概人一旦鼓起勇气，就会越战越勇，成瑶既然说了出来，就继续抗争道：“何况你都不喜欢我，怎么就可以强迫我先追求你，让你先体会下这种感觉再做决定啊，太不负责了，太欺负人了……”

“我没说不喜欢。”

“工厂发错货也不是我故意的，给你造成困扰的话，道歉请吃饭都可以，你就算稍微扣点年终奖我也认了，但你不能这么戏弄报复我啊。”

“没有戏弄和报复。”

成瑶犹自沉浸在她自己的世界里，她晓之以理道：“你就算不是戏弄和报复，这也很过分了，你都不知道你自己在想什么，喜欢不喜欢我，就强行要我先追你，你没听过吗？强扭的瓜不甜啊……”

钱恒站了起来，朝成瑶走去：“成瑶，我没说不喜欢。”

“啊？”

钱恒不自然地重复了一遍：“我没说不喜欢。”

“不喜欢和喜欢，是完全不同的两个概念，很多不喜欢但也不彼此讨厌的人，结了婚，就是相敬如宾的婚姻，之前我和包锐还做过一个案子，就是这样一对夫妻，相亲认识，大家之间没有心动的喜欢，但也能相处着一起搭伙过日子，本来过着平静的生活，结果丈夫突然遇到了让他强烈喜欢的真爱，宁可净身出户也要离婚的。”

这一次，成瑶没有退缩，勇敢地回看向钱恒：“你对我只是谈不上不喜欢，这样就强迫我追求你，也太过分了吧！”

钱恒抿紧了嘴唇，没说话。

看钱恒的样子，不知道为什么，成瑶更委屈了：“你看，你其实内心都不知道你到底喜欢什么样的人，真的，没有不喜欢不等于喜欢……”

“我喜欢。”

成瑶愣了愣，一时之间没反应过来：“什么？”

钱恒侧开了脸，他的耳朵已经以肉眼可见的速度急速泛红了，然而声音却还是泰山崩于前而面不改色地镇定：“成瑶，我喜欢。”

什？什么？

成瑶此刻感受的几乎是五雷轰顶一般的至尊体验，只觉得随着钱恒这简单的几个字，自己都被轰炸得耳鸣了。

“行了，你赢了。”钱恒语气有些干巴巴的，即便是认输，他也维持着高冷镇定，眼神倒是恶狠狠的，他瞪了成瑶一眼，“你就一定要把我逼到这种地步？我好歹是你老板，你就一点面子不给我？”

“我？我怎么逼你了？”

“有些事，心知肚明就行了，一定要点破吗？我都找好了理由，你不会顺水推舟吗？”

“啊？”

钱恒抿着嘴唇，他站到了成瑶对面瞪着她，钱恒的身高一下子给了成瑶很大的压力，而就在成瑶准备抗议之前，钱恒突然俯下身来。

他弯下腰，让他的视线和成瑶的持平，盯着她的眼睛，他就着这个姿势，一字一顿地道：“成瑶，我喜欢你。”

两个人的距离太近了，成瑶的身后就是墙壁，她退无可退。她的眼前就是钱恒那挺拔得犹如垫过的鼻梁，她努力地盯着钱恒的山根看，就在快看出斗鸡眼的时候，钱恒的鼻梁轻轻地碰上了她的。

然后两片带了微凉触感的唇，轻轻地碰上了她的。

过了仿佛有一个世纪那么久之后，成瑶才终于反应过来——

那是一个蜻蜓点水的吻。

当成瑶刚准备控诉的时候，钱恒已经如没事人一般直起了身，退后两步离开了她的身畔，极其不自然地转开了头，视线落在窗外。要不是成瑶就是当事人，完全无法想象刚才做那些事的就是眼前的钱恒。

在成瑶的目瞪口呆里，钱恒终于开了口："你说强扭的瓜甜不甜，不过，不扭怎么知道？"他的声音冷静镇定，"而且管他甜不甜，当然是先扭下来再说，不甜扔了就是了。"

成瑶不得不承认，这强盗逻辑竟然好有道理，只是当自己是这只强扭了并且可能因为不甜就要被扔掉的瓜时，这实在就让人高兴不起来了……

就在她低下头掩饰她脸上的表情时，钱恒的声音又一次响了起来。

"现在扭过了。

"很甜。"

成瑶愕然地抬起了头。

说着这种话的钱恒竟然还在侧着脸，看着窗外，只是虽然表情仍旧冷静自持，他耳朵上慢慢蔓延的红却泄露了他的情绪。

"总之，就像我之前说的那样，作为善意第三人，造成这种误会，并不是我的错，所以你要追我。"即便到了这种地步，死要面子的钱恒竟然还能强行挽尊地强词夺理，"我重新考虑了一下，因为我喜欢你，而且鉴于你平时信誉良好、为人诚恳，所以把三天考察期缩短成一天。你今天的表现勉强合格了。"说到这里，钱恒终于看了成瑶一眼，"所以恭喜你，你通过考核，得到了成为我女朋友的机会。

"好好珍惜。"

如果之前成瑶对事情的发展感到措手不及，那现在她终于完全反应了过来——"我没说不喜欢""很甜""没有戏弄和报复""我喜欢"。

成瑶简直想跳起来大喊，天啊！钱恒喜欢她！！！她的剧毒老板，竟然喜欢她！

钱恒啊钱恒，你也有今天！

成瑶差点不合时宜地叉腰狂笑起来，她看着仍旧绷着脸的钱恒，内心突然升腾起一种恶劣的情绪。

风水轮流转，如今怎么也应该是她的主场了吧。

成瑶看向钱恒，声音带了惋惜："老板，你给我提供的这个新岗位以我目前的能力和综合素质，实在是没法匹配，我没法胜任，所以我自动放弃这个机会，你还是另请高明吧。"

钱恒果然愣了愣，然后他瞪向成瑶，努力维持着镇定："这个工作也没你想的那么难，你有什么不会的，我也不是不可以手把手教你……”

“不用了，不用了。”成瑶只笑笑，“我有自知之明，我想起来，我可完全不符合老板你的择偶标准啊。”

“你要女朋友听话，我这个人吧，其实骨子里挺叛逆的，让我乖乖听话，太违背我的天性了。”

“你要女朋友懂事、识大体，男人在外面逢场作戏犯错的时候，必须理解，还要能好好反思，自己哪里没做好。”成瑶一脸苦恼，“我做不到啊。我这个人吧，占有欲很强，是自己的就是自己的，别人碰一下都不行，多看一眼都吃醋。男人要是在外面逢场作戏犯错，我咬咬牙就当司法考试白考了，就算被吊销执照，也要把事情给做了。”

成瑶抬头看了钱恒一眼：“《人体损伤程度鉴定标准》我都记好了，龟头缺失1/2以上，一侧睾丸缺失，都只是轻伤一级；两侧睾丸缺失才是重伤。”

钱恒沉默了很久，才挤出了几个字：“成瑶，没必要这么狠吧。”

“没办法啊，女人不狠，地位不稳哪。”

成瑶撩了撩头发，不去看钱恒脸上姹紫嫣红的表情，径直道：“而且不要看我对男人的忠诚度要求这么高，我自己可是个双标，我不喜欢逢场作戏的男人，但我自己作为一个优秀的女律师，在外面少不得和男人打交道，为了工作，逢场作戏也是很正常的，我的男人要识大体，不要无理取闹。

“而且我的老板说了，两年内不可以谈恋爱。

“办公室恋情太不专业了，职业人士完全不能犯这种错误。”

长久的沉默后，钱恒终于深吸了一口气，他的脸完全黑了，看起来像是个气得马上要原地爆炸的气球似的。

“‘两年内不能谈恋爱’的条件针对的对象是比我差远了的人，如果对象是我，你立刻就能谈恋爱，而且应该抓住机会。

“办公室恋情，好好利用，可以成为工作的助力，一边工作一边谈情，可以更好地缓解压力。

“你可以不听话。

“我不会逢场作戏。”

钱恒盯着成瑶的眼睛，语气强硬：“但你想逢场作戏，也是做梦。”

他移开了眼神：“你有占有欲，会吃醋，我也一样。”

钱恒说这话的时候，紧紧盯着成瑶的眼睛，这一次，成瑶却没法心无杂念地盯回去了。钱恒用这种语气说着这种话，成瑶只觉得自己心跳如擂鼓，刚才那叉腰狂笑的得意突然就溃不成军。

钱恒太优秀了，优秀到都让人有距离感，只是在不断地接近中，成瑶也终于不得不正视自己的内心。

从最初对钱恒的偏见和不满，到后来，他的每个眼神、每个动作，对她仿佛都有不同意义。只要钱恒在，成瑶就会不自觉地用目光去追寻他；听到他相亲，自己就不高兴；得知他相亲失败，自己就幸灾乐祸。

那些面对他越来越多的心动瞬间，那些努力自我抑制、努力告诫自己保持距离的内心警告，那些日常生活里被自己努力忽略的细枝末节，在这个刹那，犹如平日被压制在水坝里的水，在大坝坍塌的那个刹那，报复性地呼啸着向她席卷而来。

这一刻，成瑶脑海里闪过的都是钱恒——他的笑，他挑眉的模样，他嘴唇微微抿紧的弧度，他在极度震惊时快速眨动的睫毛，他明明胃痛却克制着仍旧专业的样子，他看向多肉时不自觉的柔和眼神，他黑着脸兴师问罪的表情，他充满优越感、极度欠扁却仍英俊的神情，他为自己挥出的拳，他递巧克力给自己时的不自然，他不许自己哭时的蛮不讲理……

在钱恒说出“喜欢”的刹那，成瑶只觉得心跳都暂停了。

在钱恒蛮横无理的告白面前，成瑶不管外表多么淡然镇定，内心却根本毫无抵抗力。

如果这是一场战局，那么明明开篇占据了优势、手握先机的成瑶，此刻已经被钱恒扰乱了军心，自乱阵脚起来。

即便不愿承认，成瑶也终于意识到了，自己还真的，对钱恒存了那么点非分之想。

只是潜意识里，连成瑶自己都觉得这想法太大胆、太作死、太危险了，在自我保护机制下，她拼命否认了这种感觉。

大约是成瑶长久的沉默，钱恒终于没忍住，他看向成瑶，又非常强硬地补充了一句：“我不会去逢场作戏，你也不可以，你只可以有我。”钱恒顿了顿，侧开了脸，“我也只有你。”

成瑶出了这么多招，然而钱恒只是这样一句话，就轻易化解了她的所有铠甲，真是犯规。

成瑶满脸通红地瞪向钱恒，钱恒，真是讨厌！

“至于我给你提供的新岗位，我说你符合你就符合。”钱恒蛮横地道，“让你上岗就上岗，扭扭捏捏的，是年终奖不想要了？”

年终奖这个梗看来是过不去了？！

成瑶抑制着内心的手足无措，努力佯装愤怒地道：“没有哪个男朋友会用年终奖威胁女朋友的！”

“也没有哪个男朋友给女朋友发工资的。”

成瑶冷静了下，才终于找回了镇定，她看了一眼钱恒，努力维持着一脸无畏的表情：“哦，那算了，年终奖我不要了，我知道自己什么斤两，上不了岗。”

成瑶忍着笑，看着钱恒吃瘪，看得出来，钱恒的脸已经快黑到不能看了，只是成瑶在内心的恶劣因子驱动下，她还想再进一步。

“何况我想想，你可能也没那么喜欢我，毕竟你的喜欢换得很快，不久前不是还一见钟情看上了和你相亲的女生，怪我破坏了你的相亲吗？”成瑶酸溜溜地道，“按照你这个喜欢人的频率，我就算拒绝了你，你应该不出一个月也能遇到新喜欢的人，然后成功脱单了……”

“没有更喜欢的人。”

成瑶好整以暇地道：“试试嘛，你不试试怎么知道呢老板？”

“从来就没喜欢过相亲的女的。”

钱恒看了一眼成瑶，随即移开了视线：“我不喜欢她。”

“可你说……”

钱恒瞪向成瑶：“我骗你的。”

成瑶愣了愣，随即明白过来，呵，原来那么早，钱恒就在给自己下套呢。

只是她并不准备就此放过钱恒，她佯装不知地追问道：“你骗我干什么？”

钱恒没说话，只恶狠狠地看向成瑶：“你心里不已经知道了吗？”

成瑶却是打定主意装傻到底了：“我不知道，我又不会读心术，我怎么知道你心里在想什么？”

“成瑶。”钱恒几乎有些咬牙切齿了，“你不要太得寸进尺了。”

“我哪里有得寸进尺？你说你为什么骗我呀？”

钱恒梗着脖子，一脸宁死不从："我拒绝回答这个问题。"

"哦，那我也拒绝做你的女朋友。"

钱恒简直快气炸了："成！瑶！"

"让你说真话，就那么难吗？"成瑶迎上了钱恒的眼神，她的心跳得很快，脸也很红，但努力维持着淡定，"我不想要一个什么话都不告诉我的男朋友。你这样的，不符合我的择偶标准。

"如果你没什么要说的了，那我的态度我也表明了，也不早了，我先回去了。"

成瑶刚转身，就被钱恒拽了回来。

"我骗你，因为这样就可以让你假扮我女朋友。"

钱恒像是用尽了他的自尊才说完了这短短的一句话，刚说完，他就别扭地偏开了头，仿佛受了非人的折磨。

可没过多久，这位老板病、别扭傲娇精又忍不住转回了目光，再次看向成瑶。他看了成瑶一眼，眼神又偷偷转开，然而再一次忍不住又看过来时，被成瑶抓了个正着。

第一次，成瑶在钱恒的眼睛里看到了局促和无措，他的语气还是凶巴巴的，他狠狠地剜了成瑶一眼，便又移开了视线："你气死我算了。"

成瑶却是笑："既然这样，那怎么能算我追你呢，应该是你追我的呀。以目前的证据来说，怎么看都是你对我先有非分之想。"

钱恒下意识地绷着脸否认："我没有。"

"那我走了，对我连非分之想都没有的男人，一定不是真的喜欢我。"

"行了！我有！"

钱恒虽然还是绷着张脸，然而成瑶总觉得如果能形象化，钱恒现在怕已经鼓成一条河豚了，他忍无可忍地道："成瑶，你是真的准备气死我？"

"不是你刚才说让我气死你算了？我只是听从了老板的吩咐啊。"

钱恒的表情，已经从最初的自信满满，变得有些无措慌乱，有些可怜巴巴了，他第一次对事态的发展毫无掌控力，也不知道成瑶下一句会说什么，他根本无法预测成瑶的行为。这是第一次，他意识到，自己喜欢的这个人，并不像她看起来那么听话。

可心里即便不停告诫着自己"气死我了，我不能再喜欢她"这种话，只要成瑶一个眼神、一点声音，钱恒就发现自己的眼睛不争气地又一次看向了她，真是红颜祸水。

红颜祸水本人尚不自知，她几乎是第一次杠上钱恒还能节节胜利，此刻都忍不住有些膨胀了：“所以现在不是什么‘你勉为其难同意我成为你的女朋友’，而应该是‘你真诚地请求我成为你的女朋友’。”

成瑶说完，才发现钱恒的脸已经臭得和茅坑里的石头有一拼了。她这才有些后知后觉地忐忑起来，自己是不是把钱恒逼得太紧了？他虽然说了喜欢自己，但他毕竟是面子大过天的老板，何况这喜欢，到底有多少，能喜欢到为了自己连原则都不要吗……

这么想着，成瑶突然就有些后悔了，她害怕钱恒生气了，害怕他掉头就走，害怕知道钱恒对自己的喜欢原来并没有那么深，害怕和他的原则、他的骄傲比起来，自己并没有那么重要。

而钱恒的沉默加重了成瑶内心的不安，她对钱恒那些藏在心底的微妙小心思，让她在这一刻，竟然也有些患得患失起来。

因为她也喜欢着他，因此这种喜欢，也变成了一种软肋。

“算了，这个问题也太为难……”

就当成瑶自己忐忑不定准备给钱恒找台阶转移这个话题时，她听到了钱恒的声音：“成瑶，我请求你成为我的女朋友。”

这明明是一句浪漫而充满爱意的话，然而钱恒此刻的表情，却犹如染缸一般精彩，要是光看他的神情，恐怕根本看不出他这是在表白，反倒像是刚被毒打了一顿，人生观和原则刚刚因遭遇现实的重击而分崩离析。

只不过这句最艰难的话一旦说出，钱恒好像索性放下了那种绷着的状态，他脸上带着一种放弃挣扎的自暴自弃。

“行了，成瑶，我说了，我请求你做我女朋友。”

看成瑶不言语，钱恒不得不又再开口说了一遍。

大约是第三次说，这次他说得流畅了很多：“成瑶，我喜欢你，希望你做我的女朋友。”

明明都说了三次了，可钱恒说完，神情还是全然的无措和赧然，只是即便到了这种地步，他还努力想要维持着镇定。

“扣你年终奖这种话，我也只是说说而已。

“不会真的扣。

“我从来没想过扣。

“你作为新人，在角色调整上和个人成长上，都做得很好。”钱恒此刻不仅耳朵红了，连耳后也开始红起来，“所以就算你拒绝我，我也不会扣你的年终奖或者报复你。”

钱恒抿了抿唇，认真地盯向成瑶：“但是如果你新工作上岗，我作为男朋友，会私下给你包一个两倍年终奖的过年红包，而且我的卡你可以随便刷。”

说到这里，钱恒终于找回了点冷静，他淡然一笑，看着成瑶：“一分钟。”

“啊？”

钱恒看了下手机：“还有五十秒，过时不候。”

有这样告白的吗？感情和金钱双管齐下？表白和年终奖一起上？

这……这有点让人心动啊……

钱恒仿佛看出了成瑶内心的动摇，他抿着唇补充了一句：“只要你同意，不仅年终奖是你的，我的银行卡是你的，我的专业咨询指导是你的，我的时间是你的，连我也是你的。

“得到所有这一切，只需要你点头。”钱恒仿佛横下心一般，努力推销着自己，“年终福袋，除了这些，你还能得到一些意外的惊喜。”

“什么惊喜？”

“那你要买了福袋自己亲自拆开了才行。”

真是……成瑶想，钱恒怎么没去做销售呢？就他这个姿色，加上这个威逼利诱还带饥饿营销的段位，怎么也能坐上华东地区销售一哥的宝座吧？

“这是我平生第一次愿意连原则都不要了，都要表白。”钱恒看了成瑶一眼，“如果你拒绝我，我当然尊重你的意见，我们的工作关系也不会受到影响；但从我的角度来说，这将对我造成很大的伤害和打击，自尊心和自信心都将受到极大的摧残……”

要……要这么可怜吗？被钱恒如今这眼神看着，成瑶总觉得，自己万一拒绝了，真是十分十恶不赦！

也是这时，钱恒抬手看了眼表，给了成瑶最后一击：“只剩下十秒钟了，我倒计时了，十——九——八——”

成瑶的心随着钱恒的倒数跳得更快了，在她还没反应过来之前，她听到了自己颤抖的声音：“我……我同意！我做！”

好吧，向金钱屈服，也没什么大不了的！何况有什么可不屈服的？三倍年终奖，虽然还附赠一个有着剧毒的钱恒，但……她就勉为其难收了吧！

直到现在，成瑶才终于理清了过去的一些蛛丝马迹——

“所以之前你暗示我办公室恋情也不是不可以的时候就……”成瑶恍然大悟，“搞得我们排除了一圈，最后误以为是王璐和李明磊好上了。我就说不对啊，李明磊以前明确说过绝对不会谈姐弟恋的，我昨天还偷偷摸摸去旁敲侧击问王璐，她也义正词严地告诉我，绝对不喜欢李明磊这种‘小奶狗’的。”成瑶看了一眼钱恒，故意拖长了调子，“我昨天和谭颖还觉得王璐和李明磊这两个人太不坦荡了，结果人家真的没什么，有什么的是老板你……”

钱恒正准备说什么，结果就在这时，律所大门突然响起了“嘀”的刷卡声。

有人进来了。

钱恒动作敏捷地立刻关掉了办公室的灯。成瑶还没反应过来，室内就变成了一片黑暗，借着窗口微弱的月光，她才勉强在黑暗中看清了对面的钱恒。

她还没来得及重新去开灯，就听到门口传来了两个声音。

“对不起啦，我忘记带那份文件回家了。”这个女声是王璐，她的声音柔柔的，“拿了文件我回家看一会儿就陪你玩啦，回去的路上帮我买个巧克力蛋糕吧，好想吃。”

这个语调，怎么听都是和男朋友在撒娇，看来王璐已经开始一段新感情了，成瑶替她高兴的同时，也庆幸刚才幸好没再开灯，否则这多尴尬。

“行了，行了，真是拿你没办法，怎么这么爱吃甜食，不过你想吃什么我都给你买就是了。”

哎？

结果另一道男声响起的时候，成瑶震惊了。

这……这不就是李明磊？！这两个人，真的在一起了？

办公室外的两人并不知道成瑶和钱恒的存在，还在对话着。

李明磊笑嘻嘻的：“其实我怀疑你觊觎我挺久了，因为突然莫名其妙地，所里就传开了我和你谈恋爱的八卦，还有板有眼的，你说谁没事去传这种无稽之谈啊？肯定是你早就看上我了，所以故意自己去找人传的，让我开始注意你，结果我就这么落入了你的陷阱……”

王璐据理力争：“你胡说！要传肯定是你传的！这八卦一开始弄得我感觉莫名其妙的！明明是你的套……”

她后面的话没说完，虽然成瑶并不在现场，但她一瞬间明白了——他们在接吻。

李明磊亲了王璐，并且吞掉了她没说完的那句话。

这……自己和谭颖的错误推测，竟然真的把李明磊和王璐给按头恋爱成功了？

说好的不喜欢姐弟恋呢？说好的看不上彼此呢？

呵，如今都是真香……

办公室外李明磊和王璐的爱意热烈而汹涌，办公室内的成瑶和钱恒听着外面那微微的动静，尴尬而沉默……

这对小情侣又腻腻歪歪亲了一阵，才终于拿了文件离开。

办公室终于恢复了安静。

成瑶不知道为什么，明明是李明磊和王璐的事，与自己一点关系没有，但她的脸却忍不住变得潮红而滚烫，她一边用手摸着脸，一边想去开灯缓解尴尬：“你关什么灯嘛，又不是偷情，我们不是很正当地在办公室里加班吗？又没干别的什么事。”

结果成瑶的手刚碰到开关，就被钱恒强硬地拉了回来。

“那就干点别的事。”

钱恒的声音仍旧平静，直到他俯身凑近成瑶，成瑶才终于在那平静里感觉到了微微不稳的喘息，然后很快，这个喘息被淹没在了彼此的唇舌里。

这个吻，不再像刚才那个如蜻蜓点水，钱恒撬开了成瑶的唇瓣，给了她一个湿润而深入的吻。

成瑶下意识地后退，已经退到了墙壁，钱恒却变本加厉地就着这样的姿势，把她就势摁在墙上亲吻。

成瑶被亲得七荤八素，出现了短暂的眩晕，只觉得面红耳赤呼吸困难之时，钱恒才终于放开了她。

成瑶缓了片刻，才终于找回了冷静，忍不住控诉道：“你……你不要脸！”

黑暗中，钱恒盯着成瑶，嘴角微翘。

成瑶挺委屈："我根本没准备好。"她突然想到了什么，抬头瞪向钱恒，"你是不是常常亲别人？为什么技巧这么娴熟？肯定不是初吻了吧！这不公平，我连恋爱都没谈过！我要去谈个恋爱，等我心理平衡点再来和你谈！"

"是初吻。"

"嗯？"

钱恒抿着唇，侧开了头："你是我喜欢的第一个人。"

只是这样一句话，成瑶却觉得自己脸上更滚烫了。

什么啊，她竟然是第一个吃螃蟹的人？

她下意识地想转移话题："什么初吻？！之前我落水时你不是还亲了我？你是不是把以前的事全部自动清除了，骗我说是初吻啊？"

钱恒轻声笑了，他俯下身，盯着成瑶的眼睛："那叫吻？"他轻轻抬起了成瑶的下巴，"这才叫。"

成瑶就这么又一次被钱恒抵在墙上，毫无反抗力地任凭他亲着，她的手就被抵在冰冷的墙上，而唇上和脸上却是火热一片，这冰火两重天的感受简直让她手足无措。

成瑶的余光扫到钱恒桌上那些庄重的法律条款和文献，有些晕乎乎地想，这算不算是办公室play？好羞耻，好想捂住脸，好想逃跑啊，恋爱这么刺激的吗？

成瑶觉得，自己突然有点理解王璐和李明磊刚才在办公室里接吻的行为了。

成瑶在经历了这个吻之后，一直浑浑噩噩，她一颗心一直处于心脏病发作般狂跳的状态，不知道是不是人体的自我保护，在太过激动时，某些事情的细节都像是从记忆里消失了。

等她再次反应过来时，她已经坐在钱恒的宾利里，车子已经停到了自己家楼下。

钱恒倾过身，帮她解开了安全带。

成瑶一下子还是没调转过来身份，下意识地感恩道："谢谢老板！"

钱恒咳了咳，声音有些不自然："私下里，可以不用叫我老板了。"

"好的，谢谢老板！"

钱恒不得不下了禁令："以后私下再叫老板，扣奖金。"

虽然是扣奖金的威胁，然而成瑶觉得，配上钱恒此刻的表情和语气，真是一点威慑力也没有。

"另外，我要征求一下你的意见。"钱恒瞟了成瑶一眼，"你希望在所里公开我们的关系吗？"

成瑶几乎是立刻喊道："不！不希望！"

绝对不！自己一旦变成了钱恒的女朋友，一定会被荣华富贵组合开除党籍的！包锐和谭颖再也不会和她说那些最新鲜的八卦了！大家再也不会把她当成成瑶，而会给她贴上"教主的女人"这种可怕的标签！

钱恒对这个答案感到十分意外，挑了挑眉："我还以为你会要求我必须公开。"他看了眼车窗外，"毕竟很多女性面对男性不公开关系，不都没有安全感吗？"钱恒顿了顿，又欠扁地加了一句，"尤其当这个男人还很优秀的时候。"

还没等成瑶回答，钱恒便意味深长地扫了她一眼："不过，当男人很优秀，女性却还不愿意公开的话，就要考虑下她是不是有别的想法了，比如想继续在她的交际圈里装成单身，吃着碗里的看着锅里的……"

"不！"成瑶义正词严地解释道，"有些女性比较独立，也不缺安全感，并不需要男人公开关系来加成，只是考虑到职场上的方便，不想影响优秀男友的工作！"

成瑶又补充道："而且我是顺产的。"

钱恒皱了皱眉："这和顺产有什么关系？"

"那个……那些儿童心理学不是那么说的嘛，剖腹产的孩子容易缺乏安全感，我……我是顺产的！我安全感没问题！"

"这你也信？"钱恒一脸不可思议，"那不都是早教机构为了让父母掏钱胡扯的吗？"

"不过算了。我确实也觉得，暂时不要公开我们的关系比较合适。"钱恒清了清嗓子，做了总结，"否则我只能避嫌，不能带你做案子，也不能一起出差。"

"为什么啊？"

"其余同事会觉得我偏袒你。"钱恒揉了揉眉心，"即便事实上并不是，但总会有人心里会有意见的，这样对你和同事之间的关系不好。"

“但所里气氛不是一直很好吗？”

“人际关系很复杂，不要去试探人心。”

成瑶点了点头：“知道了老……”成瑶说到一半，记起钱恒扣奖金的威胁，硬生生来了个拐弯，结果这个弯有点大，她拐着拐着就翻车了，等成瑶意识过来的时候，“老公”两个字已经蹦了出来，覆水难收了。

比起成瑶的尴尬，钱恒倒是镇定多了，但很快，成瑶就理解了他那有毒的镇定。

只听钱恒语重心长地道：“我理解你很想喊老公的心情，但是克制一下，成瑶，我还在调适进入男朋友的角色，老公让我有点出戏。”

成瑶想，现在分手来得及吗？

不管怎样，两个人竟然就这么扭扭捏捏在车里磨叽了一个小时，最后还是成瑶竭力喊停，才终于把钱恒这尊大佛给送走了。

她噌噌噌地跑上楼，直到又过了一个小时，她一颗心还没彻底平静下来。

而这时，钱恒这个“罪魁祸首”的电话却又来了。

成瑶咬了咬牙，坚定地按了“挂断”，电话又响，又“挂断”。

她给钱恒发了条微信：“我需要一个人冷静冷静。”

钱恒很快就回了微信：“打电话都不可以？”

虽然微信不像语音一样能听出对方的情绪，然而成瑶还是敏锐地感受到了钱恒的委屈和不悦。

“不可以。”成瑶顿了顿，再打了一句，“一想到你我就平静不下来。”

这句话发出去，钱恒那边神奇地安静了下来。

隔了很久，他的微信消息才再一次跳了出来。

“准了。”

可惜虽然钱恒没再蹦跶出来怒刷存在感，但他的样子却一直萦绕在成瑶的脑海里。

这可真是中了老板的毒了！成瑶辗转反侧睡不着，想了想，还是决定爬起来给秦沁打电话，毕竟弄出这种神展开，不就是秦沁这家伙的锅吗？！

作为公关从业人员的秦沁这个点果然没睡，成瑶不敢直奔主题，先是扯了点有的没的，才试探地道：“那个，你说，如果我和同事谈恋爱，是不是不太好？”

秦沁的反应果然很大：“什么？成瑶？你这就恋爱了？？？说好的一起单身到三十岁去荷兰注册结婚，以后彼此照顾到老的呢？？是谁让你背叛了我？！”

成瑶有些支吾，刚入职的时候，她曾经向秦沁说了不少钱恒的坏话，并且还一直没更新过。

结果成瑶的这个态度让秦沁紧张了：“不会是那个姓包的吧？他不是已婚的吗？你不要搞这种啊，这个真的不行。”

“没，没。”成瑶连连否认，“就……就我和我老板在一起了。”

“哦，哦。”秦沁下意识地应了声，继而就发现了不对，“你哪个老板？”

“钱恒。”

她叫了起来：“你不是说他有剧毒吗？不是说和他不共戴天？怎么好上了？你怎么会喜欢这么有毒的人？你得给我个合理的解释！”

“嗑毒嗑多了，我一不小心就染上了毒瘾？”

成瑶汇报完自己的近况，又和秦沁聊了点别的，终于觉得自己恢复了正常，又扯了两句，直到精疲力竭，才挂了电话。

大概人遭遇太过激动离奇的事之后，自我保护机制会让你刻意淡化甚至选择性遗忘一些事。成瑶第二天醒来，总还觉得昨晚的一切都是个梦，自己还是条快乐的“单身狗”。

直到她收到了钱恒的微信。

“下楼。”

言简意赅的两个字，然而让人不能反抗。

成瑶跑下楼，便看到宾利停在楼下等待。

钱恒摇下车窗，脸上表情很镇定，像是来接成瑶上班这件事非常自然一般，他看了成瑶一眼：“上车吧。”

以往他们一起住的时候都没搭过几次顺风车，没想到如今分开住了，竟然反而有了这种接送的服务，尤其成瑶突然想起来——

钱恒从别墅开过来完全不顺路，早高峰这么堵，他一早就在楼下等待，推测一下，恐怕他今早六点就起床了……

成瑶刚坐上副驾没多久，钱恒就丢了一袋东西给她。

“啊！我最喜欢的庆丰包子！”成瑶眼睛都放光了。

“肉的。”钱恒目不斜视，“你最喜欢的。”

成瑶这下真的意外了，她没有在任何场合说过自己喜欢吃庆丰肉包子：“你怎么知道？”

“翻你微博看到的。”

成瑶愣了。

谁？！是哪个叛徒？！告诉了钱恒自己的微博号？！

成瑶平日里微博都是些“哈哈哈哈哈”的“沙雕”内容，偶尔夹杂一点对钱恒的吐槽和咆哮，间或有一些日常，从来没有对外正式公开过。为了表达战友情谊，所里她也只和包锐、谭颖互关了，但他们三人都彼此指天发誓过，不会给老板透露彼此的微博号的。

“是谁说的？！”成瑶出奇地悲愤，“做个律师怎么还这么不讲信用？”

“没人告诉我你的微博号。”钱恒抿了抿唇，“我猜想直接问也没人告诉我，肯定会推说不知道，所以我只是问包锐要了他的微博号，说想和他互关，包锐就很高兴地给我了。”

确实，当初三人协定的内容，是不把对方的微博号卖给老板，但没说不能把自己的号卖给老板。

不用钱恒说，成瑶都能想象出包锐那喜形于色的表情了，他内心恐怕又是一台大戏，觉得钱恒对他实在与众不同，恨不得不仅做钱恒的小太阳，连他的小月亮也要一起兼任了。

“我有了包锐的微博，翻一翻他的关注列表，还有互动，很容易就找到你的了。”

包锐，果然是你这个猪队友！

只是……

“我说超喜欢吃庆丰包子的微博，好像还是两年前发的……”成瑶看了眼钱恒，有些不敢置信，她小心翼翼地问道，“所以你是把我的微博，三千多条，从头到尾全部看了一遍？”

“嗯。”

钱恒却脸不红心不跳，十分理所当然：“作为一个律师，这不是应该做的吗？”

哎？这和职业还能扯上关系？

“对未来对象做一个全方位的尽职调查，利用一切可以搜集到的资料，从人品、兴趣爱好、背景等各方面进行评估分析，从根源上避免自己被对方的表里不一欺骗的可能。”

成瑶一边吃包子，一边都快哽咽了：“我们都认识这么久了，你竟然还要对我进行尽职调查？钱恒，让你说句实话就这么难？”

钱恒抿紧了嘴唇，过了片刻，才道：“晚上睡不着，想要多了解你一点。”

钱恒不说实话，成瑶受不了，他说了实话，成瑶心里又受不了了，另一种受不了。

只是不管如何，成瑶心里却仍然充满了隐秘的雀跃。原来真的有人会愿意花费那么多的时间去一条条检阅自己的过去，钱恒让成瑶知道，那些他不曾参与的过去，他也都在意着。

成瑶心里美滋滋地吃着包子，然后又突然想到了点什么：“这家庆丰包子铺，离你的别墅也很远啊，早上生意特别好，还要排队的。”她抬头看了眼正在开车的钱恒，不敢相信地道：“你今天五点半就起来了？”

“我昨晚没睡。

“看你微博就看到了三点。”

“就算看到三点，那你之后也睡一会儿啊！”成瑶这才发现钱恒漂亮的眼睛下面确实有一层淡淡的黑眼圈，她颇有些懊恼，“早知道我就把以前那些‘哈哈哈’的微博删掉一点了！让你可以早点睡觉！”

“别删。”钱恒语气仍旧淡淡的，“挺全面的。”他轻飘飘地扫了成瑶一眼，“尤其我才知道原来你背地里对作为老板的我意见还挺多。”

“至于为什么三点以后也没睡，那是因为之后睡不着。”钱恒的声音冷冷淡淡的，然而说的内容却让成瑶直想捂住耳朵，他用他那种低沉性感的声音轻轻地道，“因为我发现我好像也有点激动。”

喂！！你能不能不要这么面无表情地说这种话啊！！这样子反而更让人受不了啊！！不要用这么一本正经的表情说情话好吗？！

大早上的，还让不让人待会儿清心寡欲地好好上班了？！

好在之后钱恒终于没有再出招了，成瑶总算调适好了心态，调整了表情，准备进入工作模式。

到了熟悉的路口，成瑶赶紧喊停："就这边停这边停。"她习惯性地道，"我在这里下车。"

钱恒愣了愣："我送你到地库，停好车一起上去。"

"这怎么行啊！平时我搭你的车不都是在这里下的吗？"成瑶眯着眼睛笑，"现在我们也没公开啊，我跟着你从地库出来成何体统？这不影响你的清誉吗？"

"那是以前……"

成瑶恶劣地打断了钱恒的话，义正词严地道："不，钱恒，一言既出驷马难追！像个男人一样，不要反悔！"

成瑶说完，颇有种农奴翻身把家当的畅快，笑嘻嘻地拉开车门，蹦了出去。

只是成瑶没想到刚进所里，又迎面遭到了钱恒的一记重击——她的座位几乎被玫瑰淹没了。

谭颖探头探脑地在一边艳羡着："哎，刚才花店送的，我看你还没来，就先替你签收了，真是羡慕啊，成瑶，你是有对象了？还是这是没确定关系的追求者送的？"

成瑶心虚地否认："没，没，就一追求者……"

谭颖眼尖："这儿有卡片。"

成瑶拿过来一看，上面只有简单的几句话。

"你想被人热烈地追求的愿望，满足你。你想要收玫瑰，满足你。你所有愿望，我都可以满足你。"

几乎是巧合一般，就在这时，西装笔挺的钱恒，从成瑶面前走过，脸上一如既往冷淡，目不斜视、一本正经地走进了办公室。

一瞬间成瑶脑子里只有一句话——这可真是……表面正人君子，背后骚到飞起。没想到钱恒这家伙，花头还挺多。

本来成瑶很担心因为这夸张的玫瑰，大家把注意力都放在自己身上。

结果事实证明她多虑了，就在她收了玫瑰没多久，一条新闻横空出世，娱乐圈一下子就炸开了锅。

"白星萌竟然用微博直接公布她怀孕的消息了！"谭颖拿着手机，完全震惊了，“她就这么直接晒出了孕肚？她现在在事业上升期啊？去生个孩子也太影响她的事业发展了吧。”

成瑶有些惊讶，她拿出手机，翻到了白星萌的微博。

“四个月了，@RichardLee，余生请多指教。”

言简意赅几个字，蕴含的信息量却很大。

白星萌圈的是个私人账号，这个账号发的微博不多，粉丝也不多，但是媒体狗仔和网友都不简单，很快就挖出了对方的背景。

“竟然是看讯TV的实际控制人。”谭颖一边看八卦帖，一边惊愕地道，“而且孩子四个月，那也就是说，白星萌刚开始起诉徐俊的时候，已经搭上这个Richard并且怀孕了啊。那时看讯TV和团团在线正处于上市的关键时机，看讯TV是团团在线最强有力的竞争对手，那么现在回想一下，白星萌选择在那个时间点起诉徐俊，并且不肯和解，这完全就是个商业阴谋啊！”

谭颖能想清楚的事，广大网友自然也能，很快，各种八卦帖里便有了看穿当初徐俊案的明眼人。

“恐怕当初背锅的是律师，真相应该就是白星萌想要搅黄徐俊的上市，好助力自己的新欢。”

“那白星萌一开始就不无辜，律师应该是被她利用了，好一个借刀杀人。”

“哇，真是一台大戏，我当初还相信了白星萌，结果现在真的出现了反转。白星萌这个女人真是心机深到歹毒啊。就算前夫有罪，为了新欢逼死前夫，她也有点太狠了吧！尤其她事后还装无辜，装白莲花，真可怕！”

“快看！之前那个被白星萌诬陷的律所发声明了！还附上了当初被诬蔑的律师起诉白星萌侵犯名誉权的胜诉判决，还有起诉白星萌，要求她支付律师费的胜诉判决，这个脸真是打得啪啪啪直响。”

成瑶看着八卦帖，才后知后觉地赶紧去看了君恒的官微，也是这时，她才发现，在十分钟前，官微发布了简洁却强势的声明，并且直接甩出了两份胜诉判决。

君恒的声明，一如钱恒的风格，不喜欢繁杂的废话，言简意赅，重点明确，任何时候，不会煽动舆论情绪，不会利用大众的同情甚至愤怒，永远理性中立，用事实和证据说话。

明明可以更煽情，明明可以表现得更委屈，但是他不。

他就是这样，对舆论不屑，对利用舆论也不屑。

成瑶突然觉得自己真是个幸运儿，能得到这样一个男人的喜欢，能拥有他为数不多的不理智时刻，能得到他所有不冷静的情绪，这真是一种奢侈品。

只是这声明也好，判决书也好，公布的时间点卡得真是太好了。

成瑶没忍住，她本想直接进钱恒办公室问，只是事到临头反而紧张起来，最终给他打了内线电话。

“你怎么知道白星萌会在最近公布怀孕的信息？”成瑶满脑子疑问，“还有我实在想不通白星萌为什么干这种事，突然公布怀孕几个月的消息，还这么高调地示爱，她绝对不会不知道这么做会有什么影响，这不就是送上门给人扒皮吗？”

电话里钱恒的声音还是冷静的：“她的Richard此前开始接洽我，并且正式请我起草了婚前协议。”

“嗯？”

“不是和白星萌的。”

成瑶有些惊讶：“怎么回事？”

“他要娶的是某传媒大亨的女儿，双方是门当户对的联姻，Richard从没有真的考虑和白星萌结婚，白星萌私下找他闹过一场了，以打掉孩子来要挟，他也不在乎。他又不缺想给他生孩子的女人。”

“那现在公开示爱，是两个人和好了？Richard最终还是选择了白星萌？”

“怎么可能？”钱恒笑，“白星萌不会打掉孩子，因为这个孩子对她来说是她嫁入豪门唯一的筹码了，没了孩子，和人家就更没瓜葛了。她不在乎事业上升期，也不在乎公开怀孕的消息会被挖出之前她在徐俊自杀上的问题，白星萌抛弃一切都要拼命公开消息，不过是为了搅黄对方的订婚，同时宣告自己和对方的关系，以此用粉丝的舆论向对方施压、逼婚，也希望Richard的未婚妻能知难而退。毕竟白星萌为了嫁入豪门，宁可自己当枪给对方使，为看讯TV博了个成功上市，如今她却不能享受这胜利成果，发现自己竹篮打水一场空，怎么咽得下这口气？”

成瑶目瞪口呆，这可真是一台豪门大戏！

"那她能成功吗？"

"不可能。"钱恒言简意赅，"Richard和传媒大亨女儿的婚前协议没有取消，只说需要改动，大概因为白星萌的事，他对部分条款不得不做出让步。"钱恒耸了耸肩，"家族联姻涉及的利益，可不是一点点，这不是白星萌上蹿下跳就可以左右的。

"不过因为白星萌这种'不听话'的行为，男方很不满意，作为传媒大亨的亲家也不满意，据我所知，传媒大亨已经利用资源在圈内封杀白星萌了。白星萌未来几年，还是好好想想怎么挽回声誉和形象，还有怎么做单亲妈妈吧。"

成瑶经手的第一个案子，一路发展到今天的结果，说她不唏嘘是假的。太过算计和精明或许能得到利益，但并不能买到真心，更不能允诺幸福，对爱情、对婚姻太过功利，可能在短期内有效果，却不能维持长久的安稳。

就在成瑶思绪翻飞之际，电话里钱恒的声音唤回了她的注意力。

"喜欢吗？"

"哎？"

钱恒的声音有些不自然："花，喜欢吗？"

虽然只是电话，然而声音经过电流的加工传到成瑶耳朵里，却仿佛带了点磁性似的，让成瑶整只耳朵都发烫起来。

她压低了声音："不是说好了公私分明、不影响工作吗？"

对成瑶的控诉，钱恒毫无愧疚之心，他理直气壮地道："哦，有点没忍住。

"所以喜欢吗？"

成瑶简直想在内心咆哮，拜托你不要用性冷淡一样的语气问这么让人害臊的问题好吗！

但是——

"喜欢。"

送女生花，没有人会不喜欢的！尤其一联想到是钱恒送的，成瑶就觉得手心冒汗了。

"好的。"不知是不是成瑶的错觉，钱恒的声音里竟然出现了一丝羞赧，他顿了顿，又恢复了那种公事公办的语气，"你喜欢就好。"

这干巴巴的语调，简直像是他在布置工作一样。

只是……只是这句话还是直接导致成瑶在挂断电话后的五分钟内，脸红得像是个煮熟的大虾。

成瑶懊恼地想，自己真的太没见过世面了！

好在成瑶没空沉浸在脸红心跳的情绪里。她接到了李梦婷的电话。

“瑶瑶，我被告了。”李梦婷有些六神无主，“现在有人向我追债100万，这……这怎么办？”

成瑶没有多话，涉及法律纠纷的事，多半在电话里说不清。她挂了电话，便立刻赶去了李梦婷下榻的宾馆。

事情说复杂也不复杂。当初张浩为了和李梦婷一起出资买房，曾经问他一位开厂的朋友借过一百万，约定好半年还，如今半年时间到了，那位朋友多次催讨，张浩却置之不理。

“所以现在他找不到张浩，就去起诉你问你要？”成瑶皱着眉，“可你们的结婚证不都是假的吗？不存在婚内共同债务啊。”

李梦婷低下头，十分懊恼：“不，不是因为这个。”她羞愧道，“当初那张张浩问他借100万的借条，签的是我的名字。他是张浩老家的朋友，平时不在A城，那天正好来A城，对方让我们给他写个借条，再把钱打给我们，结果张浩正好出差，只有我在，所以我就请他吃了个饭，给他写了个借条，落款只签了我一个人的名字。”

李梦婷简直快哭了：“我当时没想那么多，觉得和张浩是一家人，给他签个借条也没事，结果现在张浩以借条不是他签的为由，让对方找我要钱，彻底耍赖起来，对方要债无门，索性一不做二不休去法院把我给起诉了。”

成瑶没表态，只朝李梦婷伸了手：“对方的起诉材料法院寄给你了吧？给我看看。”

李梦婷便递了一份材料给成瑶。

她显然被这些接二连三的事给打击坏了，好不容易调整过来的心态整个都崩了，只能一脸苦笑：“难道这就是对我大学四年浑浑噩噩混日子没好好学法的报复吗？不仅被人告了侵权，因为同居关系分不到共同财产，房子也因为出资比例小极有可能判给对方，现在竟然还要替对方承担债务……”

李梦婷挺焦虑：“不过瑶瑶，这个债务，法院应该不会判定是我的吧？这个100万是对方直接打到张浩账户上的，我根本就没经手，只不过是在借条上签了个名。”

成瑶草草翻了翻起诉文件，仍旧很冷静：“张浩那200万的房款里，有100万就是问这个朋友借的对吗？”

李梦婷点了点头：“是的。”

“那张浩的账号，是张浩自己给他朋友的吗？”

李梦婷不明所以地道：“对。”

“你好好想想，那你有没有也参与过什么，比如核对过张浩的账号，和那个借钱的朋友之间关于这笔钱有过什么互动？”成瑶很急切，“好好想，任何和这个借钱的人之间的沟通，都想想。”

李梦婷直接翻开了手机，给成瑶看起了微信聊天记录：“当时张浩出差，为了让我接待下这个朋友，所以拉过一个群，我们三个人都在里面，对方拿到我写的借条后，在群里有问张浩账号，张浩就直接在群里发了自己银行卡号。但当初张浩问他借钱都是直接打电话和他说的，我也没有证据。”

成瑶赶紧拿过手机一看。

张浩和借钱的那个朋友都没什么废话，一个问账号，一个就给账号，倒是李梦婷因为生性活泼，在群里偶尔还聊几句。

成瑶皱紧眉头心急火燎地翻着聊天记录，终于找到了她想找的东西。

在张浩给出自己银行卡号后，李梦婷蹦出来说了一句“就是上面这个卡号，谢谢你啦”。

至此，成瑶的眉头终于舒展了开来。

李梦婷还在愁眉不展地分析：“我也看过这个起诉材料了，他只提供了那张借条，打款记录虽然也提供了，但打给的又不是我的账号，我和张浩正好阴差阳错没真的领证，也没夫妻关系，那自然也不算是共同债务，他这个借款纠纷，打不赢吧？”

成瑶把手机丢回给了李梦婷：“打不赢，证据不够齐全。”她朝李梦婷狡黠地笑笑，“所以我们要补足证据给对方，让他打赢。”

“啊？”

“对方现在有一张你签字的借条，100万打到张浩账户的流水记录。”成瑶下意识地用手指敲击了下桌面，“那只需要再把刚才的聊天记录截图提供给法院，就能形成证据链了。你们三个人的群聊里，在张浩给出账号时，你不仅是知情的，还说了‘就是上面这个卡号’，这一句能证明是你认可对方把100万借款打给第三方账号的，配合着你签字的那张借条，完全可以理解为，你用自己名义借款后，让对方打入了你授权的第三方账号，这个借款，仍旧是你的。”

李梦婷一脸茫然：“可我们为什么要认这个借款？要是真认下来，这个诉讼我铁定败诉，还会被要求归还对方100万，还有利息，虽说这样以后我可以再起诉张浩，要求他把这些钱还给我，但这个官司难度就更大了，最怕胜诉了张浩也不给钱，强制执行也未必能执行得起来。何况我根本没真的拿到钱，张浩要是耍赖死活不给，我不是平白背上了100万的债务……”

“不，不需要这样。”成瑶笑起来，“张浩真是不作死就不会死，机关算尽反而露了马脚，以为这样可以聪明地把还100万的责任甩到你头上，自己能金蝉脱壳，反而搬起石头砸了自己的脚。”

成瑶迎着李梦婷疑惑的目光，认真而自信地道：“你的房子，我有办法帮你拿到手了。我们这个案子，有转机了！”

虽然100万的借款纠纷和李梦婷张浩分割房产的诉讼看起来完全不相关，但一环扣一环，原本李梦婷分割房产这道奥数难度的题，一下子在张浩的操作下，变成了送分题。

“只要100万的借款纠纷你败诉，那这100万就由法院确认是你的借款。而张浩的房款里，有这笔100万，那也就等于，这笔房款并不是张浩的，这100万的房款，实际是你用自己的名义借的，等于是你出的，只不过是从张浩的账户里走了流水而已。各种证据配上借款纠纷的败诉判决书，都能证明这100万是你的借款、你的出资，那加上你此前的150万房款，等于你对这套房子的全款贡献达到了250万，而张浩，刨除那100万，全款贡献却只有150万。”

成瑶说到这里，李梦婷的眼睛也亮了起来，她终于听懂了成瑶的意思：“也就是说，一旦法院判决我借款纠纷败诉，那就等于以法律强制力，在房产分割案里帮我确认好了证据！我出资250万，这是远大于张浩出资的证据！”

成瑶笑着点了点头：“没错。”

李梦婷的出资金额达到250万，就一下子占据了这套房子的大头，那按照出资比例高的优先级高的原则，在法院分割这套房产时，李梦婷就占据优势了，同时外加她还怀着孕，再考虑到实际生活需求，也绝对是她更占优势。这么说来，不论法官怎么考量，这套房子都会被分给李梦婷，而张浩则只能按照共有份额得到相应的现金。

原本，就算房子被判给李梦婷，除去自己已经付出的150万房款外，她还要按照张浩的出资比例，将250万按照如今房地产市场的增幅增值后，支付给他。而如今，这100万借款变成了她的出资额，那她只需要将张浩的150万按照如今房地产市场的增幅增值后支付给他就可以，而那100万，则直接按照借款，加上非常少的利息还给出借人就行了。这样一操作，李梦婷得到了房产，所需要支付的现金反而变少了。

而最妙的是她拿到了房子！

虽然张浩能得到房产增值后的现金，但他拿着这笔现金，想在如今的房地产市场上买一套性价比和此前一样高的房子，是绝对不可能了。从案子尘埃落定，到拿到现金，然后看房、商谈、签约过户，这里面没个小半年根本做不到，这小半年里，房产只会进一步涨价，现金则进一步贬值。

当初400万能买200平方米的房子，可在如今暴涨的房地产市场中，等张浩再去买，恐怕连100平方米都悬乎了。

李梦婷自然也想明白了这一点，她整个人都兴奋了起来："真是柳暗花明！我又相信法律了！"

这一次，李梦婷的声音里终于有了发自内心的心服口服："瑶瑶，钱律师说得没错，法律保护的是能将法律为自己所用的警醒之人，如果不是你一下子意识到这笔借款反过来可以用来证明我的出资比例，我恐怕还傻乎乎的，不知道怎么利用这一点反败为胜。"

这个案件能峰回路转，成瑶内心也替李梦婷激动，只是激动之余，也有些心有余悸："如果不是张浩这么自私贪心到出了这昏招，按照之前的证据，这套房子也未必能判给你。"

她能够柳暗花明，单纯是因为运气。

很多话，成瑶没有再说，但她希望李梦婷能懂。

把命运和自己的权益交给运气，这是完全无法预计的事，而期望每次都能像这次一样绝处逢生，也是不现实的。

在感情上栽的跟头，想来李梦婷是多有感触，只是在法律上、在保护自己上栽的跟头，就不知道她能不能也一样反思了。

成瑶知道自己不论是作为朋友还是作为律师，都没有立场在这种时候对李梦婷进行指责或者说教，有些事还是只能自己去体会，她所能做的，就是做好自己的工作，维护李梦婷的权益，站在她的身边，陪伴她度过这段最难熬的日子。

“我会联系对方当事人，和他也沟通好，告诉他把聊天记录截图公证后作为新证据提交。”成瑶回到了工作状态，“同时我会起诉张浩要求房产分割，争取等房产分割案立案开庭时，正好能拿到借款纠纷的败诉判决，这样双管齐下，争取在最短的时间里帮你赢下房子。”

李梦婷终于露出了笑容，她用力地点了点头。

在成瑶准备告辞离开之前，李梦婷又叫住了她。

“瑶瑶，”她有些羞赧，“你当初准备司法考试的那些复习资料，还有吗？”

“嗯？”

“我……我想复习司法考试。”李梦婷咬住了嘴唇，“我现在怀孕了也没法去找工作，正好每天闲在家里。你说得对，不是孕妇就什么事都不能干了，我前几天在网上也看了，好些成功女性，就算是怀孕的时候都能完成很多工作，从来不会因为怀孕了就放松对自己的要求。我比她们差远了，她们都在努力，我更应该努力了。”

成瑶愣了愣，随即是真心的高兴，她点头道：“我有的，那些资料我都有，我明天就给你带过来。”

李梦婷如释重负般地笑了笑：“我现在想通了，就算现在失去了一些东西，遭受了一些打击，但我还年轻，自己的决定必须自己买单。”她摸了摸自己隆起的肚子，“既然决定带这两个小生命来这个世界，就应该承担起责任来。我要一个人抚养这两个孩子，不努力怎么行？”

成瑶用力握了握李梦婷的手：“你放心吧，都会好起来的，两个小朋友还有我这个干妈呢！”

李梦婷也握紧了成瑶的手：“现在离明年的司法考试还有好几个月，我准备冲击下，等我生完孩子坐完月子，就重返职场。”她看了眼成瑶，认真地道，“我想像你一样，做一名女律师，能够保护自己，也能够保护自己爱的人，还能有一份能养活自己和孩子的收入。”

说到最后，李梦婷的眼角带了点泪意，她仍旧是她，只是眼神已经与苏灵湖边自寻短见的少女全然不同了，成瑶从她的眼睛里看到了坚毅和目标。

“瑶瑶，谢谢你。”李梦婷郑重地道谢，顿了顿，“也谢谢钱律师。他不是什么业界‘毒瘤’，他是一个很好很好的人。非常感谢他当初骂醒我的一席话，良药苦口，但只有这样才能治病。

“你们不仅帮我争取到了合法权益，也改变了我的人生。”

直到回到君恒的写字楼下，成瑶的脸和双手还在发着烫，她的脑海里还萦绕着李梦婷最后那句郑重的话语。

她的内心充斥着感动和强烈的职业自豪感。

在成瑶的人生里，没有哪一次，有这样巨大的成就感，她收到大笔奖金的时候都没有。

钱恒说得没错，每一个职业都有它独特的使命。

律师也有。

作为法律运行体系里的一环，除了帮助法律秩序健全地运行外，成瑶想，每个法律人的使命，都不仅仅是解决个案纠纷，而应当是向社会传播法律信仰。

她以前并不理解钱恒所说的“信仰法律”是一种什么样的感受，而时至今日，她才终于在懵懂中领悟了这句话。

成瑶的内心糅杂着兴奋、激动还有自豪，等她反应过来的时候，她已经给钱恒拨了电话。

她想告诉他，想第一时间告诉他，不是因为他是老板，而是因为他是自己的男人。

她刚听到手机里的“嘟”响到第三声，就有一只手从身后拿走了她的手机。

成瑶回头，才看到钱恒就站在自己的身后，一只手上还拿着一沓案卷材料，像是刚开庭回来正准备上楼的模样。

他挂断了成瑶的电话，把手机还给成瑶，挑了挑眉：“打什么电话，直接回了君恒进办公室找我不就可以了吗？”

成瑶有些不好意思，老实地道：“因为我想说的事，不是以员工的身份……所以想公私分明点的话，还是在所外面给你打电话比较合适，进你办公室说这些话不太好。”

钱恒皱起眉，不满地道：“你是白痴吗？我的办公室，你想进来就进来。这是什么死脑筋的原则？”

成瑶看了钱恒一眼：“这个原则是你定的。”

钱恒咳了咳："原则这种事，偶尔也要变通。"

如今面对钱恒，不知道为什么，即便这样正常地站在人来人往的写字楼下说话，成瑶也有些忍不住脸红紧张，总觉得全世界都在盯着她和钱恒，生怕来往的人看出她和钱恒之间的关系。

她看了钱恒一眼："要不去旁边星巴克说？我还是觉得去办公室里聊不太好……"

成瑶说完才有些懊恼，钱恒是不喝星巴克的，不仅不喝，对星巴克的口感以及咖啡馆里的气氛，简直是深恶痛绝。

结果出乎她的意料，钱恒轻轻"嗯"了声，然后便径自朝着星巴克走了过去，甚至还回头奇怪地看了成瑶一眼。

"你还愣在原地干吗？要让一分钟价值166.666无穷人民币的我等你吗？"

"……"

星巴克的气氛果然一如既往，不论是几点钟，这个时间人还是很多，钱恒虽然走了进来，然而全程都皱着眉，一张脸上写满了"勉强"。成瑶赶紧给自己随手点了一杯拿铁，而喝惯了现磨咖啡绝对不会降低口味的钱恒，自然是看不上星巴克咖啡的，成瑶想了想，便给他点了一杯伯爵红茶。

为了防止同事看到后有什么联想，成瑶特意找了一个角落里的座位。

对于李梦婷的案子，除了如今能让这个案子翻身的借款纠纷，成瑶还有很多话想说，而最重要的，她想好好地向钱恒道谢。

"谢谢你。"

钱恒撇过了头："谢我干什么？这案子是你办的。这种标的额才几百万的案件，我是不会浪费我的时间的，别把这种小案子和我扯上关系，传出去会降低我的格调。"

他似乎并不习惯被人道谢，如今面对成瑶的目光，更是浑身不自在地极力否认，真是别扭到不行。

只是成瑶知道他不是，他明明说着为钱发电，但是大半夜开车带着自己横跨了大半个城市去拉住了轻生的李梦婷，一路把她安顿好；明明可以视若无睹，却不顾是否会得罪人，仍旧犀利地指出了李梦婷的问题；明着对这个案子似乎没有插手，但暗地里却一直在关注着，她一遇到问题，钱恒几乎就立刻跳了出来。

他像是一个胆大心细的导师，并不全然插手，给予了成瑶最大的自由度和独立性，然而当成瑶要摔倒的时候，才会发现，原来有一双手，一直护在自己的身后。

“不管你承不承认，但你改变了李梦婷的人生。”成瑶用双手捧着拿铁，“这是我第一次对自己是个律师感到这么自豪和骄傲。一个律师，除了在法律专业层面上解决客户的问题，同时也真的能改变很多。”成瑶告诉了钱恒李梦婷的变化，“你看，因为你，她不仅走出了被张浩欺骗劈腿的痛苦，还一下子决定发愤图强好好拼搏，成为一个能善于利用法律的警醒之人，而不做生活中的被动懒惰者。”

钱恒对这样的发展显然有些意外，然后他抿着唇，看向成瑶：“我们是律师，我们只负责案件的结果，而不负责他人的人生，成瑶你……”

“不是这样的。”成瑶打断了他，“负责好案件的结果自然是我们的本职工作，但我觉得一个律师在处理好专业难题的同时，也应该有一些这样的情怀。我们解决个案纠纷的时候，也是可以传播法律信仰改变别人人生的呀！你不觉得如果李梦婷能重新站起来，未来通过司法考试成为一名法律工作者，会比帮助她赢得一套房产，更有意义吗？”

成瑶的眼神明亮而心无旁骛，被这样的她盯着，钱恒下意识地转开了视线，即便两个人已经是男女朋友的关系，突然被她这样看着，钱恒仍旧招架不住。

他清了清嗓子，故作镇定：“我都说过了，我只为钱发电。”

“不呀，你也为爱发电。”

钱恒撇过头去：“我并不在意李梦婷到底能不能振作起来。”

“但是你在意我呀。”成瑶却不放过他，仍旧用那种勾人的眼神盯着钱恒的侧脸，“一分钟等值166.666无穷人民币的你，浪费了那么多时间陪着我处理李梦婷的事，难道不是为了爱发电吗？我又不值那么多钱……”

“谁告诉你说你不值钱？”

成瑶的话还没说完，就被钱恒打断了，她抬起头，才发现钱恒把刚才移开的目光重新聚焦到了自己身上，而一接触到成瑶的目光，他的目光便如含羞草一般轻轻闭合了叶片，立刻移向了别处：“你是君恒的律师，是我钱恒亲手带教出来的人。”他的耳朵微红，然而语气却是一本正经，“还是我钱恒的女朋友。”他看了成瑶一眼，“谁给你的勇气，允许你觉得自己不值钱？”

他强词夺理："你很贵，所以我为你发电，也还是为钱发电。你不要搞错了，我钱恒不存在为爱发电这种事。"

成瑶没忍住笑了。

一本正经的歪理邪说，也只有钱恒了，只是这样的他好可爱。

不知道为什么，成瑶的脑海里，突然跳出来一个很早之前看过的感情帖——"觉得男朋友好可爱想亲怎么办？"

这还用说，成瑶想，那就毫不犹豫地亲他啊！

行动派的成瑶一分钟没浪费，她轻轻用脚在桌子底下踢了踢钱恒，然后压低声音偷偷摸摸地道："你过来一下。"

钱恒不明所以，皱着眉头把头凑近成瑶："嗯？"

这样近的距离，成瑶都能清晰地看到钱恒纤长浓密的睫毛，她这才觉得有些紧张，星巴克里嘈杂的声音她似乎都听不见了，只听见心脏在胸腔里剧烈地跳动。

她的脸忍不住红了，只是表面还维持着镇定，她望向钱恒："你想尝一下星巴克的咖啡吗？"

钱恒愣了愣，随即毫不留情地拒绝："不，我不想。"

"可是我想邀请你尝一下。"成瑶移开视线，她的手心因为紧张有些微微出汗，"只尝一口就好了。"

钱恒皱着眉还在拒绝："不，一口也不行，这种速溶咖啡一样的低级的口感，不符合我的格……"

他的话还没说完，嘴就被成瑶突然亲上来的唇堵住了。

钱恒这才反应过来，成瑶刚才为什么那么一脸扭捏地游说自己喝一口星巴克的咖啡了……

因为她就这么喝了一口拿铁，然后就着唇齿间的咖啡味，吻向了钱恒。

对于自己擅作主张以下犯上的行为，成瑶虽然表面上维持着镇定，然而内心早已紧张到手足无措，她第一次做这种事，虽然行动果决，但到底是生涩，这么豁出去般地一亲，结果直接磕碰到了钱恒的牙齿。

她慌慌忙忙地逃开，红着脸道歉："对不起，我不是有……"结果她最后那个"意"还没说完，就终结在了钱恒的唇舌里。

他追上来，完成了成瑶未遂的这个吻，舌尖轻触，唇齿间还带了咖啡浓郁的香味，以及让人感觉到甜腻的奶味。

一吻完毕，成瑶一边安抚着她受惊的小心脏，一边偷偷摸摸看向周边，观察有没有人注意到自己，毕竟在星巴克这种大庭广众的场合下接吻，有点害羞。

这下换成钱恒直勾勾地盯着她看了。

成瑶推了推他："你别那么看我。"

钱恒笑，他更凑近了一些，温热的气息萦绕在成瑶的耳畔："怎么看你了？"

钱恒盯着成瑶："你好好学法律了吗？思想和眼神接触不构成违法，只有行动才构成。"钱恒瞟了一眼成瑶的嘴唇，"你刚才那么对我，我说什么了吗？你倒是恶人先告状上了？"

成瑶咬了咬嘴唇，正想要扳回一城，却听钱恒镇定地道："星巴克的咖啡，也还勉强能喝吧。"

他看向成瑶，立刻就改了口："也不是勉为其难。"他脸不红心不跳地改了答案，"公平客观地来说，突然觉得星巴克还挺好喝的，也不比现磨咖啡差。"

成瑶有些意外："真的吗？"

"说不太好。"钱恒若有所思地看向她的嘴唇，"一口太少了，不能仔细评价，再喝一口吧。"

成瑶还没反应过来，钱恒轻轻地抬起她的下巴，就给了她缠绵温柔的第二个吻。

这个吻比刚才那个更深入，也更让人心跳加速，成瑶几乎忘记了呼吸，等钱恒放开她，她才剧烈地喘息起来，瞪着眼睛看向钱恒。

结果自己的这位老板却毫无羞耻之心，他漂亮的眼睛微微上扬，一本正经地点评道："星巴克能在全球开这么多连锁店，确实也有一定实力。口味，也还行吧。

"对了，有一件事情，你是不是一直没对我交代？"

成瑶看着钱恒脸上认真而严肃的表情，一时之间也紧张起来："哎？什么事？"

她内心顿时有些忐忑，不断回想着自己背地里干了什么坏事又被钱恒抓包了。

是以前和包锐吐槽钱恒看上去性冷淡需要汇仁肾宝被包锐告发了？还是跟谭颖说她觉得钱恒找不到对象，恐怕最后会"不约而同"被钱恒知道了？

还是……

成瑶一边想，一边觉得自己过去背地里编派钱恒的罪行简直是罄竹难书……

就在她忐忑地等待钱恒最终判决的时候，钱恒终于开了口："你上次诓我用你的账号直播，收到了不少打赏吧。

"我听包锐说，可能都有四五万？"

钱恒微微一笑："这算交往前收入，类比婚前收入，应该是属于我个人的。

"所以，你提出来给我吧。"

成瑶简直气死了！这是什么不解风情的男人！她原本还以为钱恒会抓一个自己的把柄，然后威胁自己，妄图签订一些不平等条约，给自己一个甜蜜的"惩罚"呢！

这一刻，成瑶再一次确定了，钱恒，不配有对象！他适合单身！

她气鼓鼓地反驳："给你就给你，这种不当得利，我可一分没用呢！而且什么叫我诓你直播啊，明明我当初都教你怎么设置房间密码了，你自己没设置成功啊！"成瑶说到这里，语气不自觉就有些酸溜溜的，"我还不想别人看你呢！还'小哥哥求娶''小哥哥求约'什么的！哼！"

就在这时候，钱恒竟然笑了，然后他伸出了一根纤长的手指，戳了几下成瑶的脸颊。

"你对自己的定位倒是挺准，占有欲强，爱吃醋。"他又捏了一下成瑶的脸，"行了，骗你的，四五万我才不会问你要，都是你的。"

成瑶十分有气节地拒绝道："不，我不要！这是你的交往前财产！"

"给你当零花钱了。"钱恒大方地道，"四五万对我来说实在是不值一提，平时就算银行卡被盗刷个四五万我都看不出的。"

他一脸理所当然："我一般只看银行卡余额百万以上的数字，百万后面是什么，根本记不得，没多少钱，也不用记。

"另外，我会再转十五万给你。"

"哎？"成瑶有些愕然，"我们只是男女朋友，又不是包养关系，你给我转这么多钱干吗？"

钱恒有些不自然："上次那个礼盒，送错的那个，你总要把人家的钱补上吧。"

这下换成瑶意外了："可你不是说，那个拉菲你还没喝吗？那咱们把东西原样不动退回去不就行了？为什么要花十几万啊……"

"我不想还。"钱恒侧开头，"虽然不是你送的礼盒，但勉强也算我们的定情信物了，我觉得对我们而言很有意义。"

钱恒说完，看了一眼成瑶："反正只要十几万而已。"

怎么有人能欠扁得如此自然，如此云淡风轻呢？成瑶想，这要不是我男朋友，我可能就跳起来打他了！

就在成瑶腹诽之际，结果她听到钱恒补充了一句："因为十几万，阴错阳差能和你在一起，很值。"

只是这样简单的一句话，成瑶不仅不想打钱恒了，她还又想亲他了……

成瑶还没来得及付诸行动，钱恒的手机就响了。

星巴克里有些嘈杂，钱恒微微皱着眉，出门接了电话。

成瑶就透过玻璃窗，看向星巴克外的钱恒。

他又恢复成了冷静自持的模样，惜字如金般地听着电话，眉目如画，带了英俊的冷冽，足够认真，也足够专业。

只是钱恒再推门进来时，明明还是那张冷而好看的脸，但神情之间，成瑶总觉得，都变得温柔了一些。

"有案子了。"钱恒看了眼成瑶，"确切来说，是有两个案子，但因为'档期'正好撞了，我尊重你的意愿，你可以选择一个来跟进。"

一听说案子的事，成瑶也立刻认真起来："所以都是什么样的案子？"

"一个是我以前客户推荐来的新客户，标的额一千万的家族保险纠纷，你没办过的领域，值得挑战，收入也有保证；还有一个是刚才律协安排的法律援助案，当事人的情况是……"

钱恒的话还没说完，成瑶就打断了他："我想做法律援助案。"

"嗯。"钱恒点了点头，"待会儿我发你案子资料。"

他这么淡定，成瑶反而有些意外了："我还以为你会说服我接一千万标的额的案子，毕竟法律援助案我们不收费，只有办案补贴，但大部分时候，办案补贴连为案子支出的基本开销都覆盖不了。我做这种案子，对所里的创收完全没有贡献……"

钱恒没说话，只是含蓄地看着成瑶，然而他脸上的表情，就差挂上"你那些创收本来也不值一提"的字幕了。

这一刻，成瑶突然有点理解为什么网上都说不要和老板谈恋爱了，因为当你想殴打他的时候，你还要想想他还在给你发工资！

不过接这个案子，成瑶一方面是基于对公益的热心，以及自己从李梦婷案件上隐约得来的一些感悟，另一方面，她也有自己的考量。

“这个案子，我希望完全由我独立来承办，希望成为我第一个独立执业的案件。”

钱恒不以为意：“李梦婷案你不就已经独立办案了吗？”

“那不一样。”成瑶很坚持，“那个案子你偷偷在背后帮我了，全程你都把控着，就像是第一次学自行车背后一直有人扶着一样，虽然看起来像是自己在骑车，可心理上知道根本不危险。”

成瑶看向钱恒的眼睛：“我想要自己去体会下，背后没有人护着应该怎么做。”

钱恒下意识地侧开了头：“会摔跤的。”

“啊？”

“没有人扶着就去学骑自行车，会摔跤的。”钱恒仍旧维持着看向不远处的姿势，语气有些别扭，“会摔很疼。”

“我不怕疼！”

钱恒终于看了一眼成瑶，这是一个蜻蜓点水般的眼神，他只这么扫了成瑶一眼，便很快移开了：“是我怕你疼。”

成瑶只觉得胸口一滞，不是说好了公私分明吗？！

只是心里虽然充满了咆哮，但这咆哮，竟然是粉红色的，就因为钱恒这么一句话，成瑶的脸上又开始火烧火燎的了，竟然有点害羞。

只是原则还是要坚持，成瑶顶着脸红，努力维持镇定：“有些教训和经验，都是失败了、摔了、受挫了才能体会，而且我总要独立办案的，现在不去试错摔跤，一直有你保驾护航，我办起案是会一帆风顺。但长久以后，我就失去自己独立办案的能力了，就和被动物园圈养起来的老虎一样，再放到野外，只有饿死的命了。”

“那老虎一直在动物园里不就可以了？”钱恒理所当然道，“你一直在君恒，不就可以了？”

成瑶简直被他的歪理击败了：“就算一直在君恒，你也不可能就一直能给我保驾护航吧，万一到时候……”

“这有什么不可以？”钱恒冷哼了一声，“别说一直给你保驾护航，以我的能力，再护个包锐也没问题。”

成瑶刚要替包锐感动，结果就听钱恒继续道：“但我懒得给他护。

“他又不是你，让他自己摸爬滚打去。”

真是如此理直气壮，如此“令人动容”，也不知道包锐听到以后，还能不能继续给钱恒做小太阳了。

“虽然我主观上并不想，但你自己希望去独立办案，我尊重你的决定。”钱恒有些不自然道，“等你摔了来找我好了，我可以勉为其难地安慰你一下。”

成瑶忍不住想笑，钱恒这种人，真的是傲娇精投胎了。

不过她还是趁机约法三章：“这次说好了，你绝对放手让我一个人去办，不可以偷偷背地里帮忙，也不可以干涉我的办案思路。”

“我一分钟折合人民币166.66无穷的人，会上赶着去背地里关注这种没钱拿的法律援助案？！”钱恒哼道，“你倒是想得美。”

“反正要是被我发现，你或者你指示包锐来偷偷帮我，我就……我就平时下班的私人时间都不见你了！”

“成瑶，你太得寸进尺了！你这是对男朋友的态度吗？”钱恒不满道，“竟然一言不合就威胁不见面，你这个心态摆得不对。”

“你不是绝对不可能来关注这种法律援助案吗？反正我的威胁也就是空谈。”

不管怎么说，这件事最终就这么定了下来，成瑶跟着钱恒出了星巴克，为了避嫌，成瑶坚持让钱恒先走，她过会儿再上楼。

只是钱恒在离开前，顿了顿，状若自然地道：“法律援助案，办案补贴不够的话，其余花费我可以给你补贴。”

成瑶有些惊喜：“我们所里对这种案子原来还有补贴啊？”

“所里没有，是我私人给你的补贴。”钱恒扫了成瑶一眼，加了一句，“以男朋友的身份。”

他说完，似乎有些害羞，连成瑶的反应都没看，就昂着头一本正经地走了，只是那略微凌乱的步伐，已经泄露了他的情绪。

你也有今天

叶斐然 著

[下册]

青岛出版社
QINGDAO PUBLISHING HOUSE

第十一章　办公室恋情？有点刺激

成瑶又在楼下等了五分钟，才没事人般地上了楼。

等她回到办公桌前，包锐就递了一份文件给她：“钱par刚分配给你的案子资料，拿去吧。”他叹息了一声，眼神间充满了对成瑶的惋惜，“我刚进钱par办公室，他也给我分配了个案子，是个千万标的额的家族保险纠纷。”

成瑶看向包锐，表示愿闻其详。

“哎！说实话，和我一对比，你也太惨了！”包锐同情道，“你都怎么混的啊，成瑶！你虽然不像我这样陪伴在钱par身边好多年了，但也进君恒有一阵子了，你怎么就这么不会揣度圣意啊？！钱par就算手指缝里漏出来的，都是钱，你随便捡个漏，也是个标的额千万的案子，结果你呢？你看看你，也太不讨钱par喜欢了，钱par这么多的案源，竟然就给你一个法律援助案！”

包锐看着成瑶，简直是恨铁不成钢：“你说你长得也挺好看的，怎么就这么不会投其所好啊！”

而成瑶的沉默，让包锐进一步膨胀起来，他指点江山道：“让我来教你吧，钱par比较欣赏我这样有眼色、情商高的人，你平时要多学着点，看看我是怎么和钱par交流沟通的，另外就是，钱par虽然话不多，但是你要在他有限的表达里，解读出他无尽的潜台词，并且含蓄地向他提出你的要求。”

成瑶虚心请教：“比如？”

结果成瑶的话音刚落，钱恒就从办公室里推门走了出来，包锐对成瑶使了个眼色："好好看着！"

包锐说完，便状若无意地走到了钱恒的身后："钱par……"

钱恒回头："嗯？"

包锐扭捏地道："我是特意来感谢你的，为了我，咱们所今年竟然要组织第二次团建。"

钱恒不解。

包锐却把钱恒脸上疑惑的神情解读成了内心不好意思的伪装，他继续暗示道："可日本太贵了，而且我去过很多次了，再加上我作为一个中国人的民族情感，其实日本，我已经不太想去了……"

包锐的想法很简单，他都已经这么说了，钱恒下一句应该就是问他，那你想去哪里，这时候，包锐只要抛出价廉物美的泰国，想必钱恒就能同意第二次团建去泰国了，简直完美！

钱恒果然盯着包锐看了一会儿，片刻后，他终于在包锐期盼的目光中开了口："哦，好的，那第二次团建，你不用去了，留在所里加班吧。"

别说成瑶，就连谭颖都忍不住笑了出来。

包锐整个人都被这不走寻常路的发展惊呆了，他愣了片刻，才意识到钱恒已经走远了，于是赶紧飞奔着跟了出去，只留下他颤抖的声音回荡在大办公区："钱par，我不是这个意思，你听我解释，日本我也可以去的……"

包锐的小插曲过后，成瑶就坐下来，她深吸了一口气，开始翻阅自己这个案子。

案子的当事人名叫林凤娟，二十五岁，只比成瑶大了一岁。最初，林凤娟去了律协旗下的法律援助中心去做咨询，工作人员发现她符合法律援助的条件，便帮她申请了法律援助，于是成瑶接到这个案子。

从这份来自法律援助中心的登记材料上，成瑶只能了解到林凤娟的父母都是外来务工人员，家境困难，林凤娟在一年前结婚，两个月前刚生下孩子，一个月前离婚。

结果半个月前，林凤娟的孩子在体检中发现有严重的心脏病，必须手术，可林凤娟根本没钱出手术费，东拼西凑了不少钱，也发起了网上众筹，但是护理心脏病婴幼儿，每天的花费巨大，不得已，林凤娟起诉孩子父亲要求支付抚养费。

成瑶简单地看完了资料，觉得这案子其实很简单。就算离婚了，孩子的亲生父亲也并不就此免除对孩子的抚养义务，还是需要支付相应的抚养费。虽然这是一条很简单也很直白的法律，只是在实践中，很多人离婚后，就拒不支付抚养费了，这种时候催讨也没用，就只能诉诸法律，最后依靠法院强制执行了。

成瑶想，自己这次需要帮林凤娟做的，就是准备好起诉材料，然后起诉孩子爸爸，如果对方不满一审判罚，向法院提出二审，那成瑶也奉陪，最后等判决生效后，再申请强制执行就行了。

事不宜迟，成瑶马上按照资料上林凤娟的号码联系上了对方，她把对方约在了楼下环境幽静的小资咖啡馆。

半小时后，林凤娟便来了。

虽然只有二十五岁，但林凤娟整个人给人的感觉却已经很沧桑，看起来比实际年龄大上不少。她的皮肤微微起皮，显然没时间好好打理，眼圈下也是深重的一片黑，一双眼睛，带了无望的痛苦和疲惫，只是从五官的底子来看，能看出如果好好保养、生活无忧的话，她应该是个美人的。

她看着咖啡馆里优雅的环境和高档的摆设，绞着自己的旧大衣，一时之间有些局促："出来得急，没来得及换衣服。"她下意识地捂住胸口的一块污渍，"还不小心被宝宝吐了奶。"

成瑶对她笑笑，示意她坐下："坐吧，刚有小孩子肯定都手忙脚乱的，你在哺乳期应该不能喝咖啡，我给你点了一杯鲜芋青稞热牛奶。"成瑶说完，又叫来服务生，再给林凤娟倒了一杯热开水。

林凤娟的情绪慢慢平复了下来，喝了一口热牛奶，终于主动和成瑶说起话来："您是？是成律师的助理吗？"她有些不好意思，"我听说接了我这个案子的律师姓成。"

"我就是成瑶。"成瑶一边说着，一边递上了自己的名片，"你这个案子，我会全程负责，会尽全力帮你争取到尽可能多的抚养费。"

虽然成瑶穿着正装，表现得也十分专业，可林凤娟听到她就是成瑶后，脸上还是流露出了失望、担忧以及沮丧。

"你好年轻啊……"她低下了头，摸着成瑶的名片，"你看着还没我大，我二十五了，你看着也就刚毕业吧。"

成瑶刚想要解释，就听林凤娟叹了口气："不过还是谢谢你，愿意接我这种没钱的案子，法律援助本来就是免费的，我也不能指望什么大律师给我来代理，人家一分钟值钱着呢。”

成瑶笑笑，并不觉得尴尬：“虽然律师看起来越是老，好像越是有资历，越是让人放心，但用年龄来鉴别一个律师是不是专业，其实不太妥当。”

李梦婷一案如今正按照成瑶的办案思路有条不紊地进行，并且一切都在她的预期之中，这让成瑶信心十足，她的眼睛明亮，盯着林凤娟不卑不亢地说道：“年轻律师也有年轻律师的优势，我们精力更充沛，思路和脑子也更活，没准办案能另辟蹊径。而且，相对资历高的律师，我们更愿意全身心扑在一个案子上。”

林凤娟有些不好意思，她讷讷地点了点头。

“你在法律援助中心登记的案件信息我已经看了，案子情节比较简单，我需要帮你代理的就是一个抚养费纠纷对吧？”成瑶拿出准备好的资料清单，“这些表格里涉及的原件还需要你提供一下，比如和前夫的离婚证、小孩的出生证明、你们的户口本……”

结果成瑶还没说完，林凤娟就表情不自然地打断了她：“我……我这个孩子……不问前夫要抚养费。”

成瑶愣了愣：“为什么？”她有些不解，“那你这个抚养费准备向谁起诉？”

“问……问孩子的亲生爸爸……”

女方在哺乳期内，男方是不能提出离婚的，因此哺乳期的离婚，要不就是女方提出的，要不就是男女双方协商一致的。此前成瑶刚拿到林凤娟案件的简单资料时，就曾经好奇过，林凤娟为何在孩子出生一个月后就离了婚，是什么原因让她主动提出了离婚，或者是同意离婚。

这个疑问如今终于被解答了，原来这孩子不是她前夫的。

林凤娟的脸色一会儿红一会儿青，显然，婚内出轨且生了别人的孩子，她自己也觉得难堪。

成瑶给了她一些时间平复心情，才字斟句酌地继续问道：“所以孩子的亲生爸爸，是什么情况？”

林凤娟紧紧咬着嘴唇，她的眼圈慢慢红了：“这都是我的错。”她说到这里，忍不住啜泣起来，“我和阿民其实原来感情挺好的，我们是工作以后认识的，恋爱谈了三年才结婚，他脾气好，对我也很好，如果……如果没有那次高中同学聚会就好了。”

在她断断续续的叙述中，成瑶终于弄清楚了事情的来龙去脉。

林凤娟和前夫阿民新婚后没多久，她的高中同学举行了一次聚会，这次聚会几乎全班都去了，林凤娟没多想，也欣然前往。她高中时就漂亮，是班花，如今刚结婚，被阿民宠着，眉眼之间更是幸福满满，整个人都光彩照人，在高中同学聚会上更是众星捧月一般的存在，而对她最为热情的，就数高中的初恋卢建了。

“大家说祝我新婚快乐，一直轮番给我敬酒，我那天很高兴，就都喝了，没想到最后就喝多了，有些神志不清的。”林凤娟欲言又止道，“后来也不知怎么的，大家都走了，就剩下卢建送我。”

讲到这里，林凤娟的眼神多有躲闪，她似乎想抹掉这段历史：“后来我也不知道怎么的，等我再清醒过来，我……我已经和卢建在酒店里，发生了关系……”

虽然她颇为艺术地推卸掉了责任，搞得她真的是神志不清、没有错误一般，但成瑶从她的表情和肢体动作也能知道，林凤娟怕是在高中同学聚会上，和曾经的初恋卢建在酒精的刺激下重新燃起了火花，两个人一起回味起过去的美好，于是在半推半就中，越过了道德的界限，发生了关系。

林凤娟不停强调着：“酒醒后我就后悔了，阿民对我很好，我这样真的对不起他，那一晚和卢建，真的就是鬼迷心窍的一个错误，我心里只有阿民，我想和阿民好好过日子的，并不想和卢建有什么瓜葛。”

“所以你隐瞒了这一晚的事，没有把这件事告诉阿民？”

“嗯。”林凤娟尴尬地点了点头，“真的，就这么一次，我就只有这一次做错了事，卢建当时和他女朋友也到了谈婚论嫁的地步了，也没想和我有什么长久发展的，我们彼此都心知肚明那一晚只是个小插曲，不会影响彼此的婚姻，所以我想，只这么一次的话，我不和阿民讲，反而是对我们婚姻的一种保护。”

这哪里是什么保护呀？成瑶很想说，当你酒精上头决定和卢建春风一度的时候，你眼里早就没有对这段婚姻的尊重了，难道出轨一次，只是肉体出轨，精神还爱着丈夫，也不会因为出轨离婚，就叫作保护婚姻、不影响婚姻吗？

只是虽然内心不认同，成瑶还是专业而耐心地听着林凤娟的讲述。

“我之后和卢建连发个微信都没有，我们就这么彻底断联了，阿民也没怀疑，渐渐地，我也忘记有过那件事了。在那件事之前，阿民的事业就有了点起色，我们一直在准备要孩子。”说到这里，林凤娟掩面哭起来，“只是没想到，同学会后一个多月，我就测出了怀孕。”

成瑶给林凤娟递上了纸巾。

林凤娟讲到这里，情绪已经微微有些失控：“我当时其实是很忐忑的，我和卢建的那一次，因为喝多了，也……也没有做安全措施，时间上算算，我其实心里也有些害怕，但……但我想，万一就是阿民的呢，毕竟我和卢建才那么一次，怎么会那么巧……”

林凤娟绞紧了手指：“何况我一开始没多想，只觉得自己身体不舒服，头晕嗜睡胃里还泛酸，当时去医院检查是阿民陪着我去的，我被测出怀孕时他也在，我瞒不住……他当时一听我怀孕了，直接高兴地就抱着我在空中转了个圈，我，我实在没理由对他说要把孩子打了。”

林凤娟可能不知道，从她踏出错误的第一步时，就一步错步步错了。成瑶没想到，原来以为很简单的抚养费纠纷案，竟然还有如此曲折的案情。

“所以你就抱着侥幸的心理，留下了孩子？”

林凤娟哽咽着点了点头：“阿民那么喜欢这孩子，我想上天一定会帮我的，一定会是他的孩子。”

寄希望于上天，这希望注定是要破碎的了。

“孩子出生后，因为是个男孩，长得和我像，阿民也没觉得什么，我也很高兴。这孩子，阿民一抱他就不哭，我感觉这一定就是阿民的孩子。”

“所以你前夫，是怎么发现孩子不是他的的？”

“孩子出生后，医院做检查时查了血型，和阿民匹配不上。”林凤娟艰难地道，“这之后，阿民就再也没回过家，再也没来看过我和孩子了，他完全像是变了一个人。”

林凤娟流着眼泪：“这之后我们两家就彻底闹开了，阿民向我提出了离婚，告诉我，我给他戴这种绿帽子，就算是法院也会判离婚，我自己心里也觉得愧疚，知道我们俩是结束了，就和他协议离了婚。

“只是没想到离婚后，我发现孩子竟然有先天性心脏病，还很严重，必须手术，术后护理也很花钱。”林凤娟说起孩子，眼中露出不舍，“虽然我有错，可这孩子没错啊，他那么小、那么可爱，我不能让孩子就这么没了。但我自己现在还在休产假，基本工资也不高，之后产假结束，恐怕为了照顾孩子我也得辞职，我爸妈身体也都不好，家里没有什么收入。和阿民离婚时，我有错，所以也算是净身出户，而且以后为孩子治病的费用，也不能总让好心人捐款……”

“所以你就想问卢建要抚养费？”

林凤娟点了点头：“孩子确实是他的，而且他的家境很不错……”

“你和卢建谈过这件事吗？”

成瑶问及这里，林凤娟脸上无奈和痛苦的表情便加深了：“我用微信联系卢建，可这才发现他不知道什么时候已把我拉黑了，我不知道他手机号是不是也换了，我打他电话他也不接，给他发了短信也没回，我连他在哪儿上班、住在哪儿都不知道，实在没办法，才想到起诉了。”

成瑶抓住重点道：“诉讼毕竟是十分耗费精力和时间的事，等诉讼流程走完，可能已经一年了，孩子的抚养费却等不了那么久，肯定是越快越好，如果能协商成功，那最好不过了。这样吧，你把卢建的联系方式给我，我来给他打电话。”

成瑶拿到号码后，当场就给卢建打了过去。

很快，卢建就接了起来：“喂？”

看来他并没有换手机号，只是不接林凤娟的电话而已。

成瑶立刻将事情的前因后果简要告知了对方，然而卢建不买账：“我都说了不可能！不可能！我都快要结婚了，不希望因为我未婚妻看到林凤娟的微信而横生枝节，我早把林凤娟拉黑了，那些短信都是林凤娟无聊开的玩笑，我已经没理睬她了！没想到都这样了，她还要赖上我！有完没完！她再这样骚扰我，我就报警了！”

成瑶抢在对方挂断之前，态度强硬地说道：“如果您不积极主动配合处理这件事，我将代表我的当事人直接向您的工作单位人事部和法务部发律师函，到时候您就知道我们是蓄意骚扰还是正经维权了。”

虽然这只是成瑶的虚晃一枪，但卢建一听这句话，果然态度有所缓和，虽万般不情愿，但他终于同意了成瑶的见面要求。

事不宜迟，成瑶约了对方就在今天见面，她把自己和林凤娟所在的咖啡馆地址发给了卢建。

卢建离咖啡馆挺近，十分钟后，他就脸色难看、风尘仆仆地赶了过来。这人虽然有些油头粉面，但身材高挑，一张脸也很端正，按照现在时下的标准，算是个帅哥了。

只是成瑶看惯了钱恒的脸，对这种“庸脂俗粉”早就免疫了，她在内心客观地评价，这气质跟钱恒相比，简直差了十万八千里。

心中评价着，成瑶手上也没闲着，她动作娴熟地偷偷开了录音笔。

刚坐下，卢建就看了眼手表，相当不耐烦：“我只有十分钟，有什么就赶紧说。”

林凤娟被他这种态度激怒，当下就抬高了声音：“涵涵也是你的孩子！他现在躺在医院里，就等着救命钱，他是一条生命啊！就值你十分钟？！”

卢建也恼了：“林凤娟，你生了个孩子是把脑子生没了吗？我听说你生了个心脏病儿子就开始找其他同学打听我家境情况，发现我家里有钱，就准备讹上我了？你做梦吧，这种‘喜当爹’的事，我绝对不会认的。你生了个病孩子又被老公抛弃了是很惨，但你也不能血口喷人啊，什么叫我的孩子？！和我有什么关系？！”

“就是你的。”林凤娟目眦欲裂，“孩子不是我前夫的，肯定是你的，时间也都对得上。”

“是，我是和你发生了关系。”卢建承认得倒是很爽快，只是语气充满嘲讽，“可谁知道你是不是还和别人也发生了关系？”

“你！”林凤娟气结，“除了我前夫，我只和你发生过关系！不是他的孩子，当然是你的！”

“你当然能那么说。要不是被你前夫发现孩子不是他的，你还能和他继续说，你一辈子只和他睡过呢！”卢建不以为意，“你才结婚就能和我发生关系，给你老公戴绿帽子，你这么随便的女人，谁知道你到底给你老公戴了几顶绿帽子啊。我看你说这是我的孩子，就因为我是这些男人里家境最好的吧！”

林凤娟直到这时，才意识到男人的残忍。

她记得很清楚，当初她微醺以后，卢建是怎么抱着她轻声软语地哄，说她是他永远的初恋、永远的白月光，只恨再重逢时她已嫁作他人妇，否则怎么也要把她抢回来，说他现在的女友不过是家族联姻的产物，实际他心里只有她。卢建当初的每一句情话她都还牢记在心，她记得他是如何哄着她，说想和她最后重温一次过去，之后便是亲吻、抚摸，再然后，再然后一切都失控了。

孩子被阿民发现不是亲生的之后，林凤娟后悔过，后悔她当初没偷偷把孩子打了，这样就不会被发现了，然而直到现在，她才真正从心底后悔，后悔当初她错信了卢建的花言巧语，背叛了阿民。

卢建这个卑劣的男人，如今竟然把脏水彻底往林凤娟身上泼。

林凤娟红了眼睛："既然你觉得我是个人尽可夫的女人，孩子也不可能是你的，那你就和我直接去做亲子鉴定，要是亲子鉴定下来孩子不是你的，我二话不说赔礼道歉，自此再也不纠缠你！"

"我为什么要做亲子鉴定？"卢建也恼了，"第一，你不能证明咱俩发生过什么；第二，更不能证明什么时候发生过什么。说实话，我和你真的不熟，同学会之前一次也没联系过，我凭什么要和你的孩子做亲子鉴定？而且我做亲子鉴定了，别人知道了会怎么看我？就算我和你没关系，都要被编派得有关系了，你不要脸面，我还要做人呢！"

卢建说完，再也没有继续谈下去的耐心，他从包里掏出一沓现金，往林凤娟眼前一甩："这三千块钱你拿着，就当是我对你那一夜的补偿，从此我们两清。"

"我……我会去法院申请让你做亲子鉴定的……"

卢建哼笑了一声，他看向成瑶，眼中是毫无掩饰的鄙夷和轻视："你的律师没告诉过你吗？就算是法院，也不能强制别人做亲子鉴定，我拒绝的话，你根本做不了亲子鉴定。林凤娟，我劝你适可而止，真的要敢找人来我单位闹事，我卢建绝对有本事让你吃不了兜着走。"

卢建说完，也不再看林凤娟，他看了眼手表，便不耐烦地拿起包走了，留下林凤娟望着桌上的钱发呆。

卢建的行为，让成瑶目瞪口呆，说这种话，不就等于暗示他用这三千块买了林凤娟一夜吗？这和把别人当成妓女有什么差别？

成瑶都能看出来的东西，作为当事人的林凤娟自然也都清楚，只是她并没有跳起来把这些现金砸回到卢建脸上让他滚，直到卢建的身影彻底消失，林凤娟才颤抖着把那三千块收进了她的包里。

一碗饭难倒英雄汉，当一个人面临极端现实的困境时，她是没有资格讲自尊和原则的。

成瑶知道，林凤娟需要钱，她需要很多钱，才能救她的儿子涵涵。

林凤娟收好了钱，在极度的尴尬和羞耻之下痛哭不已："成律师，我……我实在是需要钱。"

成瑶拍了拍她放在桌上的手："我理解的，你不用觉得难为情，我是你的代理律师，我会竭尽所能维护你的利益，我会一直站在你这边的。”

林凤娟求救般地看向成瑶：“成律师，那卢建说的，是不是真的？是不是真的就算我们去起诉，法院也不能逼着卢建去和涵涵做亲子鉴定？”

“确实是这样。”

林凤娟沮丧地道：“那……那还能怎么办？”

成瑶笑笑，亮了下录音笔：“他刚才至少承认他和你发生过关系，这就说明，不论怎样，涵涵有概率是他的孩子。虽然法院不能强制进行亲子鉴定，但在有证据表明孩子有可能是他的的情况下，他却坚持拒绝做亲子鉴定的话，那么他就要承担举证不能的后果，如果我们可以找到其余证据，形成证据链，比如用当时你们开房的时间来推算孩子出生的时间是不是符合，另外孩子身上有没有什么遗传特征和卢建是一致的等等。”

成瑶不紧不慢地说道：“总之，我会帮你找出所有这些有关联的证据，然后把证据提交给法院，只要证据链够强，那么卢建就算拒做亲子鉴定，法院也可以推断孩子和卢建具有亲子关系的。”

林凤娟听到这里，眼睛都亮了，她像是重燃起了希望，一改刚才对成瑶的怀疑，真心实意地感谢道：“谢谢你成律师！真的谢谢你！”她一边说，一边从包里抽出了刚才现金中的一部分，想要塞给成瑶，“我知道接我这种案子你们没钱，这……这是我的一点心意！”

成瑶礼貌地把钱推了回去：“我们有办案补贴。”她想了想，突然笑了起来，“我还有私人补贴。”她在林凤娟疑惑的眼神里补充道，“总之我不缺钱，你不用担心。一千万标的额的案子是案子，法律援助的案子也是案子，所有案子的当事人，在我心里都是同等重要的，我会做所有我能做、也应该做的事。”

成瑶看着林凤娟：“所以你也做好你应该做的事就行了，你的宝宝还在家里等着你，我帮你打车，回头有任何事我都会在第一时间联系你的。”

送走了林凤娟，成瑶又整理了下思路和当前的信息，便回了君恒。

虽然林凤娟这个案子只是个法律援助案，然而也并非像她此前预料那样简单，关于如何在卢建不配合的情况下证明亲子关系，仍旧是一个挑战。

只是虽然案子有难度，成瑶内心却充盈着满足感。

这是她脱离钱恒以后，第一次自己独立面对当事人，自己完全独立思考办案思路，竟然在短时间内便有了初步的办案方案。一时之间，连成瑶都有些替自己骄傲，自己过去那些翻阅经典案例、认真听同事讨论案件、虚心向他人请教的时间，都没有白费。

有些努力，可能短期内看不到效果，但总有一天，会有回报的。

成瑶一直记得作家格拉德威尔的话：“人们眼中的天才之所以卓越非凡，并非天资超人一等，而是付出了持续不断的努力。一万小时的锤炼是任何人从平凡变成世界级大师的必要条件。”

只要她努力下去，只要花费一万小时，甚至两万小时，一定能坚定但缓慢地够到钱恒吧，一定有一天，自己也能和钱恒并肩吧。

成瑶没想到，自己和钱恒很快就有了并肩的机会，虽然不是她想的那种并肩。

她从咖啡厅刚回君恒，钱恒就给她打了内线电话，让她去办公室一趟。

“哦，听包锐说，你刚才去见法律援助案的当事人了，有没有什么情况需要和我说？”

“老板。”

钱恒避开了成瑶的目光，对她语气里的无奈视而不见：“我刚打电话直接问了法律援助中心当时负责接待你当事人的人，他告诉我虽然登记单上的案件情况比较简略，看起来很简单，但实际……”

“老板，”成瑶认真地看向钱恒，打断了他，“你说过的，这个案件你完全不插手的，君子一言驷马难追啊。”

成瑶都说到这份上了，钱恒竟然还能脸不红心不跳理直气壮地道：“哦，我最近工作有点累，睡眠不太好，所以记忆力也有点受到影响，我说过这种话吗？”

这位朋友，你岂止是说过，你没多久前才说过好吗？！你以为你是金鱼吗，只有七秒的记忆？装得倒是还挺像那么回事！

钱恒还在强力挽尊：“就算我说过这种话，作为老板，关注一下你手头案件的进展也没有什么问题。”他看了成瑶一眼，“你目前有什么困难吗？”

成瑶利索地道：“没有！”

“真的没有？”

“真的没有！”

“没有就好。”钱恒一本正经地道，“反正对这种标的额这么小的案件，我也没有什么兴趣。”

他明明很想知道成瑶案件的进展情况，明明想问成瑶有没有遇到困难，怎么就这么别扭呢？

“哦，对了，今晚我家里有个饭局，我需要出席下，不能陪你了。”

成瑶愣了愣，才后知后觉地意识到，钱恒这是在和自己报备行程。

她笑着点了点头，表示自己知道了，然后歪了歪头：“老板你还有什么事吗？”

“没了。”钱恒瞪着眼睛，“那你还有什么要和我说的吗？”

“我？”成瑶指了指自己，“我也没了。”

“哦，那你走吧。”

成瑶走出办公室没多久，就收到了钱恒的微信。

“我最近没睡好。”

虽然只是简简单单的几个字，看起来也稀疏平常的一句话，然而成瑶愣是从里面读出了钱恒浓浓的控诉。

这位别扭精就差没在他的脸上挂上“我都说了我没睡好，你竟然没有问我，我为什么没睡好！你不关心我！”的横幅了。

成瑶鬼使神差地玩心大发，她非常恶劣地回了一句调戏：“那要不要我陪你睡呀？”

这句话发完，便如石沉大海一般，钱恒那头没声音了。过了没多久，成瑶便从包锐那里听说，钱恒他出去开庭了。

很快，成瑶也忘了这个插曲。她手头也有了工作的事，李梦婷的那个借款纠纷已经判决了，在自己“提点”了对方当事人后，对方补足了证据链，一审毫无疑问地，李梦婷败诉，被要求承担还款义务，而成瑶代理李梦婷对张浩的同居期间房屋分割的诉讼，也已经立案了。

一切都按部就班地进行着，案件的进展完全在成瑶的掌控之中。

只是中午时，成瑶的爸爸给她打了个电话。

“瑶瑶啊，”成爸爸道，“今晚有空吗？”

因为钱恒有事，自己倒是正好空了下来，成瑶点了点头：“有呀。”

“今晚爸妈会来A市，你陪我们一起吃个饭。”

成瑶不疑有他：“好啊！好久没见你们了！”

结果成爸爸丝毫无心给予成瑶亲情的回应，径直地道：“穿好点啊，穿你最贵的衣服，一定要突出自己的漂亮！动人！明艳！把我们老成家的优秀基因完完全全散发出来！”一贯抠门的成爸爸竟然慷慨地道，“要是没合适的衣服也没事，爸爸给你打个几万块钱，你随便买！爸爸能不能胜出，就在此一搏了！”

成瑶一头雾水：“啊？”这都什么跟什么啊？

成爸爸越说越激昂：“你还记得你爸那个奇葩同桌吗？”

“记得啊，怎么了？”

“上次你爸我在同学会和他见面，斗了一整场的法，结果两人不分高下，各有千秋，一时之间竟然没有分出胜负。这怎么行？我和他之间，不是你死，就是我活，一定要分个输赢，我们自己比试分不出胜负，就只剩下另一种比试了！”成爸爸抬高了嗓音，“那就是——比下一代！”

成瑶不是没听说如今的孩子爸妈，从幼儿园开始，就忍不住互相攀比孩子，你今天带你孩子去上钢琴课，我明天就带我孩子去拉小提琴；你今年带你孩子去新马泰旅游，我明年就带我孩子去北欧旅游……

只是她没想到，中年男人竟然对下一代还有这么可怕的攀比欲。

成爸爸在电话里做了总结陈词：“总之，你今晚来也要来，不来也要来。另外，一定穿双十厘米以上的高跟鞋！要那种一出场就惊艳众人，气场完全压倒对方的！我听说我那奇葩同学的儿子有187厘米啊！你虽然是女孩子，但气势上也不能输太多了！”

挂了电话，成瑶简直无语，她没想到，有朝一日，她竟然成了她爸爸斗法的工具。

但吐槽归吐槽，成爸爸战胜这个老同学的夙愿，成瑶是了解的，对于今晚的聚会，她丝毫不敢怠慢，还真的一下班就赶回家悉心打扮了一番。思前想后，成瑶挑了一套之前在上个律所年会时穿过一次的红裙，配上黑色大衣，以及十厘米细高跟，再化个淡妆。

平时成瑶上班都是穿职业套装，周末也都选择宽松的休闲装，鲜少有穿这红裙的机会，如今上了身，才发现这裙子衬得她曲线毕露，实在有些太过显身材，难怪上次年会这裙子被前同事们调侃是“直男斩”。

只是爸爸死对头的聚会而已，穿成这样未免有些喧宾夺主的嫌疑，成瑶本想换掉，可成爸爸在电话里不停催她，成瑶看了看时间，考虑到晚高峰的堵车盛况，咬了咬牙，索性踩着高跟鞋便走了。

聚餐的地点定在一家非常奢华的三星级米其林里，吃的是法餐，成爸爸请客，订了包厢。成瑶到的时候，她爸就已经坐在包厢里严阵以待了。直到这时，成瑶才发现，自己穿这裙子一点也不夸张，因为自己的爸爸那才叫夸张，要是别人不知道，乍一看，还以为这位是来参加中年离异富豪、富婆相亲会的呢！

成爸爸吹了个当下流行的发型，西装笔挺，仔细一看，竟然还修了眉，要不是成瑶知道他那同学是个男的，还以为他这个架势是来见初恋的。

成瑶和成爸爸说了几句，就接到了林凤娟的电话，她转身出包厢接了电话，和对方就一些证据细节进行了简要沟通，刚挂断正准备回包厢，突然听到了钱恒的声音。

“成瑶。”

成瑶转头，便看到钱恒正微微皱着眉，站在她身后。

“哎？这么巧？”成瑶不疑有他，“你今晚的聚餐也在这里吗？”

“嗯。”

成瑶走近钱恒，钱恒却下意识地退了一步，他的表情有些矛盾，既想盯着成瑶看，又硬生生控制自己移开眼神。

虽然表情冷静，但他吐出的话语里却充满控诉：“我才走开一晚，你就穿成这样来餐厅约别人了？”钱恒低气压地道，“看来我真是一晚上都走不开。”

“不，不！”成瑶连连摆手解释，“不是你想的那样！我是陪我爸来吃饭的！”

“呵，除了你爸，还有别的男人吧。”

“有是有，就是我爸的同学啊，还有他的儿子，再没别人了。”成瑶恍惚间觉得自己像是劈腿被当场捉奸一样，她努力解释道，“你别紧张，这绝对不是我爸和他同学安排的变相相亲宴！我爸和他这个同学是死对头，我爸可讨厌他了，说他为人特别奇葩，要不是打人犯法，早就揍他了！今天我爸叫我打扮成这样来参加宴会是为了拼孩子！我爸想让我和他同学的儿子一决高下！”

钱恒的脸色缓和了些，然而语气还是高贵冷艳：“我紧张？我钱恒需要紧张？我就是随口问问而已。”

“对，对，你是随口问问而已。”成瑶一脸了然地补充道，“而且按照我爸同学这极品的样子，他儿子绝对也是个极品，上下五千年都没出过几个的那种。就算我瞎了眼看上他儿子，我爸也绝对不会允许我嫁进那种极品家庭的！”成瑶眨了眨眼，狗腿地道，“何况有你珠玉在前，别的男人在我眼里都是庸脂俗粉！我不会瞎的！”

成瑶说完，看了看时间：“哎，不早了，先不说了，我先去吃饭啦，晚点联系。”

“成瑶。”

成瑶刚转身，就被钱恒叫了回来，他一本正经道地抬了抬脸颊：“为了奖励你的眼光，我允许你走之前亲我一下。

“算了，你反应这么迟钝，还是我来吧。”

成瑶还没反应过来，钱恒就凑近她，俯身给了她一个吻。

一吻完毕，钱恒才脸不红心不跳地看了眼腕表：“我也该走了。”

结果两个人一前一后走着，竟然顺路，成瑶亦步亦趋跟在钱恒的身后，脸上还火辣辣的，心还在因为刚才那个突如其来的吻而怦怦跳着。

只是……只是成瑶的心很快跳得更剧烈了，尤其当她眼睁睁看着钱恒走进了她熟悉的包厢里……

等……等等！这一刻，成瑶突然有一种强烈的不妙的预感。

爸爸的那个奇葩同学，是姓钱吧？

几乎是同时，包厢内响起了成爸爸震怒的声音：“你不就是之前骗我女儿说你去东莞搬砖但是背地里出轨、吃软饭的小白脸小钱吗？！”

继而响起的是钱爸爸同样震怒的声音：“你别血口喷人，我钱展的儿子，需要去东莞搬砖？！我儿子每年收入都破亿，还需要别人养？！何况我儿子有女朋友，小姑娘盘靓条顺，还倒追了我儿子好久！”

“你儿子该不是有表演癖吧？！来我女儿这里骗财骗色，新闻里不都说了，有些高收入人群压力太大，需要用特殊的方式来发泄压力？”

成瑶硬着头皮走进去，钱恒似乎也被这魔幻现实主义般的发展惊到了，正抿着唇站在原地。

成瑶咳了咳：“爸……”

她一来，成爸爸有了底气：“瑶瑶，你来得正好，你好好看看，这是不是那个劈腿的负心汉小钱？！”

钱爸爸正准备据理力争，却在看到成瑶的脸的时候愣了下：“你？你不就是苦恋我儿子，追他追了很久的小成？？？”

有一瞬间，成瑶想要拔腿就跑，或者出门问问，这火葬场的路，怎么走。

好在这时，钱恒终于站了出来力挽狂澜，他看了一眼成爸爸：“伯父，您好！我重新介绍一下自己，我是钱恒，君恒律师事务所的合伙人，是成瑶的老板，也是成瑶的男朋友。之前有一些误会，但我和成瑶感情很好。”钱恒过来拉了成瑶的手，“希望能得到双方父母的祝福。”

双方父亲都表情复杂诡异，看着成瑶和钱恒，陷入了前所未有的安静。

最先反应过来的是钱爸爸，他颇有深意地道：“这也是孩子们自己的缘分，我怎么能干预呢？何况虽然小姑娘的爸爸眼神不太好，可她自己眼神清亮、慧眼如炬，一眼就看出我老钱家的基因是万里挑一地好啊，成瑶虽然是个小姑娘，但勇气可嘉，主动追爱，我很欣赏！”

就在成瑶以为自己爸爸会强烈反对时，成爸爸竟然咳了咳，脸上也挂上了算计的笑容：“我有一点要纠正啊，我女儿可没有追求你儿子啊，反倒是你儿子颇下功夫，甚至为了我女儿，故意去租了那么便宜的房子，好找到机会和我女儿同居，来个近水楼台先得月，日久生情。”

成爸爸分析得头头是道：“我看我女儿进君恒，也是你儿子运作的，这还不就是你儿子看上了我女儿吗？只不过你儿子，呵，也算有其父必有其子，明明是他想要和我女儿在一起，却很有心计手腕地让我女儿以为是她自己先动心的……当然啦，我也理解小钱，毕竟我女儿随我，魅力是比较大，小钱把持不住，想了这么多办法，也是情有可原……”

“不可能，是你女儿追的！”

“是你儿子追的！”

……

两位爸爸互不相让，最终拼起酒来，只是这一场酒拼下来，发展更是诡异。

成爸爸打着酒嗝：“钱展你了不起啊？当初同学一场你怎么对我的？现在呢？现在还不是这样，哈哈哈哈，以后你儿子还不是要管我叫爸爸？你有没有想过，你也有今天啊？”

成瑶有些看不下去：“爸，你醉了。”

结果成爸爸却很坚持：“我没醉。”他无视钱爸爸的脸色，就差叉腰狂笑了，“哈哈哈哈，这么解气的事，我还能再喝五百年！”

钱爸爸不满地道：“你别高兴得太早，风水轮流转！你别忘了，你以前是怎么求着我给你抄作业的。”

“你还好意思说？！我请你吃了那么多顿饭，都是我亲手做的啊！！你竟然连作业也不给我抄？”

“我是有原则的人，绝对不能纵容抄袭，更不能助纣为虐，可我虽然没给你抄，但暗示你了那么多解题思路，没想到你这么笨，我就差直接告诉你答案了，结果你还是解不出来。这得怪你自己智商低，哪能赖我？”钱爸爸也喝多了，越说也越离谱，“不过现在你女儿和我儿子在一起，后代的智商交给我们老钱家就行了！你也算翻身了！感谢我吧！”

最后的结果是，钱爸爸和成爸爸都不想钱恒和成瑶打扰他们两人的翻旧账时光，把钱恒和成瑶火速地支了出去。

这是哪门子感情不好的仇敌啊？明明是青春期彼此在意对方，年轻气盛把对方当成假想敌不断对比，其实内心惺惺相惜吧？

钱恒拉着成瑶的手，提前去买了单。

成瑶拽了拽他的衣袖：“不用，这次是我爸请。”

钱恒凉凉地看了成瑶一眼：“你爸不都已经把我当儿子了吗？就冲着这份情，还能让他买单？”

“今晚有个重金属live，小众乐队，就在一间地下酒吧演出。”两人走出米其林，钱恒突然状若不经意地开了口，他有些不自然，“你以前说过你喜欢重金属音乐。”

成瑶的眼睛亮了亮：“哪个乐队？”

“Red Fish。”

“啊！我还挺喜欢他家的，我们去吗？”成瑶期待地盯着钱恒。

“嗯。”

虽然路上有些堵车，但这一点不影响成瑶的兴奋和激动，她坐在车上，叽叽喳喳说个不停。

这间酒吧非常隐蔽，所谓的地下演出，还真的在地下，就如《爱丽丝漫游奇境》里的兔子洞一样。钱恒和酒吧负责人简单点头打了个招呼，对方显然是钱恒的老熟人，很快把钱恒和成瑶领到了一处空地，打开了地窖的入口，露出了下面的楼梯。

成瑶很难想象，钱恒竟然对这里熟门熟路，看起来是经常来的样子。她跟着钱恒下了楼梯，才发现地下完全是一个新的世界。

舞台般的镭射灯光，沸腾的气氛，重金属摇滚的音乐，尽情释放的人群，颓废中又带着诡异的生命力。

演出已经开始了，舞池里都是蹦迪的各种妖魔鬼怪，嘶吼声、金属撞击声、鼓点声，各种声音交杂在一起，冲击着每一个人的耳膜。

成瑶很快就沉浸在这种气氛里了。

二十多年来，她过着循规蹈矩的生活，踩着姐姐的脚印，按部就班地生活，然而直到这一刻，成瑶才意识到，她的血液里，其实是流着离经叛道的血液的。

她不是成惜，她和成惜不一样，她就是她自己。

在音乐进行到最高潮、气氛白热化的时候，成瑶直勾勾地看向钱恒，然后她做了一件大胆的事。

她拉过了钱恒的领带，不顾对方轻皱的眉和惊愕的眼神，微微踮脚，蛮横地吻向了对方。

等她放开钱恒，成瑶才有些微微的害羞，幸而她的脸红也能解释成被这个地下演唱会气氛所带动的激动，她轻轻侧开头，假装看向舞台："我喜欢重金属音乐的初衷，就是想跳出我姐姐的影子，因为姐姐太优秀了，大家总是习惯把我和她对比，她是那种温柔、乖巧、懂事的女孩子，所以我好像理所当然也必须成为这样的人。我以前也以为，我和她是一样的，她喜欢舒缓的钢琴曲，我也应该喜欢。"成瑶的睫毛颤动着，"直到我听到了重金属摇滚……

"以前我以为我会喜欢薛明那种男生……"

成瑶这句话还没说完，就被钱恒打断了，他的脸上有着风雨欲来的表情："薛明？"

成瑶转回头，盯向他的眼睛："直到我遇到了你。"

成瑶的"你"字刚说出口，尾声就消失在了钱恒的吻里。

这一次，钱恒把成瑶推到墙边，在重金属音乐激烈的声音里，旁若无人地亲吻成瑶。

这个吻与钱恒往日里的那些吻都不同，强烈的、带着浓烈的男性荷尔蒙气息，像掠夺，像索取，又像侵略。

钱恒每一个细胞都在彰显着他的主动权和宣示着他的所有权，他咬住了成瑶的下唇，轻轻厮磨，带了欲望，带了挑逗，成瑶突然无法直视他这样直勾勾的眼神，她下意识地举起手，想要遮住钱恒的双眼。然而她的手还没碰到钱恒的眼，只堪堪悬在钱恒脸旁，就被钱恒捉住了，他放开了成瑶的唇，轻柔地吻了下她的手指。

“你在我面前，还提别的男人的名字？”钱恒笑了笑，“看来是我的责任，让你竟然有心思分神。”

成瑶只觉得一刹那，她的手指上与钱恒唇瓣相触的地方起了电流，这电流在她体内横冲直撞，让她背脊发麻。那种无法动弹的感觉，让她觉得陌生而有些不安，成瑶抽回手，自欺欺人地想，不能捂住钱恒的眼睛，那就捂住自己的眼睛吧。

然而当她的手刚捂住她的眼睛，又被钱恒强势地捉住，然后固定在了墙壁上，逼迫成瑶直视他。

“这样就害羞了？”

成瑶红着脸，眼神躲闪。

钱恒却并不放过她，仗着嘈杂的环境和流动的人群，钱恒步步紧逼：“你不是区别于成惜的叛逆少女吗？叛逆少女这么容易脸红？”

成瑶简直想立刻跳起来落荒而逃。成瑶这才知道，平时的钱恒对她是有多么照顾，他根本没有气场全开，以至于成瑶一直心安理得地觉得，她对钱恒，尚能一战。

而实际上，当钱恒毫不顾忌地释放他的荷尔蒙，成瑶只能丢盔弃甲地逃跑。

钱恒犹不自知，他凑近了成瑶的耳朵，声音透着些不自然的喑哑：“还有，是谁说，今晚还要陪我睡？”

一瞬间，成瑶简直觉得自己就快爆炸了。

也是这时，钱恒又倾身吻了她，强势地顶入了自己的舌，描摹着成瑶的口腔，追逐着她的舌尖。

直到成瑶快要无法呼吸，他才放开了她。

“不管你是叛逆少女，还是听话懂事的三好学生，你都是你。”钱恒笑笑，“被我喜欢的你。”

只是这样一句话，成瑶却觉得，她在青春期时，因为被与成惜对比而产生的失落、委屈和难以言明的晦涩情感，通通都被一扫而空，释放了出来。

长久以来，她一直默默期待着，有一个人，能够走过来，对她说，她是特别的，她是独一无二的，做她自己，已经足够好。

她没有想过，原来钱恒就是这个人。

这本来是个脸红心跳的夜晚，然而大概是嫌成瑶今天受到的刺激还不够，这场重金属live演出到一半，这间地下酒吧的负责人突然下楼，开始疏散人群。

“着火了！大家快往安全出口走！”

于是一时之间，重金属音乐变成了嘈杂慌乱的人声。很多人脸上露出惊恐害怕的表情，然而成瑶不知道为什么，却觉得不太怕，好像只要在钱恒身边，就没什么可担心的。她几乎不用动脑，只需要拉着钱恒的手，跟随着他就可以。

只是唯一没有预料到的是，因为跑得仓促，成瑶的十厘米小细跟，非常不给面子地断裂了。

钱恒没说什么，只是微微蹲下了身。

成瑶有些不明所以。

“上来吧。”钱恒表情平淡自若，仿佛再自然不过，“我背你。”

“不用啦，就去停车场路也不远，你稍微扶我一把就行了。”

成瑶一边拒绝，一边一瘸一拐地往前走，然而她没走几步，就被钱恒直接拦腰横抱了起来。

“行了，你得逞了。”

“哎？”

钱恒哼了一声：“你不就不想被我背着，希望我公主抱吗？以为我不知道你动的什么小心机，不就因为公主抱才能看到我的脸吗？”

“没……没有啊！”成瑶一边说一边就想挣扎着下来。

“别乱动。”钱恒警告地瞪了成瑶一眼，“你再乱扭，我这么抱着你，腰会吃不消的。”

成瑶身体是消停了，但嘴上不消停，她意有所指地看了钱恒的腰一眼：“这个……男人，不能说自己腰吃不消啊……”

钱恒沉默了片刻，才道：“成瑶，你再不闭嘴，那不如你今晚就陪我睡，亲自验证下我的腰好不好。”

成瑶彻底消停了。

慌乱、刺激又甜蜜的夜晚之后，便是第二天的工作。

成瑶本来觉得再见钱恒有点害羞，不知道自己能不能控制好看向他的眼神，能不能不被同事看出端倪，但好在这一问题被完美规避了。第二天一早，钱恒因为一个家族信托纠纷案，临时出差飞去了B市，同去的包锐当天开完庭就可以回来，但钱恒事后还需要留下两三天处理完客户其余事项才能回来。

而成瑶也没有太多时间再去想钱恒，她代理林凤娟抚养费纠纷一案的立案材料已经提交了法院，主审法官给成瑶打了电话沟通，因为证据比较繁复，为了节省审判时间，法官要求庭前进行证据交换，成瑶当然求之不得。

庭前证据交换，能在正式庭审之前，先明确各方当事人主张所依据的证据，以便当事人在庭审中进行质证，也让法官对案件涉及的证据有更好的把握，更是可以防止一方当事人在庭审中补充证据这类突袭，造成庭审不畅，不得不因补充证据而再次开庭和质证，拖延办案效率。

庭前证据交换，虽然最终由法官决定，但一般都要先由当事人申请。成瑶有些好奇："庭前证据交换，是卢建申请的？"

"他的律师申请的。"负责这一案件的孟法官在电话里笑了笑，"我今天下午两点正好有空，对方也没问题，你要也行的话我们就快点交换证据，时间定在下午两点，四号庭前会议室。"

成瑶有些意外地连连应好。

她和孟法官又聊了几句，随口问了声："卢建那边请的，是哪家律所的律师？"

"哦，德威律所的邓明律师，你认识吗？他还挺有名的。"

孟法官挂了电话，可成瑶却久久不能平静。

邓明。

这个案子竟然撞上了邓明。

这曾经是成瑶成为一名家事律师的目标，希望有朝一日，终于能堂堂正正地站在法庭上，和邓明来一场对垒，然后光明正大地打败他，撕下他那些伪装的良善和正义，还有他那些虚假的专业能力。

只是成瑶没想到，自己竟然这么快就遇到了邓明，在自己第一个完全独立的案子上。

邓明虽然对外营造了良心律师的形象，然而接案的时候，实则是一颗心全向着钱看。成瑶此前从林凤娟那里多少知道卢建家境不错，但现在看来，何止是不错，应该是非常不错，恐怕非富即贵，才能请得动邓明出山。像邓明这种豺狼，只有嗅到最新鲜的血和肉，才会出现。

如果有钱恒在，那这个案子，就算有十个邓明，他也不会输吧。

然而她早就自断了后路，非常有骨气地拒绝了钱恒的插手。

她准备好了吗？还是回去求钱恒帮忙？

只要她开口，他是绝对不会拒绝的。

然而成瑶按在通讯录钱恒名字边上的手，到底还是顿住了。钱恒是能站在她身后，但她总不能永远依赖钱恒。

白星萌的案子里，她被邓明打脸，这一次，她想试试自己迎战。既然她的梦想就是在法庭上打败邓明，那就上吧！

因为得知了卢建的律师是邓明，成瑶更是非常上心，让林凤娟去她之前和卢建开房的酒店，查询了她自己的开房登记，确定了开房时间。同时，成瑶也向与林凤娟、卢建一同参与同学会的几位同学进行了取证。这些证词可以证明，开房时间与同学会在同一天，而同学会后，确实是卢建与林凤娟两人一起离开了。有了这些证据，再配合此前的录音，可以证明卢建确实与林凤娟在同学会后开房发生了关系。如果涵涵是卢建的孩子，而涵涵足月出生，那么他的出生年月，和卢建与林凤娟这次发生关系的时间，也完全能吻合，不存在矛盾。另外，成瑶还向林凤娟和卢建的很多高中同学进行了取证，证明两人在高中曾经恋爱过两年，他们为彼此的初恋，曾经有感情基础。

在去法院庭前证据交换之前，成瑶一遍遍演练了可能会发生的情况和自己的应对措施，确保自己的这份证据清单一甩出来，就能啪啪啪打脸邓明。

成瑶把庭前证据交换的消息告诉了林凤娟，两人便各自赶往法院。

说来很巧，她们和卢建、邓明，几乎是同时到达庭前会议室的。

邓明穿着一身修身窄腰的西装，头发用发胶固定往后，经典的大背头梳得一丝不苟，身上讲究地喷着男用香水，成瑶只随便扫了一眼，便看到了他的公文包、皮带上晃眼的名牌logo。

成瑶对他心生憎恶，越看越觉得对方不像个律师，反而更像个穿着名牌高仿的传销骗子。只是心里再痛恨，成瑶也知道要控制好自己的情绪。她记得钱恒的每一句话，绝对不会重蹈覆辙，让自己的私人情绪影响到当事人的案件。想要打赢这场官司，她首先应当摒弃自己的立场，站在当事人的角度。

成瑶这边非常平静，邓明的反应却强烈多了。他显然对在这里遇见成瑶感到十分意外，愣了愣，不过很快，邓明也回归到了工作状态。

见双方当事人与律师都就位了，孟法官按照流程开始了庭前证据交换：“林凤娟诉卢建确认亲子关系、抚养纠纷一案，由审判员孟冬梅主持庭前证据交换，书记员沈素担任记录，双方当事人是否申请回避……”

林凤娟和卢建都没有申请回避。

孟法官就此案中的一些基本事实进行了确认，同时，她也针对成瑶提交的证据材料向邓明一方进行了阐述分析：“林凤娟和她的律师整理了非常详细的证据链的资料，在这份证据链资料的基础上，林凤娟一方拥有足以推断卢建与涵涵可能存在亲子关系的证据链，如果卢建你和你的律师没有相反的证据，却还坚决不同意做亲子鉴定，那么一旦立案走诉讼流程，法院可以按照法律规定做出处理，推定请求确认亲子关系的林凤娟一方主张成立，而不配合法院进行亲子鉴定的你方，则需要承担败诉的法律后果。”

邓明脸色沉静，丝毫不见慌乱，他扫了一眼成瑶，志在必得地笑了笑，然后从公文包里掏出了一份文件：“孟法官，这是我们提交的证据，也希望借由这次证据交换，让对方当事人知道我们的态度。”邓明顿了顿，才铿锵有力地说道，“我的当事人卢建，早就经医院诊断，是无精症患者，并且是无法治愈的无睾症。”邓明看了一眼成瑶，“卢先生很不幸，出生时就罹患先天性无睾症，这是从卢先生出生到现在的全套病历以及历年体检的结果。”

成瑶知道邓明既然主动申请了庭前证据交换，手中自然是有可以抗辩的证据，只是她根本没想到会是这样颠覆性的证据！

从孟法官的手中，她接过了邓明提交的证据。这些证据，从签字的时间看，确实时间跨度很大，而那些医疗证明文件的纸张，也泛着黄，看起来确实有些年头了，而历年体检记录，也都分门别类归档得非常仔细。为了查看方便，邓明在相关病历证明处都用记号笔高亮标了出来，诊断结果一目了然。

卢建竟然没有睾丸？那就绝对不存在能成活的精子了！那不管怎样，林凤娟的孩子自然不可能是卢建的了！邓明这份证据一出，即便卢建拒绝做亲子鉴定，也能排除他和孩子的亲子关系！

林凤娟自然也看到了这份证据，她当场就叫了起来：“不可能！”她求救般地看向成瑶，“这不可能！那晚上我清清楚楚见到，他明明有！他很健康！怎么会变成什么先天性无睾症？！”

邓明丝毫不理会林凤娟的叫嚷，他看了一眼成瑶："你们自然可以在真实性上进行质疑，但我们提交的都是最真实的证据，不怕任何鉴定。"他自信而张扬，"反而是林小姐，应该好好思考下，现在还有什么办法来诬蔑和讹诈我的当事人？"邓明推了推眼镜，"不是你演技好或者叫得大声，就掌握了真相的。"

就在此时，成瑶根本来不及阻止，就见林凤娟突然站起来，歇斯底里地撕毁了卢建的医疗和体检记录。

她面色潮红而愤怒："这是假的！这份证据一定是假的！卢建，你真不要脸，你是个健全男人，那晚上发生了什么你忘记了？现在和我说什么先天没有睾丸？你在开什么玩笑？！还是你为了不认涵涵，把自己直接阉割了？"林凤娟赤红着眼睛，"你可真是无耻！我当初怎么就听了你的花言巧语！"

林凤娟的情绪完全失控了，压根没顾上这是在法院，她当场站起来，拿出手机里涵涵的照片，颤抖着便想递给卢建看："这是孩子的满月照，你就看一眼！你自己看看，这孩子是不是有三分像你？你再看看他脸上那神态，是不是活脱脱就是和你从一个模子里刻出来的，明眼人一看就知道这就是你的孩子！你竟然还狡辩，说自己没法生孩子！自己的儿子都不认，你还是人吗？！"林凤娟提及孩子，眼泪忍不住在眼眶里打转，"涵涵这么漂亮可爱，可因为先天性心脏病，还躺在重症监护室里，命悬一线，而你这个亲生父亲不仅不认孩子不给抚养费，连去看也没看一眼！孩子要是没了，你就不怕他化成厉鬼来缠着你吗？！"

然而照片还没递到卢建面前，便被邓明拦截了下来，他看了一眼，就冷酷地把手机丢回了桌上，相比林凤娟的情绪激烈，邓明理智而冰冷："林小姐，请你冷静点。你撕毁了我方当事人提供的证据原件，根据《民事诉讼法》，这属于毁灭重要证据、妨碍法院审理案件的行为，我相信孟法官会给出处罚，而作为确认亲子关系一案中认定事实的关键证据，这些医疗证明和体检记录被撕毁无法辨认的话，法院判决时可是由撕毁证据的一方承担不利的法律后果的。"

这样的发展是成瑶也始料未及的，邓明的话说得一点没错，这种情况下，如果不是考虑到林凤娟尚在哺乳期，恐怕她将面临罚款的处罚，而更为尴尬的是，因为她的冲动，现在她们面临着败诉的风险。

邓明这个人，虽然平日里一脸仁义道德，然而真的涉及自己当事人的利益，整个气势都非常咄咄逼人，林凤娟被他的气场镇住，也开始不安起来，她冷静了下来，开始求救地看向成瑶。

孟法官显然对这场闹剧般的庭前证据交换也非常头痛，她关照了书记员几句，因为要赶着另一个案子的开庭，让书记员将今天发生的一切如实记录后，结束了这场庭前证据交换。

孟法官临走时，倒是邓明叫住了她："对了孟法官，上次听说你女儿想要矫正牙齿，我孩子前几天去了个新加坡私立牙科诊所，觉得服务态度很好，矫正也做得非常专业，回头我把信息发你。"

孟法官愣了愣，有些意外地点头道了谢，才匆匆离去。

成瑶对这一插曲并未在意，却不知道邓明的每一个行为都不是没意义的，在林凤娟那里，就有另一种解读了。

"那个邓律师，和孟法官很熟吧。"等所有人都走了，林凤娟沉默了片刻，才终于脸色惨白地开了口，"都互相讨论小孩的情况了，肯定交情很深，我们这个案子，这法官肯定会偏向他们吧。"林凤娟绝望而愤慨地道，"果然这个社会就是这样，有钱有权的人，就能请得起好律师，就能有人脉，现代社会，哪儿不讲关系啊？！法院也一样黑！都是朝中有人好办事！"

"不是的，你应该相信法院和法官。"面对如此突变的案情，虽然成瑶有些错愕，但也很快恢复了冷静，她看了林凤娟一眼，"私下认识是一回事，但我相信法官的职业素养，如果我们最终能找到反败为胜的证据，法官并不会因为私人关系就判决对方胜诉。"

说到这个，林凤娟更愤慨和无助了："成律师，我向你发誓，卢建绝对不是无精症患者，更不可能是先天性无睾症。"这个时候了，林凤娟也顾不上含蓄和害羞了，"我看得非常清楚，他是个非常非常正常的男人，他的医疗记录肯定是伪造的！"

如果是别的律师，成瑶或许不会怀疑，然而对方是邓明的话，那指使当事人伪造证据，也并非不可能。

只是目前的困境是，卢建的证据原件大部分已被林凤娟撕毁，虽然靠着拼贴有些能勉强粘上，但这样拼起来的东西，恐怕不一定符合鉴定真伪的原件要求；其次，邓明不可能算到林凤娟当场发难撕毁证据，那他敢拿出这份原件，恐怕已经在造假源头上都打点好一切了，就算真的送去鉴定，也鉴定不出什么来。而这个案子，也没法像董山案一样做亲权鉴定，因为卢建的父母无论如何也不会同意做鉴定，他们才不想因为这个先天有病的孩子耽误家族联姻。案件至此，陷入了僵局。

“我留意到了，这些医疗诊断和体检全部来自同一家私立医院，很可能这间医院帮忙参与了造假，这条线索我会盯着的。”成瑶安慰了林凤娟几句，“你不要急，假的东西真不了，总会露马脚。”

林凤娟抹了抹眼泪，点了点头：“希望成律师能为我和孩子讨回公道！”

成瑶从见到邓明回君恒后就一直忧心忡忡，按照她对邓明的了解，即便伪造了证据，他还会做别的小动作，因为没有真才实学，但又有几分小聪明，他十分擅长利用歪门邪道来走捷径。为了维护他所谓的不败神话，维持他高标准的律师收费，邓明绝对还会使点什么小伎俩，来确保卢建的案子万无一失。

只是成瑶没想到邓明可以这么卑劣。

庭前证据交换结束没多久，一个A市本地营销大V就爆料了一则所谓的匿名群众投稿——

“吃瓜：现代版潘金莲，给丈夫戴绿帽，婚内生下私生子却因私生活混乱不知生父是谁。”

这则爆料下，是并未打码的林凤娟照片，同时还配了很多林凤娟与不同男性举止亲密的抓拍。

很快，就有“热心”的群众，在八卦评论里毫无节操地曝光了林凤娟的住址、联系电话，以及涵涵的照片，并恶毒地评论，涵涵这小孩到底更像照片里的哪个男人。

营销大V的帖子写得很有煽动性，是以林凤娟前夫友人的口吻进行的投稿，字里行间充满了愤慨，写得十分有代入感，一时之间，群情激愤，阅读量和转发量都剧增。

成瑶知道邓明最喜利用舆论带节奏，给当事人压力，对主审法官进行舆论施压，只是没想到这么多年，他还是这样没长进。

白星萌的事后，成瑶遇到这样的舆论发酵事件，早就不慌乱了，她淡定地截图取证以便进行名誉侵权诉讼。

只是她没想到，没多久前还握着她的手要求她为自己讨回公道、还孩子一个名分的林凤娟，两个小时后就改变了主意。

接到林凤娟的电话时，成瑶第一反应就是安慰：“你不用担心，我会帮你发律师函……”

“成律师，这个官司，我不想打了。麻烦你帮我撤诉吧！”

成瑶十分意外：“怎么了？”

“打不赢的。”林凤娟的声音哽咽，“我一个平头老百姓，拼不过卢建这样有权有势的，网上那些爆料，你也看到了吧？自那些爆料以后，就有人跑到我家门口，有刷油漆的，还有送花圈挽联的，甚至还有泼粪的……”

林凤娟痛苦地道：“我是做错了事，但我对不起的人，只有阿民一个，我没有对不起那些网友，他们凭什么这样对我？网上那些我和不同男人的照片，也根本不是真的，都是P图造假的。我这辈子的男人，除了阿民，就只有卢建了。我要是真的像那爆料里说的那样，我林凤娟今天出门就被车撞死！”

任何人，第一次遭遇网上那样的辱骂，恐怕都会如林凤娟一般愤怒和害怕，想向全世界解释自己的无辜。

成瑶想起自己在白星萌案件时的手足无措，语气也不自觉柔和了起来：“你不要怕，我相信你。网上这些东西，恐怕也是卢建的律师搞的鬼。”

只是这样简单的一句话，却让电话那端的林凤娟终于忍不住哭了出来：“成律师，谢谢你能为我说这句话，那这个案子，我更不能牵连拖累你，我们撤诉吧，我们拼不过卢建他们的势力的。”

成瑶愣了愣，警觉了起来：“牵连？”

林凤娟没有回答，她略微有些慌乱地转移了话题：“总之，这个案子就算卢建伪造了医疗证明和体检记录，只要他有关系让医院的人帮忙搞定这些伪造的东西，那这些单子我们就算去查，表面上也是真的。虽然我知道卢建肯定没问题，但我们也不能强行要他在法官面前脱裤子啊。我们赢不了的，成律师，我和你都没有卢建和他的律师那么有背景、有手腕、有人脉……”

成瑶试图劝说林凤娟，然而她在电话里虽显然有所保留，但态度很坚决——她要撤诉，要放弃起诉，并且声称这不仅是基于现实的考虑，为了自己好，也是为了成瑶好。

“成律师，我这个案子你反正也拿不到什么钱，真的，你别接了，用这个时间接别的更重要更有钱的案子吧，我不会怨你，我已经很感激你了。”

一个案子发展到这个地步，最明智的办法自然是顺水推舟撤诉。毕竟首先这只是个法律援助案件，其次这个案子撞上邓明，而且目前的证据又都偏向对方当事人，明眼人看着这都是个99%要输掉的案子，接了不仅没什么成就感，恐怕还会很挫败。

只是成瑶不愿意。

电话里说不通，成瑶准备直接去见林凤娟一次。

林凤娟的家在一个人员杂乱的城中村里，那逼仄的棚户房，一间挨着一间，把中间通行的路挤压成很窄的一条，路上则因为两侧居民随意倾倒的污水而变得潮湿脏污。

成瑶本来以为林凤娟家会很难找，然而她沿着这条路走了十分钟，就一眼认出了林凤娟家。

一排小棚户房，只有一家的门口被泼了鲜红的油漆。

满了林凤娟的屋子外，周边自然有看热闹的邻居在指指点点，而林凤娟就在这些指点里沉默地清理着污物。

她的头发没有扎起来，没有生气地垂在脸颊两侧，等成瑶走近，才发现她头发遮掩下的伤痕。

她的脸上布满了红肿，一只眼睛完全被打得连睁都睁不开，鼻子上还沾着未干涸的血迹，颧骨高高肿起，见了成瑶，她有些意外："成律……"结果刚开口，林凤娟似乎牵扯到什么伤口，疼得抽起气来。

成瑶紧抿着嘴唇："这是谁打的？阿民找人打的？"

林凤娟忍着眼泪摇了摇头："不是的，阿民一直很好，他自始至终都很好。就算知道我做了这种事，他也一句重话没说，只是对我就和对陌生人一样，然后平静地和我提了离婚。"

林凤娟想起曾经唾手可得却被自己亲手毁掉的幸福，终于忍不住哭起来："打我的人，都说是替阿民出气的朋友或者网民，但我知道，这肯定不是阿民授意的，那爆料帖也不可能是阿民的朋友发的，他不是这种人，他的朋友也不是。即便我做了这种事，他也只是和我恩断义绝，不会落井下石的。

"这些人不仅打我，我爸妈出来想帮我，结果他们连我六十多岁的爸妈也没放过，我妈气得晕倒了，我爸刚跟着120救护车送她去医院了。"

成瑶没想到针对林凤娟的攻击竟然从网络延伸到了现实，她语气严肃地道："这里有监控吗？我去调取……"

林凤娟苦笑着摇了摇头："没有的，你看我们这里这个环境，根本没有监控，而且有了监控也没用，我们告不赢的，成律师，我知道他们不是阿民找来的。”林凤娟看了眼写满辱骂话语的屋门，“网上的帖子，还有这些，我其实清楚，是卢建找来的人。因为他们打砸完，都说了一句话，‘自己贱还想着讹钱’，如果只是一拨人这么说，还不说明什么，但每一拨到最后都这么说，就不是巧合了……”

虽然林凤娟婚内出轨确实有错，但卢建这种明知对方已婚却仍和对方发生关系的男小，也并非无罪，如今为了甩脱林凤娟，在邓明的“点拨”下想出如此卑劣的证据造假还人肉、恐吓、殴打的下三烂策略，就很无耻了。

“林小姐，你放心，你这个案子，我一定会给你讨回公道，竭尽我所能。”

面对成瑶的坚定，林凤娟却摇了摇头：“没用的成律师，卢建家里关系很硬，他这次死活不会承认涵涵的。”林凤娟抿了抿嘴唇，“我听其余同学说，因为他和他未婚妻马上就要结婚了，两家是商业联姻，涉及的利益很大，他们两家都不会让这种事出差池。”

“那个邓律师，我也上网查了，是很牛的律师。”林凤娟沉默了片刻，才脸色惨白，认命地道，“我看大家都说他打官司很厉害，几乎没有输的，而且是名校毕业的，经验也很多，何况和法官还是老熟人……”

林凤娟这些话，她自己说的时候没意识到，实则细细想想，对成瑶来说是一种冒犯，虽然没有明说，但内心里，她恐怕并不认可成瑶的资历。

然而成瑶并没有动气，她只是看向林凤娟：“所以你直接就放弃吗？你对不起的人是阿民和他们家，你没有对不起卢建，也没有对不起任何别的旁观者，你凭什么要受这种待遇？

“林小姐，之前在电话里，你劝我去做别的赚钱的案子，但是对我而言，不管是公益性质的法律援助案件，还是标的额几千万甚至上亿的案件，只要我接了，那么这些案子对我而言就一样重要，你的利益对我来说，就是最高利益。”成瑶目光沉静，“你现在放弃了，你觉得是放弃了自己的权利，那你想过涵涵吗？涵涵理应得到他生父的抚养费，也理应知道自己的身世。

“我知道自己年纪比你还小，经验也确实不如邓明，我和孟法官也不熟，也绝对不会用邓明那样下三烂的手段达到目的。”成瑶挺直了背脊，抬着头，“但我相信法律，相信法律最终并不会站在伪造证据恐吓威胁他人的一方。”

林凤娟有些迟疑："成律师，我也不想直接撤诉，我也想试试，可如果我们继续下去，不仅是我，连你可能也会遭到这种所谓的'正义之士'的打击报复……"

"我会安排你和你父母暂时住到安保条件足够好的酒店去，至于我自己，我有分寸，会保护好自己的。"

"可……"

"宾馆的费用我会付，你不用担心。"成瑶笑了笑，想起钱恒，"我们君恒，针对法律援助案件，有所内补贴。"

林凤娟几乎热泪盈眶："太……太谢谢你了！我真的不知道该怎么感激你！"

"不用谢我，要谢就谢君恒的钱恒律师吧，这个所内补贴，都是他提出来的。"

"钱恒律师？"林凤娟迟疑道，"我查邓明律师时也看到了他的信息，他不是号称……"林凤娟自知失语，立刻改口，"他不是只做超级大案，还会支持法律援助案件？"

"嗯，他是一个很好很好的人。"成瑶的眼睛明亮，语气笃定，"作为律师，永远不应该允诺客户一定能赢，但请你相信我，我会竭尽所能，努力为你赢下这个案子。"

人生在世，每个人都非完人，都可能犯错。林凤娟婚内出轨生下了别的男人的孩子，她确实做错了事，从她前夫及前夫家人的角度而言，她是罪无可恕的恶人，但其余人都没有资格站在道德的高地审判她，更不能动用私刑。

林凤娟虽然不是个好妻子，但成瑶看过她看着涵涵照片时的模样，她的脸色还是带了凄苦和无助，但那双眼睛里的疼爱和坚毅，让成瑶相信，如果涵涵能有足够的钱顺利做完心脏手术，林凤娟绝对会竭尽自己的一切，再苦再累，拼了命也要保护孩子长大。

相比有权有势有邓明助纣为虐的卢建，需要独自抚养涵涵长大的林凤娟，就是需要法律援助和保护的弱势群体。

成瑶坚定而果断，法律制定时只能从最大程度来平衡各种法益，努力做到最大程度的公平，然而在现实里，每个人受教育程度、收入情况的不同，直接导致了法律资源的不平衡。

卢建这种人，可以请最好的律师，而林凤娟，只有自己提供的法律援助。

钱恒认可法律这种最大程度的公平，因为他足够成熟，也知道任何制度，都有它的不足。能保护最大程度公平的法律，在实践中做不到绝对的公平，他认可并且没有想过改变这一点。

对于这一点，成瑶原来带了点懵懂，和钱恒经历了一个个案件后，她下意识地觉得钱恒的观点都是对的，只是总觉得还有些什么疑惑萦绕在自己心间。

直到这一刻，成瑶突然想明白了，她想做那个退潮后在沙滩上捡起一条条小鱼扔回海里的小男孩——天真，傻气，力量单薄到完全无法和大环境抗衡，然而每条小鱼在乎。

她可能年轻，可能冲动，可能过分热血，可能还情绪化。她理解法律资源的不公平，也无力改变，然而她并不准备简单接受这套规则，她想要竭尽所能，在自己的能力范围内做出改变，给予更多的林凤娟这样的当事人法律救济。

对于自己，这或许只是未来执业生涯里一个微不足道的案子，但对于林凤娟，可能改变她的人生轨迹。

这个案子，她一定要做到最好。

成瑶虽然在心里下定了决心，但这种事，并非光有态度就能成功。安顿好林凤娟一家后，成瑶仍旧没有突破这个案子的头绪。

倒是谭颖打来了电话："成瑶啊，案子怎么样了？庭前证据交换顺利吗？"

成瑶简单和谭颖说了几句，结果刚挂了她的电话，包锐的电话又来了。

"成瑶啊，听说你这个案子遇上邓明了，他这家伙口碑很差啊，我看网上果然开始带节奏给当事人施压，妄图用舆论压垮你的当事人影响审判结果了，你办这个案子，有没有困难啊？"

如果只是谭颖的电话，成瑶还没觉得什么，包锐这个电话后，成瑶算是反应过来了。

挂完包锐的电话，成瑶给钱恒打了过去。

"不是说好了这个案子让我完全独立办的吗？"

钱恒的声音不自然，极力否认："我不是放你独立了吗？你看你这个案子到现在我问过吗？"

“对，你没过问，因为你找谭颖和包锐来问了。”

顿了片刻，钱恒才有些头痛般地轻笑了一声：“这两个没用的家伙，这么快就把我卖了。”

“没，没，他们守口如瓶，谁也没告发你。”成瑶生怕钱恒对谭颖和包锐进行加班报复，立刻解释道，“是我自己发现的。”

“嗯？”

“因为平时我们办案都是各自独立，不会过问对方的案子。”

“好，那让他们今晚加班吧。”

成瑶傻了。

钱恒淡定冷静地道：“作为团队里的老人，对新人太没有团队爱了，都不会嘘寒问暖一下。”

真是欲加之罪何患无辞，包锐、谭颖，我已经仁至义尽，只能帮你们到这里了！

“总之，这个案子，我自己来办就可以。”

钱恒有些不自然地嗯了一声，又交代了几句其余工作的事，结果绕来绕去，话题又回到了成瑶的法律援助案。

“这个案子，我听说对方律师是邓明，他办案不靠专业，而是靠旁门左道，你应该是知道的，如果你……”钱恒显然意识到自己又关注上这个案子了，只好突兀地刹车，他的声音有些无奈，尾音里带了点努力掩盖的羞赧，“对不起，平时我不是这样的。按照我的收费费率，我不会讲这么多话。”钱恒顿了顿，“只是我有点忍不住。”

虽然人并不在眼前，然而成瑶仿佛都能想到钱恒拿着手机，一本正经讲着电话却耳朵微红的模样——光是想想她就觉得还挺可爱的，想调戏。

“我知道，我不怕他，我一定会打赢他。”

钱恒又恢复到了一贯的冷艳高贵状态，仿佛刚才那转瞬即逝的羞赧只是成瑶的错觉，他告诫道：“不要以正常律师的角度去揣测邓明，对付他不是光有自信的态度就能赢。别又乱喝什么‘我是个有良心正义的小律师，所以只要拼命就能扳倒业界大拿’这种‘鸡汤’。”

成瑶笑：“我才不喝这种配方的‘鸡汤’，我喝的是‘我是钱par的女朋友，所以我一定能赢’这款‘鸡汤’。”成瑶捂了捂有些发烫的脸，“怎么听起来有点像‘我是大哥的女人’这种感觉？”

钱恒有些头痛也有些无奈："成瑶，你一天到晚脑子都在想什么？"

成瑶平时插科打诨惯了，几乎想也不想就顺口说道："想你呀。"

钱恒本来还想说什么，然而电话那头隐约传来别人喊他的声音，他捂住话筒说了什么，才回头低低对成瑶说了声抱歉。

"工作上有点事，晚点聊。"

只是成瑶没想到，当晚她就见到了钱恒。

当她下班的时候，刚走到写字楼下，熟悉的黑色宾利就缓缓驶向了成瑶，车窗缓缓降下。

"上车。"

"包锐不是说你要两三天才能回来？怎么今天就回来了？"

钱恒抿了抿唇，淡然地道："我的效率，一天就办完了。"他轻飘飘地瞥了成瑶一眼，"而且不是你说想我。"钱恒转过脸，"既然你都这么想我了，不回来怕你想出病来，这世上不是有相思病存在吗？"

成瑶噎住了，她想，下次还是不要随口调戏钱恒了，因为这效果最终会反弹到她身上。

正当成瑶准备打开车门坐进车里之时，却被包锐的声音打断了。

"哎？成瑶？我正好找你，上次你给我整理的陈隽案的证据清单放在哪里了？有电子档吗？发我一份。"

成瑶点了点头："行，我回头发你。"

包锐点了点头，随后才意识到这是钱恒的车，他好奇地看向成瑶："你和钱par……"

成瑶赶紧抢先解释道："我回家正好顺路，蹭个车！"

"这样啊，你家和我方向也相同啊，那我也一起蹭个车吧。"包锐喜滋滋地说完，就拉开了车门，大剌剌地坐进了宾利里，他毫无眼色地对驾驶位上的钱恒道，"谢谢钱par！"

说完，包锐看了一眼愣在车外的成瑶，拍了拍身边的座位："还愣着干什么？快进来啊。"

上车后，包锐十分活跃："哎，你别说，这宾利就是宾利，开起来稳如老狗，说实话，我都没坐过几次钱par的车，真是荣幸啊。"他虚假地感恩了一会儿，又有些好奇，"钱par，我说自从我上车后看你这脸色怎么不太好啊？是不是遇上什么烦心事了，有什么我们能帮忙的吗？”

包锐十分热情：“虽然你是老板，可我们是一个团队的人，我看咱们明明得出两三天的差，你怎么今天就提前回来了，是不是遇上什么麻烦事了？所以宁可今晚先回A市一趟明早再飞B市啊？”

成瑶愣了愣：“你们事情还没办完？明早还要去B市？”

包锐不疑有他，毫无求生欲：“是啊。”他说完，又看了眼钱恒，“哎，钱par，你怎么看起来脸色更差了？”

包锐，任谁谎话被当场戳穿，脸色都不会好看的好吗？

包锐同志压根没意识到这尴尬的气氛，完全不疑有他，一个人情绪激昂地撑起了一场单口相声。

“我和你说，这次我们去B市，那个客户除了正经生意还有地下生意，就是那种按摩房嘛，然后他竟然暗示我们要请我们体验一下至尊按摩，说很多大老板都会光顾呢，说小妹们长得都很水灵很清纯。”

成瑶有些没忍住：“什么？包锐你都有家有口了！”

“是啊，是啊，我不能对不起你嫂子，所以就拒绝了，那个客户就撺掇钱par去试试，哈哈哈，结果钱par比我拒绝得更直接冷酷，他看了一眼那些小妹的图册，说她们长得比他女朋友差太多了，脸蛋没女朋友好看，身材没女朋友火爆，说他对他女朋友以外的人没有任何兴趣，哈哈哈哈哈。”包锐笑道，“没想到钱par编故事的能力还挺强的，说得还挺像那么回事的。”

成瑶瞟了一眼驾驶位上的钱恒，对方还是绷着脸，然而耳朵果然微微泛起红来。

被包锐卖了个底朝天的当事人，终于没忍住，咬牙切齿地道：“包锐。”

“哎？钱par怎么了？”

“你是不是觉得今晚加班的活还不够多？”

可惜包锐的识时务没持续太久，很快，他就又开了口。

“钱par，快了，成瑶住的地方快到了，就那边拐个弯，进去就行了，我们这趟搭车看来成瑶最先到、最先下车啊。”

开玩笑，今晚钱恒特意坐飞机赶回来，可不是为了把成瑶现在就送回家的啊！只是怎么回答包锐？成瑶没说话，下意识地看向了钱恒。

钱恒清了清嗓子：“我突然想起来，成瑶还有些工作要向我汇报下，我们待会儿一起吃个饭，我听她汇报。包锐，我先送你回家吧，不要让你老婆在家里等太久了。”

钱恒竟然都如此主动关心自己了，包锐眼泪汪汪十分感动，只是：“哎？不，不，钱par，我老婆不在，今晚我回家正愁没饭吃，得叫外卖呢，既然你和成瑶一起吃饭，那算我一个呗，有什么案子我也可以出份力，一起参谋参谋啊，不是你提点让我作为前辈平时要多关心关心团队里的新人吗？”

不论钱恒怎么暗示，包锐愣是一根筋地没反应过来，最终还是大剌剌地做了电灯泡。

席间，包锐完全无视钱恒的死亡视线，喝了点小酒后，就开始滔滔不绝地分享着他最近的办案心得。

一餐饭，最终成了他一个人的表演会，好在他倒是十分识相：“哈哈哈，要不是谭颖今天出差了，叫上她一起，倒是个团队聚餐了。”他抓了抓头，“今晚真尽兴啊，钱par，这次说什么都给我个机会请客！让我来请！”

“不用，你晚上回家还要加班，还是不用你破费了。”

偏偏包锐哪壶不开提哪壶：“哎？对了，钱par，你不是说成瑶有工作要向你汇报吗？怎么都没汇报啊？我看你这脸色怎么越来越凝重了啊。这次从B市赶回来，真的不是有什么急事吗？你不用为了我们强颜欢笑，还陪我们吃饭……”

成瑶简直不想再多看，包锐，我看你还是吃顿好的上路吧。

迟钝的包锐自然想不到未来等着他的是什么，他有些微醺，抓了抓头：“今晚谢谢钱par了，不仅请我和成瑶吃饭，待会儿还要顺路送我们回家。钱par，你真是我见过的最好的老板！”

钱恒冷冷地瞥了一眼包锐，黑着脸付了钱。

包锐的请客大计没有实现，但是他想起了什么，翻了翻口袋，又翻了翻公文包，突然脸色不妙地道：“我钱包呢？我钱包怎么没了？”

这一下，包锐的酒是彻底醒了，他又把裤子、衣服口袋都翻了一遍，还是没见到钱包的影子，这下也有些急了：“完了完了，我这钱包里，还有我老婆送我的护身符，她特地去给我求的呢，要是被她知道我弄丢了，肯定得弄死我。”

包锐一时之间急得像热锅上的蚂蚁：“让我想想，我上一次见到我的钱包是什么时候……”

他想了片刻，才终于恍然大悟："我知道了！我八成是今天在B市开庭的时候把钱包忘在庭里了！"包锐看向钱恒，"钱par，你记得吧，我开庭前还去买了瓶矿泉水的，后来庭审快开始了，我急急忙忙的，没来得及把钱包放回包里，就直接往代理席上一丢。"

钱恒显然没关心这么细节的东西，然而包锐压根不在乎，他火急火燎地掏出手机就开始查明天的航班："这样看来明天我还要飞一趟B市，去找今天的主审法官和书记员问问，实在不行就得调今天的庭审录像，看看我是不是放在代理席上了……"

说者无心，听者有意，成瑶一瞬间抓住了点什么，她眼睛彻底亮了起来，忍不住大力拽住包锐激动地道："天啊，包锐，你真是个天才！我怎么没想到！庭审现场都是有录像的！庭审里的一举一动都有录像！这是法院官方的录像，是最权威的录像呀！"

包锐不明所以："啊？"

成瑶却顾不上其他了，赶紧收拾了东西："林凤娟的法律援助案，我有新思路了，这个案子过几天就要开庭了，我必须马上去确认点事，然后重新计划下这个案子。不好意思，我先走了！"

她说完，抱歉地匆匆看了一眼钱恒，才转身离开。

包锐还完全没进入状态："哎？这怎么说走就走？我刚才说了什么让她醍醐灌顶了？"

望着成瑶离去的背影，钱恒抿着嘴唇没有说话，平生第一次，他体会到了一种吃了没成熟的柠檬，心里酸到发涩的滋味。

她不是说想他吗？结果他钱恒，堂堂君恒的合伙人、一分钟折合人民币166.66无穷、特意从B市赶回来的正经男朋友，就这么摆在面前，成瑶竟然看也没看几眼，为了案子跑了？！

成瑶走后，包锐觉得十分不妙，因为钱恒的脸色越来越凝重了。

在包锐开口询问之前，钱恒倒是先开了尊口，他看向包锐，脸色凝重："想案子的新思路，和跟我约……约好了时间汇报工作，哪个更重要？"

"这还用说！"包锐狗腿地道，"当然是和钱par你汇报工作重要啊！听君一席话胜读十年书啊，有这时间，向你汇报完，你略微一点拨，这办案思路不就出来了吗？成瑶这小年轻，一看就不懂事啊。

"不过钱par你别说，她以前刚来我们团队的时候，畏畏缩缩，菜得不行，我还以为她坚持不了几天就会哭唧唧地辞职，被打击得这辈子再也不想从事和法律沾边的工作。没想到她坚持了下来，现在竟然工作起来越来越像那么回事了。”包锐脑子有点晕乎，说话也更大大咧咧不经思考了，“不过你别说，成瑶长得倒还挺好看的，尤其专注工作的样子，真的还挺有魅力的……”

钱恒危险地看了眼包锐，然后盯着成瑶离去的方向，紧抿着嘴唇，没说话。

包锐不疑有他，他的醉意上来了，走路开始打飘，舌头也开始大了：“钱、钱par，我有点晕，要不我们走吧，就麻烦你顺路送我回家了，哈哈。”

包锐那句“你是我这辈子见过最好的老板”还没来得及说出口，就见钱恒抬手看了眼腕表，毫无诚意地道：“哦，我突然要去个别的地方，和你家不顺路了，你自己打车回去吧。”

成瑶回家后，就登录进了案例库查阅案例，因为包锐的一番话，她心中堵塞的思路突然畅通起来，林凤娟这个案子，或许可以利用庭审录像另辟蹊径。

只是具体她该怎么操作……成瑶想了想，最终下了决心，给姐姐成惜打了个电话：“姐，我有个案子遇到邓明了，现在案子陷入了僵局，他伪造了证据，还又用以前那些恶心下作手段想要影响判决。”

成惜在邓明身上吃透了苦，她一听对方的名字，几乎就有些着急地道：“瑶瑶，这个案子别做了，邓明这个人什么样子我最有发言权，他能把黑的说成白的、白的说成黑的，根本不按法律办事，你遇上他没什么胜算，我怕他还会对你做什么小动作，这案子咱们不做了……”

“姐，我有办法。”成瑶很镇定，“只是这个办法，需要征得你的同意和授权。”

在成惜的愕然中，成瑶简单讲了她的想法，成惜虽然十分意外，但点头表示了同意：“我没事，名声对我来说，早就在跟邓明离婚时被网上诬蔑那会儿看淡了，如果用我的名义办这些事，能让你为你的客户讨回公道，那就放手去做吧。”

尽管电话那端的成惜看不见，成瑶还是用力点了点头：“姐，我一定能赢这个案子。”

成惜的声音轻轻柔柔的，听起来对这段婚姻已经释然了，然而成瑶知道她并没有。

人受过的伤，摔过的跤，怎么会轻易忘记？

人一旦醉心于一件事，就会发现时间过得特别快，这一周，钱恒被B市那个案子绊住了脚，而成瑶一门心思扑到了林凤娟案上。

时间一下子便晃到了林凤娟起诉卢建确认亲子关系及抚养费纠纷案开庭的时间。

成瑶特意一大早就去了，不出所料，卢建和邓明也到了，他俩坐在一边，低声说笑着，卢建脸色轻松淡然，一派闲适，显然对这个案子早已胜券在握。

临近开庭前十分钟，邓明起了身，像是准备去洗手间。

成瑶抿了抿唇，也起身紧随其后走出了审判庭，她亦步亦趋地跟在邓明的身后，在他快要拐弯的时候，成瑶追上了他。

邓明有些讶异地回头，看清是成瑶后，随即带了几分自我感觉良好和轻视地哼笑了声："成瑶，你是准备为你姐报仇，特意选了这个和我对垒的案子吗？可惜你太嫩了，这个案子，你是必输无疑。"

成瑶咬了咬嘴唇，眼神游离，有些难以启齿般地欲言又止，她状若忐忑地看了邓明一眼，放低姿态喊了一句："姐夫……"

这个久远的称呼果然令邓明愣了愣。

成瑶在追上邓明之前，用力揉搓了她的脸颊，此刻她的脸看起来便是涨红一片，加上她尴尬又犹豫的神情，把那种举棋不定遇到大事六神无主的情绪渲染得十分逼真。

成瑶迎着邓明疑惑探究的目光，仿佛终于鼓起勇气般开了口："我……我确实是看到卢建的律师是你，才接了这个案子，但我……我其实不是想报复你。"说到这里，成瑶的声音变得更加小心翼翼，她哀求道，"我知道我要是平时去找你，你肯定不会见我，我接这个案子，是……我是想求求你，能不能去看看我姐……"

对这样始料未及的发展，邓明果然挑起了眉："嗯？"

成瑶咬着嘴唇，艰难地道："我姐……我姐她虽然和你离婚有一段时间了，可还是走不出来，上个月还试图吃安眠药自杀，幸好发现及时被送去洗胃了，可就在迷迷糊糊间，她还在喊着你的名字。"

成瑶说到这里，低下头，真情实意地抹了抹眼泪，她像个称职的妹妹一样，努力压制着心里对邓明的不满和愤怒，然而为了即便遭遇渣男也无法忘怀旧情的姐姐，只能既尴尬又难堪地反过来求着渣男前姐夫帮忙。

“你对她其实一点也不好，做出那种过分的事，那么伤害她，我到死也不会原谅你，可谁叫我姐她老想不开，直到现在她还想着你以前的好，想着你们大学恋爱时的事。”成瑶的语气充满了隐忍和恨铁不成钢的无奈，“她现在虽然抢救及时，命是救回来了，可整个人很消沉颓废，几乎没什么求生欲，所以恢复得很差，整个人都瘦脱形了，我们试了很多办法都没用，她就只想见你。”

成瑶咬着嘴唇：“所以能不能求你，看在以前的情分上去看看她，只要十分钟就行，你忙的话，五分钟都行，只要你出现下，告诉她希望她坚强点，让她有个盼头就行……”

邓明听完这些，脸上露出了为难然而了然的笑容，仿佛这一切理所当然，仿佛他的魅力无边，即便他做了那么多恶心的事，成惜确实还会对他念念不忘。

邓明的神情充满了自我感觉良好的意味，这样的表情成瑶没少在钱恒身上见到，只是不知道为什么，同样的姿态，在钱恒身上只让人觉得心服口服，放在邓明身上，只让人觉得惺惺作态，令人作呕。

令人作呕的当事人却不自知，他怜悯地笑了笑：“没想到原来是这样，难怪你会接这种案子，法律援助案既没钱赚，当事人一般社会层次还特别低，没什么文化，都是些低端人口。遇上我，你绝对会输，现在我算是懂了。

“虽然我和成惜离婚当初是闹得比较大，但我自然也希望她能翻篇，然后开始新人生。”邓明的话语听起来很诚恳，然而并无多大诚意，“但我现在已经有了新的家庭，我不仅有太太，还有孩子，就算我现在的太太愿意理解我去看望前妻，但孩子知道了，也很难解释。何况我最近还接了一档法律对谈综艺节目，之后恐怕媒体对我的关注度也不会低。去看望前妻这种事，我很担心被有心人拿来大做文章，那样对我和成惜都没有好处。”

这一番话，可真是说得滴水不漏，要是让不了解内情的第三者听到，恐怕只觉得邓明是个有情有义的模范前夫了。

邓明抹黑成惜离婚的时候，成瑶一直想不通，是什么让原本看起来儒雅温和的邓明变成了那样，然而随着工作经验的积累，如今她对邓明的那份愤怒和不解也已经淡了。

何必去追究他变化的原因，有些人，生来就很坏而已，这是骨子里人性的恶意和自私。

然而成瑶仍旧必须忍着恶心，和邓明虚与委蛇，她继续哀求道：“姐夫……真的，求求你了，否则姐姐真的不知道会怎么办……”成瑶泫然欲泣，“我知道这个案子我对上你绝对会输，但我还是接了这个必输的案子，不怕在我的执业履历上添上不好的记录，单纯就是为了见你，希望你能……”

邓明看了眼手表，显然没有耐心再听成瑶继续说下去，他为难般伪善地笑了笑：“成瑶，唯独这件事，我真的帮不了忙，但你的想法，我也可以理解，好歹这些年你也一直叫我姐夫，作为回报，今天这场官司，我会让你输得不那么难看。”

“姐夫……”

邓明这一次，没再理会成瑶的请求，准备转身离开。

成瑶立刻上前，一把拉住了他的衣角：“姐夫，你先不要一口拒绝，能不能再考虑考虑，我姐和你是彼此的初恋，你们也有过美好回忆的……”

“成瑶，你不要再纠缠了！否则待会儿法庭上别怪我无情。”邓明的声音里已经带了隐隐的发怒征兆，成瑶这才被他吓到般缩回了手。

等邓明离开，成瑶收起了脸上苦苦哀求的表情，她镇定地走到法院走廊的自动贩售机前，买了两瓶饮料，一瓶是罐装咖啡，一瓶则是罐装红茶。

买好后，她调整好了表情，重新回到了走回审判庭的必经之路上。

没过多久，邓明果然从路尽头洗手间的位置绕了出来，他看到还等在路上的成瑶，脸上流露出了转瞬即逝的不耐：“我已经说过不行了。”

成瑶拿着两瓶饮料，不顾邓明鄙夷的眼神，硬着头皮迎了上去：“不，不是的，姐夫，我……是我刚才逾越了，我想向你道个歉，确实不应该强求你去看她，但……待会儿在法庭上，能不能求你高抬贵手……”成瑶可怜巴巴地道，“我接这个案子时没多想，就想见到你而已，但如果输得太难看，我老板肯定会骂我的，最近所里还说要裁员，我是个新人也没什么经验……”

成瑶说到这里，才唯唯诺诺地递出了手里的两瓶饮料：“姐夫……你别生气，我……”她看了眼手中的饮料，“我本来想给你买杯星巴克，可这附近没有店，就只能买罐装饮料了，你……你大人不计小人过，就当是我给你赔罪吧。”

邓明一开始自然是拒绝的，然而成瑶就堵着他的路，软磨硬泡：“我知道姐夫你在法律圈的地位，以后我也在这圈子混，大家抬头不见低头见的，有些时候还请姐夫照拂下……”

邓明眯着眼睛看着成瑶，她果然还是和以前一样，像个没长大的小孩，遇到事情总是过分感性、过分冲动，做事不过脑子，想一出是一出。比起他这种律师，成瑶简直像是翅膀里毛都没长齐的鹌鹑，才工作没几年，就为了她姐姐选择了这个和自己对立的案子，呵，邓明想，成瑶真是没脑子。

不过以前风风火火、没心没肺的成瑶如今做了律师，好歹知道要和自己这种业界大拿套套近乎了，知道就算因为她姐姐对他厌恶，也要为了她自己的前途和前辈搞好关系了。

邓明看着成瑶手上的两瓶饮料，心里得意。当初她再憎恨他又如何，当初放狠话要对付他又如何？没有能力，还不只是空话？如今在现实面前，她能怎样？还不是只能低头认错求和？

邓明冷笑着看着成瑶，膨胀到了极点。

当初离婚时，成惜性子软，没有出面争执，反而是成瑶上蹿下跳，还来自己的律所拉横幅、发传单骂自己，可如今呢？呵。

邓明故意顿了很久，才大发慈悲般接过了成瑶的饮料：“你买两瓶干什么？”

“我……我不知道姐夫喜欢咖啡还是红茶，所以都买了。”

“哦，我喜欢咖啡，从不喝红茶。”

成瑶赶紧一把把红茶也塞进了邓明怀里：“这个姐夫你也拿着吧，你要不喝，给你当事人喝也行，我第一次独立开庭，现在紧张得反胃，别说红茶，连水也喝不下去……”说到这里，成瑶又小心翼翼抬头看了一眼邓明，“所以姐夫，待会儿庭上……”

邓明哼笑了一声：“行了，我知道了。”

成瑶大喜过望，连连道谢：“谢谢姐夫！”

临近庭审时间，审判员、书记员、双方当事人和辩护人都准时到场。

成瑶坐在原告代理人席位上，看着对面邓明姿态放松地打开了罐装咖啡，然后顺手把罐装红茶递给了卢建。

这两个人显然认为胜券在握，有说有笑，卢建听邓明说了句什么，又笑了起来，他手里拿着红茶，但并没有打开。

终于，时间到，主审法官宣告开庭，一切按照庭审流程，有条不紊地进行着。

林凤娟一脸惨白，形容枯槁，她几乎是麻木地经历着这场庭审，虽然成瑶在开庭前告诉过她不用急，然而她怎么能不急？目前在这场庭审里，成瑶根本没有提出任何新的观点或者思路！

而与林凤娟形成鲜明对比的是卢建的神色，随着审判的进行越发明朗灿烂起来，他终于拿起了手边的罐装红茶，拉开易拉罐盖子，淡然从容地喝了一口。

最终，这场庭审也如庭前证据交换时的发展一样，情况对林凤娟极为不利，之前成瑶提起的卢建病历资料和体检报告的鉴定结果，经过卢建和邓明的运作，显示为相关医院真实出具。

毫无悬念地，一审判决，林凤娟败诉。

庭审结束，邓明和卢建志得意满地退场。

虽然早有心理准备，但得知这一判决结果的林凤娟仍旧忍不住流泪，只是她刚准备放声哭之际，却被成瑶拍了拍肩膀打断了。

成瑶在这场庭审上并没有任何出彩的表现，甚至看起来按部就班到有些木讷。只是如今，林凤娟才发现，成瑶的眼睛明亮而自信，语气冷静镇定：“别哭了，只要你和我交代的都是真实信息，涵涵真的是卢建的孩子，那么二审这个案子我们就能赢。”

“二审？”

“嗯。”

林凤娟十分不解：“可在一审这些证据面前，我已经输了，再上诉二审，又有什么意义？法官也不会突然就改判我赢的……”

“不会。”成瑶笑笑，“二审我们有亲子鉴定报告书这项新证据。”

“卢建和涵涵的亲子鉴定报告？”林凤娟完全迷糊了，“可……可卢建根本不同意进行亲子鉴定啊！甚至为了不鉴定，都找无良医院和医生伪造了他无精症的病历了，那东西鉴定都鉴定不出真假来，我们还能有什么办法让他做亲子鉴定？法院又不能强行逼着他做……”

成瑶指了指被告席不远处垃圾桶里卢建喝完后扔下的红茶罐：“那就是我们的新证据。”

也是这时，孟法官走了过来，她对成瑶点了点头："鉴定所的人已经来了，他们可以进来取证了。"

成瑶点了点头，没过多久，就有第三方独立鉴定机构的专业工作人员进入了审判庭，然后戴着手套，从垃圾桶里取走了卢建饮用后丢弃的罐装红茶，按照程序装入了证据袋内。

鉴定所的这位工作人员对成瑶笑笑："成律师，接下来的交给我们就行了，亲子鉴定报告大约一周会出，到时候我们会通知您结果。"

唾液里含有人的口腔上皮细胞，而这些细胞里含有DNA，因此卢建喝完的红茶罐口上遗留的唾液，完全可以用于进行亲子鉴定。

"谢谢！"成瑶真心实意地松了口气，随即她转头看向孟法官，"也十分谢谢您，谢谢您批准我调取法庭庭审监控的申请，让我能补足证据链，从监控确认这瓶罐装红茶，确实是卢建饮用并丢弃的，从而才能让第三方鉴定机构对卢建和涵涵的亲子关系做一个鉴定。"

孟法官笑笑："这是我应该做的。"

孟法官说完，整理好材料，正准备离开，却见邓明和卢建又重新推门走回了审判庭内。

卢建有些不明所以，然而邓明的脸色就难看多了，他看向孟法官："孟法官，我刚正准备走，但似乎看到有鉴定机……"

很快，邓明就知道，自己这个问题不用问了，因为他看到了成瑶身后的他也认识的鉴定机构工作人员，而对方的手里，正拿着装有罐装红茶的证据袋。

邓明瞪向成瑶，然而成瑶这次已经懒得再装了，她没有退缩，也没有唯唯诺诺，只是眼神清明地对视了回去，不卑不亢，昂首挺胸。

卢建还没彻底反应过来，但邓明已经想明白了一切，他几乎目眦欲裂，咬牙切齿地道："成瑶，你设计我。"

风水轮流转，如今，终于轮到成瑶笑了："这怎么叫设计？"成瑶扫了邓明一眼，"我至少没有像你那样伪造你当事人无精症的假证据。合法合理地取证，我有什么错？"

听到这里，又看到了那个装在证据袋里的红茶罐子，卢建终于也意识到了什么，他刚才那种志得意满的神情一下子就没了，脸上爬满了焦虑和恐慌："邓律师，怎么回事？"

邓明没空理会卢建，他堵住了孟法官的路："孟法官，你直接允许对方律师这样对不明的检材进行鉴定，鉴定程序不合法吧？”邓明咄咄逼人道，“何况你这样做，违反了法官和法院中立的原则，是属于对我的当事人强制进行亲子鉴定了。”事情到这一步，邓明那伪善的面具也渐渐撕开，他盯着孟法官，“你这样偏向对方当事人的行为，不怕被曝光吗？现在网上对法官这类公职人员可并不友好，就算法官没做错，舆论也并不一定站在作为国家公务员的法官这边，更别说你这样罔顾公平正义、偏袒对方的行为了！”

这一番话，听起来义正词严，替自己当事人据理力争，然而连成瑶也在邓明的言辞里隐隐听出了威胁——这鉴定你要是认可了，要是让它顺利进行了，别怪我用舆论给你施压。

“邓明，”孟法官还是笑眯眯的很温和，只是每一句话都带着威严，“你的当事人卢建在庭审中饮用了这罐红茶，并且根据他自己的意志进行了自由处分，把这罐子丢在了垃圾桶里，这些行为都是他自己做出的，没有人威胁恐吓或逼迫，这些事实都有庭审录像予以证明，因此，鉴定的检材不属于来源不明，我也没有违反中立条款强迫你的当事人进行亲子鉴定，林凤娟和她的律师也没有侵害到你当事人的人身自由和其他法益，鉴定程序也完全合法。

“至于你说的网上舆论，我们法官追求的不是网上吹捧的那些虚名，只要每个案子办得问心无愧，我的工作就做到位了，至于是不是被不明真相的舆论攻击，我们并不在乎。”

孟法官盯着邓明的眼睛，她虽是个个子不太高的中年女性，但此刻的气场却仿佛身高两米八：“邓律师，我和你认识很多年了，但在办案这件事上，没有任何人情可讲，你应该是明白的。何况这种时候，我建议你更应该关心一下，如果涵涵和卢建鉴定下来存在亲子关系，你和你的当事人应该怎么解释他的无精症？伪证罪可是刑事犯罪。”

卢建难以置信地瞪着眼睛，死死盯着林凤娟和成瑶：“不！我不接受！不能这么鉴定！这是违法的！我都已经说了我是无精症，这孩子不可能是我的！”他试图拉扯孟法官，“我下个月就要结婚了，法官，你知道这个婚姻对我和我家来说多重要吗？！”

孟法官一把拉开了卢建的手：“你要真是无精症，那这亲子鉴定结果对你也没有影……”

孟法官的话还没说完，歇斯底里的卢建就越过她，冲向了鉴定所的工作人员，试图抢夺他们手中装有红茶罐的证据袋。

现场一片混乱，卢建彻底没了之前脸上的得意和闲适，他变得恐慌不安，最终被法警制住后，他已经衣衫狼狈，脸上还带了刚才挣扎时的抓伤，一点没有此前高高在上的模样了。

孟法官和法警交代了几句，整了整法官袍，镇定而肃穆地走出了审判庭。

林凤娟忍着眼泪，在成瑶还来不及拦住之前，冲上去给了卢建一个响亮的耳光。

“这个耳光，是替我自己和涵涵打的，法律是公正的，法律不会放过你这种无耻下作的人。”

成瑶带着林凤娟离开之前，邓明终于回魂般阴森森地在背后说了句话。

“成瑶，真是会咬人的狗不叫。这次是我轻敌了，被你摆了一道，但这个案子，你别觉得赢了我，你就高枕无忧了。”邓明的声音阴狠，他一字一顿咬牙切齿地道，“你等着。”

“邓明，我这个案子能打败你，以后别的案子，也会打败你，我会让你知道，我靠的不是运气。你这样下三烂的讼棍，可能可以风光一时，但是最终你不配和专业的法律人站在同样的法庭里。”成瑶目光如炬，挺直了脊背，“我会把你所谓‘律政业界良心、不败神话’的画皮，一点一点，全部撕下来。”

这一次，即便亲子鉴定报告能直接打脸卢建的无精症病历，但证据造假这个锅，成瑶基本可以肯定，邓明会毫不犹豫地全部推给卢建，并声称他同样也是受害人，他对卢建造假一事并不知情。甚至输了官司这个结局，邓明都可以推说是因为卢建欺骗了他，当事人没有提供真实情况，导致他错估了这个案子，选择了错误的应诉方式。

然而不论如何，成瑶绝处逢生，硬生生让这个案子出现了转机。

林凤娟也沉浸在狂喜和震惊中，她看了眼成瑶，不敢置信般地再三确认道：“成律师，是不是……是不是我可以赢这个官司？我可以证明涵涵是卢建的孩子了？”

成瑶点了点头：“嗯，只要涵涵确实是卢建所生，那卢建跑不了。”她朝林凤娟抱歉地笑笑，“不好意思，为了怕邓明看出问题，我没提前和你打招呼，因为这样你的表情才不至于笃定到让他们生疑。”

林凤娟眼里含泪，她一个劲儿地摇头：“不，你不需要和我道歉的，成律师，是我该向你道谢才是。谢谢你没放弃我，谢谢你能接这个法律援助案件，谢谢你没有看不起我，没有在内心鄙夷我做的错事，让我体会到了律师对客户的那种尊重，让我在整个案子的过程里，心里都能够舒服，而最应该感谢的是你顶着压力为涵涵争取到了机会。”

林凤娟说完，也不容成瑶反应，竟然扑通一声跪在了成瑶的眼前：“成律师，等涵涵的病好了，我带他第一个来看你，谢谢你！”

成瑶立刻就伸手想把林凤娟扶起来：“亲子鉴定书还没出来，案子二审还没开始，你谢我谢得也太早了。何况我早就说过，不论是什么样的案子，只要是我的客户，就一样重要，我只是做了自己该做的。”

在成瑶的坚持下，林凤娟终于站了起来，然而她眼中那种发自内心的感激却是真切的。

“成律师，我不仅要向你道谢，更应该向你道歉。是我自己先入为主，觉得你年纪轻又是女孩子，一定不专业。”林凤娟赧然地道，“当时心里还觉得，能来接这种不要钱的法律援助案的，肯定不会是什么好律师。我这种法律援助案，不过是国家想用来宣传帮助弱势群体的表面文章而已，庭审不过就是走过场，肯定赢不了，所以一度没有很积极地配合你……”

林凤娟说的这些，成瑶自然是知道的，只是从一开始，对于林凤娟的这些偏见，成瑶就没有开口纠正过，因为很多事，说再多话解释，都不如实际行动来得说服力强。

“我不是最好的律师，比我优秀的律师多了去了。除了律师外，很多法官也都是秉公执法、刚正不阿的，就像孟法官，即便私下和邓明认识，在办案中，也是一点不偏颇的。”成瑶对林凤娟笑了笑，“对我们国家的法律制度和体系多点信心，也多点耐心，一定会越变越好的。”

第十二章　工作和你，你更重要

等送走了林凤娟走出审判庭，成瑶才恍然发现，竟然已经过了一个多小时，而这一个多小时里，因为精神高度紧张，她一点水也没有喝，此刻才觉得有些干渴。

正当她想要去自动贩售机前买水时，有一只手拿着一瓶依云递到了她的面前。

“我看过了，这个法院的自动贩售机里没有依云。”

站在成瑶面前的，赫然是身材高挑、双腿修长、西装笔挺的钱恒，他把依云递给愣愣的成瑶：“所以我去对面711买的依云。”

成瑶呆呆地看向手里的水，刚才高强度的庭审已经透支了她的精力，她晕乎乎地回想着，钱恒不是应该还在B市吗？怎么已经回来了？怎么来了这里？

钱恒看着成瑶，却是皱了皱眉，然后他又一把拿过了成瑶手里的依云，动作流畅地给她拧开了瓶盖，然后再把水重新递回给了成瑶。他的语气有些无可奈何，语言还是挺高冷，然而语气却不冷：“拧个瓶盖还一定要男朋友拧。”钱恒轻轻瞥了成瑶一眼，“娇气。”

也直到这时，成瑶才反应了过来，她接过依云喝完，盯着钱恒的眼睛：“你是不是还是对我第一次接案子不放心，所以特意从B市赶回来？”

“没有。”钱恒下意识地侧过头否认，“呵，我上次因为把有些人一句话当了真，特意从B市赶回来，结果才发现，对女人而言，什么‘我想你’‘我爱你’这种话，差不多就和‘你吃了吗’一样，只是礼节性的问候而已。”

钱恒昂起头，看向不远处：“我钱恒会在同一个坑里摔两次？”他哼了一声，“我在这里，单纯是凑巧，B市的案子已经结束了，今早因为另一个案子正好也在这个法院开庭，所以急匆匆从B市飞过来了……”

“老板，”成瑶打断了钱恒，她突然想捉弄钱恒，问道，“你先把头转过来，然后看着我的眼睛，告诉我，你来开庭的，是什么案子，是哪位法官主审，在几号庭？”

钱恒没想到，当初他质问成瑶的方式，被成瑶用在了自己身上。耳朵有些微红，他神色略微不自然地扫了成瑶一眼，色厉内荏地道：“你作为下属还命令上我了？”

结果钱恒的话刚说完，成瑶就蹦进了他的怀里，然后蛮横地用手掰过了他的脸。她的手轻轻地揽过他的脖颈，就这么大半个人都挂在钱恒身上一般，强迫着钱恒不得不正视着她。

“你看着我的眼睛再说一遍为什么来法院。”成瑶的眼睛明亮，定定地看向钱恒，不容他逃避，她就着在钱恒怀里的姿势，轻轻踮脚，凑到了他的耳边，“喊错了，不是老板，是男朋友。”

钱恒只觉得他被成瑶的气息环绕的那只耳朵，温度极速上升，热得就快要烧起来了。

而成瑶盯着他的眼神，也让他无法拒绝。

在成瑶不认输的注视里，钱恒终于侧开了眼神：“我加班紧急处理完了B市的案子，凌晨三点的飞机赶回来的。之前……找人打听了，邓明在这个案子里占了优势，刚才听说一审判决邓明赢了，我觉得你这个时候会需要我。”钱恒说得一板一眼，带了点刻意压制的冷静，然而尾音里那种微微的在意还是流露了出来。

有些爱意，就算他想要努力忍住，也还是会被发现的。

“我是个律师，我很忙，很多时候没有办法给你其他小女生想要的那种男朋友整天陪着的恋爱，也可能没有那么多浪漫，但不管我有多忙，只要你有可能需要我，我希望我自己都在。”钱恒的声音有些不自然的喑哑，这一次，他终于转回了眼神，也同样看向了成瑶，“这是你真正意义上第一个独立办的案子，作为老板，我应该放手让你去做，但作为男朋友，我想陪在你身边。”

这一次钱恒伸出手，搂住了怀里的成瑶，他低头凑近了她的脸，鼻尖贴着她的鼻尖：“我现在知道为什么那么多过来人劝我说不要开始办公室恋情了。”

“为什么？！”成瑶忍不住瞪圆了眼睛，“你后悔了吗？”

“不，我没有后悔。”钱恒俯下身，亲了亲成瑶的脸颊，“我只是才发现，办公室恋情确实会让人变得不专业。”他的神情仍旧镇定，只是耳朵又开始微微发红，“我开始以为我可以做得很好，即便是办公室恋情，我也能做到公私分明，现在才发现，做不到的。”

成瑶的心剧烈地跳动起来，她捂住胸口，觉得需要冷静一下，于是把脸埋在了钱恒的大衣里，只是如此一来，鼻尖萦绕着的便都是钱恒的味道——那是一种檀香混合着芸草的味道，淡淡的，像云雾一般朦胧，拒人于千里之外，然而恰到好处地带了种遥不可及的性感，前调是雪松般的冷冽，然而在那冷的尽头，后调里却是无法描述的温柔，那是只属于成瑶的温柔。

成瑶闻着这种味道，整张脸被钱恒大衣上他身体的温度包围，只觉得不仅没能冷静，反而心跳得更快了。

而“罪魁祸首”却毫无察觉，他的声音淡淡的：“对不起，我忍不住。”钱恒抱着成瑶的手微微收紧，他的下巴轻轻抵住了成瑶的头，“只要看到你，很难把自己的老板身份和男朋友身份割裂开来。”

成瑶又往钱恒的大衣里钻了钻，她闷声笑着：“有句话我必须要还给你了。钱恒，我知道我的魅力很大，要忍住是很辛苦，但请你克制。”

钱恒绷着脸，有些不自然：“如果你不喜欢这样的话，我可以克……”

“我喜欢。”

成瑶说完，维持着吊着钱恒脖子的姿势，看向了他的眼睛：“你为我做的一切，我都很喜欢。”

这下，果不其然，钱恒的另一只耳朵也开始发红了。

然而面上他还是那副生人勿近的冷淡模样，他清了清嗓子：“如果你想亲我的话……”

成瑶不说话，只是用小狗一样湿漉漉的眼神继续看着他。

这种眼神让钱恒没法说完之后的话，他停下来，用一只手捂住了成瑶的眼睛，然后俯下了身。

成瑶毫无准备地被钱恒遮住了眼睛，然后她听到了他一本正经的声音：“算了，你用这种眼神看着我，就是想让我亲你了，满足你就是了。”

成瑶还没反应过来，钱恒那带着雪松气质的檀香味的气息就已近在咫尺，他湿润温热的唇侵来，强势地撬开了成瑶的唇舌，黑暗加剧了其他感官的敏感，成瑶只觉得浑身的感觉都集中到了和钱恒相触的唇上，炽热的、柔软灵巧的、濡湿的，充满了最原始的荷尔蒙。

难怪人们总说，接吻是两个人的灵魂在舌尖的触碰。

不需要任何言语，只是这样一个热烈的吻，成瑶已经觉得知晓了钱恒的难耐和克制。

婚姻庭里来来往往的都是婚姻出现问题、产生法律纠纷的人们，整个走廊里，都充斥着敌对、猜忌和怨气，甚至在不远处的审判庭外，还有一对男女正在互相激烈指责、争吵，只有成瑶在钱恒怀里，亲吻着彼此。

直到这个绵长的吻结束，成瑶才后知后觉地不好意思起来，在法院里热吻，是不是高调了点？

虽说到这里参加诉讼的原告被告都不认识成瑶，但法院婚姻庭的几个法官、书记员都是认识钱恒的，如果成瑶没看错，刚才有个穿着法官袍的女法官经过，看到钱恒和她后，愣了愣才走。

她红着脸拉了拉钱恒的衣袖：“走吧。”

钱恒的耳朵还红着，但一张脸竟然还是泰山崩于前而面不改色的镇定自若：“嗯，带你去吃火锅安慰你。”

“啊？”

钱恒咳了咳，有些不自然地道：“你以前在微博上写过，想吃大王火锅，但是吃火锅一个人太寂寞了，要是有个英俊的男人陪着就完美了。”

钱恒云淡风轻般地笑了笑：“现在应该不仅满足你的幻想，还超出你的预期了吧。”

成瑶愣了愣，才想起来反驳：“等等，为什么是安慰？”

“一审判决不是输了吗？”钱恒看了成瑶一眼，伸出手，轻轻拍了拍成瑶的头，“但没关系，人生在世，输掉几个官司是正常的，竭尽所能努力过，对得起当事人，而且自己问心无愧就行了。”

成瑶这才反应过来，钱恒恐怕只知道一审的判决结果，却不知道庭审结束后她采集到了卢建的DNA，她停下来，笑了起来。

“我没输。”她的眉梢微微挑起，嘴角翘起，“钱恒，这个官司的二审，我赢定了。”

成瑶的笑容明艳，她没有收敛她的骄傲和自豪，然而这种模样却更招人了。虽然钱恒不愿承认，但认真工作的女人，让人完全移不开眼睛，那种独立又自信的魅力，让成瑶整个人都在发光。

这块璞玉，经过雕琢，终于慢慢展露出它无瑕的光芒来。

直到在火锅店里，成瑶眉飞色舞地把庭审后她取到卢建DNA的过程一五一十告诉了钱恒，钱恒才反应过来，成瑶不仅没输，竟然还另辟蹊径、绝处逢生了。

讲完后成瑶挺得意：“所以，根本不需要你安慰我好吗？这顿饭，应该是庆功宴。”

钱恒点了点头：“亲子鉴定没问题的话，二审翻盘很稳了。”

成瑶笑嘻嘻的：“那我是不是可以要一个奖励？”

“嗯？”钱恒抬头看了成瑶一眼，“你想要什么？”

这其实只是成瑶随口一说的玩笑话，她并没有真的想好要什么，然而钱恒这么一问，她倒是晃着头想起来，在思考过程中，她见到了旁边一桌情侣浓情蜜意互相喂食的场景。

成瑶悄悄指了指那一桌：“要不，我们也试试？”她有些不好意思，“我看电视剧里也这么演，就想体验下是不是男朋友喂的东西更好吃？”

钱恒看了成瑶一眼：“你是认真的吗？”

成瑶点了点头：“嗯！”

“太幼稚了，都是成年人了，还互相喂来喂去，肉麻，恶心。我觉得只要不是病得快不行了，拿不了勺子，就应该自己吃。”钱恒果断地拒绝，“换一个。”

成瑶又想了想，正好想起她前几天偷偷买的情侣项链，她试探地道：“我看人家情侣都会戴情侣戒指什么的，但我们在所里不能公开，戴戒指又太高调了，要不我买个情侣项链，我们戴情侣项链吧？平时收在衣服里也看不到。”

钱恒皱了皱眉：“项链？男人戴什么项链？不觉得像是被拴了名牌的狗吗？何况市面上这些情侣项链都不知道用什么金属做的，贴身佩戴谁知道会不会导致皮肤过敏、重金属中毒。”他看了一眼成瑶，“再换一个吧。”

成瑶又想了想：“要不你给我做一次饭吧？就煮个粥什么的都可以，之前都是我给你做饭嘛。”

钱恒没说话，只静静地看了成瑶一眼，然后慢慢伸出了自己的手……

“好了，好了，我知道了！”成瑶一个头两个大，“你尊贵的手，不是用来做饭的，我明白了！”

“你再换一个。”

“那要不，你什么时候给我唱个情歌？”成瑶跃跃欲试，“我觉得还挺浪漫的。”

“唱情歌？二十岁以下的小男孩这么做还情有可原，二十八岁的成熟男人不会做这种事，太傻了，我死也不会做的。”钱恒皱了皱眉，“要不我给你背个法条吧？你想听什么法？”

面对成瑶的无语，钱恒大度地道：“那你再换一个。”

成瑶连连摆手：“不，不！我突然觉得，为当事人代言，打赢这个官司，是我分内的事，要什么奖励？！”

开玩笑？和钱恒这种宇宙钢铁直男要奖励？她怕不是疯了吧？还是醒醒吧。

之后成瑶也不说话了，后半场她化悲愤为食欲，拼命在火锅里捞丸子往嘴里塞，吃了个十二成饱。

饭后，因为钱恒今晚有一份法律意见书需要加班出具，因此他就把成瑶送回了家。

在回家的路上，成瑶就觉得胃有些胀得难受了，她本着多休息就能恢复的原则，早早就洗洗睡了，结果直到半夜被痛醒，成瑶才意识到，胃痛不仅没缓解，还变本加厉了。

她忍了一会儿，最终疼到起来吐了两回，才终于给钱恒打了电话。

钱恒很快就接起了电话，他的声音仍很清明，想来还在加班并没有睡：“成瑶，怎么了？”

不知道是不是夜晚和生病让人特别容易脆弱，光是听到钱恒的声音，成瑶就委屈了起来：“我肚子痛，好难受……”

“你等我十五分钟。”钱恒言简意赅，“电话不要挂。”

“为什么？”

“你疼得都在抽气了，我陪你说话转移下注意力。”

“嗯……”

于是钱恒换上蓝牙耳机，他风风火火收拾了东西，去车库开了宾利。

“成瑶，你要听听我最近在办的几个案子吗？”一边开车，钱恒一边询问着，“一个涉外婚姻离婚财产纠纷，一个抚养权纠纷，还有一个继承权纠纷，你想听哪个？”

钱恒并不是话多的人，正相反，大概因为每个字都值钱，他确实惜字如金，然而今天晚上，他却反常地话多，几乎没有间歇地讲着。才讲了十分钟，他已经把三个案子的案情、争议焦点和法律适用都讲完了。

虽然钱恒像是在开普法课堂，然而不得不说，这确实成功转移了成瑶的注意力，虽然她还是胃痛得很，但一听这些疑难案例，成瑶整个人都精神了起来。

只是案例讲完了，成瑶的胃痛也发作得更厉害了，她一时没忍住，开始哼哼起来。

钱恒的声音顿了顿：“很疼吗？”

成瑶咬紧牙关：“嗯。”

这时候恐怕他再讲案例，成瑶也疼得听不进去了。

短暂的沉默后，钱恒的声音再次响了起来，他给成瑶唱起了一支英文情歌。

这是一支抒情的、节奏柔缓的老歌，歌词温柔，充满爱意，怀旧的旋律里是经典的韵味。

虽然开头时钱恒的声线略微有些不自然，别别扭扭的，然而慢慢地，他的情绪镇定下来，像是生怕惊扰了成瑶，再次激发她的胃痛一般，他的声音略微压低，虽然低沉，却带了种奇异的温柔，在静谧的夜里，成瑶只觉得安心。

说着死也不会像二十岁的男孩子一样给女朋友唱歌的钱恒，在电话里一首接着一首地清唱着，直到他停好车，赶到成瑶房门口，才停了下来。

虽然竭力忍着，但钱恒到的时候，成瑶已经痛得有些神志不清了，蜷缩在床头，冷汗不断。她被钱恒打横抱了起来，接着感受到的是钱恒稳健却有些忙乱的步伐，继而便是室外的空气，然而成瑶并不觉得冷，因为钱恒在抱她出来前给她裹上了一条毯子，她的颈间还围着他刚摘下的围巾。

钱恒身上有一种镇定人心的力量，只要有他在，仿佛没有什么事搞不定。成瑶以前害怕她自己过分依赖钱恒，时常告诫自己，即便是女性，也不应该老享受女性的优待，要更独立一点、坚强一点。

而她现在才知道，在喜欢的人面前，这种独立和坚强，有时候简直不堪一击。因为你知道，在这个人面前，你不用逞能，不用故作坚强，不用武装自己。

深夜的天很冷，钱恒一路抱着成瑶，带她进了一家服务很好、以贵著称的私立诊所。

医生不知道是哪国人，成瑶只迷迷糊糊听到钱恒用流利标准的美式英文和对方交流了成瑶的病情，看得出来，两人相识已久，十分熟稔。

金发碧眼的男医生了解完成瑶的大致情况，温和地对她笑笑："Rate your pain from 1 to 10（把你的疼痛按从1到10定级）."

成瑶下意识地看向钱恒。

钱恒握住了成瑶的手，轻声地道："如果疼痛指数按照1到10从低到高排列，你现在大概有多疼？"

最终，靠着钱恒这个人形翻译，成瑶完成了和外籍医生的沟通，也从钱恒口中得知了她的病情——急性肠胃炎。

"不太严重，不用挂水，稍微吃点药慢慢调理恢复就行。尽量卧床休息，多喝点电解质饮料防止脱水，至少半个月饮食都要清淡，最好吃流质或者半流质的东西。"

成瑶看着钱恒刷卡付费，她只瞟了一眼账单，连疼也顾不上，震惊了："这就看个轻微的急性肠胃炎，又不是疑难杂症，配的药也很少，算上挂号费竟然要付八百块？"她十分懊悔，"怎么不带我去公立医院呀，公立医院用上医保估计才收私立医院的零头……"

"现在这个点公立医院里只有急诊，急诊的医生不一定有能那么好的针对胃痛的应对方式，而Raymond在胃病方面很专业，让他看了我才放心。"

"我只是肚子疼，又不是什么大问题，八成是之前火锅吃太多了。而且八百块买个放心，这也太贵了！"

这时成瑶的疼痛已经缓解了不少，她如今趴在钱恒的背上，由他背着走向停车场。

成瑶随口的一句话却让钱恒顿了顿，他的声音低沉却认真："成瑶，你的问题对我而言没有小问题。"

成瑶突然觉得很不好意思，她下意识地把脸全部埋进了钱恒的围巾里，趴在钱恒的背上，只觉得脸发烫。

"八千块钱买个放心我也会买。"钱恒一本正经地道，"反正我最不缺的就是钱。"

这种话……这种话听起来真是让人怪害羞的……成瑶又把脸往围巾里埋了埋，然而一边害羞，一边觉得钱恒的话听着还是让人甜滋滋的。

钱恒的自我感觉良好，有时候还真是挺动人的。

剥开他口是心非的外壳，成瑶知道，自己是被在乎的，是被非常非常在乎的。

只是坐在回程的车上，成瑶心里有些过意不去："其实真的是小问题，你看，有时候胃痛就是这样，疼过一阵就好了，我现在就不那么疼。"她有些后悔，"要是我不打电话给你就好了，我也不知道这么快就会好多了。"

从钱恒的别墅到成瑶住的地方，也不知道钱恒开车多快才能十五分钟就到，接电话的时候他还没睡，想必工作还没做完吧。

"我其实挺开心的。"

"啊？"

钱恒握着方向盘，状若自然地道："因为你第一个想到的人是我。"

成瑶愣了愣才反应过来，她突然觉得钱恒的车内空调温度开得有点高了，让人觉得脸颊发烫："可这样，害得你工作没做完，回去还得加班……"

"你更重要。"

"嗯？"

"工作和你比，你更重要。"

成瑶这下不只脸颊发烫了，她觉得手心也开始热起来，钱恒却还不放过她。

他轻轻扫了副驾上的成瑶一眼，冷静镇定，就像在讲解着什么法律条款，然而说的话让成瑶想捂住脸："我想做当你遇到困难时，第一个被你想到的人。"

刹那间，成瑶只觉得在她的心间炸开了一片绚丽的烟花。钱恒这种男人，总能绷着脸，如此一本正经地说着情话，那样子看起来镇定到冷感，然而这冷感里却蕴藏着别人都感知不到的巨大火热。

也在此时，成瑶感觉她垂在身侧的手指，被什么东西轻轻地触碰了一下。

那是一根微凉的手指，指尖带着试探，然后便是一整只手掌，钱恒的手伸过来握住了成瑶的，他纤长的手指分开了成瑶的手指和她五指交握。

钱恒的声音一如既往地一本正经：“我的手有点冷，给我暖一下。”

要不是他微红的耳朵，她还真以为他表达的是字面上的那个意思呢。

虽然成瑶的胃痛缓解了许多，但钱恒还是坚持送她上了楼。他监督完成瑶吃药，并没有走，而是径直拿出了手提电脑，准备工作。

“哎？”

“我今晚住这里。”钱恒不容置喙地安排，“你现在胃不疼了，但万一半夜又难受怎么办？”他垂下了视线，睫毛颤动，“正好我需要熬夜加班，反正带着电脑，在哪里加班都一样。”说到这里，钱恒终于抬头看了成瑶一眼，“何况我本来就是付租金的合法租客，住在这里很合理。”

就这样，钱恒在客厅里回着邮件，成瑶去卫生间洗了澡。等她洗完澡出来，却发现刚才还在客厅里写材料的钱恒已经不在了。

成瑶踩着拖鞋轻轻走过去，才发现钱恒的电脑屏幕还亮着，上面并不是法律材料，也不是邮件页面，而是和工作完全不相干的东西——

“如何煮粥才好喝”

“熬白粥的秘诀”

……

成瑶往厨房看去，果不其然，透过厨房的玻璃门看到钱恒站在那里。他正站在煤气灶前，遇到最棘手案子时也只微微皱起的眉几乎拧成了一个麻花，他的脸上是显而易见的挫败和手足无措。

他如临大敌般地盯着煤气灶上的一锅粥，那专注投入的样子，简直像是在研究原子弹，好像稍有不慎就会造成巨大伤亡似的。

钱恒压根没意识到成瑶在门外，他正全神贯注地看着锅子，一会儿弯腰调一下火候，一会儿又看一眼时间，这位平时做事利索从不拖泥带水的知名合伙人，竟然一脸生无可恋，手忙脚乱地在熬粥……

成瑶有些哭笑不得，她推开移门，走了进去：“我来吧，熬粥不能只放这么少的水，你这样煮下去，会变成米饭的。”

她看了一眼钱恒：“你要是饿了和我说就好了呀，我给你做吃的，想吃什么？”

“我不饿。”钱恒的声音有些闷闷的，不知道为什么，成瑶竟然还听出了点委屈，他黑亮的眼睛看向成瑶，“我想给你煮粥。”

“我？可我不想喝粥呀。”

钱恒看着粥，语气很认真：“Raymond说你吐了几次，就算胃不再痛的话，胃里也应该空了，最好睡前喝点稀粥。”

原来钱恒放下工作，一门心思用钻研的态度去煮粥，只是想让她舒服一些。

她只觉得心里暖暖的：“不用这么夸张，真的只是小毛病而已……”

“我当初就是像你这么想的，每次都觉得是小问题，胃不疼了就行了。”钱恒垂下眼神，“结果后来我和胃病专家Raymond成了熟人。成瑶，小毛病会变成大毛病的，我的胃不好，我知道那多难受，我经历过，所以我更加不想你经历。”

成瑶动容的同时，还觉得心疼，她想，要是早一点认识钱恒就好了，早一点陪在他身边，早一点督促他按时喝粥，早一点逼他工作的间歇好好对待他的身体。

“我给你盛碗粥，你喝完了我再去工作。”

只是刚才吐了几回，成瑶只觉得嘴里一点味道也没有，根本不想吃没味道的白粥，只想吃点甜的。如果她没记错，房间里放着一盒糖，倒是可以吃一点。成瑶看着钱恒，难得地撒了个谎。

“我有点没力气，想回去睡觉了，吃不动粥了。”成瑶揉了揉眼睛，“要不粥留着明早喝吧。”

她说完，生怕被钱恒拽着喝粥，飞一般地跑回了房间。

只是她刚躺下，钱恒敲了敲门，竟然端着碗粥进来了。

“喝一点再睡。”

成瑶也知道喝一点热粥比较好，然而很多时候，明知道怎么做是对自己好，但总是做不到，比如成瑶不喜欢喝白粥。

于是她随口找理由推托：“我不要喝，除非你喂我。”

按照钱恒的逻辑，喂别人东西吃，除非那个人病到动不了了，否则就是恶心、肉麻。成瑶喜滋滋地等着钱恒放弃，而钱恒也如她所料般，拿起了碗往外走。

只是没过多久，他又冷着张脸重新走了回来，这一次，手里除了那碗粥，还多了一把勺子。

在成瑶的目瞪口呆里，钱恒镇定地走到成瑶床前，用勺子舀了一勺粥，动作不太熟练地送到了成瑶嘴边：“我喂你，吃吧。”

一开始钱恒的喂食业务还不太熟练，然而两个人在一起，就算做最无聊的事，也并不觉得浪费时间。

最终，在钱恒的监视和喂食下，成瑶不得不喝了小半碗粥。虽然不喜欢白粥，但成瑶这一次却觉得，白粥竟然意外地好喝。

喝完粥，钱恒离开去收拾碗筷，成瑶便一个人躺在床上，她没忍住，摸出了枕头底下藏着的那个情侣项链。这项链确实不是很贵的牌子的，但款式很特别，成瑶一眼就看中了，只可惜钱恒不喜欢戴情侣项链，更不会戴这种廉价的品牌。

“成瑶，你……”

成瑶刚这么想着，钱恒竟然就在这时推门进来了，他自然也一眼看到了成瑶手里正摆弄的项链：“这是什么？”

成瑶赶紧一把把项链藏回了枕头下：“没什么。”

可惜钱恒的视力实在是太好了：“你买的项链？”

成瑶生怕被钱恒耻笑，赶紧否认：“没有，你看错了。”

可惜她根本不是钱恒的对手，钱恒伸出一只手把成瑶揽在怀里制住了她的挣扎，另一只手轻轻往枕头下一掏：“这是什么？”钱恒把玩着手里的两条项链，“还是情侣项链，你买的？”

成瑶想起钱恒对情侣项链的吐槽，简直有点羞愤了：“你还给我！”

然后钱恒不仅没还给她，还仔仔细细地看了起来：“挺别致的。”

出乎成瑶的意料，钱恒抿着嘴唇，没有再说什么，只是径直把男款的那条项链戴到了脖子上。

“哎？你不是说不戴情侣项链吗？”

钱恒瞥了成瑶一眼：“你买都买了，我敢不戴吗？”他垂下眼睛，样子竟然有些收到礼物的腼腆，“不过，你挑项链的审美和你挑男朋友的一样，都很不错。这条项链挺好看的，谢谢。”

钱恒戴好项链后，就拿起了女款的那条，轻轻地给成瑶戴上。钱恒的手轻轻触碰到成瑶的脖颈，那微微的痒意让成瑶忍不住缩了缩脖子，更让成瑶难耐的是此刻心痒的悸动，她就着低头的姿势，轻轻撞进了钱恒的怀里。

让成瑶内心更难以平静的是，就着这个姿势，钱恒低头细细亲吻了她的脖颈。

那是一连串轻轻的、如对待珍宝般小心翼翼的吻，脖颈间肌肤敏感的触觉，加深了这一连串吻带来的感官刺激，成瑶只觉得她颈间的皮肤，随着钱恒一路蜿蜒的吻，犹如被火星点燃般滚烫了起来。

如此近的距离，彼此的气息被放大了，成瑶的耳边，萦绕着钱恒轻轻的喘息。他放弃了进攻成瑶的脖颈，托起她的后脑，亲吻了她的唇。

这个甜美到成瑶都有些沉醉的吻，却在成瑶主动勾起了钱恒脖子，迎上去之际，钱恒抽开了身，结束了这个吻。

钱恒看向成瑶的眼里是晦暗不明的克制，他的胸膛还有着剧烈喘息的起伏，声音也比平时更低沉暗哑。

"成瑶，你不要再挑战我的底线了。"

成瑶一时没反应过来："哎？"

钱恒站起身，撇开了头，仿佛在努力平复情绪，只是声音里却还是带着残存的悸动："我要去工作了。"

"啊？"

钱恒有些狼狈地看向成瑶："所以我要保持冷静。

"还有头脑清醒。"

"嗯？"

"你不要再用那种眼神看我了。"钱恒却仿佛压根不能再直视成瑶了，他直接不顾礼貌，整个人站起来，离开了成瑶。

"我的眼神怎么了？"

"如果你不想我在这么冷的天冲一晚上冷水澡，那我建议你不要再看我了。"

直到此时，成瑶才反应过来，她红着脸看了一眼钱恒，对方仍旧一脸镇定，然而站立的姿势已经微微有些不自然，他的声音带了点急促，而他的行动则比声音更急促。

像是被什么追赶着似的，钱恒丢下一句晚安，就以一种落荒而逃的方式走出了成瑶的房间。

成瑶望着被钱恒带上的房门，突然用被子把整个人蒙了起来，忍不住躲进了被窝里。她的脸上此刻像火烧一般地烫，而心脏，则跳得快要蹦出胸口了。

成瑶有些恨恨地想，钱恒这个人，可真的是有毒。

不知道是不是因为钱恒的陪伴，成瑶听着客厅里他打字时敲击键盘的声音，不知不觉就是一夜好眠。

只是钱恒就没那么幸运了，他昨晚显然因为成瑶的打断，不得不加班到了很晚，早晨起来，眼睛下面还有淡淡的阴影。

两人并不是第一次共处一室吃早餐，只是这一次，成瑶看着对面动作优雅、切着煎蛋的男人，却觉得尤为害羞和忐忑。

明明他们昨晚什么也没做，但她就是觉得好紧张。

钱恒显然也并没有看起来那么淡定自若，一向用餐礼仪堪称完美的他，竟然在用刀叉切煎蛋时滑脱了两次手。

最终，他只能清了清嗓子，又一次撇开了头，不自然地道："成瑶，你盯我盯得太紧了。"

成瑶从没想过，一顿简单的早饭，还可以吃得这么暧昧。

好在早饭过后，两人一同去了君恒，各自开始工作后，终于冷静了下来。

可惜这份冷静也没持续太久，因为很快下个周末，君恒的第二次日本团建就要开始了。

包锐早已提前安顿好了工作，此刻正看着老婆给他的代购清单长吁短叹，而谭颖也显然同样心系日本，正在做着日本药妆攻略。

唯一有工作状态的恐怕就是成瑶了，她刚被钱恒叫进了办公室，接到了一个标的额23亿的家族信托纠纷的案子。

"这个案子，你主做，我负责把关，除去给所里的分成外，剩下的创收你占六，我占四。"钱恒态度平常，带了一贯的高冷，在办公室里，他并没有任何昨晚的柔情，称职地做着一个老板该做的事，唯有那截随着他动作在他颈间隐约出现的情侣项链，提醒着成瑶，这就是那个男人。

成瑶对能做这样一个大案十分激动，做完后按照钱恒给出的分成比例，她恐怕要变成富婆了！这个认知完全覆盖住了成瑶内心其余的情绪，她激动地道谢："谢谢老板！"

“不用谢我。”钱恒头也没抬，“别觉得这是你的身份，导致的我对你的通融和照顾。在林凤娟这个案子上，你证明了你自己的能力，这是你应得的。换作是包锐，是谭颖，同样的情况，我也会给这样的案源和分成比例。”

“嗯！”

直到出了钱恒办公室，成瑶内心的激动还久久没平静，她翻着那个家族信托案的材料，手还在激动得发抖。

在工作和能力上得到钱恒的肯定和认同，好像一点也不比被钱恒喜欢带来的冲击和喜悦差。

仿佛为了印证钱恒的话一般，隔天下午，成瑶就收到了鉴定所发来的鉴定报告——涵涵和卢建，亲子关系成立！

林凤娟看着亲子鉴定书，喜极而泣：“谢谢你成律师！真的谢谢你！谢谢你给涵涵讨回了一个公道！”

“之后二审，一旦证明了亲子关系的存在，我们就可以进入到抚养费纠纷的部分了，我会尽量为涵涵多争取抚养费的，一切都交给我好了。”

这一次，林凤娟的脸上露出的是全然的信任。

成瑶给林凤娟带去的，除了这个好消息外，还有别的：“对了，这是我们律所为涵涵募捐的钱，你收着吧，涵涵心脏手术的费用，我听说还有一笔缺口，我们这些钱，加上你之前在网上众筹的那些，涵涵的手术费应该就足够了。”

林凤娟没忍住，眼泪当场就流了下来：“成律师，我真是不知道说什么好，真的谢谢你，你是我见过的最好、最负责也最有人情味的律师，你还这么年轻，总有一天，你一定会成为全国知名的大律师的。”

“另外网上那几个抹黑你、公开你住址信息的营销号和网民，我都已经做好了取证，通过起诉微博平台，我会先拿到这几个营销号和网民的个人信息，之后我会再起诉这些人。”成瑶的思路清晰、条理分明，“这种侵权官司，赢了也不一定有很多金钱上的赔偿，但至少会给你一个公道。至于上门到你家打砸、把你打伤的这些人，我看到在去你家那条必经的路上，路口有一家24小时超市，超市门口有个探头，我会试一试调取那里的录像，看能不能定位到嫌疑人。

“给卢建出具造假的无精症诊断病历的医院，我也调查过了，这家民营医院刚开业的时候受到过卢建爸爸的投资，至今卢建爸爸都持有股份，这些证据我也一起提交给了法院，法院后续会追究卢建和医院制造伪证的罪责。”

一项又一项，成瑶都安排得清清楚楚，林凤娟也红着眼圈连连点头。

从林凤娟那里离开，成瑶内心还激荡着那种靠自己搞定一件事的满足感和职业骄傲感。

做律师，大概最自豪、最帅气的，就是这一刻吧！

如今拿到了亲子鉴定书，二审翻盘已成定局，成瑶给成惜打了电话。

“姐，我赢了。”

成瑶在电话里细细讲了整个庭审，把邓明那种阴沟里翻船的气愤形容得惟妙惟肖，最后连成惜也忍不住笑了：“瑶瑶，我真替你骄傲，你真的长大了。”成惜的语气温柔而充满感慨，“你比我强，比我厉害，比我更能坚持。”

成瑶并无意和成惜比高下，只是一直以来在父母眼里不如成惜优秀的自己，内心也渴望着认同。

成惜这几句简单的话，已经足够让成瑶满足。

“姐，只可惜我从法官那里得知，邓明这个小人把证据造假的罪责推得一干二净，声称他也是遭到当事人卢建蓄意的欺骗，因此二审邓明也不再为卢建做代理了，他让卢建另请高明了，还在社交网上大肆营造了他上当的形象，还义正词严地表示，如果知道卢建为了回避亲子关系和抚养费会这么下作，他是死也不会接这种当事人案子的。”

讲到这里，成瑶没忍住内心的气愤，忍不住撇了撇嘴：“沽名钓誉，道貌岸然，没见过比他更两面派、更恶心的人了。只可惜这次没能一举戳穿他的画皮，我还想继续正面刚呢，结果他倒是见势头不对立刻就跑了，他所谓的不败神话，原来就是这么来的，专挑那些绝对能赢的案子下手，专拣对方律师是软柿子的捏。”成瑶嘲讽地道，“你看啊姐，他连我也赢不了，难怪只要钱恒接什么案子，他就不接什么，对上钱恒，他怕是死都不知道怎么死的。”

成惜也叹了口气：“他就一张嘴说得好听，很会包装自己，为了成功可以不择手段，甚至能压抑他的内心去伪装自己。我当时就是眼瞎，一点没看出来他的虚伪，只觉得他为人温厚儒雅，又对我体贴有加，想着莫欺少年穷，他没钱没什么大不了的，只要他对我好就行了。”成惜讲到这里，话语里充满了自嘲和无奈，“只是谁想到，钱这种东西，一时之间很难说没就没，但对你好这种主观的东西，可真是一夜之间想收回就收回。

“所以瑶瑶，要是结婚的话，一定要睁大眼睛，不要像我一样一头栽进这种坑里了。”

成瑶心虚地“嗯”了一声。

“对了，上次听爸说起，你有男朋友了？好像也是律师？”

“对……”

“等我这次散完心回家，记得带我见见他。”成惜笑起来，“到时候说不定我也可以给你一个惊喜。”

姐妹俩又聊了些别的，最后成瑶手头有点工作，只能依依不舍地和成惜道了别。

只是电话挂断之前，成惜倒是想起了什么，特地提醒了成瑶一句：“你小心点邓明。”

“嗯？”

“他是个报复心非常强的人，这次你让他栽了这么大跟头，他不会就此罢休的，你们都是一个工作圈子的人，我怕他背后给你使绊子。”

而对于成惜的担心，成瑶却丝毫没有畏惧：“那就让他放马来吧。”她有着初生牛犊不怕虎的一股韧劲，“我才不怕他！”

“他要是能光明正大跟你竞争，倒是没那么可怕。主要是我听说他最近又接了一档法律类综艺节目，叫什么‘律师来辩论’，每次参加这种活动，他都要对自己大肆宣传一番，顺带利用媒体和舆论打压异己。”成惜关照道，“你多留心总是不错的。”

成瑶应了几句，才挂了电话。

处理完客户临时发来的法律咨询，成瑶想起成惜的话，没忍住好奇，她把椅子移到了还在看日本攻略的谭颖身边。

“你听过‘律师来辩论’吗？”

谭颖痴迷各种综艺，果然，这个法律类的综艺她也没放过，她的眼睛亮了亮：“最近很火的啊，你也开始追了吗？”

“没……我就刚听说，想起来问问你，好看吗？”

“好看！这档节目就是每期一个法律主题，会请两位业界大牛坐镇，然后从全社会搜集相关领域里需要法律帮助的案例，筛选后，挑出那种争议最大、难度最大的，把案情做成题目，分别由两位业界大牛代理案例中对立的一方，从情理和法律角度点评，唇枪舌剑，全程都是直播的，不进行事先录制和剪辑，最终由观众投票，选出胜出的律师。”谭颖眼睛发亮，“之前已经播出了三期了，第一期的主题是房地产法；第二期的主题是劳动法；第三期的主题是消费者权益保护法，对了，过阵子就要开始第四期了，这期主题是婚姻法……”

成瑶这才恍然大悟，原来如此，下一期是婚姻法，所以邀请的“业界大牛”之一就是邓明。

“对了，你知道吗？”结果谭颖凑近了成瑶的耳朵，神秘地道，“其实我们钱par收到节目组的邀请函了。”

“哎？”

“就是‘律师来辩论’第四期的节目组啊，给我们钱par都发了几次邀请了，电话都打了十来个，可以说是真的非常有诚心了。就算我们钱par态度十分恶劣地拒绝了，他们还心心念念想着他，节目组还给吴par打了好几个电话希望吴par能作为中间人说服钱par参加呢。”

“另一个参赛律师确定了吗？”

“确定了啊，就是那个德威律所的合伙人邓明，听说你那个法律援助案对上了他？坊间不都说他是业界良心，而我们钱par就是业界‘毒瘤’。”谭颖说到这里，没忍住笑了出来，“哈哈哈，我现在有点理解节目组对钱par的执着了，业界良心对上业界‘毒瘤’，还真的蛮有看点和营销点的啊。”

说者无心，听者有意，谭颖只是随口的一句八卦，然而成瑶的内心却有些波动。

这档节目，邓明是肯定要参加的，如果钱恒也能参加，以钱恒的专业素养还有他这张随时能送人上火葬场的嘴，邓明恐怕在直播中会颜面尽失，他那层画皮，自然而然就随之剥落了。

只是……只是钱恒果然不同意……

晚上约会的时候，成瑶费了九牛二虎之力试图说服钱恒参加，结果还是遭到了他毫不留情的拒绝。

“我是个律师，不是个娱乐明星，律师只要做好自己的专业工作、服务好客户就可以了，不需要去上这种无意义的综艺节目。”钱恒提起“律师来辩论”，显然有些不屑，“把专业人士娱乐化，真是太闲了，何况这些综艺里都是包装出来的律师形象，就像电视剧里的律师一样，根本不是我们真实的工作状态，也就外行看个热闹，这种节目不过是邓明这样的人变相营销的平台。”

“可那就更应该由我们去破除公众对律师的不实印象，去告诉他们真正的律师是什么样子的啊。”

钱恒横了成瑶一眼，然后摘下自己的围巾，胡乱地给成瑶围在了头上：“我的时间很贵的，除了工作外，真的不想浪费在这种事上，尤其我现在的闲暇时间比以前更宝贵了。”

“你的时薪费率又升了？！”成瑶忍不住叫起来，“还有没有天理？！你的费率已经那么高了，还要涨价啊！”

“没涨价。”

“那为什么更贵了？”

“白痴。”钱恒侧开了头，声音略微别扭，“因为现在的空闲时间都要留给你。”

虽然钱恒最终没同意去参加“律师来辩论”这档节目，成瑶却觉得不仅没不开心，相反，她竟然像是个被顺毛摸了的猫似的，整个人都舒畅极了。

她心里很甜，比喝了一杯糖水还甜。

年底，一切工作都到了收尾阶段，到处都洋溢着新年的气息。时间过得飞快，但一切工作也都有序地进行着，李梦婷的房产纠纷案一审判决已经结束，如成瑶所料，判决支持了李梦婷取得房屋所有权，而张浩得到相应份额的现金补偿。虽然一审判决送达后还有十五天上诉期，但成瑶几乎可以确定，就算张浩不服一审判决选择二审，判决结果也不会有多大变化了。

“谢谢你瑶瑶！等判决生效，凑出钱把张浩那部分现金给他，再还掉那100万，我就能彻底和过去说再见了！”李梦婷拿到判决书，几乎喜极而泣，她近来胎象很稳，在父母的照顾和鼓励下，已经调整好了心态，面色红润起来。

一旦振作起来，李梦婷比成瑶想象的行动力还强，自从拿到成瑶的司法考试复习材料后，李梦婷每天都认真钻研，简直拿出了当初高考的架势。

“这孩子，嫌酒店里没有学习的氛围，如今每天早上八点就去边上的图书馆复习了。”李梦婷妈妈有些心疼，“幸好图书馆离得近，医生也说，怀孕中后期可以有点适当的运动，对控制血糖和胎儿大小都好，也容易顺产。”讲到这里，她有些埋怨，“本来我和她爸每天陪着她走去图书馆，晚上的时候接她一起走回来，结果她这几天死活不让我们去接了，愣是要自己走回来，可担心死我了……”

李梦婷妈妈没多想，成瑶却敏锐地从李梦婷的表情里嗅出了点不同寻常的味道。

李妈妈一走，成瑶就摆出了拷问的架势：“来，说说看，最近是谁送你回家的？”

李梦婷脸色微红，眼神躲闪：“没……没有啊。”

“你还能瞒过我？”成瑶笑，“你从上次差点先兆流产后，一直都很小心，现在虽然是相对安稳的孕中期，但你也绝对不会晚上就这么冒冒失失坚持一个人走夜路回家，说吧，谁送你回来的？”成瑶朝李梦婷挤了挤眼睛，压低声音道，“放心吧，我替你保密，不告诉你爸妈。”

“你说的啊，替我保密！”李梦婷看了成瑶一眼，最终也没再瞒着，“因为外文馆里人少，比较安静，我去图书馆一般都在外文馆。有个外国人，也一直在那里看书，他中国话不太好，有次想借一本外籍书，图书管理员年纪大不太懂英文，我就顺手替他弄了，之后一来二去就认识了。”

成瑶两眼泛出八卦的光：“多大了？哪国的？什么背景？做什么工作的？”

“是个芬兰的工程师，比我大六岁，也有过一次婚姻，但因为和前妻聚少离多，最终和平分手，离婚好几年了，没孩子，但他挺喜欢孩子的。”

“帅吗？”

“不帅，不是你想的那种欧美帅哥，就是普通人，但人很温和，意外发现我们还有挺多共同话题的。”李梦婷有些害羞，也有些忐忑和不安，“我从没想过和他怎么样，就当是个外国友人，我的情况也都和他说了，我没想到他不介意，还觉得我很不容易，选择生下孩子非常有勇气。我怀孕了也每天坚持来学习，他觉得我很有毅力，也很坚强独立，竟然真的认真追起我来了，我拒绝过了，但他还是坚持送我回家，说希望从朋友做起。”

成瑶能理解李梦婷的不安，她刚从一段失败的感情中抽身，对男人、对婚姻、对未来恐怕都心有余悸，只是被伤害过，并不妨碍她再一次获得幸福。

经此挫折，李梦婷显然也成长了很多，她如今不再举棋不定，对自己的未来也有了考量和把握："现在我的新生活刚开始，有很多不稳定因素，我没想着那么早再开始一段感情，最重要的还是自己先强大起来，不是都说'你若盛开，清风自来'？我相信，只有自己足够努力，才能遇到更好的人，才能获得匹配的爱情，一旦你真的非常努力，生活是不会亏待你的。"李梦婷的声音里带了坚毅，"瑶瑶，这一次，我不会再想着把人生寄托在男人身上，我会靠自己强大起来。先爱自己，再爱别人。生活里除了爱情和婚姻，还有很多别的东西呢。"

看着如今脱胎换骨般的李梦婷，成瑶忍住内心的激动，用力地点了点头："只要努力坚持下去，生活一定会越来越好的！"

诚然，人生充满了抉择，抉择错误可能会付出重大代价，但生活并非只是一局定输赢，选择错了，重新站起来，永远不放弃自己，仍旧能收获美好的明天。

李梦婷的案子也算基本告一段落，林凤娟的案子还在等着二审开庭，但即便保守估计，成瑶也是胜券在握了。

在年底前能解决这两个案子，成瑶松了一口气，她终于允许自己也稍微放松了下，投入到了去日本团建的气氛中。

包锐自从重新说服钱恒让他去日本后，就非常热情地给大家准备了松本清折扣券和日本必买清单。谭颖也已经搭配好了日本街拍的穿搭，王璐和李明磊这对地下情侣对去日本团建自然也求之不得。

在大家的强烈期待下，五天四晚的关西行终于拉开了帷幕。

冬天的日本很冷，然而君恒一行律师一路有说有笑，气氛十分热烈。

"前三天的行程我们就安排在京都，后两天返回大阪。因为考虑到今天到京都的时间也不早了，没安排什么行程，我们先到酒店放下行李休整下，简单吃个晚饭，晚上给大家安排了祇园弥荣会馆的表演。"行政部的朱姐热情地给大家讲解着，"祇园弥荣会馆的表演是非常传统的日本传统文化，除了艺伎表演外，还有茶道、花道、雅乐和狂言之类的……"

朱姐还在队伍前讲着，包锐就哀叹起来："唉！"

谭颖很好奇："你唉什么唉？"

包锐一脸一言难尽："我第一次来日本时，也想接受一下文化的熏陶，陶冶一下情操，但这个表演，真的不好玩啊！首先这表演是纯日文的，完全没有翻译，就那个艺伎什么京舞的表演还能瞎看看，其余茶道、花道十分无聊，狂言之类的根本听不懂……我上次陪我老婆看，一个小时睡过去了四十分钟……"他惋惜地道，"有这个时间，不如大家去京都的酒吧，我知道几家bar非常不错，正好我老婆不在，我要大干一场……"

也是此时，钱恒正好走过来，包锐没忍住委屈，抱怨道："钱par，这行程是哪家旅行社给安排的啊？我包锐来日本就是为了看这种表演？安排这行程的怕不是个智障的吧？而且这唯一能看的艺伎歌舞，演员可全是男人啊，一个女的都没有，还看什么？这安排行程的要是个男人，肯定也喜欢男人！"

包锐越说越生气："下次被我看到这个安排行程的，我包锐第一个就把他打到喊爸爸。"

钱恒没说话，他抿着唇，扫了包锐一眼："包锐，行程是我安排的。"

"钱par……"

"我很确定我不喜欢男人。"钱恒冷冷地道，"鉴于你对晚上的表演毫无兴趣，我正好有个客户协议要改，你就在酒店里加班吧。"

包锐快哭了："钱par，不……你听我解释……"

"不要和我解释，你趁着老婆不在，想去夜店的危险思想，我想你老婆应该知悉一下。所以，你去跟她解释就行了。"钱恒森然一笑，"你放心，我会确保她知道的。"

包锐整颗心拔凉拔凉的，他看着钱恒离去的背影，差点跪下。

"钱par他知不知道我老婆是'母老虎'啊，他这样，我会死的！"包锐绝望地道，"我被我老婆打死了，怎么再侍奉在钱par的左右？他难道不要他的小太阳了吗？"

醒醒吧包锐，你入戏真的太深了！

晚饭在热烈的气氛里结束了，所里几个新人都是第一次来团建，更有些是第一次出国，看着日本的一切都觉得新鲜有趣。

钱恒到了日本后，一直和吴君等其余几个合伙人在一起聊着今年的业务和对明年的计划，而成瑶之类的年轻律师和助理律师、实习生则聚在另一处

“侃大山”。虽然大家不明说，但老板和下属之间的界限，仍旧泾渭分明。成瑶没忍住，在闲聊的空隙里偷偷瞄了好几眼钱恒，然而每一次都能恰好和也同样在看她的钱恒撞上视线。

所有人都不知道，她和钱恒在谈恋爱，这种感觉真是隐秘又美好。

当大家结束晚餐、向祇园弥荣会馆进发之时，吴君等一行合伙人自然而然作为老板越过了众人，带队走在了前面，唯独钱恒故意放慢了步伐。

他缓缓地掉队，经过了成瑶身边。

“成瑶，之前那份财产分割协议改好了吗？”

望着眼前一本正经的钱恒，成瑶有点没反应过来：“哎？”

最近什么时候钱恒有让她改过财产分割协议了？

钱恒倾过头，压低了声音：“待会儿进会馆之前，找个理由掉队，跟我一起进去。”

“嗯？”

明明是说着私事，钱恒脸上却还是公事公办的一本正经，让经过的其余同事压根不会想到他并非在说公事。

“祇园弥荣会馆的表演厅里不分座位，有票直接进，有空位随便坐，你跟我一起进去，坐一起。”

“钱恒，都出来旅游了，你怎么还不放过成瑶，还在跟进工作啊？”走在前面的吴君回头喊钱恒，“快跟上来，放过你的小助理律师吧。”

钱恒扫了吴君一眼，又看了成瑶两下，抬高了声音，一本正经地警告地道：“今晚看完演出后回去加班给我就可以了，旅游归旅游，该做的工作也不能落下。”

成瑶看着钱恒说完，又一副老板派头地走到了吴君身边。

钱恒的演技太出色，导致同事们都对成瑶惨遭钱恒虐待表达了深切的同情。

尤其是包锐，安慰道：“看到钱par对你下手也这么狠，我也就安心了，原来我不是一个人。”

成瑶真怕包锐知道真相的时候表演一个当场去世。

钱恒脸上一派正经严肃，可他那低声的话语却像是在成瑶的心上洒下了一片火种，成瑶怀揣着小小的悸动和雀跃，又要小心翼翼不能泄露，不能让人看出端倪。在去祇园弥荣会馆的路上，她都只能忍着内心的激动，心不在焉地听着同事们聊天。

一如钱恒所说，祇园弥荣会馆的演出票并不指定座席，进入表演厅后大家就可以自由落座。成瑶寻了个去厕所的借口，故意和谭颖他们岔开来，然而不幸撞上了一个欧美旅游团，一下子被这群欧美人包围起来，就在成瑶着急地找着钱恒之时，有一只手从人群中伸出来，牢牢地牵住了她。

“终于把吴君他们给甩掉了。”钱恒轻声笑笑，俯身亲了亲成瑶的耳朵，“走吧。”

借着这个欧美团的掩护，两人混在人群里进入了表演厅，钱恒一路领着成瑶，演出此时已经开始了，厅内除了舞台灯光，其余灯都已经熄了，两人找了个周边都还空着的座位坐了下来。

不得不说，包锐说的是实话，除去一开始的歌舞伎表演外，茶道、花道这类需要静下心来品鉴的艺术，确实并不适合在大舞台表演。

“其实包锐说得也不算错……”成瑶想起在酒店加班的包锐，颇有些同情。

“是没错。”钱恒低声凑近了成瑶的耳朵，“本来今晚并没有行程，准备让大家好好休息，但我想了想，特意安排加上了这个。”

钱恒温热的气流就萦绕在成瑶的耳边，她只觉得耳朵有些发烫：“为什么啊？”

“这样就可以正大光明地和你牵手。”昏黄的光线下，看不清钱恒脸上的表情，但他声音里那种既想要大大方方表达又想要矜持的别扭感又出现了，他瞥了成瑶一眼，似乎想要努力克制，只是最终还是没忍住般自暴自弃地道，“我可不想在特地为了你而办的第二次团建中，我全程连和你牵手的机会都没有，那我请全所来旅游的钱不是白费了？还白白找了这么多大电灯泡？”

“哎？”

“B市那种临时的海滩嘉年华游乐场你居然都觉得好。”钱恒垂下了视线，“特地带你出来见见世面，看看大阪的环球影城。”

钱恒撇开了眼神，盯着舞台上正表演狂言的演员看了一会儿，正当成瑶以为他不想继续这个话题，准备投入看表演时，她才又一次听到了钱恒淡淡的声音：“都特意避开了所里那些电灯泡，好不容易能和我独处，难道你就没有什么想对我做的事吗？”

钱恒的声音有些不自然的矜持，然而即便想要伪装和克制，那里面浓浓的委屈和暗示强烈到就差没在他自己脸上打上字幕了。

两人自牵手后，五指相扣，手就没有分开过，成瑶有些害羞，她下意识地抓紧了钱恒的手。

“白痴。”结果这一举动显然并没有取悦和满足钱恒，他看了成瑶一眼，“我钱恒怎么找了这么一个迟钝的女朋友？”

他的表情有些无可奈何，然而更多的是纵容，成瑶还没反应过来，钱恒的唇就覆了上来。

台上的表演似乎正进行到高潮，成瑶和钱恒却都无心去看了，两个人凑在一起，在黑暗和音乐的掩护下热吻。

直到演出结束，成瑶嘴唇和脸上的温度都没有退下去。为了避嫌，散场时，她故意和钱恒分开来，两个人恢复到了冷漠的老板和尽职的下属关系模式。要不是钱恒的脸也有些微红，在这两个人的脸上，简直一点刚才绮丽风情的端倪都没有了。

只是这种别人都不知道却彼此爱着的感觉，像是在他们心间开出了隐秘的玫瑰，而这玫瑰只属于彼此。

混杂在律所同事中，回酒店时，钱恒又一次和吴君等几个合伙人同行，没有机会再和成瑶说一句话。只是那些爱意和在乎，那些眼神的追随，那种默契的点到为止，一个动作，一个回首，就已然无声胜有声，有些感情，是不需要说出口的。

虽然没有和钱恒并肩同行，然而成瑶却觉得整个人都像被钱恒包围着一样安心、温情。

回酒店后，有些同事便在酒店休息了，有些觉得有点意犹未尽，结伴去附近的锦市场吃夜宵，还有些则直接跑去药妆店大采购了。

成瑶婉拒了谭颖一起去吃夜宵的邀请，钱恒刚对接给她的那个家族信托案，成瑶材料看了一半，这个案子标的额很大，又代表着钱恒的信任和肯定，成瑶说什么都要做好。

过去的她，尚且会觉得只要工作的八小时里认真工作，下班时间一到就是泾渭分明的休闲时间，晚上看看电视剧也没什么；那么如今的她，明明工作效率比过去提高了很多，反而意识到时间的宝贵。

想做一名和钱恒一样成功的律师，她可是每一分钟都恨不得掰开来用的。不用想，这个时候，钱恒一定也在处理工作的事务，优秀如他尚且仍在努力，那么自己又怎么能偷懒？

只是脑力思考大概十分耗费能量，成瑶聚精会神看了一小时材料，就开始觉得胃里空空的。最终她没忍住饿，决定下楼去附近的711买点饭团垫肚子。

这次入住的酒店有一个环境优雅的日式小花园，从大厅走过必须绕过这个花园，才能走到酒店正门。日式花园注重的是移步换景，营造禅意十足的宁静氛围，因此石景众多，草木林立，有种曲径通幽的感觉。这个花园不小，岔路众多，走在其间，非常有隐私感，即便能听到身边有旁人隔着石景树景的轻语声，也见不到人，避免了尴尬，让住客能有更多的私人体验。

晚上酒店的花园安安静静的，古朴的日式石灯灯光昏黄暧昧，一切都十分静谧，因此，即便是非常轻的声响也被放大得十分清晰。成瑶走了没多久，就在身边的石景后听到了熟悉的声音。

“哎，死了死了，我这次又买破产了，你们怎么都不拦着我，我都说了我一见到药妆就没法冷静的……”

这声音，显然是所里的同事李萌了。

接着开口的是王璐：“算了啦，大家不都一起买了这么多吗？一起破产哈哈哈。”

“没有吧，成瑶不就没来？没和我们这些购物狂一起去，机智地守住了钱包。”

成瑶刚想开口喊住君恒的众人，就听到李萌又开了口，然而这一次，她的语气十分微妙：“成瑶？成瑶可和我们这些只会拼命购物的女人不是一路的，她不还留在酒店里看案子材料吗？”

王璐不明所以，赞叹道：“她好认真啊！”

李萌轻笑了声：“你们该不会以为她真的在酒店里看案子材料吧？”

“啊？”

李萌过来人般语重心长地叹了口气：“王璐啊，你还年轻，要是和我一样多混几年职场你就懂了。那么多同事出去吃夜宵和购物，就她说要看案子不出去，你想想，这留给所里大par的印象是不是特别深刻？觉得这新人特别懂事特别上进？

“我以前是国企法务跳槽来君恒的，这些事在以前单位看的可多了，你埋头一声不吭兢兢业业做事，领导不一定看得到，但你要像成瑶那样会来事儿，关键时刻会表现自己，甭管你是不是真的晚上在酒店里看案子，能让领导觉得你在看，你就成功了一半。最后都是这些会来事儿的人升职快，那些勤恳的老黄牛反而没机会出头。”

王璐为成瑶辩解：“成瑶不是这种人，她是真的挺认真的。这次团建飞机起飞前，她还在埋头回客户的邮件，电话也来来回回给客户打了好几个，生怕自己出国期间跟客户不能及时联系，先把案子可能会遇到的情况和应对措施都和客户讲了一遍……”

李萌并不买账：“学着点吧，你们还是太单纯了。你们知道吗？最近钱par给了她一个23亿标的额的家族信托案，还让她主做，钱par坐镇，你们感受下。”

这下众人果然忍不住发出了羡慕的惊叹：“哇！！这么幸福！”

李萌的语气酸溜溜的：“我比成瑶早来君恒半年，特意辞掉了国企法务轻松稳定的工作来君恒的，平时上班也勤勤恳恳的，但你看，我至今连个独立操作案子的机会都没有，更别提什么23亿元标的额的大案了！”

王璐安慰道：“李萌姐，别急，你的机会也一定会来的。”

“我急也没有用，毕竟我没有成瑶长得那么好看。”李萌叹了口气，语气失落，“年轻小姑娘会来事儿，长得又好看，可真是占便宜，漂亮的人果然比我们普通人幸运得多。”

王璐平时和成瑶关系不错，她仍旧想为成瑶解释，只是李萌身边几个刚进所的实习生不明所以，完全被李萌带着走附和起来。

“成律师长得是真的漂亮，偷偷说啊，我刚进君恒第一眼看到她，还以为是明星，以为是我们所的客户，好看到都不像是律师，而且看起来年纪好小，我要是客户，我都不放心让成律师代理案子……”

李萌轻哼了声：“她年纪是小，而且只有本科毕业，我们所平均学历都是硕士呢，何况她本科只是个211，都不是985，也没有什么很牛的工作经历，更没留过学，按理说，平时这样履历的人我们所根本不会招的。至于为什么她被招进来了，还那么好命地分给了钱par，现在还拿到了这么大的案子，你们自己想吧。”

这几个新来的实习生并没有怎么接触过成瑶本人，平时只知道李萌作为前辈很照顾她们，因此几乎没有任何思考地就信任李萌，接受了她的观点。

“会不会是关系户什么的？家里比较有背景那样？”

“我好羡慕成律师啊，我要是有她一半好看，我实习完肯定能留在君恒了吧。”

“要是我长这么好看，我还做什么律师啊，我觉得做律师好辛苦的。”

“那你就不懂了，我们君恒接的客户都是非富即贵、社会阶层的顶尖，成律师没准哪天和哪个客户谈个恋爱，直接从同事变成咱们的甲方客户了呢。我学姐在德威律所，她们所之前有个女律师就长得很好看，也会来事儿，最后和一个有钱客户结婚了，成功嫁入豪门，名下也有家族信托了，摇身一变成了所里要上赶着伺候的重要客户了。”

这一行人叽叽喳喳聊着天八卦着，过了一会儿，话题又从成瑶变成了购物和明星，这才渐行渐远离开了成瑶附近。

成瑶这个话题可能只是她们众多话题中微不足道的一个插曲，然而作为话题本人的成瑶，却在李萌她们走后，内心难以平静。

直到这一刻，成瑶才真切体会到了钱恒说的话。

人心太复杂了，就算气氛再好的律所、再和睦的同事，仍旧挡不住人的天性。一旦同期甚至是后辈比你有了更快更好的发展，人们总会难以抑制地生出些不平和复杂情绪。

很少有人能平静地接受现实，或者冷静下来去看看对方身上是否真的有比自己优秀的特质。李萌的反应几乎是很多人下意识的第一反应，她们不能接受原来资历不够好、经验不够充足的新人真的能在短时间内赶超自己，没法第一时间从自身找问题，而是下意识地去攻击对方的弱点、质疑对方的能力，以获得自我安慰和满足。

成瑶不得不承认，不在律所公开和钱恒的情侣关系，是万分正确的决定。她以前没多想，如今才意识到，办公室恋情，尤其是上下级恋情，确实是微妙而十分危险的。

如果被李萌她们知道了自己和钱恒的关系，她们会怎么想？几乎是可以预想的。

成瑶心情沉重地买了饭团，吃完后，却怎么也没心情再看案子了。她没忍住，给秦沁打了个语音电话。

秦沁作为一个职场老江湖，对这种发展并不意外：“办公室恋情就是这样，除非最终修成正果，一旦分手，就算你们两个人分手还能做朋友，别的同事和你们相处，也会觉得气氛微妙。”她叹了口气，“当然，我希望你恋爱一次就成功，能一直和和美美的，但你也要留个心眼，就算你俩没分手，你这种和老板谈恋爱的，也不可能一辈子瞒着同事吧，等被发现了，你的处境会更微妙的。”

成瑶咬了咬嘴唇，没说话。

“你们没分手，从感情上来说，是好事；在事业上来说，对你老板没影响，但对你来说就不是这么回事了。你在职场上取得的所有成绩，你的努力、你的能力、你熬的夜、你经历的心酸和困苦，都会被忽视，你的身份极有可能不再是‘优秀律师成瑶’，而会被贴上‘知名律师钱恒的女友’的标签。”秦沁顿了顿，“我是你的朋友，我当然知道你走到如今这一步，自己付出了多少，但更多的人不认识你、不了解你，会有越来越多的人，觉得你未来那些成绩，都是因为你背后有你老板撑腰。你在职场上，会因为这段感情越来越难以证明自己……”

“秦沁，真的会变成这样吗？”

秦沁叹了口气，收敛了下情绪：“真的，别问我为什么知道得这么深刻，因为这就是我经历过的。”

成瑶心里感动，她隐约知道秦沁上一段感情伤得很重，她原本并非公关营销从业人员，之前的工作和金融相关，原本前途大好之际却选择了辞职，彻底告别了金融行业，跳槽进入了公关领域。

“谢谢你和我说。”

“哎，朋友之间说什么谢。”秦沁的声音有些沧桑，“你当时问我为什么辞职，我一直没告诉你，现在我可以说了，就因为我想脱离他的标签，我想让别人都知道，我秦沁取得的一切成绩，都是我自己的努力，没有那个男人，在完全不同的领域，我照样能做得好。”

“只是很可惜，那时候我太年轻了，一心想要挣脱他的盛名和保护，太要强了，不停想要证明自己，却没考虑过他的感受，最终耗尽了两个人的感情。”即便秦沁这段感情已经是半年前的事，但如今说来，她还是忍不住唏嘘，“我说出来，是希望你别重蹈覆辙，和老板谈恋爱，要平衡好感情和事业，真的不是件容易事啊，瑶瑶。”

成瑶知道，自己不能一直依赖钱恒，这些微妙的同事和人际关系，自然也没法和钱恒讲，因为一旦讲了，钱恒维护自己，不就更验证了自己的一切是依靠钱恒得来这一点了吗？

“秦沁，你说，我是不是必须和钱恒一样强大优秀，在最后公开恋情的时候，才不会有人说，我是依附他的？”

“嗯，你若也是个女合伙人，找他谈恋爱，人家当然都说你们是强强联合、棋逢对手咯，但现在你是个小律师，还是他的下属，那别人说的就微妙了。”

挂了秦沁的电话，成瑶内心更是五味杂陈。

不论为了自己，还是为了钱恒，看来她都要更加努力了。

虽然因为李萌的一番话，成瑶情绪有些低落，然而京都这座古城实在太有韵味了，让人很容易忘却烦恼。

第二天，充满日本古典浪漫气息的祇园和八坂神社让成瑶一下子忘记了别的，只专心欣赏起眼前的美景，全身心投入到这场异国旅行来。

“听说京都宇治的抹茶特别出名，我看你做的攻略写到来京都一定要多尝尝这里的抹茶冰激凌还有抹茶糕点……”成瑶望着不远处路边的抹茶店，很有些跃跃欲试，“要不我们去买？”

对于成瑶的提议，谭颖十分心动：“我觉得可以！冬天吃冰激凌最刺激了！走……”

她刚开始找日币，朱姐突然朝大家挥了挥手：“钱par说了，请大家吃抹茶冰激凌和甜点。”

谭颖欢呼一声：“钱par太妙了！省得我掏钱了哈哈哈！”

成瑶没说话，只微微侧头看了眼正不远不近走在自己身侧的钱恒，钱恒双手插在口袋里，表情淡漠地听着吴君在说着什么，然而成瑶能感受到他余光里自己的倒影。

他听到了吧。

抹茶冰激凌确实是有口皆碑地细腻好吃，只是在大冬天里吃了这么冷的东西，成瑶又有些想吃点热乎的东西暖暖胃，但这次她扫了一眼仍旧在她身侧亦步亦趋的钱恒，没敢开口，只朝着不远处那个京都汤豆腐的店铺看了眼。

传闻中京都东山的水是最适合做豆腐的弱碱性水，水质足够好，因此京都的豆腐也是十足好吃，而大冬天来一碗热腾腾的汤豆腐，简直不能再妙。

这一次，成瑶没说话，她拉了拉谭颖的手，轻声地道：“想不想吃汤……”

结果她的话还没说完，朱姐又发话了：“钱par说了，大冬天的，请大家喝点暖的，每个人来一碗汤豆腐。”

吃完汤豆腐，成瑶又对京果子产生了兴趣，结果又只是多看了两眼，朱姐再次宣布，钱par买单请全所尽情吃京都和果子。

这之后，只要成瑶看过什么，几乎不用过多久，朱姐就会宣布，钱恒请了。

这一路，几乎是在“钱par请了”“钱par又请了”“钱par买单”“钱par让你们随意吃”这几个句式之间来回切换的。

一开始，成瑶还以为是巧合，只是到了后面，她也无法继续自欺欺人了。

成瑶偷偷看了一眼钱恒，对方果然也正在看着她，虽然他并无表态，甚至还一边心不在焉地附和着吴君，但他看向成瑶的眼神，却让成瑶已经明白了一切——钱恒一直都在默默地关注着自己。

在店铺里吃完京果子、喝完热茶，成瑶终于寻了个机会，甩开众人，在买单的收银台前堵住了钱恒。

她有些羞赧：“你怎么知道我想吃这些东西？”

钱恒冷静地付了钱，只是在信用卡上签字时，耳朵有些微微地变红了：“因为汤豆腐也好，京果子也好，你都看了很多眼。”

“可我还看了好些别的店铺，你怎么知道我不想吃那些，只想吃汤豆腐、京果子？”

钱恒垂下了视线：“你看那些东西的眼神，我分得出来，我知道你是喜欢，想吃。”

“嗯？”

这一次，钱恒终于抬头看向了成瑶，他压低了声音，带了点不自然和稍纵即逝的害羞：“因为你看我的时候，就是用那种眼神，所以我分得出。”

钱恒抿了抿唇：“如果只有我们两个人，我就能一样一样买给你吃了，但这是团建，我只能请大家一起吃，心里当作是自己买给你吃了。”他有些无奈和纵容地看了看成瑶，“没想到我只喜欢一个人，却要连带着把所里所有人都供起来。”

成瑶没说话，明明京都的天这么冷，然而她的脸和手都热了起来。其余同事已经在外面等着了，成瑶是以自己忘了东西为由才再次进店，好和在买单的钱恒拥有短暂二人世界时光的，本来应该克制，但成瑶忍不住，她轻轻把头靠在了钱恒的背上，从背后搂住了钱恒。

她把自己埋在钱恒的大衣里，瓮声地道："我好像越来越喜欢你了，有点太喜欢了，喜欢到都觉得好危险，明明这时候很容易被同事们发现，但还是想要离你近一点……"

"可以更危险。"

钱恒的声音低沉性感，成瑶还没反应过来，就被他一把揽着搂进了怀里，然后他带了微微凉意的嘴唇触上了成瑶的，强势顶入，攫取着成瑶唇齿间湿润的甜美气息。

这个吻不同于以往任何一个，带了点迫不及待的凶狠和压抑过后的爆发。

成瑶刚张嘴热烈地回应这个吻，背后竟然传来了包锐的声音——

"钱par，成瑶，你们人呢？下午去岚山的包车要发车了啊……"

包锐的声音越来越近了，成瑶紧张到不行，生怕包锐过来撞破了自己和钱恒的热吻。只是她想分开，钱恒却不让，他不仅没推开成瑶赶紧避嫌，反而把成瑶搂得更紧了一些，更加深了这个霸道濡湿的吻。

包锐的声音已经近在咫尺："哎？这两个人跑哪儿去了？"

随着包锐的越发接近，成瑶紧张得心都要停跳了，要被发现了……

成瑶紧张到快缺氧，钱恒这家伙却还在放火，他近乎有些贪婪地吻着她。

"钱par？成瑶？"

就在包锐终于快要发现他们的时候，钱恒抱着成瑶，动作微微有些粗鲁地踢开了附近一扇门，搂着成瑶闪身撞了进去。

钱恒这一连串动作行云流水，几乎在一秒钟内瞬间完成。

直到这时，成瑶才发现，这是一间空置的包厢。

成瑶的背抵在墙上，听着门外包锐的声音渐远，胸口的起伏才渐渐平缓了下来，她有些惊魂未定地瞪了钱恒一眼："你是要吓死我吗？"

钱恒只是笑，他凑近成瑶的耳朵，声音低低的："我早就看好了这里有个空包厢，你进来找我的那时候，我就想着把你抱到这里来了。"

成瑶一颗刚趋于平静的心，一下子又狂跳了起来。

钱恒显然也没打算放过她，他又倾身上前，望着成瑶的眼睛："本来以为来日本团建，可以脱离工作环境，和你一起更放松、更开心一点，结果不仅没有，反而比工作时更难熬了。"

"嗯？"

"因为全所人一起行动，能和你两个人在一起的时间反而比工作的时候更少了。"虽然努力克制，但钱恒声音里那种控诉还是泄露了出来，他干巴巴地道，"还不如没有团建。"

钱恒垂下目光，继续道："这两天，我和你单独说话的次数屈指可数。"

成瑶红着脸，忍不住笑了，她把自己往钱恒的怀里再钻了钻："那回去了，我们周末一起去周边一日游，就我们两个，把在日本没来得及在一起的时间都补回来。"

"不行。"

"嗯？"

"现在就要补。"钱恒的耳朵整个都红了，只是语气还是一本正经，他盯向成瑶，"要再亲一下。"

话音刚落，他就倾下身，又一次吻住了成瑶。

钱恒和成瑶从京果子店里出来，已经是十分钟后的事了。

包锐见了钱恒，一脸着急地迎了上去："钱par，你刚才和成瑶上哪儿去了啊？"

成瑶的脸还有些红，钱恒却早已恢复了平静，他看了眼成瑶，冷静自然地说道："哦，刚才信用卡刷卡出了点问题，正好看到成瑶，问她借了信用卡去买单了，结果收银台那边pos机识别不了，只能跟着店主去了他们后面另一台pos机上刷卡。"

包锐完全没有怀疑。一行人就这么浩浩荡荡去了岚山。到了岚山，成瑶才意识到了钱恒安排这个景点的私心。

朱姐例行告知着："岚山安排的是自由活动，待会儿记得按时集合就行。"

岚山很大，自由活动的话，她和钱恒可以完全避开所里所有人的耳目，好好地过一番二人世界。

分散开来自由行动后，钱恒的一切举动都印证了成瑶的猜测。

“成瑶，你等一下，之前丁胜的案子，他那边情况有点变化，你和我路上讲一下目前的情况。”

几乎是一解散，钱恒就叫住了成瑶。

谭颖和包锐对成瑶投去了同情的眼神，两人爱莫能助地摊了摊手，就立刻毫无同情心地抛弃成瑶，冲向了岚山大自然的怀抱。

成瑶一开始和钱恒还不得不保持着距离，一脸严肃地谈着瞎扯淡的“案子”，等所里其余同事都渐渐走远，钱恒脸上虽然仍维持着老板的威严冷酷，但一只手已经悄悄伸过来，拉住了成瑶的手。

“走吧，趁着他们还没去，我们先去渡月桥。”

“什么渡月桥？”

钱恒一脸平静：“就是岚山的一个著名景点。”

钱恒不想说不代表成瑶查不到，她很快就在手机上查到了渡月桥的信息——这是岚山知名的情人桥，据说只要是情侣去过这座桥的，都不会分开。

只是——

“但走这座桥的时候不能回头。”成瑶笑着补充，朝钱恒挑了挑眉，“我看到了。”

她的笑容狡黠：“一旦回头，就会分手。”成瑶黑亮的眼睛眨了眨。

钱恒被她盯得有些局促：“我也不是相信这种东西，但既然来了……”

成瑶揽住了钱恒的手臂：“走吧。”

渡月桥是有着日式古典桥梁的韵味的，桥面是木质的，桥下流着从大堰川蜿蜒而来的水，仅仅是站在桥上，望向不远处的景致，都让人觉得安宁而静谧。

成瑶拉着钱恒的手，就这样安静地走着，两人谁也没说话，然而不经意之间触碰在一起的眼神和交缠在一起的手指，已经说明了一切。

他们走到桥中央的时候，像是老天爷冥冥之中的馈赠一般，下雪了。

“下雪了！”

成瑶忍不住驻足，惊喜地看着一片片雪花飘散下来，落在她的发间、额上，而一开始还如星点般的雪，渐渐变成一大片一大片，远处的山上，不多久已然慢慢有了积雪的趋势。

成瑶跺了跺脚，缩了缩脖子：“要不是穿得有点少，好想在这里看雪景。”

她的话音刚落，身后的男人就把她揽进了温热的怀里。

钱恒轻轻俯身，不知道什么时候，他解开了自己的大衣，此刻站在成瑶身后，用大衣把成瑶整个包裹住了，把她护在了怀里。

“这样就不冷了。”

这一刻，纵然周遭是风雪，然而成瑶只觉得温暖而甜蜜，她倚靠在钱恒的怀里，两个人依偎着独享岚山的雪景。

从岚山回来，众人便都在酒店休息。君恒的团建，酒店历来都是一人一间。成瑶窝在房间里，本准备研究下案子，结果没多久，门口就响起了谭颖和包锐的拍门声。

“成瑶，别看案子了，我们一起去喝酒啊！”

成瑶刚开门，谭颖就热情地冲上来把成瑶给拽了出来：“走了走了。这次我和包锐请客，算是安慰你。”

成瑶一脸茫然：“安慰我什么？”

包锐同情地道：“安慰你这次团建被钱par虐到吐血啊。”

谭颖一脸悲怆：“你真是受苦了，今天我和包锐也不是见死不救，实在是钱par的战斗力，不是我们两个人扛得住的，为表达我们的同事爱，今晚请你喝酒，不醉不归！”

成瑶连连摆手：“不用了不用了，我挺好的……”

结果谭颖和包锐说什么也不听成瑶的解释：“你放心吧，咱们是一条船上的人，你就是骂钱par，我们也替你保密，而且这家酒吧可是包锐调研了很久才确定的，环境安静，纯日式风，清酒特别赞！”

盛情难却，成瑶最终还是在谭颖和包锐的热情带队下到了这家传说中的酒吧。

包锐的眼光确实不错，酒吧的装饰很古典，让成瑶恍惚间有种穿越时空来到江户时代的错觉。

“这里的清酒可棒了。”包锐一进门，就点了些小食和酒，“来，今晚就算是我们富贵荣华组合的单独团建了！”

三个人平时都很熟稔，难得离开了工作的环境，此刻在小酒吧里吃吃美食、聊聊闲事，气氛倒也相当不错，除了生活琐事外，包锐还分享了他在菜鸟时期的糗事，逗得成瑶和谭颖哈哈大笑。三个人这么唠着，也不知怎么的，就玩起了真心话大冒险，但比较宽松，不想回答问题的人，直接选大冒险喝酒就行了。

成瑶今天运气比较背，接连几次都轮到她。

谭颖不愧是“感情专家”，问的问题也都针对感情：“上次那个给你送玫瑰花的，在一起了没？”

“在一起了。”

包锐紧随其后：“我们认识吗？”

成瑶抿了抿唇，拒绝回答，直接选大冒险喝了酒。

“不管我们认不认识，说名字！”谭颖很警觉，“我总觉得是认识的！”

成瑶自然不肯说，于是又一次选择了大冒险，干了一小杯清酒。

“你和对方是怎么认识的？”

“对方也是律师吗？”

“是怎么在一起的？”

……

包锐和谭颖这两个家伙是逮着成瑶问了，成瑶不能透露钱恒的信息，自然只能老老实实一杯接一杯地选择喝酒。

没过多久，成瑶便有些醉了，在谭颖和包锐互相厮杀的时候，她的手机响了。

成瑶一看，是钱恒的来电，她晕乎乎地点了接听，钱恒充满磁性的声音便传了过来。

“成……”

结果“瑶”字还没说完，手机那端的钱恒就听到了日式酒吧里的蓝调风格的背景音乐，他一下子便有些警觉起来：“成瑶，你在哪里？”

清酒这东西，喝的时候觉得不醉人，但一上头，人就已经醉得很彻底了。

成瑶握着手机，只知道咯咯咯傻笑：“我在哪里？”她捂了捂因为酒精发烫的脸颊，“我在你心里啊。”

钱恒顿了顿，才稳住了声音：“你喝酒了？喝醉了？谁在你边上？”

“没，我没喝醉，我清醒得很。”成瑶继续笑着，如每一个醉鬼一般否认着，“不信你问包锐，包锐可以给我证明……”

“你让包锐接电话。”

成瑶不疑有他，她听话地把手机递给了包锐：“钱par找你。”

包锐虽然比成瑶清醒，但也有些微醺，他接过电话：“钱par，你找我什么事？”

“地址。”

“啊？”

“给我发你们现在的地址。”

手机那端的钱恒声音严肃，那严阵以待的语气仿佛是面对一个突然即将败诉的案件一般郑重。

包锐没多想，掏出自己的手机，发了个定位过去。

没想到十分钟后，他就见到了钱恒。他的老板一路带风地赶了过来，推开日式移门走了进来，眉头紧皱，嘴唇微抿，一脸山雨欲来的表情。这间小酒吧附近没有电车站，下大雪的京都夜里也很难叫到出租车，酒吧这条小路更是只能步行过来，明明正常应该要走二十分钟的路，包锐没料到钱恒竟然十分钟就走到了，就算他腿长，也不能这么快吧？

等钱恒走近了，包锐才看清了他脸颊上的红晕，听到了他尚未平息的喘气声。

这一段雪路，钱恒是跑来的。

包锐大为感动：“钱par，早知道你也想参加我们的聚会，我就提前叫你了。”他愧疚地道，“我以为你没兴趣……”

钱恒只瞥了包锐一眼，对他点了点头，便越过他，走向了他身后的成瑶。

成瑶已经醉得两颊滚烫，为了降温，她整个人趴在吧台上，把脸贴在冰冷的大理石桌面，此刻正满脸红晕，双瞳剪水，眼神湿漉漉又毫不设防地看向钱恒。

钱恒下意识地便避开了成瑶的眼神，他看向包锐，努力维持冷静：“成瑶的案子出了点岔子，我找她有急事，她喝了多少酒？”

“半瓶清酒。”

“下次带她喝酒前要和我说一下。”钱恒一本正经地警告包锐，“她还不是你这样的成熟律师，案子很有可能有纰漏需要收尾，必须随时保持清醒。”

包锐连连点头感激地道：“谢谢钱par对我的认可！”

“现在我要带成瑶回去醒醒酒，然后处理下那个案子。”钱恒这才看了眼全场唯一清醒的谭颖，“谭颖，包锐就交给你了，你负责把他带回酒店，如果他不肯走还要喝的话，给他老婆打视频电话。”

钱恒交代完，就去吧台拉起已经软绵绵趴成一团的成瑶，他维持着老板的架子，声音镇定地道：“成瑶，跟我回去改合同。”他一边说着，一边把成瑶扶了起来。

谭颖有些不忍：“钱par，成瑶都醉成这样了，还要去改合同啊？要不明天吧？”

“不，她是装醉，她其实是清醒的，只是想……”

钱恒的话还没说完，他怀里本来安静的成瑶突然抬起头，对他笑了起来。

那个瞬间，钱恒有了十分危险的预感。只是他还没来得及做任何应对，成瑶整个人就钻到了他怀里，她拱着毛茸茸的脑袋，用两只手环抱住了他，语气带了娇憨：“你怎么才来啊。”

成瑶整个人醉得不行了，她彻底忘记了自己并不是和钱恒两个人独处。

钱恒一瞬间整个人都绷紧了，饶是他巧舌如簧，一时之间竟然也卡了壳。

成瑶却丝毫没察觉气氛的诡异，她索性把手臂挂上了钱恒的脖子，踮起脚尖索吻：“你为什么还不亲我？”她撒娇道，“我想要男朋友亲我一下。”

仿佛过了一个世纪，钱恒才艰难地找回了镇定，他看了一眼目瞪口呆的包锐和谭颖：“她喝多了，认错了男朋友，不是我，我和成瑶，只有上下级关系。”

钱恒的话音刚落，在他怀里的成瑶却用那双雾蒙蒙的眼睛看了一眼钱恒，然后哧哧地笑起来，她认真地盯向她的老板，一字一顿清晰地道：“钱恒，我好喜欢你呀。”

这一刻，谭颖只想说，见鬼的没喝醉，见鬼的又突然喝醉了，见鬼的认错男朋友，见鬼的只是上下级关系……

包锐本来还有些微醺，此刻被这一发展惊得酒彻底醒了："钱par……"

"就是你们看到的这样，我和成瑶在谈恋爱。"钱恒恢复了淡定，事已至此，他索性大方地把成瑶搂进了怀里，然后扫了包锐和谭颖一眼，"你们知道就可以了，我不希望别人知道。"

虽然他没说别的话，但他眼神里那一句"你们谁敢说出去就死定了"已经明晃晃地挂在头顶了。

直到钱恒和成瑶走远了，包锐还没从打击中彻底走出来，他震惊地看向谭颖，眼神颇有种痛的顿悟："所以……所以钱par根本不是想见我才跑来酒吧的？"他悲愤地道，"这第二次团建，现在想想，也不是为我破例的？！"

谭颖只觉得无语："醒醒吧包锐，你拿错女主剧本了吧？现在不是因为钱par原来不爱你这种事实而悲伤的时候，而是应该想想以后怎么好好拍成瑶的马屁，好让成瑶给钱par吹吹枕边风，让我们钱多事少活得更滋润啊！"

包锐又喝了口清酒，悲伤地背起了普希金的名言："假如生活欺骗了你……"

钱恒一路用大衣裹着成瑶，抱着她往酒店走，她还尚不自知自己做了什么，嘟嘟囔囔地蹭在钱恒怀里，让钱恒真是又好气又好笑。

到了酒店，钱恒没能从成瑶身上找到房卡，又不放心她一个人待着，便只能把她带进了自己房里。安置好成瑶后，钱恒就开始给前台打电话，成瑶需要一些醒酒茶。

成瑶只觉得脑袋炸开来一般地疼，她整个人迷迷糊糊的，明明前一刻在酒吧和包锐、谭颖喝酒，下一刻却看到了钱恒，再下一刻，酒吧不见了，自己竟然已经置身酒店。

热恋期，一日不见如隔三秋，成瑶现在才知道，这话是多么正确。这次日本团建，即便两人偷偷摸摸搞地下情似的在一起，但这种饮鸩止渴般的点到为止，却让成瑶更想念钱恒了。

喝醉以后，人的自制力便会下降，内心最原始的情绪便被放大，成瑶晕乎乎地躺在床上，睁开眼见到钱恒的身影，下意识地便一把抱住了他，她此刻内心没有别的想法，只想像牛皮糖一样地黏着他，每一分每一秒，都想和他共度。

只是钱恒似乎并不是这样想的，最初他还由着成瑶黏着，结果没过太久，他的身体就紧绷了起来，成瑶再蹭上去想要一个拥抱和亲吻，却被钱恒略微抗拒地推开了。

醉酒的成瑶并没有理智，她只觉得委屈和不开心，也没了所谓被人推开后就好自为之、一边待着去的认知。钱恒越是推开她，她就越是不信邪地扑到他的怀里。

到最后，她迷迷糊糊的，都有了些不达目的誓不罢休的死缠烂打。

“成、瑶！”

可对于她的热情，钱恒看起来有些生气了，他几乎咬牙切齿地喊着成瑶的名字，然后这一次，近乎粗鲁地推开了她。

成瑶本来喝醉后就有些绵软无力，钱恒那么一推，她便被推到了地上。幸而酒店的地毯厚重柔软，只是被这样对待的成瑶有些茫然，她愣愣地坐在地上，湿漉漉的眼睛迷茫地看向钱恒。她微微咬着嘴唇，那唇瓣在她的动作下像是一朵被揉皱了的玫瑰，她的模样全然不设防，带了种摄人心魄的美貌。醉酒后的成瑶变得黏人、爱撒娇，神态娇媚，这让她的面容都蒙上了一层妖冶，让人想看又不敢看。

几乎刚推开成瑶，钱恒就后悔了，他快步走了过去，想要扶起她。

成瑶坐在地上，愣愣地看着钱恒走过来伸出了手，她下意识地拉住对方，想要站起来，只是醉酒下，成瑶没站稳，她踉跄了两下，便重新往地上栽去。钱恒措手不及，只来得及伸出一只手护住成瑶，便连带着被她一起拽到了地上。

等成瑶揉了揉眼睛从地上坐起来，才发现钱恒又脸色诡异地准备起身远离她。

“你不喜欢我了吗？”成瑶十分委屈，她想也没想，就拽住了钱恒，然后用蛮力把他推回到了地上，蛮横地不许他起身。为了防止钱恒反抗，成瑶索性一不做二不休，骑跨到了他的身上，制住了他的动作。

“成、瑶！”

这一次，钱恒的声音已经不是用咬牙切齿能形容的了，他看起来生气极了，连一贯清明的眼睛都变红了。他几乎像是用巨大的忍耐力在克制着自己的怒火，就那么赤红着眼睛，死死地盯着成瑶。

“你最好现在就从我身上下去。”他的声音克制，但如毒蛇吐芯般，已然孕育着危险，钱恒又看了成瑶一眼，“立刻。”

“我不！”成瑶醉后彻底放飞了自我，她任性地道，“除非你亲我一下。”她很委屈，“你都没有亲我，难道喜欢一个人不是看到她，就会觉得好可爱、想亲她的吗？”她控诉道，“你不喜欢……”

成瑶最后的“我”字还没说完，就被别的什么东西吸引了注意力，她此刻还骑在钱恒的身上，只觉得身下有什么硬硬的东西正顶着她，顶得她屁股难受。她有些难忍地挪了挪骑跨的姿势，想要逃避那不明物体，然而那东西却如影随形般，不论她往哪里移，那硬邦邦的触觉仍旧跟随着她，并且随着她的动作越来越坚硬戳人，这种太过锋利的触觉让成瑶都有些烦躁难耐起来。

就在这时，一直沉默地压抑着什么的钱恒终于开了口——

“成瑶，”不知道为什么，他的声音带着极力抑制的嘶哑，“我们男人，看到喜欢的女人，不会觉得可爱、想亲。”

成瑶尚处于茫然中，就被本来压在身下的钱恒突然发力推倒了，情势转变，此刻，变成了她躺在地毯上，而钱恒压制着她，俯身在她的上方。

他的眼睛里仿佛只剩下最后的克制，成瑶没见过这样的钱恒，此刻的他看起来像一匹嗜血的狼，准备随时撕开猎物的喉咙，成瑶下意识地就想要逃。

只是钱恒没有给她这样的机会，他制住了成瑶的动作，附在她的耳边，盯着她的眼睛，一字一顿：“我们只会觉得，想上。”

成瑶晕乎乎的还没反应过来，钱恒的吻就落了下来。

他近乎恶狠狠地道：“成瑶，这是你自找的。”

钱恒这一次的吻，是成瑶从未体会过的热烈和凶狠，此刻，钱恒的眼睛里有放出闸门的猛兽，是毫不掩饰的欲望。

酒精让成瑶身体滚烫，钱恒的吻则让她更加热了，那是一种从身体深处难忍的热意——陌生，难耐，危险。

成瑶被吻得声音都带了哭腔：“难受，我好热。”她的声音听起来特别委屈，“刚才还有奇怪的东西戳我……”

“热的话，把衣服脱了就好了。”钱恒的声音充满引诱的危险，他一边这么说着，一边伸手慢条斯理地解开了成瑶的外套，继而是衬衫……一件一件，这位英俊的老板好心而亲切地亲自帮自己的员工降着温，直到他的小员工衣衫尽褪。

成瑶低低哭叫了起来。

“至于难受，很快就不会了。”钱恒俯下身，亲吻着成瑶，“还有奇怪的东西……”他拉着成瑶的手，按向自己的下身，“这不是什么奇怪的东西，是你男人。”

成瑶触手所及，是坚硬到可怕的东西……她终于反应过来这是什么，飞快地移开了手，脸红到滴血，只能羞愤地瞪向钱恒：“你……你流氓！”

“还有更流氓的。”

钱恒只是低声笑，他拉回了想要往前爬走逃跑的成瑶，搂住了她光滑白皙的背，伏在她身上，轻轻咬着她的耳朵：“我来做你第一个男人。”

成瑶已经不想去回忆这一晚是怎么过的，她只觉得漫长而炽热。第二天早晨她在钱恒的怀里醒来，声音都已经镀上了淡淡的嘶哑，只觉得连举根手指的力气也没有了。

他们从地毯，一路到沙发，再到床上，最后竟然在浴室里……如今光是想，成瑶都觉得呼吸困难，只知道昨晚的钱恒像是不知餍足的狼，她只能予取予求。

只是一晚上，那乌龙礼盒里的避孕套，竟然就全被用完了……

结果吃早餐的时候，“罪魁祸首”竟然还能脸不红心不跳，钱恒瞥了一眼成瑶，声音镇定：“是你先对我动手的。”

成瑶的脸都红了：“你也没安好心，不然怎么会带着那种东西……”

钱恒却还理直气壮地否认：“不小心正好收进行李里了而已。何况那不是你送我的吗？”他顿了顿，才不自然地补充了一句，“第一次你可能还有些不适应，以后就好了。”

以后？！你还想要以后？！

钱恒并没有意识到成瑶内心的呐喊，他蜻蜓点水般地扫了成瑶一眼，一本正经地关照道：“另外健身卡是时候办起来了。”

“啊？”

“你的体力有点差。”

成瑶简直想拽着钱恒的脖子大喊，能不能不要这么一本正经地说这种话题？！什么叫我体力差，是你的体力太魔鬼了！

“今天我会帮你和行政那边请假，今天的行程不要参加了，休息下，我在酒店陪你。”钱恒吃了一口煎蛋，“我们一起‘加班’。”

就这样，成瑶和钱恒脱离大部队，在酒店待了一天，只是一开始说好真的一起加班，加着加着就变了味，钱恒像是食髓知味了般，吃过了满汉全席，就无法仅靠着几个清汤寡水的吻支撑了。

成瑶低头看着案子材料时，他那炽热的眼神便在成瑶身上逡巡，让成瑶不得不频频抬头瞪他，只是瞪得毫无力度，最终每每还是被钱恒得手。说好了让她休息，可最后成瑶却觉得比跟着大部队一起旅游更累一点。

明明还是那个钱恒，但不知道怎么的，经历过昨晚以后，成瑶都不敢直视他了，好像一想到和这个男人共同呼吸着同一份空气，这种暧昧微妙的联系就让成瑶紧张到不安，忐忑到慌乱，两个人明明彼此正襟危坐，只觉得气氛色气而微热……

两人同处一室，钱恒显然也很难熬，一个下午，他已经洗了两次冷水澡。

这之后的日本行程，成瑶对景点的印象都不深了，唯独难忘的是钱恒在每一个可乘之机的偷吻——大阪的街头，高岛屋的收银台，地下小吃街的拐角，以及日本环球影城的摩天轮下……

因为有了包锐和谭颖这两个迫于淫威忠心耿耿的属下打掩护，日本的后半段行程，钱恒可以说过得恣意极了，明着是日本团建，私下里简直是一场脸红心跳的情侣旅行。

直到回了国内，回归到正常的工作中两三天后，钱恒还十分回味，总要成瑶提醒，才能收住看向成瑶的眼神。好在两个人都是有职业感的人，涉及工作，便都冷静理智下来。

第十三章　分手吧，老板！

李梦婷的案子，一审判决后，张浩果然不服提起了上诉，只是二审结果和成瑶料想的一样，维持了一审原判，房屋的所有权归属李梦婷。

这对李梦婷而言是欢喜的结果，对张浩来说，他就不那么好受了。他原本笃定地认为这套房子是自己囊中之物，没想到煮熟的鸭子飞了，而他的现任太太梁琼琼，也因为这房子的事，和张浩在二审宣判后，当庭吵了起来。

“你不是说这是咱们的婚房吗？现在房子没了，房价这么高，宝宝还有几个月就要生了，难道让我在出租房里生孩子、坐月子吗？没房子，孩子的户口都没法落！孩子和我们一样，还是外地人，以后上学怎么办？”梁琼琼难忍委屈，“你当初信誓旦旦和我说有房子，现在呢？更何况这怎么和我爸妈交代？”

张浩又是赔罪又是哄的，他显然没料到梁琼琼对于没了房子有这么大的反应，他更不会知道，没了房子这个导火索，会为他未来的婚姻生活埋下多大的雷。

贫贱夫妻百事哀，再多的真爱，哪敌得过一套房子的重量？又有多少夫妻经得起鸡毛蒜皮的蹉跎？

只是这一切，都和李梦婷再也没关系了，她如今奋战在司法考试第一线，张浩过得好不好，她都不再关心了。她有自己全新的人生和全新的梦想，比过去更坚毅不屈，凤凰涅槃浴火重生，大抵如此。

李梦婷的案子结案没多久，林凤娟的二审也有了结果。因为亲子鉴定报告书这一新证据的引入，毫无悬念地，林凤娟胜诉，证明了亲子关系。作为不抚养一方的卢建，按照法律规定应当将月总收入的20%到30%作为抚养费，在成瑶的据理力争和调查取证下，卢建作假月收入、试图少支付抚养费的手段也败露了，涵涵最终得到了公正的判决，拿到了他应有的抚养费。在社会爱心人士的帮助下，林凤娟也为涵涵找到了能做手术的医院，如果不出意外，手术后，涵涵就能恢复健康了。

两个案子接连得到了如此好的结果，成瑶高兴之余，也充满了骄傲和自信，她对未来充满了希望，觉得自己一定能做得更好。

另一边，谭颖和包锐逼问了成瑶和钱恒的恋爱细节后，两人都在长吁短叹中恢复了正常。

下午的时候，谭颖跳过来，戳了戳成瑶，压低声音道："你会不会有危机感？"

成瑶不明所以："嗯？"

谭颖用一种"你懂的"的眼神看了看成瑶："就是梁依然啊，我刚从行政那边听来的最新八卦，你应该早听钱par和你说过了吧，过几天梁依然会正式加入君恒成为新的合伙人。毕竟她以前追过钱par，而且我听说真的追了好久，钱par拒绝了她，她还对钱par念念不忘的，这几年即便做了女par，遇到钱par那眼神也还含情脉脉的，一看就没死心。"谭颖撇了撇嘴，"这次入伙我们君恒，我怎么看都觉得她醉翁之意不在酒，不是想当君恒合伙人，而是想当君恒合伙人的老婆呢！"

成瑶微微皱了皱眉。

谭颖以为她是担心："你不用急，钱par对她从来不苟言笑的，何况要喜欢她早就喜欢了，梁依然恐怕也不知道钱par谈恋爱了……"

对谭颖的话，成瑶有些心不在焉，她并不担心梁依然，她只是觉得有些突兀，因为钱恒并没有告知她梁依然入伙的事。

律所引入新的合伙人，或者老合伙人退伙，这都是再正常不过的事，不过是合伙人的正常人事变动而已。一个律所要壮大，靠的都是合伙人的业务创收能力，一个合伙人往往能养活一个团队，而合伙人的名气也是律所最好的名片，君恒能有新的合伙人加入，对君恒的发展，自然是好事。梁依然是金砖律所的女par，也是资深律师，在圈内是响当当的“美女律师”“年轻合伙人”。

她能入伙君恒，也需要经过君恒所有合伙人表决同意，并非钱恒一人定夺。作为老板，钱恒这件事做得合情合理，他作为君恒合伙人之一，引入另一个符合资质的合伙人，完全不需要和自己的助理律师成瑶报备。但很要命的是，钱恒不仅是成瑶的老板，也是成瑶的男朋友。

男朋友一声不吭地和以往追过他并且还想继续追的女人成了同事，却没有提前告知自己，怎么说成瑶心里都有些微妙的失落和难以言说的情感。

虽然努力告诫自己，钱恒做得没错，但成瑶还是忍不住有些不开心。

秦沁说得没错，和老板谈恋爱，除了平衡好同事关系外，最难的反而是双方关系的平衡。因为上下级天然的阶级屏障，在职场上，成瑶和钱恒不是对等的，然而作为男女朋友，两人的关系又是对等的。

作为老板，事关工作的事，钱恒不需要也不应该和成瑶事无巨细地报备解释；但钱恒身为她的男朋友，成瑶又有权利得知他的所有动向……

恋爱的最初，成瑶意识不到这种矛盾，然而随着时间的延长，上下级恋爱的雷区才在她的面前渐渐展开……即便常常告诫自己，然而她还是难以真正做到公私分开，因为她没有办法把钱恒劈成两半，一半是老板，一半则是男朋友，老板和男朋友，本来就是一个人。

明明知道不应该，但她还是会意难平，还是会委屈，还是会难过、会苦涩。这种情绪成瑶没法和任何人诉说，就是钱恒也不行。她不希望因为自己影响对方的专业判断，也不想自己变得这么矫情和小家子气。

成瑶在自我心理建设中迎来了梁依然。

梁依然如传闻中一般美艳大方，她有一种水果正当熟的芬芳，既职业又风情，妆容精致，从头到脚每一个毛孔都张扬着成熟和自信，而她又没有钱恒那种距离感，作为女性，她很好地利用了女性的特质，有专业感，但显得更柔和、更有亲和力。

“王璐，你的发卡真漂亮，我也特别喜欢你的口红色号。

“李萌，我刚看到你桌上放了KS Bakery的蛋糕，原来你也喜欢这个牌子呀。对了，我有不少折扣券，微信上转你点。

“包律师，我以前的同事和你当过对手，输得心服口服，回来后一个劲儿夸你呢。”

……

只来了半天，梁依然就郑重又认真地记住了每个同事的名字和爱好，对每个人都有恰到好处的关心，态度温和，让所有人都觉得好相处。

几乎没多久，君恒上下都已经对她赞不绝口，只觉得这位新来的女par不仅美丽大方，更是易于相处，连谭颖也彻底倒戈。

“没想到梁par人这么好啊。”她捧着脸，“希望我以后能成为和她一样的女强人！”

谭颖和包锐知道成瑶和钱恒的恋情，但君恒的其他人不知道，钱恒正好和包锐出去开庭了，因此梁依然回办公室后，众人便忍不住在大办公区偷偷八卦起来：

“突然觉得梁par和钱par好配啊，强强联手，律政夫妻横扫法庭什么的。”

“对啊，钱par真的，竟然拒绝梁par，不知道会不会后悔……”

“你未嫁我未娶，没准大家一起工作日久生情呢，你们也别瞎操心了，还是先想想自己怎么脱单吧。”

……

同事们谈论得热火朝天，成瑶内心却充满了难言的复杂。

在梁依然自信优雅地和大家打招呼的刹那，成瑶清楚地看到了自己和她之间的差距。明明成瑶才是被钱恒喜欢的那一个，然而面对梁依然，成瑶竟然生出了自卑之情——那是种除了感情之外，纯事业上的自卑。她无法想象，如果她在法庭上遭遇梁依然，她是否会被打得措手不及，会不会难看收场？

君恒此前的合伙人只有一位女性，年龄比成瑶大了整整一轮。梁依然是第一个与钱恒、吴君年龄相仿的女合伙人，而就在这时，成瑶才如此鲜明地看到了自己和钱恒、和梁依然之间的距离。

说起来有点酸，但确实有一瞬间，就连成瑶自己也觉得，不论怎么看，都是梁依然和钱恒更配。

梁依然不知道成瑶内心的弯弯绕绕，她在文印室偶遇成瑶，两人同时等着不同的两台打印机里的文件，梁依然自然而然地对成瑶笑着打了招呼。

“你是跟着钱恒的吧？”她眉眼精致，“跟着他很辛苦吧？”

成瑶含糊地道："也没有，很锻炼人。"

只是关于钱恒的话题，梁依然似乎十分有兴趣，并没有因为成瑶的冷淡而偃旗息鼓，她的语气轻松熟稔："钱恒就是这样，以前在大学里就这样，为人冷冷淡淡的，嘴巴很毒，但是人不坏，业务能力非常强，敬业到让人都汗颜。"她笑笑，语气里不自觉带了点无奈的纵容，"他这种男人，有能力，但个性太强，也不知道去掌握点人情世故，整个人太刚硬了。"说到这里，她看了一眼成瑶，"你们这些年轻小姑娘可能没法和他相处好，平时他要是说了什么尖锐的话，你们也别往心里去，我认识他很多年了，他就这副德行。你看我今天入伙，他竟然就早上的时候和我打了五分钟照面，冷冰冰说了句欢迎……"

虽然这听起来是劝慰成瑶的话，然而成瑶一点也高兴不起来。谭颖的八卦天线没有出错，这位女par显然确实是为了钱恒而来的，她也不吝啬于公开自己的"司马昭之心"，接连与几个同事的聊天中都毫不掩盖自己与钱恒的熟稔和亲昵，这一番关心的话语，听起来简直像是善解人意的妻子替嘴笨爱得罪人的丈夫解释误会的说辞。

再听听君恒所里上下的口风，仅仅半天时间，大家就从单纯的八卦变得赫然有了一种一起帮着梁par助力钱par脱单的使命感。

成瑶觉得这不太妙。

只是面对这种情况，成瑶一点办法也没有，她总不能跳出来大声呼喊"我才是钱恒的女朋友"。虽然她是可以马上打电话给钱恒，让他说十遍"我爱你"，但那毫无帮助，成瑶还是一点安全感也没有。

如同她见证的一个个婚姻案件一样，结婚这种决定，在爱情浓度最高时，是一瞬间的事，然而维系婚姻才是最难的。婚姻如此，爱情也同样，她决定和钱恒在一起只需要一瞬间的勇敢，但是走下去却需要强大的内心和长足的智慧。

梁依然对钱恒的一切都很好奇，"钱恒平日里工作是什么模样""他常常加班吗""他健身的频率""他家住在哪里""他最近接了什么样的案子"……她恨不得让成瑶给她列张清单。

成瑶心不在焉地敷衍着梁依然一个接一个的问题，好在终于，成瑶的那份案卷文档打印完毕了。

"梁par，那我先走了。"

只是可能精神太过恍惚，成瑶抱起那半人高的一摞材料走出文印室时，脚下一崴，虽然最终堪堪稳住了身形，但成瑶手里的文件撒了一大半，于是她不得不弯腰捡。梁依然倒是也友善，也弯腰帮成瑶捡了起来。

成瑶本来有些魂不守舍，又埋头捡着文件，压根没注意梁依然的目光此刻正死死地盯着她胸口露出的那一截项链。

直到捡完材料，成瑶还有些意外梁依然怎么突然沉默了，对方不知怎么了，变成了心不在焉的那一个。梁依然深深看了成瑶两眼，才拢了拢头发，有些失态般地笑笑："刚才突然想一个案子走神了。"

很快，她收敛了情绪，又恢复了镇定成熟："我的材料也打好了，以后有空再聊。"

成瑶不疑有他，她心里正迷茫地想着自己的未来发展道路，根本不知道梁依然从文印室出去第一件事，就是找了几个看起来比较好攻破的女同事旁敲侧击地打听成瑶和钱恒。

她也不知道，梁依然此刻的内心是多么煎熬，比坐过山车还跌宕起伏。

梁依然大一初次见到钱恒就无法抵抗地对他一见钟情——少年英俊、锋利，像一把开锋了的刀，带了一种冷兵器特有的美。明知危险，梁依然却还是忍不住为钱恒坠落。在法学院的一场辩论赛上，她为钱恒冷静的思辨、强大的逻辑所折服，自此开始了长达七年的单恋。

梁依然是美女，美女毫无疑问从来不缺人追，一开始，她矜持地不断出现在钱恒的周围，妄图给出暗示，好让他自行来追。没想到不论她打扮多么美艳，钱恒竟然连个正眼都没给过她。

之后的故事剧情也并不新鲜，落花有意流水无情，梁依然设计了无数种"偶遇"，想了无数种接近钱恒的策略，最终憋不住，连女孩子的矜持都不要了，主动表白，却遭到钱恒一口回绝，毫无余地。

只是虽然被拒绝了，梁依然并没有真的死心。她认识钱恒八年了，她甚至觉得世界上没有人比自己更了解他了。钱恒是什么样的人？外冷内热，口是心非，不假辞色，原则性极强，只信奉法律，不为任何人改变，也不会在原地等待任何人。这样的男人，优秀到可怕，优秀到让人生出距离感。

这么多年，梁依然陆续换了好几任暧昧对象，但她最终不得不承认，那些暧昧对象身上，虽然有钱恒的影子，但都不是钱恒。冥冥之中似乎是在等自己一样，钱恒这些年竟然一直单身。他仿佛在情爱上并没有开窍，醉心事业，也没有恋爱和婚姻的打算。

梁依然在金砖律所升par有一年了，事业根基很稳，带教她的老合伙人退休之前把手里的案源都留给了她。从职业发展角度，梁依然应该留在金砖继续刷资历，可最终，她为了跳槽到君恒，宁可连那些案源也不要了。

自然这并不是出于事业的考量，梁依然比钱恒小一岁，今年也二十七了，她觉得是时候稳定下来了。这一次跳槽，她几乎是抱着必胜的决心要搞定钱恒，就算他说他自己奉行不婚主义且丁克，那又怎样，一个女par不会为任何事退缩。梁依然实在喜欢惨了钱恒，她甚至觉得，只要钱恒愿意和她在一起，就算不婚和丁克，她也可以接受。

只是她没想到，第一天入职，她便遭到了重大打击。

早上和钱恒打照面的五分钟里，她敏锐地注意到了他颈间别致的项链，而此刻，这条项链的女款，出现在了钱恒那个漂亮年轻的小助理律师身上。这并不是大众款式的情侣项链，成瑶被她问及钱恒情况时的微妙态度，也终于有了合理解释。

钱恒什么时候谈恋爱了？钱恒竟然和下属谈恋爱？钱恒到底看上了这个小助理律师哪里？就因为成瑶长得漂亮、年轻、身材好吗？他们进展到哪一步了？脑海里一连串的问题差点击垮了梁依然。

然而她到底稳住了。她端着咖啡杯到了茶水间，果不其然，君恒的几个女律师正在一边聊天一边泡茶。

李萌本来在茶水间百无聊赖地和钱慧聊着最近热播的电视剧，梁依然跟她搭讪时，李萌感到非常惊喜。她不太满意她现在跟的带教律师，总嫌弃对方给她的案子标的额太小，又老是不让她独立办案，心思正有些微动，想要换一个带教par。因此她迫不及待想在梁依然面前刷好感度，期待能调去梁依然的团队。

梁依然看起来非常接地气，竟然和她们一起聊了几分钟肥皂剧，聊着聊着，自然也聊到了单位里的同事，梁依然示弱道："其实我也就认识了你们几个，其余同事你们也给我介绍介绍，尤其是钱律师团队的，我还都不认识呢。"

李萌不疑有他，一一为梁依然做介绍："钱par的团队里人不多，就包锐、谭颖还有成瑶。"

"包锐和谭颖我已经认识了，成瑶？成瑶是那个长得特别漂亮的年轻姑娘吗？”

虽然努力克制，但有些情绪只需要一个微微的表情就会传递出去，李萌轻笑了声，语气不太自然地说道：“是啊，她真的特别漂亮。”

光是从李萌的语气中梁依然就听出了不少信息——首先，钱恒和成瑶的恋情，恐怕并没有公开；其次，对于成瑶，显然所里同期律师，是有那么点意见的……

李萌没有说，但梁依然也能猜到，成瑶怕不仅是年轻漂亮、资历浅，恐怕在工作上并不能服众，她又状若随意地问了几句，果不其然，和她猜测的一样。

像成瑶这样的年轻小姑娘，想来进君恒的初衷就不是好好工作，而是想走捷径，傍上个多金的合伙人，摇身一变成了合伙人太太，那就再好不过；要是失败了，至少恋爱那几年里，案源不愁，到手的也是真金白银。

梁依然在心里冷笑，她想，只可惜，成瑶运气不好，遇上了自己。

她自然地道：“我想起来了，钱恒是和我说过一次成瑶，他说自己这个小女朋友又漂亮又可爱，我之前没见过她真人，这次见到了才发现，成瑶真的是很漂亮呢。”

茶水间的众人惊呆了：“什、什么？成瑶和钱par是男女朋友？？？”

梁依然的脸上露出了讶异的表情，她这才猝不及防地瞪大了眼睛：“啊？原来你们不知道啊？”她立刻做错事般道歉，“抱歉，我不知道他们没对你们公开，我以为你们都知道了……”她看了一眼神色各异的众人，“不过既然他们想要保密，应该有他们的考量，是我欠考虑了，这个事我们就彼此保密啊，你们一定别说我说了呀，否则钱恒听到了就要收拾我了。”

众人魂不守舍地点了点头，表面虽然尚镇定，但她们的内心，恐怕炸得连三观也不剩了。而这其中，数李萌的反应最强烈，她的脸上露出了“原来如此”的释然和鄙夷。这下，成瑶为什么资历比自己浅，简历比自己差，却还能独立办那么大的案子，这一切李萌心中都有了答案。

梁依然十分满意众人的反应，阳光之下无秘密，一个律所里能在茶水间待这么久聊电视剧的基本都是最八卦而不上进的员工，她几乎不用想就知道成瑶和钱恒在一起的这条劲爆消息，不出半小时，就会传遍君恒上下了。

对于恋情曝光这件事，成瑶这个当事人反而是最后知道的。她本来在认真地研究着案子，却收到谭颖的信息让她去一下会议室。

成瑶有些茫然地进了会议室，被已经候在里面的谭颖一把拉住。

“怎么回事？”谭颖一脸焦急，“为什么全所都知道你和钱par在一起了？”她急切地澄清道，“我发誓我没说，包锐更不可能，他现在和钱par在开庭呢，你和钱par到底怎么露馅了？”

对这个事实，成瑶震惊之余也十分意外。

谭颖比她更急：“这种事，你真的应该好好保密的，办公室恋情本来就敏感，泡合伙人就更微妙了。”她看了一眼成瑶，“虽然我们君恒一向气氛好，但流言蜚语这种东西，再好的工作环境都制止不了，总有人说闲话的，尤其最近招了这么一批实习生，眼高手低的。”谭颖顿了顿，似乎在斟酌，“你知道他们有些人现在怎么说吗？”

成瑶不是不知道，咬了咬嘴唇：“说我的案子都是靠和合伙人谈恋爱来的，说我进君恒就是靠长相，说我的成绩都是靠男人来的，是吧？”

谭颖很气愤：“这些人，他们看到你平时熬夜研究案子了吗？他们看到你连走路都在看法院的经典判例了吗？看到你忙到晚饭都忘记吃了吗？他们谁有你认真？有谁有你这股韧劲？也不能只看到贼吃肉，忘了贼挨打吧？律师这碗饭，成绩不都是靠时间和精力来堆的吗？”

谭颖的语气鄙夷：“现在带头在背后嚼舌根的就是李萌，她有这个时间，怎么不去好好发展业务能力？一天到晚抱怨，觉得自己毕业院校比你好，工作经验比你多，就一定发展得比你好？这是什么逻辑，难道起步高，就一辈子都能领先？”谭颖是个火暴脾气，“刚才我路过，听到她在说你，没忍住，怼了她几句。”

成瑶此刻内心十分慌乱，但也十分感激：“谢谢你谭颖，谢谢你没那么觉得，谢谢你站在我这边……”

“走，我拉你去和她们对质。”谭颖是个行动派，“李萌自己也好意思说？她仗着自己是个女的，成天这个班我不加，那个差我不出，这个会我不开，那个材料我不做。觉得自己比你多几年工作经验就充满了优越感，我还看不上她在国企法务的那点工作经验呢，给她惯的都是什么毛病，还以为自己是国企爸爸啊，现在我们是服务提供方，是乙方！不是大锅饭！哪里有躺赢的道理！”

虽然知道的刹那，成瑶的反应和谭颖一样，就是去对质，但理智地想，这并不合适，正因为她是钱恒的女朋友，原本能做的一些事，现在也因为这身份的微妙，而变得不能做了。

“我和他们对质，还不坐实了背靠大山肆无忌惮的名声？”成瑶抿了抿唇，“我会想想别的办法，何况很多事，靠吵架是没有用的，靠行动才能堵上别人的嘴。”

谭颖愣了愣，嘀咕道：“哎，你别说，你刚才的神态和语气，一瞬间和钱par附体似的，难道这就是情侣相？”

成瑶笑了笑，没说什么，只是心里已经有了决定。

为了避嫌，她必须换团队，不能再继续跟着钱恒了，而应该换到别的合伙人名下，再认真做几个案子，慢慢证明自己。

只是她没想到，还没轮到自己和钱恒说这件事，梁依然就把这事搬上了台面。

事情的起因很简单，梁依然去文印室拿材料时，意外撞见几个实习生叽叽喳喳八卦成瑶和钱恒的事。梁依然没有坐视不理，她当即把这几个实习生叫到了大办公区，叫到了成瑶的面前，态度严肃而认真。

“我希望你们向成律师道歉。”

实习生们脸涨得通红，嗫嚅着不敢开口，只低头看向地面。

大办公区人人沉默，气氛一度有些低沉，也是这时，钱恒带着包锐回了所里。

钱恒看着两个在成瑶面前瑟缩的实习生，微微皱了皱眉，看向梁依然：“怎么回事？”

成瑶也有些无措地望向梁依然，不知道出了什么事。

梁依然却温和地朝她笑了笑，她并没有回答钱恒的问题。因为很快，这位干练的女par收敛了脸上的笑意，严肃而郑重地环顾了一下四周，微微抬高了声音：“今天是我第一天加入君恒，但既然已经是君恒人，我也要有身为合伙人的自觉，我的原则是希望所里的气氛和谐，不要背后进行攻击中伤。恋爱没有错，办公室恋情也不违法，我不想再听到任何人背地里编派成律师的话了，希望同事之间能彼此尊重，谈恋爱也并不会影响钱律师和成律师的专业态度。团队的意义就是一致对外，而不是搞内讧。”

她说完，看向两个实习生，语带威压：“你们还年轻，但是下不为例。”

两个实习生哪里还敢说话，只一个劲儿羞愧地点头，小声向成瑶道歉。

事情至此，钱恒自然反应过来，自己和成瑶的事，看来是暴露了。只是这场面他尚能以老板的威势镇压，但成瑶的处境，却变得相当尴尬。

钱恒低气压地扫了一眼大办公区的众人，又细细看了一眼低头垂目的成瑶，才抿着唇，看了眼梁依然："去我办公室。"

梁依然、钱恒一走，大家才缓过一口气来。

"梁par好帅的。"谭颖第一个凑到了成瑶身边，"我开始还把她当成你的假想敌，现在看看她人还挺好的，有正义感，路见不平还能替你打抱不平！"

谭颖显然不是唯一一个这么想的，众人的脸上，多少是钦佩欣赏和心有余悸。

梁依然既友善亲和温柔，关键时刻却仍是王者风度，强硬果决，雷厉风行。

不需再多的言语，只这样一个小插曲，梁依然就轻松地在君恒立了威，让所有人看到了她作为女par的手腕和能力。虽然她毫不留情当面训斥了实习生，然而大家对梁依然的评价，却比此前更高了。

梁依然跟着钱恒进了办公室，落了座："我路过文印室，听到了那些八卦，我觉得这样背后议论很不好，何况我也觉得成瑶是挺不错的小姑娘……"

"谢谢。"

梁依然愣了愣。

钱恒移开了目光，有些不自然："谢谢你替她说话。"

这是梁依然平生第一次听到钱恒说谢谢，她的心里糅杂着喜悦和巨大的嫉妒，她忍着情绪，淡然地表示小事一桩，抬头看向钱恒："所以你喜欢那种的？"

"嗯？"

"成瑶那种，年轻漂亮的？"

钱恒抿了抿唇："她不只年轻漂亮，她每一方面都很出色，我在工作中没有偏向过她。"

梁依然忍着内心的酸涩："我不知道你们的恋情怎么被公开了，但就现在的状况来说，如果你为她好，不应该再继续担任她的带教律师了，既为了你，也为了她，你都应该避嫌，让她转到别的合伙人团队里。”她笑了笑，“我知道以你的专业性，不会因为私人感情影响工作，但不是每个人都能和我一样想。你是合伙人，必须要一碗水端平，平衡好所里每个人之间微妙的关系。”

几乎是同时，钱恒收到了成瑶的短信——

“我想换一个带教律师。”

钱恒低头看手机的沉默让梁依然决定乘胜追击：“我新来君恒，正好需要组建自己的团队，你要是信得过我，成瑶要是也愿意，不妨让她来我的团队。”

“我会找她聊聊。”

梁依然看上去毫无私心地笑了笑：“你可以放心，我会好好照顾你的小女朋友，何况我也是女的，成瑶和我一起出差，你也可以比较放心是不是？”

钱恒被她说中内心，不得不说，把成瑶交给所里任何一个别的男合伙人，他都不放心，就是交给吴君也不行。

梁依然一走，钱恒就把成瑶叫到了办公室。

让钱恒有些意外的是，对于换到梁依然名下，成瑶几乎不假思索就点头答应了：“跟着梁par挺好的，我很感激她替我说话。”

“现在这个情况，确实只能换团队避嫌了。稍后我会让行政发相关的邮件，我是合伙人，所以针对这件事我也会有所交代。”

成瑶点了点头，想了想，替包锐、谭颖解释道：“不关谭颖和包锐的事，也不知道怎么的今天突然就被曝光了。”

“可能因为我太喜欢你了。”

成瑶抬头，钱恒此刻正随意地翻着眼前需要签字的文件，语气自然到都让人反应不过来刚才那话是他说的。

“因为人喜欢，就会忍不住，总会被人发现的。”钱恒看向窗外，语气有点别扭，“主要是像我这种聪明、优秀，明明满分是十分但要争做一百分的人，因为太喜欢你而被发现一点也不意外。只是我以后不能亲自带你了，有点遗憾。”

钱恒咳了咳，一本正经地道：“下面的话不是因为男女朋友的关系，而是完全基于上下级关系。”他努力想要掩饰脸上的表情，“失去了像我这样的领导，你可能进步会比较慢，中途调换领导，我也有责任，所以一旦你有需要帮助的地方我是不会坐视不理的。”

钱恒都那么努力找借口了，成瑶觉得自己再戳穿他，实在不太人道。

他的口是心非，她都懂。

光是听到钱恒声音的刹那，成瑶鼻腔就有些发酸，刚才再难堪的场景她都忍住了，可如今面对自己的男人，她只觉得有些委屈，只想扑进钱恒的怀里躲起来。

“钱恒，我有点想你。”

钱恒愣了愣。成瑶亮晶晶的眼睛正盯着他，坦荡而直白。

“虽然你只走开了半天，但是很想你。”

钱恒心里一软：“他们议论这个事多久了？你为什么不早告诉我？如果梁依然没听到，你是不是准备自己一个人扛了？”

“我不是小孩子了，总不能一哭就找怀抱，一受伤就躲起来。”成瑶咬了咬嘴唇，“我希望能成为梁par那样的人，像她一样优秀强大。”

“你可以成为成par，但就算是成par了，也还是我的女朋友。”钱恒抿着唇盯着成瑶，“是女朋友，就天生有权利可以到男朋友怀里哭。”他伸手，终是揉了揉成瑶的脑袋，“晚上去吃你喜欢的煲仔饭。”

不知道为什么，因为钱恒的这个动作，成瑶就觉得好像不那么委屈了。

钱恒办事雷厉风行，很快，成瑶就调换了团队，钱恒也大方地承认了他和成瑶的恋情，而成瑶为了避嫌，甚至表态放弃了23亿标的额的案件，把案子让给了包锐。他们这种坦荡的直白反而让所里众人自然而然接受了这种发展，不少同事又和成瑶恢复了插科打诨的相处模式，还有人开始打趣求她出个泡老板的秘籍。

成瑶也正式在梁依然手下干活了。

梁依然对成瑶很好，可以说非常照顾，只是几天下来，成瑶就觉得这种照顾有些过了。

梁依然跳槽来君恒，也从金砖带来了自己的团队，身边本就有两个助理律师了，如今加上成瑶，三个人倒是也不多。只是成瑶渐渐发现，梁依然几乎不让自己做任何实质性的工作，她更多的像个行政助理，做着实习生都可以的活，打印文件、装订案卷、约会议室、给客户送材料、与法官沟通开庭时间……

这是和在钱恒团队里完全不同的工作内容，成瑶沉住气做了一个星期，终于忍不住，主动找了梁依然。

“梁par，我想参与些案子。”

梁依然还是一脸温柔，她朝成瑶笑笑：“新团队成员和老板之间都会有一个磨合的过程，我和钱恒的风格不一样，我喜欢找出每个员工最擅长的工作领域，再进行案子分配。”

梁依然的语气和缓客气，合情合理。

下次团队开例会时，讲完了业务，梁依然也提及了团队建设：“成瑶是新加入我们团队的成员，平时大家有什么都可以互相交流。”说到这里，梁依然转头看向成瑶，柔声安抚道，“我们团队风格和钱恒团队可能不一样，你要是有什么不适应的随时交流，团队里其余两位律师都比你年长些，经验也多，大家也不会藏着掖着，有什么问他们就行了。”

她笑笑：“我知道你在钱恒那里都是直接参与大案，但是也不要小看了这些打印文件、装订案卷的基础性工作，每项工作里，都有很多细节值得我们去学习，正是这一点一滴的积累，才能进步。”梁依然说完，又看了一眼团队里的两位律师，“你问问他俩，他们哪一个不也是从这项工作做起的？张冉执业前两年基本都在做这些事呢。”

这一番话听起来像是安慰，然而成瑶细细品味，总觉得梁依然话中有话，像是在暗示她太过浮躁。梁依然手下的另外两位律师也比成瑶年长，因为成瑶和钱恒恋爱的事，对她的态度多少有些谨慎，仿佛生怕得罪了她就会被一本参到钱恒那儿去似的。

成瑶因为梁依然此前的挺身而出，在内心对她是信服感激的。只是接二连三的接触之下，成瑶隐约觉得梁依然对她的态度，有些微妙。梁依然看起来对她友好照顾极了，但又仿佛对她不友好极了。一时之间，成瑶也有些迷惑，她有些拿不准，也不想贸然惊动钱恒，更不想给其余同事留下自己仗着身份特殊就老告御状的印象，更何况钱恒此刻正忙一个涉外婚姻案，大部分时间待在洛杉矶。

好在成瑶这样打杂了大半个月，梁依然终于带她做案子了。

只是接连几个案子，成瑶虽然参与了，却都没办法深入参与。几乎每次与客户的重要会议，成瑶都会很不巧被派出去干活，比如正好去工商局查档，或者去哪儿帮忙调取证据……这些事当然也是律师应该干的，然而一段时间下来，成瑶疲于应付这些辅助性的工作，虽说也参与了案子，但做的尽是这些鸡零狗碎的事，根本窥不到案件的全貌，也完全上不了手，有种浪费时间和生命的焦躁感。

成瑶也不是没再找过梁依然的，只是再一次，被对方温温柔柔却强势地挡了回来。

钱恒还在洛杉矶，但视频的时候，倒是敏锐地发现了成瑶精神状态的问题。

“梁依然给你的工作强度太大了吗？怎么脸色这么差？”

成瑶并不想用这种小事叨扰钱恒，她只含糊地道：“进了新团队，刚在适应中，适应了就好了吧。”

成瑶说的也不是假话，梁依然的风格和钱恒完全不同，她要求每一个律师必须穿名牌的套装、背LV的包、丝巾也必须是指定的品牌，尤其是女律师，从头到脚必须精心打理，找不到一丝瑕疵，妆容必须精致到完美，恨不得拉出去就能走秀。

“我们的形象是我们的脸面，我们面对的是家事高端客户，必须让客户知道，我们收入优渥不缺案源。这像是一种营销，你把自己包装得漂亮，那么就算价格贵，想买的人还是趋之若鹜。”

梁依然的话自然有道理，只是成瑶穿着咬牙买来的名牌套装，踩着细高跟，挽着实在没钱只能退而求其次买的轻奢品牌包，心里总有些茫然。她在钱恒那里被教导的内容不是这样的，律师首要的任务，就是专业，而非看起来专业。

然而虽然和钱恒的理念完全不同，但梁依然这招也十分有效。

漂亮、精英范又长袖善舞的女合伙人，无论如何都十分让人信赖。想入伙君恒成为合伙人，是有创收门槛的，梁依然能达到这标准，确实也十分有实力。几个案子观察下来，成瑶发现梁依然非常善于把握人心，她的业务能力显然没有钱恒出色，但人际公关能力却非常强悍。

虽然风格不同，但成瑶努力学习着梁依然的长处。只是自己越发淡定，她就觉得梁依然对她越发不满和充满敌意起来。

这天成瑶和梁依然一起外出拜访客户，回来的路上，梁依然盯着成瑶的Coach包看了几眼，她仍旧是温柔的，看几眼后没说什么，只是快下车时，她对成瑶笑笑：“钱恒快从洛杉矶回来了。”

成瑶有些不明所以：“嗯？”

“他今天的飞机，你可别忘记提醒他让他给你带礼物哦。”梁依然贴心地道，“因为汇率的关系，在美国买包特别划算。”她又轻轻扫了一眼成瑶的包，“你可以让钱恒给你买个包包，这次他出差，这么久不能陪你，得让他出出血做点补偿才行。”

她见成瑶不言语，像知心姐姐一般拿出了自己的爱马仕鳄鱼皮：“这种款你喜欢吗？可以让钱恒给你买一个，用上了真正的名牌，就会发现一线名牌贵确实有贵的道理。”

虽然说得很含蓄，但梁依然故意在“真正的名牌”这几个字上加重了发音。

成瑶就是个傻子，也听出她话里有话，嘲讽自己用轻奢的Coach了。

也是这一刻，成瑶确认了，梁依然对自己，恐怕并没有真的友好，她还喜欢着钱恒，并且还没死心，对自己恐怕内心深处也充满敌意和嫉恨。这种感情的出现和专业与否无关，梁依然在作为一个资深女par之前，首先是个女人。明白了这一点，成瑶最近坐冷板凳般的待遇也有了解释，甚至梁依然之前对她的回护，特意把她要到团队里的行为，都显得微妙了起来。

密闭的车内空间里只有成瑶和梁依然两个人，只是成瑶一点也不准备露怯，她也笑了。

“梁par，我买Coach就可以了呀。”

梁依然刚想说什么，成瑶就打断了她：“有时候吧，身份地位到了，买Coach这样的轻奢牌子，人家不会觉得你档次不够，只会觉得你这么有钱还用Coach，是为人低调做人靠谱。比如有些土豪，开保时捷、奔驰，背个Coach，也没人会觉得穷酸，只觉得有钱却不在乎名牌，不攀比，更值得结交；但也有些人，成天还在挤地铁，就算用个真的爱马仕，别人反而觉得是假的。”

梁依然有些茫然。

成瑶露齿一笑：“我是钱恒的女朋友呀，钱恒的女朋友就算用Coach，大家也都觉得我只是低调呢。何况，我也不想男朋友乱花钱呢，虽然爱马仕一个十几万，对钱恒来说只是小零花钱，但对我来说还是蛮多的，我也不希望他乱浪费呢，毕竟以后结婚了，这都是婚后共同财产，他这么花，我也很心痛的，以后有了孩子，花钱的地方才多呢，还是应该勤俭持家的。所以虽然钱恒给了我信用卡的副卡，但我也不会去用。”

成瑶勇敢地迎上梁依然的眼睛：“何况我一直觉得包只是配饰，一定要靠名牌才能撑出场面，那就说明本人的气场还不够强大，我相信如果是钱恒的话，就是拎个破布袋子去见客户，客户也会信任有加的。”她眨了眨眼，“其实要不是梁律师要求，我也不会买Coach的，因为没有Coach，我也很自信。”

成瑶面带微笑，恰到好处地流露出陷入爱情的甜蜜。开玩笑，她才不是傻乎乎任人欺凌的菜鸟，作为一个律师，战斗就是本能。遭遇打击，成瑶第一反应就是反击，这是在钱恒身边养成的习惯，面对任何不公和嘲讽，不要忍，正面刚，不退缩。

梁依然显然完全没料到成瑶的反应，她的眼神明明灭灭，最终才艰难地道：“钱恒和你有结婚的计划了？”她克制着语气里的醋意和震惊，努力保持平静，“你可能不知道，他是坚定的不婚主义者和丁克，他不想结婚生孩子的……”

成瑶并不是不知道钱恒的这点原则，但她此刻占了上风，内心也有些乘胜追击的心理：“是吗？”她状若惊讶，信手拈来地瞎编，“可是钱恒和我在一起的第一天就说，想立刻和我结婚生孩子呢，只不过我觉得自己还年轻，还想闯闯事业，不过好在他很尊重我的意见，说会一直等我。”

这些话说完，梁依然再也没有开口，紧紧咬着嘴唇，沉默地看向前方。过了很久，梁依然才声音干涩地道：“那明晚我们大学法学院同届校友会，他和你说了吗？”梁依然努力保持笑容，像是好心提醒，“以前在大学里，喜欢钱恒的女生真是挺多的，他现在这么优秀，恐怕去同学会更是招蜂引蝶了，你可要看好他呀。”

成瑶笑望了梁依然一眼：“他叫我和他一起去呀。”她眨了眨眼，“谢谢梁par提醒，我明晚一定会看好他的。”

梁依然终于一句话也说不出来了，不仅如此，她看起来已经快原地爆炸了。

自从成瑶来了自己团队，梁依然一天也没开心过。

她承认自己嫉妒，也承认自己这样公私不分很不专业，只是她忍不住。每次她看到成瑶那张充满胶原蛋白的脸，她克制不住那种从心底升腾起的恶意。

梁依然故意没让成瑶参与任何一个重要案子，而是努力消耗成瑶的时间，等着她急吼吼地去找钱恒告状而自乱阵脚，再次把她自己置于同事都孤立的地位。然而令梁依然意外的是，成瑶根本没去找钱恒，她安安静静地接受了自己的安排，根本没急得跳脚。

成瑶认定了梁依然不会给她案源，就主动出去找。新律师找案源是非常艰难、非常挫败的过程，只是成瑶竟然做得有滋有味。她去参加家事法律论坛，给每一个潜在客户发名片，不眼高手低，一段时间下来，她还真的接到了几个案子，虽然标的额不大，但她敬业而专注，不骄不躁，业务能力优秀。钱恒没骗人，他给成瑶的那些案子，确实是她凭能力得来的。

只是这样的认知，却让梁依然更不能接受了，她宁可成瑶是以色侍人的平庸女孩。

这种妒忌到扭曲的情绪，在梁依然见到钱恒把成瑶带来校友会时，达到了巅峰。

成瑶穿着红裙，艳若桃李，挽着钱恒的手款款走来，钱恒搂着她的腰，低头在她耳畔轻语，他的脸上是梁依然从没见过的笑意。

他是真的很喜欢成瑶。

知道梁依然也会去校友会，成瑶几乎是铆足了劲儿打扮了，不出所料，成瑶几乎成了全场的焦点。

只是这种关注引来了钱恒的不满："你今晚太漂亮了。"

成瑶笑笑："漂亮不好吗？你不喜欢我漂亮吗？"

钱恒的耳朵有些微红，他侧开脸，一本正经地道："我喜不喜欢你，昨晚你知道得还不够吗？"

成瑶的脸腾地红了，她捂住了耳朵："你别说了！"

钱恒是凌晨到的国内，几乎没有停歇，下飞机后直接赶去了成瑶那里。成瑶在迷迷糊糊中，就被钱恒乘虚而入，一个早上，基本没能再睡觉。

"下次我参加聚会你还是别来了。"钱恒一脸理直气壮，"你给我一个人看就行了，不要再给别人看了。"

成瑶又和钱恒说了一会儿悄悄话，才被客户的电话打断。她立刻切换到了工作模式，和钱恒打了个招呼便出门到安静的地方接电话了。

她再回来的时候，发现钱恒已经被他的几个校友围着了。一群成功人士，倚靠在吧台上，姿态放松地说着什么，而梁依然拿着酒杯，也正情绪难测地盯着钱恒。

几个人本来正在聊着另一位老同学喜结良缘的事，也不知怎么的，话题转到了钱恒身上："钱恒，你和你女朋友打算什么时候结婚啊？"

这个话题，果然让梁依然的表情黯然了下去。

这间会所很有设计感，每个包厢都有独立吧台，吧台外还有能隔离开视线保护隐私的木质移门。成瑶此刻站在移门后，总觉得梁依然要作妖，顿了顿，没有走进去。

"结婚？"只是一门之隔，门内的钱恒声音却淡淡的，对这个话题丝毫没有兴致的模样，"我是不婚主义，也是丁克，不会结婚的。"

门内，梁依然的眼睛亮了起来，她一扫此前灰败的脸色，望向钱恒；门外，成瑶扶着移门，脸都黑了。

没想到作妖的不是梁依然，是钱恒自己。

成瑶一张脸上又火又辣，昨天自己刚在梁依然面前胡诌了钱恒跪求自己结婚的版本，结果今晚就惨遭钱恒本人强势辟谣打脸，这……

又有别人的声音响起——

"你这样，你的小女朋友知道吗？不以结婚为目的的恋爱都是耍流氓啊，钱恒，光和人家谈恋爱，不结婚也不愿意生孩子，人家能接受？"

"她知道，我一直是这个原则。"钱恒的声音很轻又很重地钻进了成瑶的耳朵里，她觉得她已经看到了梁依然嘲讽的嘴脸。

"我没有隐瞒过，她既然知道还答应和我交往，当然是接受了我这个原则的。"钱恒的声音一如既往地冷傲，"我钱恒怎么可能用欺骗的方式来找人谈恋爱？你是不是对我的人格魅力有什么误解？"

这之后他们再聊了些什么，成瑶一概听不进去了，既有失望，又有难堪。

慌乱间，梁依然正好从包厢内走出，迎面撞上了门口的成瑶。

此刻梁依然的脸上果然是一片灿烂，她看了一眼成瑶的表情，很快明白了一切。她笑笑看向成瑶，语气淡然，却字字诛心："年轻真好呀，总是爱做梦。"

后半场聚会，成瑶心不在焉，心里充斥着巨大的杂乱情绪，忐忑、难堪、失落、无所适从和茫然。

成瑶并不是不知道钱恒不婚且丁克，但心理上，她并没有当真。毕竟和她在一起前，钱恒还有一堆乱七八糟又龟毛的择偶标准和原则，她几乎没有哪点符合，但钱恒还是选择了她，但成瑶没想到钱恒仍会坚持不婚和丁克。

不过如今，不管他是什么原则，也就算他不知情，今晚把成瑶这脸打的，可真是肿得不能看了！

回去的路上，只剩下她和钱恒的时候，成瑶终于没忍住。

她状若自然地引出了话题：“你说很多情侣，恋爱到一定阶段，自然而然就想永远在一起，彼此共度余生，所以才结婚吧。”

“那是他们脑子不清醒。”钱恒不疑有他，嗤之以鼻地道，“结婚没什么好的，有百害而无一利。”

成瑶佯装随意地道：“总觉得一段感情，始于爱情，日渐成熟，终于婚姻。你看所有童话故事的结尾，不都是公主和王子最终都会结婚，然后快乐地住在城堡里吗？”

钱恒冷哼一声：“你都说了是童话了，童话里都是骗人的，这话没听过？一段感情，只会始于爱情，死于婚姻。”

成瑶忍着心里的情绪，赌气般地道：“你现在这么说，未来说不定会求着我和你结婚呢。”

“不会。”钱恒抿了抿唇，语气果断，“这一点原则，我不会改变。”他看向成瑶，“你放心吧，我不会逼着你和我结婚的，更不会要你生孩子。”

我放心？！我放什么心？成瑶简直想要咆哮，你不想结婚生孩子，我才不放心！小孩子那么可爱，为什么不要生？！你不想结婚，我还幻想有人跪地求婚，想举办一场盛大的婚礼呢！！！

成瑶忍着内心的火气，努力平静地道：“未来还长着呢，你也不要说得这么笃定呀，等你跪下求我结婚的时候，希望你也能这么嘴硬。”

结果钱恒一点求生欲也没有：“你还年轻，等你像我一样再多做几年家事案件，看透了婚姻的本质，看多了男女最终撕破脸的丑态，你就不会对婚姻有任何期待了。”他理所当然地道，“婚姻就是爱情的坟墓，一旦进入婚姻，男女之间那种吸引力都被契约给束缚死了，何况只要相爱，有没有结婚证，根本无所谓。生孩子就更是找死了，二人世界不好吗？有了小孩这种麻烦的生物，连事业都没法好好发展，人生更是没有自由可言，都不能再单纯地为自己而活，毫无意义，完全找死。”

说完，他好奇地看了成瑶一眼，略带惊疑地道：“你不是也赞同我不婚和丁克的原则吗？怎么了？难道你想和我结婚？真的想和我生孩子？”

成瑶忍着内心的火，倔强地道：“我没有！”

钱恒揉了揉成瑶的头，愉悦地道："我就是欣赏你这一点，和我特别合拍，我就知道自己不会喜欢错人。

"何况设身处地想想，和我结婚没有任何好处，离婚不仅真的一分钱也分不到，还得倒赔我钱。"钱恒自我感觉十分良好，"毕竟这个世界上有谁家事官司能打得赢我？

"生了孩子更惨，我爸妈喜欢小孩，为了防止他们烦我，一旦离婚，那小孩的抚养权肯定是要争的，应该也没人争得过我。"钱恒露齿一笑，"所以不结婚、不生孩子最简单，谈一场永不分手的恋爱就好了。"

钱恒还在讲着，这个宇宙级直男癌根本没有注意到成瑶细微的情绪变化和她的咬牙切齿。

这世界上，竟然有如此卖力宣扬和自己结婚生孩子会有多惨的男人？

这种人竟然都能脱单，肯定是她瞎了！

成瑶只觉得自己脸上又热又冷，梁依然那个嘲讽得意的笑让她如鲠在喉，而钱恒笃定的回答又让她心烦意乱。

她沉默着走了一段，最终还是没忍住——

"你是不是把婚姻想得太差了？"成瑶抿了抿唇，"还没结婚就想着以后离婚了怎么处理纠纷，才会坚持不婚主义，可也有很多夫妻白头到老，相互陪伴一生啊。"

"我们是律师，律师在做任何事之前，都要谨慎思考，分析清楚利弊，要有风险思维。作为律师，我们应该想好一旦面临最差的困境，如何处理能把损失降到最小。婚姻是种责任，责任就意味着束缚和制约，两个人在一起长久地生活，不过是因为爱所以愿意主动去磨掉自己的棱角，压制自己的天性，收起自己尖锐的一面，把自己拗成对方喜欢的样子，去彼此适应，去不断磨合。可人是独立的个体，为了别人去限制自己，就像是亲手去砍掉自己的翅膀一样，爱的时候心里觉得自己的牺牲伟大，可柴米油盐早晚会耗尽这种爱意，那时候，就是不甘和怨恨了。"

钱恒的声音很冷静，他看了成瑶一眼："我不希望我们变成这样，为了婚姻失去自我。你还是你，我也还是我，没有必要为了彼此去牺牲自我，以适应一成不变又乏味的婚姻生活。"

这话听起来似乎很有道理，只是成瑶很快找到了漏洞："难道恋爱就不用彼此磨合吗？"

钱恒微微一笑："至少不结婚，我们的感情就不会掺杂任何别的因素，不会因为家长里短而吵架，不会疲于应付孩子的各种需求，也不会有婚姻里那些兜兜转转，只会有纯粹的爱情，还有自由。"

"婚姻虽然听起来很麻烦，但法律保护婚姻关系，保护婚姻财产。因为没结婚，李梦婷在财产分割上就非常被动，而蒋文秀就受到了最大程度的保护。"

"我们都是家事律师，不存在像李梦婷那样不警醒、不保护自己的情况。"

"但你不是没人打得赢吗？我就算保护自己，也保护不过你吧。"成瑶垂下视线，"何况如果我们现在谈恋爱谈了好几年，后面发现不合适，要分手，那时候你三十多岁的男人继续一枝花，我三十多岁别说结婚，可能合适的恋爱对象都找不到了。"

钱恒皱了皱眉："我们怎么会分手？"

"不是你说的，我们律师，思维要缜密到考虑到最差的情况？"成瑶这次是打算正面刚到底了，她理智地分析道，"所以我们来做一下恋爱期间可能涉及的财产分割方案吧，这样等过几年我们要分手了，就按照这个分割方案来处理好了，这就和婚前协议一个性质，省得到时候感情破裂了还要有纠纷。

"另外，就像我说的，女生二十岁到三十岁这十年青春比男人这十年值钱，一旦分手，是不是你应该对我有所表示，有些精神补偿？因为毕竟不婚女生的风险更大一些，你们男人任何时候改变主意想结婚了，就算四十岁了，只要条件好，找个二十多的都没问题，女的就不行了。"

钱恒的表情不太好看："我国法律不支持这种精神赔偿。"

成瑶笑笑："我知道，我想好了，我们换个形式就行了，写成借款。可以设定一笔金额，参照欧美婚前协议里离婚时抚养费那块，在一起越久，这笔借款金额就写得越大。毕竟在一起的时间越长，分手时我作为女性，成本就越高，获得更多的补偿也合情合理。"

成瑶说得头头是道，钱恒的脸越来越黑，然而成瑶一点不在乎。

"恋爱期间财务独立，应该不会有别的纠纷，那下面我们理一下丁克的问题。"成瑶条理清晰地道，"丁克和不婚，女性面临的风险其实差不太多。婚姻和生孩子这种涉及人身关系的事，就算现在我们一起签协议说坚定不婚和丁克，否则违约者赔款，这么做也是违法的。万一以后我们要分手，或者你改变主意，我的风险也很大。”

钱恒一脸山雨欲来的表情：“我不喜欢小孩，我不会改变主意。”

“话不能说太满，等你老了，变慈祥了，可能就喜欢小孩子了，而且老了嘛，人生可能就靠新生命注入活力了。”成瑶气死人不偿命，“我们继续啊，男人的生育期比女人可长多了，过个七年八年的，你想生孩子了，那我可能已经是高龄产妇了，也有可能不孕不育了，这时候你肯定会和我分手，出去找个年轻女孩生孩子，我呢，就只能凄风苦雨里一个人坚强了，等老了没老伴也没孩子养老，没准闹出那种‘独居老人死去多日无人发现’的社会新闻。太惨了，所以这一点上，你也应该对我有所表示，并提供保障，分手的时候你说怎么整？”

钱恒的脸色不太好看，但语气却很镇定，他望向成瑶的眼睛：“我不会和你分手的。”

成瑶噎了噎。

钱恒移开了视线：“本来想说，除非你要求分手，但我想了想，就是你要求也不行。

“我不会分手，你要是想和我分手去找别人，那你找一个我破坏一个，让你没办法最后只能回来了。”钱恒看着成瑶，眼神能杀人，“反正我们对不结婚、不生孩子这个原则没有分歧，别乱想了，走吧。”

什么没有分歧？这才是最大的分歧好吗？

成瑶简直有些无语，钱恒是智障吗？敢情自己说了这么多，他根本没意识到自己的潜台词？难道必须自己亲口说出“我想结婚，我想生孩子”这种话才能听得懂？

从这个角度来说，钱恒确实不应该生孩子，他这种愚蠢还自我感觉良好的直男基因，确实没有传播下去的必要了，让他就地灭绝吧！

生完气，成瑶终于平心静气地想了想，她和钱恒面对如此大的分歧，却没能在一开始交往的时候确认沟通，可以说都有责任。钱恒自我感觉良好地觉得既然成瑶同意了交往，那自然接受了不婚和丁克；而成瑶则下意识地认为，当初是钱恒追了她，当然应该是他认可她的原则才对。

如今，面对这原则性的矛盾，成瑶十分迷茫。

好在现实没给她机会多想这些事，眼下她面对更直观的困境。

如今她尚在梁依然的团队，而梁依然对她都已经明晃晃地亮刀了。只是这种时候直接去和钱恒告状？成瑶一点不想，她不屑于以女朋友的身份影响作为君恒合伙人的钱恒，这不专业，并且完全没有独立女性的格调。

更何况，就算她真去告状，也没什么可说的，说梁依然让她坐冷板凳吗？在不了解团队成员能力的情况下，不贸然让她参与核心事务，只先做辅助性工作，这放到任何职场，梁依然作为老板，都可以说是做得不算错。梁依然表面功夫做得又足够好，在君恒众人面前，她可是刚正不阿维护成瑶的女par，对待其余员工，也是既亲切又温和。同时，梁依然关键时刻给力，工作能力突出，长得还好看，一下子便在君恒里人气很旺。如果双方真要对峙，那对比之下，和老板谈恋爱的小律师成瑶，恐怕反而没有梁依然威信大。

“职场上，谁不遇到点风浪？谁没遇到两个贱人？成瑶，不要慌，就是干！”

秦沁对她的鼓励犹在耳边，成瑶握了握拳，心里充满了斗志。

也不知道是不是她良好的工作状态终于让梁依然良心发现了，在新的工作日里，梁依然终于给成瑶安排了案子。

“就是个离婚案，标的额不算大，五百万左右，成瑶你来负责，先试试手。”梁依然把材料给成瑶的时候非常公事公办，毫无私底下对她的敌意，“之前让你做辅助性工作，一来是为了了解你的性格和能力，二来想磨炼下你的心性，三来也算是为你好，如果你一来我的团队，就独立操办大案，我怕不能服众，大家私底下还是觉得我因为知道你和钱恒的关系，所以对你有所照顾。”梁依然很坦然，“这是个小案子，但所有人也都是从小案子开始做起的。”

一番话说得实在是滴水不漏，连成瑶都要怀疑她之前是否神经过分敏感，错怪了梁依然。

只是当成瑶拿着案子材料回了办公桌翻开来一看，那颗反省自己的心，就差不多歇了。

这个案子，确实如梁依然所说，标的额不大，案情也简单，当事人双方都非富非贵，但和简单也完全沾不上边，甚至可以说很复杂。

虽然夫妻二人结婚才三年，然而此前同居了已有十多年，涉及需要分割的财产各式各样，光是清单用A4纸打印出来都有十几页，线索繁多。

十多年的共同生活，本来早就你中有我，我中有你，任何痕迹都带有对方的味道了，如今想要分割，确实是如一团乱麻，作为代理律师，成瑶稍有差池，恐怕就会出错。

然而面对梁依然给她埋的这个地雷，成瑶并没有胆怯。钱恒因为那个涉外婚姻案再次出国了，她也正好全身心投入到手头的案子里。

为了这个案子，成瑶几乎铆足了劲儿，她想让梁依然看看她的能力，想告诉梁依然，她成瑶并非依附着钱恒的菟丝花。

成瑶代理的是女方吴婕，对方是个五十多岁的老阿姨，为了整理财产清单，成瑶约谈了对方几次，发现对方是个极其难缠的人——锱铢必较，市侩精明，爱贪小便宜，对于分割前夫的财产这件事，她几乎抱着病态的执着，一分一厘也不能少。

“小成律师啊，车库里一台报废了一年多的旧电视机，你这张清单上忘了列进去啊，这旧电视机如今卖掉也有个几百块呢，怎么能便宜了老东西？必须要分！

“还有阳台上的那些花，你也要列进去，有几盆兰花还是老东西在国际兰花博览会买的，可贵着呢，他要是想拿兰花，就得折价分给我现金！”

……

成瑶原本不理解他们都共同生活这么久了，男方也没有出轨，怎么还闹离婚？如今一见自己这当事人，她就什么都明白了。

这个当事人太斤斤计较了，十分刁钻，只要找着机会，就贪小便宜。和这样的人生活确实很累，双方当事人共同生活时，因为还没有成为男方的合法妻子，吴婕或许还有所收敛，婚后吴婕恐怕就放飞自我了……吴婕的丈夫提出离婚，成瑶也算有些理解了。

成瑶找吴婕在楼下咖啡厅约谈了三次，知道成瑶买单，吴婕就一点没客气，不仅点了堂吃，还点了外带，小吃也点了一堆，一边和成瑶聊，一边吃完了三明治、曲奇和布丁，这架势，成瑶毫不怀疑，对方是特意没吃饭空着肚子过来的……

“小成律师啊，你说你们这律师费，可有点贵啊，能不能再便宜点？我这家庭条件你也知道的，和死老东西离了婚，我最大的财产也就一套小房子了，剩下七七八八也没多少现金，以后连养老估计都吃力，你们这些做律师的年轻人啊，光靠一张嘴皮子就能赚大钱，你能不能通融下，给我的律师费再减免下呢？”

“吴阿姨，律师收费实行的是政府指导和市场调节双管齐下的收费标准，不同案件，都有一个区间，不会虚高，但也至少要让我们律师能覆盖成本吧。我给您的收费，已经是按照A市律师收费标准离婚案件里面最低的来收了。”成瑶笑笑，“在您看起来，律师只需要动一个嘴皮子，但您看，您不请随便的一个人去动这个嘴皮子，而请律师，说明这嘴皮子功夫也得有专业的积累。何况要是我给您收费特别低，您才应该警惕，因为太低的价格，只能说明律师提供的专业服务和水准可能都低于正常标准，成本付出得少，律师实力差，自然才会收费低，可这样，最后吃亏的还是您自己。”

吴婕对收费多少跟成瑶讨价还价了几次，又是牢骚又是唠叨，一会儿哭穷，一会儿恭维成瑶的，可惜最终都被成瑶不软不硬地顶了回去。

这是成瑶第一次遇到如此难缠的当事人，她不得不花费大量时间和精力应付吴婕。好在最终，财产清单全部理清，应诉书也都搞定，难以取悦的吴婕也被安抚好，成瑶就等着几天后开庭了。

成瑶因为吴婕案子的顺利推进正充满了斗志，看着这一切的梁依然却越发烦躁。梁依然承认在接这个案子时就存了私心，五百万标的额的案子，难缠又斤斤计较的当事人，繁复的财产清单，凭借这三点中的任意一点，对不缺案源的君恒来说，这个案子都可以直接拒绝，然而梁依然接了下来，并且分给了成瑶。

她是故意的，她想看着成瑶面对这样市井的当事人被纠缠到崩溃失态，面对这样繁杂的财产名目，整理时出差错，面对只有五百万标的额的案子，心理落差太大，因为意难平而气愤……

梁依然冷眼等着成瑶出错踩雷，等着成瑶把她自己逼进难堪的境地。

只是成瑶没有，这一切都没有发生，成瑶没有抱怨、没有告状、没有消极怠工，她如一个不知嫌隙的好员工一样轻易接受了案子分配，认认真真，踏踏实实，全力以赴。

梁依然站在成瑶的办公桌前，拿起成瑶整理好的吴婕案的应诉材料和证据材料清单，越看心里越不是滋味。

作为一个仅有如此短工作经历的新手律师，成瑶做得真的非常优秀，虽然吴婕的案子并不难，然而应诉书格式之完善、证据清单之详尽，甚至材料整理之工整，从这些细节上，都能看出一个律师的用功程度和专业性。成瑶几乎在每一个细节上都非常完美，她清晰地列出了吴婕和其丈夫的婚前财产和婚后共同财产名目，细致到连梁依然都有些汗颜。

以前对成瑶有偏见时，梁依然觉得成瑶是毫无能力、只靠傍上钱恒走捷径的心机少女，根本配不上钱恒，可如今知道了成瑶确实有能力，能让钱恒刮目相看，梁依然心里的不满情绪不仅没有缓和，反而对成瑶更嫉恨了。

梁依然知道她这样不专业，公是公，私是私，不应该在工作中对成瑶带入情绪，但是她忍不住。而且她发现，这种敌意，随着时间的推移，竟然越来越浓厚了，她的心里像住着一只充满恶意随时准备攻击的黑猫，尤其当她看到吴婕案的应诉材料时，这种抵触和恶意达到了巅峰。

今早梁依然接到钱恒的电话，沟通完事务所里常规工作外，他竟然又一次非常仔细认真地向她道了谢。

“谢谢你帮我照顾成瑶。”

字典里从没有“谢谢”两个字的钱恒，因为成瑶，近来已经频繁对梁依然道谢了。

这一刻，梁依然完全失去了理智。成瑶不能简简单单地解决这个案子，她不能这样轻而易举就靠这个案子得到众人的肯定，她更不能顺顺当当和钱恒继续在一起……

此时此刻，梁依然的理智完全被扭曲的嫉妒和不甘遮盖了，她仔细翻看了吴婕案的证据，四下无人，用迅雷不及掩耳的速度从证据原件里抽走了一张纸……

反正这个案子，成瑶打成什么样都没关系，只要梁依然最后救场，客户仍旧能得到有利的判决，就算过程曲折点，但并不影响客户利益，也不影响最终结果。

钱恒新接的这个涉外婚姻案比想象的更复杂，他去洛杉矶已经又待了快一周，也已经一周没见到成瑶了，两个人如今只能靠视频联络。

即便横亘着对未来巨大的分歧，但人的感情从不受理智约束，只是听到钱恒的声音，成瑶就雀跃而悸动。

她没去过洛杉矶，一个劲儿好奇地问这问那，钱恒语气温柔，因为时差的原因，明明这时已经是美国西海岸的凌晨，而他也因为繁重的工作加班了好几晚，此刻却还是极尽耐心地为成瑶讲着。

“黄昏的时候终于有点空，我去了威尼斯海滩，海很漂亮，天很蓝，这是加州都很著名的海滩。”讲到这里，钱恒顿了顿，过了片刻，成瑶才再次听到了他低沉好听的声音。

“但是我却觉得没有B市的海滩好。”

成瑶一边看着网上威尼斯海滩的图片，一边抗议：“怎么可能，威尼斯海滩漂亮多了！你实话实说就好了，我又不会嫉妒你，也不会心里不平衡！”

钱恒声音淡定自然，视频镜头里他微微垂下了头：“因为你不在威尼斯海滩。”

成瑶愣了愣，就忍不住傻笑了起来。

钱恒和她又聊了些别的，自然而然地问起了工作：“到了梁依然团队以后有什么不适应的吗？有什么需要我出面帮你沟通下吗？”

成瑶忍住了内心的委屈，状若自然地道：“没有。”她不想谈及工作，巧妙地转移了话题。

“我这个案子有点复杂，本来还要十天才能回国。”钱恒眼神温柔，“但我会压缩休息时间，一周后就回来。”

成瑶有些不好意思：“你悠着点，别过劳，十天就十天，我又不是三天都等不及。”

“是我等不及。”

……

挂了电话，成瑶耳朵还有些发烫。

对于钱恒，她有种饮鸩止渴般的情难自禁。她明知道彼此对于未来有分歧，明知道这种重大人生理念的冲突早晚会爆雷，明知道有些矛盾不是不去想就会消失，明知道随着时间推移，自己和钱恒总会因为婚姻和未来争吵不和，明知道此刻最理智的做法应当是保持距离，给予彼此空间好好冷静，好好思考在这矛盾之中是否还尚能调和，自己是否能妥协接受钱恒的不婚和丁克，但还是忍不住，忍不住想靠近这个男人。

大概这就是爱吧，就算她明知道危险，却还是放纵自己沉溺。

好在生活不只有爱情，更有其余事需要人去奋斗。

周二这天，下午便是吴婕离婚财产分割案的开庭，只是本来胜券在握的成瑶，此刻却被一个突变打得措手不及。

吴婕的丈夫在婚前因为装修，曾向吴婕借过十万块钱，锱铢必较的吴婕自然让他写了借条，而这部分款项因为是婚前借款，因此两人虽然后来结为夫妇，但如今离婚的话，吴婕要求丈夫归还这部分婚前借款，也完全合法。

原本配合着借条原件、银行转账流水，直截了当就能证明事实，可是如今，成瑶在开庭前最后整理应诉材料时，才发现那张至关重要的借条原件竟然不翼而飞了！

“怎么可能，这份材料我就没带出过事务所，上午查看时还是完整的，怎么说没就没了。”

成瑶和谭颖紧张地翻遍了桌子底下、抽屉里、桌面文件里，甚至连垃圾桶都去掏了，可还是见不到那张借条的身影。

成瑶又去调取了律所门口的录像，这半天里，也并没有可疑的人进过律所，可借条哪去了？

还有一个多小时就要开庭，成瑶完全被这个突发事件打得措手不及。

虽然在应诉时成瑶已经将借条的复印件一式两份分别提供给了原告和法院，但是一旦没有证据原件，对方完全可以以无原件核对为由，号称复印件不真实，至于流水转账，也可以号称并非是借款而形成的金钱往来，那到时候这笔婚前借款，极有可能得不到法律支持。

可惜老天像要和成瑶作对似的，直到开庭，她还是没找到那张借条原件。

往婚姻庭走的路上，成瑶的心里一会儿滚烫，一会儿冰冷，她第一次遭遇这种事，手足无措之外，是惶恐、不安和羞愧，脑海里也接连闪过各种念头。

不论借条是怎么没的，没了就是没了，现在她再想别的已经没有意义，重要的是怎么解决这件事。

吴婕把这张借条的原件给自己的时候，并没有要求自己签署任何书面的原件交接文件证明，因此就算吴婕号称曾经给过自己这张借条，在没有证据的情况下，成瑶完全可以以没收到为由，把责任撇清。

以吴婕这种锱铢必较的性格，要是知道证据不翼而飞，绝对不会轻易放过成瑶，自己一旦承认弄丢证据，吴婕会怎么闹几乎可以想象。

人在危急的时刻，总是会倾向自保，只是……

只是成瑶不想做为了自保而侵害客户利益的人，即便将要面对难看的后果，甚至她未必能收场，她还是决定向吴婕坦白，承认自己的错误。

在君恒，安保一向很好，进出也都要登记，因此大家习惯性都将诉讼文件放在办公桌面上，一来办公桌抽屉里已经堆满了各种案件材料，没空间了；二来近期要办的案子，放在桌上比较方便寻找。因此成瑶也如其余同事一般，把吴婕案子的资料放在桌上。

成瑶如今仍旧不明白借条怎么没了，她似乎是没有错的，然而仔细想来，这确实是自己的疏忽，如果她能在离开座位时就把案子的材料锁起来，就不会出现这种事了。其余同事都丢在桌上显然并不是脱罪的理由，毕竟大家都做的事，未必就正确，做律师这一行，再谨慎、再细致都不为过。

虽然很惨痛，但这也是现实给成瑶上的又一课了。

临近开庭，吴婕自然对此不能接受，几乎用市井大妈所掌握的最粗俗的语言把成瑶骂了个遍，成瑶对此，除了认真道歉外，一概不反驳。

“事情就是这样，很抱歉弄丢了证据原件。”成瑶的态度十分诚恳，“吴阿姨，请您先别发火。首先，即便没有原件，我也会争取这十万，而且一旦这个官司因为我弄丢了借条，这十万块没能获得支持，那我个人赔偿您这十万，绝对不会让您因为我个人的原因而有任何损失。这是我草拟好的承诺函，我已经签字了，请您过目。”

“我真是没见过你这种律师，聪明面孔笨肚肠，长得好看不中用，都是什么玩意儿，毛没长齐就出来骗钱了，做律师可真是门槛低！别说专业能力，竟然连我给你的借条这么重要的证据都弄丢了，脑子里面是糊了屎？”

吴婕非常生气，态度也十足恶劣：“你都把证据丢了，还指望那死老东西承认这笔借款？还‘我也会争取这十万’，你用什么争取？用你糊了屎的脑子吗？”

吴婕还有些骂骂咧咧的，但成瑶的承诺书总算安抚住了她的情绪，在成瑶的保证和不断道歉下，她总算收拾好了情绪，和成瑶一起上庭了。

成瑶压抑着情绪，虽然借条丢了，但她并不准备轻易放弃。

开庭前，对方律师在走廊里抽烟，她特意状若随意般走了过去：“王律师，我们这边的证据原件已经给书记员核了，你那边核好了吗？这次证据这么多，早点核完了省得待会儿浪费庭审时间了，我下面还有个庭要开呢。”

王律师瞥了成瑶一眼，吐了个烟圈，他喊了边上自己的助理律师：“小盛啊，去把证据原件让书记员对一下。”

成瑶态度自然，丝毫没流露出已经丢失借条原件的慌乱模样，她说的话也不算全然假的，她确实把部分证据原件先交给了书记员在核对，只是没有那张借条。

如成瑶所料，因为急着到点开庭，证据又实在太多，书记员开庭前只来得及核对部分原件，连法院盖章确认原件复印件一致都只能延到庭后操作。

主审法官宣布了庭审纪律，并确认了双方当事人及代理律师身份，告知了双方当事人及代理人权利、庭审组成人员，并询问是否有申请回避的情形后，就正式开始了庭审。为了查明真相，确认事实，法官开始了法庭调查。

在核对了不少事实细节后，终于轮到了那笔十万的婚前借款。

“吴婕代理人主张婚前十万元的借款，请问对方当事人及代理人是否对此事实有异议？”

在成瑶的叮嘱下，吴婕保持了情绪的稳定，两人都没有流露出借条原件灭失的表现，成瑶更是镇定自若。

胜负在此一搏了！

“没有，我方承认该笔借款，无异议。”

并不知道成瑶方没有原件的王律师，爽快地承认了借款事实！

至此，成瑶一颗悬着的心，终于落了地。

直到质证环节，书记员发现借条并没有原件，法官要求吴婕出示原件核对。

成瑶站起来：“对不起法官，我们的原件灭失了。”

几乎是同时，如成瑶所料，吴婕丈夫和他的代理律师低头商议了起来。

没多久，王律师便站了起来，改了口：“法官，我们不认可这张复印件的真实性，我想替我的当事人澄清一下，我们不承认这笔借款，实际上，这笔借款根本不存在，这借条是吴婕婚前说想要个恩爱保证金，强行让我当事人签字的，实际根本没有这笔债务。”

任何律师，一旦知晓了对方当事人证据原件灭失，第一反应便是让自己的当事人否认该证据的真实性，毕竟原件没了，死无对证，复印件的证据效力，一向比原件差得远了，完全可以说复印件是伪造的。

吴婕丈夫的律师果然也是这样做的。

成瑶不紧不慢地出示了吴婕的转账记录：“这是我当事人借出十万元钱的证据，完全可以证明该笔债务真实存在。”

吴婕丈夫的律师自然反驳："这笔钱是吴婕对我当事人借款的归还，而非她出借。"

成瑶并不让步："我完成了我方借款转账的举证责任，您主张这十万是我方当事人对您当事人借款的归还，那还请您对您当事人当时出借十万的事实进行举证。"

对方进一步狡辩："当时是用现金给了吴婕这十万块钱。"

法庭辩论，你来我往，针对婚前这十万块进行举证之后，成瑶和对方律师又对婚后财产分割进行了辩论，最终两方都完成了各自的陈述，一切尘埃落定，只等法官择日宣判。

判决结果不甚明了，吴婕自然不满，她又和成瑶纠缠了片刻，问成瑶要了来回打车的钱，才在成瑶低姿态的安抚和承诺下，骂骂咧咧地走了。

终于获得清净的成瑶松了口气，坐在法院的大厅里茫然地望着门口进出的人。近来的工作强度并不算非常大，但成瑶莫名觉得累，特别累。

"成瑶？"

就在成瑶走神之际，一个男声叫住了她。

成瑶回头，愣了愣，才想起来，叫住她的是金砖律所的李成轩，此前在包锐的聚会上遇见过。

李成轩是个爽快性子，对成瑶一时之间没立刻认出他来也不在意，热情地问道："你也来这里开庭啊？"他看了成瑶一眼，"瞧你这脸色这么差，应该是还在钱恒手下干活吧？"

"哎，钱恒这家伙，就是对小年轻从不手软。"李成轩显然逮着机会就要挖钱恒的墙脚，"小成啊，上次我对你说的话，现在还有效啊，你要是受不了钱恒了，可以考虑一下我这里啊，我们金砖虽然比君恒创收少，但合伙人绝对比钱恒平易近人！我之前给你的名片，你还留着吧？"

成瑶笑笑："留着留着。"

李成轩又拉着成瑶吐槽了一阵钱恒，因为要赶着开庭才告辞。

成瑶笑笑，没当回事，她此刻心中正想着别的，想着自己的未来，关于工作，关于感情，关于吴婕这个案子悬而未决的结果。

好在成瑶心中的大石头没有悬多久，三天后，吴婕的案子就迎来了判决。

那笔婚前的十万块借款，被承认了！

和成瑶预想的一样，虽然在举证中还是以原件优先，复印件只能属于补强证据，在没有别的证据的情况下，复印件不能单独作为认定案件事实的依据，但一旦形成证据链，原件灭失，复印件也可以作为事实认定的关键。

在吴婕的案子里，在对借条原件丢失不知情时，她的丈夫承认了这笔借款，加上当时的银行转账流水，都能推定借款存在。虽然在知道原件丢失后，吴婕的丈夫和律师竭力否认借款，但对他们提出的主张提供不了证据支持，因此最终没有被法院采信。

权衡过后，吴婕的前夫也决定不再上诉，等时间届满后，一审判决就会生效，案件也算尘埃落定。

拿到判决书，成瑶终于松了一口气，虽然发生了丢失原件这样不专业的事，但好在最终的结果，她对吴婕也算有个交代。

吴婕显然还是不满："小成啊，你这次犯了这种错，还要叫我付律师费，不太合理吧？把我的借条都弄丢了，这件事不能这样简单就完了吧？"吴婕暗示道，"不能全部免除，也最起码给我打个折吧？何况我这一惊一乍的，交给你的原件丢了，你得给我个精神赔偿吧？"

"丢了原件是我的错，但吴阿姨，根据《律师法》，只有在律师因过错给当事人造成损失的情况下，才需要承担赔偿责任。我没有让丢失原件影响这个案子的结果，并没有给您造成损失。丢了原件我非常自责，但我为这个案子付出的工作也不仅是帮您争取婚前财产一块，在争取婚后财产分割方面也付出了很多时间。虽然我是您的代理律师，但合同您是和我们律所签的，我们律所历来也没有为此免除律师费的情况。对我弄丢原件的不专业行为，您想去律协投诉的话，我也愿意接受律协的批评处罚。"

因为自己有错在先，成瑶非常耐心，也非常低姿态地解释，吴婕见砍价不成，自然恼羞成怒，开始攻击起成瑶来，对此，成瑶都很好脾气地受着，并继续道着歉。

挂了电话，成瑶以为吴婕的事算是告一段落，她压根没想到吴婕这人锱铢必较，为了占便宜不达目的誓不罢休。

吴婕是在下午来的，成瑶当时正在办公室里接待客户，就听到大办公区里传来骚动。

"叫你们老板出来！你们君恒号称是专业人办专业事，结果咧？结果你们的律师干的都是什么混账事？把我的借条原件竟然都给弄丢了，弄出这种岔子，竟然还有脸问我一分不少地收律师费？”吴婕拿出了泼妇的模样，中气十足地撒泼耍赖，“这事要不给我解决了，我明天就在你们楼下拉横幅！”

大概是有谁劝说了吴婕，可毫无效果，吴婕的声音更抬高了八度：“你是谁？你有什么资格和我说话？什么误会？呵，叫你们那个成瑶出来！你当面问问她，是不是误会？！是不是她弄丢了我的原件？！”

事情进展到这一步，成瑶无路可退，她不得不在客户惊疑的目光里，抿紧嘴唇走出会议室。

吴婕看到成瑶，气焰更是嚣张，演技也更浮夸起来：“你们律所是不是嫌我不是那种家里有几个亿的大客户，所以怠慢我，就给我配这种律师？”她指着成瑶，“她除了脸长得漂亮还有什么优点？做事连脑子也不带，你们这么出名的一个律所，难道就看脸招人？这种垃圾都是怎么进的律师队伍？走后门？”吴婕恶毒地无差别攻击，“还是说你们律所都是这种货色？”

……

她又骂了些别的，只是不得不说，吴婕这样泼辣市井的女人，攻击起人来，就像打蛇打七寸一样稳准狠。

本来因为成瑶和钱恒恋爱这件事，李萌之流对成瑶有些意见，如今成瑶办案子丢了当事人的证据原件，这种低级、无法忍受的错误一出，吴婕这个当事人一闹，大家那些被压抑下去的情绪和八卦，又开始冒头了。

成瑶的脸上火辣辣的，感受着四面八方探究的目光、李萌鄙夷的视线，还有那天因为自己被梁依然训斥的实习生扬眉吐气的神色。

成瑶只觉得她这一刻无比脆弱，无比需要钱恒。然而他不在她身边，他和包锐还在洛杉矶，连平时处处维护自己的谭颖，也因为有事开庭外出了。

偌大一个办公区，即便王璐等几人在努力劝服吴婕，但成瑶在其余各色探究的目光中，充满有口难辩的孤独。

面对这样的场景，她还能辩解什么？辩解借条没丢吗？可借条确实丢了，有口难言，大抵如此。

如今这场景，怕是在大家心中坐实了成瑶不仅没能力，还成事不足败事有余，拉低君恒口碑的恶名了。

成瑶心里酸涩，忍着难堪开口：“吴阿姨，这件事是我没办好，有什么要沟通的我们去会议室吧……”

“谁是你阿姨？”吴婕情绪激动，她闹了半天，动静这么大，竟然还没有老板层级的人出来，吴婕心里有些烦躁，看着眼前的成瑶，她就更恼火了，她很清楚，成瑶没有权限给她减免律师费，得闹到老板那一级才行。

“我可以……”

成瑶的话还没说完，就在毫无准备之际，被迎面泼了什么烫烫的东西，等她反应过来，才意识到那是吴婕从办公桌抄起来的茶。

因为身高差，吴婕的茶没能泼在成瑶的脸上，只堪堪泼到她的胸前，只是没被泼到脸，也一点没能缓解成瑶的尴尬和难堪。当着大办公区那么多同事的面被如此责骂和粗鲁对待，脸皮再厚的人恐怕都难过自尊心那一关。

“来，成瑶，快擦擦。”一群人手忙脚乱地拉开吴婕，王璐给成瑶递上了纸巾。

就是这时，紧闭的办公室门终于打开了，梁依然一脸不知道发生了什么的样子走了过来。

“怎么了？”她的脸上流露出不明所以的表情，压低声音道，“我刚在电话会议，听到这里有动静，是怎么回事？”她惊讶地看了成瑶一眼，立刻提高了声音，“是谁把成瑶弄成这样的？有客户闹事不知道去报警吗？”

成瑶并不买账梁依然电话会议的这套说辞，梁依然脸上那虚假的表情，显然是故意坐在办公室里等着事态发展失控的，然而她演得确实太好了，此刻看起来，她完全像是护短的老板，强势又威严。

“我们君恒不是菜市场，不是撒泼打滚就可以达成目的，法律服务是专业服务，不是像买把葱一样还能讨价还价。你要是对我们服务有意见，不想支付律师费，那请你去起诉，我们欢迎，但想恶意赖账，未免是到行家面前班门弄斧，谁要是不支付我们律师费，我们起诉到底。”

梁依然一番话，吴婕果然消停了下来，然而她不会放弃。

“那你问问你们的员工，是不是把我证据原件都弄丢了？！她这种工作态度，难道我不能质疑？你们不应该给我赔偿？”

……

梁依然像一个称职又公正的老板一样，问了吴婕很多问题，也再次让所有人听了一遍成瑶弄丢借条原件的故事。

“成律师赢了这个官司，也没有造成你任何损失，我们理应不需要做任何赔偿，也不需要退还任何律师费。弄丢原件这确实是我们的问题，只是这并不是成瑶的错。”梁依然大义凛然地道，“这应当是我的问题，因为成瑶是我指导的律师，这个案子虽说由她全程操办，但我本应该全程指导，出了这种事，我这个带教的人难辞其咎，何况原件丢失这件事，也说明我们君恒在客户证据管理的内部流程上有瑕疵。所以为了表示我们不够专业的歉意，你这笔律师费，由我个人自掏腰包退还给你。”

一听律师费可以免除，吴婕的情绪果然缓和下来：“虽然你手下的律师不像样，但我看你还是挺有水平也挺讲道理的。”她瞥了成瑶几眼，“所以啊，有些小年轻确实不行，姜还是老的辣，你看看你这老板，讲话多有道理，做事多稳重，哪像你，连证据都丢了，还死抠着那点钱，一点不肯退，业务能力上一塌糊涂，要钱的时候倒是很精明……”

吴婕旗开得胜，脸上已经有了笑意，只是嘴上还不饶人，又嘀嘀咕咕数落了成瑶一阵，才跟着受了梁依然指示的另一位助理律师，去领律师费的退款了。

梁依然一番话，既在面子上维护了成瑶，又很有全局意识，以牺牲自己的方式化解了纠纷。不用想，如今所里众人，恐怕对梁依然的评价又高了几分，而相应的，对成瑶的评价，恐怕只会越来越低。

成瑶和钱恒谈恋爱，跟着钱恒时案源巨好，办案能力也优秀，可一换团队和新老板，不是连个案子也没有，就是连吴婕这样的小案子都办不好，甚至连证据原件都弄丢了，最终当事人来闹事……

这些细节里的每一个，可能都还不至于让人浮想联翩，然而加在一起，就拼凑出了另一番景象——成瑶没能力，靠抱金大腿才有了好成绩，一离开大腿，瞬间就被打回原形了。

“成瑶，擦擦茶水，来我办公室一趟。”

梁依然的语气温和，然而成瑶知道，自己将要面对的，不会是什么和风细雨。

果不其然，一进办公室，梁依然就收起了那种柔和，她看了一眼成瑶：“我知道你和钱恒处在热恋期，他最近不在，你可能状态会不太好，但是我希望你把恋爱和工作分开，不要因为私人的情绪影响了工作。”梁依然的话语听起来甚至都非常语重心长，“女孩子，虽然恋爱很重要，但一旦变成恋爱脑，对你自己的未来没有好处……”

成瑶忍着愤怒和难堪：“我没有因为恋爱分心过工作。”她一字一顿地道，“我也不认为吴婕这个案子应该息事宁人，我更不认为律所应该给她免除律师费。我们是律师，讲究的是合同契约、法律和原则，而不应该怕当事人闹事就退避三舍，何况对这个案子，我问心无愧，也为吴婕争取到了最大利益。现在您直接为她退还律师费，反而像是坐实了这案子我根本没办好一样。”

梁依然喝了口茶：“可你丢了人家的借条原件，是责任人，我不希望吴婕一直在律所闹，这会对你的口碑造成影响，也影响办公区同事的工作。何况真要闹大了，按照责罚制度，你作为责任人，可是要受处罚的。”

成瑶迎上梁依然的眼睛：“我做错了什么，愿意承担相应的后果，但我没做错的部分，我也不想被按头认错。丢借条这件事，莫名其妙的，既然要处罚，那把这件事一起查一查吧。”

面对成瑶的咄咄逼人，梁依然仍旧绵里藏针：“你说借条丢得莫名其妙，可成瑶，我们是律师，律师说话讲证据，否则就是推卸责任了。”

成瑶心中隐约有所怀疑，只是说来说去，没有证据，一切都是白搭。君恒只有在律所门口有探头，对来去律所的人有监控，办公区内并没有。当前的困境，于她而言，仍是无解。她咬紧了嘴唇，没有说话。

梁依然的语气却是重了点：“我知道你和钱恒在恋爱，但你还是应该放平心态，区分开女朋友和员工的身份，不要觉得有钱恒了就可以乱来，在君恒，你首先是我们的员工，工作还是要认真。”梁依然说到这里，轻飘飘地看了成瑶一眼，“女孩子，还是应该自己优秀点，拼下事业，而不要老想着结婚。”

梁依然这番话，显然是在讽刺自己了，成瑶紧紧咬着唇，握紧了拳。

“成瑶，我长你几岁，有个忠告给你，优秀的男人，是永远不会想和不够优秀的女人结婚的。”

话里隐藏的意思，成瑶怎么会不懂，梁依然的语气像是个知心大姐姐，说的话要换个不明所以的第三人来听，也只觉得她诚恳，能毫无保留地指点后辈，但成瑶却知道不是。

梁依然眼里的促狭和嘲讽，已经到了不加掩饰的地步。她点到为止，然而有些话，就差脱口而出——你以为钱恒会和你结婚？做梦吧。

这一刻，成瑶的羞愤、难堪、尴尬和憋屈，几乎达到了顶点。和钱恒那个关于婚姻的分歧，也终于被梁依然毫不留情地挑明，扔到了成瑶面前，让成瑶无法逃避。

钱恒如果坚持不婚和丁克，那她能这样继续窝在君恒和他谈一辈子恋爱？一年两年可以，那七年八年呢？十年二十年呢？

别人明里暗里的冷嘲热讽不说，她真的能迁就他，压抑住自己真实的内心想法，不结婚也不生孩子吗？

原本成瑶以为她可以，但一天前，林凤娟带着手术成功的涵涵来感谢她，她抱着涵涵时，看着手中软软的、可爱的小婴儿，知道不能骗自己了。

她喜欢小孩子，很喜欢。

即便现在没有想过，但未来的某一天，她还是想要一个属于自己的小孩子，肉肉的一团，有明亮的眼睛和胖胖的小手。

她也想要一段稳定的、温暖的婚姻。

她和钱恒对人生的期望在这一点上，背道而驰。

当天，成瑶几乎是魂不守舍地回了家，她一次又一次点进钱恒的微信对话框，又退出来，想说些什么，又不知道该说什么。

手边是李成轩的名片，成瑶拿起来，又放下去。

她的心中有了一个决断。

她不能长久沉溺在钱恒给的幻境和爱里，犹如温水煮青蛙，和风细雨久了，一个人就丧失突围的斗志了。

也就是这时，钱恒的视频邀请发了过来。

“我明天回国。”钱恒刚开了口，就发现了成瑶的不对劲，他皱了眉，声音也紧张起来，“你怎么了？是不舒服还是出了什么事？”

听到钱恒熟悉又低沉的嗓音，一瞬间，成瑶有些想哭，只是她最终忍住了。

“钱恒，我问你，你真的绝对不结婚吗？”

钱恒显然松了口气：“我还以为你出什么事了。”他笑笑，“不结婚，我保证不结婚，保证绝对不会出现我中途去和别人结婚这种事……”

“那如果不结婚我就和你分手，你也还是不结婚吗？”

钱恒很笃定：“你不会和我分手的。”他看向成瑶，笑容自信而英俊，“你这么喜欢我，不会舍得和我分手的。”

成瑶抿紧嘴唇，没有说话。

“结婚没有任何好处，只是个形式，完全没必要。你还年轻，还不懂。”

“钱恒，我想结婚。”

“不，你不想。”直男钱恒压根没意识到成瑶语气里的不寻常，他淡定地说道，“婚姻不论对男性还是女性，本质上都是种剥削，让人不能完全为自己而活，让一个人不得不迁就另一个人，结成利益共同体的同时也不得不放弃自己的一些坚持。”

“我和你不一样，我相信爱情，也相信婚姻，两个人长久地生活在一起，势必要调整磨合，势必要收起自己的刺，但我并不觉得婚姻会捆绑住一个人的自由，也不觉得会限制一个人的个性和发展，更不觉得婚姻就是爱情的坟墓。”

钱恒却是一笑：“成瑶，不要试图说服我，在辩论这件事上，你赢不过我的，你的想法还太幼稚了。”

钱恒说完，竟然真的拿出了在法庭上辩论的架势，成瑶说什么，他就立刻从主观、客观层面，逻辑清晰地反驳……

他简直不可理喻！

近日的压力、迷茫、惶恐和委屈不断积累在成瑶身上，她心中憋着一股火，而视频里的钱恒还在预言着婚姻制度一定将在世纪末消亡，成瑶更是快要气炸了。

“钱恒，你知道我们所里平时流行的一句话吗？”

钱恒不疑有他：“嗯？”

“你变强了，也变秃了。”

钱恒轻松地道：“你放心，我头发茂盛，绝对不会秃。就算再强，我也不会秃。”

“不，我要给你的不是这句。”事到如今，成瑶反而平静了下来，她面无表情地道，“你变强了，也变单身了。”

钱恒愣了。

“我通知你一声，你下岗了。”

“什么？”

“思想这么幼稚的我，不配和思想缜密的你为伍。从今天起，你恢复自由了，不用担心未来被我逼婚，也不用担心我算计你生孩子。作为我的男朋友，你被开除了！”

钱恒愣了愣，然后微微皱起眉：“你是觉得不婚丁克，女方的风险很大是吗？这个问题我已经考虑好了，我准备回国后以你的名义帮你全款买一套别墅，让你不再有后顾之忧。另外，关于孩子，你不用担心不小心怀孕了要去流产或者频繁地吃避孕药，虽然我的保护措施都做得很到位，但确实也不能百分之百能保证避孕成功。所以我想过了，我可以结扎，这样就绝对不会有孩子了，你也不用担心我还会突然改变主意未来找别人生孩子……”

“钱恒，你没听懂吗？那我再说一遍，我不干了！”成瑶虎着脸，“我正式告诉你，你被我甩了。”

钱恒显然并没有接受这个说辞，他的脸上带了点无奈和纵容，仿佛成瑶是在耍小性子似的：“别闹了，我这次出差是时间久了点，回国补偿你，我可以请年假陪你，想去海边吗？带你去。”他身边的环境有些嘈杂，“要登机了，等我回来，乖。”

闹什么闹，成瑶想，也不知道钱恒是哪儿来的自信觉得自己不会甩了他。也是时候给他一顿社会主义毒打了！

道不同不相为谋，她想结婚，钱恒不想，她喜欢小孩子，钱恒甚至想结扎，请问这种男朋友不分还留着过年吗？

几乎是刚挂了钱恒的视频通话没多久，成瑶就拿起了李成轩的名片，给对方拨了过去：“李律师，我是成瑶，就想问问上次你说的话，还算数吗？”

成瑶也没想过自己竟然在半天时间内就搞定了分手和跳槽一整套流程。李成轩对于她的“幡然悔悟、弃暗投明”很是赞同，再次痛骂了钱恒几句以后，就向成瑶发出了令人心动的offer。

“工资给你翻倍，年终奖金也会增加，另外给你配独立办公室，虽然你的资历目前还不能带教其余律师，但会给你配两个实习生，有什么复印文件、装订案卷的活，你尽管支使他们就行。”

李成轩确实十分有诚意：“我们金砖虽然比君恒规模小，创收也没君恒那么多，但我们对每个好律师都非常珍惜，不会论资排辈，谁有能力谁上，你之前办的几个案子，我都有关注，在能力上讲，是完全没问题的。我们小律所，虽然案源没君恒那么多，但在我们这儿升par容易，你好好干，过几年创收达标，也能升par了。”李成轩讲到这里，想起了什么，“之前我们所的梁依然跳槽去君恒了，所以刚加盟了一个新的合伙人，你应该认识，顾北青，和你一个学校毕业的。”

对于顾北青竟然也跳槽去金砖了，成瑶在意外之余，倒是觉得十分惊喜，她挂了李成轩的电话，又给顾北青打了过去，三人约了明晚一起吃个饭。

做完这一切，成瑶开始写起了辞职信。

等成瑶真的打开电脑，打下“辞呈”这两个字，辞职的真实感才呈现出来。一时之间，成瑶百感交集，她喜欢君恒，热爱这个集体，然而如今，跳槽可能是她事业发展唯一的突破口了。

成瑶与钱恒对婚姻和未来的分歧太大，钱恒不愿意改变原则，成瑶也不愿意勉强自己迁就，这样下去，与其在不断争吵中耗尽最后一丝爱意，还不如此刻当断则断。

一旦与钱恒分手，成瑶继续在君恒待着，成天抬头不见低头见，实在是尴尬。梁依然对她又敌意满满，吴婕案成瑶已经吃了暗亏，继续在君恒待着，难道等着梁依然磨刀霍霍吗?

虽说辞职、跳槽一气呵成，但这也并非是成瑶在冲动之下做出的决定，她此前也多有考量。

君恒里大部分同事对她很友好，只是在梁依然这一拨又一拨的操作下，外加李萌等人的蓄意煽动，恐怕会有越来越多的人，觉得她是靠着钱恒才有成绩的。

成瑶是个要强的人，她不愿意成为钱恒的附属品，不希望被人提到她时的称呼一直是“钱恒的女朋友”或是“钱恒的前女友”，她就是她，她就是自己的太阳，无须凭借谁的光。

跳槽出君恒，是挑战，也是新生，她要摘下身上钱恒的标签，让所有人看清她成瑶的能力。所有的成绩，成瑶都要堂堂正正地拿。

快刀斩乱麻，第二天一早，成瑶就向梁依然递交了辞呈。

梁依然虽然意外，但成瑶自动请辞，退出战局，她心中颇有些扬眉吐气的畅快，只是面上还假惺惺挽留：“成瑶，你还年轻，做事情不要这么冲动。”她拐弯抹角地探听道，“何况辞职这种事，你和钱恒商量过吗？”

“事业发展的任何决定都是我一个人的事，不需要向任何人汇报。”成瑶笑笑，语气淡然坦荡，“何况梁par，我和他已经分手了。”

梁依然一惊：“你们分手了？”

说完，梁依然才感到后悔，因为成瑶正嘲讽地看着她，不卑不亢，气场十足。

对于成瑶辞职，梁依然并不意外，她知道以成瑶的资历，扛不住自己施加的压力。虽然过程里她未免有些卑劣，但在爱情战争里，人不为己天诛地灭，感情也好，人生也罢，机缘转瞬即逝，没人和你讲究谦和以及先来后到，技不如人，只能落败。

梁依然的心里，升腾起隐秘的快乐和战斗胜利的扬眉吐气。

她拢了拢头发："律师是个很辛苦的工作，当合伙人的女朋友也确实很辛苦，毕竟对方没那么多时间陪你，你退出这个行业，虽然我感到很遗憾，但小女孩找个安稳的工作轻松点也挺好的。"她笑笑，"祝你未来一帆风顺。"

成瑶仍是笑："我没有退出。"她的眼睛明亮，整个人仿佛发着光，"以后再见，就是对手了。"

眼前的女孩模样漂亮到耀眼，语气骄傲到有些狂妄，她盯着梁依然："我不会手下留情。"

明明是资历比自己轻很多的新人，梁依然却心中一滞。隐隐的，成瑶身上那种类似钱恒的气质，让她有些意外也有些慌乱。

钱恒气定神闲地回到君恒，对于成瑶在电话里分手的说辞，他并没有当真。成瑶和他感情这么好，怎么会分手？大概是自己这么久没陪她，小姑娘撒娇呢。

钱恒提着他在美国为成瑶买的一行李箱的礼物，按捺着想见她的激动，进了君恒。结果他到了所里，转了一圈，都没见到成瑶。

他逮了个人问道："成瑶呢？"

谭颖瞪大了眼睛，有些支支吾吾："钱par你还不知道吗？"

"什么？"

"成瑶今天上午就辞职了呀。"

钱恒皱着眉，黑着脸，抿着唇，他拿出手机，点到了成瑶的头像上。

写了删，删了写，一分钟折合人民币166.66无穷的钱恒，斟酌了许久，绞尽脑汁，花费了比办几十亿标的额大案还要大的精力，才发出了信息。

"瑶瑶，我回来了，今晚一起吃个饭？我给你买了很多礼物。"

钱恒想，不要问及辞职，这样会显得自己急不可耐，只是轻描淡写的这么一句就够了。做男人，当然要淡然，喜欢的女人闹别扭，作为男人，怎么可以急切？他当然要镇定，要有大将风度，要泰山崩于前而面不改色，要……

只可惜，钱恒的这条信息刚发送完，他的心态就崩了。

微信对话框里显示出这样一条提醒——

“成瑶开启了朋友验证，你还不是他（她）朋友。请先发送朋友验证请求，对方验证通过后，才能聊天。”

钱恒死死地盯着眼前这行字，差点气到升天。

成瑶不仅辞职，还直接把他删除好友了？？？

成瑶，你真是吃了熊心豹子胆了！！！

“钱par，其实你这些天不在，发生了挺多事，成瑶也不是冲动辞职的……”谭颖看着钱恒的脸色，小心翼翼但还是鼓起勇气地说了起来，“她刚经手了一个案子，但……”

听完谭颖的叙述，钱恒才惊愕地发现，这些日子，在成瑶身上竟然发生了这么多事，她什么都没说，独自扛起了这么大的压力。

“她跳槽去金砖了？你去打听下，她今晚在哪里、干什么。”钱恒抿了抿唇，扫了谭颖一眼，补充道，“别让她知道是我问的。”

谭颖狗腿地领了命令，赶紧跑了。

梁依然开庭回到所里，才发现钱恒已经回国了，看起来还正在等她的样子。她的内心有些酸涩又有些小雀跃，想到这个男人和成瑶谈过一段，总是有些难受，但此刻他又恢复了单身，算是不幸中的万幸。

她笑着朝着钱恒摊开了手掌：“拿来吧。”

钱恒不解。

梁依然也不恼，她神情明媚，语气不自觉带了丝娇嗔：“你傻了啊，你出国之前我让你给我带的口红。”

钱恒愣了愣，回道：“哦，那个啊，不好意思，忘了。”

钱恒如此理直气壮，如此问心无愧。

梁依然愣了愣：“可我听包锐说你在美国可是大买特买，差点买空了货柜……”

“哦，我不太知道成瑶到底喜欢什么，所以就每样都买了。”钱恒毫无诚意地道歉，“不好意思，光想着给她买，其他人让我带的东西我都忘了。”

梁依然调整情绪调整了很久，才能尽量平静地道：“上午成瑶来辞职了，你知道吧，我听她说，你们分手了？怎么回事？”

“没分手。”钱恒抿着唇，“只是闹了点别扭。”他想了想，非常郑重地加了一句，“很快会和好的。”

谭颖不辱使命，很快就狗腿地向钱恒汇报了成瑶的行踪：“钱par，经过我的探听，成瑶今晚约了金砖的新同事在胡桃里西餐厅吃饭。”

钱恒点了点头：“好。”

谭颖见势道：“那个……钱par，我在想我最近能不能休个年假……”

“批准了。”

“谢谢钱par！”

钱恒在洛杉矶待了大半个月，回国后，手头也积累了不少活，只是谭颖走后，他怎么也没法静下心来，平生第一次，完全无法进入工作状态。好不容易枯坐到下班，他没理会梁依然约饭的邀请，摆摆手，径直拖着那一箱买给成瑶的礼物，就上了宾利。

金砖律所那几个合伙人和资深律师钱恒基本都认识，他早早到了胡桃里，正盘算着怎么假装偶遇，就见餐厅的大门被推开了，成瑶眉目如画、笑容可掬地走了进来，跟在她身后的是李成轩，还有……还有顾北青？！

一瞬间，钱恒只觉得肾上腺素疯狂上涌，他一点都不记得自己假装偶遇的原则，拉开椅子，朝成瑶走了过去。

成瑶今晚心情不错，在君恒时工作繁忙，她没怎么顾得上和顾北青叙旧，以后两人要成为新同事了，借此机会联系起来，讲起这几年的见闻，交流了工作生活经历，倒是感慨又开心，李成轩也很和善，不时插两句，三个人有说有笑。

只是她刚拉开椅子坐下，背后突然就响起了一个阴恻恻的声音：“成瑶。”

成瑶回头，背后站着的不是她那位直男癌老板病前男友还能是谁？

“有什么事吗？”

钱恒显然被她这个冷淡疏离的态度噎了噎，他清了清嗓子，下意识地道：“有几个案子的情况，我要和你讨论下。”

“钱par，需要我提醒你吗？我已经辞职了。”

钱恒顿了顿，继续道：“是有几个应该交接的案……”

他的话还没说完，成瑶就打断了他："所有案件我已经完成了交接，你还有什么事吗？"

被顾北青好奇地盯着，钱恒心里一万个不爽，然而不知道为什么，他竟然忍了下来："我从美国回来了。"

"嗯。"

钱恒抿了抿唇："我给你带了礼物。"

成瑶的睫毛颤了颤，语气仍是很客气："谢谢了。"

"礼物有一行李箱。"钱恒顿了顿，"我带来了。"

成瑶这次终于抬起了眼睛，她看了钱恒一眼，语气也终于变得温和了起来："谢谢。"

就在钱恒以为她要说什么感动的话之际，成瑶玫瑰色的唇瓣轻启："把行李箱留下，你走吧。"

好在最后李成轩看不下去了："钱恒，坐吧，虽然成瑶离职了，但大家都在一个圈子里，以后还是要多交流、多互相帮忙啊，正巧遇到，不如一起吃？"李成轩说完，对成瑶使了个眼色。虽然李成轩不明所以，但他猜测八成是成瑶和钱恒有什么矛盾，成瑶才离职跳槽的。

钱恒没有矜持，不客气地坐下了，他拉了个椅子，大剌剌往顾北青和成瑶的中间一坐。

李成轩背地里骂钱恒骂得最凶，但此刻见了钱恒，竟然也是最热情的："来啊，钱恒，难得聚聚，要不要喝个酒？今晚我请！"

结果钱恒看了他一眼后，径直转头看向了成瑶，他抿了抿唇："李成轩给你什么样的待遇，我翻倍，你回来。

"带薪年假给你每年20天，还有别的任何要求我都答应，你明天回来上班。"

李成轩反应过来，立刻抗议："钱恒！我才挖来的人！你这是什么意思！当着我的面挖墙脚？！"

钱恒凉凉地看了李成轩一眼："她本来就是我的，不存在挖墙脚一说。"

顾北青挑了挑眉，看向钱恒："难道君恒是奴隶制？一份工作而已，还签订卖身契了？每个人职业规划不同，成瑶想清楚了要跳槽，肯定是之前的岗位不合适了，你这样勉强没意思。"

钱恒表情冷淡地甩下了一个重磅炸弹："成瑶是我女朋友。"

顾北青诧异了，李成轩震惊了……

成瑶放下了筷子，言简意赅地解释道："分了。"

"没分。"

"分了。"

成瑶还想说什么，却被钱恒一把拉了起来，他拽着她："我们好好谈谈。"

等成瑶反应过来，两人已经在餐厅的露天小花园里了。

"没什么好谈的。"成瑶努力维持着镇定和冷静，"我们对人生和未来的规划不同，分手是放过彼此。"

"我爱你，成瑶。"

"但你不想结婚。"

"我可以为你改掉我其他所有的原则，唯独不婚和丁克，我没办法改。"钱恒皱着眉，恋爱以来，他对成瑶是有求必应，唯独在这件事上，他强势而不让步，"婚姻真的并不美好，小孩也很麻烦。"钱恒不解，"你怎么会想不开，想要结婚生孩子？"

成瑶简直被气到"劈叉"："因为我这样优秀的基因必须传承下去，你不想结婚生孩子没人逼你，我找更优秀的基因一起结婚生孩子。你放心，我不找你。"

钱恒一张脸黑得和煤炭一样，他阴沉地道："成瑶。"

成瑶无所畏惧："你有你的底线和原则，我也有我的，你不能为了我牺牲你的不婚和丁克主义，我也不能为了你就违背自己内心去赞美不婚和丁克。这个矛盾没法调和，最终我们还是会分手，所以请你不要再来找我了。"她望着钱恒的眼睛，一字一顿地道，"钱恒，我再说一次，你被甩了！我，成瑶，不要你了！所以请你克制点，认清现实！"

成瑶说完，也不顾钱恒是什么神色，转身就走了。她没办法留下，生怕多留一分钟，她的逞强就会被看穿，又会心软和舍不得。

这一次，钱恒没有再追上前，眼前的少女美丽又耀眼，对战自己也丝毫不怯懦，而钱恒也不得不承认，她说的是对的，自己不能要求她陪他谈一场注定没有结果的恋爱，这样太自私了。

她想要婚姻，他却给不了。

第十四章　分手？没门！

一场聚餐，被钱恒搞得气氛诡异。钱恒虽然走了，那一整个行李箱的礼物，倒是给成瑶留下了。

席间李成轩按捺不住好奇：“我就想问问，你怎么会和钱恒谈恋爱啊？”

“我一时没想开。”

“确实啊……”

“不过和他这种‘毒瘤’谈恋爱是什么感受？”李成轩满脸跃跃欲试，“你别说，我还挺好奇的，想想还挺带感的……”

“多吃两把牛黄解毒丸。”

“说实话，他看起来对你还挺好的呢。”李成轩的问题一个接着一个，“你们为什么分手？是谁提的分手？他想挽回吗？我看钱恒刚才走的时候可怜巴巴的，要不你再给他个机会？他这种人这么欠，我教你啊，你先假装答应复合，然后冷暴力他，折磨他，狠狠地打击他！”

李成轩越说越激动：“他明显还想和你复合，但你以后就是我团队里的律师了，钱恒以后想见你，可能还得看我的脸色，还得来拍我马屁，哈哈哈哈哈，他也有今天啊，真是解气啊哈哈哈哈……他要是来找我，我就让他……嘿嘿嘿嘿……”

“咯咯。”

直到顾北青用刻意的咳嗽打断了李成轩的思路，他才终于停了下来：“不说他了，来，聊聊我们美好的明天，吃菜吃菜！”

李成轩觉得自己最近诸事顺利，自从成瑶加盟金砖以后，他每天睡觉都要笑醒，自己这次挖人实在是挖得高明啊，这一不小心，不仅挖的是钱恒亲手带教的徒弟，还是他心爱的女朋友！值！实在是太值了！

成瑶一点没让他失望，不仅硬气地拒绝了钱恒的复合要求，抢起君恒的案源来也是毫不手软。来金砖半个月，她像是薅羊毛一样从君恒手里薅走了三个案子，两个标的额千万，另一个标的额更是近亿。

李成轩也多少听到了关于成瑶的风言风语，不外乎说她靠钱恒上位，在君恒办坏了案子才灰溜溜辞职。然而律师不应该听信谣言，眼见为实，成瑶不仅能抢案源，更能办案子，这三个案子她都办得非常好，有些思路甚至李成轩都没能第一时间想出来，实至名归的美貌和实力兼具。

只是除了成瑶的办案风格上……虽然大部分时间成瑶与客户沟通起来非常有亲和力，柔中带刚，很有自己的风格，但不经意间，李成轩发现，她竟然不自觉就流露出一些钱恒的风格。

“成律师，我可能是冤枉我老公了，他和我说了，和那个朋友只是纯洁的友谊，昨天痛哭流涕地对我解释，我觉得看他那个样子，应该是真的，咱们没必要再对他进行出轨取证了……虽然很少见，但我也相信男女之间还是有纯洁的友谊的。”

“男女之间纯洁的友谊？”成瑶面无表情，“那玩意儿老年夫妻之间才会有，其余情况下不存在的，冷静点，好好取证。”

“成律师，我就咨询了半个小时，这个钱还要收啊？我以前在别的律所，这些咨询都是免费的！”

“SPA馆的‘免费体验’‘零团费旅游’，还有所谓的‘免费试吃’，这些‘免费’的东西，真的免费？”成瑶瞥了一眼对方，“你真去‘免费’体验了，不花钱，你就出不来了。任何律师都不会提供免费的服务，一旦说是‘免费’，那后期让你付出的代价更大。你是想现在支付我半小时的咨询费，还是想以后支付十几倍的咨询费？”

在金砖干了没多久，成瑶浑然不知自己在A市法律圈竟成了个风云人物。

这天她开完庭正准备走，在楼梯拐角突然听到了别人的讨论。

“你们知道金砖的成瑶吗？”

“嗯？”

“从君恒跳出来的，钱恒亲手教出来的律师啊。”

“她啊，我知道，刚才我还见到了，在这开庭了，长得可真漂亮，像明星似的。”

“当然漂亮了，人家是钱恒前女友！”

“这么劲爆？！”

“是啊，钱恒可喜欢她了。我有学妹在君恒实习，说她跳槽以后钱恒每天脸都黑得和什么似的，她走之前有个案子的证据原件莫名其妙丢了，虽然后来解决了，但钱恒现在坚持彻查证据原件到底是怎么丢的。”

“不过人家不仅脸漂亮，做的案子也漂亮，我昨天和张法官聊天，张法官对她赞不绝口，说这年轻律师办案态度认真，思路清晰，逻辑严密，一上庭整个人非常强势，把对方四十多岁的资深律师都堵得说不出话来……”

“以前还觉得她在君恒是靠钱恒才有那些成绩，现在去了金砖，没后台没背景，做的案子倒是越来越好，看来是真本事。”

“有点想认识认识啊……”

“你的思想太危险了吧？钱恒的女人你也敢碰？你是不是嫌自己活太长了？”

“不是分手了吗？！”

“我学妹说了，上次他们君恒聚餐，她瞥到钱恒的手机屏保还是成瑶的照片。你觉得你现在去追人家，钱恒会不会捅死你？而且人家都和钱恒在一起过了，还看得上你？”

后来这群律师还八卦了什么成瑶已经没再注意了，她没有再停留，直接绕过楼梯走入大厅，推开法院的门，门外是冬日里和煦的阳光。

她沐浴在阳光中，刻意不去想关于钱恒的事，只从工作而论，现在的她，终于能慢慢证明自己了。这一刻，成瑶只觉得内心涌动着满足感和快慰。

没有钱恒，她也能做好，她也会发光，她不屑于做任何人的陪衬。

李成轩这边春风得意，钱恒就简直诸事不顺了。

成瑶辞职了，她的办公桌彻底空了出来，他总觉得心里也空了出来。这几天君恒又招了几个新人来，行政部朱姐本来安排了人坐成瑶的座位，然而钱恒让人调了位置，成瑶不在了，他总觉得谁也没法填上她的空。

只是谭颖和他说的事，钱恒倒是有些警觉。成瑶不会犯丢失原件这种低级错误，这里面绝对有问题。

谭颖来来回回把这件事讲了几遍："总之就是莫名其妙丢了，证据原件就在成瑶桌上放了几个小时，她出去吃了个饭吧，原件就没了，我和她都找遍了，还翻了君恒门口的监控，我们出去吃午饭期间没有外面的人进来过……"

"那所里的人呢？"钱恒敏锐地抓住了重点，"所以有人进来过吗？"

"所里啊……"谭颖想了想，"好像只有梁par进来过。"

钱恒抿着嘴唇，谭颖走后，他径直去调取了君恒门口的监控录像，根据谭颖说的时间，他来来回回看了几遍。成瑶、谭颖等一行人一起出去吃午饭后，办公室里就没人了，直到十分钟后梁依然行色匆匆进了君恒，片刻后又匆匆离开。

钱恒一点也没打算委婉，他进了梁依然的办公室："成瑶那个丢了原件的案子，你解释一下。"

梁依然愣了愣，随即抬头，脸色愕然："什么解释？她那个案子，是我指导不力，没多注意她的心态变化，应该再叮嘱她认真点，所以我已经自己把当事人的律师费退还了。"

"这个案子我翻了卷宗，她办得没问题，结果上丢不丢借条都无差别，我作为合伙人，反对这种纵容客户撒泼的行为，认为不应该退还律师费。你作为带教律师，团队员工遭遇这种事，更恰当的做法应该是更强势地维护员工，而不是息事宁人。"

梁依然有些尴尬，语气也有些委屈："可那个当事人你没看见，太缠人了，特别烦，嘴里还不干不净地到处骂人……"

钱恒的表情很平静，也很冷："梁依然，你是个合伙人，团队成员出了事，对外本来就应该合伙人来扛，扛完了对内再来清算责任，这个道理，需要我再教你吗？"

梁依然还没顾上难堪，钱恒的声音便再一次响了起来："她丢的那张原件，是不是你拿的？”

钱恒的神色很冷，梁依然不禁有些慌乱，她立刻否认：“怎么会？我怎么可能做这种事？钱恒，我知道你喜欢成瑶，但你为了她一点公正不讲，就来冤枉质疑我，有点过了吧？”

钱恒没表态，只是把手机翻拍的那段监控放到了梁依然面前：“我排查了时间，成瑶自上一次见到借条原件到发现借条失踪，就只有这几个小时的空隙，她的办公桌边平时也都有人，唯一的作案时间就是她和其他人中午出去吃午饭的间隙。”

钱恒盯向了梁依然：“她年纪小，还有点愣头愣脑，但我不傻，那段时间只有你出入办公室了。”

梁依然抿紧了嘴唇：“这个案子是成瑶独立办的，我没有插手过，甚至连她的应诉材料都没见过，没碰过一下。”她表情镇定，一颗心却是止不住下沉。

钱恒为人并不热络，然而也从不会这样咄咄逼人。梁依然没想到，他会为了成瑶做到这一步，她以为自己不论如何地位都比成瑶高，成瑶是已经战败退缩的前女友，而如今自己是为君恒创收的新晋合伙人，就算钱恒和自己没有进一步发展，未来也是抬头不见低头见的同事和合作伙伴，至于为了这么点事弄到对质的地步？何况有些事，睁一只眼闭一只眼就好，都已经过去了，追查有什么意义？

“可能我处理方式上是有不妥，下次一定注意。”梁依然服了软，笑了笑，“但现在也处理完了，结案了，没必要再花心思折腾了。你也别对我多心，成瑶刚到我团队下，可能和我的工作风格不太一样，但我怎么可能把借条原件拿走？”

“成瑶的事，每一件都值得我花心思。她是从我的团队调去你那里的，是我相信了你的专业能力促成了这个调动，我对她在你的团队里遭遇的事，应该负责。”钱恒的表情严肃，他盯向梁依然，“我最后问你一次，是不是你拿的原件？”

“我没有。”梁依然也恼了，她气钱恒的不解风情，气钱恒的固执，也气钱恒的不忘旧情，她第一次有些失了态，“钱恒，我知道你分手了不开心，但你不能把怒气发泄在我身上，成瑶辞职了，她自己办案子办得有差池，在君恒待不下去了，这不是我的问题，是她能力的问题！”梁依然面色潮红，十分委屈，“你也是个资深律师了，说什么都要讲证据，你要有什么需要我配合去验证的，我都配合，我自证清白！”

这话说完，钱恒果然没再说话，梁依然松了口气，刚想找个新话题缓和下气氛，却听钱恒再一次开了口：“你连碰都没碰过那份应诉材料是吗？”

梁依然不疑有他：“是。”

“你愿意配合自证清白？”

“没错。”

“那做一个指纹检测吧。”钱恒表情淡然，“既然没碰过，案卷材料上应该没有你的指纹。我认识一个做这方面检测的朋友，你什么时候有空和我一起去一下。”

梁依然难以置信地看向钱恒：“你为了她要做到这种地步？把我直接当成犯罪嫌疑人？钱恒，不论结果怎样，你向我提出这个要求的时候，你知不知道我们之间就撕破脸皮了，以后都没法好好保持合作同事关系？你想过你这么做的后果吗？”

一时之间，委屈、嫉妒、不甘、恼怒席卷了梁依然，她的心里愤恨而阴郁：“是不是成瑶和你说什么了？她肯定不会说我什么好话！”

钱恒抿了抿唇：“她不是这种人。”

“那她是什么样的人？！她在你心里就这么完美？钱恒，你才认识了她多久？一年都没有。可我们认识多久了？从大学到现在，整整八年，难道这八年就抵不上她几个月？！”梁依然盯着钱恒，自加入君恒以来的委屈和酸涩全都倾泻了出来，“何况你现在断定的原件丢失时间，根本是建立在成瑶一面之词上的，你有没有想过，她可能骗了你？她最后一次见到原件根本不是那个时间，发现原件丢失也不是那个时间，她可能真的自己弄丢了原件，怕被责骂才下意识地推脱责任？”

就在梁依然以为说动了钱恒之际，却听钱恒顿了顿，坚定而淡然地说道：“你是我八年的同学不假，但她是我的女人，做男人最基本的原则，关键时刻要相信自己的女人。”他盯着梁依然，“我相信成瑶，无条件相信她。”

这一句话，就像是一个导火索，彻底点燃了梁依然心中的炸药，她终于没法维持那平静的表面，情绪彻底失控了。

“对，是我做的！我就是看她不顺眼！”她的声音尖锐，表情难掩嫉恨，“她有什么好的，让你这么心心念念，你们都分手了，你还处处维护她？就因为她年轻漂亮？钱恒，没想到你也这么肤浅！你也不过就喜欢这种人！只喜欢新鲜的感觉！人家有心机地勾引你，你就真的上当了……”

“是我追的她，梁依然，对她放尊重点。”

“你们都分手了！钱恒，分了！她哪里好了？！你倒是说啊！”

“她哪里好我知道就行了，没有必要对你解释，她也不需要你喜欢，我喜欢她就够了。”

梁依然几乎要落泪：“钱恒，你的心是死的吗？你知不知道我……”

“我不想知道。”钱恒毫无感情地打断了她，“梁依然，既然你也承认自己抽走了原件，虽然对案子结果没影响，但你这样的行为毫无职业道德可言，尤其作为君恒的一员，对自己手下律师用这种下作的手段，根本不符合一个合伙人的言行标准。

“你自己辞职吧。”

梁依然简直不敢相信自己的耳朵：“你说什么？”

“你自己辞职，向客户道歉说明真相，归还借条原件，我会通过群邮件通报处理这件事。”

这个时候，梁依然也冷静了下来，她冷笑道：“钱恒，我反口不承认，你一点证据也没有，你也没办法强制逼迫我去做指纹鉴定……”

“我录音了。”钱恒的声音冷冷的，“自刚才进办公室开始，所有的对话，我都录音了。”

梁依然面色惨白：“你从来没相信过我，你已经预设了我就是犯罪嫌疑人。”她看向钱恒，“你知不知道这样的内部通告一出，我在A市法律圈都会名誉扫地，这会摧毁我的职业生涯！”

“一个律师的一生里办案出过瑕疵不会摧毁她的职业生涯，冥顽不灵、固执不改才会。”钱恒看了梁依然一眼，“道歉、消除影响，好好改正，再也不重犯，梁依然，你未来还有很长的职业道路，好好想想。”

连续结了几个案子，成瑶才得了空，和休完年假的谭颖约了吃饭。

这一晚，谭颖倒是带来了几个劲爆消息。

“就很突然的，梁par辞职了！她才入伙了君恒没多久啊，也没什么征兆，就突然辞职了。本来我们还不知道怎么了，结果昨天所里合伙人联合发了通告，通报了梁依然离职的缘由，我们才知道原来你上次那个证据是她弄丢的，查出来后，钱par让她自己引咎辞职了。”

成瑶握着筷子的手顿了顿：“怎么还会扯到那件事？还会彻查？不是过去了一阵吗？”

谭颖翻了个白眼：“算了吧，你的事在钱par眼里没小事，他为了给你正名查证了挺久的。一个女par竟然犯这种低级错误，而且还让团队里的助理律师背锅，反正以梁依然现在的名声，她在A市法律圈是没法混了，我听说她只能离开A市，去B市发展了。这女人可真够虚伪的，当初连我都以为她是个不错的人。现在所里对她的风评真是一塌糊涂了，太下作了，我们都觉得她就是嫉妒钱par喜欢你……”

成瑶心里不是没有感慨，以前的她确实想着早晚有一天，能在大众面前戳穿梁依然伪善的嘴脸就好了，然而如今得知梁依然自作自受的消息，她的内心也并没有强烈的舒坦感。

自从加入金砖、慢慢用一个个案子证明自己以后，她才发现，一个人足够强大了，是根本不会在意外界的看法的。人生在世，永远做不到不让任何人误解，然而这种时候，与其追着那些误解自己的人去辟谣、去解释、去澄清，还不如好好做自己，用成绩说话，用行动打脸。

谭颖转了转眼珠：“说实在的，你和钱par到底怎么了？就这么分手了？还能复合吗？”

成瑶吃了块牛肉，赶紧转移话题：“这肉不错，你来一块。”

“行行行，不说钱par，还是聊所里的八卦，你知道吗？王璐和李明磊竟然要结婚了！两人终于不搞地下情了，这次公开了，已经去拍婚纱照了！现在成天在所里秀恩爱喂我们吃狗粮！”

成瑶看着谭颖手机里王璐和李明磊的婚纱照，一时之间既祝福又有些羡慕，明明努力克制，但还是忍不住想到了那个男人。

“对了，忘了说啊，李萌也刚递了辞职信。她上礼拜刚被她的带教律师约谈了，说她每天准时上下班，从不肯加班，一点当律师的自觉也没有，做事没主动性，还以为自己在国企呢，心态没调整过来，案子也办得循规蹈矩，一点积极性都没有。她的带教律师委婉地说了，觉得她不适合当律师。”

谭颖的脸上有些解气的表情：“真是活该，自己不努力，老嫉妒别人，当时你走了，她在背后可没少讲你坏话，可惜有什么用？技不如人不想着长进，现在被劝退了，自作自受！”谭颖说到这里，撇了撇嘴，“之前背后嚼舌根那几个实习生，我也留意了下，实习生考核的时候一个也没留下来，都是业务能力不合格，也不意外，认真的人哪有那时间天天在茶水间八卦？”

两个人许久没见，又聊了好些，才尽兴而归。

成瑶刚告别了谭颖，最近忙到失联的秦沁竟然也打来了电话。

“喂，瑶瑶，我有个案源。

“是我老板，她家里出了点事，可能得打个遗产官司了。”

成瑶听到有案子，飞快地进入了工作状态：“怎么回事？”

“就是我老板，你知道吧，陈林丽，我在的这个公关公司就是她和老公章凯一手创办的，她是公司挂名的董事，负责管理人事和行政。”

“她家里老人出事了？”

“没。”秦沁有些感慨，“飞来横祸，她老公和儿子出事了。几个月前他们一家三口去土耳其度假，坐了个热气球，结果热气球降落时出了事故，他们三个都被甩了出去，虽然马上送去了医院，但她老公和孩子没救过来。”

成瑶愣了愣，她对秦沁的老板也略有耳闻，陈林丽身材苗条，听说很漂亮，虽然家境贫寒，但上学和工作都上进极了。章凯的父亲开个小厂，不算巨富，但心地善良爱做慈善，曾经是陈林丽的资助人，逢年过节会统一邀请被资助的贫困学生来家里吃个团圆饭，结果没想到一来二去，陈林丽竟然和章凯看对了眼，谈起恋爱来。虽然家境身份相距甚远，这两人竟然最终修成正果，结了婚，有了个儿子章然。

虽然章凯家境优渥，但章凯选择了自己创业，一手创立了凯丽文化，在公关业内是数一数二的黑马。不仅在公关营销咨询领域颇有建树，章凯眼光稳准狠，利用公司盈余投资了房地产、能源和互联网等行业，如今直接成立了凯丽控股，身家估值已经近百亿。

“她家里情况是这样的，她爸妈早早就没了，她公公前几年也去了，她老公是独生子，所以一家人，现在只剩下了她和她婆婆黄苒。”秦沁叹了口气，“她婆婆历来跟她不和，以前她和她老公谈恋爱时，她婆婆就没少插手，现在儿子孙子都没了，见了她和见了仇人似的，来我们公司都闹了两回，说她克夫，命里带衰，才害死了儿子孙子。”

“现在她婆婆死咬着她不放，为了遗产要争个你死我活，你知道的，她平时对我很照顾，我也想帮帮忙。之前她也请了很多知名律师，但对接下来都觉得不行，一连换了好几茬，上个礼拜一审判决好像对她不太友好，她准备二审上诉之前换律师，但没找着好的，我把你以前经手的那些案子一说，她还挺有兴趣的，你要是觉得没问题就和她见面聊聊。”

成瑶是作为独立执业律师进入金砖的，已经没有带教律师，因此也没有人会分案源给她，想要发展，拓展案源的压力就在自己头上，面对秦沁的好意，她感谢后立刻趁热打铁和陈林丽约了见面。

陈林丽把时间定在了第二天上午，地点是家环境清幽的茶馆。

成瑶先到，没过多久，陈林丽也准时出现。

一时之间痛失所爱，还是两个，陈林丽整个人都被打击得有些摇摇欲坠，本来就不大的骨架看着更瘦小了，仿佛冷风一吹就能被吹倒。然而令成瑶印象深刻的是陈林丽的脸，她非常非常漂亮，是那种让人看了一眼难以忘怀的美，只是美则美矣，此刻仍掩不住苍白的脸色和布满血丝的眼。

“成律师，您好，我想秦沁已经向您介绍过我了。”陈林丽说起话来十分温柔，如水一般，“我这个案子情况是……”

“您和您婆婆目前争议最大的遗产是凯丽控股的股权，您不希望凯丽控股分割，希望以房产、现金等其余资产形式分配给您婆婆，由您全权掌握凯丽控股；但您婆婆却希望分割到股权。”成瑶抿了抿唇，努力不用刺激对方的语气说道，“而目前庭审争议的部分恐怕是关于您先生和儿子的死亡时间。”

陈林丽有些讶异：“成律师是怎么知道的？因为是遗产纠纷，一审并不允许旁听。”

“你们这个案子虽然不公开审理，但您婆婆黄苒女士接受过一些媒体的采访，我找来做了些功课。”成瑶有些抱歉，“至于庭审争议的部分，我找了土耳其方面对这个事故的英文报道，得知对您先生和儿子的死亡时间，土耳其卡帕多奇亚当地处理得有瑕疵，因此导致在死亡顺序上有争议。”

陈林丽虚弱地笑笑：“成律师没必要去查那些报道，我可以告诉你第一手的案情消息。”

“我知道同时失去两个深爱的人您非常痛苦，我想尽可能让您少回忆这件事的细节，所以先做了功课，如非必要，我会尽量减少向您索要非相关的案件细节的次数，只有几个关键问题，您回答我就可以了。”

这一次，陈林丽是真的意外了，她脸上的表情交杂着悲恸和动容，她看向成瑶：“我只要凯丽，其余都可以不要，你能帮我争取到吗？”

“我会竭尽所能。”

陈林丽点了点头：“这个案子，我想请你来代理。”她看了成瑶一眼，“我婆婆的律师，是钱恒。”

成瑶顿了顿。

陈林丽看了她一眼：“一审的时候，我找了所有我能找到的知名律师，两名资深律师作为代理上庭律师，其余聘为智囊团，一共八个人，中间我不满意还换过四个，我婆婆只请了钱恒一个人。但是一审判决不理想，我请的那么多人，都抵不住钱恒一个。”

成瑶咬紧了嘴唇。

“人太多了，我发现反而是反效果，每个律师的办案思路不一样，大家都很资深，固执己见，还不如只交给一个律师。”

“您这个案子，为什么想到了我？”

陈林丽垂下了目光：“在接洽你之前，我找过别的律师。我去法律圈里打听过了，除了钱恒外，我还听说邓明律师也非常专业，他一听案件标的额果然很有兴趣，但一听说对手是钱恒，就推说自己档期排不过来拒绝了。”

“后来我听说了你。”陈林丽顿了顿，“我不想骗你我找你的初衷，因为他们说你是钱恒的前女友，他很喜欢你。”

“陈女士，很抱歉，我只能以我的专业能力为客户服务，永远不会利用自己的身份妄图绕过法律去影响对方律师或案件结果。”成瑶不卑不亢地道，“您如果看中了我的身份，那请您还是另请高明吧。”

“我开始确实有小心思，希望用你的身份影响到钱恒，影响到这个案子的结果。但看到你的时候，我改变了主意，很抱歉之前对你有那样冒犯的想法。”

陈林丽坚定地道：“我现在还是想请你做我的律师。我意外得知你是秦沁的朋友，秦沁也给我看了你办过的案子，你很有韧劲也很有能力。另外你以前在钱恒手下工作，比其余律师更了解他的风格和他的思维模式，知己知彼，我想只有请你或许我还有一丝胜算。”

最终，成瑶在陈林丽的恳求下接下了案子，拿到了一审卷宗和案件相关材料。她猜得没错，一审案件的争议焦点果然是章凯章然父子的死亡顺序。

因为不存在遗嘱，所以父亲和孩子之间死亡顺序不同，造成的遗产法定继承顺序和多少也会完全不同。法定第一顺位继承人分别是配偶、子女和父母，那么如果是章凯先死亡，婚内共同财产中属于章凯的那一份，将平均分配给陈林丽、黄苒，还有当时尚存活的章然，这之后章然死亡，章然的所有遗产，都将由陈林丽继承。但如果章然先死亡，那么他的遗产，平均分配给的是陈林丽和章凯，此后章凯死亡，章凯的所有财产，再继续平均分配。

简言之，如果章然先死，那么陈林丽分到的遗产就少，如果章凯先死，陈林丽能分到的遗产就多。而实际操作里，一旦父亲孩子同时死亡，那么推定父亲先死。

只是在陈林丽这个案子里，一审判决中，认定的事实是孩子先死，因此导致黄苒所得的遗产份额增多，光是房产和现金也不够填补她应得的份额，分割凯丽的股份不可避免。

成瑶细细看了材料，才发现难怪在死亡时间上有争议，因为章凯和章然被甩出热气球后并没有当场死亡，两人的死亡发生在送医途中，当时兵荒马乱，两人分别在不同的救护车上，说实话确实没人密切关注二人的具体死亡时间。土耳其方面认定孩子先死仅仅是因为孩子被甩出去更远，于是天然地认定体弱的孩子受伤更重，因此直接推定了先行死亡，出具的死亡证明上便也是如此。

如果能证明章凯先去世，那结果就完全不同，陈林丽就有很大概率得以保全凯丽的股权。

好在离二审还有充足的时间，成瑶花时间仔细整理着陈林丽和章凯的婚后财产清单，只是精力到底有些不济。为了做好这个案子，很多其余新接的案子，她便找顾北青搭档一起合作。

这天两人正有说有笑地开完庭出来，成瑶便感受到了一道死亡视线。她下意识地回头，果不其然，在法院大厅拐角处站着的，不是钱恒又会是谁？

他穿着西装，极其冷淡，也极其英俊，就那样带着一脸难以取悦的疏离表情站着，他冷冷地扫过成瑶和她身边的顾北青便转过了头，他的身边是中级人民法院的副院长，正拉着他说着什么。

顾北青正好接到客户的电话，便走远了，只剩成瑶往门口走，她离钱恒越发近了，也终于听清了他们的对话。

“钱恒啊，我有个侄女，今年刚从法学院毕业，对律所工作还挺好奇的，正好要找工作了，有些迷茫，对你还挺崇拜的，你看这几天有没有空一起吃个饭？”

成瑶下意识地抬头看了钱恒一眼，她的心里混杂着惊讶、紧张和失落。

钱恒很优秀，像他这样的男人单身，想给他介绍对象的人趋之若鹜。只是知道这个事实是一回事，直接撞上这个场景，她却实在不好受。

他如今单身，面对的又是法院副院长的橄榄枝，恐怕说什么也至少应下来吧。

“王院长，我最近可能没什么时间。”

王院长脾气挺好：“那要不等过段日子？反正也不急。你最近忙什么案子呢？”

“没忙案子。”钱恒的声音冷淡镇定，“忙着处理女朋友留下的烂摊子。”

王院长果然惊了：“你不是单身吗？”

“哦，不好意思，说错了，是前女友，分手了。”

“怎么分的手啊？”

钱恒抬眸冷冷地看了成瑶一眼：“她跟人跑了。”

王院长这下完全不想撮合自己侄女和钱恒了，满脸同情地拍了拍钱恒的肩膀：“年轻人，想开点……”

成瑶目瞪口呆，竟然莫名其妙就被钱恒扣了这么一口锅下来。

王院长接了个电话，和钱恒打了个招呼便走了。今天开庭的人不多，偌大一个法院大厅，就只剩下成瑶和钱恒了。

“什么叫我和人跑了？”成瑶忍了忍，还是没忍住，“分手后见人品，有你这样扭曲事实的吗？”

“我最近都没怎么睡好。”钱恒的脸还是冷冷的，他看了成瑶一眼，便垂下了视线，“你倒是睡得着吃得下。”

虽然语气平静，但钱恒说的内容，完全是控诉了。不过也是这时，成瑶才发现，钱恒漂亮的眼睛下面有一圈淡淡的青黑色阴影，衬着他白皙的面容，有些触目惊心。

“从来只闻新人笑不闻旧人哭。”钱恒冷笑了声，阴阳怪气地道，“这话说得倒是没错。”

这下轮到成瑶生气了：“别说得分手是我的错一样，你怎么不和王院长说，你耍流氓谈恋爱不结婚啊？”

钱恒看了成瑶一眼：“我没耍流氓，耍流氓的是你。”他侧开了头，“睡完了就跑，说分就分，现在还和别的男人搭档了，利索地抢案源。”

成瑶笑了，她挑了挑眉，挑衅地看向钱恒：“现在不努力发展事业赚钱，以后年纪大了，想结婚的时候，怎么能养得起年轻的肉体？”

钱恒的脸色难看，他死死地盯着成瑶：“成瑶，你是不是要气死我才算完？”

“我们已经分手了，我的未来和你没关系，你也二十八岁高龄了，快步入中老年了，平时要养生点，心平气和，生气伤肝啊。”

“成瑶！”钱恒镇定自若的表情终于彻底龟裂了，他拽住了成瑶的手，把她拉到了跟前，“对你而言，结婚是不是就那样重要？”

成瑶回望向钱恒：“是的。结婚不是目的，不是一恋爱就必须结婚，但如果水到渠成，结婚对我来说就是日常生活里一件正常发展的事，我没法和你谈一段看不到未来和终点的恋爱。”

她说完，想要甩开钱恒的手，钱恒却没有让她如愿，他握得更紧了一些：“再给我点时间。”

“再给我点时间”，这样的话听起来仿佛充满了希望，然而正因为带了模糊的希望，成瑶才更加不敢停留，有些事，没有期待就不会受伤。她几乎是强硬地甩开了钱恒：“我们已经分手了，以后见到我，不用手下留情。”

钱恒最近一直在思考着婚姻的本质和意义，努力想要找到一条能和成瑶继续走下去的路，听到成瑶的话，他一开始光顾着气，压根没理解成瑶说的“不用手下留情”是什么意思，直到他在陈林丽、黄苒遗产继承纠纷的二审上诉材料上看到了成瑶的名字——她是对方的律师。

钱恒知道不应该，手机在手里拿了放，放了拿，时间一分一秒过去，等他反应过来，他已经拨通了成瑶的电话。

成瑶迷迷糊糊之际接了电话：“喂？”她刚刚看着案卷，不知不觉就趴着睡着了。

电话里的钱恒几乎脱口而出，声音低沉性感，带了点责备：“你又趴着睡着了？下次别趴着睡，容易感冒。”

他说完似乎才意识到不妥，两个人沉默了片刻，成瑶终于忍不住开了口：“什么事？”

“你接了陈林丽的案子？”

“嗯。”

“不要做这个案子。”

“为什么？”

“成瑶，这个案子比你想的麻烦，陈林丽的情况二审也很难翻盘，你对上我更是没有胜算，这个案子，你做，必然败诉。案子标的额不小，你的当事人一审几乎把A市所有知名家事律师换了个遍，对凯丽的股权是志在必得，坚持到了偏执的地步，难搞得很，你要是输了二审，她不会让你好过的。”钱恒的声音四平八稳，只是语气的末梢里，还是流露出了点情绪，“你跳槽到金砖，需要稳固自己的口碑和名声，我知道你想快点做出业绩，但这个案子不合适，你必输无疑，输掉了只会影响你未来的履历。想成为知名律师也不能一步登天，不妨先从简单点的案子做起，稳扎稳打。”说到这里，钱恒顿了顿，他的声音略微有些不自然，“我这里正好有些适合你的案源，我精力有限，何况也不做那么小标的额的案子，正好对接给你……”

“钱恒，”成瑶很平静，“我们分手了。你的案子，留给你自己所里的律师就行了。”

电话那端沉默了片刻，成瑶才再一次听到了钱恒的声音：“你不要这些案子没关系，但陈林丽没你想的那么简单。黄苒和我说过她是怎么步步为营把章凯弄到手的，当时章凯本来还有个门当户对的青梅竹马，就这么生生被她撬了，挺有本事的，还先怀孕，章凯家比较传统，她就这么登堂入室了。”

“钱恒，你说过不要相信当事人的话，黄苒和陈林丽之间的婆媳关系一直紧张，现在在其中调和的章凯和章然都不在了，她能对陈林丽有什么好话？”

“这当然是黄苒的一面之词，但我只是提醒你，陈林丽之所以找你当代理律师，也是有目的的。”

钱恒的话说得很含蓄，但成瑶立刻听懂了：“你指的是她想利用我是你前女友的这层身份是吧？”她笑了笑，“你放心吧，我不傻，她人也挺坦荡，直接和我交代了这层想法，你放心，我不会因为和你有过什么就妄图私下求情。”

钱恒的声音有点闷：“我知道你不会。”

“那还有什么好说的？我都已经跳槽出君恒了，钱par难道你手长到别的律所的业务都要管？”

“但你不用私下求情，也照样可以影响我。”

“我……”钱恒的这一句话，突然像在成瑶的心上打了一拳，她像是突然卡壳了，无措地抓着手机，完全不记得自己下一句应该说什么。

“你执意要接这个案子的话，我不能阻止你。”钱恒顿了很久，才道，“那就对我差一点。”他停了停才继续，“不然你当事人的目的就达成了。”

成瑶挂了电话，心还在剧烈地跳着，她的心里混杂着酸涩、悸动和懊恼。

钱恒这是什么人？！竟然能一本正经地说出这种话！更气人的是他竟然还断言她赢不了这个案子！

成瑶情绪复杂，只觉得憋着一股气，她倒是要好好挫挫钱恒的傲气！虽然形势对她不利，但也并非毫无生机，光是章凯和章然的死亡证明就可以做文章，只是麻烦了些，最终势必得去土耳其进行调查取证。好在当初热气球事故目击者众多，其中因为有个中国旅游团，倒是有不少中国人亲历了事故，还有个别热心人帮着将伤者送去医院，如今他们肯定也都回国了。

只要她找到目击者，锁定证人证言，再推翻此前的死亡时间，虽然涉及跨国取证会很烦琐，但也未必不可行。

成瑶正想着，秦沁的电话打破了平静。

“瑶瑶，你快来！我老板她吃了一整瓶安眠药！”秦沁周边的环境很嘈杂，“幸好我今晚有工作上的事找她，现在我在医院，但钱没带够，你能来吗？”

成瑶二话没说，拎着包就跑去了医院。

幸好发现及时，医生给陈林丽紧急洗了胃，目前已经没有生命危险。

成瑶去的时候，陈林丽就这么一个人孤孤单单躺在病房里，门外是秦沁在扒拉着盒饭。

“怎么突然就想不开了？”

秦沁声音闷闷的：“今天是章凯的生日。”

一时之间，成瑶也不知道说什么好，只是她没料到，陈林丽会选择在这一天自杀。

“她才入院，也不知她婆婆怎么就得到了消息，已经在网上开始黑她，说她这是作秀。”秦沁一脸心疼，“天知道我真的是突然想到有个事儿要找她，打她电话没通，阴错阳差想起来去上门的，要是我今天没去，她身边一个亲人也没有，真的就这么死了！要真是眼巴巴地想着那点遗产，谁会拿自己的命作这种秀？”

成瑶望了一眼病房里脸色苍白还在昏睡的陈林丽，突然有些好奇：“她……她和章凯的感情怎么样？”

其实成瑶并不在意陈林丽和章凯的感情状态，自从白星萌案以后，她更习惯和客户保持距离，只负责法律专业的部分，钱恒总是教导她，那些感性的东西，对案子并没有多大影响。

秦沁受不了般翻了个白眼：“你一看就也被那些报道给洗脑了，觉得她和章凯结婚动机不纯。”

成瑶有些不好意思，虽然心里不断告诫自己不能预设立场，要保持中立，但人是情绪动物，多少会受些舆论影响。

秦沁看了一眼病床上的人：“说实话，我刚见到他们夫妻，和别人想的是一样的，这女的显然是为了钱结婚的啊！她长得这么好看，章凯什么样，网上你也能查到，身高160厘米，体重倒是180斤，小眼睛塌鼻梁，发际线还后移，往陈林丽身边一站简直是现实版的美女与野兽。后来知道了陈林丽家里穷，章凯家家境还不错，创业更是做大了凯丽，以前还有个门当户对的青梅竹马，结果陈林丽愣是撬了墙脚。反正知道这些以后我对陈林丽的定位就更精准了，觉得她就是那种穷怕了想过好日子的女的，觉得她婆婆不喜欢她也很正常。”

成瑶没说话，认真地听着。

“但后来我发现根本不是这么回事，陈林丽是真的很爱章凯，你要是见到她平时看章凯的眼神就知道了，爱和崇拜这种东西装不出来。”秦沁叹了口气，“而且相处久了，就能发现章凯这人真的不错，温和宽厚，说话幽默，虽然是老板，但从不盛气凌人，非常有教养，视野也很高，和他聊什么行业他都非常懂，学识渊博但为人谦逊，平时对陈林丽也是真的好，很体贴，懂得疼人。至于那个青梅竹马，章凯压根只把人家当妹妹，也根本没有挖墙脚一说。”

“关键是，陈林丽不只长得漂亮，她非常有能力，章凯虽然名义上是凯丽的创办人，但把企业做大做强的其实是陈林丽。章凯为人太温和了，更像个儒雅的学者，不适合做生意，反而是陈林丽在谈判时非常强势果决。”秦沁很感慨，“凯丽走到这一步，其实基本都是陈林丽的功劳。外人说她是傍大款，其实不是，以她的能力，她不和章凯结婚，自己去拉投资，也会成功。现在凯丽走上了正轨，她才退居幕后，只做了挂名董事，管管人事和行政。”

成瑶突然有一些动容，因为容貌而被否定，她并不是没经历过。

秦沁还有工作要忙，她告辞后，成瑶便留下来陪护陈林丽。成瑶望着陈林丽秀美的侧脸，心里有些乱。

陈林丽是在傍晚时醒过来的。

成瑶就坐在她的身边，看向陈林丽：“为什么想要死？”成瑶斟酌用词，“距离事故已经有一段时间，我以为你应该渐渐看开了。”

陈林丽的表情凄怆：“成律师，你还年轻，你不懂那种失去人生意义的感觉，最在乎的人不在了，是永远不可能看开的。是的，事故已经过去大半年了，我这时候选择自杀看起来真的就像我婆婆说的，作秀似的。但其实，最重要的人在你的面前死去，最开始都是茫然和钝痛，很多情绪会延迟。回国后，我还能坚持处理凯丽的事务，每天按部就班地上班，好像生活也没什么改变。可有时候只需要一个瞬间，你才会突然意识到，人不在了，你爱的老公和孩子，永远没了。

“你能想象吗？这个早上，我还下意识地要去阿凯喜欢的蛋糕店给他买生日蛋糕，然后……”陈林丽终于无法逞强，她的眼泪不断掉落，“然后我突然反应过来，没有生日了，以后都没有了。阿凯死了，他死了，然然也死了，再也没了。”

面对这个失去爱人和孩子的女人，成瑶只觉得一切安慰都太轻，她只能递上纸巾。

窗外天色阴沉，像是在酝酿一场雨。

“我能冒昧地问问您为什么想要凯丽吗？”

这原本是成瑶并不关心的问题，她只接受客户委托，了解他们的诉求，并且努力去实现，但这一次，成瑶隐约觉得，去了解陈林丽为什么有这样的诉求，或许才是这个案子的关键切入点。

陈林丽的声音哽咽：“因为凯丽是我和阿凯一起亲手一步步带起来的企业，他不在了，然然也不在了，只剩下凯丽是我们最后的回忆了，我心里把凯丽当成我们感情的另一种形式的延续。”

“那为什么不想给您婆婆？”

“我对她没有敌意，我也一直想和她搞好关系，但她对我的偏见太深了，没了阿凯和然然，我根本没法接近她。她不懂企业经营，也不了解凯丽对我的意义，总觉得我是为了钱才和阿凯在一起。如果她拿到了凯丽的股权，一定会抛售，甚至为了和我作对，什么都和我反着来。本来这个节骨眼上，盯着凯丽想要趁机吞并的人就不少，我婆婆拿到股权，再加上一些小股东倒戈，我可能不会再有绝对控股权，到时候凯丽就是别人砧板上的鱼。

“我不是为了争夺遗产才坚持上诉，钱对我来说没有那么重要，我自己有手有脚，也还年轻，钱我总能挣。但凯丽是阿凯留给我最后的东西了，要是我婆婆分割到了股权，最终让外部的资本进入，那凯丽的未来就不好说了。我对凯丽有感情，但外部资本没有，他们进入管理层，根本不会想凯丽未来怎么好好发展，他们只在乎短期利益，把凯丽股价炒高后抛售，拍拍屁股走人。我已经眼睁睁看着这种短线操作毁掉了不知多少可以走长线发展的创业品牌，我绝对不会让这种事发生在凯丽身上。”陈林丽面露痛苦，“那是我和阿凯一辈子的心血啊！”

原来如此，这一刻，成瑶明白也理解了陈林丽的决定，也是这一刻，成瑶的内心有了一个模糊的新思路……

陈林丽对自己的失态很抱歉：“对不起，成律师，让你见笑了，我知道寻死的人是懦夫，但今天没忍住，太痛苦了，我什么都没了，虽然你不说，但我知道想要推翻一审的判决，并且拿到凯丽全部的股权，是难上加难，你也不用对这个案子有压力，我自己心里也清楚最终会是什么结果。”陈林丽痛苦地道，“我要是在被甩出热气球的时候，和阿凯、然然一起死了，可能反而是个好事……阿凯和然然走了，我却还要和婆婆对簿公堂，这根本不是阿凯想看到的……”

“不。”成瑶突然打断了陈林丽，盯向她，眼神明亮，整个人像是发着光，“你不能死，你要留下来继续好好打理凯丽。”她朝陈林丽笑起来，“我之前的思路都错了，但现在我已经知道该怎么办了。

“请你不要担心，我会帮你，凯丽的股权还有希望不被分割。”成瑶握住了陈林丽的手，“相信我。”

不知道为什么，眼前的女孩有一种安定人心的力量，明明她还很年轻，外界关于她的传言也是美貌多于能力，但商人的敏锐却告诉陈林丽，成瑶是靠谱的。

等陈林丽的情况稳定，成瑶帮她请了个护工，便马不停蹄地赶回了律所。

离开前，成瑶向陈林丽要到了当初几个事故目击人的联系方式，根据陈林丽的话，她会理智地找寻客观证据去提升证言的可信度。

“大家都是热心人，当初我们出了事故，好几个同胞停下旅行行程，特意陪我们去医院。当时我也受伤了，有脑震荡和腰伤，脑袋晕晕的又爬不起来，都是这些好心人帮忙垫付的医药费，还有英语好的帮忙做的翻译。”

陈林丽至今仍然很感激：“但能问的人一审时的律师也都问了，发生事故时很混乱，谁也没顾上别的，没人能记得阿凯和然然是什么时候没的，我自己当时也躺在救护车上，可能是因为脑震荡，也可能是自己根本不敢回想的缘故，这一段我几乎没有任何记忆了……”

“没关系，你不要再勉强自己去回想了。”成瑶拍了拍陈林丽的手，心里一点也不慌，她想要问这些目击证人的，不是章凯和章然的死亡时间，她关注的是别的。

“苏先生您好，我是陈林丽的代理律师成瑶，关于此前她先生和儿子在土耳其遭遇热气球事故这件事，我再次代替陈林丽向您表示感谢，现在想问问您，您当时……”

……

陈林丽一共给了自己七个联系人，成瑶一个个问下来，直到问到最后一个叫徐瑾的，成瑶终于听到了想要的回答。

“说到视频，我倒是真的有拍。”徐瑾是个大学生，她很不好意思，“我在抖音算个小网红，为了维持流量，我每天都必须拍很多视频。那次去土耳其，我几乎全程都在拍，准备回去看看哪些能剪成好玩的流量视频。”

成瑶的眼睛亮了起来：“所以事故发生时的视频，你拍了？”

徐瑾嗯了一声，然后解释道，“我真的对死者没有任何不尊重的意思，只是职业习惯使然，本来当时就正在拍，一下子没停下来，鬼使神差就继续拍了，但我保证，我没有在网上发出来过，虽然我想要流量，但我不会连底线都没有。”

“谢谢你，陈林丽和我说过，出事后，是你自告奋勇做了翻译，我再替她谢谢你，也相信你不会做这种事，但现在我想要这段视频来确认点事，你还有吗？”

“我有的，所有拍过的东西我都做了备份。”

最终，徐瑾将那一整段视频打包后传给了成瑶。成瑶在收到后第一时间就打开看了起来。

一如徐瑾所言，她是从热气球起飞开始拍的，成瑶耐心地看着，终于，她等着的部分来了，视频画面里突然一阵晃动，接着是尖叫和震荡，再然后有各种各样的语言在喊，成瑶从这些混乱的声音里努力分辨着一句句的中文。

“有人甩出去了！快救人！”

“受伤的有三个人，快点！谁会急救？有谁会做心肺复苏？”

……

当时的情况紧急而慌乱，所有人不论国籍，在灾难面前，都拿出了最大的善意竭力施救。

一如陈林丽所言，在被甩出去以后，陈林丽作为伤势最轻的人，虽然脑震荡了，但仍有意识。徐瑾的视频忠实地呈现了这一点，徐瑾在慌乱中甚至拍到了陈林丽的情况，陈林丽腰部受伤动弹不得，身上全是擦伤，衣服上、脸上都有血迹，脸色惨白，然而她全然没有顾及自己的伤情。

“求求你，帮我看看我老公和孩子……”视频中她忍着头痛，即便腰不能动，狼狈到不行，竟然仍想爬着去看章凯和章然。

陈林丽脸上巨大的惶恐不安和惊惧绝望，即便是在事情过了很久的现在，成瑶看了，内心还是不忍，尤其当陈林丽得知章凯和章然伤势较重之后，更是不断地哀求。

“先救我老公和孩子，先救他们……”

像是抱着海上的浮木一般，她顾不上自己的伤势，拉住了救援人员的手。

接下来的一切成瑶知道已经不用看了，她关掉了视频。坐在电脑前，久久不能平静。

诚然如钱恒所言，做多了家事纠纷案，他们看的尽是些为了钱、为了利益不惜撕破脸皮的丑陋。然而人世间永远不缺乏美好的爱情，即便外界都觉得不配，都觉得虚假，但陈林丽深爱着章凯，她没有作假。

拿到了自己想要的东西，成瑶一刻也没有休息，她立刻给钱恒打了电话。

“钱恒，我想和你谈谈，我们见个面？”

钱恒有些意外，然而他镇定的语气里带着一丝淡淡的喜悦：“好。”

事不宜迟，成瑶希望立刻见面，没想到钱恒竟然也挺急切，他有些不自然地咳了咳：“那就现在吧，我过去，我们在你律所楼下的那家咖啡馆见。”

明明自己离那家咖啡馆更近，但成瑶整理了下陈林丽案子的材料再下去，发现钱恒竟然已经先到了。

成瑶找了个安静的靠窗位置，点了热茶。在这个过程中，钱恒没说话，只是细致而专注地看向她，那种目光看得成瑶都有些别扭起来，她忍不住抬头瞪了钱恒一眼，然而她长得太好看了，这一瞪并没什么气势，一瞪过后，钱恒的目光反而更放肆了点。

他不停地看着她，仿佛世界都不存在，他的眼里就只有成瑶。明明两人最近才见过，但钱恒这眼神，搞得像是两个人十来年没见了似的。

负责点单的服务生一走，这角落的空间里便只剩下成瑶和钱恒。

钱恒抿了抿唇，然后移开了视线：“想谈什么，你说吧。”

成瑶没绕弯：“是这样的，今天来，我是想和你好好谈谈陈林丽、黄苒的案子……”

成瑶的话还没说完，钱恒就抬起了头，他看向成瑶，有些惊愕又有些咬牙切齿：“你找我是因为案子？”

成瑶很茫然：“要不然呢？难道你答应见我不是为了沟通案子吗？

“好了，我也不说废话。是这样的，陈林丽和黄苒这个案子，我想试试让两位当事人见个面，我希望能协商解决，在二审之前达成庭前和解。”

虽然她开口之前钱恒的表情很可怕，带了点恶狠狠的意思，但一旦讲起案件，钱恒很快进入了专业状态。

“不可能。”他喝了口茶，扫了成瑶一眼，“黄苒根本不想见陈林丽，恨都来不及，绝对不存在和解的可能。”

“那是因为黄苒一直坚持着她自己的偏见，觉得陈林丽和她儿子在一起，只是看中了章家的钱，根本不爱章凯，她总觉得陈林丽利用了自己的儿子，不能从内心去接纳陈林丽，所以才会对陈林丽充满了敌意。但事实不是黄苒想的那样的，陈林丽非常爱章凯，比爱自己还爱，她想要凯丽的初衷也不是为了争夺遗产，黄苒如果能了解这点，并不是不存在和解的可能。”

钱恒的语气淡淡的：“成瑶，我很早就教过你，离当事人远一点，不要相信当事人的故事，不要追究细节，只需要了解当事人的诉求，从法律层面专业地解决就行了。”钱恒的表情有些不屑，“何况我早就说过了，爱情可以是纯粹的，但婚姻不可能，婚姻里总是掺杂了各种利害关系，婚姻就是个牢笼，到最后就是扯开画皮的利益战争，为了钱反目。陈林丽要是真的不为钱，能一审判决了还不死心？”

成瑶抿着唇，她带了电脑，直接把整理好的文件资料、视频、证人证言，一样一样摆到了钱恒面前：“一个律师只关心客户的诉求是很安全，也无可厚非，但更多时候，客户的诉求背后有什么样的初衷，我觉得有时候对案子的结果，也是很重要的。律师需要专业，但也需要情怀。”

她不卑不亢地望着钱恒的眼睛：“我一直记着你的指导，但我有自己的方式和风格，也有自己的思考。我不会盲目地去信任当事人，我是个律师，做任何事，推断任何结论，我都有理有据。

“这些证据，现在我想请你也看一看。”

随着钱恒将成瑶准备的材料、视频一项项看完，他终于慢慢放下了最初的不屑和冷傲。

“先救我老公和孩子，先救他们……”

视频里陈林丽的声音嘶哑而绝望，钱恒紧抿着唇，脸上混杂着意外、愕然和一丝微妙的茫然。

“陈林丽刚刚自杀未遂，我知道在黄苒看来这肯定是作秀，陈林丽如今不管做什么缅怀章凯、章然的事，黄苒都会戴着有色眼镜去看。”成瑶顿了顿，“这段视频来自当时事故亲历者，没有剪辑，没有造假，不信的话完全可以去鉴定。陈林丽当时也受伤了，还有脑震荡，情况也不好。人在危急之下，尤其是遭遇危险的时候，第一反应往往是内心最真实的情感投射，多数人在陈林丽的境地下，绝对会先求人救自己，这没什么可责备的，这只是人的本能而已。

“但陈林丽没有，她第一反应是先救章凯和章然，因为爱，她连人最自私的自救本能都克服了，在最危险的时候，脱口而出的还是救丈夫和孩子。”成瑶看向钱恒，“看着这些，你还会觉得陈林丽和章凯结婚，是出于利益，而不是爱吗？”

第一次，成瑶在钱恒面前直起腰杆，用证据狠狠地说明了一切，她觉得既骄傲又充满豪情，心中那种作为律师的使命感也越发强烈。

“我一直觉得，法律是冰冷的、中性的，但律师，应该在法律的理性之外多一点人情味，这不仅不会影响到办案的专业，甚至会让一个律师变得更好。”成瑶直视着钱恒的眼睛，“我不会否认你比我专业，但有些时候，你对于职业的认知也并不全是对的。如果我们以诉讼的方式处理这个纠纷，我的胜算很小，从死亡时间着手，要推翻跨国死亡证明，这实在太难，但我们是不是能想一想，有没有更好的办法解决这个纠纷？”

眼前的女孩明媚而自信，她仿佛带着绚烂的光，专业、强势，但并不咄咄逼人。钱恒从没有在案子上回避过任何对手的目光，也从没有向任何对手低过头，更不曾需要向对手承认自己竟然错了。

这么多年，他从没有错过。然而这一次，他却下意识地移开了目光。

成瑶是对的。

“我们律师是矛盾解决者，但矛盾的解决方式，并不一定局限于抗争性的诉讼，家事纠纷也是可以和解的呀。”成瑶抿了抿唇，认真而专注，“陈林丽很爱章凯、章然，我相信黄苒也是。这场事故，对陈林丽和黄苒而言都是永失所爱的打击，她们都怀揣对逝去的亲人的爱意，也都爱着同样的逝者，为什么不能和解？”

趁热打铁，成瑶把陈林丽不希望分割凯丽，以及是凯丽背后实际掌权人的事也娓娓道来。

“这对婆媳没有原则性的矛盾，不过是黄苒的误解和偏见导致了沟通不畅，如果为了遗产分割，双方撕破脸皮大打出手，最终不论谁赢了这个官司，会是真的赢了吗？不过是看起来赢了的双输，拿了钱，失去了亲情，一辈子无法和解。死去的章凯和章然会希望看到这种结局吗？陈林丽和黄苒两个人都不是坏人，也没有深仇大恨，爱着同样的人，承受着同样的悲恸，如果阴错阳差中斗得你死我活、遍体鳞伤，不论谁赢了，难道不都是悲剧吗？”

认真的男人很迷人，认真的女人也同样迷人。钱恒看着眼前的成瑶，除了对她难以抑制的思念和爱意，第一次生出了一种棋逢对手、想要好好和她一较高下的冲动。

成瑶比他想象中成长得更快。在专业和经历上，她尚且有些稚嫩，但她那种不服输的折腾劲儿，却是让任何人能生出惺惺相惜之情的。

曾经的钱恒，即便知道成瑶在努力，更多的是用男人看女人的眼光看她的，对她的欣赏，更多也是男女之间的层面，她工作上的努力，也是锦上添花般的存在。直到此时，钱恒第一次以看对手的眼光再次认识了成瑶。

以前总听说过分优秀、热爱参与雄性竞争的女性没有吸引力，可钱恒觉得他们都错了，这个时候的成瑶，简直比以往任何一刻都更加迷人。

钱恒也是第一次破了例：“我会和黄苒沟通。”

成瑶的眼睛亮了亮，只要钱恒肯沟通，那案子很大概率能有个好结局了。

“黄苒对陈林丽的偏见不是一天两天形成的，有些事，还是让这对婆媳面对面沟通效率更高，我不能保证黄苒愿意见陈林丽，但我会努力促成她们的会面。”

钱恒不会做百分之百的保证，但有他这句话，成瑶知道自己已经可以放心了。

沟通完这些，成瑶有一些脱力，肚子也不合时宜地叫起来。

钱恒没看成瑶，语气是努力想要自然的不自然：“想吃什么？”

“不用了，我和我学长约好了一起吃晚饭，还有几个案子要和他讨论下，他都已经在咖啡厅门口等我了。”

钱恒还没来得及说什么，成瑶就公事公办地朝他摆了摆手，她表情明媚、身姿干练、丝毫没有留恋地走出了咖啡厅，咖啡厅外面，顾北青正温柔地朝着她笑。

顾北青并没有看到钱恒，他朝成瑶挥了挥手，两人便有说有笑地走了。

俊男美女，形成一道亮丽的风景线，只是这道风景线在钱恒眼里，怎么看怎么碍眼。钱恒像是吞了一万只柠檬，由内而外都发酸。

只是在这种嫉妒和泛酸之外，钱恒第一次对自己的原则产生了怀疑。

陈林丽和章凯结婚十一年了。十一年，在钱恒的意识里，什么感情都被婚姻的柴米油盐给磨灭了，而婚姻总免不了掺杂利益、涉及金钱，完全不会有恋爱时的纯粹，只会暴露人的自私和冷漠。更何况在陈林丽和章凯这段婚姻里，两人家境悬殊，社会地位更是云泥之别，又掺杂着难处的婆媳关系以及周遭的有色眼光，还有一个处于青春叛逆期的儿子，可谓完全是Hard（困难）模式。

钱恒办了这么多家庭纠纷案，按照以往的经验，这完全就应该是一个被现实耗尽了温情的婚姻纠纷的典型案例。不论结婚时双方有没有爱，总之这一刻，肯定是没有了。

只是陈林丽在危急时刻宁可舍弃自己也要救老公的那一句呼喊却萦绕在钱恒心中。

婚姻里，剥离了一切错综复杂的烦琐细节，如此深沉的爱，原来一直存在着吗？婚姻，也未必是爱情的坟墓，反而会沉淀为更浓重的爱吗？他对不婚主义的坚持，真的一定对吗？

这个问题，在成瑶和自己提出分手过后，就萦绕在钱恒心里。他下意识地观察着生活中所能接触到的一切夫妻，甚至认真地思考起结婚的好处来。他在尚未意识到的时候，就已经在不停地说服自己，试图推翻自己坚持了那么久的原则。坚持不婚就会失去成瑶，这一认知几乎把钱恒逼到了绝境，他平生第一次觉得矛盾、纠结而不再果断，对自己的原则竟然生出了迷茫。

婚姻可能也没他想象的那么不堪，就像陈林丽和章凯一样，婚姻里还是有爱，也有温情。

他因为经手了太多暴露人性丑恶的婚姻案件，就认定婚姻的丑陋，是不是真的只是一个固执的偏见？

而更重要的是，钱恒越发不能再欺骗自己。他不想失去成瑶，和她在一起，才是自己向往的生活。有她的人生灿烂而光明，他无法失去她，也害怕失去她。

钱恒依稀记得某个影视剧里的一句台词——

"你是我早晨起来第一眼想见到的人，也是我每晚睡前唯一想要吻的人。"

钱恒当初只觉得不屑一顾，觉得这句子矫情又过分文艺。然而直到现在，他才真正理解了它的含义。

当你有了真心爱着的人，突然间，你就理解了所有影视剧里的爱情对白，听懂了所有关于爱情的歌曲。

钱恒的心里是原则与感情剧烈的碰撞，他只觉得此刻，自己对不婚和丁克，越来越不那么坚定了。

他走出咖啡厅，看到了正解开自己的围巾给成瑶系上的顾北青。顾北青动作温柔，他看向成瑶的眼神，只要是个男人，都能看出是什么意思。

这一瞬间，钱恒只觉得脑袋要爆炸了——他还没死呢！顾北青就当着他的面撬起墙脚来了？！

成瑶本以为陈林丽的案子不会那么快有回音，然而出乎她的意料，钱恒竟然三下五除二就搞定了黄苒，说服了她见陈林丽一面，这次会面，被钱恒雷厉风行地安排在了当晚。

接到钱恒电话的时候，成瑶和顾北青点的菜刚上桌。

"能约明天吗？"成瑶有些尴尬，"我这晚饭还没开始呢，更主要的是陈林丽还在医院，今晚恐怕还不能出院去见黄苒。"

钱恒的声音很严肃："黄苒只有今晚有时间。"

成瑶有些急了："可陈林丽的身体状况……"

"没关系，我会带黄苒去医院见她。"钱恒镇定地道，"这种事应该趁热打铁，我怕黄苒睡一觉起来明天主意就变了，连见陈林丽一面都不愿意了。"

钱恒的话有理有据，一本正经，成瑶只沉吟了片刻，便同意了他的观点："你说得没错，那这样，我和陈林丽沟通下，我们直接医院见。"

征得陈林丽同意后，成瑶立刻将医院名、病房号都报给了钱恒，之后二话没说，便拎起包准备走。

顾北青一脸无奈，看了眼手表："钱恒这人怎么回事，陈林丽这个案子离二审还有段时间，以前办案子怎么没见他效率这么高的，挑这个点打电话来……"

“是他的当事人其余时间不方便。”成瑶笑笑，“何况吃饭这种事，律师应该以客户和工作为重，为了案子做出牺牲也是应该的。”

顾北青皱了皱眉：“看来我对他偏见太大了，第一反应总觉得他像故意不让你吃这顿饭似的。”

成瑶抱歉地对顾北青道：“你要是晚上有空，等我搞定这次会面我们吃夜宵去。”

“没问题。”顾北青温和地笑了起来，“去小吃巷那边，那儿热闹。”

成瑶马不停蹄地赶到了医院。对于能和黄苒见面好好谈谈这件事，最激动的莫过于陈林丽。

她几乎一听到这个消息，就挣扎着想从床上爬起来：“成律师，麻烦您带我去见我婆婆。”

“不用，她和她的律师会直接过来和你见面。”

虽然脸色苍白，但陈林丽强打起精神，眼里蓄积着泪意：“其实出了事故以后，我就想和我婆婆见上一面，只是阿凯和然然没了，她把我的联系方式全部拉黑了，甚至一度觉得是我为了财产，设计害死了阿凯和然然。阿凯是她的独子，阿凯走了，她身边几个侄子侄女就动了心思，想着她的那份钱，更是从中作梗，把我编派得像洪水猛兽，让我婆婆对我猜忌不断，我婆婆还在他们的安排下接受了很多采访，我们离和解的距离越来越远……

“总之，谢谢你，成律师！”

“先别急着谢我，这案子到底能怎样，还要看您和您婆婆见面谈得如何了。就算和解，遗产分割也还要继续谈判。”

成瑶心里还有些担心，虽然她已经把当初事故的那段视频、平日里公司员工对陈林丽夫妻感情的证言、陈林丽和章凯的聊天记录等所有能证明两人感情深厚的证据都一股脑地委托钱恒转交，但一个人的偏见，也并非那么容易消除。

就像是要验证成瑶的猜测一般，钱恒带着黄苒出现时，黄苒显然仍旧充满了敌意。

钱恒看了成瑶一眼，两人十分默契地离开了病房，给这对婆媳留下私人空间。

“想吃什么？”

成瑶跟着钱恒走在医院的走廊里，她愣了愣，抬起头。

钱恒的样子有些不自在："你不是说晚饭被我打断了吗？我也还没吃，作为补偿，正好请你吃。"

成瑶下意识地回望了一眼病房。

钱恒抿了抿唇："她们一时半会儿不会聊完。医院附近也没有像样的餐厅，只是吃个简餐，不会太久。"

和钱恒分手以来，成瑶心里不是没有难过的，曾经两个人的模式，突然变回一个人，就像瘾君子突然要戒毒一样。最初的戒断反应里，成瑶哭过、失眠过，好几次光是听到钱恒的声音，甚至不理智到会想不在乎结婚不结婚，也要回到这个男人身边。

但幸而进入金砖以来，繁忙的工作彻底分散了成瑶的注意力，她刻意把精力完全投入了工作，不去想这个男人。如今再次和钱恒面对面，成瑶的心里混杂起悸动、忐忑、不安和怯懦。

她想见他，又有些害怕见他，既想和他说话，又不敢和他说话。因为生怕在过多的见面里，她就会心软，就会坚持不下去，就会想要抛弃自己的原则也回到他的身边。

"我想吃川菜。"

钱恒完全吃不了辣，平时那种改良过的微辣都无法接受，偶尔吃到一口辣的就能狂喝三杯冰水。成瑶想着自己吃川菜总能让他知难而退了吧，因为工作接触前男友这没办法，私下吃个饭，还是避免过多接触为妙，对上钱恒，成瑶对自己也没有太多的信心。

结果她没料到，钱恒听了竟然一点反应也没有："哦，好，那走吧。"

成瑶愣了愣："我准备吃川菜！川菜！"

"嗯，我知道。"

直到成瑶坐在川菜馆里，盯着对面气定神闲点菜的男人，还有些恍惚。

钱恒竟然跟她一起来吃川菜？

"你……"成瑶斟酌着用词，"这家川菜馆前几天我吃过，辣得很地道……"

钱恒抬了抬眼皮："顾北青能吃川菜吗？"

成瑶不明所以，下意识地回答道："他无辣不欢。"

"好。"

钱恒听完，没头没尾地回了这么一个字。

如今摒除公事，两个人这样面对面坐着，成瑶下意识地就想转移话题：“陈林丽这个案……”

然而她刚开口，钱恒就打断了她：“成瑶。”他的模样有些不自然，“今天我找你，不想谈公事。”

不知道为什么，成瑶总觉得此刻的钱恒脸上带了一种即将阵亡的表情。

沉默片刻后，成瑶终于听到了钱恒英勇就义般的声音：“成瑶，我愿意结。”

成瑶愣了愣，冷了脸：“你愿不愿意结扎和我没关系。”

钱恒抿了抿唇：“我已经决定不结扎了。”

“什么？”

“因为要和你生孩子。”钱恒顿了顿，“我说的是我愿意结婚。”

成瑶愣了。

等……等等？成瑶一时之间有些消化不良，只瞪大了眼睛盯向钱恒：“你不是不婚和丁克？”

钱恒脸不红心不跳：“哦，我改变主意了。”

“你不是说那是你的底线，原则绝对不能退让？”

“人生在世，总要突破自我，尝试些未知的东西，就像挑战川菜一样。”钱恒抿了抿唇，“我想过了，你说得对，优秀的基因和染色体必须延续下去，尤其是我这样的，如果我不婚不育，对这个国家都是种损失。个人对社会应该有一些责任感，对人口负增长率也应该有一些作为，做人不能太自私。”

号称坚持不婚和丁克一百年不动摇、同时死要面子如钱恒，如今啪啪啪自抽两百下耳光，爽快打脸，恐怕确实有些难为他。

成瑶听着这冠冕堂皇、自我感觉良好的话，气不打一处来：“你大可不必为了国家来勉强你自己，人生在世，最重要的是恣意，是活出自己。何况就算你生孩子，就生那么一个两个，对扭转世界格局来说也是杯水车薪，所以不用在意这么多，钱恒，你还是去结扎吧。”

钱恒被噎了噎，沉默了片刻，他才看着成瑶，“我要是结扎了，那你怎么办？”

成瑶笑眯眯的：“我？我找别人生孩子啊。”

“成、瑶！”

钱恒的声音几乎有些咬牙切齿了，他恶狠狠地瞪着成瑶：“你真的是要气死我。”

“我怎么气你了？”成瑶也瞪了回去，“你的基因确实是顶顶优秀的，但我的也就一般吧，梁依然之类的都比我优秀，你想要为国生娃，延续最优质的基因，你去找梁依然好了。”

“我知道梁依然对你做的事了，我已经处理好了。”

说起梁依然，成瑶就上火：“梁依然这件事你处不处理，我都无所谓，因为我现在办的每一个案子，都在证明我的能力和清白，有些东西，时间会还原真相，我还年轻，我不怕等。”

钱恒竟然还一副受害人的样子，这位直男毫无求生欲地谴责道：“可你什么都没有告诉我，让我怎么发现梁依然对你做了那些事？这件事上你对我也太缺乏信任了。”

“我怎么告诉你？以什么身份？小员工状告合伙人？让你怎么抉择？到底相信谁？”

“我永远只会无条件相信你。”

这样简单一句话，却让成瑶有些难以平静，心又一次不争气地跳了起来。她下意识地避开了钱恒的视线，掩饰地道：“你别想说漂亮话来哄人，更别恶人先告状，梁依然这件事，一开始就是你做得不地道。”两人如今分手了，成瑶也不藏着掖着了，“我理解君恒的发展需要引入新合伙人，但你当初招梁依然进所，作为男友，你至少可以通知我，和我说一声吧？”

结果钱恒真的一点求生欲都不要，他竟然一脸理直气壮地道：“为什么招梁依然进来还要和你说？

“你虽然是我的女朋友，但不是律所合伙人，我不可能每次招聘员工或者同事都事无巨细地和你讲，这也没有意义。”钱恒不解地道，“难道我招王璐、包锐进来，也要和你说？”

“王璐、包锐和梁依然不是一类的！”

“难道他们不都是普通同事吗？”钱恒一脸理所当然，“梁依然虽然是合伙人，但对我来说，她和王璐、包锐，在我眼里的身份都是一样的，为什么轮到她还要特意和你知会？”

“什么是一样的？王璐和包锐向你表白过吗？”

成瑶简直气得咬牙切齿，就这样他还妄想和她生孩子？他可做梦去吧！

“你把自己的女朋友安排到当初暗恋你、表白你的女人手下干活，还不盯着点对方有没有小动作？竟然还需要我来告状？”

面对成瑶的控诉，钱恒仍旧十分茫然：“谁？谁暗恋我？什么表白？”

“梁依然啊！她不是大学时追过你，还向你表白过？”

钱恒的脸上写满了不敢置信的震惊：“有这回事？”他恍然大悟，“难怪她这么莫名其妙针对你，我还说她怎么像被下了降头一样，原来她向我表白过？”

这位朋友，你这样不走心，不太妙啊，单身二十八年，真的不能赖社会啊。

钱恒丝毫没觉得自己有问题，相反他还理直气壮：“大学时向我表白的人太多了，根本不可能记住，我也不会浪费我的时间去记这些东西。原来梁依然还向我表白过？

“对不起，如果我记得梁依然对我表白过，她进入君恒前我就会对你说的，也绝对不会把你调去她的团队。”

成瑶心情复杂，她不知道梁依然听到钱恒这一番话，会不会直接吐血身亡。

沉默了许久，钱恒终于再次开了口，他有些狼狈：“我也没有真的为国结婚。”

成瑶不说话，只是安静地看着他。

钱恒一张脸上色彩纷呈，他像是被狮子锁定的猎物般垂死挣扎了几秒，然后终于认命般放弃了挣扎：“我不在乎国家怎么样、世界怎么样，我只在乎你。”

钱恒抿了抿唇，显然仍旧想挽回所剩无几的面子：“成瑶，经过艰难的抉择和长久的思考，我决定不再坚持不婚和丁克。”钱恒的声音平静中有微微的颤动，像是在紧张，然而一张脸上仍旧是那种泰山崩于眼前而不动的镇定，“婚姻可能没我想象的那么不美好，婚姻里除了争吵和对抗，也有浪漫和爱情，就像陈林丽和章凯一样。虽然我还是觉得婚姻和生孩子都是非常有风险的决策，心里也还有点没底，但为了你，我愿意去尝试和承担这种风险。我愿意结婚，也愿意生孩子，我同意你的一切要求。

“我发现我没有办法看着你和别人在一起，和别人结婚，和别人生孩子。如果结婚、生孩子是你人生里必经的计划，那我希望和你结婚生孩子的人，是我。”钱恒盯着成瑶，“所以成瑶，我们重新在一起吧。”

不难想象，钱恒做出这个决定，做出这种改变，心里经过了怎样的纠结和妥协让步，他能为自己做到这一步，成瑶说不感动是假的，只是……

只是钱恒话里那种笃定和隐隐的优越感，却让成瑶觉得不舒服。

自己确实想要结婚和生孩子，但成瑶希望，结婚也好，生子也罢，都是水到渠成、自然而然的事，这是一件被彼此期待的幸福的事，而不是钱恒眼中那样充满风险、仍旧忐忑的决定，更不是为了迁就自己而勉强做出的妥协。

分手确实是因为他们在结婚生孩子上的分歧，但分手后，成瑶也冷静思考了下她和钱恒的这段关系。

最初他们是以上下级关系开始的恋爱，虽然过程很美好，然而成瑶心平气和地想，两个人的关系并不对等，只是恋情维持的时间不长，这层不对等才没有彻底暴露。

钱恒确实很爱成瑶，然而这种爱里，多少掺杂着一些居高临下的大男子主义。面对自己，他太自信了，也太笃定了，好像她的一切永远在他的掌控中。

“对不起，我目前不想和你复合。”

钱恒愣了愣，以为自己听错了：“什么？”

“是不是你觉得任何时候只要你同意结婚生孩子，我都会随时回到你的身边？”成瑶轻轻挑了挑眉，给了钱恒一个漂亮而骄傲的笑，“那可真是对不起，你这次猜错了。”成瑶一字一顿地道，“钱恒，你怎么就没想过，就算你想结婚、想生孩子，我现在也未必就会同意？谁给你的错觉？你是言情小说看多了，觉得只要你回头，总有傻兮兮的女主角在等着你，等上几年十几年那种？”

钱恒皱着眉头，紧抿着嘴唇，脸色十分难看。

他的脸色越发黑，成瑶只觉得自己的心情越发舒畅：“钱恒，清醒点。

“作为男人，你可要记得自己说过的话啊，结婚对你而言不是爱情的坟墓吗？生孩子更是想不开自己找死？”

钱恒艰难地道：“是我当初的想法还不够成熟。”

“哦，这样啊，但就算你想结婚生孩子，也没人敢啊。”成瑶眨了眨眼，“毕竟你是谁啊，和你结婚万一离婚，不仅一分钱要不到还要倒贴，辛辛苦苦怀孕、生孩子、带孩子，最后离婚抚养权又抢不过你，简直像个免费代孕，谁想不开找你结婚啊？”

钱恒忍了忍，几乎是低声下气地道：“成瑶，我愿意签婚前协议，协议条款你定，只要离婚，共同财产都归你所有，孩子也都归你，你想写什么样的条款，我都同意，只要你愿意和我结婚，我都可以接受……”

钱恒说完，抿着唇看向成瑶，那模样竟然有些可怜巴巴。

钱恒的表情丝毫没让成瑶同情，正相反，她内心的恶劣因子反而升腾了起来：“那这样吧，我一直觉得只和你谈过恋爱有点遗憾，男人那么多，除了你这种款的，我应该也尝试一下别的款才算对得起这人生吧，你要是想结婚也行，我要求open relationship（开放关系），还是单方面的那种。婚后你不能管我，我要是遇到心动的人，也会和人家谈恋爱，身体和心灵，总有一个得在出轨的路上吧。”

钱恒脸色铁青：“你是认真的吗？”

成瑶点了点头：“嗯。”

“只要答应这条你就和我结婚？”

“没错。”

钱恒是个超级要面子的人，成瑶也知道，他是决计没办法接受如此屈辱的条款的，只是她没想到，沉默了片刻，钱恒竟然一脸忍辱负重地点了头。

“我接受。”

等……等等……

钱恒的脸色铁青中泛着一丝绝望：“没关系，我接受，婚后我会严格要求自己，身材不走样，发际线不后移，让你只喜欢我一个人，这样就行了。”

虽然钱恒竟然连这种丧权辱国的条款都能接受，成瑶内心应当十分感动，但她还是无情地打破了他的幻想。

“不好意思，我没有真的要open relationship，既然结婚，就应该对婚姻负责。”

钱恒还没来得及愉悦，就听到成瑶继续道——

“刚才是开玩笑的，我很满意自己现在的状态，恋爱结婚生孩子都不是人生的必需品，只是人生路上水到渠成的风景。恋爱挺好，但不恋爱也有更多时间扑在工作上，全力发展事业。”她看了眼钱恒，“以前你教育我，工作前两年不要急着谈恋爱，我现在想想，觉得非常有道理！这两年时间决定了未来职业走向，恋爱什么时候都能谈，反正和谁谈都是谈，可职场上这两年的机遇，却是浪费了就没有了。

“所以虽然未来我遇到对的人肯定会结婚生孩子，但目前没有考虑过这一点，我觉得单身很好，工作让我充实！”

钱恒的脸上闪过一种被打击过度后的空白，过了很久，他仿佛才平复了情绪，死死地盯着成瑶：“是不是顾北青？”

“啊？”

钱恒脸上露出了想杀人般的表情：“他最近是不是在追你？你对他动心了？他有什么好的？！”钱恒愤愤地道，“他和你不合适！”

虽然没有明说，但他此刻脸上就差挂上一行“适合你的人只有我”的弹幕了。

然而钱恒不知道，自己这种优越感，只会让成瑶看了更想狠狠给他一顿毒打。

“学长哪里都挺好的啊。”成瑶气死人不偿命地胡诌，“要颜有颜，要钱有钱，温文尔雅，和我一个学校毕业的，共同话题也多，专业上也能给我很多帮助教导；从来有什么说什么，不别扭，直来直去，不用我猜；对我百依百顺，从来不会自我感觉良好，也没有太过直男的思想；最重要的是摆正了自己的位置，知道追人应该放低姿态。”成瑶想了想，补充道，“哦，他还能陪我吃辣。”

钱恒顿了很久，才艰难地说道：“吃辣算什么优点？”

“是呀，不算优点，但有时候找一个吃不到一块去的男朋友，也长久不了呢，生活习性差别太大了。”

钱恒几乎有些咬牙切齿：“吃辣，我也能吃，川菜，根本难不倒我。”

就在这时，服务员终于给成瑶这一桌上了菜——一份生椒干拌牛肉面。

生椒干拌牛肉面这玩意，虽然叫面，但没有汤，完全是切碎的小米椒拌着面条和牛肉臊子一起吃。想吃上香喷喷的牛肉，就得承受在嘴里辣到爆炸的小米椒，而小米椒的辣，就连爱吃辣的成瑶，也把它划归到“变态辣”级别。

成瑶同情地望着钱恒：“吃辣，你确定吗？”

钱恒显然完全不知道这道菜的玄机，尚且自信地冷笑道：“我说过了，人生在世，总要尝试点新的东西，我突然就觉得川菜挺不错的，吃辣而已，呵。”

这么说完，钱恒就不知死活地夹起面条，恶狠狠地吃了一大口。

他本来还有很多话要和成瑶讲，只是这一口面条下去，钱恒一个字也说不出来了——辣！真的好辣！辣到升天！辣到死亡！辣到生活不能自理！

成年后从没哭过的钱恒，第一次毫无抵抗地流下了悔恨的泪水。

好好活着不好吗？他为什么要去吃辣？为什么要得罪成瑶？

如今被辣椒呛得眼睛红、鼻子红，还眼泪汪汪的，他在成瑶面前还能有什么形象可言？？？钱恒内心愤怒地想，没想到顾北青还有两把刷子，竟然还是个劲敌。

成瑶自然不知道钱恒百转千回的心理活动，她只震惊地看着钱恒吃了一口变态辣面条以后，竟然红着眼睛努力憋回被辣出的眼泪，狂喝了一杯冰水，然后硬着头皮吃了一口，就着冰水又吃一口，直到吃完了整碗面，他几乎喝了三大瓶冰水。

成瑶几次劝说他停下，都被钱恒用一个眼神瞪了回去。

“你……你还好吗？”看着眼前的钱恒，成瑶有些于心不忍，她下意识地道，“不吃辣就不吃吧，我现在觉得吃清淡点好，这种辣还是太刺激了……”

然而被激发起斗志的钱恒一脸刚烈的表情，他高傲地道：“我钱恒的字典里，没有输这个字！吃辣，我绝对比得过顾北青！今天你点多少菜，我就吃多少！”

他的话音刚落，服务员又上了一道道新菜——剁椒鱼头、辣子鸡、口水牛蛙……

这些菜上，无一例外都覆盖着各式各样辣到你涕泪交加的辣椒。

钱恒望着这些菜，第一次陷入了沉默，直到过了很久，他才终于艰难地抬头看向成瑶，咬牙切齿地道：“两个人吃饭而已，你为什么点这么多菜？”

钱恒最终没有吃完所有菜，因为成瑶没给他这个机会，她抿着唇拼命抢在钱恒之前吃掉了大部分东西，更庆幸的是，黄苒的一个电话彻底拯救了钱恒。这对婆媳的关系，在一个多小时的双方面对面深入交谈后，终于有了缓和。

“钱律师，我真不知道说什么好。”来时妆容精致的黄苒，此刻整张脸上妆已经被哭花到不能看，她的眼睛鼻子都红肿着，神色悲恸哀戚，然而眼里的仇恨和敌意已经没有了。

成瑶和钱恒赶回医院时，看到的就是这样的场景。

黄苒过来拉住了钱恒的手：“谢谢你，谢谢你说服我来见林丽。”她说到这里，没忍住，又抹了下眼泪。

成瑶看向还坐在病床上身体虚弱的陈林丽，她显然也刚哭过，看向成瑶，竟然想从病床上爬起来给成瑶磕头。

“成律师，谢谢你，谢谢你让我和我婆婆有这个机会能好好聊聊，谢谢你用这种方式解决了这个案子。”

成瑶和钱恒走后，黄苒和陈林丽两个人第一次深入而坦诚地聊了聊。此前已经看到过事故视频的黄苒，内心多少也知道自己一直以来错怪了儿媳，陈林丽和儿子确实感情深厚，只是扭曲的情绪和愤怒痛苦无处发泄，黄苒下意识地仍旧把陈林丽当成仇敌，恨着她，好让自己好受些。

一开始这场见面，黄苒仍旧是端着架子内心有恨的，只是她没想到，陈林丽一见到她，什么话也没说，对凯丽分割的事也一字没提，陈林丽躺在病床上，眼泪唰地就下来了。

说到底，陈林丽不过和她一样，也是一个失去了儿子的人，除了儿子之外，还失去了丈夫。以前有再大的仇、再大的误解，这一刻，黄苒突然觉得都无所谓了，她们不过都是天底下两个同样可怜的女人罢了。

两个女人，竟然就这么一句话没说，彼此坐着，无声地流眼泪。

虽然还一个字没说，但黄苒这一刻，在内心已经和陈林丽达成了和解——这是儿子生前最爱的女人，她又真的在事故发生时舍弃她自己的生命也想要先救自己儿子，自己何苦再为难她？自己失去了儿子孙子痛不欲生，她又何尝不是？

两个人，竟然就这么默默无声地哭了半个小时，半个小时后，陈林丽才抹着眼泪开了口。

这对婆媳间并无深仇大恨，陈林丽是个坦荡的人，一旦说开了，谈话十分顺畅，黄苒听了陈林丽不想分割凯丽的初衷，几乎没有迟疑，就同意了陈林丽的遗产分割方案大方向。

在这一个半小时的见面里，半小时在哭，半小时谈及凯丽，剩下的半小时，这两个受伤的女人便如在同一个火堆里汲取暖意一样，回忆着同样深爱的逝者。

“阿凯其实有时候挺小孩子气的，上次答应说给他买个棉花糖吃，结果我忘了，为这事还和我生气。”

“这孩子小时候就轴得很，也就对你，他这脾气还收敛点。”

……

如今，这两个女人虽然仍旧没有完全亲密起来，但脸上是同样的诚恳。

“成律师，钱律师，谢谢你们，二审这官司，我们不打了，我们想和解。”陈林丽脸上写满了真诚的感激，“你们是我见过的最好的律师，最专业也最有人情味，是对律师这个职业最好的写照。”

直到陈林丽和黄苒把成瑶和钱恒一路送出医院，成瑶还有些恍惚：“这个案子，就这么结束了？”

钱恒看了她一眼，心里也不是没有震撼，他也很难想象，这样一个此前双方当事人水火不容、要拼个你死我活的案子，竟然会以这样的温情结果来收尾。黄苒同意不分割凯丽，因此陈林丽将用其余房产和现金对她的份额进行补偿。大方向两人达成了一致，钱恒和成瑶只需要对具体分割方案进行协商就行了，这个案子几乎尘埃落定。

钱恒操作过的家事案件，从来都是对立争吵和丑恶，这是第一个，以这样柔和的方式结束的案子。

钱恒第一次开始反思，除了专业之外，是不是真的应该多加一点情怀和人情味，用更温和的眼光看待案件？

人与人在这个偌大的世界上，能组成一个家，这本身是一种多么小概率的缘分，而组建家庭的初衷，大多总是出于爱，那是不是在最终需要分开的时候，也能保留体面？

钱恒父母的婚姻并没有不幸福，但钱恒觉得，老一辈的婚姻，在如今光怪陆离的社会里已经难以复制了。因此，在遇到成瑶以前，钱恒从没有想过结婚，更没有想过组成家庭，只冷眼旁观各类案件当事人的分分合合。

只是此刻的他突然有一些不确定，如果早一点遇到成瑶，如果早一点对家庭和婚姻有更多的理解和尊重，自己经办过的案子，是不是有很多也能有不一样的结果？

他第一次开始正视自己的内心，第一次开始好好思考成瑶的话，她追求的平等，她想要的爱情和婚姻……

钱恒一边心乱如麻地想着，一边跟着成瑶走到医院外，然后他突然听到了成瑶惊喜的声音。

“下雪了！”她掏出了手机拍照，像极了在京都的模样。

日本的回忆就这么猝不及防地席卷了钱恒，他突然完全无法克制自己，走上前，从背后把成瑶抱进了怀里。

“成瑶，我不能没有你。”

成瑶整个人陷在钱恒的怀抱里，鼻尖萦绕的都是这个男人的气息，明明周边是冷风裹挟着雪花，然而成瑶一瞬间只觉得在对方的怀里体会着盛夏。

钱恒紧了紧这个拥抱：“不要喜欢别人。”他的声音低沉，“不要喜欢顾北青。

“我会嫉妒。”

成瑶不是不贪恋怀里的温度，只是她仍旧理智而克制地挣脱出了钱恒的怀抱。

“钱恒，我们之间和别人没有关系，我喜不喜欢别人，也不是你说了算。”成瑶垂下视线，看了下时间，“我要走了，我和学长还约了吃夜宵。”

钱恒第一次耍心机用上了美人计，连面子也不要了，仗着自己有几分姿色，都妄图靠肉体上位了，结果竟然惨遭打脸。

他站在风中，看着成瑶走远，表面越是平静，内心的情绪却越是如惊涛骇浪般翻涌。某个瞬间，钱恒都考虑起买凶做了顾北青的可行性。

第十五章　往后余生，我只要你

吴君是在家里给花草浇水时接到钱恒电话的。

对方的声音冷淡：“喂，你在家吗？”

吴君想起上一次钱恒过河拆桥的无情，心中警铃大响：“我不在！”

“哦，这样啊，我本来有一箱空运来的帝王蟹想给你送过去，你不在就算了。”

“在！我在！”吴君立刻改了口，“刚才说错了！”

一刻钟后，钱恒果然出现在了吴君的公寓门口。他没客套，直接进了屋。

“我有点事要咨询你一下。”

吴君欲哭无泪：“我的帝王蟹呢？你怎么又骗我？”

钱恒理直气壮地道：“你去年体检记录不是说尿酸高吗？少吃点海鲜，对你身体好。”

“行了，先来谈谈我的问题。”

吴君垂头丧气，他这辈子走的最长的路恐怕就是钱恒的套路了：“什么？”

“我的那个朋友失恋了。”

“钱恒，请教问题要坦诚你知道吗？”吴君炸了，“都这个时候了，还我的一个朋友？你是不是当我傻啊？你和成瑶谈恋爱的事，君恒上下现在都知道！你当初还警告我不要潜规则漂亮下属，说得和真的似的，自己背地里就对成瑶下手了，禽兽！道貌岸然！寡廉鲜耻！”

钱恒有些尴尬，声音带了点不自然，但竟然还理直气壮：“总之就是这么回事。”

他很快恢复镇定，把情况简略地和吴君讲了一遍：“可现在她不同意和我复合。”钱恒十分不解，“她说我自我感觉太良好了，觉得我们之间不够平等。”

吴君差点没当场笑出来：“成瑶真是好样的！帮我报了一箭之仇！钱恒啊，你小子也有今天。”

钱恒面色不好看：“我是来找你咨询的，不是来被你数落的。”

吴君又揶揄了钱恒一会儿，才认真地给他出了主意：“你得放下你心里的那种优越感，人家现在不同意复合也没事，反正还单身，那你就再好好追一遍！你要让人家看到你的诚意，你是很喜欢她，但你要是太端着，人家就只能感受到你十分之一的爱意，自然觉得你爱得太少，爱得太自我。”

钱恒的语气果决：“就算她不是单身，我也要把她的墙脚撬了。”

“你有这觉悟不就行了？那就放手去追吧，男人啊，面对自己喜欢的女人，有什么面子放不下的？发起进攻，一种一种追人的办法试过来，都不行就死缠烂打呗，你和她有感情基础，还能搞不定啊？”

“一定要这样？死缠烂打也太不符合我的格调了……”

“人家不是单身你连男小三都愿意当，还在乎什么格调不格调？格调能吃吗？钱恒，你想要把成瑶追回来，是时候放下你心里的优越感了。你这种人，不被痛打两顿，都不知道惨字怎么写。”

钱恒一张脸上像个调色盘似的姹紫嫣红，他顿了顿，才艰难地道：“所以怎么死缠烂打？”他撇开了头，“我没有经验。”

吴君一拍大腿：“那你可真问对人了，我可有经验了！”他仿佛教学般指点，“这死缠烂打呢，首先不是真的要你惹人嫌一样成天去人家面前蹦跶，而是要找准合适的机会，这机会呢，不要那么刻意，但能让你不断出现在对方面前，让对方一天到晚都能看到你，最好还得主动找你。通过这种方式，你慢慢就占据了对方所有的私人时间，就像侵略一样，一点点地把对方的疆土给蚕食了，和温水煮青蛙似的，等对方发现，已经来不及逃出你的手掌心了！”

听完吴君的一席话，钱恒陷入了沉思，既不刻意又能让成瑶私下也不断和自己在一起的缘由……

钱恒走在路上努力想着对策，吴君这小区环境不错，就是流浪猫多了点，在钱恒眼前的垃圾桶边，便有一只小小的橘猫正在翻找着食物……

钱恒盯着橘猫看了一会儿，突然灵光一现。

"吴君，你下楼一趟。"

吴君不解。

钱恒十分镇定："带个箱子，帮我抓一只流浪猫。"

成瑶和顾北青吃完夜宵，刚回到家，就接到了钱恒的电话。

成瑶有些没好气："工作上的事可以聊，私事不谈。"

开什么玩笑，她还没从下午钱恒那番居高临下的直男癌言论里缓过来呢。

"成瑶，有个忙要你帮一下。"

钱恒的声音听起来十分恳切："是这样的，我在小区里捡到了一只受了伤的流浪猫，感觉它快不行了，我不太会处理，能不能请你帮帮忙？我知道要先送去宠物医院，可这猫不太配合，我一个人搞不定。"

成瑶一直非常喜欢小动物，之前也出于喜爱替秦沁养过威震天，听到钱恒捡了个受伤的流浪猫，一时也没顾上别的："你在哪儿？我马上过去。"

没过多久，成瑶就赶到了钱恒的别墅。

冬天的夜晚那么冷，钱恒却只穿着单薄的西装，怀里抱着猫站在门口翘首以盼，那模样，要是怀里换成抱个孩子，简直就像是被抛弃的男人带着孩子苦等渣妻子一样了。

成瑶甩了甩脑子里莫名其妙的想法："猫怎么样？我看看，哪儿受伤了？"

成瑶还没碰到猫，钱恒怀里的猫突然暴起，狠狠地给了钱恒两爪子。

成瑶有些意外："你不是说这猫病得快不行了？怎么我看挺精神的？"她看向在钱恒怀里扭着想要挣脱的猫，"而且这猫看起来很野，状态挺好，你怎么捡到的？"

钱恒没回答，只抬起手："破了。"

成瑶想也没想，就被他成功转移了话题，径直拉过他的手查看，她的语气焦急紧张："都出血了，这种流浪猫，你得打一下狂犬疫苗。"

钱恒很冷静，也很大义凛然："我不要紧，先救这只猫。"

他的手其实被猫抓得很惨，有好几道血口子，成瑶想努力克制，但看着伤口，忍不住内心酸痛，像被人捶了一拳，有些闷闷的。

她放下顺路买的航空箱：“把猫先装进去。”

钱恒依言把张牙舞爪的橘猫装了进去：“走吧，这附近不远处就有一家宠物医……”

话没说完，成瑶就拉了他的手，强硬又不容分说地把他拉上了车：“先打狂犬疫苗。”

“不用……”

“没得商量。”

钱恒还不配合：“24小时内注射就行了。”

成瑶懒得再说服他，盯着钱恒的眼睛：“你还想和我结婚吗？”

钱恒抿着嘴唇，没说话。

“如果想，那就先打狂犬疫苗。”

就这样，成瑶提着航空箱，带着钱恒忙里忙外，终于看着他清理好了伤口，打了狂犬疫苗第一针。

做完这一切，成瑶才觉得自己心中一块石头落了地，她这才带着钱恒和猫去了宠物医院。

“猫的健康状况挺好，十橘九胖，这猫还挺重，就是有跳蚤，做个体外驱虫，打一下狂犬病疫苗，流浪猫的话最好训练它们吃猫粮，另外建议做个绝育……”

宠物医生挺有耐心，叮嘱了成瑶钱恒不少事，走之前倒是有些好奇：“不过这猫这么凶，你们是怎么抓到的啊？”

钱恒恶狠狠地瞪了医生一眼：“不是抓的，是捡的。”

这男医生却丝毫没get到钱恒眼神的暗示，没心没肺地道：“这种野性难驯的流浪猫怎么可能被人捡走，它警觉得很，人一靠近就抓上去，最起码得两个人才能抓住。”

成瑶皱了皱眉，狐疑地看向钱恒，钱恒倒是一脸坦荡，直直地看了回去。

“你捡的？”

“嗯。”

“这么凶，怎么可能给你捡？”

“就是捡的。”

就算钱恒不承认，成瑶从他那不自然的语气、微红的耳垂上，已经知晓了答案。

“你故意抓了这猫吧？”

钱恒梗着脖子否认：“没有。”

“那就是有了。”

“……”

“钱恒。”

“对，我是抓了。”钱恒望着航空箱里的猫，“天冷了，它一只猫在外面流浪，我一个人在家里流浪，挺合适的，我一眼就看上了，以后跟它过了。”

钱恒的声音干巴巴又冷冷的，初听感觉没什么情绪，但成瑶仔细一回味，总觉得每一个字都充满了强烈的控诉。

“也挺好的，你以前不还是丁克吗？丁克的人好多还挺喜欢养个猫啊狗啊的陪着的，小猫小狗挺贴心，还不用像小孩那样操心，也挺好的。”

“成瑶，我已经决定不丁克了。”

成瑶把航空箱往钱恒手上一塞：“这种关乎未来的大事还是要想清楚，没准你过会儿还是觉得丁克好，毕竟坚持了这么多年的原则。猫你好好留着相依为命吧，我先回去了。”

成瑶刚转身，手就被对方拉住了。

“我最近去台湾出差给你带了你喜欢的凤梨酥。”

“嗯？”

钱恒声音有些不自然：“要不要去我那里吃一点？”

“不用了。”成瑶笑笑，“我刚和我学长吃完夜宵，已经很饱了。”

说完，成瑶挥了挥手，麻利地就走了。

结果成瑶回到家没多久，刚洗完澡，就有人敲门。

她打开门，门外赫然是提着航空箱、带着猫的钱恒，对方风尘仆仆，然而一脸冷静镇定。

“我家里停电了。”

“还停水了。”

“煤气也停了。”

钱恒梗着脖子，面无表情地宣布：“所以今晚我要住这里。”

生怕成瑶反对一样，他抢在成瑶开口前继续道：“我不住酒店，前几天新闻刚曝光了，就是五星级酒店的清扫工作也做得不好，不卫生。”他侧开了头，“从法律上来说，我还是这里付房租的合法租客，你没有权利赶我走。特殊情况，我住这里合情合理。”

成瑶靠着门，抿着唇看着他，然而她也不得不承认，钱恒还真的是合法租客。

她不得不侧开身，对钱恒放行：“你的别墅，总不至于明天还继续停电、停水、停气吧？”

钱恒一本正经地道：“明天还继续停。”

“那后天该恢复了吧？”

“后天也不好说。”

成瑶气极反笑，她没想到钱恒竟然能如此理直气壮地厚着脸皮：“没事，明天我打车送你回别墅，帮你确认下到底还停不停，要有水管不通还能顺手帮你通了。”

“不用你通。”钱恒语气有些不自然，“以后水管都不用你通。”他抬头看了成瑶一眼，“我来修。”

“你尊贵的手会修水管？”

“我可以报个水电工培训班。这个世界上，没有什么事能难倒我，通水管，我也可以做到最专业。”

钱恒最初请求成瑶复合的时候，成瑶的心里一边憋着被他那种无处不在的优越感刺伤的气愤，一边又对他很怀疑。

这个男人真的想通了？真的想清楚了？说想结婚生孩子不是一时冲动或者不清醒的决策？

只是成瑶千算万算，没算到钱恒竟然还有如此无赖的一面。

钱恒表面镇定自若，只是他那一直跟着自己走的视线，如临大敌般的姿态，以及隐隐露出的努力想取悦自己却不得其法的焦虑，早已经泄露出来了。

他自以为聪明地掩盖着一切，却不知道这一切只是欲盖弥彰，太明显了，真的太明显了。

钱恒像一个拿到了尴尬到死的剧本却还要努力演完的敬业演员，用如此拙劣的借口努力地挽救着他自己所剩无几的尊严。

成瑶内心又好笑又好气。

都这个时候了，他还端着？还有没有追求人的自觉？你不单身，谁单身呢？！

她也懒得理钱恒，瞟了他一眼，就旁若无人地给顾北青打电话："学长，明早有空吗？正好周末，一起去吃个早午饭啊，行，那你来我这儿接我吧。"

看我不气死你！

第二天早上，成瑶一起床，就看到钱恒穿着个睡衣，也从卧室里钻了出来。

他一点不容光焕发，反而看起来憔悴狼狈，他盯着成瑶说："我不太舒服，好像病了。"

成瑶哦了一声，以为他又演上了，没当回事："多喝热水。"

钱恒打了两个喷嚏，声音恹恹地嗯了声，才回了房间。

这之后他倒是没声音了。

十点整，顾北青如约而来："下来吧，我的车停在门口那条路上。"

成瑶收拾好东西，带上案卷准备出门，虽说约了饭，实际成瑶还是和顾北青讲好，他们要碰头讨论一下案子的，吃饭不过是顺带。

钱恒倒是不作妖了，房门紧闭着。

他看起来大约是消停了，只是不知道为什么，成瑶内心有些不安。她本想打开大门一走了之，好好地去和顾北青吃饭，然而临到当口，却还是折回了屋里。

她好不容易撑过了戒断反应，眼看着就要出戒毒所了，结果钱恒这种毒物，竟然厚颜无耻地把自身这剂最纯正的毒品送到了眼前，还是新型复合毒品，比以前更加了一味厚脸皮的成分。

成瑶心里恨得牙痒痒的，然而手还是敲向了那扇门。

垃圾毒品，毁我青春！她愤怒地想，真是该死的放不下！这狗屁毒品，难怪那么多人复吸！

"钱恒？"

成瑶敲了会儿门，门内竟然一点动静没有，她有些急了，直接开了门，这下才发现钱恒这家伙不是装的，是真病了。他满脸都是不正常的潮红，颇有些奄奄一息地躺在被窝里，好看的眉皱着，眼睛也闭着。

成瑶紧张地拿了耳温枪，一量，三十九度五。

她有些急了："你是怎么搞的？我马上找包锐来送你去医院。"

"不要。"她还没拿手机，钱恒就伸出手来拉住了他，他艰难地眨着眼，"不要包锐。"

钱恒明明很难受的模样，却还目光灼灼地看着成瑶。

成瑶不知道该作何反应，下意识地避开了钱恒的视线："算了，正好学长在楼下，我让他帮我送你去医院吧，昨天还好好的，怎么过了一晚就烧成这样了？"

"也不要顾北青。"

"嗯？"

"要你。"

成瑶抿着唇："你发高烧了，少说点胡话吧。"

"没说胡话。"钱恒的语气很平静，只是双眼因为发烧而显得眼泪汪汪，这让他蒙上了一层可怜巴巴的气息，他委屈地道，"我病了，我只想和你在一起。"

"不行，你得去医院。"

"把我送去医院了，你是不是就继续和顾北青去吃饭了？"

他还仗着生病要挟上她了？

成瑶冷笑一声："当然是，饭当然要吃。"

"成瑶，我昨晚故意没开地暖，没盖被子。"

成瑶愣了愣。

钱恒潮红的脸色似乎掩盖了他的尴尬，他闭上眼睛，豁出去般开了口："我是故意生病的。"

成瑶皱起了眉。

"我不想让你去和顾北青吃饭。"钱恒吸了吸鼻涕，"但我想不出别的办法阻挠你，因为我现在什么也不是，没有资格干涉你，最后只想到这个。"他抬头看向成瑶，"我在想，如果我病了，你是不是会留下来。"

"我给你爸妈打电话。"

“听说我分手了，我爸妈和我的感情再一次破裂了，因为去相亲角发广告这件事我们还吵了一架，他们现在是不会管我的死活了。”

成瑶抿了抿唇：“那我给你哥打。”

“我哥今天去相亲，我爸妈说了他敢走就弄死他。”

“那包锐……”

“包锐前一段工作太忙，他老婆刚和他吵了架，这周末难得没工作可以陪老婆，你要打这个电话，他可能以后感情状态就是离异了。”

“我找学长照顾你。”

“顾北青照顾我的话，我看到他太生气了，待会儿可能会直接烧到四十度，把脑子都烧坏了，你别送我去医院，送我去消防大队灭火吧。”

“还有吴君呢？！”

钱恒继续随口胡诌：“吴君去B市参加亲戚婚礼了。”

成瑶气死了：“就没别人可以照顾你了吗？”

成瑶知道钱恒想要她陪着，然而她下意识地回避着，不是不担心钱恒，只是更害怕不争气的自己，她怕自己再多看这个男人两眼就答应了他复合的请求。

钱恒说愿意结婚也不再坚持丁克，成瑶自然是感动和开心的，只是她仍旧迟疑害怕，钱恒坚持那么久的不婚和丁克原则，真的能心无旁骛地改变吗？在两人婚姻生育观出现分歧后，她调查了很多案例，确实有原本不婚主义的男人号称自己愿意结婚并进入婚姻的，然而没过半年，很多男人都后悔了，最终还是选择了离婚。

钱恒的改变是真的想好了吗？他真的有那么爱她吗？他真的能放下那种内心的优越感，给她一段平等又长久的感情吗？

如果这一次再回到他的身边，她恐怕真的没有抵抗力再离开了。

“没了。”面对成瑶的问题，钱恒无辜而坦然，“我和我的猫一样，无依无靠。”他垂下了眼睛，“算了，我不该强人所难，你走吧，就让我和我的猫一起自生自灭好了。”

钱恒这一拨操作也是抱着赌博的心理，他第一次如此坦白地承认自己为了挽留成瑶而做的小动作，虽然有些没面子，但一旦说开后，竟然十分放松。只是如今他忐忑地等着，却听到了成瑶推门出去的声音。

钱恒睁开眼，虽然头昏脑涨难受得很，但他没忍住，掀开被子坐了起来，心里是巨大的失落和酸涩。

他都这样了，成瑶竟然还是走了。

他下意识地瞟了一眼蜷在角落里睡觉的猫，就在他感觉到疲乏脱力之时，他的房门再一次被打开了。

成瑶拿着杯热水站在门口，脸色有些发红，她垂下了眼神，有些没好气："你真是我见过最讨厌的人。"

这个刹那，钱恒只觉得自己心里直直中了一箭，他望着把杯子递到他面前的成瑶，只觉得自己这一刻，就是病死也甘愿了。

成瑶让钱恒喝了水，然后去厨房给他煮了粥。他这个样子，一改往日不可一世、自我感觉良好的模样，可怜巴巴的，像个弃犬。成瑶说什么也没法再心无旁骛地和顾北青去吃饭了，她不得不打电话和顾北青道了歉，取消了见面。

成瑶放下手机，端起粥，看了一眼躺在床上的病人。

"把粥喝了。"

钱恒没接碗，看了成瑶一眼，模样无辜、无助又无赖："我没力气拿碗。"

成瑶瞪着他。

钱恒脸不红心不跳，他又看了成瑶两眼："你能喂我吗？"他顿了顿，"我想要你喂我。"

他这个模样，成瑶一时之间倒是有些手足无措了。以往的钱恒是死要面子的，他怎么都不可能这样直白地说出要别人喂的请求，可如今……

可如今他为了黏着她，倒真的是拼了命地造作了……

钱恒还嫌不够似的，眨了眨眼："要是你喂我，我会好得快一点。"

成瑶在他那专注的视线和一本正经的话语里，只觉得心跳加快。钱恒这种人，到底是靠嘴吃饭的专业人士，一张嘴里喷起毒来是顶尖级别的，喷起糖来也毫不手软。

成瑶有些愤懑，只是到底没办法，还是伸了勺子。

好在钱恒没有再作妖，他十分乖巧地配合着成瑶笨拙的喂粥动作，安安静静地吃了粥。阳光打在他的睫毛上产生了长而卷曲的阴影，他的脸色还是因为发烧而潮红着，英俊的脸上仍是病容，手上还有昨天被猫抓后消毒包扎的伤口。

钱恒这种模样，任谁看到了恐怕都会不舍。

成瑶真是没想到，这世界上竟然有如此狡诈的男人！

为了不让她去和顾北青吃饭，他竟然连自己的肉体都舍得出去！

她扫了钱恒一眼："你是不是猪？拿自己的身体开玩笑？先是去抓流浪猫，再是把自己冻发烧？钱恒，你是个资深律师了，能不能有点律师的样子？！"

"反正你留下来了。"钱恒擤着鼻涕，镇定地道，"方式方法不重要，重要的是结果，这和我的办案理念很一致，只要合法，你管我用什么手段赢？"

"要是就算你这样，我还是不管你死活，那你怎么办？你是准备割腕还是上吊引起我的注意？"

钱恒可怜巴巴地看了成瑶一眼，虚弱地道："你都不肯留下，那让我病死算了。"

"别放屁，什么病死不病死的，少说两句晦气话。"

很快，粥就喂完了，钱恒却死活不肯消停，硬是拉着成瑶要说话。

"只想和你多说两句。"

成瑶试图用凶恶的语气掩盖害羞和紧张："说什么？"

钱恒的眼睛盯着成瑶："分手以后每天都很想你，想听你的声音。"他可怜兮兮地道，"能给我唱个歌吗？我头昏脑涨，只想听你唱歌。"

明知道这都是他的套路，然而成瑶还是没忍住踩进了陷阱。

强大的男人突然示弱，如此可怜巴巴恳切地看向自己，姿态放低得简直像只温顺的大型犬，她无论如何都无法拒绝。

成瑶随口哼了一支柔和的摇篮曲，没过多久，等她低头时才发现不知道什么时候钱恒已经睡着了。

他的睡姿很规矩，因为生病，好看的眉微微皱着，脸上那层冷淡疏离也一扫而空，只剩下不设防的无辜。

此时此刻，钱恒在安睡，橘猫也在安睡。

成瑶抿了抿唇，轻轻退出了房间。

这一觉，钱恒睡了很久，成瑶几次进房间查看他的情况，最后一次的时候，耳温枪显示他的体温已经恢复正常，烧退了。

成瑶松了口气，这才出门买菜。

结果等她回来，家里都变了样。成瑶简直差点气死，本来收拾干净的地板，现在竟然全是水和泡沫。

成瑶火冒三丈，一路循着水迹正准备找钱恒麻烦，却在见到卫生间里的一幕时愣住了。

钱恒非常狼狈，身上的衣服都湿了，沾满了泡沫，他此刻一只手正拿着吹风机，另一只手里抱着那只橘猫。

橘猫浑身还湿漉漉的，毛发随着吹风机的暖风慢慢蓬松开，它趴在钱恒怀里还不老实，时刻妄图挣扎。成瑶随意一瞥，果不其然便在钱恒的手上又找到了几条新鲜的爪痕。

成瑶立刻转身取了一条毛巾，然后从钱恒手中拿走吹风机，抱走了猫："我来弄猫，你赶紧给我去换衣服。"她责备地道，"你刚退烧，别又着凉生病了。"

她口气微凶地训完钱恒，才意识到自己近来和钱恒好像有些位置对调，以往都是钱恒训自己，这几天自己大概是连带着把以前积累下来的被训全部给还了回去。

毕竟他是前老板、前男友，不过不论怎么说，钱恒作为家事律师圈里扛把子的大佬，她这样训他，似乎不太合适。

成瑶在这边自我检讨，被训的钱恒竟然一点反抗都没有，十分温顺地接受了训话，还低着声音道了歉。

"我刚睡了一觉，感觉已经好了，看这猫脏兮兮的，背上有块毛不知道蹭到了什么油渍，都打结成一团了，所以想给它洗个澡，没想到它这么不配合。"

他态度这么好，颇有种大魔头改邪归正的既视感，成瑶一时之间也不好意思再训，只催促着他去换了衣服，自己快速地把橘猫给吹干了。

虽然过程不配合，但洗完澡的橘猫显然十分舒服，成瑶一放开它，它就欢快地蹦开了。

这橘猫洗了个澡和整了个容似的，毛色变光滑了，颜值大涨，它刚蹦开，就朝着刚换好了衣服的钱恒走了过去。

成瑶站在钱恒身后，正要提醒一句"小心它挠你"，就见之前还彪悍凶狠的橘猫竟然喵喵叫着撒娇地蹭上了钱恒的大腿，毛茸茸的尾巴亲昵地扫过他的脚踝，那模样谄媚又狗腿，简直毫无做猫的矜持！

钱恒愣了愣，他整个人看起来有些紧绷，然后弯下腰，动作有些笨拙但小心翼翼地抱起了猫。这一次，橘猫没有再挣扎，它温顺地叫着，任凭钱恒把它搂进了怀里。

此刻钱恒仍旧背对着自己，成瑶内心却觉得有些难以名状的情绪。窗外的阳光正打在这个男人背上，让他一贯线条过分锐利的侧脸也显出了柔和的弧度。成瑶没有出声，她就这样静静地站着，看着钱恒伸出手，轻轻地摸了摸橘猫的背，他的脸仍旧异常英俊到冷冽，然而这一刻的神情却异常温柔。

橘猫在钱恒怀里窝了会儿，才动作敏捷地跳走了。钱恒这才回头，看到了身后的成瑶。

两个人谁也没说话，只是眼神轻轻触碰，然后各自移开。

成瑶咳了咳，率先开口："原来你这么喜欢猫呀。"

"没有，其实不喜欢猫。"钱恒抿了抿唇，看向地上的阳光光斑，"因为养猫和养孩子一样，都很麻烦。"

成瑶顿了顿，心里有着说不出的失望："你看，你还是不喜欢小孩，那何必改变自己丁克的理念委曲求全，我和你，说到底还是不一样。"

"成瑶，听我说完。"钱恒看向成瑶，"养猫和养孩子一样，有了猫，你要负责它的温饱、关爱它，给它定期洗澡、体检、除虫，猫病了还要带去看医生。因为猫掉毛，你每天还要多出很多打扫房间的工作，猫黏人，你要花时间陪它，猫不听话，你还要负责收拾残局。虽然这已经比养个孩子需要的工作量少得多，但以前的我觉得，这已经麻烦得不行了。

"我很怕麻烦，但我想和你有未来。"

成瑶轻轻咬住了自己的嘴唇。

"我知道你很难相信我真的做好了结婚生孩子的准备，我也没法找个别人结婚生孩子证明给你看，看到这只猫的时候，我就想，那我养猫吧，让我体会下那种责任感，我希望你能看到我的诚意。"钱恒温柔地看了一眼成瑶，然后看了一眼猫，"养猫和我想的一样，确实很麻烦，给它洗澡就用了我半条命，但养猫也不全是麻烦，它会挠我，但也会对我撒娇，会全然信赖地趴在我怀里，会很乖巧，除了那种责任外，原来也能带给我很多很好的感觉，我从来没体会过的感觉。

"很美好。

“让我觉得为了这一刻的美好，我甘愿承担那些麻烦。

“如果换成别的女人，我想我还是会坚持不婚不育，但如果是你，我愿意和你一起去经历那些我从来没想过的事。”钱恒深情地看着成瑶，“如果和你在一起，结婚生孩子，一定也会带给我很多美好。

“成瑶，希望你给我这个机会，能和你一起制造美好。”

被钱恒这样盯着，被他用如此坦诚的语气热烈地告白着，成瑶一时之间也有些手足无措的心悸，她心里有些乱，又害怕钱恒这狡诈的家伙乘胜追击攻城略地，只甩下一句“让我考虑下”，便飞也似的跑了。

成瑶在小区里转了好几圈，心情越发平和，而钱恒在屋内对着橘猫，心情却越加烦躁，成瑶还没回来，他一颗心更是七上八下地忐忑不安。

想来想去没忍住，钱恒拿出了手机。

“吴君，你现在在家吗？”

吴君的声音出离悲愤了：“不！我不在！”

“我有……”

“给我送空运的波士顿龙虾也没有用！我是真的不在家！”

吴君声音的周遭有些嘈杂，听起来像是在游乐场，钱恒这才信了：“你在约会？你谈恋爱了？”

吴君颇有些春风得意：“嘿嘿，你想不想知道我女朋友是谁？说出来怕是要吓死你！”

“不，我没兴趣。”钱恒无情地道，“我就想问问你，为什么我已经坦诚地向成瑶表达了我内心的想法，很诚恳地请求她的原谅，她还是没有任何表态？你之前教给我的方法，不太对吧？”

“你稍等，我来问一下我女朋友！”

“你问你女朋友干什么？”

吴君神秘兮兮的：“见到我女朋友你就懂了，成瑶的问题，交给她再合适不过。”

钱恒虽然有些讶异，但也没多想，想来女生的感情问题，或许确实是同性看得更透彻。

果然，没过多久，吴君就来支招了：“我女朋友说了，像成瑶这样的，一旦因为双方产生的分歧分过手，就多少心有余悸，不是你一次剖白心迹人家就能放下迟疑的，你得更猛烈地追求她，拿出让全世界都知道我钱恒非你不娶的架势，拿出让自己无路可退背水一战的姿态，让成瑶彻底对你放下戒备心。”

钱恒挂了电话，沉吟了片刻，觉得对方说的确实有那么些道理，只是怎么让全世界知道自己非成瑶不娶？

钱恒盯着橘猫的屁股想了许久，突然灵光一现。

他又一次拨给了吴君：“上次那个什么‘律师来辩论’的综艺节目，现在还能参加吗？”

“能啊。”

“我去。”

吴君愣了愣，随即解气地笑了，压低声音道：“和你打对手戏的是邓明。钱恒，我就一个要求，干死他，别留情。”

“除了成瑶，我什么时候给人留过情？”

钱恒在隔壁房间赖了三天后，终于没办法再谎称自己别墅还在停水停电。成瑶没含糊，这次她直接强硬地退还了钱恒下个月的租金，作为违约方赔了他一个月租金，通知他择日把东西搬走。只要钱恒在，她就没办法冷静思考，而她需要空间来好好思考下未来。

钱恒这一次倒是没再死皮赖脸，除了君恒和金砖之间明明有一段距离，但钱恒却频繁出现在金砖楼下的咖啡厅外。他最近已经消停了不少，又过了几天，不知道钱恒在忙着什么，连在楼下的咖啡馆，成瑶也没怎么见到他了。

看看，这就是男人，自“真心剖白”才过了没几天，人就跑没影了！成瑶生气地想，幸好没答应他！钱恒取这个名字，大概是命中缺恒，所以一点恒心也没有！

幸而成瑶这两天接连几个案子开庭，她一心扑在工作上，刻意没去想和钱恒的事。何况有另一件事更让成瑶烦心，邓明那个综艺节目要上了，如今地铁广告位上都是他道貌岸然的照片。

“业界良心——德威律所合伙人邓明律师对战神秘律师嘉宾”

“相约每晚八点《律师来辩论》，看专业律师之间的巅峰对决”

成瑶每次进出地铁瞥到这些宣传语，都觉得说不出地烦躁，这节目组看来挺有钱，只是一档律政类综艺节目而已，广告竟然打得铺天盖地，噱头还挺大，甚至至今一直没公布对战邓明的另一位律师的身份，把人的胃口吊得老高。

然而能有什么惊喜？成瑶在心里冷笑，邓明这个人，专业能力虽说比钱恒差远了，但比上不足比下有余，在法律圈也浸淫了这么多年，有时就算在专业上有些短板，也能用丰富的经验糊弄过去。更何况邓明这人临场能力一向强悍，又很会辩论的技巧，诡辩能力强大，就算专业内涵欠缺，分析案子靠很多煽动情绪的话语，也能模糊重点，把大众的注意力彻底转移，自己还能维持着风度翩翩、业界良心的精英律师姿态。

节目组显然把宝都押在这位神秘对阵嘉宾身上，然而成瑶一点不看好。有人脸皮能厚得过邓明吗？自己这位前姐夫什么本事，成瑶再了解不过，此前邓明参与的其余法律类综艺节目，哪期不是明里暗里给对方律师下绊子，激得对方律师当场发飙、仪态全失甚至当场离开，而他自己仍旧云淡风轻、一脸无辜的？

这晚成瑶正在家里看案卷，突然就接到了谭颖的电话。

"成瑶，快开电视！"

"啊？"

"钱par啊！我的天啊！钱par竟然上场了！"谭颖的声音充满了激动，"你快看！那个《律师来辩论》，钱par竟然参加了！"

成瑶有些震惊和紧张，她抿着嘴唇，立刻疯狂找起遥控器，然后打开电视。

很快，她就找到了这档节目，可惜因为发现得太晚，已经进入了主持人总结的尾声阶段，成瑶没看上几分钟就结束了。

她没忍住，直接上网找了视频。

屏幕里的钱恒因为节目组的要求对着装和发型都配合地做了妥协，没有平日工作里那种冷硬，带了丝介于正装和休闲服之间的不羁，一张脸仍旧是英俊到锋利，奶油小生型的男主持站在他身边，不仅比他矮了半个头，甚至显得有点娘里娘气，一张脸在钱恒的衬托下更是泯然众人。

他是真的英俊，那种漫不经心的英俊。

钱恒明明长得很好，本人却并不在意，反而举手投足间更有魅力了。摄影师显然也偏爱他这张脸，即便是主持人在讲话，也不断将镜头给钱恒。

钱恒虽然颜值能打，但一张脸却还是一如既往地臭。

主持人在介绍嘉宾时吹捧他，他只微微抬了抬下巴，勉为其难地点了下头。

邓明在发现神秘嘉宾是钱恒后，刚开始有些慌乱，随即恢复镇定朝钱恒示好，钱恒则直接视而不见。

“哇，这么傲慢？”

“天啊，邓律师那么友好，是谁给这个钱恒勇气，让他这么跩？”

“长得真的好帅啊！为了他的脸，我原谅他一分钟！”

“拜托，我看《律师来辩论》是为了看专业的东西，节目组也太恶心了吧，找了个这样的托儿，脸是真的能看没错，但这是档专业类的节目啊！想红、想出道不会去选秀啊？！带资进组的吧！”

成瑶开着弹幕，果然钱恒刚出来弹幕就疯了，大部分看这档节目的不是法律界人士，对钱恒也不了解，一开始都关注他的脸。

主持人显然很想调节气氛：“我们钱律师看起来有些内向，我还以为律师都是侃侃而谈的呢。”

“我比较贵，所以轻易不会说话。”钱恒语气淡淡的，“否则是浪费钱。”

主持人还以为钱恒是开玩笑调节气氛，他笑着应和：“是，是，您和邓律师的收费肯定都是一个层级的，顶尖的那种。”

“我和他不是一个层级的。”

主持人笑起来：“钱律师您真谦虚，虽然您比邓律师年轻，但我听说您也是业内的……”

主持人还没说完，钱恒就微笑着打断了他，他轻描淡写地道：“我的时薪是他的1.43倍。”

主持人显然被噎住了，下意识地看向脸色铁青的邓明：“邓律师……”

邓明不想和钱恒硬杠，很快收敛了情绪，笑道：“现在的年轻人开价都比我们激进啊，看来我也是时候涨价了，市场倒逼啊哈哈。”

“邓明，你比我还小一岁多。”钱恒扫了邓明一眼，“需要我提醒你，我还是你的正经学长吗？”

钱恒笑了笑：“不过你是应该注意一下了，最近也太疏于保养了，我一看就觉得你这两年长得有点太着急了。”

即便隔着屏幕，成瑶也能感受到邓明那种恨不得一刀捅死钱恒的咬牙切齿的心情，他平时营销温和儒雅精英律师的形象得了不少虚名和好处，可如今这一刻，终于被这盛名所累，被这人设所缚，面对钱恒的毒舌，无法当面反击，只能打掉牙齿和血吞，咽下这口气，脸上继续挂上不以物喜不以己悲的淡定笑容。

这一幕场景一出，弹幕自然又一次刷疯了。

“钱恒比邓明年纪还大？？？”

“钱恒这人有毒吧？说话怎么句句带毒？”

“看不下去了，期待邓律师在专业上吊打这个钱恒！”

不过这一次，弹幕里除了质疑钱恒的人之外，也出现了不同的声音。

“你们这些攻击钱恒的人是不是不想活了？不怕钱恒反手一个律师函告到你大小便不能自理？”

“钱par一出谁与争锋！”

“无知小儿，真是不知道钱恒是著名的业界‘毒瘤’啊？！”

“还吊打钱恒，整个宇宙里只有钱恒吊打别人的份啊！我以前跟着我老板和他打过一次对手，至今我上庭想起他都有心理阴影！看到他就想心梗！”

……

不得不说，看到邓明被钱恒堵得一句话都说不出时，成瑶解气到不行。她隐隐升腾起自豪和骄傲，像是一个小孩，急切地想要把自己的珍宝分享给别人，让大家都看看，钱恒这个人，有多专业、有多厉害，而自己这个最初的宝藏发掘者也与有荣焉。

弹幕里还在为钱恒吵吵闹闹，节目终于进行到了专业的部分。

节目组请出了当事人，为了保护隐私，所有上节目的当事人都会戴上一个面具，声音也会由后期进行处理。

第一个对决案例，主持人简单阐述了案子情况——孙小姐和男友石先生恋爱五年，结婚一年，如今孙小姐坚决要求离婚。邓明和钱恒必须从法律上找到最合适的解决方案。

孙小姐和石先生都来到了现场。

孙小姐坚决要离婚：“我和他感情已经破裂了。”

石先生坚决不同意：“我和她是彼此的初恋，恋爱五年，结婚才一年，感情怎么可能破裂？”他过去拉了孙小姐的手，“别闹别扭了。”

孙小姐狠狠甩开了他的手，声音冷漠：“我不是闹别扭，我是真的认真想过了，这种日子没法过！”

“我们回家好好商量。”

邓明整了整领带：“能给我讲讲你们是有什么矛盾吗？”

石先生答道：“没有。”

邓明看向孙小姐，然而坚决要离婚的她，竟然面对这个问题也沉默了，没有回答。

邓明又围绕这对夫妻的婚姻生活和婚前恋爱情况问了些问题，每每涉及离婚理由，孙小姐都是想说又最终不说的沉默，石先生则解释着两人感情并没问题，只是突然的婚姻同居生活让两人还不习惯，他们之间是有些摩擦，但绝对可以磨合，感情绝对是没有破裂的。

邓明问完，看向钱恒：“这个案子，我站在石先生一方，我觉得这对新婚小夫妻之间有矛盾，但不是不可调和。”

邓明这一招显然很“鸡贼”，先选择当事人的人自然更有主动权，他问了一圈问题，显然是觉得支持石先生比较安全，毕竟从两人的对话来看，孙小姐虽然有些愤怒，但对石先生并没有十分绝情，甚至问到婚姻当中存在什么问题时，她也选择了沉默，看来还有回旋余地，于是邓明便毫不犹豫地抢在钱恒前面选择了帮助石先生。

要是在调解下，石先生和孙小姐最终和解不再离婚，那这局他至少也是和钱恒平手。

钱恒对代理孙小姐没有异议。

邓明见事成了，大约终于有些直起腰来，自我拔高道：“婚姻和恋爱不同，婚姻里有很多琐碎的矛盾，今天碗谁洗，明天谁打扫卫生，共同生活是需要磨合的，大家彼此都应该有耐心，经营婚姻是种后天习得的技能，大家都是第一次，都在慢慢学习……”

他这副道貌岸然的理中客嘴脸，配上他那诚恳的语气，自然得到了不少观众的支持，弹幕里又是一片“还是邓律师为人实在”“要是离婚律师都这样，能挽救多少家庭啊，能让多少家庭免于破碎啊”……

钱恒却没表态，只看了孙小姐一眼，丝毫没有劝说她和解的意思：“他喜欢男人吗？”

这是什么鬼问题，全场一下子哗然了。

孙小姐抿了抿嘴唇："不是。"

"你们交往期间，他是不是对你非常尊重？你们没有同居过，也没有过婚前性行为？但他喜欢的确实是女性，也非常喜欢你？"

"嗯。"

弹幕果然刷起了"好男人""这样的男人离什么婚"等等类似的话语。

"他有出轨、吸毒、赌博、嫖娼这样的行为吗？"

"也没有。"

……

这一次，钱恒一改往日完全不在意当事人离婚理由的冰冷风格，开始试图理清孙小姐离婚的动机，他仍旧专业到完美，但同时，那冷冽的脸上也带上了一些温情。

钱恒问了一个又一个问题，但还是看不出石先生有任何问题，毕竟钱恒的问题几乎已经囊括了婚姻生活的方方面面了。

就在大家还没从上一个问题的震撼中平静下来之际，钱恒又放了个炸弹。

他的语气了然而笃定："那就是他那方面不行了。"

孙小姐愣了愣，显然非常意外，然而她的反应完全像是被钱恒猜中了真相，石先生则直接跳了起来："你是什么律师，血口喷人！"

钱恒一脸淡然："有感情基础，结婚刚一年，女方就坚决要离婚，又有难以启齿的离婚原因，男方是异性恋，以我的经验来说，大概率是性生活不和谐，男方可能有功能障碍。"他扫了一眼孙小姐，"你不用不好意思，中国女性大部分羞于讲性生活，好像只允许男性对性有需求，女人有这方面的想法都是罪恶，但性生活本身就是婚姻生活非常重要的部分。你可以大胆讲出来，你没有错。"

钱恒这一番话，讲得孙小姐竟然有些哽咽："我以前以为他是对我尊重，可没想到婚后一次同房都没有成功。"孙小姐非常痛苦，"提出离婚，我也很煎熬，我知道很多人会骂我，女人这方面忍忍就好了，你们都有那么多年感情，就为这点事离婚？可我……我只想要正常的婚姻，我只是个正常的女人啊。我喜欢孩子，我都三十六岁了，再不离婚，以后还能生孩子吗？"

"男方性功能障碍并不是法定离婚理由，由此导致的感情破裂才是，你们婚前有五年感情基础，而很多性功能障碍在医学上并非是不能治愈的疾病，所以一审大概率不会判离婚。你必须证明，你的丈夫因为有生理缺陷及其他原因不能发生性行为，并且难以治愈，同时开始分居，不要再联系，将感情彻底冷却下来，让法官能推定你们没有再和好的可能。”

石先生恼羞成怒，咆哮道：“你这个女人丧心病狂！连这种诬蔑也说得出口！什么我不行？！我行得很！”

钱恒根本不在乎别人的眼光，径直道：“想要证明你行，那等你妻子起诉离婚并且提出对你进行性功能司法鉴定时好好配合，当然法院本身会予以支持，你坚决不配合的话，法院会推定你有障碍。”钱恒凉飕飕地看了一眼石先生，“闹到诉讼和鉴定这一层，那离婚理由到底是什么，法院判决书里会清清楚楚写上。”

石先生的语气激动又愤怒：“你是什么律师？！不知道宁拆十座庙不毁一桩婚吗？！让我们离婚，这对你有什么好处？！”

“我国婚姻自由包括结婚自由和离婚自由，为了和谐稳定而勉强维持婚姻，简直可笑。”

一个案子闹得鸡飞狗跳，中途石先生数次暴跳如雷，都被钱恒冷冷地怼了回去。不论发生什么情况，钱恒永远冷静、理智而强大，并对这对夫妻的婚内共同财产分割也给出了细致而专业的建议。整场综艺仿佛变成了他一个人的舞台。

邓明努力想要找回存在感：“钱律师，我觉得你自己因为信奉不婚和丁克，对婚姻充满了敌意，对任何婚姻纠纷，都从不想有没有缓解挽救的可能，就直接顺着当事人的冲动劝离。但男人有时候就算出现这类问题，很大可能是精神方面的原因，并非是器质性的，比如妻子的一些动作让丈夫在同房时受到了惊吓，或者妻子太严苛导致丈夫太紧张。大家彼此好好沟通，婚前恋爱五年，有很好的感情基础，就这么直接离婚，未免太可惜了。”

“所以说到底，男人不行，这都还是女人的问题？”钱恒冷笑了声，“男人有点男人的担当行不行？像个男人的样子。

“男人要是遇到了女方不能同房，绝对会果断离婚，可能连一年都忍不了，换位思考，这种情况下女方选择离婚，再正常不过。孙小姐给了石先生一年时间，她不是没有尝试过沟通，她努力过了。她是受害人，她没有错。

“邓明，你是个律师，专业点，你要做的是为当事人争取最大权益，而不是和稀泥，以情动人，大举什么和谐友爱的大旗，妄图道德绑架我的当事人，逼迫她继续在无性婚姻里蹉跎人生。”钱恒声音冷漠，“你平时办的家事案子，和解率是最高的，你也为此自豪，还到处宣传自己是业界良心，维护婚姻，能让破碎的婚姻起死回生。但你有没有统计过，你那些和解完了的婚姻，后面又有多大的比率再次破裂的？

“以情动人调解夫妻关系，那是人民调解员做的事，律师要做的是以法护人。你是法律工作者，不要像个业余的居委会大妈，专业点。你这种用道德和情感去处理婚姻案件的方式一点不值得宣扬，我们律师不是这样的。”

邓明的脸色宛如吃了三吨屎那么臭，主持人显然也被钱恒这秒杀全场的气势完全镇压成了一只弱鸡、鹌鹑，已经变成钱恒在控场。

“现在我的当事人已经决定离婚了，你能不能不要再试图说服她了？做点你该做的事，想想怎么接我的招，在离婚时怎么为你的当事人争取财产。”

这一次，弹幕再次刷了起来，只是风向与开始时已经截然不同。

“我的妈啊！钱恒我要嫁给你！”

“真的说出了中国女性的痛点啊！好感动！”

“女性天然在婚姻里被苛责，所以我不想结婚啊！”

“钱par两米八！讲财产分割的时候我都愣住了！怎么有人能分财产都分得这么严谨细致专业还性感到死哦！如果是钱par这样和我离婚分财产，我完全受不了，钱愿意全给他嘤嘤嘤。”

屏幕里的钱恒并不知道这一切，他只是保持着自己的风格，我行我素。

他挑眉看了邓明一眼：“还有谁和你说过我不婚和丁克？”

邓明皱了皱眉，有些疑惑：“你不是……”

“我想通了，我这样优秀的基因不传承下去是犯罪。”钱恒镇定得像是在解说法律，“我现在有想要结婚和一起生育抚养后代的对象。”

……

在钱恒的强势介入下，石先生终于基于男人最后的脸面，放弃了去法院诉讼，同意了协议离婚，与孙小姐现场协商起财产分割。钱恒和邓明针对财产分割又来回打了几局对手戏，虽然邓明努力挽尊，可在钱恒面前，真的只有被吊打的份。

这个男人专业到可怕，也冷静到可怕，操作起案子来的专业程度简直是教科书级别的。

成瑶只觉得心跳如擂鼓，又来了，那种强烈的心动感觉，那种为这个男人再次倾心的无法抗拒感。

弹幕说得太对了，钱恒这个男人，真的是太有毒了。

后面钱恒还说了什么，成瑶通通没听进去，她心里只萦绕着钱恒认真的那一句“我现在有想要结婚和一起生育抚养后代的对象”。

他为什么改变主意，参加了这种平日里都看不上的综艺节目？是为了她吗？

只是一个综艺节目而已，成瑶却看得情绪如过山车般跌宕起伏，看到钱恒吊打邓明时的畅快淋漓，看到钱恒嘴里喷毒时感同身受地恨得牙痒痒，看到钱恒说自己不再不婚和丁克时的悸动。

即便成瑶不想承认，但这个男人，给了自己太多情绪，拥有了自己太多第一次，偏偏还如此狡诈，用这种方式，让自己怕是下半辈子都忘不掉他。

成瑶咬着嘴唇，想以“钱恒”为关键词查询，只是刚打开搜索栏，就发现这两个字已经上了热搜。

钱恒这个毒瘤犹如洪水一般，一夜之间席卷了网络，占据了无数的流量。

成瑶没想到，有朝一日他还真的C位出道了。

微博也好，微信朋友圈也罢，全部被钱恒刷屏了，豆瓣竟然还为钱恒成立了讨论小组，甚至还有人整理出了《钱恒语录》。

《律师来辩论》一下子爆了，节目组在钱恒开口时本来已经绝望了，压根没想到峰回路转，节目收视率和讨论度竟然一路扶摇直上，钱恒有着剧毒的独特风格竟然拥趸者众多。

“钱恒的嘴，真是秀操作的鬼！但是这种毒舌逼王为什么还有点萌？可能颜好？”

“以前我还挺喜欢邓明的，但现在他往钱恒身边一站，就觉得他像个凤凰边上的秃毛鸡，长得不如人家，专业能力还被人家甩几条街，脱粉了！”

“你们不觉得邓明看着挺虚伪的吗？就很假啊，感觉就有点像那种表面满口仁义道德、背地里其实阴狠歹毒的变态？”

“我就喜欢钱恒这种‘妖艳贱货’！和外面那些单纯不做作的男人不一样！爱他！”

“好希望我有钱恒的巨毒属性，这样我回家过年哪个亲戚还敢催婚、催育、拐弯抹角问东问西，我喷得她连妈都不认识！”

“一想到法律界有这样的业界‘毒瘤’，突然对我国法制建设充满了希望是怎么回事……”

“不知道他想要结婚生孩子的对象是谁哦，好奇死了！这女的上辈子拯救了银河系吧？”

“楼上醒醒！不应该是上辈子毁灭了地球吗？”

……

只是伴随着钱恒的口碑上升，邓明就不太好受了，他第一次遭遇了人生滑铁卢，在他一贯擅长的综艺里栽了跟头。往日他参与的那些节目，对阵的律师不是不够专业、不够圆滑，就是不够了解年轻人的心理，真的是干巴巴地分析案件，完全不能接梗，没有丝毫娱乐气质，更不懂包装自己，也不懂引导操纵舆论。因而邓明几乎是一帆风顺地靠着把自己娱乐化，得到了巨大的利益。

可如今在钱恒面前，他毫无胜算。他没想到钱恒的舞台表现力和控场力那么强，专业强大，英俊冷酷，连带他那张嘴，都成了万千女性爱他的理由。

第一次，网上的舆论让他无法控制，每分钟都有帖子在对比他和钱恒，越来越多的人倒戈，质疑他专业能力的声音越来越多，甚至因为舆论，他正在洽谈的几个十亿级标的额的客户，都转向了别的律所。

《律师来辩论》这期节目每个法律主题会有三个案子，隔天直播一集。自己这才和钱恒录制了一期，业务方面就已经遭到了如此大的负面影响，还剩下两个案子的对决，邓明简直不用想，也知道钱恒会怎么把自己比下去。

他看着网上的那些帖子，脸色越来越阴沉。

幸而，钱恒也不是没有弱点，邓明的律所里最近有个君恒的前员工李萌跳槽过来，说了不少君恒的八卦。

“钱律师可喜欢成瑶了，为了他不惜和我们新加入的女par都反目了，我就是因为和成瑶不对付，才没法在君恒待下去的……”

邓明斟酌着李萌话里的信息，终于计上心头。

另一边，钱恒意外地爆红了，成瑶没想到自己竟然也有了热度，更让成瑶没想到的是，自己的热度并非来自钱恒，而是来自陈林丽案。

这次关于成瑶的讨论并没有像钱恒的那样全网铺开，只是在法律圈里流传，然而讨论度却很高，在行业内几乎造成了轰动性的效果。

陈林丽和黄苒在和解后，接受了媒体采访，披露了案件的解决过程，并特意对成瑶进行了感谢。

几个法律专业杂志都花费大量篇幅讲述了这个案子的办案过程，很多案例库也都将这个案子作为经典案例进行了收录，一些法治频道也相继播出了关于这个案子的报道，不少著名法律专栏作者也对这个案子给予了高度的评价。

历来涉及如此大标的额的遗产纠纷，就没有不撕破脸皮的，常常是官司打上几年，打到双方精疲力竭当事人内心充满阴郁仇恨，这是唯一一个如此大标的额，却以当事人双方都满意的温情方式和解的遗产纠纷案，甚至和解后，双方当事人还共同成立了慈善基金。陈林丽和黄苒这对婆媳，不仅冰释前嫌，达成了和解，甚至在这和解里，衍生出了爱和温情。这个案子几乎是做到了法律和情感的高度统一，让双方当事人达成了情感和法律上的双赢。

成瑶这个名字，也几乎一夜之间在业内传播了开来，有专业人士甚至说成瑶能凭借这个案子拿到年底“十佳青年律师”的称号。

同时，成瑶不知道的是，法律八卦论坛上也出现了一个讨论这一案件的热帖，只是相比其余正统法律圈对案子的分析，论坛上讨论的角度显然就很非主流了。

1L：你们知道不知道促成陈林丽黄苒和解案的成瑶是不是单身啊？我看到一张她的照片，她怎么能这么好看！就问问你们会不会想追这种女孩？

2L：以前开庭时见过一面，是真的漂亮，太漂亮了，所以不敢追！

3L：追啊，可惜我不认识她，谁有她的联系方式？

4L：她真的好厉害呀，她的对手是知名业界毒瘤钱恒啊，钱恒此前从没有任何案子和解的，这是第一个，和钱恒交手竟然还能平分秋色，说服他并促成了和解，太牛了。

5L：成瑶以前是君恒出来的呀，好像就是钱恒手下的，师夷长技以制夷啊，哈哈哈哈，钱恒也有今天哪。

6L：我怎么听说钱恒和成瑶谈过？

7L：没有吧，成瑶不是单身状态吧？我听说她和金砖的顾北青是一对，人家是情侣档，你看，他们都一起接案子的，出双入对、神仙眷侣啊。

8L：偷偷爆个料，成瑶确实和钱恒有过一段，但是顾北青是成瑶学长，也是初恋前男友，顾北青再次出现，成瑶就把钱恒踹了，反正这三个人是三角恋，顾北青和钱恒还为了成瑶打过架……

9L：天啊！楼上！劲爆了！我就想问问谁打赢了？

……

钱恒一行一行地扫着这个帖子，脸色阴沉。难得今天节目录制完了还得了些空，他随手开了法律八卦论坛放松放松，竟然看到了这个帖子！什么顾北青是成瑶初恋男友？！放屁，自己才是！还顾北青和自己打架？他能打得过自己？！谁打赢这种问题还用问？！

当代社会，有些学法律的小年轻简直是头脑简单，连这种谣言都会信，还兴致勃勃地传播，真是让人看不到社会主义法制建设的未来。

钱恒心下冷哼，飞快地注册了一个账号，登录论坛，从主观客观各个方面条理清晰地写了一条长达1000字的辟谣回复。

写完，钱恒心情才舒爽了点，点击了发送键。

只是……只是他竟然没发出去！屏幕上跳出一行字——“您的注册时间太短，账号等级没有回帖发帖权限”。

钱恒沉默了许久，终于想起了热衷在这论坛八卦的吴君。

“吴君，你有法律八卦论坛的账号吧？”

“有啊！”

“等级够吗？能回帖吗？”

“我是大长老等级了！当然能！”

“那借我去一个帖子辟个谣。”

迫于钱恒的淫威，吴君最终心不甘情不愿地贡献了自己的账号。钱恒一分钟没浪费，很快就把自己那段辟谣分析发了上去。

只是当他以为舆论会改变方向，大家会热烈拥护他解释的真相时，现实却给了他暴击。

212L：楼上那个所谓的辟谣者，明显就是造谣啊，成瑶这种小仙女会喜欢钱恒这种老奇葩？呵。

213L：传钱恒和成瑶谣言的傻子祝你不孕不育！

214L：成瑶就算和钱恒谈过也肯定是被钱恒这毒瘤骗了，成瑶太年轻了，不知道钱恒这种中老年男人的狡诈。

215L：我听君恒的朋友说成瑶和钱恒确实谈过，但我觉得他们分手一定是因为钱恒性冷淡。

……

这一晚，一分钟折合人民币166.66无穷的钱恒，盯着电脑，认真严肃地考虑着是不是要给法律八卦论坛发律师函。

因为陈林丽案突然在法律圈有了点小名声的成瑶最近很忙，不少律所给她抛来了橄榄枝，想挖她的、试图认识她的、背后议论她的、当面恭维吹捧她的……形形色色不一而足，甚至还有不少媒体记者不知从哪拿到了成瑶的联系方式，纠缠着想要采访。

幸而顾北青帮忙挡住了不少骚扰，可惜有些媒体人实在不懂尊重人，为了拿到百亿遗产纠纷案第一手的信息，竟然开始在上下班路上围堵成瑶。没办法，成瑶这几天都只能靠顾北青接送上下班。

两个人一路一边讨论案子，一边回忆起大学时的趣事，有说有笑。

到了成瑶的小区后，顾北青把车停在小区外，要送成瑶上楼。

“送都送到这里了，索性看着你进屋，这样我也更放心点。”

冬天天黑得早，虽然只是傍晚，但天已经黑了个透，成瑶一边和顾北青聊天，一边往楼道走去。平时这么冷的天，楼道里都不会有人，但今天也不知道怎么的，她大老远就看到楼道口站着个人，一动不动。

大约是楼里那个无奈的爸爸又在等着自己调皮晚归的儿子吧，不过那个年轻爸爸有这么高吗？成瑶有点疑惑。

直到她走近了，才知道了缘由。

黑着脸站在楼道口的，不是钱恒又是谁？

钱恒穿着大衣，玉树临风，夜风把他的发丝吹得有些凌乱，他就这么站着，怀里还抱着那只越来越肥的橘猫，身后放着行李箱。他看向成瑶，看向成瑶身后的顾北青，那眼神，仿佛是被戴了绿帽的丈夫带着孩子苦苦等着出轨妻子。

这一次，倒是顾北青皱了皱眉先开口：“钱恒？你有什么事吗？”

钱恒只瞟了他一眼，无视了他的问题，径直看向成瑶：“我忘带钥匙了。”

“什么？”

“家里的钥匙，我忘带了。”

比起顾北青的震惊，成瑶也有些茫然：“啊？”

“既然你回来了，那一起回家吧。”

这下，成瑶终于反应过来：“你今晚住这里？你别忘了，我已经退还你租金，还做了赔偿了，你已经不是租户了！”

钱恒抿了抿唇：“这个月还有五天，下个月才算正式退租，这个月我还能合法居住。”

“走吧。”钱恒看了看成瑶，“我今天穿得少，好冷，想赶紧回屋里换件外套。”他说完，又看了顾北青一眼，“哦，谢谢你送成瑶回家。”

等等……你这个语气，怎么像正房斗小三似的？？？

直到成瑶被钱恒带上了楼，她还有些茫然。钱恒倒是一点不见外，他放下猫，动作熟练地给猫添了猫粮，揉了揉橘猫的头，然后拿出猫窝，准备好猫砂。几天时间，他已经像个熟练的铲屎官了。

这个此前在电视里耀眼的男人，如今真实地出现在成瑶面前，仍旧耀眼、优秀，但不再有节目里那样的咄咄逼人的气势和居高临下的威严，在成瑶面前，他有一种奇异的温柔。

“节目，看了吗？”

钱恒的样子有些不自然，耳朵也红了。

成瑶想起这男人还剩五天合租竟然还要死皮赖脸地赖回来，自己的日子又要过得不平静，有些赌气：“什么节目？没看。

“最近忙着做案子，还要和学长吃饭，晚上哪里有时间看节目？何况我以前的老板教育我，在能烧钱喝依云之前，有限的时间怎么能浪费掉去看综艺？”

成瑶这句话说完，钱恒反而笑了，他一扫刚才低沉的气息，抬头看向成瑶，目光灼灼：“你看了。”

成瑶抿着唇：“没有。”

“不然你不会知道是综艺节目。”

“我瞎猜的！”

“你没有和顾北青约会，而是看了节目，我很开心。”

成瑶瞪着钱恒，天底下怎么会有这么狡诈的男人啊？连这男人养的猫都狡诈十足，成瑶正准备跑进房间冷静一下，这奸诈的橘猫就瞅准时机蹦进了自己怀里，讨好又撒娇地喵喵叫着。

“明晚八点有第二期节目，你会看吗？”

成瑶嘴硬地道：“不会！我才不会看你！”

“可明晚我有很多想对你说的话。”

成瑶脑海里默念着“不听不听王八念经”，然而钱恒的每一个字，还是都钻进了她的大脑。

“我是为了你才参加节目的。

“在我心里，我从来没有和你分手过。

“我讨厌顾北青。他长得一看就不旺妻，成天脸白得和吸了毒似的，年纪轻轻可能就肾虚。

“李成轩这样撬我的墙脚，我下个案子遇上他绝对不会给他面子的。”

成瑶简直哭笑不得，她瞟了眼钱恒：“那我还把你踹了，你是不是也要收拾我？”

“你除外。”

“我看你这么横，把我一起收拾了呗。”

钱恒转开了视线：“舍不得。”

简简单单三个字，却把成瑶堵得一句话也说不出了。

钱恒这男人，端着的时候特别端着，但不要脸起来又特别不要脸，撩人于无形，一个字都不带情爱，然而仔细品品又字字含情，高级，真的太高级了。

伸手不打笑脸人，他这样可怜巴巴、真诚又无辜的模样，成瑶都不好意思赶人，真是奸诈得透透的。

她心里烦乱，恰好这时，顾北青的电话来了，成瑶把橘猫塞回了钱恒手里，就跑回房里接起电话。

钱恒倒是没来敲门，只是成瑶和顾北青还没讲上几句话，客厅里便传来了哐的一声东西倒地的声音。

成瑶抿了抿唇，没理会。

“砰——”

成瑶努力保持镇定。

“铛——”

成瑶捂住了耳朵。

“啷——”

成瑶终于忍不住了，挂了电话，打开门：“钱恒，你在干什么？！”

厨房里，钱恒正站在一堆摔在地上的锅碗瓢盆前。

他无辜地看了眼成瑶，理直气壮地道：“猫干的。”

成瑶恶狠狠地瞪了他一眼，转身继续给顾北青拨了回去：“学长，刚才有点事，我们继续讨论下……”

结果她刚转身准备离开厨房，钱恒就低低叫了一声。

“切到手了。”

成瑶一看，钱恒还真切到手了，指尖正不断地往外冒着血。一时之间，她压根顾不上和顾北青打电话了，赶紧挂了电话，手忙脚乱地给钱恒找创可贴。

贴完创可贴，她准备再继续和顾北青聊下案子，结果没讲几句，钱恒又出现了。

“能不能帮我泡个方便面？”他伸出受伤的手，相当无助的模样，“麻烦你了。”

这……只是泡个方便面而已，成瑶觉得作为合租室友，这样的要求也没法拒绝，她不得不又一次挂了电话。

结果他买来的方便面是超辣口味的。

钱恒看了一眼方便面上“激辣”两个字，睫毛轻颤，识大体地道：“我买的时候没注意，不过没关系，你帮我泡下，就去给你学长打电话吧。毕竟我也不是完全不能吃辣，大不了吃过以后肚子不舒服一阵吧。”

成瑶这人就是吃软不吃硬，钱恒要是这时候命令她给他下面，成瑶多半不乐意，然而钱恒这么懂事地不想麻烦她，不想打扰她打电话，宁可吃激辣方便面，她反而不太好意思。

“你胃不好，少吃这种辣的，上次就想说你了，以后不许碰辣的。”

帮人索性就帮到底吧，成瑶自暴自弃地想，算了，还是直接给他下个鸡蛋面吧，反正也没多久。

结果吃完面后，钱恒又眼巴巴地看着桌上的橙子和苹果，他一句话没有说，然而那眼神，让成瑶都觉得自己不给他削太过分了，毕竟他只是想吃几个水果而已，又不是要吃满汉全席。

被钱恒这么一通折腾，时间也不早了，成瑶一看，再给顾北青打电话不合适了。

回房间之前，钱恒又叫住了成瑶，他咳了咳，努力表现得平静镇定，递了张东西给成瑶：“明晚我去直播，这是入场券，VIP前排座位。”

成瑶下意识地就想逃避：“明晚我有事要……”

钱恒的手轻轻地按住了成瑶的嘴唇：“如果你还愿意给我一次机会，就去看我的现场。”

“你的很多粉丝和迷妹会去现场的，你还有后援会呢。”

钱恒侧开了头，看向不远处的窗户，声音淡淡的，很轻又很重——

“我又不在乎她们。

“我只在乎你。”

虽然很不争气，但这一晚，成瑶压根没睡好，萦绕在脑海里的便是钱恒委屈巴巴的模样。第二天起来，不出意外，镜子里的她挂着两个黑眼圈，倒是钱恒精神百倍，像黑山老妖吸过人的精气似的。

好在两人去不同律所上班，终于可以分开了。成瑶进了金砖，像是离开了被磁场干扰的指南针，重新准确运作起来。

只是很快，她的心情又被狠狠地吊到了半空中，路过律所茶水间时，成瑶听到了几个实习生的对话。

“你们看那个帖子了吗？”

“就是扒皮钱恒的帖子啊，那个发帖人梳理了他以前办的那些在道德层面上有争议的案子，说他毫无道德底线，为了钱什么都愿意干，然后还扒出来他爸是A市首富，说钱恒早年赢的那些案子都是靠家里塞钱给法院摆平的……”

“不说钱恒，你看关于邓律师的帖子了吗？果然人怕出名猪怕壮啊，这两个人一上《律师来辩论》，热度一上去，结果都被好事者扒了隐私哎。”

“邓明的什么事？”

“就是他前妻坑他那些事啊，他前妻可真是丢尽了我们女人的脸，看完觉得邓律师真不容易，出身寒门，前妻一边和他谈恋爱结婚，一边又觉得自己是城里人高他一等，各种看不上邓明，花他的钱养情人，邓律师还因为重感情宁愿被前妻设计，最后离婚时是净身出户的。”

“这么可怜啊？那真是不容易，尤其遭遇这种事以后邓律师还能保持这种好脾气和儒雅的风度，这才是大男人吧。你这样一说，我突然对邓律师印象越来越好了……”

几个实习生以八卦的心态聊着，成瑶听完却不平静了，她的心渐渐下沉，拿出手机，感觉很不妙。

邓明自然不会躺着任凭钱恒吊打，他没法在节目里光明正大地赢，但就像成惜之前提醒过成瑶的一样，以邓明的报复心和虚荣心，绝对会在背地里玩阴的，弄些下作的小动作。

卢建一案，虽然邓明落败，但因为他的诡辩和成功甩锅，这个案件根本没触碰到他的利益，他对外还是那个光鲜亮丽的“业界良心”，而另一方面，虽然成瑶不愿承认，但在邓明眼里，她恐怕连做他对手的资格都没有，因此邓明对成瑶连报复都懒得报复。

然而钱恒不一样，钱恒太强大、太耀眼了，他像是最珍贵华美的碧玉，邓明在他身边就像是鱼目混珠的那颗暗淡的死鱼眼，没有任何人对上钱恒不会生出压迫感的。尤其是钱恒这一次如此不留情面地拆了邓明的台，邓明果然又一次开始玩弄起了舆论。

成瑶不得不承认，在玩弄舆论和大众心态上，邓明真的从未失手。

所谓的扒皮帖是在凌晨开始发酵的，先是有匿名的“知情人士”半遮半掩地在所有关于钱恒的热帖里留下语焉不详的爆料——“钱恒这个人人品差，毫无道德，只为钱折腰，并且横行至今都是靠强大到可怕的家庭背景”。

接着又是各种如雨后春笋般冒出来的“知情人士”，号称自己曾是邓明邻居的，号称曾是邓明和成惜校友的，号称曾是邓明兄弟的……然而不论披着什么样的皮，这些“知情人士”的口径都非常统一，那就是他们都曾经见证了温和儒雅的邓明是如何被前妻利用、抛弃的。虽然只是些只言片语，然而这些“知情人士”对舆论引爆点却踩得狠准稳：穷小子爱上孔雀女，为了孔雀女不惜拼命熬夜到身体崩溃住院，为孔雀女买房买车，奉上了工资卡，以为终于逆袭能过上好日子，却惨遭孔雀女的劈腿……

这完全激起了广大人民群众的愤怒。在这个世界上，绝大部分人还是非富非贵的普通人，这些人靠着努力就能逆袭的愿望来苦苦支撑自己去忍受糟心的工作。邓明的故事几乎给了他们严丝合缝的代入感，一个老实人奋斗了半生的事业却被险恶的心机女毁于一旦，完全击中了民众的愤怒点。而邓明遭受如此巨大痛苦后，竟然没有变得歇斯底里，还能保持温和儒雅的风度，还能在职业道路上继续发展，最终再次收获了幸福，有了新的家庭和孩子，这简直是打脸爽文的标准模板，让每个人都有感同身受的扬眉吐气的感觉。

而相比邓明，钱恒的处境就差得多了，他太优秀了，长相优秀，身材优秀，专业能力优秀，赚钱能力优秀，竟然家境出身还优秀，这完全戳中了很多中国男网民的痛点，并且成功吸引到了仇富教教众。

在这种舆论里，又有人不经意地把钱恒办理过的案件添油加醋地描述了一遍：他代理出轨的富商，并且让可怜的原配净身出户；他代理别有心机的小三，让小三的私生子赢得了遗产；他代理“鸡贼”油腻的老男人，在信托案中打败温柔前妻……

此时，又有“吃瓜群众”盘点了邓明经手的案子：帮孤寡老人向黑心儿子要抚养费；帮被抛弃的原配争取渣男前夫离婚时隐匿的财产；帮合法配偶追讨婚内被小三挥霍的夫妻共同财产……

普通民众对法律和律师职业大多缺乏理性的认识，只能简单地从道德层面认可正义和非正义，他们眼中非正义、非道德的事情就是该攻击的糟粕。而他们更不像成瑶这样，知道邓明那些案子，不过是他定期用来构建他的人设的遮羞布，在利用这些案件赢得美名的背后，他接案子只看标的额大小，并且为了赢常常罔顾法律、不择手段。

如《乌合之众》里说的一样，群体追求和相信的从来不是什么真相和理性，而是盲从、残忍、偏执和狂热，只知道简单而极端的感情。

邓明对大众的心理了如指掌，在舆论爆点引发上几乎是一击即中。

一夜时间，舆论往完全不同的方向发展。明显的引导加上水军，使钱恒一下子在网上名誉扫地，坐实了“业界毒瘤”的名号；而邓明则凭借着“悲惨过往”，口碑成功逆袭，收割了一拨混合着同情的好感，再一次坐稳了“业界良心”的宝座。钱恒和邓明两个人私生活鲜明的对比，一下子颠覆了两个人的口碑。

成瑶看着这些帖子，心里充斥着巨大的愤怒，邓明太卑鄙无耻了，办案的时候如此，连参加综艺节目也是这样，赢不了，就用下作的手段诋毁对手。

“钱恒真的好恶心啊，呕吐！”

“邓律师的前妻成惜哦，长得别看表面很端庄，这种女的其实内心欲望很强的，给你们看一张我扒来的照片，对照着照片，我分析面相给你们听啊。”

因为白星萌案，成瑶也经历过了网络暴力，然而这一刻，看着这些诅咒和恶意臆断，她才发现，这比自己被骂还不能接受。

钱恒不是这样的人，成惜更不是。

直到这一刻，她无法再骗自己。她在乎成惜，也该死地在乎钱恒，这两个人，对自己同样重要。

为了成惜和钱恒，成瑶觉得自己也应该做点什么，不能就这样坐以待毙。

只是还没等她想出办法，就从李成轩那里得知了一个噩耗。

午休的时候，李成轩神神秘秘地走到了成瑶身边。

“成瑶，你觉得我是不是应该换个发型？这个发型上电视，太一般了吧？”

“上电视？”

李成轩很得意：“《律师来辩论》你知道不？最近火爆得很，今晚那期，节目组邀请我和邓明对垒。”

成瑶皱了皱眉，愕然地道：“不是钱恒对垒邓明吗？”

“钱恒那家伙啊，最近在网上被骂惨了，可能承受不住舆论吧，准备违约赔偿，然后退出第二期的录制，早上节目组找到了我，求爷爷告奶奶让我去救场呢。”

李成轩说者无心，成瑶却听者有意。

钱恒这样的男人，绝对不会因为无法承受骂名就退出，他的性格非常强硬，因为自身强大，所以并不在乎外界的评价，就算整个世界都与他为敌，他也有那就毁了整个世界的气势。

所以钱恒到底发生了什么事？

成瑶没忍住，她躲进会议室里，犹豫再三，还是按出了那串熟悉的数字。分手后，她其实已经删除了钱恒的号码，只是在关键时刻，根本不需要回想，就已经拨出了号码。

有些东西，就算删掉，心里还是记着，成瑶一时之间对自己有些恨铁不成钢的怨念。

钱恒几乎是秒接，低沉的声音响起：“成瑶？”

拨出号码的时候不紧张，现在反而紧张了起来，成瑶下意识地岔开话题缓解尴尬：“你今天很有空吗？接得这么快？”

“你的铃声是特别的。”

钱恒就是这样，这个男人有时候直男得过分，但有时候又太懂说话的艺术，他并没有说别的，然而只是这样一句话，那些暗含的情绪已经呼之欲出——只有你的电话，我才接得这么快。

成瑶努力甩开心里的情绪，直奔主题，讲了正事：“今晚的节目，你为什么要退出？”

钱恒显然不想说真话，他的声音淡淡的：“突然不想去了，没什么意思。”

“可你不是还邀请了我晚上去现场？”

钱恒顿了顿，声音略微低了下来：“你又不会去。”

“我会。”

钱恒那端安静了。

“你只要上场，我就会去。”成瑶索性也豁出去了，“邓明在背后使了那么多手段，你不去不是正中他的圈套？白白便宜了他，搞得你好像不战而败一样，还背上了那么多坏名声。”

“我不在乎名声。”

“我知道你不在乎。”成瑶深吸了一口气，她虎着脸，“但是我在乎。”

钱恒像是愣住了，过了片刻，他才反应过来般：“什么？你刚才说什么？”

“我说我在乎。”成瑶忍住了脸上的燥热，一本正经地道，“你现在勉强也算是我的追求者之一，被名声这么烂的追求者追求，我脸上也没光。”

这一次，钱恒的反应就很快了：“之一？除了我还有谁？顾北青？是不是还有别人？用‘之一’的话，最起码在三个以上了……”

这位朋友，你能不能先关注一下重点？！

“你晚上要继续去录制。”成瑶不得不自己转回了正题，“我不想看到邓明那种嘴脸的人还能继续风风光光地走下去，我想看着你在这么多观众面前把他打得落花流水、人设尽毁。”

“成瑶，我不能去。”

“为什么？！”

“邓明给我打电话了。”

“什么？”

钱恒顿了顿，声音冷静镇定，只是说的内容却让成瑶心里炸了锅——

“邓明说，如果我今晚执意继续参加录制的话，他会对成惜进行打击报复，会公布更多成惜的隐私信息、照片、目前的工作地址，包括她的手机号。你知道的，我国的隐私保护做得一直不好，就算被泄露了，想去追责维权，不仅很难，还是个很漫长的过程。我知道之前成惜和邓明离婚时就遭到了很大打击，听吴君说她一度有些抑郁，现在状态刚好了一点，如果邓明这次这样操作，我怕成惜会受很大伤害。”

成瑶心里满腔怒火，邓明竟然如此无耻下作：“他哪里来的自信，觉得拿成惜就可以威胁你？钱恒，你不要管……”

“成瑶，他知道我喜欢你。”钱恒安静了片刻，才加了一句，“很喜欢，喜欢到为了你可以改变原则。

“成惜是你的姐姐，我不能不管，我不希望你受到伤害，也不希望你的家人受到伤害。”钱恒的声音仍旧淡淡的，“至于我自己的名声，我又不靠名声接案子，何况我不早就是法律界的业界‘毒瘤’吗？”

“你不是，邓明才是。”成瑶下了坚定的决心，“钱恒，去参加，去为你自己正名，去为我们律师的职业正名，去告诉全世界，什么样才是真正专业的律师，什么样才叫职业素养。”

钱恒沉吟了片刻，才低沉地道：“成惜……”

“钱恒，我不需要你的保护，我的家人我会来保护，我不想要你为了保护我牺牲掉你自己，白星萌的案子也好，唐兵的事也好，都是你在保护我。礼尚往来，所以这一次，换我来保护你吧。”成瑶的声音带着笑意，坚定而果断，“请你在节目里狠狠地打败邓明，让他这辈子一想到综艺节目不仅不敢再作秀，还永远有扫除不掉的心理阴影。”

“至于其余的，I got your back（我会在背后支持你）。”

钱恒不希望成瑶的家人受到伤害，成瑶又何尝希望钱恒因此受到伤害，强大不代表就应该承受更多的压力，她不希望钱恒顶着这种被人误解的名号，更不希望他因为今晚的退出被人诟病没胆量。成惜的事，成瑶心中已有了解决的方法，只需要征得成惜同意了。

挂了钱恒的电话，成瑶深吸了一口气，就给自己姐姐成惜打了电话。

“姐……”

成惜却先一步打断了她：“瑶瑶，我正想找你。”她顿了顿，声音坚定，“我准备起诉邓明。”

成瑶愣了愣，继而便是巨大的激动和惊喜：“姐！”

成惜的决定和她的计划不谋而合！

“我看到网上的黑帖了。”成惜声音带了轻蔑的嘲讽，“对邓明来说，我这个前妻还真是块砖，哪儿需要往哪儿搬。”

“姐，对不起，这次邓明又突然把你拉出来也算是有我的原因……”成瑶不知道如何解释，“怎么说呢，就是最近有个法律类综艺节目叫《律师来辩论》，邓明参加了，然后我，不是，就是钱恒……”

“瑶瑶，我看了《律师来辩论》。”成惜打断了成瑶，“我也知道钱恒是谁。”

这下成瑶反而有些惊讶：“我以为你不会看邓明参加的综艺节目。”

生平第一次，成惜谈及邓明，语气里不是压抑和逃避，而带了轻松和解气：“别的不会看，但狠狠挫败他、打他脸的节目，我怎么能错过？”

自从和邓明离婚后，成惜很长时间都没能走出来，倒不是说对邓明余情未了，而是成惜对爱情和婚姻的信仰都被邓明彻底打碎了。校园初恋、自己付出多年的爱人，竟然能如此冷血绝情，成惜为此差点丧失了认识陌生人的兴趣，几近失去了与外人沟通的能力。

成惜长得漂亮，为人又温婉，离婚后，也并不是没有人追求，只是在离婚后很久，她都很难从伤害中痊愈，甚至有些抑郁，在成瑶劝慰中辞职旅行了一段时间，才渐渐恢复正常。然而成瑶知道，虽然成惜表面上看起来又有说有笑，但她并没有真的走出来。

“我非常非常感谢钱恒。”此刻，成惜冷静地谈论着邓明，“看着他在万众瞩目里慢慢撕开邓明的伪装，我觉得尽兴和痛快，也觉得很感激，钱恒把我不敢做的事都为我做了。

“这是我第一次主动去关注邓明的信息。”成惜轻轻笑了，“虽然离婚已经过去了很久，但在此之前，我都不能说自己已经走出来了。因为对于邓明的一切信息，我都是逃避的。即便离婚时被邓明诬蔑到那样的地步，但我下意识地还是逃避，所以不论你怎么鼓励，我都不想去起诉，因为我只希望事情随着时间的流逝而过去。”成惜顿了顿，“邓明是我人生里的一道伤口，即便知道有脓血，但我太怕痛了，太害怕了，害怕到即使知道只有正面回应他，我心里的伤口才能痊愈，但我也不愿意再撕开伤口清创了。”

这是成惜第一次向成瑶剖白内心，成瑶握着手机，心里对姐姐有多心疼不舍，对邓明就有多憎恶厌烦。这么好的成惜，凭什么被他如此再三伤害？

“但现在我不想这样了。”成惜的声音坚定，“有些事，不能一直逃避下去，我不想都是别人在保护我，都是别人在替我战斗，我应该自己站起来去回击，否则对你不公平，对钱恒不公平，对现在默默守护我的男朋友更不公平。我尿了这么多年，也是时候站起来好好和过去做个决断、说声再见了。”

成瑶在替成惜激动之余，也被另一件事吸引了注意力，她惊讶地道：“男朋友？姐，你交男朋友了？”

成惜语气淡定地丢下了一枚重磅炸弹：“嗯，我和吴君在一起了。”

吴君？姐姐和吴君在一起了？

成瑶还没惊讶完，成惜就又给了她第二个刺激，成惜淡然地道：“我最近也知道了你和钱恒的事。”

成瑶咬了咬嘴唇：“分了。”

“分了那你为什么还为钱恒给我打电话？”

“我没有为钱恒！”

成惜洞察般地笑了：“你希望我反击，希望钱恒不要背骂名，你在乎他，像在乎我一样在乎他。”

成瑶几乎有些恼羞成怒：“姐！”

“好了，说正事。”成惜终于没有再逗成瑶，顿了顿，“起诉邓明这件事，我想交给你。”

成瑶的内心激动而亢奋：“我早就想起诉他了！我现在就去整理材料取证！但是除了诉讼，舆论层面我们也不能便宜了他！舆论上我们也要反击！”

“嗯，这块就交给吴君吧，他在媒体圈有不少人脉。”

成瑶用力点了点头。

这对姐妹，第一次在电话里没有聊天，而是严谨认真地讨论着诉讼方案，成惜毕竟是T大法学院毕业的高才生，真正投入到法律分析里，提出的方案也是可圈可点。

一个好律师不应该以舆论影响判决，但面对对方律师妄图以舆论带节奏时，也不能坐以待毙，要正面抗衡。法律和舆论，未必就一定相悖。成瑶相信，只要合理地诉诸法律，在舆论面前给出全面的事实，不偏颇，不失真，坦荡地还原出事实后，舆论未必不会对法律有良性的推动作用。

大众在经过剪辑的“真相”面前，很容易相信了谎言，这种时候，就更应该有人站出来做出全面的澄清了。

在挂电话之前，成瑶最终再确认了一次：“姐，你真的想好了？虽然我们也可以从舆论上澄清邓明的谎话，但舆论之所以是舆论，就是因为大众的观点太多样化了，就算大部分人在知道真相后都支持你，但总会有一小部分人叫不醒，会攻击你，继续叫嚣着骂你……甚至因为这次空前的热度，我们发布事实澄清文章后，你会比之前和邓明离婚时更处在风口浪尖，会不断被人关注，你想要的平静的生活，可能短时间都没法实现了……所以姐，你真的决定好了吗？”

“瑶瑶，我不能一直让你保护我，让你们都顾及我的情绪。”成惜丝毫没有犹豫，“我知道邓明威胁钱恒让他退出节目组的事了，他为了你，能爱屋及乌到连我也想一起保护，不顾退出节目组会面临怎样的辱骂，不顾名誉扫地，也要执意退出，我又为什么不能？你爱他，想要保护他，我爱你，也会爱你爱着的人，我怎么可以让他面临那样的困境？”

成瑶挂了成惜的电话，内心还是澎湃而激动，她的双颊滚烫，这种和成惜一起战斗的感觉，真的太好了。亲人之间，就算有过争吵，有过矛盾，有过少不更事的龃龉，然而血缘有一种魔力，让彼此能拧成一股强，我保护着你，你在意着我。

她对成惜，因为父母无意间的对比，曾经有过微妙的情绪，然而她们永远是姐妹，永远都是。

成瑶、成惜和吴君花了一整个下午整理资料，终于赶在《律师来辩论》播出前，把起诉邓明的材料发给了和吴君相熟的各大媒体和营销号。

一切蓄势待发。

成瑶终于拿起了钱恒给她的VIP票。

现场比她想象的人还多，而且还有明显的站队，邓明的粉丝有自制的后援会队服，钱恒的粉丝也有专门的应援牌，只是大概因为目前舆论对钱恒不太友好，明显打出钱恒粉丝标识的人还是比邓明的略少一些。

现场嘈杂又拥挤，直到录制时间到，全场灯光暗下，所有聚光灯打向舞台，钱恒和邓明缓缓入场。

对于钱恒没退场这件事，邓明显然在惊愕之余有些慌乱，虽然表面上掩盖得很好，但他那种微微游离的眼神已然说明了一切，只是在观众面前，他还要端着他稳重儒雅的人设，佯装着镇定和冷静。

钱恒就随性多了，他一张脸上还是写满了高冷，薄而漂亮的唇微微抿着，表情看起来淡漠而冷酷，然而气场全开，震慑全场。

与邓明一出场就微笑着和现场观众打招呼不同，钱恒根本不在意观众，就连那些举着应援牌的粉丝，他都懒得多看一眼，姿态十足倨傲，然而在他身上，却丝毫不显得违和，仿佛这个男人生来就如此，也就该如此。凡夫俗子的喜欢，就算捧在他的面前，他也不屑一顾。

只是主持人发现，这位高贵冷艳的合伙人今晚有些特别，他仍旧对众人的簇拥或非议不放在心上，但频频看向VIP观众席的一角。

连主持人都感受到的目光，成瑶不会感受不到。她的脸有些红，这期的案子当事人就快上台了，钱恒却还这样盯着她。她最终被盯得有些烦躁，隔着那么长的距离只能瞪了钱恒一眼，最终用口型说出了两个字——“加油”。

台上的钱恒终于收回了目光，然后又扫了成瑶所在的方向一眼，展颜一笑。

这个笑，几乎让整个观众席都沸腾了。

成瑶的身后，那些年轻的女观众几乎都为之倾倒了。

“我的天啊，钱恒平时冷冰冰的，笑起来的效果简直是核弹级别的！”

“好苏！他刚才笑的时候我只觉得眉目含情，和平时高贵冷艳、性冷淡的他根本判若两人！”

“冷酷男人的笑，果然让人无法抵抗……”

成瑶听着这些小女孩叽叽喳喳的讨论，内心却也不得不认同她们的观点。历来越危险的东西越美丽，越是有着剧毒的东西越诱人，钱恒这种气质冷冽到让人无法靠近的男人，笑的时候，却是极其迷人的。

而他很快让所有人知道了，他不笑的时候更迷人。

这期的案子是一个家族企业遗产规划纠纷，这对创业夫妻早就离婚各自再组了家庭，只是因为企业的羁绊，他们还是同一个企业的合伙人。两人婚内共同生育了两个孩子，离婚再组家庭后又各自生育了一个孩子，如今有多个继承人的情况下，为了未来继承时不对企业发展造成影响，特此来寻求法律帮助，想有一个最完美的遗产规划。

钱恒这一次状态全开，观众惊愕地发现，与今天的他相比，上一期节目里，他只拿出了六成的实力。

他很快清晰又逻辑严密地对现金和房产等财产进行了遗产规划，一条条一列列，该怎么做，签署什么协议，如何做遗嘱见证，几乎没有给邓明任何反应的时间，钱恒已经把方案清清楚楚地给到了当事人。

钱恒这个人，真要狠起来，完全是走自己的路，让别人无路可走，而他这次不仅准备让邓明无路可走，看样子还要一举把邓明送上绝路了。

“在现金和房产分割上，我同意钱……”

邓明好不容易想要发言找个存在感，就被钱恒毫不留情地打断了：“我还没说完，你不知道别人发言时不插嘴是种美德吗？”

“……”

“除了现金和房地产这些可分割财产外，最重要的其实是公司股份这类不可分割的遗产，如果强行变现抛售，会对企业产生不必要的损失，也会导致企业估值缩水，可以引入合伙人互保协议，公司所有合伙人互相为对方投保，也成为对方保单的受益人。一旦某个合伙人死亡，其余合伙人需要用寿险的赔付金来购买死亡合伙人继承获得的股权，从而保全企业股权，不让企业股权落入不懂经营的继承人手中，保持经营合伙人对企业的管理主动权……

“除了对家族企业股份进行此类保险外，还有别的方案……”

一般人在面对一个全新的问题，给出方案或者发言时，都不可能详尽到毫无漏洞或者毫无可以补充的东西，甚至因为思考时间短、回答仓促，还容易有很多疏漏和差错，后面回答的人不仅可以以先发言人的思路作为提纲来发言，还可以补充和纠错。然而钱恒显然不是一般人，他有一种“我花开后百花杀”的气势，针对这次当事人的问题，他从头到尾讲得滴水不漏，各种方案一一列举，具体操作条条说明，让邓明说无可说，辩无可辩。

这是第一次，一档辩论类的专业节目，有一方嘉宾竟然一句话也说不上来的。

现场气氛一度十分尴尬，然而当事人浑然不觉：“我说完了。”他瞟了邓明一眼，“你想必也没什么可说的了吧。”

一时之间，邓明脸上简直姹紫嫣红，尴尬屈辱却完全无力反抗，经此一役，他专业水平高这一点，恐怕是再也站不住脚了。在钱恒的对比下，他简直像一个初出茅庐的实习律师，对方一点不儒雅，也不温和，和人们期待的传统律师形象完全背道而驰，锋利又尖锐，苛刻且咄咄逼人，然而那种强烈的自我把握感和对事态的掌控感，却是别人无法模仿，更无法超越的。

邓明在观众面前，像是被人狠狠扇了几个耳光，钱恒的专业和严谨频频获得现场激烈的掌声，而邓明却像是个壁花一样，做着背景墙，毫无存在感。

邓明脸上一阵冷又一阵热，他在心里安慰着自己，他至少还能从舆论上做文章，在钱恒和他的路人好感度上，肯定是他更高些。等这一波节目的热度过后，他再买热搜和水军炒一炒，接几个法律援助案件营销一下，大众这么健忘，很快自己的形象就扭转过来了。

此时的邓明压根没想到，在他录制节目的同时，网络上也掀起了一轮对他的大起底。卡着时间点，成惜实名站了出来，通过媒体，公布了邓明婚内出轨的大量证据，公布了邓明如何利用成惜，如何将他自己的错误美化，包括他为了赢得官司操纵舆论、威胁对方当事人、妄图贿赂法官的证据，还有邓明聊骚女客户、劈腿嫩模等等证据。

成惜的证据条理清晰、措辞严谨，她态度中立，并没有怨妇般的恨意和报复语气，反而是平和淡然地叙述着事实，这种不含情绪的理智陈述，反而赢得了大家的信任。

“有理有据，前妻好感+1。”

“比起前妻拿出来的锤，邓明之前的那些证据真的都是孤证，根本站不住脚。”

“大型渣男掀底现场。”

“叹为观止，什么样的垃圾和人渣，才能做出这种事？再说一句，他那个嫩模老婆，真的长得一股子塑料味。”

“太恶心了，实名呕吐。”

……

这边邓明在录着节目，另一边网上舆论也呈爆炸式发展，成惜的发言像是一个小雪球，随着越来越多证据的出示，越滚越大，像是要制造一场雪崩。而随着成惜勇敢站出来，也有越来越多的人敢于开口。

“我是以前邓明一个法律援助案当事人的儿子，我爸当年骗我妈说为了买房假离婚，结果领了离婚证以后，我爸就和小三结婚了，邓明说能帮我妈讨回公道、为我争取抚养费。当初这个案子还上电视台宣传了好久，结果等宣传热度过了，我妈希望他帮我们起诉，邓明就失联了，我和我妈怎么都找不到他，最后抚养费也不了了之，我们只能花钱请了别的律师。”

“不知道网上为什么一直宣传邓明是业界良心，他说白了就是个投机取巧的中年油腻男人，我以前在德威律所实习过，带教律师是他，结果水平不怎么样，反而常常明着暗着各种口头聊骚，反正够恶心的，导致我最后放弃了做律师。”

“终于有人爆料他了，真的忍他好久了，还什么业界良心，完全是业界的一颗老鼠屎，以前和他做对手打过一个案子，结果他写的起诉书都是什么玩意儿，根本没法看，但案子还没开始，媒体上已经铺天盖地对这个案子进行报道了，而且媒体报道的内容都是被筛选处理过的，都是对他有利的……”

在短短的时间内，成惜的爆料竟然已经引发了话题的发酵，而《律师来辩论》节目里钱恒对邓明无情的吊打，又完完全全再次印证了邓明的专业素养有多差。

成瑶随手翻了翻微博和其余媒体平台，终于确保邓明这一次再怎样长袖善舞也无法翻身了，除了拿下舆论的控制权，她和成惜已经整理好了起诉材料，明天就去法院立案，起诉邓明诽谤侵权。

成瑶只是这么低头查看了会儿手机，就觉得有道目光在盯着她，她一抬头，就撞进了钱恒的眼里。

钱恒站在台上，隔着遥远的距离看着她。他的表情镇定自若，然而成瑶还是一瞬间感知到了那目光里隐藏的含义——你应该看我，不应该看手机。

成瑶感觉自己像个上课开小差被老师当场抓包的学生，在钱恒的死亡视线下，成瑶只能乖乖收了手机，拢了拢头发，挺直背脊看向他。

钱恒看了看她，轻轻笑了下，这才转过头看向主持人。

因为钱恒把一场双人辩论直接变成一方对另一方的屠杀，并且毫无思考时间就列明了所有解决方案，导致分析完这回的案件后，录制时间才过了三分之二。原本每期节目最后会留十分钟给现场观众对嘉宾进行提问，如今剩下的三分之一的时间，主持人只能都分配给提问环节了。

今天整场节目，邓明都没有机会怎么发言，主持人本来还指望着在这个环节让邓明挽回些颜面，然而很可惜的是，一个又一个举手的观众，提问的对象几乎都是钱恒。

“网上称您是‘业界毒瘤’，对这个外号您怎么看？”

“钱律师你好，能说说你办过的印象最深的案件是什么吗？”

“法律和道德，您认为是什么样的关系？”

“律师会为了钱就接那些不正义的案子吗？”

……

一个个问题，钱恒回答得逻辑清晰、思路缜密，仔细又耐心地讲着他对法律的理解、认识。

“钱律师您好，我是一名法学生，您说大部分普通民众并不具有法律思维，也无法从法律的层面去思考问题，这无可厚非，因为道德和法律，正义与非正义，这样的大课题可以写一篇法学博士论文，我理解这一点。”

这次提问的是一名男学生，他顿了顿：“但很多时候，当我说出从法律的角度出发对一个事件的看法时，常常会遭到其余人的攻击。社会上有太多人，是根本讲不懂道理的法盲，一开始我也耐心地解释每一个问题，可时间久了，我发现根本没用，他们不会听你的解释，只会攻击你、辱骂你。您一直以来是我的偶像，因为网上那么多人说您是‘业界毒瘤’，您从来不屑解释，我觉得那样很酷，只是不知道为什么现在您也不能免俗，开始解释起来。我觉得没有必要，懂您的人自然懂您。”男生的话很尖锐，“可您现在这样，既参加综艺，又开始为自己正名，和站在您身边的某些律师相比，有什么不同？我觉得很失望！”

这个问题很有争议性，男生一坐下，现场果然有一些骚动。

然而钱恒并没有任何惊慌，他的表情仍旧平静。

“我以前也是像你这样想的，我对任何虚名都不在意，别人的辱骂并不影响我的业务量，也不影响我的工作，我不在意向毫无法律思维的人解释，我一分钟的费率是166.66无穷，我认为不值得浪费时间和金钱去科普这些东西。

“但后来有人让我改变了想法。她告诉我，律师应该不仅仅对自己的客户负责，做好专业的工作，也应该去传播法律信仰。”钱恒垂下了视线，语气郑重，“我想了很久，现在不得不承认这是对的。法学生也好，法律从业者也好，我们永远不应该带着优越感，觉得我们比不懂法的普通民众更高级，也不应该去指责他们对法律职业有误解，我们的形象是我们自己来营造的，法律的信仰也应该是由我们的一言一行去传播。我最初参加这个节目时，只是希望她开心，但现在，我也想做更多的事。我想要解释，我不在乎向其他人解释的行为会不会让我变得不酷，我只希望为法律和我的职业发声，我尊重我的职业，尊重法律，也信仰法律，我想要改变别人对法律和律师职业的误解，所以我必须有所行动。”

钱恒的话音刚落，现场就响起了掌声，作为那个改变了钱恒想法的人，成瑶百感交集，她既感动又脸红耳热，只觉得一颗心间，只剩下不停跳动的节奏，裹挟着悸动和骄傲。

这一刻，她终于无法否认她对钱恒的感情，即使努力克制，喜欢就像是最有生命力的种子，在最艰险的绝境里，仍会想方设法破土而出。

也没有哪一刻，成瑶比这一刻更自豪，这样的钱恒就是他们法律人应有的形象，是真正的法律人，也是自己无法忘怀、仍旧爱着的男人。

钱恒却仿佛嫌这样还不够，掌声的间歇，他轻轻扫了一眼成瑶的方向，再一次开了口。

“当然，除了这样冠冕堂皇的理由，我也有私心。”他顿了顿，“别人如何评价我，我根本不在意，但我不希望我爱的人，因为我遭到什么连带的波及，我希望每个人都知道，她爱的人到底是什么样的，我希望每个人都知道，她的眼光没有错。”

明明这是和法律毫不相关的话题，然而这一次掌声却比之前更响亮了，成瑶的脸也在这经久不息的掌声里无法停止地红着。

此刻，提问还在继续。

“钱律师，我昨晚把你曾经办过的案子看了个遍，我很想问，像你们这样的家事律师，每天接触的都是争斗、人性的恶和自私，会不会觉得婚姻一点意思也没有？”

掌声过后，提问的观众更多了。

“如今婚姻里，女性因为生理特征，更多的还是处于弱势地位，如今网上到处都是婚姻不幸导致毁了一生的案例，包括婚内虐待、家暴、出轨、被负债，更有在极端案例中丈夫骗保杀妻，这些导致现在大家都觉得不婚不育保平安，对此您怎么看？”

钱恒仍旧冷静镇定，语气也仍旧平静：“不婚、丁克和想结婚、想生育是两种不同但同样值得尊重的选择，但我从来不认可不婚不育保平安这种说法，没有法律意识、不会主动采取措施保护自己、随波逐流的人，就算不婚不育，也保不了平安。

“因为婚姻没有错，生育也没有错，唯一有问题的是找了错误的人。人生幸福不幸福，不在于是否结婚、是否生育，只在于你选择了什么样的自己，选择了什么样的爱人。”

又有一个女生站了起来：“钱律师，我听说您原本是坚定不婚和丁克的，但如今您却号称有想要结婚的对象，请问是什么让您改变了想法？”

“我很幸运，那个改变了我工作风格的人，也同样改变了我的婚育理念，教会了我平等的爱。”钱恒抿了抿唇，英俊的脸上是微微的紧张和郑重，“我想和她结婚，是因为在漫漫人生路上，我想和她点燃彼此生命的火焰，温暖彼此，我想和她分享我的过去、我的现在和我的未来，我想和她分享我一切世俗和精神上的财富，我想要未来每一天的人生，都是有她的人生。”

钱恒的声音还是一如既往冷冷的，听着几乎不像是一个告白，然而每一个字都像是重磅炸弹，接二连三地击中了成瑶。

说到这里，钱恒顿了顿，然后再次开口：“下面我想说的，和这期节目没有关系，和节目组也并没有事先协商，如果对节目造成损失，我愿意承担一切赔偿责任。

“我以为我一辈子会坚持不婚和丁克，但成瑶，我爱你，你是我所有的权利和义务。”

仿佛越过空间、越过距离、越过一切的一切，钱恒看向成瑶：“你是我人生里唯一的不可抗力，对上你，我没有胜算。

“我站在最谦卑的位置，请求你成为我余生命运的合伙人。”钱恒抿着唇，英俊的脸上甚至带了点肃杀，镇定的声音尾梢，却有着转瞬即逝的缱绻。

他在紧张。这个强大到不可一世的男人，在紧张。

他顿了顿，才继续道：“我永远不会在公众面前求婚并且要求你当场给出答案，我不会给你任何压力，不希望你因为旁人的热烈情绪而答应我，我希望得到你最冷静也最真实的答案，如果你愿意，请在节目结束后告诉我，我会等你。”钱恒的声音沉稳低沉，“最后，还有一点请你知悉，你是很优秀的律师，我从来不反对你发展事业，法律市场需要你，你的客户需要你，但我也需要你。”

一场酣畅淋漓的律师对决后，竟然还能看到如此劲爆的告白现场，全场观众沸腾了，掌声、口哨声、欢呼声、起哄声，成瑶只觉得像是被巨大的声浪海洋吞没了。

钱恒永远妥帖专业到完美，即便是如此高调的求婚，他都从没有表明成瑶在哪里，也并不附和那些想让当事人上台、现场求婚的起哄声，他在公众面前毫无保留地袒露着自己，却还仔细地保护着成瑶的一切。

这个男人优秀到狡诈，几乎堵住了成瑶一切回绝的借口，做事滴水不漏，让人找不到任何瑕疵。

此刻成瑶绝望地发现，她明知道这一点，却还是完全无法抗拒。

节目录制的最后十分钟，成瑶已经完全听不进去其他人在说什么了，有人终于向几近被遗忘的邓明提问了，可惜并不是问什么让邓明能挽回局面的问题，相反，观众开始质疑邓明此前经手办过的案件，问题一个比一个犀利、一个比一个一针见血，直到最后主持人不得不出面干涉以保证节目的效果。

这本来都是成瑶最喜闻乐见的局面，然而此刻她的一颗心里跳动的都是钱恒的旋律。直到录制结束，她的手心还是带了微微的潮湿。

她也在紧张，非常非常紧张，因为开心导致的紧张。

钱恒几乎是一结束录制，就从后台走了出来，人生里第一次，他那么迫切地寻找着一个人。

他想见到成瑶，想要拥抱她，想要霸占她所有的目光。

然而出乎他的意料，成瑶不在后台，钱恒抿着唇走了一圈，整个录制大楼里都没有她，反而是见到了很多所谓的他的粉丝，钱恒被围堵在了大厅里，有人送花，有人送礼物，有人寻求签名，还有人在拍照。

只是这些钱恒都不在乎，因为他终于看到了成瑶。她正站在大厅外的路上，身边是顾北青，顾北青正弯腰俯身和成瑶说着什么。

这一刻，钱恒只觉得他的肾上腺素都不够用了。

他再也顾不上围着他的人群，径直走出大厅，走向了成瑶。

不知道什么时候，顾北青已经离开了成瑶的身边，然而钱恒心里一点也高兴不起来。

他沉默地看向成瑶。

成瑶不说话，神色镇定自若，也抬头看向钱恒。

钱恒深吸了一口气，移开了目光，模样有些不自然：“成瑶，你有什么想和我说的吗？”

成瑶歪了歪脑袋，眨了眨眼：“我应该和你说什么吗？”

面对成瑶这样明显的装傻充愣，钱恒愣了愣，继而便是巨大的失望和打击，然而即便是这样，他也并没有放弃。

“成瑶，我为我之前的优越感和自我感觉良好道歉，从今往后，都是你做决定，我服从你的命令，只要你愿意结婚，我们就去民政局领证，你要是觉得没准备好，那这次换我来等你。”

钱恒努力用镇定平和的语气说着，然而内心里的难受却不言而喻。爱情确实很麻烦，它让人变得不那么像自己，让人酸涩、让人痛苦、让人辗转反侧，然而即便这样，钱恒仍旧想体会这种五味杂陈的感觉，像是种折磨，又像是种奖励。

婚姻和爱情的可贵之处，大概是只有在婚姻和爱情的亲密关系里，人才拥有了成长和反思的机会吧。

和成瑶一起走来的这一路，甜蜜过、忐忑过、紧张过、快乐过、痛苦过，而所有的酸甜苦辣，钱恒发现，他都甘之如饴。

最初他以为这段爱情，是他带着成瑶成长，直到后来，钱恒才发现，成瑶也教会了他成长。

他盯着成瑶，等待着她最后的宣判，心中是不安和忐忑，如果她已经不爱自己了……如果她已经对顾北青……

钱恒不敢再想下去。

“不要等我。”

成瑶望向钱恒的眼睛，语气平静镇定，像是在宣判死亡：“钱恒，不要等我。”

钱恒抿了抿唇，努力控制着情绪：“所以你和顾北青……”

“你现在跪下吧。”

钱恒皱着眉，有些反应不过来：“跪下？”

跪下干什么？难道要他为之前的过分优越下跪道歉吗？

钱恒的脸冷了下来，道歉是可以，然而下跪是断然不行的，他钱恒誓死不会下跪，这事关尊严、事关……

“你不跪下怎么求婚？”

一瞬间，钱恒大脑几乎一片空白，直到一分钟后，他才觉得自己的思维重新运转。也是这时，他才终于理解了成瑶的意思——不要等，因为不需要。

成瑶看着眼前这个男人从满脸茫然到狂喜，原来他这张平时一直高傲冷然的脸上，竟然能在如此短的时间内闪过层次如此丰富的表情。

她终于也绷不住刚才佯装出来的冷酷表情，有点想笑。

然后她听到那个男人有些紧张地道："下跪没问题，但是我还没有买钻戒。"

成瑶还没回答，就见钱恒脸上又恍然大悟般恢复了镇定，他缓缓朝成瑶单膝下跪，然后掏出了他的钱包，在成瑶的目瞪口呆中抽出了一张银行卡……

钱恒抿着唇，声音冷静："这是我的工资卡，密码是我的出生年份加上你的生日。"

他说完，又抽出了另一张卡："这是我用来投资理财的卡，密码是……

"这是我的境外账户，美国的……

"这是瑞士的……"

……

一张又一张，钱恒掏出了所有的银行卡，一一告诉了成瑶密码，然后递给了她。

成瑶愣住了，呆呆地瞪着钱恒，不知道自己是该接还是不该接这一大把的银行卡。

钱恒看向成瑶，眼里只有她，虽然努力维持冷静，然而他的声音里还是带了努力抑制也抑制不住的紧张："我知道求婚至少应该带着玫瑰和钻戒，但是我等不及，我只想用最快的速度确认你的身份，希望你成为我的法定继承人，从今往后，你的配偶信息栏里，是我。

"成瑶，请你嫁给我。"

虽然冥冥之中，钱恒觉得，成瑶是爱着自己的，她那忍不住看向自己的眼神，那发现自己被猫抓伤时的紧张，看着自己吃辣时的竭力阻挠，自己发烧时眼里的心疼……细节是骗不了人的，她爱他，如他爱她一般。

然而真的临到求婚这一刻，钱恒仍是紧张忐忑，他现在仿佛是个第一次考试后等待成绩的小男孩，明明觉得自己复习得不错，但真的等公布成绩的那一刻却又自我怀疑起来，我真的考得好吗？

“你先起来。”成瑶没有说好还是不好，只是眯了眯眼睛，眼神狡黠，“你起来我再告诉你。”

钱恒的头脑一片混乱，成瑶这个反应，是不行？他有些茫然，内心是巨大的失落，然而他还是站了起来，新闻里那种当众求爱、女方不同意就跪到对方说好为止的行为，钱恒向来不齿，这不是逼迫对方同意吗？这不是他希望的结局，他不会强迫成瑶做任何事。

成瑶看着钱恒脸上闪过毫不掩饰的失落，她有点心疼，又觉得有点好笑。

她没忍住，在钱恒还没反应过来的时候，成瑶跳起来，掰过钱恒的脸，给了他一个短暂又不容分说的吻，这是一个毫不掩饰的偷袭。

亲完，成瑶竟然红着脸跑过了马路。

钱恒完全被成瑶不按套路出牌的行为给搞混乱了，他紧抿着唇，瞪向成瑶。

之后的一幕，钱恒觉得自己一辈子都不会忘记。

成瑶气喘吁吁地跑到了街的对面，然后朝钱恒挥了挥手，从自己包里掏出了什么东西，看起来像个什么横幅。成瑶把它拿在手里，看了看四周，脸色有些绯红，像是在紧张，又像是在害羞。

成瑶目不转睛地看着钱恒，然后终于豁出去一般，展开了手里的东西。

钱恒这才看清，那不是什么横幅，而是可折叠式的应援牌。成瑶不知道按了什么开关，应援牌上的灯光实在显眼，引得周遭路人频频回头。

成瑶咬着嘴唇，脸已经涨得通红，然而还是勇敢地举着应援牌，有路人停下来看她，她就恶狠狠地瞪回去。

钱恒一刹那心跳剧烈到几乎跳出胸膛。

“白痴。”

钱恒的声音还是冷冷的，脸色也仍旧镇定沉稳，然而一双眼睛里全是璀璨的笑意。

他一刻也不能再等，他想跑过马路，紧紧拥抱他的女孩。

成瑶的应援牌上只有一行字——“老公，我要和你生孩子！”

眼见着钱恒越走越近，成瑶反而害羞怯懦起来，她涨红了脸，收起应援牌，尴尬地试图解释：“我座位边上一个女粉丝落下的，我正好看到，就……”

这一次，成瑶的解释没有机会说完，她的后半句话消失在了钱恒的吻里，他俯下身，捧着成瑶的脸，给了她一个吻。

成瑶红着脸还想解释：“我不是刻意拿的，我真的一开始只是带着环保的想法，不想在录制现场留下垃圾，我不希望别人觉得你的粉丝素质很差，我刚才……刚才那样举起来完全是鬼使神差……”

“好。”

成瑶有些摸不着头脑：“什么？”

“你对我发出的邀约，我说好。”钱恒定定地看向成瑶，然后凑近她的耳边，轻轻吻了吻她的耳垂，“和你生孩子，只和你生。”

成瑶自耳垂到脖颈，都蔓延上了红色，然而钱恒几乎没有给她反应的时间，他拉过成瑶，又一次吻了她，这种时候，不需要言语，接吻就对了。

这是一个凶狠又带了太多感情欲望的吻，成瑶脸红心跳，几乎被钱恒吻到腿软。然而她没有躲，和钱恒一样，她也不在意周遭的目光，两个人只是旁若无人地吻着，彼此热烈地回应着。

冬日萧瑟，然而让一个人温暖起来，或许只需要一个热吻，如果不行，那就两个。

钱恒从前觉得，看破人性的丑恶是一种成熟和透彻，然而此刻，吻着怀里的人，他才深刻理解了罗曼·罗兰的那句话：“真正的英雄主义，是看清生活的真相之后，仍能热爱它。”

即便经历过这世上所有的丑恶肮脏、权谋诡计、世态炎凉和明争暗斗，只要有成瑶在，他就仍能保有内心最柔软温和的部分。

他想和成瑶一起生活，想和她共享无尽的黄昏、绵延的晴空、破晓的第一缕光、麦田里的风、盛开的玫瑰、海洋、日月、星辰、春、夏、秋、冬，未来的余生里，他想和她分享这一切的一切。他想他们一起走过街头、一起看遍风景、一起品尝人生里的酸甜苦辣，他拉着她，然后便是一生。

“往后的余生里，我只要你。”

番外一　岁月温柔，而我只想和你一起老

钱恒结婚和他办案子一样雷厉风行，思路清奇。

最先发现这个事实的人是谭颖，一大早，钱恒把包锐和她叫进了办公室安排工作。合伙人对团队律师安排工作这种事本来没什么稀奇，然而稀奇的是，钱恒这一次一口气安排了将近一个月的工作量。

虽然拿到那么多案源很开心，但包锐看着眼前的案卷，还是有点蒙："钱par，你怎么和临终托孤一样的？"他小心翼翼地道，"你……你该不是要隐退了吧？还是说因为《律师来辩论》太成功了，想转型去参加法律类综艺了……"包锐越说神态越是凝重了起来，"难道说我们团队真的面临解散吗？继成瑶之后，钱par你竟然也……"

钱恒咳了咳，然后向前伸了伸手。

包锐还是沉浸在自己的剧本里，他悲伤地道："钱par，你这样，是要把未来的衣钵传承给我吗？我包锐一定扛起你的钱氏大旗，努力把你的风格发扬光大……"

钱恒瞪了包锐一眼，又把手往他的面前摆了摆，如此往复几次，包锐竟然还无动于衷。

钱恒皱了皱眉，声音低沉地道："一个律师，应该对细节观察仔细，包锐，你也是个资深律师了。"

包锐终于有些恍然大悟，钱恒几次三番在自己面前晃手，他盯着钱恒的手，终于露出了原来如此的表情。

正当钱恒等着他的震惊和恭喜时，包锐却突然握住了钱恒的手，激动地道："谢谢钱par，原来你是想和我进行男人之间诀别的握手啊！哎，说实在的，我还从没有和你握过手呢，一握手就有种势均力敌感哈哈哈哈……"

谭颖简直听不下去了，她拉了拉包锐的衣袖，小声提醒："你看钱par的手……"

包锐丈二和尚摸不着头脑："手？哎？钱par？你最近这皮肤好像不如以前细腻了，最近是冬天啊，男人，也要爱自己，也要学会保养的。"包锐贴心地道，"要不我给你一管我的欧舒丹？你想要什么味的？樱花味太娘了，马鞭草要不要？"

居然有人没眼力见成这样，谭颖实在忍不住朝天翻了两个大白眼："包锐，你看钱par左手的无名指。"

包锐看了一眼："哎？钱par，你戴戒指啦？"他说到这里，才终于猛地意识了过来，"左手无名指？？？婚戒？？钱par，你结婚了？你什么时候结婚了？！"

包锐那惊恐的表情，那震惊的语气，简直活脱脱像是撞见男友和别人结婚的女人似的……

他盯着钱恒又看了很久："所以你给我们安排了一个月的工作量，难道你要回归家庭？"

谭颖忍无可忍："包锐，你一天到晚脑袋里都在想什么？还回归家庭？钱par那当然是去度蜜月啊！"

好在谭颖的善解人意让钱恒终于放松了表情，他抿了抿唇，虽然语气云淡风轻，但是个傻子也能听出他隐隐的炫耀和幸福："我早上抽空和成瑶去领了个证，就是谭颖说的那样，未来一个月我会去度蜜月，每天会定期查邮件，但大部分事情需要交给你们处理。"

钱恒说完，看了看手表，一本正经地道："哦，时间差不多了，我要去找我老婆吃午饭了。

"你们平时和我老婆关系不错，帮我打听打听她喜欢去什么地方旅游，有什么特别心仪的地方没有。"

钱恒的语气越是镇定自若，包锐和谭颖就越是目瞪口呆，有着剧毒的冷酷老板突然三句话不离“老婆”两个字，这种明晃晃的炫耀实在是太过分了！

这直接导致钱恒走后，包锐还一脸酸溜溜的：“切，有老婆了不起啊？我也有啊！秀恩爱了不起啊？我也可以啊！蜜月竟然一个月！知不知道虽然叫蜜月，但我们法定的婚假连着周末也就十来天啊！又不是真的一个月！”

谭颖没理他，正拿着手机快速打着字。

包锐很好奇：“你在干什么？”

谭颖连眼神都没分给他：“我在和我们老板娘套磁。”

“靠！你不提醒我一起？！”包锐拍了拍大腿，“赶紧的，我也要给成瑶发信息啊！我以前还想着要罩成瑶，没想到如今反而要靠成瑶罩！”

一时之间，“富贵荣华”微信群里热闹非凡。

谭颖：“瑶瑶，苟富贵勿相忘！你做了老板娘，能多给我批一点带薪年假吗？”

包锐：“我想要一个独立办公室。”

谭颖：“我想换一个人体工学椅。”

包锐：“我的独立办公室要朝南。”

谭颖：“这批实习生里有个男生很高很帅，能不能让他坐我对面的座位上？”

包锐：“我想配个助理，实习生也行，带出去倍儿有面子，最好是美女！”

谭颖：“问问钱par的哥哥还单身吗？长得帅不？能介绍给我吗？如果我成功上位，以后钱par还要叫我嫂嫂，想想还蛮爽的呀！”

……

包锐、谭颖热火朝天地聊了半天，成瑶终于出现了，她只说了一句话，就成功地让这个群彻底安静了下来：“那个，我老公在我身边，刚才看到你们的聊天了，说原来你们对当前工作有这么多不满意……”

包锐：“钱par，你听我解释！钱par，你要相信我，我是爱你的！！！”

包锐在群里尚且挣扎着，谭颖的操作就骚多了。

谭颖：“200G海量片子随意看，请点击以下链接：http://www.jjwxc.net/onebook.php?novelid=3581942”

包锐：“……”

不解释直接假装被盗号，谭颖这一拨操作他是服了，现在的年轻人，包锐想，自己真是输了输了……

虽然结了婚，成瑶已经搬进了钱恒的别墅里，钱恒每晚都能看到她，但他总觉得还看不够。

“当初证据丢失的事现在真相大白了，李萌这些不好好工作、心术不正的人也都离职了，我们也结婚了，瑶瑶，你可以回君恒了。”

可惜面对钱恒的提议，成瑶丝毫不动心：“不要。”她想也没想就拒绝，“我觉得在金砖也不错，案源我自己慢慢拓展，也开始积累了自己的客户，同事气氛不错。我觉得夫妻在同一个律所确实很多事情比较微妙，万一我和其他同事起了纷争，你到底帮谁？”成瑶看向钱恒，语气温柔，“我不想要你为难。”

“为你做任何事都不为难。”

虽然钱恒这么说，但成瑶还是婉拒了他的邀请：“我现在跟你的专业度相比还是差了好远，如果回到君恒，做出的成绩，外人也不知道是不是在你的保护下取得的。我不想这样，有一天我会再考虑加入君恒，只可能是作为成par，而不仅仅是成律师了。”

钱恒抿了抿唇：“虽然我希望能每分每秒看到你，但我尊重你留在金砖的决定，那我只能出双倍工资把顾北青挖来君恒了，既然不能每分每秒看着自己老婆，那就每分每秒看着自己过去的情敌好了。”

成瑶简直哭笑不得：“我和学长只是工作关系。”

“不行，他一天不脱单我就一天不放心，除了挖人，我还要给他解决对象问题，他结婚的那一天，我才能真的安心。看来我最近要多招几个适龄单身女律师了。”

“钱恒，你是喝醋长大的吗？”

“不是。”钱恒一本正经地道，“是吃柠檬。”

就算面对钱恒的吻和醋意，成瑶还是没忘记正事：“对了，我上次说的法律援助诊所的事，落实上还有什么问题吗？金砖和君恒可以联合起来，在律所内部成立个法律援助诊所项目。现在大学里书本教育和法律实践太脱节了，我觉得引入诊所式教育挺好的，我们这两家律所作为A市领头羊，先和A大这几家法学院达成合作，一方面能给法学院在校学生提供实习项目，让他们能了解律师的工作内容，未来能更好地确定职场方向，更好地提前适应职场；另一方面，如果能在大学生里挑选到资质不错的，律所也可以先锁定好，签订就业意向书，毕业后就直接进入律所工作，我们也算在培育未来的员工，可谓双赢呀。”

成瑶的眼睛亮晶晶的："最重要的是，这样我们就有更多的人手和资源可以接社会上一些法律援助项目，我上次去律协和几个工作人员聊了，现在登记申请法律援助的人越来越多，但律师精力有限，如果君恒和金砖能带头推这个项目，没准我们可以改变很多人的人生！"

成瑶越是认真，钱恒越是难以抑制地想吻她，他附在她的耳边，轻轻地道："君恒和金砖共同孕育的这个项目，我会很上心的，因为我会把它当成我和你生的孩子一样来关心。"钱恒亲了亲成瑶的鼻尖，眉目含笑，"虽然你说想和我生个孩子，不过我没想到我们的'一胎'来得这么快。"

自从婚后，钱恒身上的荷尔蒙好像完全释放了出来，只是正经谈个工作而已，钱恒也能这样犯规，成瑶只感觉自己真是没辙了。她总有种错觉，婚后两个人的状态，多多少少让她想起以前看过的接吻鱼，光是想想就脸红心跳的。

在这粉红气氛里，成瑶突然想起了最近看到用来测试情侣夫妻爱意浓度的一个问题，她看向钱恒，抬起头："钱恒，说说你和我在一起最开心的一刻是什么时候？"

成瑶本以为钱恒会如网上那些称职男友、优秀老公一般脱口而出，然而事实上，面对这个问题，钱恒竟然愣住了，他沉默了很久，也没能给出答案。

成瑶在这阵沉默里有些失落，好在这尴尬并没有持续很久，很快两人就听到了吴君的声音。

"钱恒，你找我？"

今天的午饭，钱恒邀请了吴君，作为钱恒的"狗头军师"，钱恒能成功抱得成瑶归，自然是要感谢吴君的，当然，这顿饭更重要的目的，是为了炫耀——

几乎是吴君一落座，钱恒就把自己戴了婚戒的手指不着痕迹地朝着吴君晃了晃。

"哦，吴君，我脱单了，从今以后，我是有家室的人了，那些只适合你这种无牵无挂的人的聚会不要再叫我了。"钱恒微微一笑，"我和成瑶结婚了。都说已婚的人和未婚的人玩不到一起去，以后我们可能是两个世界的人了。"

吴君却只是笑，笑得像只狐狸，笑得让钱恒心里发毛。

"哦，这么巧啊？"他笑眯眯地看向钱恒，"我虽然还没结婚，但昨晚刚求婚成功了，还没来得及和你分享，不出意外的话，我最近也要结婚了，以后都是已婚人士，大家还是可以一起玩的啊。"

"你和你女朋友不是刚确定关系没多久？"

“那是因为我未婚妻在上一段感情里受过伤害，而且虽然我们确定关系没多久，但我认识她已经很多年了，也暗恋她、陪伴她很多年了，认真算起来，比和你成瑶的感情基础深多了。”

“感情基础这种事，不在于时间久不久，而在于浓不浓，你认识了那么多年才求婚成功，呵，跟我的效率相比还是差远了。”

面对钱恒的毒舌，吴君也不恼，他轻飘飘地看了眼钱恒：“哦，忘了说，等我结婚以后，你不要再叫我吴君了。”

钱恒不明所以地皱了皱眉：“不叫你吴君叫你什么？难道你还要冠女方的姓？”

“叫我姐夫吧。”吴君笑笑，朝着门口看了一眼，见到正推门而入的温婉女子，他站起来，眼带宠溺地挥了挥手，“成惜，来见见你妹夫。”

钱恒千算万算没有想到，事事被他压一头的吴君，在结婚这件事上竟然赢得让他一句话也说不出来。

成瑶显然早知道了这个冲击力巨大的事实，她站起来，笑眯眯地喊了声“姐”和“姐夫”。

最终，钱恒不得不硬着头皮，在吴君的幸灾乐祸里，低头叫了“姐夫”。

虽然在吴君这里落了下风，钱恒总要在别的事情上面找回场子。

这天，法律八卦论坛上原本近期最红的一个帖子《真·业界毒瘤邓明大型扒皮现场》突然被另一个老帖盖去了热度。

大家突然在上次讨论陈林丽案和成瑶律师惊艳美貌的帖子下面，看到了一个新鲜的ID和一条新鲜的留言。这ID叫钱恒。

“成瑶不是我前女友，是我太太。”

这ID看起来还很新鲜，注册时间也刚达到能在论坛发帖的时限要求。众网友检索了一番，发现他也就跟了这么一个帖。

钱恒？那个业务能力吊打所有人的钱恒？在论坛上匿名回复，就能随便假冒别人了？大家态度竟然很统一——不信！

“虽然钱恒有着剧毒，但你这种披着人家马甲上来发布假消息的人太过分了吧！”

“举报了！”

“不会吧？！成瑶真的和钱恒结婚了？！我不信！”

“虽然钱恒在节目里求婚了，但是我听说成瑶没理他啊，还听说钱恒节目录制完在后台崩溃大哭了一场？”

“估计是没成，否则成瑶为什么没当场走上台接受求婚啊？”

“好惨，突然有些同情钱恒，二十八岁高龄，老房子着火遭遇热烈恋情，隔空激情告白，结果惨遭拒绝，哈哈哈哈哈。”

这么一条简单的留言，效果竟然不比扒皮邓明的帖子热度差，一下子下面就跟了几十条。

“跪求辟谣！”

“跪求管理员查IP，封IP。”

“无图无真相，大家都是法律人，还以为嘴皮上下一碰就是真的啊？没有证据说个球！”

……

钱恒抿了抿嘴唇，无视在他背后看帖笑到花枝乱颤的成瑶，求证据是吧？那就让你们求锤得锤！

钱恒上了证据，发完了帖，这才神清气爽，然后起身，搂起还在幸灾乐祸的成瑶，给了她一个吻。

就在众人以为大家的攻击遏制住了这个ID的造谣时，这个ID又一次回帖了，不过这一次，他什么话也没说，只是甩上了一张结婚证。

结婚证里钱恒的脸仍旧坐得起法律圈颜值第一的交椅，而他的身边，赫然是笑得光彩夺目的成瑶，她的眼睛仿佛会说话，充满了感染力，像是一道光，照亮了身边人，钱恒冷冽的眉眼，也因为她带了种深情的温柔。

论坛上自然炸开了锅，然而两位当事人都无暇顾及了。

钱恒用双手捧着成瑶的脸，亲了亲她的鼻尖：“现在终于昭告天下，你是我的了。”

他轻轻摸了摸成瑶的头：“还有，你的那个问题，我仔细地想了很久，但还是不能回答。”

成瑶愣了愣。

“我无法具体地回答我和你在一起最开心的一刻是什么时候，那是因为和你在一起的每一天、每一分、每一秒、每一点、每一滴，都让我开心。”

岁月温柔，我只想和你一起老去。

番外二　幸福人生

夏薇是今年从A大毕业进入君恒的新人，她有幸从实习生直接留用进入了包锐的团队，更幸运的是，入职两个月后正赶上年底，作为正式员工直接跟着君恒的大团队一起去夏威夷开年会了。

虽然是冬日，但夏威夷阳光灿烂，此刻近黄昏，海滩上洒满无尽温柔的落日光华，沙质细软，光脚踩着还带了暖暖的余温，海浪声声，海鸟低空掠过，悠闲又惬意。

包锐穿着海岛风情的沙滩大裤衩，望着海岸线一脸感慨：“看看，自从我升par以后，我们君恒的创收越来越高，年会直接出国海岛游了。我这个人啊，可能就是传说中命里带旺啊！”包锐看了夏薇一眼，“你运气这么好能在我的团队，好好干啊！”

夏薇看着自己的老板包锐，很用力地点了点头：“包par，我一定也会努力为君恒的创收添砖加瓦的！”

夏薇说完，想了想，小心翼翼地问道：“不过我挺好奇的，和我一起进来实习的李佳音，GPA比我高，平时做案子感觉也比我老到，人也很勤奋，还比我活络，为什么她没有被录取，反而是我被录取了？”

“她啊，心术不正，虽然资质很好，但一天到晚花枝招展地往钱par跟前凑，看钱par的眼神就不对，好好的职业装，在我们面前倒是挺正常的，但每次只要去钱par办公室，你没发现她的衬衫扣子都会多解开一颗？”包锐冷哼了一声，“以为钱par会对她青眼有加？呵，我们钱par这种直男，只会反手给她一个当场开除好不好？”

夏薇顿了顿才恍然大悟：“我突然想起来了，李佳音说过很喜欢钱par的，她说她的理想老公和男友就是钱par那样的……”

“我们钱par结婚了，难道不是法律圈都知道的事吗？”包锐难以置信地说道，“毕竟当年连他都能脱单，这事几乎成了整个圈子的传奇故事，甚至A大法学院私底下还用‘学法律连钱恒都能找到对象’这种话来激励报考法学院的学生啊！当初不还做过一个宣传条——连钱恒都能找到结婚对象的学科？”

夏薇想了想，还是忍不住赞叹：“我现在觉得钱par真是好男人。”

包锐有些不解：“为什么？”

“因为李佳音那么漂亮，还蓄意对钱par那样，钱par也一点没动心，能守住自己的底线，对婚姻和家庭真的很有原则了。”夏薇感慨道，“钱par真的在我心里更帅了！能对老婆这么忠诚！面对美色也不动心！偶像！”

结果她的话还没说完，就听到包锐嗤笑了一声：“李佳音那种就叫漂亮？”包锐冷哼，“年轻人，让包par我带你见见世面！”

夏薇来不及思考，就被包锐带到了一处僻静的沙滩角落，她正想发问，就被眼前角落里躺在沙滩毛巾上看书的女生吸引了目光。

她在比基尼外罩了件白色男士衬衣，但仍能看出身材线条十分好，头发在脑后松垮地扎了个丸子头，由于太随意了，不少发丝还是垂了下来，随着海风飘散在脸上，让她整个人看起来懒懒散散的，然而这种带了点不修边幅的慵懒一点都没能损毁对方的美貌。

她有一张让人看了难以忘记的脸，皮肤雪白，睫毛纤长，嘴唇像是晚霞一般的色泽，美好自然。她完全没有化妆，漂亮得漫不经心，和妆容精致的李佳音完全是两个风格，然而夏薇相信，如果李佳音此刻在，站在这女生身边，恐怕这女生会赢得不费吹灰之力。

“好看吗？”

“好看……”

“如果她10分，李佳音能得几分？”

夏薇认真想了想：“4分吧……”她看向包锐，“她是谁？”

“你看看她身上的衬衣是谁的。”

夏薇仔细看了眼，很快，她从那昂贵又少见的袖口上找到了答案：“钱par的衬衣啊！”

“所以你知道她是谁了吧？”

“我知道了。”夏薇一脸三观炸裂的表情，仿佛遭受了重大打击，“原来钱par对婚姻和家庭的责任感都是假的，他看不上李佳音是因为他有这样的情人吗？”

包锐简直气得想翻白眼，还没等到他教训夏薇别乱脑补，钱恒就朝着沙滩上的那个女生走了过去，他的眼神温柔，脸上带了点无可奈何的宠溺。夏薇看着他坐下，动作自然地帮沙滩上的女生理了理头发，然后低头吻了吻她的侧脸，俯身凑在耳边和她说着什么，那女生抬起头，眼波璀璨动人，嘴唇微微嘟起，大方又娇憨地向钱恒索吻，而令夏薇震惊的是，平日里从来冷漠到不苟言笑的钱恒，竟然真的就纵容着对方的撒娇，给了她一个吻。

两个人气氛正好，却被突如其来的一个稚嫩童声给打断了。

“爸爸！”

沙滩的另一边，一个三四岁模样的小姑娘撒丫子朝钱恒跑了过去：“爸爸！我要抱抱！”

那女生直起身，有些严肃的模样：“宝宝，你已经很重了，不要老是让爸爸抱，爸爸的腰会受不了的！”

小朋友的模样委屈巴巴的，她还没出声抗议，钱恒的声音倒是先响了起来：“成瑶，你没听过，任何时候，都不要说自己的男人腰不好？”

“爸爸！爸爸我要抱抱！”小朋友见风使舵，张开双臂耍起赖来。

钱恒一脸无奈，却甘之如饴地抱起了小朋友。

这位小朋友得寸进尺起来：“爸爸，我要骑爸爸的脖子！我要爸爸当大马！”

“你饶了你爸爸吧，今天爸爸的同事都在，你骑着爸爸，爸爸会威风扫地的！”

钱恒笑了笑，一向做起案子来强势到毫不退让的他，面对小朋友却一点威慑力也没有：“宝宝来吧，爸爸举你，你要坐好，爸爸带你去看海鸥。”

“好的，爸爸，向前冲呀！！”小朋友情绪高昂，威风凛凛地坐在钱恒的脖子上，两只手狠狠地左右各一把抓紧了钱恒的头发，“爸爸，安全带系好了！现在向前开！”

“左转！左转！”

“右转！现在要右转！”

“刹车！爸爸！我要下车，那边有小螃蟹，我要去抓小螃蟹！”

……

一大一小两个人就这么一路欢声笑语、温馨非凡，夏薇看着和平日工作时的形象完全不同、此刻举着小朋友在沙滩上疯跑的钱恒目瞪口呆，一时半会儿都没反应过来。

包锐好心地解释道：“钱par的千金，是他的小宝贝，宠得不得了。我们钱par以前还号称自己丁克，讨厌小孩，觉得麻烦，如今你看看这模样，和六七十岁老来得子似的，小孩说什么就是什么，完全没原则了。”他朝沙滩上笑着看向两人的女生努了努嘴，“那个是他的大宝贝，成瑶，刚在金砖升par了，他合法的太太。”

“成、成瑶？！”夏薇震惊了，“就是那个办了陈林丽案、办了李振辰案、还办了柔真集团百亿遗产纠纷案的成律师？！她……她是我的偶像啊！我以前读过一篇她的采访报道，她的学校不算是主流的知名院校，也没留过学，但一路办的案子，还有法律素养都是有目共睹的，尤其她执业第三年的时候就得到了A市‘十佳青年律师’提名，还是其中唯一一个女性，简直就是我的人生榜样了！”

“因为法律八卦论坛改版，好多老帖数据没维护好，还没彻底恢复，你们这届年轻人的八卦源头都没了，不怪你。”包锐瞥了一眼夏薇，“我们钱par当年高调晒结婚照还是论坛上霸榜两年的热帖啊，你们竟然不知道成瑶是我们钱par的老婆？”

“我只知道成律师是很厉害的女律师！”夏薇激动地道，“现在知道了成律师竟然是钱par的太太，我觉得她更厉害了！”

“什么？嫁给钱par吗？”

“不是！她和钱par结婚，但是没有变成别人嘴里‘钱par的老婆’，还是独立的人，我们认识她，还是以成瑶律师的身份。她和钱par这样的男人结婚了，但一点都没有被钱par的光芒遮盖，你不觉得这样的人很厉害吗？”

“是很厉害，更厉害的是，你可能不知道，当年钱par是坚定的不婚和丁克，结果现在呢，一个标准的老婆奴、女儿奴，啧啧啧，真是，我觉得，这男人啊，也不能像我们钱par这样退让啊，男人，必要的时候就应该强势，你看看我，我在家里都是说一不二的，老婆啊，也不能像我们钱par那么宠，必要时还是要有点男人的威严……”

结果包锐这一番自我吹嘘还没说完就被一个女声打断了。

“包锐！我想吃爆米花，你给我弄点爆米花去！”

刚才还在高谈阔论男人驭妻之道的包锐，一听到这声音，竟立刻变脸似的，一改刚才趾高气扬的模样，一脸狗腿：“好的老婆！你等等！我这就给你买！”

说完，他不顾夏薇的反应，踩着人字拖飞也似的跑了。

君恒的海岛年会，给予员工的福利就是，只要是已经领证的家属都可以带来，因此已婚同事几乎都拖家带口地来了。不仅钱恒带着成瑶和女儿来了，包锐的老婆自然也来了。

包锐走后，只留下夏薇一个人，她不自觉地就又看向了成瑶。

此刻成瑶已经不再看书了，她直起身，坐在沙滩上，看着举着女儿沿着海岸线奔跑的钱恒，脸上是从心底发出的幸福微笑。夕阳的余晖打在她的脸上，显得她漂亮而恬静，她仍旧很年轻，然而脸上那种笃定和自信却是拥有阅历的人才能有的。

夏薇从法学院毕业后，就立志成为一名优秀的女律师，她甚至发誓，在事业成功之前绝对不谈感情。她总觉得，感情和事业是没法平衡好的，这两者之间，总要牺牲掉一个，才能成全另一个。

为此，明明内心非常有好感，但夏薇还是咬牙拒绝了一直追求自己的学长。她总是担心，一旦谈了恋爱，就会影响工作和事业，就会蹉跎自己的人生，没准未来不仅不能变成一个业界精英，反而会变成一个成天柴米油盐伺候老公、带孩子的老妈子，这实在和她的人生理想背离太多了！

只是如今看着眼前家庭和事业都美满的成瑶，夏薇陷入了沉思。

或许当你足够努力、足够坚韧、足够有自制力、目标足够明确、又足够优秀的时候，所有的困难都会自动在你面前瓦解，鱼和熊掌，并非不能兼得。

“妈妈！”

小女孩的声音拉回了夏薇的思绪，她看到美丽的晚霞下，钱恒举着他的小女儿，从海岸线回到了成瑶的身边。小女孩眼睛笑成了一条缝，一张红苹果般圆润的脸上全是天真无邪的幸福，她舞动着肉肉的小手，指挥着自己的“坐骑”一路朝成瑶走去。

太阳西沉，海滩上起风了，温度也开始下降，让人有了点凉意，然而钱恒一家三口那种爱着彼此的暖意却像是潮汐一般，永远随着引力涌动着。夏薇站在不远处，像是寒冬时站在烤炉边的游客，总觉得，即便自己只是他们幸福里的旁观过客，也有被暖到。

“走吧，宝宝，该吃晚饭了，跟爸爸妈妈回去。”

晚风中，成瑶的声线温柔，她俯下身，刚要抱女儿，却被钱恒抢了先。

“宝宝现在很重了，我力气大，我来抱。”

成瑶娇嗔地道：“别耍帅，两只手抱，一只手我怕你腰椎受力不均匀。”

钱恒没有采纳成瑶的意见，仍旧把小姑娘用一只手抱在臂弯里，另一只手伸向了成瑶：“只能一只手抱她了，因为另一只手是给你牵的。”

成瑶轻轻捶打了下钱恒，然后跳起来亲了亲他的侧脸，这才笑着挽起了钱恒的手，一家三口就这样渐行渐远，只在沙滩上留下了一串脚印。

夏薇总憧憬轰轰烈烈的爱情，然而这一刻，她才觉得，这样细水长流、温情又平凡的生活，才是真正的幸福人生。

和爱的人共同抚养一个小生命、共同分享彼此人生里所有细碎的点滴，这样牵手走在黄昏沙滩的一个刹那，就已经是永恒了。

执子之手，与子偕老，谁说有比这更浪漫的事？

【完】